GOLDMANN

Buch

Zehn Jahre hat er »geschlafen«. Jetzt haben sie ihn entdeckt. Dabei war Michael Schaeffer scheinbar perfekt getarnt: Keiner hätte in dem englischen Gentleman aus Bath den eiskalten amerikanischen Profikiller erkannt. Doch auf einem Ausflug nach Brighton passiert das Unvorstellbare: Durch einen Zufall begegnet Schaeffer ausgerechnet dem jungen Talarese, einem Mitglied der Mafiafamilie, die er damals an die Polizei verraten hat. In einem tödlichen Duell gelingt es ihm, Talarese und seine Begleiter auszuschalten. Damit sich aber die Nachricht von seinem Versteck nicht weiter verbreitet, muß er sofort nach Amerika fliegen und dort Talarese senior beseitigen. Was zunächst wie eine leichte Aufgabe aussieht, entwickelt sich zu einer mörderischen Hetzjagd durch die gesamten USA. Denn plötzlich sind nicht nur die versammelten Mafiabanden auf seiner Spur, sondern auch die Polizei und das FBI. Allen voran jedoch die attraktive und gerissene Staatsanwältin Elizabeth Waring, die mit Schaeffer noch eine Rechnung zu begleichen hat. Es kommt zu einem atemberaubenden Zweikampf zwischen ihr und dem ehemaligen Profikiller, der nichts von seiner alten Kaltblütigkeit verloren hat.

Autor

Thomas Perry wurde 1947 in Tonawanda, New York, geboren. Nach seinem Studium an den Universitäten von Cornell und Rochester arbeitete er lange Jahre als Handwerker, Fischer, Lehrer und Drehbuchschreiber. Für seinen Kriminalroman »The Butcher's Boy« wurde er mit dem Edgar-Allan-Poe-Preis ausgezeichnet. Perry lebt heute zusammen mit seiner Frau in Südkalifornien.

Außerdem im Goldmann Verlag

Im Treibsand. Roman (9476)

THOMAS PERRY

SCHLAFENDE HUNDE

ROMAN

Deutsch von Bernhard Schmid

GOLDMANN VERLAG

Die amerikanische Originalausgabe erschien 1992 unter dem Titel
»Sleeping Dogs« bei Random House, Inc., New York

Der Goldmann Verlag
ist ein Unternehmen der Verlagsgruppe Bertelsmann

Deutsche Erstausgabe September 1995

Umschlaggestaltung: Design Team München
Umschlagmotiv: TIB/Heisler, München
Satz: Uhl + Massopust, Aalen
Druck: Elsnerdruck, Berlin
Verlagsnummer: 42480
Redaktion: Ursula Buchheister
T.T. · Herstellung: Peter Papenbrok
Made in Germany
ISBN 3-442-42480-1

3 5 7 9 10 8 6 4 2

Für Alix
mit einem Dankeschön
an Jo und
die Leschners

Als ich zurückkam, schoß ich auf einen großen Vogel, den ich auf einem der Bäume am Rand eines großen Waldes sitzen sah. Ich glaube, es war die erste Muskete, die hier seit der Erschaffung der Welt abgefeuert wurde. Kaum hatte ich geschossen, so stob aus allen Teilen des Waldes eine Unzahl von Vögeln aller Art, die verwirrt und alle auf die ihnen eigene Art kreischten und schrien; aber nicht einer davon war von einer Art, die ich kannte. Was das Tier anbelangt, das ich getötet hatte, so hielt ich es für einen Falken, dem es in Farbe und Schnabelform glich, wohingegen seine Klauen oder Krallen nicht größer als gewöhnlich waren; sein Fleisch war Aas und zu nichts zu gebrauchen.

Daniel Defoe, Robinson Crusoe

1

Am 14. August nachmittags um drei bemerkte Michael Schaeffer auf einer Anschlagtafel im Fenster einer kleinen Teestube ein kleines Plakat. »DIE ERSTAUNLICHEN FÄHIGKEITEN DES VERSTANDES« hieß es in fetten Lettern gleich obenauf, und das zog ihn an. Er hoffte auf so etwas wie erstaunliche Kräfte des Verstandes, nur daß sein Umgang mit anderen und viele Jahre der Selbstbeobachtung ihn nicht eine hatten erkennen lassen, von der er viel gehalten hätte. Am unteren Rand stand in kleineren Buchstaben: »14. August, 16.00« und schließlich noch »LYNCHGATE HOUSE, BATH«.

Es war gar nicht so leicht zu finden, da in England »Lynchgate House« alles mögliche sein konnte – von einer Wochenendhütte bis hin zur Verwaltungszentrale eines Konzerns. Nachdem er sich durchgefragt hatte, entpuppte es sich als Landhaus, das genaugenommen weder in Bath lag noch jemandem namens Lynchgate gehörte. Als er dort eintraf, standen vor der Haustür zwei vierschrötige junge Frauen, die jeden mit einem Lächeln begrüßten und vermutlich zumachen sollten, wenn die Zahl der Gäste in etwa dem Fassungsvermögen des Saales entsprach. Drinnen folgte er einer Frau in mittleren Jahren und geblümtem Kleid in einen großen Raum mit Bleiglasfenstern, die von der fünf Meter hohen Decke bis fast auf den Boden reichten. Der Garten, auf den sie hinausgingen, bot im Vordergrund einige auf die Form von Weingummis gequälte Bäume und wurde nach hinten zu von einer wohl an die sieben Meter hohen Hecke gesäumt.

Es befanden sich um die fünfunddreißig Leute im Raum.

Einer wie der andere waren sie ausgesprochen britisch und gehörten ganz offensichtlich zu jener Klasse von Briten, die pausenlos mit Dingen beschäftigt scheinen, die unmöglich etwas einbringen können, obwohl sie freilich auch nicht notwendigerweise viel kosten: Gartenarbeit, Exkursionen in die Vogelwelt und Vorträge. Er fragte sich, wie viele von ihnen wohl Latein gelernt hatten, und kam zu dem Schluß, daß die Antwort darauf wahrscheinlich »alle« war. Ganz unvermeidlich blieb sein Blick schließlich an einer hübschen jungen Frau hängen, die auf einem Tisch vor dem Publikum irgendwelche Pamphlete ordnete. Sie stand vornübergebeugt, und er würdigte eben den Schwung ihrer Hüften unter dem leichten Seidenkleid, als die Ehrenwerte Meg in den Raum trat, einen Blick über das Publikum warf und sich dann neben ihn setzte.

Das erste, was Schaeffer auffiel, war ihre Haut. Sie war hell und schien am ganzen Körper so gleichmäßig und glatt wie unbehandeltes Elfenbein; nur das zarte Rot ihrer Backen bot einen Kontrast. Der seidige Glanz des dunkelbraunen Haars ließ diese Haut geradezu leuchten, und aus den strahlendgrünen Augen sprach eine gewisse Heiterkeit. Sie war weniger schön als schlichtweg perfekt, was ihn kolossal irritierte, weil er nicht anders konnte, als nach Mängeln zu suchen. Steif saß er auf seinem Stuhl, um auf keinen Fall den beträchtlichen Raum zu verletzen, der ihr zuzustehen schien.

Die junge Frau, die er beobachtet hatte, drehte sich um und erklärte: »Mrs. Purvis wird die Versammlung mit einigen Hinweisen auf die für den Herbst geplante Reise nach Atlantis eröffnen.«

Schaeffer wagte kaum zu atmen. Womöglich bezog sich der Name auf etwas anderes, oder vielleicht hatte er auch nur nicht richtig verstanden.

Mrs. Purvis war eine etwas rundliche, enthusiastische blonde Dame Mitte Vierzig, die seine Zweifel rasch zerstreute. »Nach unseren Erfahrungen mit der Reise zu den Landebahnen der Außerirdischen auf der Ebene von Nazca möchte ich Sie alle flehentlich bitten, dieses Jahr beim Packen auf das Merkblatt zu achten. Wir schlagen unser Basislager auf Grand Turk auf. Es handelt sich zwar um die Tropen, aber wir sind dort während der Hurrikansaison. Während eines Hurrikans regnet es innerhalb von zwei Tagen zwischen fünfundzwanzig und fünfzig Zentimetern, und der Wind kann gewaltig werden. Kleiden Sie sich also entsprechend ein.«

Michael Schaeffer war entschieden unbehaglich zumute. Einen Augenblick überlegte er, wie sich diese Leute wohl für einen halben Meter Regen und Winde von Orkanstärke anziehen mochten. Die junge Frau, die Mrs. Purvis angekündigt hatte, begann auf die Einzelheiten einzugehen. »Alles, was wir über das alte Atlantis wissen, weist darauf hin, daß man dort leuchtende Farben trug, vermutlich viel Rot und Gelb. Versuchen Sie also bitte, diese Gepflogenheit zu respektieren. Es halten sich im dortigen Zwischenreich zahllose Seelen auf, und sie zu beleidigen geht einfach nicht an.«

Schaeffer rutschte von seinem Platz und ging auf die Tür zu. Als er die beiden bulligen Jungfern passierte, fragte die eine: »Haben Sie was, Meg?« Worauf er an seiner Schulter eine leise Stimme hörte: »Tut uns leid, meine Gute. Aber wir müssen los. Mein Freund hier hat noch einen Termin.« Dann hängte sie sich bei Michael ein und zog ihn aus Lynchgate House.

Draußen ließ sie ihn keinesfalls los. »Ich danke Ihnen. Tut mir leid, daß ich so als Trittbrettfahrerin mitkomme, aber Sie waren meine letzte Chance. Wenn zwei Leute zusammen gehen, so können sie dafür einen vollkommen harmlosen Grund haben, aber wenn sie nacheinander gehen, dann sieht es mehr nach Absicht aus, und so etwas bringt die guten Leute furchtbar auf.«

»Tatsächlich?« sagte er. »Schön, daß ich Ihnen helfen

konnte.« Er versuchte sich ihr zuzuwenden, um sich sachte von ihrem Griff zu befreien.

»Nicht doch«, meinte sie beharrlich. »Sonst denken sie noch, ich hätte Sie mir nur für einen bequemen Abgang geschnappt. Ich habe mir ohnehin schon ihren Ärger zugezogen.«

»Wer sind Sie denn, ihr Psychiater?«

»Meg Holroyd. Die Ehrenwerte Margaret Susanna Moncrief Holroyd. Sagt Ihnen das etwas?«

»Da, wo ich herkomme, würde es mir sagen, daß Sie in der Politik sind, was das ›Ehrenwert‹ Lügen straft. Hier, nehme ich an, heißt es wohl was anderes.«

»Nein, es ist auch hier eine Lüge. Es bedeutet nur, daß wir vor vielen hundert Jahren einen Mann in der Familie hatten, dessen Mordlust ihm einen Titel eingebracht hat. Meine Leute stammen aus York, aber kein Mensch geht heute noch in den Norden, außer um hin und wieder mal die Spinnweben aus den angestammten Zinnen zu fegen. Ach, übrigens, wo *kommen* Sie denn her?«

»Arizona.« Ganz automatisch warf er ihr den ersten Teil seiner vorbereiteten Geschichte hin.

Sie verlangte prompt auch den zweiten. »Und wie heißen Sie?«

»Michael. Haben Sie Lust auf eine Tasse Tee oder was auch immer?«

»Sehr charmant ausgedrückt. Wer könnte da widerstehen? Macready's ist nicht weit von hier.«

»Gut. Aber wenn wir dort sind, müssen Sie mir meinen Arm wiedergeben. Wieso haben Sie sich den Ärger dieser Leute zugezogen?«

Sie lächelte stolz. »Ich habe Ihnen etwas Grausames angetan. Nur so zum Spaß.«

»Was Sie nicht sagen.« Er beobachtete sie beim Gehen. »Was denn?«

»Etwas Schreckliches. Hinterher, bei der nächsten Versammlung, hat man mir einstimmig einen offiziellen Verweis erteilt. Dann gab es einige Vorträge über die Unverantwortlichkeit, mit der ich mit Geheimnissen umginge, die ausschließlich den Eingeweihten vorbehalten seien.« Sie lachte glücklich.

»Mit anderen Worten, Sie wollen es mir nicht sagen.«

Sie musterte ihn einen Augenblick oder tat wenigstens so. »Doch, so wie ich Sie kenne, werde ich das wohl müssen. Sie werden es aus mir herausholen, stimmt's?«

Als sie Macready's Teestube betraten und er ihr an einen Tisch in einer finsteren Ecke folgte, hatte er einen Augenblick Zeit, das Risiko abzuschätzen, das er hier einging. Aber dann saßen sie auch schon, und er entschied sich, mit Fragen in die Defensive zu gehen. »Sie scheinen mir Ihre Freunde nicht sehr ernst zu nehmen. Was machen Sie denn mit ihnen?«

Sie zuckte die Achseln. »Sie sind eines meiner Hobbys. Ich gebe ihnen Geld, also darf ich auch mit ihnen spielen. Genaugenommen habe ich sie geerbt. Mein Großvater war der Gelehrtentyp. Er hat sein Lebtag Studiengruppen und Vorträge über wissenschaftliche Themen unterstützt. Gegen Ende zu dachte er dann immer öfter übers Sterben nach, und als er dann auch noch so ein bißchen zu spinnen begann, verlor er das Interesse an Geologie und Archäologie, Flora und Fauna, und derlei Dinge wurden ihm gerade zur Besessenheit.«

»Expeditionen nach Atlantis?«

»Tja, eigentlich eine ganze Reihe von Dingen, ein Mischmasch, das alles irgendwie miteinander zu tun hat. Atlantis, zum Beispiel. Einige von ihnen halten es für eine altertümliche Kultur, für andere stellt es etwas für Außerirdische dar. Eine kleinere Fraktion ist der Ansicht, es handle sich um eine altertümliche Kultur, die von Außerirdischen zerstört wurde. Und dann gibt es noch die, die der Ansicht sind, daß sie gar nicht zerstört wurde, sondern unter Wasser noch existiert und dort wartet, bis wir uns ihrer Gesellschaft für würdig erweisen. Ich hoffe, es läßt nicht allzu lange auf sich warten. So eine Expedition zusammenzustellen ist nicht sonderlich schwer: Als Wahnsinniger muß man einfach eine Theorie für Atlantis haben.«

»Wieso?«

»Weil Wahnsinnige systematische Denker sind. Wenn so einer eine geheime Theorie der Welt aufstellt, dann kann er es einfach nicht haben, daß der nächste Wahnsinnige schreit: ›He, wie erklären Sie sich dann die Pyramiden? Was ist mit Stonehenge? Der Osterinsel?‹ Also müssen Sie das alles mit einbeziehen.«

»Und was haben Sie ihnen getan?«

»Ich geniere mich, es Ihnen zu sagen.« Sie starrte in ihre Teetasse, dann fügte sie hinzu: »Aber ich werde es natürlich trotzdem tun. Ich habe Ihnen Gewalt angetan. Sexuell.«

Schaeffer sah sie an. »Allen?«

»Jedem einzelnen. All denen, die heute da waren, und noch einigen, die verhindert waren. Heute sind gar nicht so viele da. Und Sie waren der einzige Neue. Vor einem Monat ging ich hin und stellte mich auf das Podium. Ich war einige Zeit in Paris gewesen, aber ich hatte allen gesagt, ich würde nach Bolivien gehen. Ich sollte ihnen von meiner Forschungsarbeit in Tiahuanaco berichten. Ich zeigte ihnen eine Zeitlang Dias von den Ruinen, dem weinenden Gott und so weiter, bis ich ihnen schließlich von meiner größten Entdeckung erzählte: Ich war auf ein echtes Aphrodisiakum gestoßen. Ich erzählte ihnen, daß ich in einem winzigen Dorf einen *curaca* gefunden hätte, dem ich achthundert Pfund für eine kleine Phiole von dem Zeug bezahlt hätte.«

»Jetzt sagen Sie bloß nicht, Sie haben es ihnen verkauft.«

»Ach was. Um so was Unfeines wie ihr Geld ging es mir nun

wirklich nicht. Ich wollte nur mit ihnen spielen. Ich habe ihnen gesagt, ich hätte es ihnen in den Punsch getan, der auf dem Empfang vor der Versammlung serviert wurde.«

»Und? Hatten Sie?«

»Natürlich nicht. So etwas gibt es doch gar nicht. Ich hatte einige zerstoßene Valium mit Cognac vermischt, damit sie *irgendwas* spürten. Ich behauptete, ich hätte ihnen etwas gegeben, um mir bei einem Experiment helfen zu können. Aber ich war ziemlich gut vorbereitet. Ich hatte auf der Heimreise in London zwei attraktive und ausgesprochen respektabel wirkende Prostituierte engagiert. Die mußten, getrennt versteht sich, auf die Versammlung kommen – als interessierte Neulinge. Um diese Zeit begannen sich die ersten Anzeichen dafür einzustellen, daß da irgend etwas nicht stimmte, wenn Sie wissen, was ich meine.«

»Ich fürchte nein.«

»Nun, ich weiß nicht, wie ich es taktvoll sagen soll. Sie begannen an ihrer Kleidung zu zupfen und etwas unruhig auf den Stühlen herumzurutschen. Als sich die anderen dessen bewußt wurden, machten sie einige schamlose Annäherungsversuche bei ihren Nachbarn. Dann, als die Reaktion positiv und deutlich genug war, begannen sie mit gewissem Nachdruck zu stöhnen.«

»Und hat es funktioniert?«

»Nicht sofort. Zuerst meinten die Leute, es handle sich eher um einen medizinischen Notfall als um einen erotischen, aber schließlich rissen sich beide die Kleider vom Leib und attackierten die Männer um sie herum. Sie packten und befummelten, was ihnen unter die Finger kam. Außerdem waren sie ausgesprochen geschickt, als es daranging, andere auszuziehen. Einige knappe Handgriffe genügten, und wenn ein Mann so plötzlich die Hose um die Knöchel hat, kommt er sich albern vor. Er muß sich auf der Stelle entschließen, ob er sie wieder hochziehen soll oder nicht. Einige zögerten, bis es zu spät war, und schon war eine gewisse Grenze überschritten. Es war der reinste Aufruhr. Ich lief zur Tür, sperrte ab und rief, daß das Ganze eine einzige Katastrophe sei – die Geschichte sei völlig aus dem Ruder gelaufen. Dabei knöpfte ich mir das Kleid auf, als könnte ich nicht anders. Aber das war längst nicht mehr nötig. Zu diesem Zeitpunkt waren die Schwestern Hartleby – die beiden Molligen an der Tür – bereits splitternackt, und Eunice Plimstall – die Sie mit den Augen ausgezogen haben – redete sich ein, in Ohnmacht gefallen zu sein. Nur daß die Ärmste so gefallen war, daß ihr der Rock um die Hüften hing, was unseren alten Mr. Capshaw zu etwas esoterischen Wiederbelebungsversuchen inspirierte. Worauf sie rasch wieder zu sich kam, wie ich anfügen muß, und lossprang, um sich einen kräftigeren Tröster zu suchen. Mrs. Purvis ging auf Hände und Knie, um den Gefallenen zu helfen, aber es dauerte nur einige Sekunden, und unser Vikar riß ihr die Wäsche vom Leib. Luft bekam sie dadurch zwar auch nicht mehr als zuvor, aber sie schien dankbar für die Geste, womit die Orgie so gut wie im Gange war. Hinterher dachten sie zuerst daran, mich anzuzeigen, aber dann überlegten sie es sich doch noch mal und begnügten sich mit einem Verweis.«

»Eine wunderbare Geschichte«, sagte Schaeffer und nippte dann an seinem Tee.

Sie machte einen enttäuschten Eindruck. »Sie glauben mir wohl nicht?«

Er schüttelte den Kopf. »Nicht ein Wort. Spielt aber keine Rolle. Ich kenne schließlich keinen dieser Leute. Warum sollte es mich also interessieren, ob es stimmt?«

»Geschichten sind immer besser, wenn man sie glaubt«, meinte die Ehrenwerte Meg. »Ich erzähle sie in der Hoffnung, daß man sie mir glaubt. Ich hoffe, Sie nehmen keinen Anstoß daran.«

»Nicht im geringsten«, sagte er. Er sah sie nachdenklich an. »Es garantiert eine gewisse Qualität. Eine Geschichte muß schon ziemlich gut sein, um sie als Lüge erzählen zu können.«

In diesem Augenblick regelte sich alles von selbst. Die Ehrenwerte Meg hatte jemanden gefunden, der mit ungeteilter Aufmerksamkeit ihren Geschichten lauschte – Grund genug für sie, ihm dafür die nächsten beiden Jahre von Herzen zugetan zu sein. Die Zeit verging, ohne daß etwas passierte, was unangenehm genug gewesen wäre, es sie merken zu lassen. Michael Schaeffer war tüchtig und solide, ein amerikanischer Geschäftsmann, dessen Beruf so ungeheuer öde gewesen war, daß er sich nach England abgesetzt hatte, kaum daß seine Verhältnisse den Erfordernissen der Respektabilität genügten. Er redete nicht darüber, ja er dachte noch nicht einmal mehr daran. Freilich wäre die Ehe mit solch einem Mann ein Ding der Unmöglichkeit gewesen.

Die Ehrenwerte Meg war als junge, gesunde und attraktive Angehörige der Aristokratie unantastbares Eigentum eines unsichtbaren Gentrusts. Ihre einzige Pflicht als loyale britische Untertanin bestand darin, peinlich genau darauf zu achten, sich nicht von ihrem Amerikaner schwängern zu lassen. Sie half ihm, seine Neugierde zu stillen, was Musik, Kunst und andere Lustbarkeiten der Reichen anbelangte, aber nach dem ersten Jahr hatte sie sich daran gewöhnt, daß diese Neugierde nicht stark genug war, um ihn allzuweit aus dem Haus zu locken. Er weigerte sich sogar, nach London ins Theater zu fahren, ja noch nicht einmal um einer guten Mahlzeit willen. Womit sie durchaus leben konnte, ermöglichte es ihr doch, sich unter ihresgleichen zu bewegen, ohne sich durch die peinliche Gegenwart eines derart inakzeptablen Liebhabers behindert zu sehen.

Nicht daß sie sich Sorgen gemacht hätte, er könnte sie eines Tages vor den Augen Englands mit einer grauenhaften Krawatte blamieren. Da er keinerlei persönliche Vorlieben hatte, bezahlte er die besten Adressen, ihn den Gepflogenheiten des Landes entsprechend zu kleiden. Inakzeptabel war er nur aufgrund dessen, wer sie war. Die Ehrenwerte Meg hatte einen jungen Mann zu heiraten, dessen Name der Familie etwas sagte, und sie konnte sich sicher sein, daß es Michael Schaeffer nicht weiter stören würde, wenn es soweit war. Er erwartete nicht, daß sich an ihrer Beziehung viel änderte, da ihm, soweit sie das beurteilen konnte, diese Art von Moral völlig fremd war. Sie war etwas, das anderen Kreaturen mitgegeben war – wie die Mauser, der Winterschlaf oder der Drang zum Zug in den Süden.

2

Nach Ablauf dieser beiden Jahre öffnete Schaeffer eines Morgens die Augen zu einer Situationsbestimmung. Er hatte das Schlafzimmerfenster herausschlagen und durch Glasziegel ersetzen lassen, bevor er sich gestattet hatte, in diesem Raum ein Auge zuzutun. Was zur Folge hatte, daß er die Qualität des Lichts bestimmen konnte, ohne sich von Gegenständen oder Bildern ablenken zu lassen. Die Glaswand lag relativ hoch: ein Schuß aus einem Gewehr müßte schon aus einem Hubschrauber kommen, die lichtdurchlässigen Glasziegel durchbohren – mit anderen Worten, hier wäre ein einzelner Mann bestenfalls durch Zufall zu treffen.

Die graue Wolkendecke, die die ganze Woche über Bath gehangen hatte, mußte sich verzogen haben, da das Licht blau und golden war. Er setzte sich auf und sah sich um. Nichts, aber auch gar nichts, was er sich während seiner Arbeitsjahre angeeignet hatte, war ihm abhanden gekommen: Wenn er die Augen öffnete, war er sofort wach und auf der Hut. Ohne zu überlegen, wußte er jeden Augenblick, wo die nächste Waffe versteckt war. Es war die einfachste Sache der Welt gewesen, sich als Waffensammler auszugeben, als er sich in dem Haus eingerichtet hatte. Er hatte bei der Auflösung einer Erbschaft eine komplette Sammlung erworben: handgefertigte Purdey-Flinten, gravierte Revolver, der abgegriffene Webley-Revolver im Kaliber .455, der seinen ersten Besitzer bereits durch die Gräben von Verdun begleitet hatte; sogar ein Paar zierlicher Duellpistolen, die aussahen, als würden sie in tausend Stücke zerspringen, wenn man abdrückte. Im folgenden war es ihm gelungen, noch einige modernere und somit funktionellere Waffen hinzuzufügen, ohne seine Haushälterin und deren Gatten zu verschrecken. Seine Vorsichtsmaßnahmen waren nie besonders ausgefeilt oder unbequem gewesen; sie waren schlicht normal: vernünftige Dinge, die er seit dem Tag praktizierte, an dem er in seinem Beruf angefangen hatte.

Er erinnerte sich noch daran, daß Eddie Mastrewski sich standhaft weigerte, während der Arbeit in einem Bett zu schlafen: er mietete ein Zimmer, legte die Matratze auf den Boden und schlief dort, eine Waffe neben sich. Einmal hatten er und Eddie sich in einem Motelzimmer eingemietet und im Wagen geschlafen, und in eben jener Nacht hatte sich Eddies Vorsicht ausgezahlt. Gegen drei Uhr morgens waren zwei Männer mit Flinten in den Raum eingedrungen. Noch bevor Eddie den Wagen angelassen hatte, hörten sie, wie die beiden im Dunkeln Loch auf Loch in das Doppelbett pusteten – ein Krachen, ein metallisches Ratschen, ein Klicken, dann wieder ein Knall. Noch im Wegfahren hörten sie die Schüsse und sahen die Mündungsfeuer durch die offene Tür: Sie leuchteten die Wände aus und hinterließen ein grelloranges Nachbild hinter den Augen.

Schaeffer setzte eben die Füße auf den Boden, als er ein leises Klicken hörte – jemand versuchte die Schlafzimmertür zu öffnen. Er stellte sich davor und wartete.

»Ach, verdammt.« Die Stimme gehörte der Ehrenwerten Meg. Dann ein gedämpfter Bums. Es handelte sich um eine eiserne Feuertür, die er sich bei einem Londoner Lieferanten für Restaurantausstattungen besorgt hatte, so daß dem Schlag ihrer Faust der Resonanzboden fehlte. »Autsch. Verdammt, Michael! Ich weiß, daß du da bist. Mrs. Satterthwaite hat es mir gesagt. Steh auf und mach auf!«

»Augenblick«, rief er. Nur in Augenblicken wie diesem, wenn er geschlafen hatte und an Orten gewesen war, die ihm seine Träume gebaut hatten, passierte es ihm, daß ihm der Name noch immer etwas merkwürdig vorkam. Er schlüpfte in seinen Bademantel und stellte sich neben die Tür. Unmöglich zu sagen, wen sie mitbrachte: Angehörige des Hofstaats aus überzüchteten jungen Aristokraten, die ihr auf Schritt und Tritt an den Fersen klebten, oder die Regimentskapelle der 3011. Welsh Borderers in voller Kampfmontur. Er öffnete und sah, daß sie allein war. Sie trug einen breitkrempigen Hut und ein dünnes gelbes Baumwollkleid ohne Ärmel. Die Aufmachung war kalkuliert und ganz auf Wirkung bedacht: der kühne, offene Eindruck der großäugigen jungen Mädchen mit den merkwürdig gelockten Haaren, die er von Gemälden aus dem vorigen Jahrhundert kannte. War das Turner? Nein, das war der, bei dem der Himmel aussah, als trage man irgendwo in der Vorstadt einen Atomkrieg aus. Es war irgendein anderer. Kaum hatte er die Tür geöffnet, da riß sie sich den Hut vom Kopf, kam hereinmarschiert und redete auch schon wie ein Wasserfall.

»Wir haben nicht viel Zeit, du mußt dich also etwas beeilen. Das Haus hier ist lächerlich. Das ist dir ja wohl klar, oder? Natürlich ist dir das klar, aber was kümmert dich das schon. Es war ein absolut passables altes Haus, und jetzt – mit dir – sieht es aus, als wäre Hitler nach Arizona entkommen und hätte sich dort einen Bunker gebaut. Und nachdem er völlig durchgedreht hat, ist er mit dem ganzen Ding nach Bath umgezogen. Wie bitte soll ich dich hier überraschen?«

»Ich mag keine Überraschungen. Ich brauche meinen Schlaf.«

Sie sah ihn verschmitzt an. »Du genierst dich, daß du mit einer Erektion aufwachst, stimmt's?«

»Wie bitte?«

»Wußt' ich's doch! Brauchst es erst gar nicht abzustreiten. Du hast Angst, Mrs. Satterthwaite könnte hereinkommen und ein Teetablett draufstellen – und schon wärst du ertappt. Und jetzt beeil dich. Ich werde es schon nicht weitersagen.«

»Was heißt hier ›beeil dich‹?«

»Wir fahren nach Brighton zum Rennen, und die Pferde warten nicht ewig auf einen wie dich.«

Schaeffer hatte nur eine ausgesprochen vage Vorstellung davon, wo Brighton war. Es lag am Meer. Irgendwo im Südwesten. »Ist das nicht ein bißchen weit?«

»Kein Problem. Jimmy Pinchasen hat sich erboten, uns alle in seinem Bentley mitzunehmen, und der fährt, als hätte er sich den Selbstmord gelobt. Ursprünglich hieß die Familie ja Pinchausen, aber als sie hier rüberkam, mit George dem I., haben sie den Namen geändert. Sind alles Deutsche. Es ist bei Jimmy also genetisch bedingt zu rasen wie auf einer deutschen Autobahn.«

Er setzte sich wieder aufs Bett. »Na, ich weiß nicht.«

»Wenn du mir nicht glaubst, frag ihn doch selbst.«

»Ich meine das Rennen.« Er überlegte einen Augenblick. »Ich bin kein großer Spieler.« Und das stimmte. Er spielte nie, obwohl er ein geradezu unerhörtes Glück dabei gehabt hatte. Nach seinem letzten Auftrag war er nach Las Vegas gefahren, um zu kassieren. Man hatte ihn in ein Kasino geschickt, um so zu tun, als spiele er Blackjack, und er erinnerte sich noch genau daran, wie die vollkommenen paraffinweißen Finger des Gebers die Bildkarten aus dem Kasten vor ihm hatten verschwinden lassen. Der Geber war ein Falschspieler gewesen, den man eigens auf diesen Platz gesetzt hatte, um Schaeffer in Jetons zu bezahlen; damit er in die Nacht hinausgehen konnte, die Taschen voller Geld, seine Reflexe eingelullt von der Wärme und dem satten, dummen Gefühl, gewonnen zu haben.

»Darüber sprechen wir in einigen Minuten, wenn du fertig bist und man einen klaren Gedanken erwarten darf.«

»Fertig womit?«

Sie warf Hut und Handtasche auf den nächstbesten Stuhl. »Mit mir, du Dummchen. Ich habe Wäsche an, wie sie nur ganz verruchte Frauen tragen, um die Gelüste von übersättigten Männern wie dir zu entflammen. Siehst du?« Sie hob den Rock, um ihm zu zeigen, daß sie nur Strapse und Strümpfe trug. Dann ließ sie ihn wieder fallen.

Er hob den Kopf und sah ihr in die Augen, aber er wurde das Bild ihrer weißen Schenkel nicht los. »Na schön, du hast mich neugierig gemacht.«

»Komm schon, Michael. Ich hoffe wirklich, daß es dir Freude macht, weil ich nämlich seit dem Aufwachen heute morgen an nichts anderes denke. Und hierherzulaufen mit dem Gefühl, insgeheim nackt zu sein und – na ja, der langen Rede kurzer Sinn: Ich bin ziemlich scharf. Wenn es dir also nichts ausmacht, würde ich gern einige der Präliminarien, die mir zustehen, zugunsten einer sofortigen Befriedigung überspringen.« Sie warf einen Blick auf seinen Bademantel, der sich langsam zu öffnen begann. »Gott sei Dank«, sagte sie, »daß es dir genauso geht.«

Er lag auf dem Bett und starrte hinauf auf das Glasziegelfenster. Die Sonne stand jetzt höher, und einige der Rechtecke sahen aus wie kleine Behälter voll goldenem Sonnenschein. Die

Ehrenwerte Meg stand vor dem Spiegel und streifte sich das gelbe Kleid über den Kopf. »Jetzt aber flott, alter Junge«, sagte sie. »Sie werden schon auf uns warten.«

»Ich dachte, wir wollten erst noch darüber reden.«

»Werden wir, werden wir – während du dich anziehst. Wenn du willst, sprechen wir die ganze Fahrt nach Brighton darüber.« Sie warf ihm einen Blick zu und schüttelte dann den Kopf. »Ich war deshalb einverstanden mitzufahren, weil ich weiß, daß du nur zwei Gefühle hast: Neugier und Mangel an Neugier. Ich dachte, Pferde könnten dich interessieren.«

Er starrte an die Decke. Es war schließlich nicht so, als würde er in ein Londoner Kasino gehen, eine hübsche Frau am Arm und zwei, drei laute angetrunkene junge Engländer im Schlepptau, die die Aufmerksamkeit auf sich zogen. Brighton gehörte wahrscheinlich gar nicht zu den Orten, die er zu meiden hatte. Und Pinchasens Bentley kannte er auch. Er wirkte ruhig und unauffällig, und das bis an die Grenzen der Absurdität mit den leicht getönten Scheiben im Fond. Er sah an seiner Lichtwand, daß die Sonne die Erde bereits erwärmt und den Tau vom Gras geleckt hatte. Er setzte sich auf, ging ins Bad und machte die Dusche an. Wie alles andere im Haus, was eine Funktion erfüllte, hatte er auch diese selbst installieren lassen. Sie hatte Schweizer Armaturen, italienische Kacheln und französisches Porzellan und sah aus, als stamme sie geradewegs aus einer Manhattaner Eigentumswohnung. Kaum spürte er das heiße Wasser auf der Haut, gestand er sich ein, daß er bereits eine hohe Meinung von dem neuen Tag hatte. Die Entscheidung war gefallen; er würde Meg die Freude machen. Nach zehn Jahren dachten die überlebenden Kapos in den Staaten wohl kaum mehr daran, einander den Gefallen zu tun, in gottverlassenen Gegenden wie dieser nach Leuten wie ihm zu suchen. Statt dessen machten sie sich wohl eher Sorgen darum, daß irgendein Staatsanwalt die Babysitter ihrer Kinder als Zeugen vor Gericht schleppte, um sie wegen Verabredungen zur Verübung diverser Straftaten dranzukriegen. Er konnte es sich leisten, etwas lockerer zu werden.

»Kommen Sie oft zurück in die Staaten?« fragte Peter Filching, und es hörte sich an wie ein frommer Wunsch. Sie merkten, daß der Wagen gnadenlos beschleunigte; er schien das lange Stück gerader Straße geradezu zu verschlingen.

»Nein«, antwortete Schaeffer und spürte dann, daß das einiger Ausführungen bedurfte, wollte er vermeiden, daß das Thema bei irgendeinem künftigen Essen wieder auftauchte. Da gerade bei solchen Gelegenheiten ein geistlos vor sich hin schweigender Amerikaner keine besondere Überraschung bot, würde Peter sich bemüßigt fühlen, einige unterhaltsame Einzelheiten hinzuzufügen. Er warf einen Blick zur Windschutzscheibe hinaus und hatte dasselbe Gefühl, das ihn oft in Flugzeugen überkam: Würde die Maschine noch rechtzeitig genug abheben oder in den Wald am Ende der Startbahn rasen? »Vor Jahren hatte es mal eine Anzeigenkampagne gegeben: ›Sieh dir zuerst Amerika an.‹ Das habe ich getan. Den Rest der Welt wollte ich als zweites sehen, aber so wie Jimmy hier fährt, bin ich froh, nicht gleich die Tickets gekauft zu haben.«

Jimmy Pinchasens spitzer Unterkiefer senkte sich und gab seine langen weißen Zähne frei, als er eine Art Wiehern ausstieß: »Hah!« Einen Augenblick lang wurde die Geschwindigkeit entschieden gedrosselt, als die große Limousine am Ende der Straße in die Kurve ging und die Insassen sich schon mal dagegen wappneten, einander auf den Schoß zu rutschen.

»Zu schade«, sagte Peter Filching und hob die Achseln, um sich mit dem Ellenbogen von der Tür abzustoßen, gegen die die Fliehkraft ihn geklebt hatte. »Ich habe gehört, man kann drüben jetzt ganz billig an gewisse Dinge kommen, die früher eine hübsche Stange gekostet haben.«

Meg ließ ein Stöhnen hören. »Michael hat absolut keine Lust, dir Kokain zu beschaffen, Peter.« Sie drückte seinen Arm. »Außerdem ist das in Amerika ohnehin passé.«

»Tatsächlich?« Peter biß die Zähne aufeinander. Hätte man ihn nicht die letzten beiden Jahre über ins Exil nach Bath gezwungen, dann hätte er so etwas gewußt. Aber die Katastrophen, die er mit der Französin erlebt hatte, der er in Cap Ferrat in die Hände gefallen war, hatten sich vor seinem Vater unmöglich verstecken lassen. In einem einzigen Jahr hatte er all das erschöpft, was Generationen von sparsamen Filchings angehäuft hatten. Diese Leute hatten sich blindgelesen an den Hauptbüchern der East India Company in Kalkutta und dann auf ihrem Familiensitz vor den Toren von Bath geduldig auf die Zinseszinsen gewartet. Und das größte Pech für ihn bestand darin, in eine Stadt hineingeboren zu werden, deren Glorie und gesellschaftlicher Glanz bereits vor hundertfünfzig Jahren erloschen waren.

Jimmy Pinchasen absolvierte eine gesetzte Version eines Powerslides, um den alten Bentley aus der Kurve zu bringen. Das wunderbar aufeinander abgestimmte Getriebe überlebte das Experiment, und der Wagen kam brummend wieder auf Reisegeschwindigkeit. Bald bildeten die Hecken, die am Fenster vorbeiflogen, wieder einen aufregenden grünen Schleier.

Jimmy sah in den Spiegel, um einen verstohlenen Blick auf Meg und ihren nicht mehr ganz taufrischen amerikanischen Freund zu werfen. Das Geld des Mannes interessierte die Ehrenwerte Margaret Holroyd nun sicher nicht, falls er überhaupt welches hatte. Jimmys selbstgefälligem Bewußtsein drängte sich der Gedanke auf, daß der Bursche womöglich ein sexueller Athlet war. Indische Mystiker, jamaikanische Ska-Musiker und südamerikanische Dichter – diese Burschen schienen ja in Scharen in den englischen Süden zu strömen, um blaublütige kleine Engländerinnen zu verderben. Es kam ihm bald so vor, als höre er schon alle naselang, daß man die Tochter des Zwölften Earl von Sowieso gerade nicht einladen konnte, weil sie sich mit einem perlengeschmückten Massai verlustierte. Jimmy warf wieder einen Blick in den Spiegel. Diesmal lehnte er sich etwas nach links, so daß er sich selbst im Vordergrund sah. Er studierte seinen ebenso vertrauten wie geliebten Kopf, die Form von Nase und Kinn, den komplizierten Guß seiner edlen Stirn, darüber das dünne blonde Haar. Wenn es ans Heiraten ging, dann müßten sich die Damen an Männer wie ihn halten, den letzten Briten der Welt.

Jimmy war abgelenkt, als die anderen die leichte Veränderung in der Luft spürten, das plötzliche Abfallen der Temperatur, das bedeutete, daß sie sich dem Meer näherten. »Sind wir da?« fragte Schaeffer.

»Nein«, sagte die Ehrenwerte Meg. »Das ist erst Southampton. Jetzt zischen wir noch die M27 lang, bis wir mit quietschenden Reifen auf der A27 landen, auf der wir dann nach Brighton donnern. Und wenn wir da sind, kommst du dir vor, als wärst du auf einem Pferd hingeritten.«

»Reiten Sie denn, Michael?« In Peter Filchings Stimme klang ein leichter Hoffnungsschimmer mit.

An das Pferd erinnerte sich Schaeffer nur ungern. Er war mit ihm in Carlo Balacontanos Scheune in der Nähe von Saratoga gefangen gewesen. Plötzlich hatte er sich vor dem riesigen Tier, einem Berg aus straffen Muskeln, gesehen, das mißtrauisch und empört darüber war, daß sich ein kleiner Zweibeiner bei ihm eingeschlichen hatte. Die großen weißen Augen verdrehten sich in den Höhlen, das lange Gesicht fuhr herum, und die Nüstern bebten, als es sich mit tiefen Atemstößen anschickte, ihn mit eisengesäumten Hufen gegen die Wand der Box zu nageln. Er hatte das Gatter geöffnet, war auf den Rücken des großen Tieres geklettert, hatte das Seil gekappt und sich festgekrallt, als es aus dem warmen Gebäude über die dünne

Schicht Schnee auf der Weide schoß, um dann über den Zaun zu setzen, beide eine Einheit aus Entsetzen und Energie. Seine eigene Angst, von Balas Soldaten erschossen zu werden, hatte sich mit der Angst des Tieres vor allem und jedem vermischt; seine Angst, bei dieser Geschwindigkeit aus einer solchen Höhe auf dem hartgefrorenen Boden zu landen, hatte die Angst des Pferdes verschlimmert, nicht schnell genug rennen zu können, um die üble Kreatur loszuwerden, die sich da in seine Mähne krallte. Dann, vor dem zweiten Zaun, war es plötzlich stehengeblieben. Irgendeine dunkle Erinnerung hatte es daran denken lassen, daß es sich auf der anderen Seite der Straße befand, die es weit mehr fürchtete als die Nacht, die Kälte und den Eindringling auf seinem Rücken. Schaeffer war von seinem Rücken gerutscht. »Danke fürs Mitnehmen, du großes blödes Vieh«, hatte er gesagt und war durch den Zaun geschlüpft, während Balas Männer noch mit ihren riesigen Cadillacs die eisige Auffahrt herunterrutschten, um Schaeffers Wagen abzufangen, den er gar nicht hatte. Monate später, er war bereits in England, hatte er gelesen, daß eines von Balas Pferden ein großes Rennen in Florida gewonnen hatte. Er hatte seither immer gedacht, es könnte jenes gewesen sein. Seine kurze Berühmtheit hatte das Tier freilich nicht diesem Sieg zu verdanken, sondern der Tatsache, daß es damals längst in den Besitz der Finanzbehörden übergegangen war. Balas realisierbare Aktiva waren zwar während des Mordprozesses beschlagnahmt worden, aber zu diesem Zeitpunkt hatte selbst das Finanzamt das Startgeld nicht mehr zurückfordern können, und so hatten sie das Pferd eben laufen lassen.

»Ist nichts für mich«, sagte Schaeffer. »Ich habe seit den Ponys meiner Kindheit auf keinem Pferd mehr gesessen. Und Sie?«

Der Wagen sauste die Schnellstraße entlang und trieb an anderen Fahrzeugen vorbei, als mühten sie sich durch ein schwereres Medium.

»Wir halten uns keine Pferde mehr«, sagte Peter mit Bedauern. Die Unterhaltung wurde sporadisch und unverbindlich, wie das bei Gesprächen mit Michael Schaeffer nicht selten der Fall war. Es gab immer Fragen, die Antworten zu seinem Leben vor Bath nötig machten, Antworten, die womöglich etwas über Ausbildung, Einkommen oder alte Bekanntschaften enthüllten. Schaeffer war flink und aufgeschlossen, aber er schien sich hauptsächlich auf die Gegenwart zu konzentrieren. Die Vergangenheit sprach er bestenfalls an, wenn er jemanden zum Sprechen bringen wollte, und das auch nur, um die Aufmerksamkeit von ihm selbst abzulenken.

Als sie den Stadtrand von Brighton erreichten, schlich sich Meg in die Leere. »Michael braucht eine Baedeker-Tour. Er ist noch nie in Brighton gewesen.« Die beiden Männer auf dem Vordersitz schwiegen sich aus. »Na schön«, sagte sie. »Werde ich eben mein Bestes tun.«

Langsam rollten sie am Königlichen Pavillon vorbei. Dessen maurisch angehauchte Türmchen und Kuppeln erinnerten Schaeffer an Disneyland, aber Meg lieferte den Kommentar. »Der Prinzregent hat sich das hier als Spielwiese hinstellen lassen, für den Fall, daß er mal ausspannen wollte.«

»Welcher Prinz?« fragte Michael. Er hatte seine Verpflichtung, Interesse zu heucheln, akzeptiert.

»Der spätere Georg der Vierte. Aber auch seine Freunde bauten sich hier Häuser, und das war der Anfang des ganzen Trubels, den du hier siehst. Was du nicht siehst, das steht im Palast – der Grund, weshalb Peter und ich uns schon immer so nahestanden, fast wie Bruder und Schwester.«

»Sind wir das?« meinte Peter Filching. »Das war mir noch gar nicht bewußt.«

»Du weißt doch. Das pseudoorientalische Bett im roten Schlafzimmer.« An Michael gewandt sagte sie: »Fast das ganze Gebäude wurde später mit Regency-Möbeln aus der königlichen Sammlung ausgestattet. Das Bett dagegen hat der National Trust erst vor zehn Jahren von meinem Vater gekauft. Es stand früher mal in unserer Familienbleibe in Yorkshire, kam aber während eines großen Hausputzes schon vor Generationen nach Bath. Ich wurde darin gezeugt, und ich hatte immer den Verdacht, auch Peter. Mein Vater fühlte sich schuldig …«

»Unsinn«, protestierte Peter.

Jimmy Pinchasen hüstelte und räusperte sich. »Ich denke, ich fahre am Rennplatz vorbei und lasse euch beide aussteigen. Peter und ich stellen den Bentley irgendwo ab, wo sie uns nicht gleich eine Ladung Pferdefutter drüberkippen.« Er pflügte eine Furche in eine große Schar Fußgänger, die sich gegenseitig ergriffen und zur Seite sprangen, um dem unerbittlichen Vorstoß der glänzenden Maschine zu entgehen. Waren sie erst einmal außer Gefahr, starrten sie wütend zu den dunklen Scheiben herein.

»Das ist nicht nötig«, sagte Meg. »Ich bin gut zu Fuß und habe vernünftige Schuhe an.«

»Ich bestehe darauf«, sagte Jimmy. Er warf einen Blick auf den schweigenden Filching. »Wirklich.«

Meg öffnete die Tür und trat hinaus auf den Rasen. »Komm, Michael. Wir sagen den Pferden schon mal, was sie tun sollen.«

Schaeffer stieg aus und stand neben ihr, als der Wagen seine erbarmungslose Fahrt durch die Menge fortsetzte. »Du bist ihm mit deiner Geschichte auf den Schlips getreten.«

»Peter? Keine Bange. Sobald der seine Zeit als Mönch von Bath absolviert hat und sein Vater sein Treuhandvermögen freigibt, geht er zurück nach Babylon und erzählt die Geschichte selbst. Nicht ohne sie seinem Geschmack anzupassen, versteht sich. Derlei tue ich ihm nicht das erste Mal an.«

»Ich frage mich, ob sie ihm einer abkauft.«

»Er hat zwar nicht meine Überzeugungskraft, aber es ist durchaus möglich«, sagte sie. Er bemerkte, daß sie ihn abschätzte, als versuche sie zu entscheiden, wie weit sie bei ihm gehen konnte. »Ich habe ihm, als wir noch Kinder waren, das Lügen beigebracht, nur für den Fall, daß ich ihn mal als Liebhaber wollte.«

Neben der Haupttribüne hatte man einige hölzerne Buden errichtet, im Grunde kaum mehr als Tische mit Sonnendächern. Sie sahen aus, als hätte man sie hastig zusammengenagelt, aber das offensichtliche Alter des Holzes zeugte davon, daß man sie schon seit Generationen während der Rennen hier auf dem Rasen aufstellte und sie dann wieder wegkarrte.

Auf dem Baldachin über einem davon hieß es »B. BALDWIN, BUCHMACHER«. Während sich der Bentley durch die Menge fraß, grinste Mr. Baldwin und zeigte dabei ein eigentümliches Arrangement von Zähnen, die zwar gerade und gleichmäßig waren, aber regelmäßige Lücken aufwiesen, als gehörten sie eigentlich zu einem kindlichen Geschöpf. Was genaugenommen auch der Fall war: Mr. Baldwin, ein Mann in den Vierzigern, dessen Gesicht bereits verkniffene Falten aufwies, hatte noch immer seine Milchzähne. Die anderen waren einfach nie gewachsen. Beim Röntgen hatte er erfahren, daß er das Opfer eines geringfügigen genetischen Schadens war. Eine der Theorien, die man unter den wissenschaftlichen Kapazitäten der Rennbahn vertrat, war, daß er schlichtweg zu gierig war, um sich von irgend etwas zu trennen, was er einmal besaß. Laut einer anderen, die weit mehr Anhänger fand, war es bei Baldwin wie bei den Haien: Ihm wuchsen nacheinander ganze Reihen von Zähnen, die sich eine nach der anderen nach vorne schoben, um die jeweils äußerste zu ersetzen, wenn er sie an den Opfern seiner Gefräßigkeit abgenutzt hatte.

Baldwins Grinsen veranlaßte die beiden Männer an seiner Seite seinem Blick zu folgen und nach der Ursache des Aufruhrs zu sehen. Sie sahen das hübsche Mädchen aus dem Bentley steigen und hörten sich Baldwins Schätzung an: »Fünfhundert würde ich hinlegen.«

»Für einen von ihren Ohrringen«, sagte Mack Talarese. »Das ist immerhin ein Rolls, aus dem sie da eben gestiegen ist.« Er hieß eigentlich Mario, aber niemand nannte ihn mehr so, außer seinen Verwandten. Zu diesen gehörte sein Onkel, Tony Talarese, den er mit größter Demut und einer Spur von Dankbarkeit Onkel Antonio nannte. Onkel Antonio lebte in New Jersey, aber er hatte es geschafft, dem jungen Mario die Chance zu verschaffen, sich seine Sporen bei den Carpaccio-Brüdern zu verdienen, zwei rührigen Unternehmern, die in England geschäftlich einen Fuß auf die Erde zu bringen versuchten.

Eines Tages, so hoffte Onkel Antonio, würde sein Neffe in einem Anzug aus der Savile Row einen Aktenkoffer in ein zweihundertjähriges Gebäude tragen, wo er mit Computern und Faxgeräten arbeitete, die in seinen Augen die Instrumente der Macht waren; er sollte kaufen und verkaufen und sich um die immensen Summen kümmern, die aus den Staaten ins Land fließen würden. Das Geld würde in unanfechtbare Anlagen von unschätzbarem Wert gesteckt. Aber zuerst brauchte Mario einige Jahre, um zu dem Mann zu werden, der das zuwege brachte. Er brauchte die Erfahrung, die ihn von den anderen Männern in maßgeschneiderten Anzügen, die die schimmernden alten Büros bevölkerten, unterschied. Er mußte wissen, was er zu tun hätte, wenn ihm ein Mann ausgerechnet an dem Tag aus dem Weg ging, an dem seine Anleihe fällig war, was er zu tun hätte, wenn eine seiner Nutten einen Teil ihrer Einnahmen bunkerte, wenn ein Rivale ihm den Rang abzulaufen drohte. Er mußte sich sicher sein, daß er entschieden und ohne zu zögern auf den Tisch hauen würde, wenn es soweit war. Er mußte lernen, woher das viele Geld kam.

Jetzt sah Mario etwas, was er für einen ausgesprochenen Glücksfall hielt. Der Mann, der eben aus dem Rolls-Royce gestiegen war, kam ihm bekannt vor. Mario wollte sein Name nicht einfallen, aber zu Hause hätten sie ihn mit Sicherheit nicht vergessen. Er war der »Spezialist«, der vor Jahren durchgedreht und all die Jungs umgelegt hatte, sogar Mr. Castiglione, der doch schon achtzig gewesen sein mußte. Castiglione hatte wie ein verhutzelter Kaiser in einer von Menschenhand geschaffenen Oase in der Nähe von Las Vegas gelebt – einer wahren Festung. Mario überlegte bereits, wie sich sein Glück nutzen ließ. Er könnte Onkel Antonio anrufen und ihm erzählen, was er gesehen hatte. Aber dann wäre sein Onkel derjenige, der die Lorbeeren erntete; er würde ein Team in die nächste Maschine setzen. Wenn Mario das jedoch selbst erledigen und sein Glück in die Hand nehmen könnte, damit es ihm nicht durch die Finger glitt, dann ließe sich seine Lehrzeit um Jahre verkürzen. Irgend jemand würde schon davon hören und ihn auf einen Posten setzen, wie er sonst einem Mann seines Alters nicht zustand. Damit wäre er auch aus der Abhängigkeit von der knausrigen Gönnerschaft seines konservativen Onkels befreit.

Mario machte eine Bestandsaufnahme der Kräfte, die ihm zur Verfügung standen. Da wäre Lucchi, der junge Sizilianer, der mit ihm die Runden machte. Lucchi hatte in einem schmuddeligen kleinen Londoner Restaurant gekellnert, das den Carpaccios gehörte. Die beiden hatten ihn aus Sizilien geholt und ihm Arbeit gegeben, um irgendeine Schuld zu begleichen, die sich in der komplexen, vorsintflutlichen Buchhaltung angehäuft hatte, die sie in ihren Köpfen mit sich herumtrugen. Lucchi lief nach wie vor wie ein Kellner in engen schwarzen Hosen und weiten weißen Hemden voller uralter Flecke herum. Außerdem hatte er den Gang einer Frau.

Aber dann hatte Mack noch Bert Baldwin. »Siehst du den Typ bei ihr?« fragte er ihn. »Den suchen wir.« Kaum hatte er das gesagt, spürte er eine Welle über sich zusammenschlagen; es war, als hätte man ihm einen überdimensionalen Schuß Hitze in die Adern gepumpt. Was, wenn er sich irrte? Er hatte den Mann nur einmal gesehen, ganz zufällig, und er war damals noch ein Kind gewesen.

»Was heißt, ihr ›sucht‹ den?« fragte B. Baldwin. »Schuldet er euch was?«

Mit grimmiger Eindringlichkeit ließ Mack die Zähne knirschen. »Er ist ein Fall für die Klapsmühle, wir müssen also vorsichtig sein. Und ich glaube, er hatte noch zwei Leute im Rolls.«

B. Baldwin blickte ihn von der Seite her an. Einen Augenblick später war er sich sicher, verstanden zu haben. Er überlegte bereits, ob sich daraus nicht vielleicht Kapital schlagen ließ. Immerhin war er es gewesen, der ihm das Opfer gezeigt hatte – oder zumindest hatte er die Kleine gesehen, und das war doch wohl dasselbe, oder nicht? »Na, dann viel Glück. Ich habe vor dem ersten Rennen noch eine Menge zu tun, wenn ich dich nach dem letzten bezahlen will.«

Mack packte ihn am Arm. »Das hier ist wichtiger. Das hier ist wichtiger als hundert von den blöden Rennen hier. Wenn wir den Mann kriegen, zahle ich die Carpaccios selber aus.« Als er Baldwins Haifischlächeln sah, schwappte noch einmal die Welle über ihn hinweg. Ihm fiel ein, daß er noch nicht einmal wußte, wieviel Baldwin den Brüdern Carpaccio schuldete. Die beiden Sizilianer hatten alles im Kopf; sie sagten ihm lediglich, wieviel er und Lucchi bei jedem ihrer Opfer zu kassieren hatten. Sie ließen ihn das Geld noch nicht einmal transportieren. Lucchi mußte es abliefern, und mit dem unterhielten sie sich nur leise und auf italienisch, und das so schnell, daß bestenfalls ein geborener Sizilianer mitkommen konnte. Er wußte immer noch nicht, ob er nun der Chef und Lucchi nur sein Geldbote war oder ob Lucchi das Sagen hatte und er selbst nur mitgeschickt wurde, weil Lucchis Englisch so miserabel war. Aber das spielte jetzt keine Rolle mehr – der »Fleischerjunge« würde sein erster Abschuß, mit ihm würde er sich seine Sporen verdienen.

Mit einem Augenzwinkern nickte Baldwin einem Mann in der Menge zu, in dem Mack einen Taschendieb erkannte. Der Mann kam an die Bude geschlendert, und während Baldwin ihm einen Stapel Wettquittungen aushändigte, wandte sich Mario, nach italienischen Worten suchend, an Lucchi. »Es ist eine Frage der Ehre. Der Mann war das reinste Tier.« Um der Wahrheit die Ehre zu geben, hatte Mario nur eine vage Vorstellung davon, was der Fleischerjunge angestellt hatte, außer daß er es irgendwie fertiggebracht hatte, einen Haufen Leute umzulegen und Carlo Balacontano einen dieser Morde anzuhängen. Bala, der lebenslänglich bekommen hatte und nach wie vor saß, schickte durch diverse Kanäle so viele Mahnungen nach draußen, daß es schon peinlich war. Mario beobachtete Lucchis Gesicht, während er seinen Wortschatz erschöpfte. »Er hat das Gebot der Gastfreundschaft verletzt, die Loyalität mit Füßen getreten und meinen Onkel blamiert.«

Ein Flackern in Lucchis Augen wies auf eine vage Reaktion. Mack hoffte, daß in seiner gestammelten Litanei etwas dabei war, was dem Mann etwas sagte. »Si«, meinte Lucchi leise. Die Brüder Carpaccio hatten Lucchi nicht etwa nach England kommen lassen, um ihn vor der auf Sizilien grassierenden Armut zu retten, sondern vor der Menschenjagd, zu der die Polizei in Rom über Nacht geblasen hatte. Er hatte den Bankier Giovanni Parla in seiner Badewanne umgebracht, um eine Schmach zu tilgen, die Parlas Großvater Lucchis Großmutter angetan hatte, und das noch bevor Lucchis Vater geboren war. Und da Lucchis Vater ums Leben kam, als er eine überempfindliche Rohrbombe in Parlas Wagen zu plazieren versuchte, hätte es gegen Lucchis Ehrgefühl verstoßen, das so einfach auf sich beruhen zu lassen. Nachdem er Parla verblutend in der Wanne hatte liegen lassen, hatte er die anderen Räume des Hauses durchsucht und auch noch dessen Frau und die beiden Kinder umgebracht. Jetzt sagte er auf englisch: »Wie willst du's erledigt haben?«

3

Meg zog Schaeffer auf die Tribüne und bugsierte ihn fast ganz unten auf einen Platz in der Mitte. »Also, Michael, jetzt laß uns mal die Pferde einschätzen. Mein System besteht darin, mir die größten herauszusuchen und dann eine ordentliche Summe auf Sieg zu setzen.«

Schaeffer starrte auf den breiten grünen Rasen hinaus, auf dem man einige Pferde bewegte. Die Bahn selbst wurde mit einer weißen Bande abgegrenzt, dahinter erstreckte sich eine Wiese, die sich von der Straße bis zu den Hügeln hinzog, vor denen die ersten Häuser standen. Sie hatte so gar nichts von den amerikanischen Rennbahnen, die eher Schnellstraßen für Pferde glichen und von mächtigen Bauten für Zuschauer und Scharen von Wettern gesäumt wurden; darüber die elektronischen Anzeigetafeln, darunter die unterirdischen Bunker, in denen man Geld durchs Fenster schob und Automaten Wettscheine ausspuckten. Es gefiel ihm. So vieles in England nahm sich etwas amateurhaft aus. »Ich frage mich, wo wohl die anderen bleiben.«

»Jimmy nimmt es mit dem Parken immer sehr genau. Er ist ein Autonarr. Habe ich dir schon gesagt, daß ich gerade das an dir mag? Daß dir absolut nichts an Maschinen liegt.«

»Bist du sicher, daß du Peter nicht beleidigt hast?«

»Absolut.« Sie wandte sich ihm zu und bedachte ihn mit

ihrem rätselhaftesten Lächeln. Es wirkte so offen und arglos, daß er genau wußte, daß es sich um einen sorgfältig geübten Kunstgriff handelte. »Als wir noch jung waren, hat er mich mal überredet, mich auszuziehen – ein Kleidungsstück nach dem anderen, versteht sich. Er machte Fotos mit einer Polaroid. Ich sah schon an den ersten, daß ich hübsch war, und von da an war ich mit ziemlicher Begeisterung bei der Sache; hauptsächlich weil ich angenehm überrascht war, aus einer narzißtischen Neugier heraus. Ich knöpfte und knöpfte und ließ mein Kleid rutschen, um etwas mehr zu zeigen. Als nichts mehr auszuziehen war, stellte ich fest, daß ich mich aus Winkeln sehen wollte, aus denen ich mich noch nicht kannte. Ich bin sicher, daß Peter die Bilder noch hat. Ich habe ihn nur daran erinnert, daß ich es genausowenig vergessen habe.«

»Warum erzählst du solche Geschichten?« fragte Schaeffer.

»Weil ich finde, es hätte passieren sollen«, antwortete sie. »Oder wenigstens *irgendwas.* Irgend etwas Anstößiges, Skandalöses. Wenn ich ehrlich bin, waren wir ein paar traurige Schlakse mit tropfenden Nasen. Wir waren einsam, gelangweilt und froren die meiste Zeit. Aber wir hatten Angst, miteinander zu sprechen. Es wäre schön, wenn etwas passiert wäre, und wenn ich es so erzähle, dann könnte man meinen, es wäre passiert. Wem schadet das schon?«

»Niemandem. Ich gehe sie trotzdem mal suchen.«

»Wozu um alles in der Welt?«

»Damit sie uns mitnehmen, wenn wir nach Hause wollen.« Vorsichtig stieg er die Holztribüne hinab und drängte sich dann durch die Menge auf dem Rasen. Schon in jungen Jahren hatte er sich angewöhnt, den Leuten, die er passierte, nicht direkt in die Augen zu sehen; sein Blick war stets auf die Stelle gerichtet, an der er sich einige Schritte später befinden würde. Auf der Straße wandte er sich in die Richtung, die Jimmy eingeschlagen hatte, nachdem sie ausgestiegen waren. Er hatte ein merkwürdig ungutes Gefühl im Magen, als er seinen Blick über die verstreute Schlange von Männern und Frauen schweifen ließ, die Richtung Rennbahn schlenderten. In den Jahren, seit er in Heathrow aus dem Flugzeug gestiegen war, einen Paß auf den Namen »Charles F. Ackerman« in der Tasche, hatte sich langsam, aber sicher eine gewisse Abhängigkeit von einem geordneten Ablauf der Ereignisse rund um ihn eingestellt, die man leicht für einen Sinn für Anstand und Konformität hätte halten können. So hatte er eine instinktive Abneigung dagegen, auf größere Ansammlungen von Menschen zuzugehen und ihnen sein Gesicht zu zeigen, weil er jedem einzelnen von ihnen auffallen konnte, der sich dann womöglich seine Gedanken über ihn machte.

Er entdeckte den Bentley schließlich am Randstein unter einem uralten Nußbaum. Schon verunzierten die ersten schwarzen Nußschalen den spiegelblanken Lack, und auf der Windschutzscheibe klebten einige Blätter. Jimmy Pinchasen war ein Idiot. Wenn ihm so viel an dem Wagen lag, dann hätte er ihn wenigstens nicht unter den Baum stellen sollen. Er ging hinüber, blieb stehen und sah sich um. Wenn sie so weit gefahren waren, wieso war er ihnen dann nicht begegnet? Mit zusammengekniffenen Augen spähte er durch die getönten Scheiben und erstarrte.

Pinchasen und Filching waren nur undeutlich auszumachen. Pinchasen lag auf der Seite auf dem Vordersitz, ganz so, als wäre er einfach umgekippt. Filching lag mit dem Gesicht nach unten auf dem Rücksitz; seine Hosenbeine waren ihm bis zu den Waden hochgerutscht. Jemand hatte ihn an den Knöcheln in diese Haltung gezogen. Aus der Menge Blut, die sich in Lachen auf Ledersitzen und Boden angesammelt hatte, schloß er, daß man ihnen die Kehle durchschnitten hatte.

Er richtete sich wieder auf, sah rechts und links die Straße hinauf, und als er sah, daß keine Autos kamen, überquerte er sie. Noch immer kam ein unablässiger Strom von Leuten vorbei, nunmehr etwas schneller, da die Rennen jeden Augenblick anfangen mußten. Jetzt freilich sah er diese Leute mit anderen Augen. Er begegnete ihren Blicken, suchte nach Anzeichen, daß man ihn erkannte. Ganz automatisch hatten sich all die alten Gewohnheiten wieder eingestellt. Mit einem Blick schätzte er Haltung und Hände ab. Krümmte ein Mann mit einem leichten Zittern die Finger, wenn er ihm in die Augen sah? Verschwand die Hand einer Frau in ihrer Handtasche? Er kannte die sinnvollen Bewegungen ebenso wie die unbeabsichtigten Gesten und prüfte jeden darauf, ohne Ausnahme.

Er und Eddie hatten einmal einen Job wie den hier erledigt, da war er kaum älter als zwölf gewesen. Eddie hatte ihn für ein Baseballspiel eingekleidet, selbst einen neuen Handschuh hatte er ihm gekauft, den er gefaltet unter dem Arm tragen sollte. Als sie in der Menge auf den Mann stießen, hatte dieser sie noch nicht mal gesehen; seine Augen waren viel zu sehr damit beschäftigt, das Publikum nach einer Gefahr abzusuchen, um auch nur einen Augenblick auf ein Kind und seinen Vater zu verschwenden, die von einem Spiel auf irgendeinem Sandplatz zurückkamen. Als sie an dem Mann vorbeikamen, berührte Eddie den Arm des Jungen, und er öffnete das Netz zwischen Daumen und Zeigefinger des Handschuhs, so daß Eddie die Pistole mit dem Schalldämpfer herausnehmen konnte. Eddie drehte sich um und setzte dem Mann eine Kugel hinters Ohr. Er erinnerte sich noch, daß der Mann noch einen Schritt weiterging, bevor er nach vorn auf den Gehsteig kippte. Während Eddie ihn vom Schauplatz stieß, hörte er die Leute noch etwas über Herz und Schlaganfälle sagen. Die Umstehenden hatten ihnen Platz gemacht; ganz offensichtlich tat Eddies Junge ihnen leid – hatte er doch eben miterlebt, wie irgendeinem Fremden im Gehirn ein Äderchen platzte.

Schaeffer spürte, daß sein Puls sich wieder zu beruhigen begann. Schon beim ersten Blick in den geparkten Wagen war ihm alles so klar gewesen, als hätte er es mit angesehen. Sein Verstand hatte weder zu rasen begonnen, noch war er die möglichen Implikationen durchgegangen, die dieser Anblick für sein eigenes Überleben hatte. In Sekundenbruchteilen sah er sich um zehn Jahre zurückversetzt, in sein altes Leben: Jemand hatte ihn entdeckt. Diese Leute vergaßen weder, noch hörten sie zu suchen auf.

Mack Talarese lehnte sich rücklings gegen den Raritätenladen und versuchte, wieder zu Atem zu kommen. Mit Entsetzen und Ehrfurcht starrte er Lucchi an. Der kleine Kellner hatte sich plötzlich als etwas ganz anderes entpuppt, und Mario fand das alles andere als beruhigend, was er da eben erlebt hatte. Mario und Baldwin traten an die Fahrerseite, und der Leibwächter näherte sich von vorn, als der Fahrer den großen Rolls an den Straßenrand manövriert hatte. Mario hatte sich in etwa vorgestellt, die beiden irgendwohin zu schleppen und dann zu erschießen. Aber dann trat Lucchi auf der rechten Seite des Wagens hinter den Fahrer, seine rechte Hand kam hinter dem Oberschenkel hervor, ein bereits geöffnetes Fallschirmjägermesser darin; die Hand war im offenen Fenster verschwunden, und als Lucchi sie wieder zurückzog, war sie voll Blut. Dann hatte Lucchi auch schon die Hintertür offen, sprang in den Wagen und erledigte den anderen. Der Mann hatte noch auf den Rücksitz klettern und die Tür öffnen können, aber Lucchi hatte ihn sich bereits geschnappt. Er war bereits tot, als Lucchi ihn bei den Knöcheln packte und zurück in den Wagen zog. Dann ging der kleine Sizilianer ganz lässig vor Mario und Baldwin zur Rennbahn zurück. Aber Talarese war der Ausdruck auf Lucchis Gesicht nicht entgangen, als sich ihre Blicke trafen. Als Kind auf Long Island hatte Marios Hund einmal die Witterung eines Kaninchens aufgenommen und war querfeldein hinter ihm her. Marios Rufe hatte er wohl als Aufforderung interpretiert, noch einen Zahn zuzulegen. Schließlich hatte der Hund das zerbissene, schlaffe Ding angeschleppt, Stolz und Hoffnung auf das Lob in den Augen, das er sich verdient hatte. Genau diesen Blick hatte er eben in Lucchis Augen gesehen.

Baldwin wandte sich Mario zu, als sie Lucchi folgten. »Grimmiger kleiner Mistkerl, was?« Talarese nickte. Lucchi war gefährlich. Er war etwas, worauf Mario nicht gefaßt gewesen war, ein Atavismus, ein Sizilianer wie jene, die noch vor dem Ersten Weltkrieg auf Ellis Island von den Dampfern gestiegen waren: hager, gerissen, ehrgeizig und ohne die geringsten Skrupel.

Mario entschloß sich, die Implikationen dieser Entdeckung bis zum Ende des Tages auf sich beruhen zu lassen. Er operierte bereits auf eigene Faust. Die Carpaccios dürften wohl kaum eine Ahnung haben, wer der Mann war. Wenn das über die Bühne gebracht war, wäre Mario als einziger in der Lage, die Früchte seiner Leistung zu ernten: Man würde ihn in die Staaten zurückbeordern und auf einen Posten hieven, wie er einem entschlossenen jungen Mann mit Initiative gebührte.

»Kommt«, sagte Mario. »Jetzt, wo er nicht weg kann, gehört er uns.« Er trat aus dem Schatten des Ladens auf die Straße und hörte die Schritte der anderen hinter sich. Er sah sich nicht einmal um. Er konzentrierte sich nur auf seinen Weg durch die Menge, die sich Richtung Rennbahn bewegte, wo der Fleischerjunge – Herrgott, wenn das nicht der Hammer war: Der Mann mußte doch mittlerweile längst um die Vierzig sein – wo der Fleischerjunge mit seiner Freundin auf der Tribüne saß, ohne zu ahnen, daß die Kräfte, die er vor Jahren in Bewegung gesetzt hatte, ihn bereits seiner Soldaten beraubt und ihm den einzigen Fluchtweg abgeschnitten hatten. Es war genau wie in dem Stück von Shakespeare, das sie einen in der zehnten Klasse lesen ließen. Der Mistkerl kam sich wie ein König vor: in der Sonne zu sitzen mit einer Frau, die den Schmuck einer

Königin trug. Nun, heute war der Tag, heute würde der Birnamswald zum Dunsinan emporsteigen. Die Bäume rückten dem Scheißkerl bereits auf den Pelz. Mario lächelte und hätte gute Lust gehabt, das den anderen gegenüber zu erwähnen – was natürlich sinnlos gewesen wäre. Baldwin war zwar Engländer, hatte es aber wahrscheinlich noch nicht mal bis zur zehnten Klasse geschafft, und Lucchi wüßte noch nicht mal, wer Shakespeare war.

Margaret Holroyd bemühte sich, nicht allzu enttäuscht zu sein. Sie blickte hinaus auf den Rasen, wo Jockeys und Trainer eben die schönen Pferde zu beruhigen versuchten. Sie waren mit prächtigen Seidendecken in herrlich lauten Farben geschmückt, und die Jockeys trugen merkwürdige Kombinationen, deren Farben sich bissen und vermutlich aus denselben Ballen geschnitten waren. Sie waren so weit weg, daß sie außer winzigen grünen, rosa, roten und goldenen Flecken eigentlich gar nichts sah. Was in aller Welt sollte sie ohne Michael anfangen? Er war erst zehn Minuten fort, und schon fehlte er ihr. Sie war böse auf ihn. Sie konnte nicht mehr viel länger mit ihm spielen. Bald hätte sie die ersten Krähenfüße in den Augenwinkeln wie Tante Caroline. Dann würde sie sich ihrer Verantwortung stellen und so tun müssen, als hätte es diese Zeit in ihrem Leben niemals gegeben.

Sie hatte bereits jetzt nicht den geringsten Zweifel daran, daß sie sich ändern könnte, und auch das war ein Zeichen. Es war noch gar nicht so lange her, da hätte sie nicht geglaubt, dazu fähig zu sein – die Leute hätten ihre Heuchelei auf der Stelle durchschaut und darüber gelacht. Inzwischen jedoch konnte sie damit sehr wohl durchkommen. Eine Schande. Wäre sie jetzt zu Hause gewesen, sie war sich sicher, sie hätte den Nachmittag in dem großen Ledersessel am Fenster der Bibliothek zugebracht und in Versen geschwelgt. Vermutlich in Ubi-sunt-

Gedichten. »Où sont les neiges d'antan?« Und hätte darauf gewartet, daß die strahlende Nachmittagssonne satter wurde, erst zu Bernstein, dann blau, Nuance auf Nuance, während das Licht die Seiten langsam verschwinden ließ, bis sie schließlich im Dunkeln saß – eine kleine Übung für Alter und Tod. Nein, das hätte sie nicht, gestand sie sich ein; es war eine weitere Lüge. Sie stand auf und stieg rasch und unbekümmert die Stufen hinab ins Gras. Es fühlte sich gut an auf ihren freiliegenden Zehen, da es feucht war und kitzelte. Und dann kam auch schon Michael zurück.

Er kam rasch auf sie zu, als hätte er die Absicht, sie abzufangen und ihr etwas zu sagen, bevor sie in Richtung Toiletten oder Wettbuden verschwand. Na schön, dachte sie. Sie hatte absolut nichts dagegen, sich ablenken zu lassen. Egal, welchen Zeitvertreib sie gefunden hätte. Als er sie erreichte, blieb er nicht stehen, sondern packte sie am Arm und riß sie mit sich fort. Sie hielt Schritt mit ihm, während ein leiser Druck hier und da sie elegant in die eine oder andere Richtung wies. »Mir war gerade langweilig«, sagte sie.

Sein Gesicht war ausdruckslos, und während sie so dahingingen, sah er geradewegs vor sich hin.

»Sag jetzt nichts. Hör einfach nur zu. Wir müssen sofort von hier verschwinden. Hier sind Leute, die uns umbringen wollen.« Einen Augenblick lang sah er sie an. Es hörte sich unpersönlich an, als hätte er eben den Wetterbericht gehört.

»Wer ist es?« flüsterte sie. »Die IRA?«

Schaeffer wußte erst nicht, was sie meinte. Selbst nach all den Jahren in England war für ihn der endlose, bittere Kampf nicht weniger weit weg als der Libanon, Moçambique oder El Salvador. Die Leute hatten sich beim Abendessen über die »Irische Frage« unterhalten, sicher, aber er hatte sich nur verwundert gefragt, was sie damit wohl meinten. »Nein«, sagte er einen Augenblick später. Darüber wußte sie sicher mehr als er.

»Es ist mein Problem, aber ich bin sicher, sie haben dich gesehen.«

»Willst du, daß ich mir wie eine dumme Gans vorkomme, weil ich dir immer Geschichten erzähle?«

»Nein«, sagte er. Sein Ausdruck änderte sich dabei nicht. Er starrte nach wie vor jeden an, der ihnen entgegenkam. Trotz ihres festen Entschlusses, sich nicht anführen zu lassen, bekam sie langsam Angst. Das war doch nicht möglich, sagte sie sich. Es war ein sonniger Nachmittag in Brighton. Sie bewegten sich inmitten einer riesigen Ansammlung von absolut respektablen Leuten. Berufstätige Frauen und Büroangestellte hatten ihre Kinder in London in den Zug gepackt, um hierherzufahren, Steinchen ins Meer zu werfen und diese grauenhaften Zuckerstangen zu essen.

Dann jedoch machte sie einen Fehler: Sie holte weiter aus, um nach Beweisen zu suchen, mit denen sich ihre Weigerung, ihm zu glauben, stützen ließ, und begann über Michael Schaeffer nachzudenken. Sie wußte nichts über ihn, außer das, was er ihr gesagt hatte. Ein eisiges Gefühl schlich sich in ihren Magen. Irgendwie war sie zu weit gegangen; töricht, wie sie war, hatte sie irgendeine unsichtbare Grenze überschritten, und jetzt befand sie sich auf der anderen Seite und wünschte sich, sie könnte wieder hinüberhuschen. Aber sie war bereits zu weit entfernt und dabei, mit diesem Mann in irgendeinem Alptraum zu versinken. Sie kam sich klein und schwach vor, und die Welt war voller scharfer Kanten und Augen, die sie beobachteten.

Als Michael sie um die Tribüne herum und auf der Straße Richtung Stadt führte, war sie einen Augenblick lang erleichtert. »Bringen Peter und Jimmy den Wagen?«

»Die beiden sind tot«, antwortete er.

Die Antwort prallte auf ihre Sinne wie ein lauter, scharfer Knall. Sie spürte, daß sie einen Schritt tiefer in den Alptraum stolperte – als wäre sie auf einer Leiter ausgerutscht. Doch dann befahl sie sich: Schluß damit! Und als die Panik verschwunden war, überraschte sie ein Gedanke: Nun, ich lebe noch. Nicht daß sie gewußt hätte, was das zu bedeuten hatte, aber es beruhigte sie auf eine gewisse naive Art. Einen Augenblick später wurde ihr klar, daß es eine Frage gewesen war, und da ihr keiner widersprach, begann sie sich wieder stärker zu fühlen.

Sie gingen die Straße entlang, bis sie auf eine Reihe von Ramschläden stießen. Es waren fünf, und die Fenster schienen alle dieselben Massen identischer Porzellansouvenirs, Postkarten und bestickter Platzdeckchen zu enthalten, die alle irgendwie mit Brightons Küste zu tun hatten. Als Michael weder in den ersten noch in den zweiten trat, kam ihr der Gedanke, daß das, was auch immer hinter ihnen her war, zu groß war, als daß es sich durch eine so simple List abwehren ließ: Es würde nichts nützen, in einem Laden zu warten und ein Taxi zu rufen. Es würde über sie hinwegschwappen wie eine Flut. Bedenken, daß alte Damen, die sich hier ein Teeservice kauften, alles sehen könnten, würden es nicht aufhalten. Ihr kam der Gedanke, daß Michael womöglich von der Polizei gesucht wurde. Aber er hatte gesagt: »Hier sind Leute, die uns umbringen wollen.« Und die Polizei von Brighton tat so was nicht; sie lebten in derselben Welt wie sie. Sie tippten sich an den Hut und wiesen den Leuten den Weg. Als seinerzeit in Mrs. Thatchers Hotel die Bombe explodiert war, waren sie nicht weniger überrascht und betroffen gewesen als Margaret selbst. An so etwas dachten noch nicht einmal sie.

Michael führte sie eine lange Passage zwischen dem zweiten und dritten Laden hinauf. Die Häuser waren so hoch und standen so eng, daß sie das Gefühl hatte, als könnte hier noch nie ein Sonnenstrahl gelandet sein. Die Luft war feucht und kühl, und die Grundmauern waren bis zur Stülpverschalung mit einer tiefen Schicht grünen Mooses überzogen. Am Ende der

Passage blieb Michael stehen. Er legte ihr eine Hand auf die Schulter, und sie war ihm dankbar dafür, aber zu ihrer Überraschung griff er nur nach dem Tragriemen ihrer Handtasche und nahm sie ihr ab.

Er trat hinaus in die Sonne, und sie sah den weißen Blitz. Es war der Arm eines Mannes. Er trug einen weißen Ärmel, und die Hand war zur Faust geballt. Sie schlug nach Michael, schnell und hart wie ein Kolben, aber Michael hatte es bereits im voraus gewußt. Er packte die Handtasche mit beiden Händen und fing den Schlag damit auf. Dann ging alles viel zu schnell. Er hatte den Tragriemen bereits um den weißen Arm gewickelt und zog ihn mit aller Kraft auf sich zu.

Sie sah, wie er den Mann über den Eingang der Passage riß. Er war schlank und dunkel und hatte die Hand nach wie vor zur Faust geballt, nur daß sie noch immer irgendwie an der Tasche zu kleben schien. Er hatte einen merkwürdig wachen Ausdruck auf dem Gesicht, als er vorbeihuschte, und einen Augenblick lang schien er sie die Passage herauf anzustarren. Sie hörte drei einzelne Geräusche, hohl und scharf, wie wenn ein Krocketschläger auf einen Holzball trifft. Dann kam ein Schaben, als ziehe jemand etwas hinter den nächsten Laden über den Boden.

Michael tauchte wieder auf. Er schwitzte jetzt, und das Haar hing ihm in die Augen. Er hatte ihre Handtasche dabei. Er riß ein Messer aus der Seite und hängte sie ihr wieder über die Schulter. Dann strich er sich das Haar zurück. Sie sah ihm ins Gesicht, aber es ließ sich nichts feststellen, was wie Angst, Reue oder Ekel ausgesehen hätte; was sie verblüffte, weil sie noch immer das dreifache Krachen im Ohr hatte und ihr klar war, daß da ein Schädel auf den Beton geknallt war. Michael dachte bereits einige Schritte voraus wie ein Schlagmann beim Kricket, der ahnte, wo der Werfer den Ball hinsetzen würde.

Sie drehte sich um und tat einen Schritt auf das andere Ende der Passage zu. Das Herz hämmerte ihr in der Brust. Sie mußten heraus aus diesem finsteren Loch, und sie war bereit, mit ihm Schritt zu halten, egal, wie schnell und weit er von ihr zu laufen verlangte. Aber seine Hand schoß nach vorn und packte sie am Arm. Sie blickte ihm in die Augen, aber die sahen sie gar nicht an. Er schüttelte nur seinen Kopf und drückte sie gegen die Wand. Dann sah sie, daß es bereits zu spät war. Sie hörte die Schritte eines laufenden Mannes; Michael spannte die Muskeln, ging etwas in die Knie, einen Fuß vor dem anderen, die Arme zu beiden Seiten vom Körper gestreckt.

Mario blieb stehen, als er die Beine sah, die aus der Lücke zwischen dem dritten und vierten Laden herausragten. Lucchi hatte es also getan. Der kleine Mistkerl hatte dem Mann hinter den Häusern aufgelauert und sein Messer über eine weitere Kehle gezogen. Und diesmal war es der, der zählte. Mario sah sich schon als reicher Mann. Er könnte wieder nach Hause. Er kämpfte gegen das Verlangen an, sich einfach umzudrehen und wieder zurück auf die Straße zu gehen. Er mußte sich zusammennehmen, jetzt oder nie. Er sah sich nach Lucchi um und war irgendwie irritiert. Die fiese kleine Schwuchtel konnte weiß Gott wo stecken. Dann fiel Mario das Mädchen ein. Ihm kam ein Gedanke, bei dem er zu schwitzen begann. Keine Frage, Lucchi war hinter dem Mädchen her. Was, wenn Lucchi nun selbst ein Fall für die Klapsmühle war? Womöglich tat er ihr etwas an. Etwas, woran Mario noch nicht einmal denken wollte. Er kam zu dem Schluß, daß dieser Ekel auch etwas war, was er unbedingt noch loswerden mußte. Diese wenigen Augenblicke hier entschieden über den Rest seines Lebens. Kein Mensch zu Hause würde sein Wort dafür nehmen, daß er das hier getan hatte. Da mußte er schon etwas mitnehmen, womit sich beweisen ließ, daß er den Fleischerjungen gefunden und umgebracht hatte. Er hatte nicht viel Zeit.

Er trat auf die Leiche zu. Er passierte die Lücke zwischen den ersten beiden Geschäften, dann die nächste, wandte den Kopf ab und wurde schneller. Wenn ihn zufällig jemand von der Straße aus sah, würde er nichts erkennen. Er unterdrückte das Verlangen, wieder nach vorn zu gehen und sich auf der Straße nach Baldwin umzusehen. Jetzt war er nahe genug, um die Beine deutlich zu sehen. In Gedanken machte er Inventur: schwarzglänzende Schuhe, schwarze, enge Hose – Lucchi! Dann hörte er einen Schritt hinter sich. Er griff unter dem Jackett nach seiner Waffe, gab den Gedanken aber auf, weil er bereits einen Arm um den Hals hatte. Im Augenblick, bevor er das Bewußtsein verlor, spürte er noch einen stechenden Schmerz, der sich unter den Rippen auf sein Herz zu bewegte.

B. Baldwin schlenderte den Gehsteig vor den Läden entlang. Aus den Augenwinkeln spähte er hinein und um sie herum. Er hatte den kleinen Itaker um die Ecke huschen sehen, um sich dahinter umzusehen, und er rechnete damit, daß Mack T. dafür sorgte, daß keiner auf die Seitenstraße entkam.

Er war an diesem Tag mit einer Stinklaune auf die Rennbahn gekommen. Er hatte gewußt, daß sie noch vor dem sechsten Rennen aufkreuzen würden, um sich seinen Schnitt anzusehen, noch bevor er Gelegenheit hätte, etwas davon beiseite zu legen. Das Leben als Schuldner war etwas, woran er nicht gewohnt war, und er haßte es wie die Pest. Geld zu schulden hieß immer, einem anderen alles zur Verfügung zu stellen, was man besaß, von der Wettbude bis zur eigenen Brille. Aber den Carpaccios Geld zu schulden war die reine Sklaverei. Man konnte sich nicht einfach entschließen, mal einen Tag freizunehmen und nach London zu fahren, anstatt sich um die Fußballspiele zu kümmern, weil sie noch am selben Abend ihre Prozente abholen kamen. Bevor die ihr Geld nicht wieder hatten, gehörte man ihnen.

Seither freilich hatte sich Baldwins Stimmung beträchtlich gebessert. Der junge Mack T. hatte den Mund aufgemacht, ohne auch nur nach den Zahlen zu fragen. Damit wäre B. Baldwin bald wieder sein eigener Herr, ein Mann mit einer Schuldenlast von 8000 Pfund, die sich in nichts aufzulösen versprach.

Baldwin hatte beim Gehen die Hand in der Tasche und strich mit den Fingern über das große Seemannsmesser, das er zusammengeklappt immer bei sich trug. Er hatte es vor Jahren in einer Southamptoner Pfandleihe erstanden, wie ein Rasiermesser geschliffen und dann noch Stunden damit zugebracht, mit Polierrot den Beschlag zu entfernen. Jetzt glänzte es wie eine Spiegelscherbe. Ein Mann, der mit so einem Messer arbeitete, hätte versucht, die Klinge so dunkel wie möglich zu bekommen, aber Baldwin machte sich keine Sorgen darüber, daß ein Gegner plötzlich die Klinge aufblitzen sah. Er benutzte das Messer nicht. Er setzte sich einem Mann gegenüber und klappte es auf, um sich die Nägel zu säubern oder müßig den Dreck von der Schuhsohle zu kratzen. Er sah dem Mann ins Gesicht und versuchte die Klinge so zu halten, daß die Sonne sich darauf fing, um sein Gegenüber zu blenden. Solche Tricks wirkten Wunder bei den kleinen Ladeninhabern und Kellnern, aus der seine Kundschaft für gewöhnlich bestand.

Früher einmal hatte sich Baldwin für einen Kerl gehalten, der zu allem bereit war, aber die Zeit und der eine oder andere Schlag mit einem schweren Gegenstand hatten ihn besänftigt und in seine angestammte Nische in der Hierarchie des Universums geführt. Er war ein Raubtier, sicher, aber viel zu klein, um sich alles, was er sich wünschte, auf einen Biß zu holen. Doch die Zeit verhalf dem Glück zu seinem Recht.

Er begann sich schon zu fragen, ob Mackie und das kleine Wiesel ihre Arbeit hinter den Läden einfach erledigt und sich dann aus dem Staub gemacht hatten. Es wäre nicht sehr klug von B. Baldwin, hier kaum fünfzig Meter weiter mit einem scharfen Messer in der Tasche herumzustehen – nicht bei seinem Lebenslauf. Die Polizei würde in ihm ein Geschenk des Himmels sehen, und er hatte den starken Verdacht, man wäre sich nicht zu schade, sein Messer in die blutige Schweinerei zu tunken, um sicherzugehen, dieses Geschenk auch behalten zu können.

So schlenderte er auf die erste Passage zu und tauchte dann rasch und ohne aus dem Schritt zu kommen hinein. Lautlos bewegte er sich durch den engen Raum zwischen den Gebäuden auf das Licht am anderen Ende zu. Der junge Mack Talarese hatte ihn etwas enttäuscht. Sich so einfach davonzumachen und einen am Tatort stehenzulassen war nicht eben die feine englische Art. Wahrscheinlich war es seine eigene Schuld – sich mit Ausländern einzulassen, die keine Manieren hatten. Aber das war nun wirklich das letzte Mal, das schwor er sich. Außer mit Pakistanis, aber die waren ja praktisch nichts weiter als Engländer mit dunklen Gesichtern.

B. Baldwin wollte nur rasch mal einen Blick riskieren, ob die Leichen auch da waren, und sich dann wieder an die Arbeit machen. Als er das Ende des Durchgangs erreichte, hörte er ein Geräusch. Er zog die Stirn in Falten und blieb stehen. Lauschte. Für einen Kampf war es nicht laut genug. Es war nur ein einzelner Schritt irgendwo im Hof hinter den Läden. Baldwin nahm das Messer aus der Tasche und klappte es auf. Wäre es möglich, daß sie das Opfer und seine Freundin übersehen hatten? Steckten sie womöglich nach wie vor im Schatten zwischen den nächsten beiden Läden? Nun, falls er ins Freie trat und Mackie und der kleine Pinscher wären eben dabei, die Handtasche der Toten durchzugehen und sich die Diamantstecker aus ihren Ohren zu krallen, dann konnte es wohl nichts schaden, das große glänzende Messer in der Hand zu haben. Es würde ihnen das Gefühl geben, daß er einer von ihnen war

– von Anfang an dabei und bis zum letzten Augenblick auf der Hut.

Baldwin ging in die Hocke und sprang dann mit einem Satz aus der Passage. Er sah auf den ersten Blick, was hier vor sich ging. Der Mann kniete über Mack Talareses blutiger Leiche. Die Hand hatte er in der Tasche seines Jacketts. Der Mann hob den Kopf, sah ihn an, und der Ausdruck auf seinem Gesicht sagte Baldwin, daß er in Schwierigkeiten war: Er zeigte weder Angst noch Zorn und war, was ihm noch weit schlimmer schien, noch nicht einmal überrascht. Seine Augen sahen ihn nicht an, als würde er einen Gegner für eine Messerstecherei abschätzen. Diese Augen zielten. Die Hand des Mannes löste sich von Mack Talareses Brust, kam hoch, und Baldwin sah Macks kleine schwarze Pistole darin. Er registrierte es mit Mißfallen, brauchte sich aber nicht länger Sorgen darüber zu machen, da in diesem Augenblick die Kugel bereits seine hintere Schädeldecke durchschlug und einen Schauer von Knochensplittern und Blut mit sich riß. Darunter sogar ein winziges Stückchen von dem Gehirn, das das Ganze hätte interessieren können.

Der Schuß war Margaret zuviel. Sie sprang gerade rechtzeitig ins Sonnenlicht, um zu sehen, wie Michael dem Toten auf dem Boden die Waffe in die Hand drückte. Der Knall war laut in die Passage gehallt und klang ihr nach wie vor in den Ohren. Er schien sie vorwärts zu treiben, als wäre er immer noch hinter ihr.

Michael stand auf und nahm ihren Arm, ohne ihr den Schwung zu nehmen; er dirigierte sie lediglich in die Richtung, die sie einschlug. Sie nahm ihn kaum noch wahr. Sie dachte einzig und allein daran, so viel Raum wie nur möglich zwischen sich und das zu bringen, was da hinter ihr lag. Sie wollte laufen, und er ließ sie laufen. Die vage Ahnung von der Lage der

Stadt, die sie im Kopf hatte, führte sie über den Hinterhof in die nächste Passage zwischen zwei Häusern, dann eine stille Gasse entlang vom Ozean weg auf den Königlichen Pavillon zu. Dann hielt er sie auf. »Weißt du, wo der Bahnhof ist?« Sie nickte. »Da gehst du hin.«

4

Während der Zug langsam seine Kräfte zusammennahm und sich klappernd aus dem Bahnhof zu schieben begann, saß Margaret steif da und zwang ihn, schneller zu werden. Sie stimmte ihren Atem exakt auf die Augenblicke ab, in denen der Zug die Masten neben den Schienen passierte, und glaubte schier ersticken zu müssen, bis sie schließlich zu rasch daran vorbeiflogen, als daß es noch etwas mit ihrer Atmung zu tun haben konnte.

Sie tat vorsichtshalber so, als sehe sie aus dem Fenster, verrenkte sich jedoch schier den Hals, um sich die Spiegelbilder ihrer Mitreisenden anzusehen. Ganz hinten saßen zwei ältere Damen in geblümten Kleidern, die ein Bollwerk aus Handtaschen und Einkaufstüten aufgehäuft hatten, um von vornherein jeden Raucher abzuschrecken, der auf den Gedanken kommen könnte, sich in ihre Nähe zu setzen. Sie waren gescheit genug, nach einem Vormittag am Strand jetzt schon nach Hause zu fahren: Damit gingen sie nicht nur den Scharen von Pferdefreunden und Wettlustigen aus dem Weg, sie waren auch rechtzeitig zum Tee wieder daheim. Vorn saßen drei Jungs, die man versehentlich durchaus für genau die Elemente hätte halten können, denen die alten Damen aus dem Weg zu gehen versuchten; ihr Haar war eigentümlich geschnitten: mal kurz, mal lang wie das Fell kleiner Hunde, dazu trugen sie Leder mit Nieten und Jeans. Aber ihre Manieren waren einwandfrei. Sie stupsten einander nur hin und wieder an, um sich gegenseitig auf Mark- und Meilenstein aufmerksam zu machen, die für Meg nicht zu sehen waren. Vermutlich hatten sie irgendeine private Bedeutung für sie – vielleicht Schauplätze von Unternehmungen aus der Zeit, in der sie ihren Erfahrungsbereich langsam von Brighton nach London ausdehnten.

»Warum nach London?« flüsterte sie.

Schaeffer musterte sie und gestand sich die Ungerechtigkeit ein. Sie sah so klein und jung aus; ihre strahlenden Augen waren grüner denn je, weil ihr pochendes Herz ihr mehr Sauerstoff zuführte als jemals zuvor, und selbst jetzt sorgte eine bewundernswerte Kraft dafür, daß sie nach einem solchen Schreck nicht einfach blaß wurde und umkippte. Sie hatte ihn damals aus reiner Abenteuerlust angesprochen und war bei ihm geblieben, weil sie meinte, daß etwas Aufregung ihrem langweiligen Leben nichts schaden könnte, aber von so etwas war nie die Rede gewesen. »Es ist das vernünftigste«, antwortete er. »Fast jeder hier fährt nach London, und sind wir erst mal dort, müssen sie uns unter Millionen von Leuten suchen.«

»Natürlich«, sagte sie. »Aber ich glaube, ich wollte was ganz anderes wissen. Ich hatte gehofft, du würdest endlich auspacken, wie man so schön sagt.«

Er ließ sich durch den Kopf gehen, was passiert war. Sie war heute morgen zu ihm gekommen in der Überzeugung, selbst das Wildeste ihres kleinen Universums zu sein. Jetzt lagen die Wände in tausend Scherben und ließen die wirklichen Monster herein. »Tut mir leid«, sagte er. »Ich hätte das nie zulassen dürfen. Du warst wirklich tapfer.«

»Ich versuche nur, nicht verrückt zu werden«, sagte sie leise. »Michael, ich kann noch nicht mal glauben, daß das hier wirklich passiert, passiert ist – nein, wohl noch immer passiert, oder? Ich habe Angst, und ich möchte wissen, ob ich einfach nur ein Schwächling bin oder Grund dazu habe, weil die jeden Augenblick den Zug anhalten, uns hinauszerren und ...« Sie verstummte, und er sah, wie sie sich bemühte, gegen den Alptraum anzukämpfen, der plötzlich Gestalt annahm. Es wollte ihr nicht gelingen, aber er sah, daß sie sich noch nicht ergab. »Oder muß ich den Rest meines Lebens Angst haben, weil es niemals vorbei sein wird?«

Schaeffer suchte nach etwas, was sie verstehen würde. »Manchmal ist in der Zeitung zu lesen, daß jemand im Parlament verlangt hat, die amerikanischen Kriegstreiber aus dem Land zu jagen. Tja, ich vermute, ich bin wohl einer von denen, die da gemeint sind.«

Zuzusehen, wie ihr Verstand sich auf dieses verständliche Stückchen baren Unsinns stürzte, hatte einen morbiden Reiz. »Ich hätte es wissen sollen«, sagte sie. »Ich habe sogar daran gedacht, mir dann aber gesagt, daß es solche Leute doch in Wirklichkeit gar nicht gibt oder daß ich jedenfalls nie so jemanden zu Gesicht kriegen würde. CIA. Was solltest du auch sonst sein? Du ziehst ganz allein in ein großes altes Haus. Du sagst nichts, was einem anderen auch nur andeutungsweise eine Vorstellung davon geben könnte, wer du bist oder was du früher gemacht hast.«

So wie ihr Verstand sich beeilte, Beweise für seine Lüge zu sammeln, war sie drauf und dran zu vergessen, daß sie nicht allein im Zug war. Er legte ihr eine Hand auf den Unterarm, und seine Augen fielen auf die drei Jungs im vorderen Teil des Wagens. »Um deine Frage zu beantworten, ich denke, das Schlimmste haben wir hinter uns«, flüsterte er. »Wir müssen nur sichergehen, daß uns auch keiner folgt.«

»Wo wollen wir hin? Zum MI5? Zu deiner Botschaft?«

Er schüttelte den Kopf. »Derlei offensichtliche Anlaufstellen werden observiert. Wir sind ganz auf uns gestellt.« Er versuchte sich zu erinnern: Sagte man »in der Kälte« oder »aus der Kälte«. »Wir müssen versuchen, eine Zeitlang aus der Kälte zu kommen.« Dann fiel ihm ein, daß er sie auf die Zukunft vorbereiten mußte. »Oder ich jedenfalls.«

»Nur noch eines, dann werde ich dich nicht mehr nach Geheimnissen fragen«, sagte sie. »Diese Männer, das waren doch keine Engländer, außer dem letzten vielleicht. Sie sahen wie Italiener aus. Was hat man in Italien gegen dich?«

Er mußte diesem Gedankengang sofort einen Riegel vorschieben. »Es waren Bulgaren. Wahrscheinlich kamen sie aus Jugoslawien über die Adria nach Italien, jedenfalls ist das normalerweise der Fall. Sie sehen genauso aus, und viele sprechen sogar die Sprache. Es sind ja nur ein paar Meilen.« Er zitierte einen Reiseprospekt, den er mal durchgeblättert hatte: »Per Schiff etwa eine Stunde über ein ruhiges, sonnendurchflutetes Meer.« Oder war das Coleridge: »Tief in ein sonnenloses Meer«? Er hatte in letzter Zeit einige Bücher aus der Bibliothek in seinem Haus wieder gelesen, so daß es ihm bekannt vorkam. Sofort war er auf der Hut. Mit Büchern tappte man leicht in die Falle. Wenn er versehentlich aus einem davon zitierte, würde sie es erkennen.

Ihr Gesicht behielt den konzentrierten Ausdruck bei. »Aber wieso waren sie hinter uns – hinter dir her? Ich meine, du warst doch nur diesen einen Tag in Brighton, und vor heute morgen wußte ich noch nicht mal, daß wir herkommen würden.«

Er setzte eine so ratlose Miene wie nur möglich auf. »Das muß ich noch rausfinden. Ich bin vor zehn Jahren ins Land gekommen, und meine Anwesenheit hier ist streng geheim. Noch nicht einmal der Chef der Londoner Station weiß davon. Ich würde sagen, der Ursprung unseres Problems liegt in den Staaten.«

»Ein Maulwurf?« sagte sie. »Ein bulgarischer Maulwurf bei der CIA?« Er ließ seine Ratlosigkeit in Frustration umschlagen.

»Das ist das Schwierigste. Unmöglich, in einem solchen Fall die Nationalität zu bestimmen. Womöglich hat man die Information dem KGB zugetragen, und der hat sie vielleicht an die Bulgaren in dieser Gegend weitergegeben.«

Sie wurde traurig. »Peter und Jimmy, die Armen. Auf so etwas waren die nun wirklich nicht gefaßt.«

Er starrte aus dem Fenster hinaus auf das flache grüne Land, das vorbeiwischte. Er zerbrach sich den Kopf darüber, was er ihr geben könnte, eine Art Geschenk. »Ich sage dir jetzt was, etwas absolut Geheimes. Nur ganz wenige Leute bei den westlichen Nachrichtendiensten wissen davon, und eurer Regierung nach dürfte ich das gar nicht wissen. Es gibt da einen besonderen Raum in einem Haus in der Nähe von Whitehall. Einen großen Kellerraum, vor dem in Zwei-Stunden-Schichten zwei Sergeanten der Königlichen Marineinfanterie stehen, schwer bewaffnet, immer in Habt-acht-Stellung. In diesem Raum befinden sich Hunderte von völlig gleichen schwarzen Samtschatullen mit kleinen goldenen Plaketten auf dem Deckel, in die die Namen der Helden aus den geheimen Kriegen eingraviert sind. Wenn ein Angehöriger einer der britischen Nachrichtendienste etwas Herausragendes leistet, dann findet eine stille Zeremonie statt, in der ihm ein Orden verliehen wird. Da Identität und Tat des Mannes geheim bleiben müssen, kommt der Orden in die kleine Samtschatulle, in der sie der Staat treuhänderisch aufbewahrt. Nach Jahren dann, wenn der Mann stirbt und das Geheimnis für die Landessicherheit nicht mehr wichtig ist, lädt die Königin die Familie zur Audienz in den Palast und überreicht ihr die Schatulle. Aber das gilt nicht nur für Profis. Eine Menge der Schatullen in diesem Raum sind für Leute wie deine Freunde reserviert, ganz normale Bürger, die aus Versehen in so was geraten oder im Augenblick eingesprungen sind. Fürs erste werden Familie und Freunde denken, Jimmy und Peter wären Opfer eines Raubmords geworden – oder was auch immer die Behörden der Presse erzählen. Aber eines Tages bekommen sie eine kleine gedruckte Einladung zu einem Besuch bei der Königin, und dann werden sie alles erfahren.«

Margaret starrte ihn an, und er sah es in ihren Augen, wie sehr sie sich wünschte, Peters Schwester oder Jimmys Mutter in einem der privaten Räume ihrer großmächtigen alten Landhäuser aufzusuchen, um ihr dort die Lüge zuzuflüstern, die er ihr eben aufgetischt hatte. Unmöglich zu sagen, wo das hinführen würde, er wußte nur, daß die Geschichte nicht standhalten würde. »Du mußt das aber für dich behalten«, sagte er. »Wenn das je rauskäme, die Russen würden alles tun, um in diesen Raum zu kommen und die Auszeichnungen durchzugehen – oder wenigstens die der letzten fünfzig Jahre.«

»Aber du weißt es, und ich weiß es jetzt auch«, sagte sie. »Michael, wenn ich es nur ein oder zwei Leuten sagen könnte ... ich meine, immerhin ist es doch ihr Geheimnis, ihres und meines, nicht deines.«

Er war unschlüssig. Wenn sie es weitererzählte, würde sie wahrscheinlich eine Menge Details dazuerfinden, damit es authentischer klang, aber er konnte es nicht riskieren. »Es unterliegt der strengsten Geheimhaltung. Niemand hätte das je einem Amerikaner erzählt, noch nicht mal einem, der seit Jahren hier lebt, um das Land zu schützen.«

»Woher weißt du es dann?«

Er seufzte, als gebe er wider besseres Wissen nach. »Vor einigen Jahren ist es einem Mann vom MI6 gelungen, in einen Kommunikationsposten der Sowjets in Afghanistan einzudringen. Ich kann jetzt nicht darauf eingehen, wie das passiert ist und wie er wieder herauskam, aber jedenfalls landete er schließlich bei mir. Er hatte einiges gesehen: die Plaketten auf diversen Geräten, Texte auf Computerbildschirmen und so weiter. Das Problem war nur, daß er nicht Russisch konnte.

Er hatte sich alles angesehen, aber er konnte sich nichts merken, weil es für ihn nur Kauderwelsch gewesen war. Seine Leute versuchten es mit Hypnose, sie sperrten ihn in eine Reizentzugskammer, alles. Aber sie wußten, daß wir mit gewissen Medikamenten experimentiert hatten. Ich kann sie dir hier nicht nennen, aber chemisch gesehen gehen sie einige Generationen über Wahrheitsseren hinaus.

Dieser Engländer kam also zu mir, und wir trafen uns mit einem Arzt, den wir eigens aus Langley eingeflogen hatten. Der Doktor pumpte ihn mit dem Zeug voll, und er begann zu zeichnen. Er zeichnete tagelang. Er zeichnete die russischen Buchstaben, die er auf den Computerbildschirmen gesehen hatte, dazu Diagramme und Karten. Er sah plötzlich alles wieder und fuhr es auf dem Papier nach. Aber er begann auch zu reden. Endloses zwanghaftes Geplapper über alles, was er bisher geheimgehalten hatte. Er hat mir von sexuellen Abenteuern erzählt, von Kindheitslügen, Dingen, bei denen ihn seine Eltern nicht erwischt hatten, geheimen Ängsten und Sorgen, die er nie verarbeitet hatte. Wie sich herausstellte, kam er aus einer alten Familie, die schon seit Generationen mit den britischen Geheimdiensten zu tun hatte. Hörte sich ganz so an, als wären sie von ihren eigenen Vätern angeworben worden, wenn sie von Eton nach Oxford wechselten, um sicherzugehen, daß sie tüchtig lernten und die richtigen Bücher lasen. Na, wie auch immer, er erzählte mir unter anderem auch von dem Raum mit den Samtschatullen. Er war erst einige Monate im Dienst gewesen, da ließ man ihn kommen und zeigte ihm alles. Es fand sich eine Schatulle für seinen Vater, der irgendeinen deutschen Code geknackt, und seinen Großvater, der sich im Burenkrieg ausgezeichnet hatte. Und dann, glaube ich, war noch jemand im Krimkrieg. Was die Orden anbelangte, so kam er richtig ins Schwärmen: das Viktoriakreuz, das Verdienstkreuz und was weiß ich noch alles.

Die ganze Geschichte schien ihm ziemlich zu schaffen zu machen. Zuerst dachte ich, das käme daher, daß er noch nicht ganz trocken hinter den Ohren war, als man ihm das alles zeigte. Er konnte nicht älter als zweiundzwanzig gewesen sein, und beim Anblick der vielen Auszeichnungen mußte er wohl gedacht haben, daß er im Gegensatz zu seinen Vorfahren nie etwas darstellen würde. Nachdem das Medikament ihre Wirkung verloren hatte, fragte ich ihn danach, und er meinte, das wäre es nicht. Er hätte inzwischen selbst eine Schatulle mit einigen Orden und Auszeichnungen. Es waren die Geheimnisse, die ihm zu schaffen machten. Viel von dem, was vor hundert Jahren war, ist heute noch aktuell: geheime Familienkontakte in Rußland und Ostdeutschland zum Beispiel, die man seit Generationen aufrechterhält. Wenn die herauskämen, die Russen würden ganze Familien an die Wand stellen. Die Dinge ändern sich nur an der Oberfläche, aber nicht darunter, nicht in der Welt der Spione. Es kam ihm alles vor wie ein Kartenhaus, das jeden Augenblick in sich zusammenfallen konnte. Wenn irgendwas herauskam, käme man auf das nächste und so weiter und so fort.«

»Aber das ist doch was anderes«, murmelte sie. »Was könnte es schon schaden, ihren Familien etwas zu geben, woran sie sich halten können?«

»Es ist nichts anderes«, sagte er. »Wissen ist gefährlich. Du würdest ihnen keinen Gefallen tun.« Er hoffte, es hörte sich bedrohlich genug an. Jedenfalls hörte sie auf zu fragen, und er mußte sich damit zufriedengeben.

Während der Zug Richtung London ratterte, starrte er auf Bäume und Wiesen hinaus. War er ihr böse, weil sie ihn aus dem Haus gelockt hatte, so daß man ihn entdecken konnte? Nein. Sie hatte nur einen unschuldigen kleinen Vorschlag gemacht, dessen Konsequenzen jäh und übermächtig über sie hereingebrochen waren. Sie hatte das Problem noch nicht einmal ahnen können. Jetzt jedoch mußte er zusehen, wie er da wieder rauskam. Obwohl er es sich geschworen hatte, daß ihm das nicht passieren würde, war er faul, bequem und vergeßlich geworden. So dumm, wie er gewesen war, kam es ihm jetzt fast wie ein Wunder vor, nicht schon früher aufgeflogen zu sein. Einige Zeit, vielleicht einige Jahre lang, hatte er einige hohle Rituale aufrechterhalten, einige minimale Vorsichtsmaßnahmen befolgt, aber das nur aus Gewohnheit.

Er erinnerte sich noch an einen Tag vor fast fünfzehn Jahren. Er hatte eines Abends in New York darauf gewartet, daß ein gewisser Danny Catanno aus dem Theater kam. Er hatte in dem schwachen Licht gesessen, das der Mann in seinem riesigen Wohnzimmer hatte brennen lassen, und über menschliche Natur philosophiert. Danny Catanno hatte längst den Namen geändert. Er hatte einem Freund einer Chicagoer Mafiafamilie die Bücher geführt, einige Dollar in Wohnblöcke gesteckt und ausgesuchte Leute als Manager, Hausmeister und Gärtner eingestellt. Eines Tages aber hatte sich Danny Catanno einen BMW gekauft und bar bezahlt. Irgendwie war die Steuerfahndung neugierig geworden, weil die sechzigtausend Dollar dafür nicht über ein Konto gegangen waren. Es dauerte nur einige Tage, und Catanno saß irgendwo in einem Raum voller Männer, die sich zwar keine BMWs leisten, aber gut genug rechnen konnten, um zu beweisen, daß es Danny nicht anders ging.

Jahre später – sieben vielleicht – hatte dann jemand Danny Catanno in New York gesehen. Die Castigliones, mittlerweile unter der Leitung des Sohnes und zweier Enkel – der Alte hatte sich im Südwesten zur Ruhe gesetzt –, hatten diskrete Erkundigungen eingezogen. Nicht daß Danny dem Ruf der Familie bleibenden Schaden zugefügt hätte. Die Castigliones waren schon vor der Geburt des Sohnes berüchtigt gewesen, und der Freund der Familie war mit einer kleinen Geldstrafe und einer wortreichen Belehrung über betrügerische Geschäftspraktiken und zwielichtige Verbindungen davongekommen. Schließlich war er ein unbescholtener Bürger und hatte außer den Castigliones noch andere Freunde. Aber was den Steuerfahndern aufgefallen war, hatte auch die Castigliones aufhorchen lassen: der BMW, der über keines von Danny Catannos persönliche Konten gegangen war. Danny hatte lange Finger gemacht.

Nachdem Danny Catanno untergetaucht war, hatte man eine Kopfprämie auf ihn ausgesetzt, die jedoch zu nichts geführt hatte. Nachdem man ihn entdeckt hatte, waren die Castigliones übereingekommen, einen Spezialisten zu engagieren.

Schaeffer war bekannt, daß das Castoria College aufgrund eines Übereinkommens mit dem Justizministerium Abschlußzeugnisse auf der Basis mündlicher Prüfungen ausstellte, die Tausende von Meilen vom Campus in New Hampshire entfernt in irgendwelchen Gerichtssälen stattfanden. Darüber hinaus besorgten die Anwälte der zuständigen Behörden ihren Absolventen falsche Geburtsurkunden, Führerscheine und Sozialversicherungsnummern. Dann hieß es: »Viel Glück und auf Nimmerwiedersehen.« Er brauchte also nichts weiter zu tun, als einen Monat lang den Briefkasten von Dannys Mutter zu überwachen, um zu sehen, daß Danny seine Sorgen bereits zu vergessen begann. Etwa einmal die Woche kam ein Umschlag mit einem Scheck von einer Maklerfirma in New York. Als er dort ankam, brauchte er nur noch die kleine Broschüre durchzublättern, in der die Firma die Qualifikationen ihrer Angestellten pries: Unter Dutzenden von Maklern, die ihre Zeugnisse von Colleges hatten, die ihm nicht das geringste sagten, fand sich auch ein gewisser David Cutter mit einem Summa-cum-laude-Abschluß aus Castoria.

Er hatte sich ein bißchen in der Wohnung umgesehen, während er auf David Cutter wartete. Es war die Art Bleibe, für die man eine Million aufwärts hinblättern mußte, und das im voraus, und dann noch eine halbe Million für Innenarchitekten, Einrichtungshäuser und Kunstgalerien. Im Schreibtisch – eine Antiquität, versteht sich – hatte er einen Stapel Kreditkartenquittungen teurer Restaurants gefunden. Er hatte nicht schlecht gestaunt. Der Mann war erst einen Monat zuvor auf den Bahamas gewesen. Menschen haben so eine Art, Dinge zu verdrängen – man brauchte sich nur all die Leute anzusehen, die sich piekfeine Häuser in die Überschwemmungsgebiete des Platte oder auf kalifornische Erdspalten stellten. Es war ein Wunder, daß einer wie David Cutter so lange überlebt hatte. Der Mann war in Restaurants gewesen, wo er zwangsläufig neben Leuten saß, die alles getan hätten, um bei den Castigliones gut dazustehen. Er hatte Riesensummen für Leute gesetzt, von denen die meisten wohl ihren Reichtum angesammelt haben konnten, ohne irgendwann einmal in den Dunstkreis der Castigliones gekommen zu sein. Was bildete sich der Mann ein? Hatte er sich bei seinen Reservierungen für die Karibik keine Gedanken darüber gemacht, wer in der Maschine neben ihm sitzen könnte?

Während Schaeffer Schubladen und Schränke, Bücherregale und indirekt beleuchtete Vitrinen durchgegangen war, hatte er über die Dummheit des Menschen sinniert. Und die ganze Zeit über hatte er sich Pläne zurechtgelegt. Falls er jemals in seinem Leben verschwinden müßte, dann würde er spurlos untertauchen und nie wieder zum Vorschein kommen. Er würde es nicht zulassen, so bequem und denkfaul zu werden, daß er vergaß, nicht der Mann zu sein, für den er sich ausgab. An jenem Abend hatte er sich entschlossen, sich sofort an die Vorbereitungen für sein eigenes Verschwinden zu machen, zum Beispiel Geld in Schließfächern zu deponieren, und zwar in Städten, die er nie besuchte. Er hatte immer wieder Kreditkarten und Führerscheine mit falschen Namen benutzt. Jetzt wurde es ernst: Er entschloß sich, einige Identitäten aufzubauen, sie jedoch nicht zu benutzen, um sie für den Tag reifen zu lassen, an dem jemand nach ihm suchen kam, genauso wie er nach Danny Catanno gesucht hatte.

Eddie Mastrewski hatte ihm eine Abscheu vor Fehlern anerzogen: besser zu Hause zu bleiben, als einen Fehler zu machen; besser auf das Geld zu verzichten, als ein Risiko einzugehen. Polizisten mochten blöd genug sein, um über die eigenen Füße zu stolpern, aber abends konnten sie nach Hause gehen, ein Bier trinken, sich ins Bett legen und den Schlaf der Gerechten schlafen. Bei Leuten wie Eddie und dem Jungen dagegen genügte ein einziger Fehler. Und das galt auch für Leute wie Danny Catanno, nur daß Danny das nicht zu wissen schien. Er hatte eine Identität angenommen – Cutter, der Börsenmakler – und dann irgendwie vergessen, daß er nicht Cutter, der Makler, war. Das Geld und die Respektabilität, die einen wie Cutter schützten, schützten einen wie Schaeffer nicht.

Bevor seine Neugierde in der Wohnung befriedigt war, hatte er noch Danny Catannos Waffe gefunden, und zwar in einem kleinen Schubfach mit Federmechanismus in der Wand neben Dannys Bett. Sie lag unter einem ganzen Haufen goldener Manschettenknöpfe, Uhren und Hundertdollarscheinen. Selbst bei Tageslicht hätte Danny eine halbe Minute gebraucht, um sie herauszufummeln. Es sah ganz so aus, als hätte man sie schon vor einer ganzen Weile dort abgelegt und dann vergessen. Als Schaeffer sie unter die Lupe nahm, sah er, daß sie in letzter Zeit weder gereinigt noch geölt worden war. Er stellte aber fest, daß sie durchaus funktionierte, als Danny Catanno schließlich aus dem Theater kam. Die Polizei bezeichnete tags darauf den Fall David Cutter Reportern gegenüber als »Lektion«: Eine unregistrierte Schußwaffe könne ebensogut von einem Einbrecher benutzt werden wie von ihrem Besitzer.

Jetzt fragte Schaeffer sich, wie er Danny Catanno nur hatte vergessen können. Er hatte genug Geld beiseite legen können, seine Identitäten hatte er gepflegt, bis sie genügend Patina hatten, um ihre Mängel zu überdecken, nur den Rest hatte er bleibenlassen. Die Gesichtsoperation hatte er immer wieder aufgeschoben. Anfangs hatte er sich gesagt, erst ein Gefühl für Land und Leute bekommen zu müssen, bevor er sicher sein konnte, wie er das angehen sollte. Operationen würden es nötig machen, eine ganze Weile in London zu bleiben und sich von Ärzten fotografieren zu lassen, die sich womöglich fragten, warum ein Mann mit absolut regelmäßigen Zügen eine so teure und schmerzhafte Prozedur über sich ergehen lassen wollte – zumal in einem fremden Land. Später dann, als er sich in England zu bewegen gelernt hatte und sicher sein konnte, es zuwege zu bringen, hatten sich andere Bedenken breitgemacht. Die Leute in Bath kannten ihn mittlerweile; sie würden sich fragen, wieso er plötzlich etwas so Merkwürdiges tat. Er hatte es so lange vor sich hergeschoben, daß die gefährliche Phase vermutlich vorüber war.

Wenn einer ihn hier aufgespürt hätte, dann würden sie ihn schon längst erwischt haben. Und schließlich mußten ihn all die Jahre nicht weniger verändert haben als eine Operation …

Die Wahrheit war, daß so viel Versteckspielen zu einem gewissen Widerwillen geführt hatte, mit seinem Gesicht auch das letzte auszulöschen, was ihm von seinem wahren Ich noch geblieben war. Alles andere hatte er zerstört oder aufgegeben. Die Ausreden, die Operation hinauszuschieben, waren ihm nie ausgegangen. Zum ersten Mal verstand er Danny Catanno.

Spätnachmittag. Londons südliche Außenposten huschten an ihrem Zug vorbei; braune Backsteinhäuser, die Schaeffer an seine Fahrt durch Queens zum Kennedy Airport erinnerten. Dann fiel ihm ein, daß nicht die Ähnlichkeit etwa der Grund war, der ihn an New York erinnerte. Er war auf dem Weg zurück. Als der Zug langsam in die Victoria Station rollte, überlegte er: Angenommen, die Polizei hatte mittlerweile alle fünf Leichen gefunden und befragte die Leute auf der Rennbahn, so würde sie trotzdem einige Stunden brauchen, um herauszufinden, daß der Bentley angehalten und eine Frau und einen Mann hatte aussteigen lassen. Noch länger würde sie brauchen, um sich zu vergewissern, daß die beiden nicht mehr in Brighton waren und nur London in Frage kam, falls sie sich wirklich verstecken wollten.

Fingerabdrücke machten ihm keine Sorgen. Im Gegensatz zu dem Unsinn, den man der Öffentlichkeit auftischte, war noch nicht mal einer von hundert Polizisten in der Lage, einen sauberen Abdruck von einem gröber strukturierten Material als Glas oder Metall abzunehmen. Weder er noch Meg hatten die Fenster berührt, und die Tür hatte ihnen Peter geöffnet. Und falls sie nebenbei mal die Türgriffe berührt haben sollten, so hatten die Mörder sie garantiert nach ihnen berührt und vermutlich abgewischt.

Methodisch wie eh und je arbeitete sich sein Verstand durch Minen und Fallstricke. Beim Aufstehen wandte er sich Meg zu. Sorgfältig achtete er darauf, sein Gesicht von seinen Mitreisenden abzuwenden. »Immer aus dem Fenster sehen. Du hast gesagt, es hat niemand gewußt, daß wir heute zu den Rennen fahren?«

»Nein. Ich bin den beiden auf dem Weg zu dir begegnet. Sie haben mich auf der Straße gesehen und gesagt, wann sie uns abholen würden.«

Er schätzte den Schaden ab, als sie den Bahnsteig entlang auf die gigantische Bahnhofshalle zugingen. Im Grunde war alles halb so wild. Und falls die Polizei dumm oder faul war, war es ein Klacks. Ihre Gewohnheit, sich sofort auf die einfachste Erklärung zu stürzen, brachte sie dazu, alles zu übersehen, was nicht ins Konzept paßte. Sie würden davon ausgehen, daß eine Bande von Dieben zwei wohlhabende Bürger ermordet und sich dann um die Beute gestritten hatte. Worin diese bestand, wäre nicht zu sagen, weil der Überlebende aus der Bande sie mitgenommen hatte. Und überlebt haben mußte einer. Bei drei Männern, die durch einen Schädelbruch, ein Messer und eine Kugel aus nächster Entfernung ums Leben gekommen waren, mußte wenigstens eine Person nachgeholfen haben, die man nicht am Tatort gefunden hatte. Aber auch das würde schon wieder einige Stunden in Anspruch nehmen, weil man sich nicht festlegen konnte, bevor man nicht alles mit Maßbändern, Kameras und Skizzenblöcken durchgearbeitet hatte. Und dann machten sie sich mit genau den Annahmen an die Arbeit, die ihre Bemühungen von vornherein zur Zeitverschwendung machten: Sie suchten den fehlenden Mann von Anfang an unter den örtlichen Straßenkriminellen anstatt unter den Bekannten der beiden wohlhabenden Opfer.

Wie schon in Brighton ließ er Meg auf der Toilette warten, während er die Karten kaufte. Er mußte sie hier rausschaffen, bevor zu viele Leute sie zusammen sahen. Er reihte sich am Schalter in die größte Schlange ein, sagte dann, um seinen Akzent nicht zu verraten, nichts weiter als »Zweimal Bath« und nahm die Karten, ohne den Mann hinter dem Fenster anzusehen.

Sie trafen sich wieder und stellten sich erst kurz vor Abfahrt des Zuges einige Meter voneinander entfernt auf den Bahnsteig. Sie stiegen getrennt ein. Man hätte meinen können, sie hätten einander gar nicht gesehen. Wenn sich später irgendwelche Leute an eine hübsche junge Frau in einem gelben Kleid erinnerten, würden sie sich nicht daran erinnern, sie mit einem Mann gesehen zu haben. Schaeffer hatte Meg beobachtet, als sie die riesige Halle aus dem 19. Jahrhundert durchquerte. Zusammen mit einer Schar junger Frauen in leuchtenden modischen Kleidern kam sie aus der Toilette und hielt sich den ganzen Weg zum Bahnsteig über nur wenige Schritte hinter ihnen. Ein Beobachter hätte sie für eine von ihnen halten können: fünf Mädchen, von denen jede einen zweiten Blick wert war, aber als Einheit durch die belebte Halle trieben – eine geschlossene Vision aus Farben, bestrumpften Beinen, einem Chaos an Düften und weißem Teint, das Haar hochgesteckt, das Haar lose. Wer war da schon dunkel, wer blond? Wer würde sich daran erinnern? Und die Frauen selbst lachten und unterhielten sich angeregt; sie waren viel zu sehr mit sich selbst beschäftigt, um aufeinander zu achten, geschweige denn auf jemanden, der zufällig in ihre Richtung ging. Er wußte nicht, ob sie instinktiv in eine Herde getaucht war, in der es sich am besten verschwinden ließ, oder ob sie sich einfach von ihrer Furcht hatte leiten lassen und sich aufgrund ihrer entsetzlichen Angst vor dem Alleinsein Leuten angeschlossen hatte, die ihren Freundinnen so ähnlich wie nur möglich waren.

Im Zug fand er sie wieder, aber als er sich neben sie setzte, wurde ihm sofort klar, daß sie Zeit zum Überlegen gehabt hatte. »Wir schauen bei dir vorbei und schließen das Haus zu«, sagte sie. »Du bleibst bei mir.«

Als sie ihn in die Bibliothek führte, war er neidisch. Sie war hier aufgewachsen, in riesigen Räumen mit Siebenmeterdecken und Galerien, die Wände von Gemälden und Büchern gesäumt. Es spielte noch nicht einmal eine Rolle, worum es in ihnen ging und wer sie geschrieben hatte. Für ihn waren sie das Symbol eines Privilegs: je älter und ausgefallener sie waren, desto größer das Privileg. Wie viele Generationen von Leuten mit Titeln, Geld, Manieren, Privatlehrern und Eltern mochte der Raum wohl repräsentieren – zehn?

»Mußt du wirklich gehen? Du könntest hierbleiben und um Hilfe rufen. Oder wir könnten hinauf nach Yorkshire fahren. Davon können sie noch nicht einmal wissen, auch wenn sie dich beobachtet haben, und im Lauf der Jahre müssen sich dort oben schon viele Leute versteckt haben. Meine Vorfahren aus der Zeit Heinrichs VIII. konnten sich mit dem erzwungenen Religionswechsel nicht anfreunden und dürften dort den einen oder anderen Mönch versteckt haben – wie viele andere auch. Ich weiß, daß sich drei Generationen darauf dort jemand vor Cromwell versteckt hat. Wir waren genau die Sorte von Leuten, die auszurotten der Mann geboren war – sind es heute noch. Gerade mal so viel, um damit durchzukommen. Es ist ein riesiges, weitläufiges Haus mit einer Unmenge von Zimmern, aber das Dorf ist so klein, daß dich keiner verfolgen könnte, ohne sofort aufzufallen.«

Ihm kam der Gedanke, daß ihre Vorfahren tatsächlich nicht vom selben Planeten waren wie er. Zeit bedeutete ihr im Grunde nichts, weder ihr noch Leuten ihres Schlags. Wenn er sich entschließen würde, auf ihrem Familienbesitz zu bleiben, sie würde ihn bis an ihr Lebensende verköstigen, ihm die Zeitungen bringen, und dann wäre auch er Teil der Geschichte des Hauses. Er öffnete seinen Koffer und holte seine beiden Pässe heraus. Er warf einen Blick auf einen davon und reichte ihn Meg. »Ich muß in die Staaten. Wenn ich soweit bin, wiederzukommen, dann rufe ich dich vielleicht an und bitte dich, mir den hier zu schicken.«

Sie sah ihn an, zupfte ihm dann den anderen aus der Hand und las den Namen laut vor: »Charles Frederick Ackerman. Ich bin nie auf den Gedanken gekommen, daß du anders heißen könntest«, sagte sie, und ihre Stimme klang etwas hohl.

»Michael Schaeffer ist mein richtiger.« Er legte ihr einen Arm um die Taille. In seinen Ohren hörte sich der Name schon fremd an, wie der eines längst Verstorbenen.

»Ich wollte eigentlich sagen, gehst du, weil du mußt oder weil du denkst, du könntest mich in Gefahr bringen, wenn du bleibst? Das macht mir nämlich wirklich nichts aus.« Sie kam sich komisch vor, so etwas zu sagen, und so fügte sie hinzu: »Wirklich.«

»Ich muß den Maulwurf finden.« Er musterte sie aufmerksam. Es gab da überhaupt nichts zu diskutieren. Selbstverständlich mußte er den Maulwurf finden. Wer sonst, wenn nicht er? Sie hatte alle Agentenromane der Welt gelesen und sie dann ihm gegeben. Er wollte, er hätte ihnen mehr Beachtung geschenkt. Ihre Fragen würden womöglich präziser und bohrender; er mußte sich also besser überlegen, was er ihr sagte. Aber andererseits mußte er auch über die Realität nachdenken, und die Zeit blieb nicht stehen.

Die Satterthwaites würden in seinem Haus bleiben, es offen und sauber halten; es wäre also bewohnt, und auch die Katze wäre versorgt. Mrs. Satterthwaite hatte durchaus verstanden, daß er hin und wieder auf Reisen ging, sie würde die Rechnungen aus der Haushaltskasse bezahlen. Er war von Anfang an eine Art Geist im eigenen Haus gewesen, war gegangen und gekommen, ohne eine merkliche Wirkung auf das Alltagsleben des Anwesens zu haben. Die Satterthwaites hoch oben unter dem Dach waren die eigentlichen Bewohner und zeigten kaum Interesse an seinem Tun. Falls er nicht mehr zurückkommen sollte, würde man ihnen das Testament verlesen, das er bei einem Anwalt nur wenige Straßen weiter hinterlegt hatte. Mr. Satterthwaite würde ein hübsches Schild malen, das »BED AND BREAKFAST« anbot, und die beiden würden sich weiter um das Haus kümmern, das Essen servieren; der einzige Unterschied wäre, daß Schaeffer durch andere Geister ersetzt wäre, die still und leise kamen und gingen. Er schloß den Koffer wieder. »Ich muß heute abend noch nach London zurück, um die Maschine zu kriegen.«

»Ich hole die Schlüssel für den Jaguar.« Sie ging auf die Tür zu und zog sie auf.

Er sah ihr nach. Er wußte, eines Tages, falls er alt werden und allein leben sollte, würde er an diesen Augenblick zurückdenken und mit den Zähnen knirschen vor Reue und Schmerz.

Er würde sich den Kopf zerbrechen, um sich an die genaue Farbe ihres Haars zu erinnern, an die Art und Weise, wie das gelbe Kleid sich bewegte, als sie an der schweren Eichentür zog.

5

In Alexandria, im amerikanischen Bundesstaat Virginia, regte sich Elizabeth Waring Hart im Schlaf. Sie öffnete die Augen und wartete darauf, daß das Flüstern aus der Dunkelheit wiederkam. Sie nahm den Kopf ein Stück aus dem Kissen, um mit beiden Ohren zu hören, und durchforschte die Schatten in der Nähe der Tür nach einer Gestalt, von der sie hoffte, sie würde sie nicht an einen Menschen erinnern. Ihre Muskeln waren gespannt, aber mehr um sie an einer Bewegung zu hindern, als sich zu wehren – geschweige denn zu fliehen. Wo sollte sie in ihrem geschlossenen Schlafzimmer im ersten Stock schon groß hin?

Dann wurde ihr klar, daß sie der Stimme bereits einen Namen gegeben hatte, und dieser Name wiederum machte es unmöglich, daß sie die Stimme eben gehört haben konnte. Sie gehörte Dominic Palermo. Und der war seit zehn Jahren tot. Sie sank in ihr Kissen zurück und ließ ihn zurückkommen; und mit ihm stellte sich auch das Hotelzimmer in Las Vegas wieder ein.

Auch in jener Nacht war es dunkel gewesen, als sie die Augen geöffnet hatte, trotzdem hatte sie das ungute Gefühl gehabt, für irgend etwas spät dran zu sein. Etwas Dringendes. Irgend etwas hatte angefangen, und sie lag noch immer im Bett. Und als sie das Klopfen hörte, hatte sie auf der Stelle gewußt, daß das schon einige Zeit so ging. Sie machte Licht, aber es nützte nichts; sie zog sich ihren Bademantel über und steckte den 38er Police Special in die Tasche, aber noch nicht einmal das wollte helfen. Damals war sie noch neu gewesen, und das Justizministerium hatte sie eingestellt und ausgebildet, um Informationen auszuwerten, die zu Anklagen führen könnten, nicht um auf Leute zu schießen.

Trotzdem hatte sie aufgemacht. Ihre verschlafene Logik sagte ihr, daß es wohl dringend sein mußte, wenn man morgens um halb fünf bei ihr an die Tür hämmerte. Und etwas so Dringendes würde ihr wohl kaum einer ins Hotel tragen, den sie nicht kannte. Und da stand er dann, auf dem Flur, und sie hatte besagtes Flüstern gehört. »Sie sind Elizabeth Waring«, hatte er gesagt. Und dann: »Kann ich bitte reinkommen? Bitte.« Das war die Stimme, die sie seither verfolgte. Die traurigste Stimme der Welt, ein Mann, der ihr sagte: »Ich sterbe hier draußen. Lassen Sie mich rein.«

Jetzt stellte sich auch der Rest von ihm wieder ein: das dunkle Haar, das bereits grau zu werden begann, die breiten Schultern, denen der große Bauch die Bedrohlichkeit nahm, ganz zu schweigen von den großen, traurigen braunen Augen, die ihr protestierend sagten, er hätte das nicht verdient. »Um Himmels willen«, hatte er ihr gesagt. »Sehen Sie mich doch an. Ich wiege hundertfünf Kilo, und das bei eins dreiundsiebzig. Ich bin über fünfzig. Seit zwanzig Jahren verdiene ich über zweihunderttausend im Jahr. Sehe ich vielleicht wie ein Killer aus? Herrgott noch mal, ich bin derjenige, auf den sie einen angesetzt haben. Einen Spezialisten.«

Selbst damals schon hatte Elizabeth instinktiv begriffen, daß das, was der Mann ihr da sagte, von ungeheurer Bedeutung war, wichtiger als alles andere an Dominic Palermo. Besagter Spezialist war der Mann, hinter dem das Justizministerium her war, der Mann, der sicher so einiges wußte.

Sie versuchte Palermo etwas aus der Nase zu ziehen. »Aber was sollten wir gegen einen solchen Profi ausrichten können. Sehen Sie sich nur all die Morde an. Wir können Sie nicht vor dieser Art Killer schützen, es sei denn, wir wissen, wer er ist oder wenigstens, wonach wir suchen sollen.«

Palermo schüttelte feierlich den Kopf. Er sagte: »Herrgott, Sie müssen mich ja für blöd halten, mir so zu kommen. Der Spezialist? Scheiße, den würde ich Ihnen umsonst geben, wenn ich könnte. Das Problem ist, ich kann nicht. Ich habe ihn nie gesehen. Ich kenne ihn noch nicht mal dem Namen nach. Wenn von ihm die Rede war, dann immer nur vom ›Fleischerjungen‹.«

Sie wußte noch genau, was sie gesagt hatte: »Hübscher Name.«

»Ja«, sagte Palermo. »Nicht wahr?« Er versuchte sarkastisch zu sein, als wollte er sagen: Sehen Sie, was ich für Probleme habe? Aber um halb fünf Uhr morgens gelang es ihm nicht; er flüsterte nach wie vor, weil er Angst hatte.

Und eben die spürte Elizabeth jetzt: Nicky Palermos Angst. Er war daran gestorben. Keiner hätte es so ausgedrückt, aber genau so war es. Seine Angst war so groß geworden, daß er sich mitten in der Nacht entschlossen hatte, sich als Kronzeuge zur Verfügung zu stellen. Und dazu war ihm nichts Besseres eingefallen, als sich an die Agentin zu wenden, die er die ganze Woche über gesehen hatte, weil sie Vorladungen zustellte und Aussagen aufnahm. Was er freilich nicht gewußt hatte, war, daß diese Agentin nicht aus purem Zufall zu sehen war, sondern ganz bewußt und geplant. Im Justizministerium hatte man sich gedacht, daß der einzige »Mann«, auf dessen Anonymität man verzichten konnte, die Frau war, die im verdeckten Einsatz ohnehin nichts zu suchen hatte: Elizabeth Waring. Und genau das hatte Palermo das Leben gekostet; nicht der Mann, vor dem er solche Angst gehabt hatte, sondern seine eigenen »Freunde«: Er hatte geredet, und sie hatte ihn nicht beschützen können. Nicht daß es einer ausgesprochen hätte, aber sie wußte es und auch Nicky Palermo, der nun seit zehn Jahren tot und noch nicht mal ein Geist, sondern nur eine unbequeme Erinnerung war.

Elizabeth setzte sich auf und machte die Nachttischlampe an. Wieder war es halb fünf, nur daß sie sich diesmal in Alexandria, Virginia, befand. Las Vegas war schon eine Ewigkeit her. Sie sah hinüber auf Jims leere Seite des Betts. Halb fünf, die kälteste und finsterste Stunde des Tages, und Nicky Palermo war tot. Ihr Mann war tot. Ihre Karriere war tot. Das heißt, was gestorben war, das waren Fähigkeit und Wille, Karriere zu machen. Nächste Woche, vielleicht auch nächstes Jahr würde sie dasselbe wieder durchmachen. Sie würde in einem neuen Büro arbeiten, das nicht anders aussah als das alte, da es noch immer in demselben alten Kasten lag, und mit neuen Leuten, einige davon jung und eifrig, die anderen heimlich, leise und inoffiziell ausgebrannt, aber rangmäßig zu hochgestellt, als daß er sich irgendwo als x-beliebiger kleiner Beamter einsetzen ließ. Und dann hätten sie natürlich auch ein neues spezielles Problem, dem das Justizministerium mit einer tüchtigen Sonderkommission beikommen zu können glaubte – Aktienschwindel, Banken oder importierte Flohhalsbänder mit einem so hohen Giftgehalt, daß Fifi sich am Boden wälzte vor Schmerz. Und Elizabeth Waring würde sich zu allem freiwillig melden, nur nicht mehr zur Organisierten Kriminalität.

Sie lauschte auf den Babymonitor neben dem Bett. Über dem statischen Rauschen hörte sie Amandas langsamen, regelmäßigen Atem. Der Atem der Unschuld.

6

Charles Frederick Ackerman ging durch die lange Ziehharmonika vorbei an den lächelnden Flugbegleitern, die nur darauf warteten herbeizuspringen, um einem ihre Hilfe anzubieten, und dadurch die schmale Gasse blockierten. Die Reisenden kamen mit der Last ihres Bordgepäcks auch so schon kaum durch. Ganz zu schweigen von denen, die zusätzlich noch kleine Kissen und nach Chemie riechende Decken jonglierten. Sie achteten auf ihn nicht mehr als auf jeden anderen. Hätten sie ihn einem Polizisten beschreiben müssen, so wäre vielleicht einer von ihnen scharfsichtig genug gewesen, sein Jackett als solides, wenn auch nicht mehr ganz neues Stück britischer Schneiderkunst zu erkennen. Vielleicht hätte er auch gesehen, daß er kein Zwanziger mehr war, aber andererseits auch noch nicht den merkwürdig gehetzten Ausdruck hatte, den Männer an ihrem Fünfzigsten annahmen. Seine »Schutzfärbung« machte ihn bei dieser ersten Begegnung mit der Crew unsichtbar: das matte Braun von Augen und Haar – vielleicht ein Engländer, vielleicht ein Amerikaner, vielleicht aber auch ein Deutscher; für einen Franzosen war er nicht schlank, für einen Italiener nicht elegant genug. Sie sahen ihn sich nur lang genug an, um sich zu vergewissern, daß er nicht behindert war und vermutlich genug Englisch verstand, um zu tun, was er tun sollte, ohne daß man mit übertriebenen Gesten nachhelfen mußte.

Er nahm seinen Fensterplatz ein und sah nicht ohne Bedauern auf England hinaus. Aber das England, das er im Augenblick sah, bestand aus einem Stück beleuchteter Rollbahn und aus dem hinteren Ende eines Gepäckwagens. Die zehn Jahre waren so gut wie vorbei. Michael Schaeffers letzter Auftritt hatte in dem Augenblick geendet, als Charles Ackerman in die Maschine gestiegen war.

Er setzte sich zurecht und meditierte über das, was jetzt kommen würde. Er kannte nur den Namen des Mannes mit der Pistole: Mario Talarese. Das würde genügen. Während der Rest der Passagiere die Sitze rund um ihn füllte, versuchte er hinter den Gedankengang der Leute zu kommen, die ein Team aus Amateuren losschickten, um einen Mann wie ihn zu eliminieren.

Da hätte jemand gründlicher nachdenken sollen. Wenn ihnen schon eingefallen war, daß er auf der Abschußliste stand, dann hätten sie auch daran denken sollen, wer er war. Gab es in all den Gremien, die dafür sorgten, daß Stolz, Ehrgeiz und Gier dieser Männer dem steten und berechenbaren Strom an Profiten nicht in die Quere kamen, nicht eine einzige besonnene alte Stimme, die sie daran erinnerte, daß sein Tod keinem was brachte und sie nur alten Ärger heraufbeschwörten, wenn der Anschlag mißlang?

Er hatte nun wirklich alles getan, um sie davon zu überzeugen, daß er dieses Leben aufgegeben hatte. Warum hatten sie ihn nicht einfach in Frieden sterben lassen? Er kannte die Antwort bereits: Sie hatten. Das Dutzend alter Männer mit der Macht und dem Recht zu Entscheidungen hatte nichts zu gewinnen. Und falls die Entscheidung tatsächlich bei ihnen gefallen wäre, dann hätten sie ihm nicht diese beiden krummen Hunde mit ihren Messern auf den Hals gehetzt, ganz zu schweigen von einem Typ mit einer Pistole, die in eine Damenhandtasche gehörte. Nein, da hätte sich der englische Süden eines Tages mit unauffälligen Männern gefüllt, die sich Brown oder Williams nannten, aber auf andere Namen Rückflüge in gleich drei amerikanische Städte gebucht hatten. Die Alten konnten das nicht gewesen sein.

Dahinter mußte ein übereifriger kleiner Unterboß stecken,

der sich dazu auf eigene Faust entschlossen hatte. Er wußte sogar, wer es war. Wenn der Typ mit dem Schießeisen tatsächlich Talarese geheißen hatte, dann mußte ihn Antonio Talarese geschickt haben. Dieses Wissen gab ihm eine kleine Chance, am Leben zu bleiben, und selbst sie würde sich in nichts auflösen, wenn er sie nicht gleich nutzte. Wenn der Mann die Absicht hatte, sich einige tausend Meilen von zu Hause einen plötzlichen Triumph zu verschaffen, indem er einen zehn Jahre alten Auftrag ausführte, dann mußte das ein Geheimnis bleiben, bis alles erledigt war. Talarese konnte keinem gesagt haben, daß er die Beute gefunden hatte, sonst hätte er Rivalen gehabt, gegen die er nicht die geringste Chance gehabt hätte.

Ackerman blieb gar nichts anderes übrig, als wieder zurückzukommen und die Sache so rasch wie möglich zu erledigen. In dem Augenblick nämlich, in dem Talarese sein Wissen mit dem Rest der Welt teilte, war alles vorbei. Michael Schaeffer war nicht darauf vorbereitet, rechtzeitig in ein anderes Leben zu schlüpfen. Ackerman mußte noch vor der Nachricht in New York sein, daß man Mario Talarese hinter einem Haus in Brighton gefunden hatte.

Als das riesige Flugzeug schwerfällig die lange Startbahn entlangrollte, lehnte er sich in den gepolsterten Sitz zurück; immer schneller schlugen die Räder über die Ritzen, dann kreischten die Triebwerke eine Oktave höher, und sie hoben die Maschine in die Nacht hinaus. Talarese hatte einen schrecklichen Fehler gemacht, beim ersten Versuch zu versagen. Nahm man einem Mann Frieden, Zuversicht und die Geborgenheit seines Zuhauses, dann hatte er nicht mehr viel zu verlieren.

Die Ehrenwerte Margaret Holroyd saß auf ihrem Bett und blickte auf den Wecker auf ihrem Nachttischchen. Er hatte eine rote Digitalanzeige und war kaum ein Jahr zuvor in Japan mit Mikrochips aus San Francisco gefertigt worden. Das Nachttischchen hatte man im 16. Jahrhundert in Frankreich aus dem Holz eines Baumes gemacht, der noch jung gewesen war, als Karl Martell seine Truppen bei Tours zusammenzog, um Frankreich vom verderblichen Einfluß des Islam zu befreien. Michael würde inzwischen mitten über dem Atlantik sein. Aller Wahrscheinlichkeit nach saßen kaum zwei Kilometer weiter auch die Filchings wach und versuchten einen Weg zu finden, den Rest ihres Lebens zu akzeptieren, nach dem, was Peter und seinem Freund Jimmy passiert war. Morgen würde das Telefon klingeln, und einer von ihnen würde ihr erzählen, was sie wußten. Sie würde heucheln müssen – nur was? Überraschung, Schock, Entsetzen ... Nein, ihr Entsetzen war echt genug. Da hatte sie keine große Wahl. Worauf sie nicht vorbereitet war, das war, diese armen trauernden Leute zu belügen.

Sie zog ihren Bademantel über und ging den Flur entlang zur Hintertreppe und über diese hinab in die Bibliothek, wo sie die Tür hinter sich schloß und sich in dem vertrauten Raum umsah. Sie wünschte, ihr Vater wäre noch am Leben und würde sich zu nachtschlafender Zeit hier hereinschleichen, um irgendwelchen ebenso spinnigen wie geheimnisvollen Studien nachzugehen. Er war natürlich völlig wahnsinnig gewesen. Selbst als Kind hatte sie es schon gewußt, obwohl ihre Mutter so getan hatte, als wäre ihr noch nicht einmal der Gedanke gekommen. Bis sie schließlich erfahren hatte, daß sie sterben würde. Daraufhin hatte sie Meg auf einen Stuhl gedrückt und nichts weiter gesagt als: »Kümmere dich um ihn, wenn du kannst.« Beide Frauen hatten nicht einen Augenblick daran gezweifelt, daß Meg dazu in der Lage war. Er war meist glückstrahlend und friedlich gewesen, genau so, wie sie sich ein krankes Genie vorstellte.

Sie erinnerte sich noch gut an den ersten Tag, an dem er sie machen ließ, was sie wollte. Sie war zehn Jahre alt, und sie war auf Gwendolyn Ap-Wittings Geburtstag gewesen. Sie hatte

Gwendolyn eine ihrer Geschichten erzählt, ein schauriges Ammenmärchen von Gespenstern, die aus den uralten Hügeln zwischen ihren Anwesen kamen. Gwendolyn hatte ihrer Tante Clara beim Frisieren eine langweiligere, anspruchslosere und zudem gekürzte Version erzählt. Die Tante war sofort heruntergekommen, um den anderen Kindern zu sagen, sie sollten nicht alles glauben, was Meg so erzählte. Dann folgte noch eine Mahnung, daß Jesus Engel schickte, die unlöschbare schwarze Zeichen in ihre Bücher machten, wann immer kleine Mädchen logen. Dies hatte die Kinder schlimmer erschreckt als die Gespenster, so daß sie den Rest des Nachmittags mindestens drei Meter Abstand von Meg hielten. Ihre rudimentär religiöse Bildung hatte sie zu der Überzeugung gebracht, daß Gott Sünder eher in Gruppen niederzustrecken pflegte als einzeln. Die Kriterien dafür waren vage, aber für gewöhnlich genügte es wohl schon, in eine lose Kategorie wie »die Gottlosen« zu fallen, und so gebot es schon der Selbsterhaltungstrieb, für eine deutliche Abgrenzung zu sorgen. Wann immer sie sich einem der Kinder näherte, wich es erschreckt zurück. Als Gwendolyn im Salon ihre Geschenke öffnete, scharten sich alle um sie, Meg blieb auf der Schwelle stehen und beobachtete aus der Entfernung – wie eines der Gespenster aus ihrer Geschichte, die tagsüber einsam auf der Erde gefangen waren. Als um vier der Chauffeur vor dem großen Herrenhaus hielt, war die kleine Margaret plötzlich hinter einer dicken Eibe hervorgesprungen und auf den Rücksitz geklettert, als wäre der Rolls der letzte Dampfer von Krakatoa.

Zu Hause hatte sie sich allein in den Garten gesetzt und über den Trümmern ihres jungen Lebens sinniert, als sie bemerkte, daß ihr Vater in der Nähe stand und sie anstarrte. Wahrscheinlich sah er auf den ersten Blick, daß sie geweint hatte, obwohl sie sich alle Mühe gegeben hatte, die Anzeichen zu verbergen – schließlich waren sie nicht nur Folge ihrer Schuld, sondern auch ein Beweis dafür. Es war ungewöhnlich, daß er sie überhaupt beachtete; sie hatte immer wieder den Verdacht gehabt, daß er sich ihrer Existenz oft wochenlang nicht bewußt war. Jetzt jedoch studierte er sie mit derselben wohlwollenden Neugier wie die Heilkräuter in den alten medizinischen Büchern, denen er sich in jenem Jahr widmete, obwohl sie in der modernen Flora nicht mehr zu finden waren.

Schließlich sagte er: »Komm mal mit«, und ging, ohne nachzusehen, ob sie ihn gehört hatte, durch die Verandatür zurück in die Bibliothek. Als sie in dem geheimen kleinen Raum hinter den Bücherwänden waren, wo sie keiner stören konnte, hatte er mit ihr gesprochen, wie er vermutlich nur mit Altersgenossen sprach. »Es gibt Zeiten im Leben, an denen einem ein Ort wie der hier gerade recht kommt. An Verstecke ist eben nicht leicht zu kommen, also behandle das hier mit Respekt. Du darfst herkommen, wann immer du willst.«

Sie vermißte ihn, als sie so auf der Ledercouch lag und zum Deckengewölbe hinaufstarrte. Sie fragte sich, ob sie Michael Schaeffer wohl jemals wiedersehen würde. Der Tag hatte so schön angefangen, eine Folge von leuchtenden, lebhaften Bildern und schrillen Geräuschen, und was war daraus geworden? Eine Ansammlung von Ereignissen, an die sie sich vor Erschöpfung kaum noch richtig erinnerte. Er war bereits wieder weg, in einer Welt, in der verbissene Leute in tödliche Kämpfe verwickelt waren, und alles nur um irgendwelcher kurzlebiger Vorteile willen. Es war weniger sein Verschwinden, das sie beunruhigte, als die Entdeckung, daß er im Grunde eher dorthin gehörte als zu ihr. Es spielte noch nicht mal eine Rolle, daß er ihr dieses Spionagegarn aufgetischt hatte. Das verstand sie besser als sonst jemand auf der Welt. Er hatte ihr nur die häßlichen Dinge ersparen wollen. Sie wußte, wenn er zurückkam, würde sie ihn wahrscheinlich heiraten. Im Aristokratenführer stand sie bereits als die letzte Holroyd, und um jetzt noch mit einem Akt der Selbstlosigkeit dagegen anzugehen, war sie eine ganze Generation zu spät dran. Vielleicht konnte sie nichts dagegen tun, daß er offensichtlich irgendeine Art Krimineller war, aber sie könnte sein Versteck sein. Gwendolyns Tante Clara hätte es wahrscheinlich typisch genannt, daß sie sich ausgerechnet in den schlechtesten Menschen verliebte, der ihr je über den Weg gelaufen war. Sie hoffte einen Augenblick lang inständig, daß Claras Engel riesige Bände voll schwarzer Zeichen über sie gehabt hatten, als sie vor einigen Jahren gestorben war. Dieser Gedanke lenkte sie gerade lange genug von der Gegenwart ab, um endlich vom Schlaf überwältigt zu werden.

Während die Passagiere den Mittelgang entlang zum Ausgang schlurften, griff Charles Ackerman unter seinen Sitz und holte einen kleinen Koffer hervor. Er hatte auch nur einen dabei, denn der ideale Ort, sich einen Mann wie ihn zu schnappen, war die Gepäckausgabe eines Flughafens, wenn er nach einem internationalen Flug durch die Metalldetektoren zu beiden Enden mußte und dann wie hypnotisiert vor dem Fließband stand.

Er schloß sich der schier unerträglich langsamen Schlange an. Es war zwar erst halb zehn, aber für die Fuhre Gefangener, die hier in die Abfertigungshalle zottelte, war es bereits drei Uhr morgens. Was ihm nur recht sein konnte.

Als der müde Beamte an der Paß- und Zollkontrolle sich seine Papiere ansah, zeigte er eine Spur von Interesse, die ihn fast aus seiner Lethargie gerissen hätte. »Sie waren ja schon eine ganze Weile nicht mehr zu Hause, Mr. Ackerman.«

»Nein«, sagte er. »Ich lebe jetzt in England.« Fasziniert sah er zu, wie der Mann seinen offenen Paß auf eine Maschine legte, die ihm nach einem Scanner aussah. Das war neu. Er war froh, den auf den Namen Ackerman benutzt zu haben. Er hatte ihn fünfzehn Jahre zuvor auf eine falsche Geburtsurkunde hin bekommen, aber er war vom Außenministerium ausgestellt, und er hatte ihn regelmäßig verlängern lassen; mit anderen Worten, er war echt genug. Der Mann las etwas auf einem Bildschirm, was ihn nicht weiter überraschte, und gab ihm den Paß dann zurück.

»Geschäftlich hier?«

»Nein«, antwortete Ackerman. »Ich bin nur lange nicht mehr zu Hause gewesen.«

»Haben Sie was zu verzollen?«

»Nichts.« Lauter negative Antworten, ein Nein nach dem anderen: Ich bin niemand, mache hier nichts und bringe nichts mit. Vergessen Sie mich wieder. Der Mann fuhr kurz mit beiden Händen über den Inhalt des Koffers und wandte sich dann dem nächsten zu.

Ackerman schloß die Schnäpper und trat in die offene Halle, wo ganze Reihen von Gesichtern ihn mit hoffnungsvollen Blicken empfingen; sie prüften seine Züge und verwarfen sie, als sie sie nicht sofort wiedererkannten, um im nächsten den Bruder, den Vater oder einen Geschäftsfreund zu suchen. Er passierte die wartende Menge und ging auf die Schließfächer auf der anderen Seite der Halle zu. Er fand eines, an dem ein Schlüssel steckte, doch dann fiel ihm ein, daß er keine amerikanischen Münzen hatte. Er ging weiter zum Geschenkeshop. Hinter dem Ladentisch stand eine Frau, die ihm wie eine Indianerin aussah. Sie starrte wie gebannt in ein schrill aufgemachtes Revolverblatt, das sie über die Kasse gebreitet hatte. Als er näherkam, legte sie es beiseite, und er konnte die Schlagzeile sehen: »RUSSEN FINDEN BOMBER AUS DEM 2. WELTKRIEG IN MONDKRATER«. Megs Ansicht nach wäre in dem Blatt für jeden ihrer Bekannten was drin gewesen.

»Ich müßte etwas englisches Geld umtauschen«, sagte er.

Sie wies in die Halle. »Die gelbe Zelle da.« Dann fügte sie ganz im Vertrauen hinzu: »Auf der Bank kriegen Sie mehr.«

»Danke«, sagte er und wandte sich zum Gehen.

»Haben Sie denn keine Karte für den Automaten?«

Er hatte keine Ahnung, was für Automaten sie meinte. Wahrscheinlich etwas, was es in England nicht gab. Jedenfalls hatte er keine.

»Nein.«

»Die knöpfen Ihnen zehn Prozent ab, ich mach's Ihnen für fünf.« Er widerstand der Versuchung zu lächeln. New York. Muß wohl am Wetter liegen. Die werden Sie übers Ohr hauen, ich nicht; wir sitzen schließlich in einem Boot. Sogar die Kommunalpolitiker kamen auf diese Weise zu ihren Stimmen. »Wieviel geben Sie mir für fünfhundert Pfund?«

»Sieben-fünfzig.«

Er hatte während des Flugs in der *New York Times* gelesen, daß das Pfund bei einem Dollar neunundachtzig stand, was aus ihren fünf Prozent um die zwanzig machte. Er zählte ihr fünf Hundertpfundnoten hin, und sie gab ihm das Geld aus der Kasse. Die letzten zehn verlangte er in Eindollarscheinen, die letzten drei in Vierteldollars. Sie gab sie ihm, ohne auch nur den Versuch zu machen, einen Schein verschwinden zu lassen – nachdem sie ihren fairen Wucheranteil kassiert hatte, hatte sie kein Interesse, ihn zu bestehlen.

Mit den Münzen befreite er den Schlüssel, ließ seine Habseligkeiten im Schließfach und schlenderte dann zum Kartenschalter, wo er weitere Pfunde für ein Ticket nach Los Angeles hinlegte; die Maschine ging nächsten Morgen um sieben. Er warf einen Blick auf die große Uhr an der Wand und stellte die seine danach. Er hatte noch neun Stunden.

Auf der Straße reihten sich die Taxis; ein Mann von der Flughafenpolizei winkte jedesmal eines heran, wann immer ein Kunde aus der Halle kam. Als Ackerman auf ihn zutrat, schoß wie wahnsinnig ein verdreckter gelber Dodge auf sie zu und kam, auf nutzlosen Stoßdämpfern wippend, vor ihnen zum Stehen.

An der Strecke nach Manhattan hatte sich in den zehn Jahren kaum was geändert. Die Gebäude waren etwas älter und schmutziger, als er sie in Erinnerung hatte, und die Autos kamen ihm etwas besser und sauberer vor. Er dachte an Antonio Talarese.

Der junge Schwachkopf mit der Pistole hatte Mario Talarese geheißen. Keine Frage, daß er ein Verwandter gewesen war. Vor über zwölf Jahren war er Antonio Talarese mal im Hinterzimmer eines kleinen Gourmetladens in Lower Manhattan begegnet. Drei Männer hatten ihn erwartet, als er ankam. Einer von ihnen war der Geschäftsinhaber, ein dienstfertiger Typ, der auf einem Brett Salami und Käse für eine kalte Platte schnitt und eine Flasche Wein öffnete, als handle es sich um eine kleine Party. »Laß uns jetzt allein«, hatte Talarese gesagt, und der Mann war nach vorn zu seiner Kundschaft gegangen.

Er war in den Laden gekommen, um mit Paul Santorini über einen Auftrag zu reden. Santorini war damals ein aufstrebender junger Manager bei Carlo Balacontano und betrieb nebenbei noch einen blühenden Investmentschwindel nach dem Ponzi-Prinzip: Zuerst hatte er einem gierigen Immobilienmakler aus New Jersey Geld abgeknöpft, dann dessen Freunden, indem er behauptete, er verleihe es zu astronomischen Zinsen. Er hatte dem Mann einige Monate lang eine völlig übertriebene Rendite gezahlt, lange genug, um sicher sein zu können, daß der bei seinen Freunden mit seinen Profiten prahlte. Dann hatte er auch die am Haken gehabt, eine Gruppe von Ärzten und Ingenieuren, selbst einige Anwälte, die offensichtlich noch nie einen Gauner verteidigt hatten. Zusammen hatten sie dem Makler um die zwei Millionen Dollar gegeben, damit er sie bei seinem Freund aus der Unterwelt investiert. Santorini hatte noch immer anderthalb Millionen davon in der Hand, und es wurde Zeit, daß der Makler verschwand.

Als das passierte, fiel den Ärzten, Ingenieuren und Anwälten mit einemmal ein, daß keiner von ihnen Paul Santorini jemals wirklich gesehen hatte; und selbstverständlich hatten sie ihm auch nie Geld gegeben. Die Hälfte von ihnen meinte, der Makler hätte sich mit ihrem Geld nach Brasilien abgesetzt. Die andere Hälfte wollte sich den Glauben an ihn nicht nehmen lassen, was nur bedeuten konnte, daß Santorini ihn heimlich beiseite geschafft hatte, was sich mit ihnen jederzeit wiederholen ließ. Jedenfalls hatten sie keine Lust, zur Polizei zu gehen und ihren Mafiapartner anzuzeigen, weil er sie um ihren Profit aus einem Kreditwuchergeschäft geprellt hatte. Santorinis sauberer Ausstieg aus dieser Unternehmung machte es erforderlich, daß der Makler sachkundig aus dem Verkehr gezogen wurde. Nicht daß man ihn irgendwo tranchiert in die Gegend warf, wie Santorinis bester Soldat das gemacht hätte, den er ihm als »Tony T« vorstellte, um dann daraus ein Antonio Talarese zu machen. In diesem Augenblick war ein vielleicht zwölfjähriger Junge hereingekommen, um einige Kartons abzuholen. Überrascht hatte er die Männer im Geschäft seines Vaters angeblickt. Er war stehengeblieben und hatte Tony T angestarrt. Dann kam, grinsend und schwitzend, der Besitzer hereingeeilt und zerrte den Jungen an der Schulter hinaus.

Für den Verdienst war der Job recht simpel gewesen. Der Immobilienmakler hatte die Angewohnheit, sonntags morgens allein loszufahren, um Schilder mit der Aufschrift »TAG DER OFFENEN TÜR« vor seine Objekte zu stellen. Es hatte nicht viel Phantasie gebraucht, um New Jerseys Zeitungen nach seinen Annoncen durchzusehen und ihn an einem der Häuser abzupassen. Es war Winter und somit noch dunkel, als er auf den Mann traf, der eben die Schilder aus dem Kofferraum holte. Er erschoß ihn, schob die Leiche gleich in den Kofferraum, zog die Hausschlüssel ab und fuhr ihn einige Meilen weiter in einen Wald, wo er ihn begrub. Das war der Teil, an den er sich noch am besten erinnerte. Noch heute sah und roch er die dicke

Schicht lederartigen nassen Ahornlaubs auf dem Boden. Mindestens zehn Zentimeter davon mußte er beiseitekratzen, bevor es sich mit dem Graben anfangen ließ. Und dann war er immer wieder auf Wurzeln gestoßen, dünn, kaum fingerdick, aber so zäh und elastisch, daß er sie beiseite schieben und um sie herumgraben mußte. Schließlich, das Loch war kaum einen Meter tief, geriet er mit dem Rücken gegen eine davon und erschrak. Daraufhin entschloß er sich, die Leiche einfach hineinzuwerfen und zuzuschippen. Nachdem er das Laub wieder über die Erde gebreitet hatte, hätte er selbst sogar Mühe gehabt, das Grab wiederzufinden. Schließlich hatte er den Wagen auf dem Dauerparkplatz des Newarker Flughafens abgestellt und sich vom Terminal aus wie ein Passagier ein Taxi genommen.

Die Gattin des Mannes hatte sein Fernbleiben noch am selben Abend gemeldet, aber noch nicht einmal sie äußerte eine Theorie, was ihm passiert sein könnte. Entweder sie hatte nichts von Santorini gewußt, oder sie war zu dem Schluß gekommen, ihr Mann hätte sicher gewollt, daß sie die Versicherungssumme bekäme.

Ackerman dachte über Antonio Talarese nach. Er war vermutlich inzwischen vermögender als vor zwölf Jahren, lebte aber wahrscheinlich noch immer im selben Teil der Stadt. Bei all den Prozessen, die es im Lauf der letzten Jahre in die Londoner Zeitungen geschafft hatten, dürften sich in der Hierarchie über ihm eine Menge freier Posten aufgetan haben. Womöglich war Tony T inzwischen das, was Santorini früher gewesen war, was bedeutete, daß er selbst seine Gefolgsleute hatte.

In den alten Tagen wäre es auch noch aus einem anderen Grund einfach gewesen: Er hätte jemanden gekannt, bei dem an einem Samstagabend um elf in New York eine Waffe zu haben war. Diesmal konnte er weder mit jemandem reden, noch konnte er warten. Falls Mario Talarese tatsächlich ein Verwandter von Tony T war, so würde er jeden Augenblick einen Anruf aus England bekommen.

Als das Taxi die Triborough Bridge überquerte, sagte er: »Nicht runter zum East River Drive. Nehmen Sie die Hundertfünfundzwanzigste.«

Der Fahrer meinte: »Sind Sie sicher? Ist nicht grade die sicherste Gegend.«

»Ich lege noch zwanzig drauf.«

Das Taxi rollte hinab auf den östlichen Abschnitt der Hundertfünfundzwanzigsten, von wo aus der Ferne der Lichterglanz der Hochhäuser unterhalb vom Central Park zu sehen war. Als das Taxi von der belebten Straße Richtung Süden abbog, sah er vier junge Männer im Schatten einer Reklametafel, die hoch über ihnen auf einem Backsteingebäude stand. Die Fenster, die es früher mal hinter den eisernen Gittern gegeben hatte, waren durch Bretter ersetzt. Ihm fiel auf, daß, während drei von ihnen sich unterhielten, der vierte den Blick nicht von den Autos nahm, die bei Rot an der Ampel hielten.

Es bestand kein Zweifel daran, was die hier trieben. Sie warteten auf leichte Beute, auf einen Wagen, der mit kochendem Kühler oder flatternden Reifen von der Brücke kam, auf die Frau, die allein an der Ampel hielt, das Fenster offen, die Handtasche neben ihr auf dem Sitz, das Radio laut genug, um sie die Schritte nicht hören zu lassen, die sich dem Wagen von hinten näherten. »Ich steige hier aus.«

Die Augen des Fahrers erschienen im Rückspiegel. »Sind Sie denn aus der Gegend hier?«

»Nein.«

»Dann fahr' ich Sie lieber noch ein Stückchen weiter. Das hier ist Harlem. In den Fünfzigern gibt es 'ne Menge guter Hotels. Hier sollten Sie nicht aussteigen.«

»Nein, danke.« Er reichte dem Fahrer sechzig Dollar und

stieg aus. »Der Rest ist für Sie.« Der Fahrer sagte nichts. Ganz automatisch senkten sich sämtliche Knöpfe an den Türen, und das Taxi war wieder fort, um die grüne Ampel noch zu erwischen. Der Mann hatte nicht die Absicht, hier bei Rot anzuhalten und mit anzusehen, was seiner Meinung nach nicht ausbleiben konnte.

Ackerman warf einen Blick auf die vier jungen Männer neben besagtem Haus. Der Beobachter schüttelte den Kopf, wie er das heute morgen noch bei einem der Pferde am Start auf der Rennbahn gesehen hatte. Das Leben eines Kleindiebs bestand größtenteils aus Beobachten und Herumlungern, und der Gedanke, das Warten könnte vorbei sein, schien bei diesen Leuten immer Zuckungen hervorzurufen, sie streckten sich und machten sonst allerhand unnötige Bewegungen, um ihre Gliedmaßen wachzukriegen.

Die hatten bestimmt keine Waffen bei sich. Falls die Polizei eine überraschende Razzia durchführte, würden sie nicht zehn Jahre für das Tragen einer Schußwaffe riskieren – oder schlimmer noch, einem Bullen einen Grund geben, das Feuer zu eröffnen. Diese Sorte hielt die Waffen in einer Mülltonne oder hinter einem losen Brett vor einem der Fenster versteckt. Während er die Straße hinaufging, behielt er die Diebe im Augenwinkel. Es war ein kitzliges Unterfangen, sie neugierig genug zu machen, ihm ihr Versteck zu verraten, nur um sie dann wieder so weit zu bringen, ihn als Opfer zu verwerfen. Er wußte, der kritische Augenblick war der, in dem sie dachten, er hätte sie aus den Augen gelassen. Dann würde wenigstens einer von ihnen etwas tun – und sei es nur, nach den Waffen zu sehen.

Er ging an ihrem Gebäude vorbei. Sie rührten sich nicht, aber er spürte, wie ihre Augen seinen Körper filzten. Sie suchten nach einem Hinweis darauf, daß er ein Bulle war, der als Köder fungierte. Falls er gefährlich war, dann nicht, weil er sich vier Männer schnappen und fesseln könnte, die halb so alt waren wie er, sondern weil ein Angriff auf ihn dazu führen konnte, daß hier fünf oder sechs Wagenladungen Bullen aufkreuzten, mit kreischenden Reifen, Schrotflinten und Panzerwesten.

»He, Mann!« kam eine Stimme herüber. Was ihn beunruhigte. So ging das nicht. Dann noch einmal: »Willste Crack? Bißchen Gras? Speed?«

Er blieb stehen und drehte sich um. Was zum Teufel sollte das? Natürlich. Heutzutage drehte sich doch alles um Drogen. Der Beobachter war der Verkäufer. Er kam flott auf den Gehsteig marschiert, den Kopf im sachten Winkel zur Schulter. Er war mager und schwarz, die langen Beine steckten in engen Jeans, die in einem Paar hoher Basketballstiefel mit riesigen Zungen endeten, deren rote Senkel nur zur Hälfte geschnürt waren. Am linken Handgelenk trug er eine Piaget mit einem Band, das aussah wie aus einem zweipfündigen Nugget gehauen. Ackerman hatte die Zeichen falsch gedeutet. Das hier waren keine Straßenräuber; das waren Apotheker.

Überlegend stand er da, als der Verkäufer sich näherte. Er war einfach zu lang im Ausland gewesen. Was mochte er wohl sonst alles nicht wissen? Er warf einen Blick über die Schulter auf die drei Begleiter des jungen Mannes. Jetzt, wo sich seine Augen an die Dunkelheit ihres Standorts im Schatten des Hauses gewöhnt hatten, sah er, daß auch sie alle schwarz waren. Alle trugen sie Basketballstiefel, die aussahen, als wären sie für Profis gemacht, aber einer wie der andere schlampig geschnürt. Was das wohl sollte – ein Zeichen für die Kundschaft? Eine Uniform? Das würde den Bullen gefallen.

Der junge Mann lächelte. »Willste kaufen oder nur kucken? Ich hab' nicht die ganze Nacht, ich muß Umsatz machen. Was Bessres als hier kriegste in der Gegend nicht.« Sein Lächeln war leer, gefühllos und voller Selbstvertrauen. Er redete weder leise, noch blickte er sich dabei über die Schulter nach Funkstreifen um wie die Straßendealer von früher.

Eine Reihe aus fünf Autos hielt vor der Ampel, und die anderen drei standen auf, traten auf die Straße und beugten sich vor, um auf der Fahrerseite in die Fenster zu sprechen. Zwei von ihnen hatten ihr Geschäft rasch abgewickelt und reichten den Fahrern winzige Plastiktütchen aus ihren Jacken. Dann gingen sie zu den nächsten beiden Wagen. Als einer der Fahrer das Fenster nicht öffnete, verzog der junge Mann keine Miene. Er gab der Tür nur einen trägen, halbherzigen Klaps und sah sich bereits nach dem nächsten potentiellen Kunden um.

Ackerman drängte sein Staunen in den hintersten Winkel seines Verstands. Das hier lenkte ihn ab, und er mußte sehen, wie er mit den neuen Umständen zurechtkam, egal, wie sie zustande gekommen waren. »Ich möchte einen Revolver kaufen.«

Der Verkäufer neigte wieder den Kopf zur Seite und beugte sich vor. »Was sagste?« An seiner übertriebenen Art sah er, daß der Mann die Ironie der Situation derart genoß, daß er es gleich noch mal hören wollte.

»Ich will keine Drogen, sondern einen Revolver. Können Sie mir da aushelfen?«

Das Grinsen wurde breiter. »Wenn *ich* die Knarre hab' und *du* hast das Geld und keine Knarre, was sollte mich davon abhalten, beides zu haben?«

»Ihr räumt hier zu groß ab, um euch das mit einem Raubüberfall zu versauen.«

»Kommen Sie morgen wieder. Werd' mal sehen, was sich machen läßt.« Der junge Mann wandte sich ab und ging seitwärts in den Schatten des Hauses zurück wie ein Baserunner, der den Abstand zum Base verkürzt.

Er folgte dem Verkäufer zurück in den Schatten. »Ich brauche ihn gleich.«

»Ist nicht drin. Wie soll ich ohne Knarre meine Ecke hier halten?«

Das war es also. Sie hatten weder Angst vor der Polizei noch vor einem verzweifelten, weil abgebrannten Kunden, der bereit war, sie alle umzubringen, um an ihren Vorrat zu kommen. Es gab inzwischen so viele Dealer, daß sie sich um die besten Plätze rauften.

»Ich will ja nicht alle. Nur einen Revolver.«

»Einen Revolver? Scheiße.« Das professionelle Grinsen stellte sich wieder ein. Hinter ihm schaltete die Ampel auf Grün, und der Verkehr rollte wieder vorbei. Die drei Handlanger sahen die Straße hinauf und kamen dann langsam in den Schatten des Hauses zurück, so daß der Verkäufer sich ihm den Rücken zuzukehren wagte. Er hob das Brett vom Fenster und griff mit beiden Händen dahinter. Als er sich wieder umdrehte, hatte er einen vernickelten Magnum-Revolver, Kaliber .357, Vier-Zoll-Lauf, in der Hand. Eine Waffe wie diese wog leer schon fast ein Kilo; sie war dick und gedrungen wie eine kleine Kanone mit einem feisten runden Griff. Leisetreter waren der Verkäufer und seine Freunde nun sicher nicht. Der einzige Grund, den er sich vorstellen konnte, sich für eine solche Waffe zu entscheiden, war, daß sie nicht so schwer war wie ein 44er. Aber dann griff der Verkäufer mit der anderen Hand noch tiefer in das Versteck und brachte etwas anderes zum Vorschein, größer, schwarz, eckig und praktischer. Erst als er es in Brusthöhe hatte, wurde daraus eine erkennbare Form.

»Was willst du für die Uzi?«

»Die ist nicht zu verkaufen. Ich geb' dir doch keine geladene Knarre in die Hand und steh' dann wie ein Trottel im Freien.«

Ackerman lächelte. »Darf ich?« Er nahm den Revolver in die Hand und sah ihn sich an. Mehr als ein paarmal war damit noch nicht geschossen worden, aber er hatte irgendeine Art Film auf dem Lauf. Er klappte die Trommel auf, berührte die Innenwand des Laufs mit der Spitze des kleinen Fingers und roch daran. Es war der vertraute Geruch von Waffenöl; der Kleine hatte sie also wenigstens gereinigt. Dann schnupperte er an der Außenseite des Laufs und stellte einen Zitronengeruch fest.

»Was machste denn? Wenn du den Lauf essen willst, dann aber nicht hier.«

»Was ist denn da drauf?«

»Pledge. Ich hab' ihn eingewachst, um den Überzug zu schützen.«

Ackerman nickte wissend, als könne er so viel Weisheit nur gutheißen – Möbelpolitur auf einen Revolver zu sprühen. Diese Kinder hätten ebensogut frisch vom Neptun sein können, so viel Ahnung hatten sie von dem, was sie da trieben.

»Wieviel willst du dafür?«

»Tausend.« Als hätte er keine kleineren Zahlen im Kopf.

»So viel habe ich nicht.«

Jetzt freilich hatte der Verkäufer Blut gerochen – er wollte sein Geschäft. Er hatte schon viel zuviel Zeit mit diesem Mann hier vertan. »Was hättste denn gedacht, daß ich will?«

»Neu kostet so was zweihundert.«

»Na schön. Dann gib mir fünfhundert und verzich dich.« Er war unglücklich. Der Gedanke, daß hier ein erwachsener Mann durch die Straßen lief, der keine tausend Dollar bei sich hatte, machte ihn fertig. Er hatte fünf Minuten damit vertan, mit einem Bettler zu feilschen. Er nahm die fünf Hundertdollarnoten entgegen und stopfte sie ungehalten in die Tasche.

Als Ackerman den großen Revolver unter seinem Mantel zu verbergen versuchte, schien es urplötzlich und mit großem Krachen die Luft um ihn herum zu zerfetzen. Im ersten Sekundenbruchteil dachte er, der Finger des Verkäufers hätte sich auf den Abzug der Uzi verirrt. Aber als er zur Seite sprang, sah er, daß sich einer der Straßenhändler wie vom Blitz getroffen hinsetzte. Aus den Fenstern eines großen braunen Mercedes an der Ecke kamen Mündungsfeuer, als zwei seiner Passagiere wie wild auf die beiden Verkäufer schossen, die noch immer mitten auf der Straße standen. Sie trafen den Bordstein, die Hauswand und einige geparkte Wagen, als wären sie blind.

Mit quietschenden Reifen setzten einige der ankommenden Autos aus der Reihe und rasten in entgegengesetzter Richtung die Einbahnstraße hinauf. Jedesmal, wenn sich einer der Straßenhändler hinter einen Wagen duckte, fuhr dieser auch schon los, so daß er zum nächsten mußte. Ackerman sah einen von ihnen auf die Fahrerseite eines Autos zustürzen; dort riß er die Tür auf, schob den Fahrer beiseite und raste davon. Jetzt setzte der Mercedes zurück, um einen besseren Schußwinkel auf den Übriggebliebenen zu haben, kam aber abrupt zum Stehen, als der Fahrer Ackerman und seinen Verkäufer im Schatten des Hauses sah. Ackerman sah das Gesicht eines jungen Schwarzen, dann schwang auch schon der Lauf einer Schrotflinte in ihre Richtung.

Während der Mann noch dabei war, eine Patrone in den Verschluß zu pumpen, schien der Verkäufer seine Sinne wieder beisammen zu haben. Die Uzi kam hoch, und dann ging es rund auf der mittlerweile verlassenen Straße. Die kleine Maschinenpistole zuckte auf, dann zischte ein kurzer, unsauberer Funken- und Flammenschauer aus dem kurzen Lauf. Ein Teil des Pulvers glomm noch einen guten Meter vor der Mündung. In weniger als zwei Sekunden hatte sie das Dreißigschußmagazin in den Mercedes gespuckt. Dann herrschte eine Sekunde lang Schweigen, während Ackerman noch die ausgeworfenen Messinghülsen über den Gehsteig klappern hörte. Die Türen des Mercedes wiesen wenigstens ein Dutzend Löcher auf. Die rechte Seite der Windschutzscheibe war verschwunden, und die linke war ein undurchsichtiges Gewebe aus pulverisiertem Glas, das nur noch von den Resten der Plastiksicherheitsschicht zusammengehalten wurde. Wie durch ein Wunder jedoch bewegte sich in dem Wagen noch was. Der Fahrer schoß hoch, beugte sich über das Steuer und stieß die ruinierte Scheibe aus dem Rahmen. Dann kam wieder der Lauf der Flinte hoch; ein Gesicht dahinter sah sich nach Zielen um. Während Ackerman den Revolver entsicherte, nahm er ungerührt zur Kenntnis, daß der Wagen wohl umgebaut war. Militärmunition hätte die Türen durchschlagen und die Leute dahinter zumindest erwischen müssen. Wahrscheinlich hatte man nach Art der alten Gangster Stahlplatten in die Türen geschweißt.

Ackerman zielte mit beiden Händen und drückte ab. Die große Pistole bäumte sich auf, und er sah, daß der Mann mit der Flinte getroffen war. Sein Kopf fiel nach vorn. Er schien eine ganze Menge Haare und die Kopfhaut eingebüßt zu haben. Jetzt drehten die Reifen des Wagens qualmend durch. Als sie griffen und der große Mercedes einen Satz nach vorn tat, fiel dem Toten die Flinte aus der Hand und rutschte einige Meter über den Asphalt.

Der Straßenhändler, der eben noch auf ein Versteck zugerannt war, als der Mercedes zurückgesetzt hatte, blieb jetzt stehen und stürzte dann auf die Flinte zu. Er kniete nieder, brachte sie an die Schulter und feuerte, lud durch und feuerte noch mal auf den Mercedes, der eben mit quietschenden Reifen um die Ecke bog.

Der Verkäufer verschwand um die Ecke des Hauses, während sein Handlanger auf seinen gefallenen Gefährten zutrabte. Der Verwundete saß in einer wachsenden Blutlache und bewegte sachte schaukelnd den Oberkörper vor und zurück. Es dauerte nur einige Sekunden, dann stand der Verkäufer in einem Jaguar vor ihnen, der Megs ziemlich ähnlich war. Die beiden Männer zogen ihren verwundeten Gefährten auf die Beine und schleppten ihn auf den Rücksitz.

Als Ackerman ihnen so zusah, verspürte er so etwas wie Mitgefühl. »Wißt ihr, wie man eine Aderpresse anlegt?«

Der Verkäufer wandte sich ihm zu, sein Blick ganz irre vor Zorn und Angst.

»Was geht dich das an?«

»Er verblutet euch sonst.«

»Nein«, kam ein entsetztes Stöhnen von dem Mann, der quer über dem Rücksitz lag. Ackerman sah, daß er ganz steif war und kurz davor, in den Schock abzugleiten. Das »Nein« konnte sich auf alles mögliche bezogen haben, was er gehört, gespürt oder gesehen hatte, vielleicht auch nur auf etwas, was ihm eben eingefallen war, aber es schien dem Verkäufer nahezugehen. »Setz dich neben ihn«, sagte er.

Ackerman kletterte auf den Rücksitz und schloß die Tür, ging dann in die Hocke und lehnte sich dagegen, um nichts von dem Blut abzukriegen. Während der Wagen losfuhr, nahm er seine Krawatte ab und band sie um den Schenkel des jungen Mannes. Er warf einen Blick auf die Uhr. Es war genau halb zwölf. In zehn Minuten würde er die Aderpresse lösen müssen, um das Bein vor dem Absterben zu bewahren. »Gibt es ein Krankenhaus, wo wir ihn hinbringen können?«

Der Verkäufer hörte sich wütend an. »Du hast den verdammten Jamaikaner erwischt, okay, aber du hast doch keine Ahnung!«

»Er ist euer Freund. Es liegt ganz an euch.«

Der Verkäufer machte sich Ackermans Standpunkt auf der Stelle zu eigen. »Da hast du verdammt recht, und deswegen kommt er auch in die Notaufnahme.« Er war der geborene Führer. »Keine Bange, B-Man, ich bring' dich schon hin.«

Der Verkäufer beruhigte sich. Er steuerte den Wagen mit angemessener Aufmerksamkeit für alles, was vor ihm auftauchte.

Ackerman wartete, beobachtete und zählte die Minuten. Der Verwundete war inzwischen schlaff geworden und wegen des Blutverlusts vermutlich ins Koma gerutscht. Während der Wagen stadtaufwärts rollte, überlegte Ackerman, ob der Verkäufer es sich wohl anders überlegt hatte, aber dann machte der Junge den Mund wieder auf: »Wir fahren ihn dorthin, wo sie sich nicht gleich bepissen, wenn sie einen Schwarzen mit 'nem Loch sehen. Ich muß bloß die Jamaikaner abschütteln. Wenn die wissen, daß es ihn erwischt hat, kommen sie womöglich auf sein Zimmer und tranchieren ihn.«

Ackerman orientierte sich anhand der hohen Gebäude. Die Ehrenwerte Meg und ihre Freunde sprachen von einem »Kulturschock«, um zu beschreiben, was er im Augenblick durchmachte. Noch einen Tag zuvor hatte er noch nicht mal im Traum daran gedacht, in die Staaten zurückzukehren, und jetzt hatte er das Gefühl, mit einer Kanone abgeschossen und hier gelandet zu sein. Es sah alles noch genauso aus und war doch ganz anders; und dann hatte er langsam den Verdacht, daß er selbst nicht mehr der alte war.

»Was meinste?« fragte der Verkäufer Ackerman. Er hielt seine Armbanduhr hoch, bis das Licht einer Straßenlampe darüber hinwegwischte wie der Blitz eines Fotografen. Noch fünf Minuten, bis er die Aderpresse wieder zu lösen hätte. Der Verkäufer war nervös; ihm war nach Zuspruch. »Hört sich vernünftig an. Wenn du's in fünf Minuten schaffst, wär's noch besser.«

Der Straßenhändler hatte nicht ein Wort gesagt, seit er in den Wagen gestiegen war. Er saß in den Sitz gelehnt, als schlafe er.

»Was ist denn mit deinem Kumpel?«

»Oh, Scheiße«, sagte der Verkäufer. »Den hat's auch erwischt.«

»Warum sagt er denn nichts?«

»Weil er kein Englisch kann. B-Man hier hat 'n bißchen Spanisch drauf.«

Ackerman sah auf den über den Sitz gebreiteten Mann hinab. Er schwitzte und zitterte und war schon ganz grau im Gesicht. Womöglich überlebte er ja, aber mit Dolmetschen war diesen Abend nichts mehr drin. Ackerman beugte sich über die Lehne und steckte den Kopf über die Schulter des Mannes nach vorn.

Er sah, daß es ihn am Arm erwischt hatte; der vordere Teil seines blauen Hemds war von Blut durchtränkt. Er sah genauer hin. Es war ein sauberes Loch, mitten durch den Bizeps gestanzt, der Größe nach von einer 9-mm-Kugel. Er sah auf den ersten Blick, daß die nicht aus einer Schrotflinte gekommen war: Den hatte eine verirrte Kugel erwischt, als der Verkäufer mit seiner Uzi das halbe Viertel abgespritzt hatte. Ihm war vorher schon aufgefallen, daß bestenfalls die Hälfte des Magazins im Wagen gelandet war. Hätte wahrscheinlich gar keinen Sinn gehabt, einen Krankenwagen zu rufen. Womöglich waren die, die in der Nähe gewesen waren, inzwischen damit beschäftigt, die Leute einzusammeln, die es in ihren Wohnungen vor dem Fernseher erwischt hatte. »Sieht so aus, als wäre es nur eine einzelne Schrotkugel«, sagte er. »Ist nicht gefährlich, aber Hilfe braucht er auch.«

Dem Verkäufer schien die absurde Theorie, daß zwölf Schrote mit einem Streukreis von zirka zwölf Zentimetern nur ein einziges Loch hinterlassen haben sollten, nicht weiter aufzufallen. »Es ist gleich da vorn«, sagte er.

»Halt mal an«, sagte Ackerman.

»Wozu?«

»Mach schon. Wir müssen ihre Taschen durchgehen. Wenn sie Drogen oder zuviel Geld dabeihaben, dann müssen sie auf ganz andere Fragen antworten.« Der Verkäufer kam zum Stehen, setzte zurück und legte, ohne darauf zu achten, ein perfektes Parkmanöver hin, das ihn auf den Millimeter genau parallel zum Randstein brachte. Dann jedoch vergaß er den Gang herauszunehmen und prallte mit einem Ruck auf den Wagen hinter ihnen. Der Mann auf dem Vordersitz schien zu verstehen, was mit ihm passierte, und wies auf die Taschen, die er nicht erreichen konnte. Weit mehr Schwierigkeiten hatte Ackerman mit dem Bewußtlosen auf dem Rücksitz. So schlaff, wie er dalag, hatte er ein enormes Gewicht. In jeder seiner Taschen hatte er kleine Glasröhrchen mit Crack und in der Jacke ein gewaltiges Bündel Scheine. Als letztes fand Ackerman in seinem Kreuz noch eine kleine Pistole, mit der jedoch kein Schuß abgefeuert worden war; wahrscheinlich hatte er sie bei seinem panischen Versuch, aus der Schußlinie zu kommen, vergessen. Er steckte sie in die Tasche seines Jacketts.

Während die Sekunden verrannen, war er sich darüber im klaren, daß er mit Leichtigkeit die 357er Magnum heben und den Verkäufer abschießen könnte. Dann den Mann neben ihm, und er brauchte nur noch zu gehen. Dealer waren schon immer verrückt und unberechenbar gewesen; deshalb war er ihnen ja auch immer aus dem Weg gegangen. Sie schienen ihm von einer schrecklichen und schmerzhaften Gier getrieben, die sie fressen ließ, bis sie platzten – wie Zecken. Er hatte nie gehört, daß einer von denen aufgehört hätte, weil er seine Schäfchen im trockenen hatte. Sie wurden nur immer fetter und gieriger, bis ihnen ihr übermäßiges Selbstvertrauen, ihr Wahnsinn in einer gewaltigen Explosion um die Ohren flog. Das oder das simple physikalische Prinzip, daß Geld, wann immer genug davon auf einem Haufen war, seine eigenen Räuber schuf, die es wieder verteilten.

Seine Abneigung dagegen, sich ihrer einfach zu entledigen, hatte mit ihrer Jugend zu tun. Ganz zu schweigen von ihrer unglaublichen Unerfahrenheit. Sie waren ihm völlig fremd. Eine Umgebung, die diesen Kindern zu überleben erlaubte, hatte er nie gekannt. Früher – ihm war klar, daß der Drang, dieses Wort zu benutzen, ihn zum Gefangenen der Vergangenheit und bloßen Besucher der Gegenwart machte, aber er hatte keine Wahl –, früher wären diese kleinen Unternehmer geschluckt worden, die örtliche Organisation hätte sie einer eisernen Disziplin untergeordnet oder vom Tisch gefegt. Die einzige Erklärung für diese winzigen Kindergangs war, daß die Anarchie über die Welt hereingebrochen sein mußte.

Der Verkäufer starrte ihn über die Rückenlehne hinweg an, und Ackerman sah, daß er vor Angst schwitzte. Er erbarmte sich seiner.

»Okay. Wir machen jetzt folgendes: Du fährst die Zufahrt hinauf, an die Stelle, wo die Krankenwagen halten. Fahr so nah an die Notaufnahme heran, wie du kannst, und laß den Motor laufen.«

Der Verkäufer fuhr auf ein blaues Schild zu, auf dem nur »NOTAUFNAHME« und »KRANKENTRANSPORTE« stand. Er nahm die Kurve zu weit und mußte den Wagen nach rechts reißen, um einem Krankenwagen auszuweichen, der mit abgeschalteten Scheinwerfern die Auffahrt heruntergerollt kam, um in die Garage zurückzukehren. »Die Drecksau bring' ich um«, zischte er.

Ackerman wußte, wenn er die Angst des Verkäufers groß genug werden ließ, bestünde die Möglichkeit, daß die wirren Äußerungen sich zu echter Entschlossenheit entwickelten, aber er ignorierte sie fürs erste, weil der Jaguar sich eben in den hellen gelben Schein der Natriumdampflampen schob.

Kaum war der Wagen zum Stehen gekommen, stieg Ackerman aus, packte den Verwundeten an den Knöcheln und zog ihn aus der Tür. Als er sich bückte, um ihn über die Schulter zu nehmen, trat er auf den Fuß eines Mannes hinter ihm. Er blieb stehen und warf einen Blick über die Schulter.

Als er sich wieder dem Wagen zuwandte, hatte er noch immer das Bild des Mannes vor Augen: ein hochgewachsener Polizist, der mächtige Brustkasten in einem hellblauen Hemd, kleine Epauletten auf den Schultern; das Metall und das schwarze Leder um die Hüften ließen ihn unheimlich breit wirken. An seinem Gürtel hingen eine Taschenlampe, ein Schlagstock, eine chemische Keule, ein Taschenmesser in einem schwarzen Lederetui, Munition und der schwere gerändelte schwarze Griff seines Dienstrevolvers. Und all das knarrte und klickte, als er sich vorbeugte, um einen Blick in den Wagen zu werfen. Ackerman hörte den Polizisten sagen: »Was hat er denn?« Worauf er antwortete: »Kann ich nicht sagen, aber er blutet, genauso wie sein Freund. Mein Fahrer hat sie auf der Straße gefunden.«

Der Polizist ging hinüber zur Doppeltür, die sich zischend öffnete, als er auf die schwarze Gummimatte trat, und schnappte sich einen Krankenpfleger, der eben eine Rollbahre um die Ecke in den angrenzenden Korridor schob. Er hörte die Stimme des Polizisten: »Ist mir scheißegal, für wen Sie arbeiten. Ich habe hier draußen Schußwunden.« Er hatte die Hand auf der Schulter des Pflegers, so daß es aussah, als schiebe er den Mann mitsamt seiner Rollbahre zur Tür hinaus.

Der Polizist und der Pfleger zogen den Mann aus dem Wagen und hoben ihn auf die Bahre. Als der Pfleger ihn ins Haus schob, ging der Polizist zu einem Sankafahrer, der eben eine Sauerstoffflasche in die Halterung seines geparkten Fahrzeugs stellte. Er und der Fahrer zogen eine Bahre aus dem Krankenwagen, deren Füße sofort aufklappten und einschnappten. Inzwischen war der zweite Verwundete aus dem Wagen gestiegen und stand auf unsicheren Beinen neben der Tür. Nur allzugern ließ er sich für die kurze Fahrt nach drinnen auf die Bahre fallen. Der Polizist murmelte: »Und Sie beide parken den Wagen da drüben und kommen wieder zurück. Ich brauche Sie noch ein paar Minuten.« Dann schob er die Bahre zur Tür hinein.

Auf der Stelle saß Ackerman neben dem Verkäufer auf dem Beifahrersitz. »Fahr zu. Los, weg hier«, sagte er. Der Verkäufer hatte die ganze Zeit über reglos dagesessen. Er hatte den Polizisten noch nicht mal im Rückspiegel anzusehen gewagt. Ackerman wußte, was ihn das an Willenskraft gekostet haben mußte. Zweifellos hatte er von Kindesbeinen an auf dieselbe Art und Weise überlebt wie die Diebe von früher: sich beim ersten Anzeichen einer Uniform zerstreuen, jeder in eine andere Richtung, rein in die nächste Gasse, über den Zaun, jeder für sich allein in der Hoffnung, daß nicht er es war, dem man hinterherjagen würde. Jetzt war der Verkäufer mit einemmal befreit, was auch immer ihn in den Klauen gehabt hatte. Seine Instinkte, sein Temperament, seine Fähigkeit, eins und eins zusammenzuzählen, alles sagte ihm: nichts wie weg von hier. Und dem gab er nach. Er trat aufs Pedal, und der Wagen schoß davon.

Dreißig Meter vor ihnen schlurfte ein alter Mann über die Zufahrt auf die Unfallstation zu. Mit nachdenklicher Miene starrte er die Straße hinab. Vorsichtig setzte er einen Fuß vor den anderen, mit äußerster Konzentration, zufrieden mit dem kaum merklichen Fortschritt, den er machte. Einen Augenblick erfaßten die Scheinwerfer den Alten, der trotzig aufsah, die Augen etwas zusammenkniff und dann stehenblieb, als wollte er den jungen Trottel so lange wie nur möglich warten lassen.

»Siehst du den Alten?« fragte Ackerman.

»Sicher«, sagte der Verkäufer, nahm aber mitnichten den Fuß vom Pedal. Ackerman sah, daß der Alte die Entfernung zum Randstein einschätzte und den Schaden kalkulierte, den er bei einer Landung auf dem Asphalt davontragen würde. Er entschied sich zugunsten der Vorsicht. Er richtete sich auf den Randstein aus und schlurfte darauf zu, nur etwas schneller als zuvor. Das Ganze wirkte absonderlich, es sah aus, als ob er eine unsichtbare Treppe hinabsteigen würde. Der Wagen schoß an ihm vorbei, und der Fahrtwind blies ihm die Rockschöße hoch und brachte die weiten Hosen zum Flattern.

Dann war er, nach wie vor auf den Beinen, noch einen Augenblick als Silhouette vor dem gelben Licht des Krankenhauseingangs zu sehen.

Der Jaguar schoß um die Ecke, und der Schwung des weiten Bogens trug sie auch gleich noch in die nächste, womit sie wieder in südliche Richtung fuhren. Ackerman wandte sich an den Verkäufer.

»Weißt du auch, wo du hinwillst?«

Der Verkäufer zuckte die Achseln. »Ich kann nicht allein hier draußen bleiben. Ich muß zu meinen Freunden. Die Jamaikaner werden Jagd auf mich machen.«

»Laß mich an der Ecke raus.«

Die Augen des Verkäufers wurden schmal, als er ihm einen raschen Blick zuwarf.

»Wir müssen noch miteinander reden.«

»Worüber?«

»Ich brauche die Knarre zurück. Die suchen nach mir.« Offensichtlich hatte er sich so seine Gedanken über seine Zwangslage gemacht: Er hatte das Magazin der Uzi leergeschossen und seinen Revolver verkauft, und jetzt mußte er es noch quer durch die Stadt in die Festung schaffen oder was auch immer seine Freunde da hatten. Er war sich nicht sicher, ob sich das unbewaffnet machen ließ, und selbst er wußte, daß er nicht ewig in einem so auffälligen Wagen wie dem Jaguar herumfahren konnte, ohne von der Polizei aufgegriffen zu werden.

Zu seiner Überraschung stellte Ackerman ein gewisses Mitgefühl für ihn fest. »Na schön. Fahr da vorne rechts ran.«

Der Verkäufer steuerte den Wagen an den Straßenrand und ließ ein Taxi passieren. Dann griff er in die Tasche und zog die fünf Hundertdollarnoten heraus. Ackerman nahm sie entgegen, stieg dann aus und beugte sich noch mal in den Wagen.

Der Verkäufer war aufgebracht. »Wo ist sie? Was ist mit meiner Knarre?«

Ackerman zog den großen vernickelten Revolver aus der Tasche und legte sie, außerhalb der Reichweite des Jungen, auf den Boden hinter den Rücksitz. »An deiner Stelle würde ich erst nach der nächsten Ecke an einer dunklen Stelle halten, bevor ich ihn mir holen würde.«

Der Verkäufer schien über diesen Mangel an Vertrauen verletzt – oder vielleicht war er enttäuscht, seine fünfhundert Dollar nicht wiederzukriegen. »Du hast noch eine, stimmt's? Die du dem B-Man abgenommen hast.«

Ackerman antwortete ihm: »Ich mach' das schon eine ganze Weile länger als du. Versuch nicht, mir zu folgen. Ich kann dich immer noch umlegen. Wann immer ich will.« Er schlug die Tür zu und sah den Jaguar in der Nacht verschwinden.

Mit raschen Schritten ging er die Straße lang, an einem Hotel vorbei, einer Bar und zwei geschlossenen Geschäften, bevor er in einen Eingang tauchte. Er suchte die Straße nach dem Jaguar ab, sein rechtes Handgelenk neben der Tasche. Ohne sie zu berühren, spürte er Gewicht und Kanten der kleinen Selbstladepistole. Der Jaguar blieb verschwunden, obwohl er drei Ampelphasen abgewartet hatte. Der Verkäufer hatte sich entschlossen, auf das Geld zu verzichten, und war losgefahren, um sich in die Sicherheit seines Zuhauses zu flüchten – welchen Schutz auch immer es ihm bieten mochte.

7

Ackerman packte den großen gußeisernen Griff, zog die schwere Bohlentür auf und trat ein. Es gab ein Stehpult mit einem Reservierungsbuch, aber die Küche war seit Stunden geschlossen und die Empfangsdame durch einen Rausschmeißer ersetzt, der in einer Nische vor einem zur Hälfte mit schalem Bier gefülltem Pilsglas saß. Der Mann war um die Dreißig und hatte lockiges schwarzes Haar, ein melancholischer Bodybuilder aus einem der Fitneßzentren im Viertel; sein blauer Anzug gehörte dem Geschäft und war ausgelassen worden, um über seinen massiven, untersetzten Oberkörper zu passen. Er ließ seine dunklen Augen nach oben wandern, um festzustellen, daß der Mann, der da eben durch die Tür kam, allein und damit vermutlich kein Randalierer war; sauberes Hemd, Sportsakko, und damit vermutlich auch kein Wahnsinniger; von durchschnittlicher Größe und Gewicht, und damit für den Rausschmeißer zu schaffen, falls er mit den ersten beiden Beobachtungen zu optimistisch gewesen sein sollte.

Der Rausschmeißer nippte an seinem Bier wie ein Spatz und ließ seine traurigen Augen wieder über den Rest der Gäste an den im Dunkel der Bar verteilten Tischen schweifen. Hinter diesen Augen steckte ein kleiner, schüchterner und introvertierter Typ, dem Generationen von Arbeitern und Raufbolden einen Körper vermacht hatten, den er mit ichbezogener Konzentration zum Comicheftideal eines Mannes ausgebaut hatte. Jetzt verglich er seine Muskeln Tag für Tag mit einer Reihe von Hochglanzfotos aus einem Fachmagazin. Er sah sich als eine Art Rettungsschwimmer in ständiger Bereitschaft auf dem Schauplatz einer endlosen, tollkühnen Feier, mit der er selbst nichts anfangen konnte.

Ackerman ging an dem Mann vorbei an die Bar, schob sich auf einen Hocker und stellte fest, daß er auf der Stelle in die Umlaufbahn des Barkeepers geraten war. »Perrier«, sagte er. Die Antwort des Barkeepers war Warnung und Herausforderung zugleich. »Das macht dreifünfzig.« Er griff nach seiner Brieftasche, um anzudeuten, daß er sehr wohl wußte, was er hier für ein Glas Wasser zu zahlen hätte, und der Mann trat an den Kühlschrank.

Ackerman legte einen Fünfdollarschein auf die Theke und ging dann in die Richtung eines Schilds mit der Aufschrift »TOILETTEN«. Er kam in einen finsteren kleinen Flur mit zwei Türen, an denen er die internationalen Symbole für die Geschlechter fand: zwei kitschige Figuren, die einander so ähnlich waren, daß sie im Grunde erst etwas aussagten, wenn man sie einem genaueren Vergleich unterzog. Er war froh gewesen, den Rausschmeißer zu sehen, da es bedeutete, daß der Münzfernsprecher noch an der Wand hing und das Telefonbuch intakt war. Der Gorilla war von der Sorte, für die die Zerstörung eines Telefons eine Regelwidrigkeit darstellte, um die sie sich, wenn auch ungern, zu kümmern hatte.

Er stieß auf keinerlei Schwierigkeiten, die Privatanschrift festzustellen. Es gab nur vier Talareses und darunter nur einen Antonio. Dann jedoch fand er noch die Geschäftsnummern. Die erste war Talareses Bella Italia, dann die Nummer eines Lebensmittellieferanten und eine für Reservierungen. Es war eine Adresse in der in Little Italy gelegenen Motto Street. Es mußte derselbe Laden sein: das kleine Lebensmittelgeschäft, wo er Tony T vor Jahren begegnet war. Er ging zurück in die Bar und nippte an seinem perlenden Wasser. Die Uhr an der Wand über der Bar, eine Antiquität mit schmucklosem schwarzem Zifferblatt, grünen Leuchtziffern und einem grünen Neonring rundherum, zeigte zehn Minuten vor eins.

Ackerman saß in einem U-Bahn-Wagen und betrachtete die Graffiti an den Wänden. Die Farben waren besser geworden, vor allem das Chromgrün, außerdem gab es neue Orangetöne, Gold- und Silbermetallic, aber die Schrift war so verschnörkelt, daß sie nicht zu entziffern war. Als ihm der Gedanke kam, daß es sich um eine andere Sprache handeln könnte, entschied er, daß es trotzdem nichts schaden könnte, sie in Worte zu fassen. Das Ganze sah ihm weniger nach einer modernen Sprache als nach den sumerischen oder phönischen Zeichen in den Büchern aus, auf die er in seinem Haus in England gestoßen war. Die Briten jammerten ständig, daß London keine englische Stadt mehr sei. Sie sollten sich mal New York ansehen. Es war ja schon immer einige Schritte näher am Chaos gewesen als London, aber kein Europäer würde dort eine historische Beziehung zu seiner Welt erkennen. Es war, als wären die Indianer zurückgekommen, um es nach einem dreihundertjährigen Aufenthalt in den Wäldern zurückzufordern.

Der Zug kam unter großem Getöse zum Stehen, die Türen öffneten sich, und Ackerman stand auf und folgte zwei magersüchtigen Fixern auf den Bahnsteig hinaus. Sie waren wahrscheinlich jünger, als sie aussahen, und sie sahen wie zwanzig aus: zwei pockennarbige junge Männer in hautengen schwarzen Hosen, denen anzusehen war, daß sie irgendwann einmal auf dem Boden gesessen hatten; ihre dünnen, fast schon antiken Jacken waren aus einem frühen synthetischen Stoff – die eine, blaugrau, glänzte seidig, und er erinnerte sich, als Teenager mal eine gesehen zu haben; die andere, in einem schmuddeligem Giftgrün, sah aus, als wäre sie aus Schaumgummi. Er sah ihnen an, daß sie was »auf Tasche« hatten, weil der kleinere von ihnen immer wieder dagegen klopfte, um sich zu vergewissern, daß ihm weder das Briefchen noch das Besteck abhanden gekommen war. Da man sich in England bemühte, die armen Schweine mit Stoff zu versorgen, um sie von der Straße zu haben, hatte er sie ganz vergessen. Aber wenigstens waren die beiden versorgt, so daß er keine Angst zu haben brauchte, daß sie ihm in den Rücken fielen, wenn er hinaus in die Dunkelheit trat. Die beiden waren unterwegs zu einem friedlichen Fleckchen, wo sich eine Vene hinzüchten ließ.

Er stieg eine Betontreppe hinauf, die wie eine Pißkachel roch; die alten Farben begannen sich zu schälen, nahmen die jüngsten Graffiti gleich mit und legten ältere frei. Als Ackerman auf der Straße ankam, ging er um das Geländer herum und dann auf den Lebensmittelladen zu, an den er sich noch erinnerte.

Der Laden war schon von weitem zu sehen. Es war Samstagabend, nach eins, und zwei Männer in Anzügen standen wie

Parkplatzwächter davor. Ein großer grauer Wagen hielt an, und einer der beiden ging auf die andere Seite, um mit dem Fahrer zu sprechen. Als der Wagen um die Ecke des Hauses bog, erinnerte sich Ackerman an die Laderampe nach hinten hinaus. Selbst in den alten Tagen war der kleine geteerte Hinterhof ein ungewöhnlicher Luxus in diesem Viertel gewesen, wo Lastwagen für gewöhnlich auf der Straße vor den Geschäften hielten und auf den Gehsteig abluden. Inzwischen hätten die Talareses vermutlich von der Miete für dieses kleine Stückchen Grund leben können. Der Hof war von der Straße aus nicht zu sehen, man konnte dort einen Lkw parken und alles mögliche in das Haus tragen und umgekehrt. Wäre die Polizei über einen längeren Zeitraum hinweg sowohl gescheit als auch ehrlich gewesen, sie hätte aus der Observation dieses Hofs eine Menge gelernt.

Er passierte den Laden auf der anderen Straßenseite und betrachtete ihn aus den Augenwinkeln. Man hatte sich vergrößert. Auf der einen Seite gab es jetzt ein hell erleuchtetes Restaurant, das aber die Vorhänge zugezogen hatte; im Fenster hing ein großes »GESCHLOSSEN«. Der Laden selbst, an den er sich noch erinnerte, war dunkel. Als er so dahinging, nahm die Straße langsam, aber sicher eine unwirkliche Qualität an, als gehöre sie zu einem alten, vertrauten Traum; die Veränderungen, die die Zeit an ihr vorgenommen hatte, waren weniger wichtig als die kleinen Umgestaltungen, die sein Verstand vornahm, wann immer er eine Landschaft für die Abenteuer seiner Träume heraufbeschwor. Einmal mehr ging er eine dunkle Straße entlang, räusperte sich und entspannte die Muskeln für den Augenblick, in dem er sich schneller entscheiden und handeln mußte, als andere das überhaupt konnten. Dieses Leben hätte schon lange vorbei sein sollen.

Zusammenhanglose Erinnerungsfetzen begannen zu verschmelzen. Eddie Mastrewski mußte vierzig gewesen sein an jenem Wintertag in Cleveland, als sie im Wagen saßen und den Mann durch den Schnee auf den Parkplatz zustapfen sahen. Beiden war klar gewesen, daß man es hören würde, wenn Eddie jetzt schoß. Eddie beugte sich vor, um die Gummistiefel über die Stulpen seiner Hosen zu ziehen. »Scheiße, so eine Scheiße«, flüsterte er mehr zu sich als zu dem Jungen. Dann sagte er: »Es muß einfach sein. Morgen weiß er Bescheid, und dann kommt keiner mehr an ihn ran.« Also jagte Eddie hinter dem Mann her und brachte ihn still und leise mit einer Schneekette um. Mit hochrotem Kopf, schwitzend und nach Luft ringend, kam er zurück; die Augen traten ihm aus den Höhlen, als er den Wagen anließ. »Ich bin einfach zu alt für so was«, keuchte er. Der Junge hatte nichts gesagt. Es war zwar nicht ganz so gemeint, aber von der Position des Jungen auf dem Beifahrersitz aus, der sah, wie sich die breite Brust unter dem schweren Mantel bewegte und die aufgedunsenen Backen sich füllten, als er die Luft ausstieß, hatte es ernst genug ausgesehen. Eddie hatte lange überlebt in seinem Geschäft; inzwischen hatte Ackerman gelernt, was das hieß. Keiner machte das heute noch dreißig Jahre. Es war eine Generation gewesen, die noch etwas anderes hatte als Kraft und Stehvermögen: eine gewisse tierische Dummheit, die sie nicht sehen ließ, wie sinnlos es war, etwas ewig zu machen. Noch heute waren Männer im Geschäft, die Eddies sonoren Bariton schon Anfang der fünfziger Jahre ein munteres »Eddie, der Fleischer« über die Leitung hatten singen hören: verhutzelte, ausgetrocknete alte Skelette, die nach wie vor die ständig wechselnden Konstellationen von Geld und Leuten studierten, um hinter das Schema zu kommen, das ihnen den nächsten Diebstahl erlaubte. Eddie, der jünger gewesen war als sie, war längst tot.

Eddie war tatsächlich Fleischer gewesen und der Laden keineswegs bloße Tarnung. Eddies hausgestrickter Philosophie nach war eine falsche Identität immer durchschaubar und damit nur eine amateurhafte List. Er hatte den Jungen in der Fleischerei großgezogen, ihm zuerst einmal beigebracht, wie man die Böden schrubbte, bevor er auf die Pflege der glänzenden Messer und Sägen kam; erst zuletzt brachte Eddie ihm bei, damit umzugehen, ganz so, als erwarte er, daß er ihm in dieses Gewerbe folgte anstatt in das andere. Aber so genau hatte Eddie das nicht durchdacht. Er lehrte den Jungen einfach das, was er wußte, einiges davon Unsinn, anderes nicht.

In letzter Zeit dachte er hin und wieder an die langen Tage im Laden zurück. »Ich habe nie einen Earl gekannt, dem zu trauen war. Aus irgendeinem Grund sind das alles Diebe.«

»Wieso?«

»Weiß ich auch nicht. Aber indem du's weißt, bist du ihnen eine ganze Ecke voraus, weil die nicht wissen, daß du's weißt.« Er hatte dem Jungen das Fleischerhandwerk beigebracht. Nur daß Eddie sich nie hätte träumen lassen, daß Fleischer in so kurzer Zeit nicht weniger anachronistisch werden könnten als Hufschmiede. Nur die Reichen kauften ihr Fleisch noch bei einem richtigen Fleischer. Fleischereien sahen aus wie Boutiquen, und der einzige Grund, weshalb sie noch Kundschaft hatten, war deren Illusion, die gesalzenen Preise schützten sie vor Chemie und Hormonen. Die Fleischer arbeiteten jetzt alle im Großhandel, stempelten morgens und abends und waren in der Gewerkschaft. Gelegenheitsjobs, bei denen sie womöglich jedesmal aus der Stadt mußten, wenn das Telefon klingelte, waren bei denen nicht drin. Eddie hatte die Anfänge dieser Veränderung noch erlebt. Er bemerkte, daß einige seiner alten Kunden am Geschäft vorbei in den Supermarkt fuhren. Er schüttelte dann immer den Kopf, als würde ihm der kleine Profit, den der Laden abwarf, etwas bedeuten. »Weißt du, was die Saukerle für ein Huhn verlangen? Zwei Dollar das Pfund. Als ich so alt war wie du, da konnte ich es mir für zwei Dollar besorgen lassen.«

»Und? Hast du?«

»Nein, zum Teufel. Meinst du, 'n Tripper ist was zum Lachen?«

Ackerman wandte sich um und überquerte zwei Blocks weiter die Straße. Die einzige Möglichkeit, sich dem Restaurant zu nähern, ohne daß ihm jemand in den Rücken kommen konnte, war über die Laderampe. Eddie hatte ihm beigebracht, seinen Verstand auszuschalten und einige Minuten in ruhiger, nüchterner Meditation zuzubringen, bevor er eine Entscheidung traf. »Du schaust dich um, du wartest, du überlegst. Wenn's dann immer noch zu machen ist, überlegst du noch mal. Weißt du schon, wie du wieder rauskommst, wenn dein erster Plan platzt?«

Eddie hätte ihn am Restaurant vorbeigeführt, um es sich anzusehen. »Bist du erst mal drin, geht's dir wie einem Ei in der Pfanne. Du hast zwei Sekunden hineinzukommen, ihn auszumachen und abzuknipsen. Dann hast du drei Sekunden, um durch den Laden zu kommen, während die noch überlegen, ob sie als nächstes dran sind. Du hast vielleicht eine Sekunde, um rauszukommen. Brauchst du auch nur für eine Phase länger als eine Sekunde, wirst du heiß und fängst an zu braten.«

Aber das hier wäre für Eddie sowieso nichts gewesen. Eddie hätte nicht verstanden, warum er hier war. Eddies Philosophie basierte vor allem auf der Vorsicht. Für ihn gab es nur gescheit oder blöd; das Wort Kühnheit hatte Eddie nie was gesagt. Als er es einmal im Fernsehen in bezug auf Napoleon hörte, hatte er einen Augenblick überlegt und dann gemeint, der Mann hätte sein Glück strapaziert. Eddie hätte ihn einen Trottel genannt, nach New York zurückzukommen, aber er hatte keine andere Wahl. Er war nur wiedergekommen, weil es praktisch die einzige Möglichkeit war, am Leben zu bleiben. Er mußte den Mann beseitigen, der das Geheimnis seines Lebens in England kannte.

Hätte Antonio Talarese den anderen bereits was gesagt, sie hätten darauf bestanden, ihm etwas Ernstzunehmenderes zu schicken als die drei hastig bewaffneten Knochenbrecher aus Brighton. Offensichtlich war Talarese zu dem Schluß gekommen, daß die Chancen eines Überraschungsangriffs das Risiko wert waren. Ackerman hegte nach wie vor die Hoffnung, noch vor der Nachricht von Mario Talareses Tod in New York angekommen zu sein.

Als er die enge Gasse entlang auf den Parkplatz ging, sah er sofort, daß er viel später dran war, als er gedacht hatte. Der Anruf aus England war bereits eingetroffen. Hinter dem Laden parkte ein Leichenwagen, der vermutlich darauf wartete, die Leiche vom Flughafen abzuholen. Ackerman blieb stehen und sah ihn sich an, konnte aber keinen Fahrer entdecken. Das Bestattungsinstitut gehörte wohl einem von Antonio Talareses Freunden. Der Fahrer würde ein Verwandter des Inhabers sein, ein Freiwilliger, den man auf ein Glas Grappa oder Anisette ins Haus gebeten hatte, um zusammen auf die Maschine zu warten.

Er war jetzt wieder ganz und gar in sein altes Leben zurückgekehrt; er spürte geradezu, wie sein Herz schneller und kräftiger zu schlagen versuchte, stellte aber fest, daß er seinen Herzschlag nach wie vor drosseln konnte. Eddie hatte ihm alles über Geräusche beigebracht, indem er ihn die Katze im Fleischladen beobachten ließ. Wann immer die Katze ein Geräusch machte, wartete sie minutenlang, bevor sie sich wieder bewegte. Der Junge hatte gelernt, daß er das auch konnte. Wenn sein Fuß ein Steinchen bewegte oder eine Diele unter ihm knarrte, blieb er stehen und wartete. In den Tagen seiner ersten Solojobs hatte er manchmal einfach gezählt, bevor er sich wieder bewegte. Bis zu welcher Zahl, spielte dabei keine Rolle, solange er nur über jedes menschliche Zeitgefühl hinaus wartete, bevor er ein weiteres Geräusch machte. Jetzt, selbst nach zehnjähriger Pause, war er noch immer zu geschickt, um sich groß darauf besinnen zu müssen. Er schlich am Haus entlang auf die Rampe zu, rollte sich hinauf und wartete lauschend.

Er hörte leise Stimmen aus dem Haus. Sie kamen aus den Räumen hinter dem Restaurant. In seiner Phantasie sah er sie in der Küche sitzen.

»Essen?« sagte eben eine Männerstimme, die er nicht allzu hoch an der Wand plazierte. »Wie soll ich was essen? Es ist fast zwei Uhr morgens, und ich komme mir vor, als wäre das alles meine Schuld.«

»Schhh. Du regst dich nur wieder auf.« Die Frau stand, und zwar etwas weiter weg.

»Keiner sagt, daß es deine Schuld ist.« Noch ein Mann; auch er stand und bewegte sich; vermutlich ging er auf und ab. »Bitte, Tony. Iß doch was. Du mußt was essen.«

Ackerman nutzte das belanglose Ritual der Unterhaltung, um an die Tür zu kriechen. Es war derselbe Eingang, den er seinerzeit benutzt hatte, als er Tony T kennengelernt hatte. Er zog an der Stahltür, aber sowenig wie sie nachgab, wußte er sofort, daß sie abgesperrt und mit einem Bodenriegel versehen war. Er würde anders hineinkommen müssen. Als er sich der Küche näherte, roch er, daß etwas kochte. Es war ein brutzelndes Stück fettes Fleisch, dem etwas Würziges beigemischt war; es brannte ihm in der Nase und machte ihn hungrig. Da dies aber in die Kategorie unwichtiger Ablenkungen der Sinne fiel, gestattete er sich den Geruch nicht allzu lange. Es war die Mahlzeit anderer Leute, nichts weiter als etwas, was zu ihnen gehörte wie ihre Unterhaltung und ihre Namen.

Er stand einen Augenblick lang im Dunkeln und spannte in Beinen, Füßen und Zehen die Muskeln an, dann noch in den Armen. Er atmete einige Male tief durch, beschleunigte seine Herzfrequenz und ließ den Augenblick des Schwindels in Anspannung übergehen. Er nahm die kleine Pistole aus der Sakkotasche und schob den Sicherungsflügel nach vorn, dann öffnete er die Tür, schlüpfte in die Küche und sah sich um.

Er starrte in die Augen einer schlanken, dunklen Frau in einem schwarzen Kleid und einer Perlenkette um den Hals; völlig unpassend dazu trug sie zwei riesige Topfhandschuhe aus Flicken, die sich wie Flossen ausnahmen. Die Frau erstarrte, sprachlos, als er sich duckte und sich seitwärts hinter den Mann an dem rostfreien Stahltisch schlich.

Der Mann am Tisch erblickte sie, drehte sich auf dem Stuhl um, sah, was sie anstarrte und machte ein finsteres Gesicht. Während der letzten zehn Jahre war dieses Gesicht gröber und dicker und die schwarzen Wellen auf seinem Kopf zu einigen wenigen drahtigen Strähnen geworden, aber es war fraglos Tony Talarese. »Was?« Der Mund war dünn und breit, das spitze Kinn reckte sich Ackerman unwillig entgegen, bis sich die Augen auf dessen Züge eingestellt hatten, die viel zu nahe waren.

»Sie? Warum Sie?«

Es schien eine merkwürdige Frage, aber Ackerman hatte jetzt keine Zeit, darüber nachzudenken. Er dachte an Eddies Ei in der Bratpfanne, als er die Waffe gegen Talareses Schläfe drückte und schoß. Dann war er auch schon wieder in Bewegung, aber nicht nach hinten hinaus, sondern nach vorn. Er trat um die Frau in Schwarz herum, die auf den über dem Tisch zusammengesunkenen Körper zustürzte. Da sie dabei mit den Armen wedelte, um die Topfhandschuhe loszuwerden, sah sie aus wie ein aufgeschreckter Vogel bei einem Startversuch.

Keiner sonst in der Küche machte auch nur einen Mucks, als die Frau sich über den Rücken des Toten warf. Ihre Augen bewegten sich unruhig hin und her, weil sie nicht wußten, wo sie hinsehen sollten, als er an ihnen vorüberkam: ein Mann mittleren Alters in dunklem Anzug und Küchenschürze, zwei junge

Frauen Mitte Zwanzig, die eine schwarzhaarig, die andere blond; Schwestern, wie es schien, in kurzen, engen schwarzen Kleidern mit echter Spitze und Chiffonwolken an den Säumen, als wären sie eben aus einem Nachtclub gekommen. Als Ackerman die Schwingtür zum Restaurant erreichte, stürzten zwei weitere junge Frauen an ihm vorbei. Sie hatten die flachen Schuhe und die kräftigen Unterarme von Serviererinnen, und die eine schleppte, verkehrt herum, einen Feuerlöscher herein. Er war auf ihre Schreie gefaßt, aber die Schreie kamen nicht von ihnen. Sie kamen von der Frau, die den Toten an sich gedrückt hielt. Er schlüpfte durch die Tür ins Restaurant.

Die Frau in der Küche schrie auf: »Tony!« Es entstand eine kurze Pause, dann: »Was ist das denn?« Die anderen scharten sich um sie und versuchten sie wegzuziehen, aber sie wollte sich nicht von der Stelle rühren. Sie klopfte dem Toten auf den Rücken, worauf deutlich ein elektronisches Klicken zu hören war. »Ein Mikrofon! Der Mistkerl hat uns abhören lassen!«

Die Frau zerrte an Antonio Talarescs Rücken. Die Küche war mit einemmal zum persönlichen Irrenhaus dieser kleinen dunklen Frau geworden, und die anderen schienen den Mörder angesichts dieses Schauspiels völlig vergessen zu haben. Die Frau riß Talarese das Hemd aus dem Gürtel bis hinauf an die Schultern, so daß jeder sehen konnte, was Tony T ins Kreuz geklebt trug. Wieder kreischte die Frau auf: »Seht ihr? Nie im Leben hätte ich geglaubt, daß mein eigener Mann …« Die trauernde Witwe wandte sich an den Mann mit der Schürze. »Sind diese Dinger die ganze Zeit an?«

»Was?« Der verblüffte Mann mit der Schürze sah aus, als hätte ihn selbst eine Kugel erwischt. »Was?«

»Du weißt schon. Hören die dann auch … nachts? Ich bin schließlich seine Frau. Du weißt, was ich meine.«

Der Mann schien einige Schwierigkeiten zu haben, ihre

Worte zu dechiffrieren; er versuchte den Gedanken zu fassen, konnte aber nicht so recht glauben, daß jemand fragen konnte, was sie da seiner Ansicht nach fragte. »Um Himmels willen, Lucille! Wer bumst denn schon im Jackett?«

Das schien die Ehefrau fürs erste zufriedenzustellen, und sie senkte ihre knochigen Schultern. Dafür war bei seinen Worten einer der beiden Kellnerinnen, einer blassen Molligen um die Fünfunddreißig, ein Licht aufgegangen. Ihr schien etwas eingefallen zu sein. »O mein Gott«, heulte sie, worauf die Augen der Witwe, plötzlich ganz schmal, in ihre Richtung schossen. Ihre Lippen verzogen sich, bis sie die Zähne bleckte. »Hure!« kreischte sie. Während sie sich auf die dralle Kellnerin mit dem Pfirsichteint stürzte, entging ihr, daß sich die beiden jungen Frauen im schwarzen Kleid mit der anderen Kellnerin auf die Laderampe zurückzogen, eine wie die andere mit dem gleichen fassungslosen Ausdruck auf dem Gesicht. Eine der jungen Frauen zupfte wie zwanghaft an der Kette eines Diamantanhängers, den sie sich vom Hals zu reißen versuchte. Die Witwe war aufgeweckt genug, um auf den Grund ihrer Seelen zu sehen. »Ihr auch? Ihr habt es alle mit ihm getrieben? Und alle im Radio?« Ihre Stimme zerbarst in ein Gackern.

Geduckt und ohne die Augen von der Tür zu nehmen, durchquerte Ackerman das im Halbdunkel liegende leere Restaurant. Er hörte die hysterische Frau mit unerforschten Oktaven über dem Sopran experimentieren, aber zu Worten wurde ihr Kreischen nicht.

Hinter ihm in der Küche ertönte eine Reihe von Schreien, als Töpfe, Pfannen und schließlich ein Tisch umgeworfen wurden. In den Schatten der Bar gekauert, behielt er den Vordereingang des Restaurants im Auge. Er hörte ein Rütteln an der Tür, als einer der Männer auf der Straße sie zu öffnen versuchte. Dann sah er ihre Schatten über die Fenster huschen. Ihre Stimmen konnte er bei dem Lärm in der Küche nicht hören, aber er wußte, daß früher oder später einer zur Laderampe hinter dem Haus sprinten und der andere durch die Vordertür kommen würde.

Er entspannte seine Muskeln und brachte seinen Atem unter Kontrolle, während der Verstand der beiden Männer draußen schwerfällig auf die einzig mögliche Strategie zuzuarbeiten begann. Er sah einen Schatten am Fenster vorbei Richtung Gasse schweben, dann stand der zweite auch schon riesengroß vor der Tür. Einen Augenblick später wurde das Glas nach innen geschlagen, und schließlich griff ein mächtiger Arm durch das Loch, um am Riegel zu ziehen. Die Tür sprang auf, und ein großer Mann erschien im Restaurant. Er war nur einen Augenblick zu sehen, als seine Silhouette vor der kaputten Tür ins sichere Dunkel glitt.

Die Bewegungen des Mannes erwiesen sich als unangenehme Überraschung. Er war groß, aber er benutzte seine Kraft, um sich elegant in eine Ecke zu manövrieren; in der Hocke wartete er lautlos darauf, daß seine Augen sich an dic Dunkelheit gewöhnten, während er auf die Geräusche eines Eindringlings lauschte. Er kauerte an einer Stelle, wo ihm keiner in den Rücken fallen und er beide Türen im Auge behalten konnte. Mit jedem Herzschlag wuchs die Wahrscheinlichkeit, daß der Mann gerissen genug war, dort zu bleiben, bis sein Partner über die Laderampe kam und einen Eindringling, falls einer auftauchen sollte, durch die Küchentür trieb.

In der Küche hatte sich die Witwe mittlerweile irgendwie von dem Mann mit der Schürze befreit und setzte ihre Tirade direkt neben der Tür in den Speisesaal fort. Jetzt waren auch die Worte zu hören. »Huren!« kreischte sie. Dann die bebende Stimme einer anderen Frau – jünger und verängstigt, aber sie wappnete sich mit Trotz. »Er hat es gewollt.« Was die Witwe noch mehr in Rage zu bringen schien. »Natürlich war er es, der gewollt hat. Er wollte immer alles, wie ein kleiner Junge. Ich hoffe, sie bringen das hier um sechs in den Nachrichten, damit eure Großmütter tot umfallen, wenn sie's hören. Und du, mit deinen gebleichten Haaren, hast ja jeden Tag mit dem Arsch gewackelt vor ihm …«

Plötzlich sprang der große Mann in der Ecke auf, warf auf dem Weg in die Küche einen Tisch um und brüllte los: »Gloria? Was sagt sie da?«

Er wartete darauf, daß der Mann durch die Schwingtüre geschossen kam, dann glitt er in den vorderen Teil des Restaurants. Sachte schob er den Riegel zurück und öffnete die Tür weit genug, um auf die Straße zu kommen. Beim Gehen steckte er die Pistole in die Tasche. Im nächsten Augenblick war er auch schon um die Ecke und vom Restaurant aus nicht mehr zu sehen, ein gutgekleideter Mann um die Vierzig, der auf den U-Bahn-Eingang zwei Block weiter zustrebte. Während er so dahinging, machte er sich nicht die geringsten Sorgen, daß die beiden Soldaten in den beiden Minuten, in denen sie ihn noch einholen könnten, dahinterkämen, was genau nun passiert war. Und wenn, dann säßen sie in ihrem Wagen auf der Suche nach einem Mann in einem Auto.

Als er sich dem Eingang der U-Bahn näherte, griff er in die Tasche und befingerte die Pistole. Er gab sie nur ungern auf nach all dem Ärger, den er gehabt hatte, sie dem verwundeten Freund des Verkäufers abzunehmen, aber dann erinnerte er sich daran, daß sie ihm jetzt, wo er sie benutzt hatte, gefährlicher war, als ihm irgend sonst jemand werden konnte. Er ging die Treppe hinab in den Schutz der Unterwelt und kaufte sich am Automaten eine Münze, um durch das Drehkreuz zu kommen. Alles eine Folge von einfachen, mechanischen und logischen Schritten.

Er sah sich allein in dem großen, hallenden Tunnel. In der Stille hörte er irgendwo das Klicken der Schienen, aber es war noch weit weg. Er überlegte, wie sich alles so sehr hatte ändern können, daß er allein an einer U-Bahn-Haltestelle stand, selbst um zwei Uhr morgens.

Er sprang vom Bahnsteig, lief die Schienen entlang auf den gähnenden Tunnel zu und sah sich noch einmal um. Kein Mensch zu sehen und nichts zu hören außer einem Zug irgendwo in einem Tunnel nebenan, dann war er noch nicht einmal mehr zu hören, nur ein Vibrieren im Grundgestein. Jetzt oder nie. Er nahm die kleine Pistole aus der Tasche, wischte sie am Ärmel ab und legte sie sorgfältig auf die glänzende Schiene. Dann drehte er sich um, lief zurück auf den Bahnsteig, zog sich hoch und wartete. In wenigen Minuten würden die New Yorker Verkehrsbetriebe seine Waffe gründlich entsorgen. Übrigbleiben würde etwas, was mehr nach einer abgerissenen Bananenschale aussah als nach einer Schußwaffe. Falls die Seriennummer wie durch ein Wunder überlebte, würde sie selbst die scharfsinnigste Polizei der Welt nicht näher an ihn heranführen als zu einem delirierenden Teenager, der Kilometer entfernt von hier im Krankenhaus lag.

Ackerman hörte das beruhigende Geräusch des Zuges lange, bevor er ihn sah. Er ratterte den Tunnel herauf, als hätte er nicht die Absicht anzuhalten. Er beobachtete die Schiene dort, wo er die Pistole hingelegt hatte. Plötzlich blitzte es auf, und die Nase des Zugs rauschte vorbei, dann war nur noch ein endloser Fensterstreifen zu sehen, hinter dem die Abteile leer oder fast leer waren, nur die stumpfen Augen einiger schläfriger Gesichter starrten an ihm vorbei an die Wand.

Der Zug kam jenseits der Einsteigezone zum Stehen, und Ackerman mußte sich beeilen, um die Tür des letzten Wagens zu erreichen, die sich automatisch öffnete, um ihn einzulassen. Er war kaum eingestiegen, als sie sich bereits wieder schloß. Auf dem Weg zu einem der Plätze nahm er eine rasche Inventur vor. Die meisten der Wagen, die er gesehen hatte, waren so gut wie leer gewesen, und ein Mann allein unter dem hellen Licht wäre aufgefallen wie ein ausgestopftes Tier im Diorama eines Museums. In seinem Wagen saßen, verschlafen und gelangweilt, ein Dutzend Leute von der Spätschicht, vielleicht aber kamen sie auch nur von einem enttäuschenden Abend in der Stadt. Auf den beiden Bänken ihm gegenüber saßen vier wuchtige Kerle, stiernackige Biertrinker mit Wurstfingern und Bowlingtaschen zu ihren Füßen. Auf der Bank vor ihm saßen zwei hochaufgeschossene Schwarze, offensichtlich studierte Schwarze. Einer von ihnen trug eine Nickelbrille mit kleinen, flachen runden Gläsern, die aussah, als stamme sie aus einer sowjetischen Lieferung medizinischer Hilfsgüter nach Simbabwe. Das Deckenlicht spiegelte sich in ihr, so daß sie bei jedem Blick auf die vier Weißen auf der anderen Seite des Ganges blitzte. Sein Begleiter schien mit New Yorker U-Bahnen etwas vertrauter zu sein, da er eisern geradeaus sah, um nicht aus Versehen dem Blick irgendeines Wahnsinnigen zu begegnen, der ihn aus einem unverständlichen Haß heraus anstarrte.

Der Rest der Passagiere war wie er: einzelne Männer, die nicht aufzufallen versuchten, weil sich niemand daran erinnern sollte, sie zu diesem Zeitpunkt hier gesehen zu haben.

In einer U-Bahn nach Mitternacht gab es weder etwas zu verkaufen noch zu verhandeln, noch waren hier Freundschaften zu schließen; jeder Kontakt mit den Leuten um einen herum war riskant. Er nahm die gleiche Haltung ein: Er sackte etwas in sich zusammen, allerdings nur so weit, um entspannt zu wirken, nicht etwa schwach. Wie sie verbannte er alle Gedanken und setzte eine undurchsichtige, leere Miene auf.

Er blieb sitzen, bis der Zug an der Station Vierunddreißigste und Sechste gehalten hatte, und wartete dann, bis einer mit einem weißen Flugzeug auf blauem Hintergrund kam. Der allmähliche Prozeß, Worte durch Farben und Bilder zu ersetzen, hatte sich während seiner Abwesenheit beschleunigt, was die

Fahrt durch die Stadt zu einer Art Rätsel machte. Was sollte es sonst sein außer dem Flughafenexpress? Werbung für Flugreisen vielleicht? Aber der Zug brachte ihn tatsächlich zur Station Howard Beach-JFK, von wo aus er mit dem Bus zum Terminal fuhr.

Ackerman sah keine Menschen auf seinem Weg. Er sah Hinterköpfe, hochgeschlagene Kragen und gegen die Kälte kurz vor der Dämmerung zusammengezogene Körper; er hatte die Augen halb geschlossen, weil es schlicht nichts zu sehen gab, bevor der Zug hielt. Als er in den Terminal trat, suchte er als reine Vorsichtsmaßnahme nach einer Tür mit dem kleinen Bild eines Mannes, hinter der er sich die eine oder andere unsichtbare Spur verbrannten Pulvers von Händen und Unterarmen wusch, um gegen einen Paraffintest gewappnet zu sein. Dann ging er zu seinem Schließfach, holte seinen Koffer ab und ging wieder zurück, um sich in einer der Kabinen umzuziehen.

Er wußte, er verhielt sich wie ein Krämer, der eben seine Frau wegen der Lebensversicherung umgebracht hatte, aber bei Talarese war irgend etwas Unerwartetes passiert. Er hätte nicht genau sagen können, was, aber er wußte, es konnte nichts Gutes sein.

8

Elizabeth Waring Hart goß kochendes Wasser durch den Kaffeefilter und stellte den Kessel dann geräuschlos zurück auf den Herd. Sie hielt inne und lauschte einen Augenblick auf den Babymonitor, bevor sie sich den Kaffee in die Tasse goß. Dann saß sie in der kalten Dunkelheit kurz vor der Dämmerung. Kaum hatte sie die Tasse gehoben und vorsichtig an die Lippen geführt, hörte sie Amandas erste Bewegungen. Sie schnappte leise nach Luft, was der Monitor zu einem schnarrenden Schnarchlaut verstärkte – dann kam die Drehung. Das Knistern der biologisch abbaubaren Windel hörte sich über die dünne Schicht statischen Rauschens wie das Zerknüllen einer Zeitung an. Dann begann Amanda zu gurren, und Elizabeth hörte aufmerksam zu. In wenigen Minuten würde sie um Hilfe schreien, aber solange sie glücklich mit ihren Lauten experimentierte und mit der morgendlichen Inventur des Spielzeugs in ihrer Wiege beschäftigt war, ließ man sie besser zufrieden.

Elizabeth nahm einen weiteren Schluck von ihrem Kaffee. Als Jimmy in diesem Alter gewesen war, hatte Jim hier gesessen. Er war ein Frühaufsteher. Die erste Zeit nach seinem Tod hatte Elizabeth hin und wieder ein komisches Gefühl gehabt, hier zu sitzen, seinen Platz einzunehmen. Manchmal hatte sie sogar mit ihm zu reden versucht, weil sie den Eindruck hatte, er sei in der Nähe. »Du Mistkerl«, sagte sie dann. »Du blöder Mistkerl. Du solltest hier sitzen.« Der Psychologe des Krankenhauses hatte gesagt, Zorn sei eine ganz normale Reaktion, aber dafür wurden diese Leute schließlich bezahlt: einem zu sagen, daß Dinge normal seien, die es nicht sind.

Als das Telefon klingelte, hatte sie bereits den Hörer von der Gabel, noch bevor das erste Klingeln zu Ende war. »Hallo?« sagte sie, und es war kaum mehr als ein Flüstern.

»Elizabeth.« Es war eine Feststellung, die ihr in ihrer unmodulierten Art nicht sagte, wer um diese Zeit anrufen sollte.

»Ja.« Ihr Tonfall war nicht weniger leer.

»Ich denke, wir haben da was gefunden, was dich zur Organisierten Kriminalität zurückbringen könnte.« Es war also Richardson. Als sie sich vor zehn Jahren aus der Abteilung hatte wegversetzen lassen, war Richardson dasselbe gewesen wie sie: ein popeliger Datenanalytiker mit Jurastudium. Jetzt war er der Chef.

»Und das wäre?« fragte sie ohne Neugier. Sie hatte seither in zwei weiteren Abteilungen des Justizministeriums Dienst getan und zweimal Mutterschaftsurlaub gehabt. Kein Mensch hatte sie je gebeten wiederzukommen.

»Vor einigen Stunden kam in New York ein Mann durch die Hintertür eines Restaurants und schoß Tony Talarese ein Loch in den Kopf.«

»Tony T?« Was sie überraschte, war die Tatsache, daß sie noch wußte, wer das war. Sie hätte hundert Jahre weg sein können, die Namen würde sie einfach nicht los.

»Wir haben nur einen Verdächtigen. Er hat es vor den Augen von Talareses Bruder, seiner Frau und drei seiner Geliebten getan.«

»Interessant. Wer war es denn?«

»Der Fleischerjunge.« Aber sie hörte nicht wirklich zu, weil es sonst keinen Grund gab, wieso Richardson um diese Zeit anrufen sollte. Sie dachte bereits weit voraus: an einen Babysitter für das Kind, an die Probleme mit einer vorübergehenden Versetzung, wo man in ihrer Abteilung doch gerade Doppelschichten schob, um das Geld zu verfolgen, das aus dem Budget für Wohnungsbau und Stadtentwicklung auf Privatkonten verschwand. Und dann war da noch das Kleid in der chemischen Reinigung, das sie gern getragen hätte, wenn sie ihr altes Büro wieder betrat. Ein Teil von ihr lauschte auf den Babymonitor, weil Amanda feine Änderungen im Ton vorzunehmen begann: Sie unterbrach ihr leises Gebrabbel gelegentlich für kleine Bulletins ersten Unbehagens.

Richardson gab ihr ihren alten Schreibtisch. Erstaunlich, daß er überhaupt noch existierte; nein, nicht daß er noch existierte – was einmal auf eine staatliche Inventarliste kam, das blieb auch darauf –, sondern daß er immer noch auf demselben Fleck stand. Noch nicht einmal von dem kleinen Holzkeil hatte man ihn gerückt, den Elizabeth unter einen der Füße geschoben hatte, weil er sonst auf dem unebenen Boden wackelte.

Sie spielte die Bandaufnahme ein zweites Mal ab. Der Schuß war unglaublich laut. Sie warf noch einmal einen Blick auf den Bericht: Kaliber .32. Aber schließlich schoß er Tony T kaum einen halben Meter vom Mikro entfernt in den Kopf. Sie hörte ein lautes Schaben, ein Zerren, dann das Gekreisch einer Frau: »Der Mistkerl hat uns abhören lassen!« Sie drückte auf den Knopf.

Sie stand auf und ging ins Büro des Chefs, wie sie es früher genannt hatten. Früher wäre sie nicht auf den Gedanken gekommen, diesen Raum zu betreten, ohne anzuklopfen, aber Richardson war so alt wie sie, und ob er es nun wußte oder nicht, er war nicht ihr Chef. Er saß am Schreibtisch und blickte auf. »Also?«

»Und die trauernde Witwe sagt, es wäre der Fleischerjunge gewesen?«

»Sie sagt, ihr Schwager hätte es gesagt. Der natürlich den Mund nicht aufmacht.«

»Hat sie zufällig auch gesagt, was er die ganzen Jahre über getrieben hat?«

»Ich habe nicht den Eindruck, daß sie je zuvor von ihm gehört hat. Wenn wir ihn erwischen, kannst du dir ja von beiden ein Bild machen.«

Elizabeth spürte es. Sie konnte nicht anders. Aber dann erinnerte sie sich daran, daß Richardson nicht kompliziert genug war, um in ihren Wunden zu bohren. Die vergangenen zehn Jahre waren ihre Ration eines anständigen Lebens, ihre Zuteilung. Auch sie war Witwe. Soviel wenigstens wußte Richardson. Vorsichtig sagte sie: »Wir werden ihn nicht erwischen, wenn wir auf derlei keine Antworten haben. Du hast mich mitten in der Nacht heruntergerufen, also hilf mir auch auf die Sprünge.«

Richardson schob seine Papiere beiseite und sah sie ruhig an. »Na schön.«

»Was wollten die in einem geschlossenen Restaurant – eine Party?«

»Kaum«, sagte Richardson. »Auf dem Hinterhof stand ein leerer Leichenwagen. Sie wollten zum Flughafen, Tonys Neffen abholen. War eine schlechte Woche für den Talarese-Clan.«

»Der wurde auch umgebracht? Wo?«

»England.«

Sie sprang auf. »Mein Gott, wir verschwenden hier unsere Zeit. Besorg mir die Passagierlisten der Flüge von London nach New York. Von allen Flügen seit dem Tod des Neffen. Und von sämtlichen Flügen von New York seit dem von Tony T.«

»Du ziehst da voreilige Schlüsse. Wir wissen noch nicht mal, was dem Neffen zugestoßen ist. Er könnte auch an AIDS gestorben sein.«

»Dann stell es fest. Aber erst später. Erst die Passagierlisten.«

Elizabeth arbeitete solo. Früher waren stundenlange Verhandlungen nötig gewesen, um einer Fluglinie was aus der Nase zu ziehen. Jetzt zeitigte jede Anfrage vom Justizministerium – zumindest wenn sie aus Washington kam – eine ganz spezielle Art von Panik. Zu viele Maschinen waren in den letzten Jahren vom Himmel gefallen. Das Faxgerät summte schier endlos, und Richardsons Sekretärin mußte immer wieder in das winzige Büro, um Papier nachzulegen.

Elizabeth strich sämtliche Frauennamen, dann die der Leute mit Vielfliegerpunkten, alles, was bereits vor einer Woche reserviert hatte, und schließlich sämtliche Namen, die er wohl kaum benutzt haben konnte – Yamaguchi, Babatundi, Gupta, Hernandez und Nguyen. Dann ging sie die Blätter noch einmal durch. Sonst noch was? Was machte ihn so besonders?

Nichts. Das mußte es sein. Absolut keine Extras: keinen speziellen Platz, kein spezielles Essen, keine besonderen Gepäckarrangements. Er würde sich den Teufel drum scheren, nackt im Frachtraum zu fliegen; alles, was er wollte, war, so rasch wie nur möglich herauszukommen und dann wieder zu verschwinden. Noch einmal ging sie die Anmerkungen auf den Ausdrucken durch und strich sämtliche Passagiere mit Sonderwünschen.

Übrig blieb eine vielversprechend kurze Liste. Sie hatte keine Zeit, die Namen zu zählen, aber es waren noch immer zu viele. Sie überlegte, was genau er getan hatte. Er war in die Küche gegangen, hatte Tony T vor einer Menge Publikum erschossen und war wieder hinausspaziert. Und das mitten in der Nacht. Selbstverständlich hatte er gewußt, wie gefährlich Tony T war. Er dürfte also die Absicht gehabt haben, sich in Talareses Schlafzimmer zu schleichen, während er schlief, und ihm das ganze Magazin in den Kopf zu jagen. Das wäre zwischen drei und vier Uhr morgens gewesen, die Zeit, die sich die Polizei für ihre Razzien aussuchte. Das Opfer hätte dann tief geschlafen. Und sein Flug wäre seinem Plan entsprechend gebucht, nicht danach, wozu er sich schließlich gezwungen sah. Er konnte damit rechnen, spätestens um halb sechs fertig und auf der Straße zu sein, um halb sieben wieder am Flughafen und um halb acht, acht in einer Maschine zu sitzen. Das war das äußerste Limit.

Die Hälfte der Flüge verwarf sie. Würde er bis fünf vor elf auf einem Flughafen herumsitzen, wo jeden Augenblick einer hereinspazieren und ihn sehen könnte? Nie und nimmer. Da wäre er längst über alle Berge. Da säße er längst in einer Maschine in dreißigtausend Fuß Höhe, auf dem Weg nach … tja, wohin? Kaum irgendwohin, wo es nur zwei Flüge am Tag gab, die acht Stunden auseinander lagen. Falls er einen verpaßte, so mußte schon ein weiterer zum Aufwärmen auf der Rollbahn stehen. Eine große Stadt mit viel Verkehr also. Sie ging noch einmal die Liste durch, strich die kleinen Städte und wurde dabei Hunderte von Namen los. Sie spürte, daß es wärmer wurde. Sie rückte ihm auf den Pelz. Vor Jahren war sie diese Listen schon einmal durchgegangen, auch damals hatte sie gewußt, daß er sich hinter einem dieser Namen versteckte, aber sie war ihm nie so nahe gekommen. Er war bereits gelandet, bevor sie überhaupt wußte, daß er ein Flugzeug genommen hatte. Diesmal war das anders, diese Maschinen waren noch in der Luft. Vielleicht klappte es dieses Mal.

Er war auf der Flucht und würde auf keinen Fall einen Weg zweimal nehmen. Keinen Rückflug reservieren. Sie strich also alle, die bereits einen solchen gebucht hatten. Die Gründe, um Namen zu eliminieren, kamen ihr jetzt schneller, als ihre Hand sie streichen konnte. Fast alle der Übriggebliebenen hatten einen Rückflug gebucht.

Die Zahlungsart. Mit Sicherheit hatte er Kreditkarten, vermutlich unter einer ganzen Reihe verschiedener Namen. Jedoch würde er es kaum riskieren, damit eine Spur weit vom Tatort entfernt zu legen, und sicher würde er nicht eine von ihnen wegen eines Flugtickets wegwerfen. Er würde sie für Hotels benutzen, nachdem er an irgendeinem sicheren Ort wieder auf die Erde gekommen war. Das Ticket würde er bar bezahlen.

Jetzt hatte sie nur noch fünf Namen auf drei Listen, und die legte sie nebeneinander auf den Tisch und starrte sie an. Einer schien ihr irgendwie nicht hierherzugehören: Hagedorn, David. Sie war sich sicher, ihn bereits irgendwo gestrichen zu haben. Rasch ging sie die Blätter durch. Hagedorn, Mary, reiste mit Hagedorn, Marissa. Eltern. Früher hätte sie das nicht verstanden, jetzt war das anders. Es war die schrecklich bedrückende Angst, eine der beiden Maschinen könnte vom Himmel fallen; man wollte Marissa durch irgendeine Art Zauber davor bewahren, zur Waise zu werden. Sie strich Hagedorn, David.

Nicht das geringste, was einen der restlichen vier hervorgehoben hätte. Alle hatten sie ihre Tickets am Tag des Flugs bar bezahlt. Alle hatten New York mit einer Morgenmaschine verlassen. Alle waren sie alleinreisende Männer, die jeden Platz genommen hatten, den sie nur kriegen konnten. Der eine hatte vermutlich gehört, daß ein Verwandter krank war, einen anderen hatte man zu einem Vorstellungsgespräch gebeten, ein weiterer hatte eine Freundin, die ihn bei sich haben wollte. Der vierte hatte eben dem Leutnant einer New Yorker Mafiafamilie eine Kugel in den Kopf gejagt und konnte die Stadt verständlicherweise gar nicht schnell genug verlassen.

Richardson kam hinter ihr herein, aber sie blickte nicht auf. »Geht's voran?«

»Ich habe sie auf vier reduziert«, sagte sie.

»Wie zum Teufel hast du denn das gemacht? Mit welchen Kriterien?«

»Würde eine Stunde dauern, dir das jetzt zu zeigen. Und die haben wir nicht.«

»Dann nenn mir die vier.«

Sie reichte ihm die drei Passagierlisten mit den vier unberührten Namen. »Ich weiß nicht, wie ich sie auf einen reduzieren soll.«

Er warf einen Blick auf die Listen. »Dallas … Chicago … Los Angeles … noch mal Chicago. Was willst du machen?«

»Wenn es nur irgendeine Möglichkeit gibt, alle vier aufzuhalten, dann mach es«, sagte Elizabeth. »Er ist auf der Flucht. Wenn Flucht bei ihm vielleicht auch nicht das richtige Wort ist. Er verschwindet eher von der Bildfläche. Jedenfalls bleibt er nicht stehen. Er steigt unter einem anderen Namen in eine andere Maschine. Und er bezahlt bar.«

»Woher willst du das wissen?«

»Dazu ist jetzt keine Zeit. Sieh dir die Ankunftszeiten an.«

»Ich rufe beim FBI an.«

Elizabeth beobachtete Richardson durch die offene Tür seines Büros. Er telefonierte jetzt das dritte Mal mit dem Mann vom FBI. Er hielt seinen Kugelschreiber unschlüssig über einem großformatigen gelben Block; zuerst sah es aus, als wolle er sich etwas notieren, dann griff er ihn wie ein Messer und drückte mehrfach nervös den Knopf am hinteren Ende. Während er zuhörte, sprang die Spitze immer wieder heraus und wieder hinein.

Sie wartete an ihrem alten Schreibtisch und versuchte, das Pech von sich fernzuhalten, indem sie die erste Gruppe des ehrgeizigen Fußvolks beobachtete, die hereinkam.

Sie war früh dran, ein jeder davon in der Hoffnung, der erste zu sein. Als die Leute Elizabeth sahen, stutzten sie, und beim Anblick von Richardsons offener Tür machten sie ein enttäuschtes Gesicht.

Sie war auch mal gewesen wie sie und ärgerte sich jetzt darüber, aber bei ihr war das damals kein Ehrgeiz gewesen. Sie hatte einfach noch nicht genügend historische Perspektive gehabt. In jenen Tagen hatte man das hier noch als Sonderkommission für Organisierte Kriminalität bezeichnet, und sie alle hatten sich ins Zeug gelegt, als hätte man sie zusammengebracht, um mit einer Notsituation fertig zu werden, die sich beilegen ließ, wenn man nur fleißiger als die Mafia war. Damals hatte sie noch nicht genug gewußt, um zu verstehen, daß die Verschwörung der Unterwelt in zivilisierten Ländern der Normalzustand war. Wer zum Justizministerium ging, mußte sich auf eine lange, harte Zeit einrichten.

Dann war Richardson auf den Beinen und kam aus dem Büro; der Ausdruck auf seinem Gesicht sagte genug.

»Leider Fehlanzeige«, sagte er. »Dallas ist einundsiebzig, und die beiden Chicagos sind vom Militär. L.A. ist schon gelandet, und das FBI hat sein Team noch nicht vor Ort. Tut mir wirklich leid.«

Elizabeth schüttelte den Kopf. »Es ist noch nicht zu spät. Er muß noch auf dem Flughafen sein oder wenigstens in der Nähe. Schließlich versucht er außer Landes zu kommen. Er hat noch keine andere Reservierung. Haben wir denn an einem so großen Flughafen noch nicht mal einen Beobachter?«

»Wir haben ja weder ein Foto noch eine Beschreibung, absolut nichts. Kein Mensch hat ihn je gesehen. Was sollen die denn machen?«

»Er wird dort umsteigen. Versuch es mit dem Namen. Wahrscheinlich hat es sowieso keinen Zweck mehr. Beim nächsten Flug nennt er sich Rufus T. Firefly, wenn ihm danach ist. Aber es muß einfach einen Weg geben, ihn aufzuhalten, bevor er in die nächste Maschine steigt. Wir suchen nach einem einfachen Flug, der bar bezahlt wurde, und das seit der Landung seiner Maschine.«

»Ich weiß nicht«, meinte Richardson. »Das wird allmählich ziemlich dünn.«

»Bitte«, sagte Elizabeth. »Wir sind näher an ihm dran, als wir's vor zehn Jahren je waren.«

Jack Hamp saß in dem Café mit Blick auf die Rollbahn 23 mit vier Mechanikern von der Bodenwartung beisammen, als deren Chef rein zufällig das Blinken auf Jacks Piepser sah. Er blinkte nicht oft, so daß Jack auch kaum auf ihn achtete. Da er sich keine Illusionen darüber machte, daß man bei einem Notfall ausgerechnet ihn alarmieren würde, hatte er das Ding einen Monat nach Dienstantritt auf dem Flughafen aufgeschraubt und den Draht zwischen Relais und dem kleinen Lautsprecher abgeknipst.

Jack Hamp hatte es nach zwanzig Dienstjahren bei der Stadtpolizei Los Angeles geschafft, in Pension zu gehen und sich einen Job beim Justizministerium zu ergattern – als Ermittler im Außendienst, wie er gedacht hatte. Im Augenblick freilich war nicht viel zu ermitteln. Seine Aufgabe bestand darin, hier auf dem Flughafen herumzulungern und ein Auge auf die riesige gestalt- und gesichtslose Masse zu haben, die hier an- oder abflog, um zu sehen, ob sich nicht eine der zirka fünfzig Personen ausmachen ließ, denen das Justizministerium zu jedem x-beliebigen Zeitpunkt seine besondere Aufmerksamkeit schenkte. Meistens wußte Hamp bereits vorher Bescheid, wenn so einer durchkam, so daß er nur am Flugsteig vorbeizugehen brauchte, um den Betreffenden einsteigen zu sehen. Dann machte er Meldung: »Zu observierende Person Vincent Toscanzio. Stieg um 13 Uhr 53 in den Flug TWA 921 nach Chicago. Voraussichtliche Ankunftszeit 19 Uhr 53. Befand sich in Begleitung zweier männlicher Weißer. Letztere reisen unter den Namen Harold Carver, identifiziert als Joseph Vortici, und Paul Smith, mutmaßlicher Name Frederick Moltare.« Das Ganze ging dann zur Auswertung nach Washington.

Den Rest der Zeit verbrachte er damit, die Menge nach »Überraschungsgästen« abzusuchen, von denen man gar nicht gewußt hatte, daß sie unterwegs waren. Er war nicht eitel und ziemlich geschult darin, sich den Bundespolizisten nicht ansehen zu lassen. Er war einsneunzig groß und schlaksig, hatte hellblaue Augen, langes blondes Haar und einen Schnurrbart. Er sah aus wie der alternde Cowboy, der er vermutlich geworden wäre, hätte er sich fünfundzwanzig Jahre vorher nicht voller Optimismus zur Marine gemeldet und dort zufällig die eine oder andere Großstadt gesehen. Für gewöhnlich kam er an den Flugsteig, wenn eine volle Maschine aus einer der wichtigeren Ausgangspunkte ihre Ladung entließ. Dann stellte er sich etwas hinter die Reihe von Muttis und Vatis, die die im Gänsemarsch ankommenden Passagiere absuchten, um ihre Sprößlinge eine Sekunde früher zu sehen. Er hatte immer etwas dabei – eine Illustrierte vielleicht, eine Sonnenbrille, die Wagenschlüssel –, aber nie einen Becher Kaffee, denn genau den tranken Leute im Dienst. Und wie die Muttis und Vatis starrte auch Jack Hamp jedem einen Augenblick ins Gesicht, direkt in die Augen, auch er in der Hoffnung, jemanden zu erkennen.

So gelang es ihm, jeden Monat einige interessante Gesichter herauszupicken, und deshalb lohnte es sich vermutlich auch, seine Berichte weiterzugeben, aber er mochte den Auftrag nicht. Er hatte den starken Verdacht, ihn bekommen zu haben, weil das Ministerium ihn gern auf seiner Lohnliste sah, ohne daß man so recht gewußt hätte, was man mit ihm konkret Tag für Tag anstellen sollte. Mit sechsundvierzig war er zu jung für einen pensionierten Polizisten, andererseits aber zu alt und von der Schulbildung her unqualifiziert, um mit dem Rest der Musterknaben auf dem Weg nach oben zu sein.

Das Justizministerium hatte ihm einen Auffrischungskurs in Ermittlungstechniken angedeihen lassen – dieselben Techniken, die er selbst im Lauf der Jahre elf oder zwölf Würfen von Frischlingen beigebracht hatte; dazu gab es einen Orientierungskurs für Angestellte des Bundes, anhand dessen er sich eine Liste von Leuten zusammengestellt hatte, deren Anrufe er ignorieren konnte, und schließlich noch einige Übungen auf dem Schießplatz, wo er Löcher in Pappkameraden schoß, die wie Schurken aus einem Comicheft aussahen. Dann hatten sie ihn wieder nach Los Angeles geschickt.

Hamp hinkte kaum merklich, als er aufstand und zu dem Münzfernsprecher am anderen Ende der Halle ging. Vor acht Jahren hatte ihm einer eine Kugel in den linken Oberschenkel geschossen; sie hatte ein Stück vom Knochen mitgenommen, und er spürte hin und wieder den rostfreien Splint. Rasch wählte er die Nummer. »Hamp«, sagte er.

Mit dem Mann am anderen Ende hatte er noch nie gesprochen, aber Hamp kannte Richardson dem Namen nach. Er war einer von denen, die er nicht ignorieren konnte.

Ackerman trat an den Schalter der Hongkong Airlines. Der Mann dahinter war Chinese, obwohl auf dem Namensschild seines Jacketts »MR. SULLIVAN« stand. Bei seinem britischen Akzent bekam Ackerman Heimweh nach Schaeffers Leben. »Kann ich Ihnen behilflich sein, Sir?«

»Sie haben da in zwanzig Minuten einen Flug nach Hongkong«, sagte er. »Ist da noch was frei?«

Mr. Sullivan drückte auf einige Tasten auf seinem Computer. »Tut mir leid, Sir. Ist ausgebucht. Wir hätten noch einen um siebzehn nach vier.«

Ackerman zögerte. Hongkong war gut, weil er eine Woche darauf durch den britischen Zoll gehen konnte, ohne Aufmerksamkeit zu erregen. Wenn er über New York zurückflog, hätten sie Beobachter am Flughafen, so daß er womöglich nicht mehr hinauskam. Er kam zu dem Schluß, daß Warten das kleinere Risiko war. »Ich nehme ihn.«

»Wenn Sie mir ihren Paß geben, Sir?«

Ackerman zog ihn aus der Innentasche seines Jacketts und reichte ihn Mr. Sullivan, der einen Blick darauf warf, um ihn dann einen Augenblick zur Seite zu legen.

»Wie möchten Sie bezahlen, Sir?«

»In bar.«

»Schön«, sagte Mr. Sullivan. »Ich möchte nur noch rasch eine Bestätigung einholen, daß der Platz auch wirklich noch frei ist.« Er drückte drei Tasten auf seinem Telefon und begann auf chinesisch zu sprechen. Ackerman warf einen Blick die Schlange entlang, die sich hinter ihm bildete. Die Leute setzten schon ihr Gepäck ab. Als er sich wieder umdrehte, sah er etwas Eigenartiges. Am anderen Ende des Schalters stand ein Mann, der ebenso auf chinesisch telefonierte. Es war der Rhythmus der Abstände, der seine Aufmerksamkeit erregte. Wann immer Mr. Sullivan sprach, hörte der andere auf, und dann sagte Mr. Sullivan etwas, was den anderen in Ackermans Richtung blicken ließ. Ackerman beobachtete den Mann, bis sie beide fast gleichzeitig auflegten. Er blieb vor dem Schalter stehen, während Mr. Sullivan ihm das Ticket ausstellte, wobei er Ackermans Namen aus dem Paß abschrieb. Dann ging er.

Er wußte, es bestand die Möglichkeit, daß Mr. Sullivan nur seinen Vorgesetzten angerufen hatte, um wegen der Reservierung zu fragen. Es war sogar möglich, daß die beiden Gespräche in etwa den gleichen Verlauf hatten, zur selben Zeit endeten und nichts miteinander zu tun hatten. Aber genausogut war es möglich, daß sich zwei Männer von der Hongkong Airlines eben ein Jahresgehalt verdient hatten. Er war lange fort gewesen. Vor zehn Jahren hatten die Balacontanos mitten auf dem John-F.-Kennedy-Flughafen ganze Frachtmaschinen ausräumen können. Es war nicht allzuschwer zu glauben, daß sie inzwischen Passagierlisten nach einem Decknamen durchsuchen konnten.

Er ging an den Flugsteig 28, wo er in die Maschine nach Hongkong steigen mußte, und dann die Halle entlang, bis er den richtigen Sitzplatz gefunden hatte. Der befand sich zwei Flugsteige weiter, auf 26. Der Platz, den er wollte, war besetzt, aber es würden noch eine Menge Maschinen starten, bevor er ihn brauchte. Er nutzte die Zeit, um sich ein Ticket für den Flug um 16 Uhr 30 nach Albuquerque zu kaufen, und setzte sich dann in ein Café, von dem aus er zusehen konnte, wie die Leute durch die Metalldetektoren kamen, bis ihm klar wurde, daß Beobachten keinen Sinn hatte. Sie mußten schließlich keine bekannten Gesichter schicken; irgendwie hatten sie herausgefunden, welchen Namen er benutzte. Und sie würden kaum so stümperhaft sein, sich von einem Metalldetektor aufhalten zu lassen. Die Waffe wäre in einem anderen Metallgegenstand verborgen oder, was noch wahrscheinlicher war, bereits hier.

Er kehrte auf den Flugsteig 26 zurück und begann seine

Wache mit dem Gedanken, daß nichts passieren würde, bevor man zum Einsteigen aufforderte.

Jack Hamp holte seine alte Reisetasche aus dem Wagen und ging wieder zurück zum Haupteingang, wo ihn Marlita Gibson mit einem nüchternen Nicken bedachte, als sie auf dem Fluoroskop des Metalldetektors die Umrisse seines Colts .45 Automatic aus dem Jahre 1911 ausmachte. In der Seitentasche daneben die Ersatzmagazine. Hamp wünschte sich von ganzem Herzen, nicht damit schießen zu müssen. Die 14,58g-Semiwadcutter-Hohlspitzgeschosse waren seine »Flughafenmunition«, wie er sie nannte. Sie pilzten beim Aufschlag nicht nur sofort auf, sie expandierten auch noch. Sie würden also keine Wände durchschlagen, wenn er danebenschoß. Und wenn er nicht danebenschoß, dann mußte der Empfänger feststellen, daß Gott einen neuen Engel brauchte. Er schnappte sich die Tasche vom Förderband und ging weiter. Als er durch die Halle auf den Flugsteig 28 zuging, öffnete er die Tasche und suchte in seiner Sammlung nach einem Ticketheft der Hongkong Airlines. Als er es gefunden hatte, steckte er es in die Tasche seines Jacketts, und zwar so, daß es zu sehen war.

Auf dem Flugsteig setzte er sich in den Raucherteil, einige Meter vom nächsten Passagier, und steckte sich eine Zigarette an. Falls der Mann ihn zuerst entdeckte und ein halbwegs guter Schütze war, würde er Hamp wenigstens nicht verfehlen und irgendeinem Kind ein Loch in den Kopf schießen. Und der hier dürfte ziemlich gut sein. Nach dem, was Richardson gesagt hatte, hörte er sich nach einem wirklich üblen Kunden an. Als Hamp den ersten herrlichen kühlen Zug von seiner Zigarette nahm, mußte er denken, um wieviel schlechter der letzte schmeckte. Er beobachtete die vorbeidrängende Menge, blickte von Gesicht zu Gesicht, studierte und verwarf sie dann. Wenn er jetzt schon daran dachte, wie heiß und ekelhaft diese

Zigarette noch würde, so gestand er sich ein, dann war es wahrscheinlich an der Zeit, mit dem Rauchen aufzuhören. Schließlich basierte das ganze Vergnügen darauf, in der Lage zu sein, mal an nichts zu denken.

Auch wenn er damit vermutlich weit danebenlag, er ging davon aus, daß Mr. Ackerman bewaffnet war. Es war höchst unwahrscheinlich, daß einer auf dem Kennedy Airport in eine Maschine stieg und in Los Angeles etwas aus der Tasche zog, womit er nicht geboren war. Aber Leute, die viel für Geld mordeten, gewöhnten sich mit der Zeit an, sich in ihrer Freizeit über derlei Dinge den Kopf zu zerbrechen, und öfter, als einem lieb war, fanden sie ihren Weg.

Hamp warf einen Blick hinüber zum Schalter vor dem Flugsteig und bemerkte, daß Mr. Sullivan auf dem Posten war. Mr. Ackerman brauchte bloß aufzutauchen, und er würde Jack Hamps Bekanntschaft machen.

Ackerman sah den hochgewachsenen, schlanken melancholischen Mann in den Wartebereich von Flugsteig 28 kommen. Er setzte sich hin und steckte sich eine Zigarette an. Ackerman studierte ihn besonders sorgfältig. Er hatte eine abgetragene Reisetasche dabei, und, wie es aussah, ein Ticket der Hongkong Airlines in der Brusttasche. Er war allein. Er machte so ziemlich genau das, was jemand in seiner Lage machte, das heißt, er beobachtete die Leute, ohne selbst aufzufallen.

Aber dann kam Mr. Sullivan. Er erreichte das Obergeschoß über eine Außentreppe, kam durch die Tür, die für Passagiere verboten war, und postierte sich am Schalter vor dem Flugsteig. Nur daß er dort nicht das geringste tat, was man ihm als Arbeit hätte auslegen können. Ackerman hatte nicht die Absicht, heute noch die Hongkong Airlines zu nehmen. Er kam zu dem Schluß, daß er besser daran tat festzustellen, welche Art Ärger er da eigentlich hatte.

Ackerman wechselte auf einen Platz, auf dem er eine Säule zwischen sich und Mr. Sullivan am Flugsteig 28 hatte, und behielt den hochaufgeschossenen Blonden im Auge. Der Große könnte es sein. Er hatte sich sogar genau auf den richtigen Platz gesetzt: Er hatte ein freies Schußfeld und niemanden hinter sich. Wie zum Teufel hatten sie ihn hier nur derart schnell aufspüren können? Peter Mantino mußte den Kerl praktisch auf Abruf hier auf dem Flughafen haben für den Fall, daß einer aufkreuzte, hinter dem er her war.

Das war unwahrscheinlich. Ackerman war hin und her gerissen. Die Haltung des Mannes zeugte von einem gewissen Selbstvertrauen, als hätte er allen Grund, sicher zu sein, was passieren würde, falls er in einen Kampf geriet, was er im Augenblick jedoch nicht in Betracht zu ziehen schien.

Es war sein Gang, der Ackerman wieder in den Sinn kam. Er hatte ihn wahrscheinlich erst auf ihn aufmerksam werden lassen. Er versuchte ihn sich noch einmal vorzustellen, und als der Mann in seiner Erinnerung ins Blickfeld kam, konzentrierte er sich mehr auf sein linkes Bein. Genau die Art von unbewußter Veränderung im Gang, die auf anderthalb Kilo Stahl unter der Achsel zurückzuführen sein könnte. Nein, die Waffe hätte er in der Reisetasche, in die er jederzeit greifen könnte, ohne Aufmerksamkeit zu erregen.

Dann passierte etwas so Unerwartetes, daß Ackerman sich zunächst nicht eingestand, es gesehen zu haben. Vier Männer betraten den Wartebereich von Flugsteig 28, jeder aus einer anderen Richtung. Sie waren alle ein gutes Stück über einsachtzig und wirkten massig, einer wie der andere sahen sie feist, blaß und auffällig aus. Sie lauerten in diversen Ecken des Wartebereichs, warfen sich aber hin und wieder Blicke zu, um die festgelegten Abstände zu halten. Wie ein Team, das auf Raumdeckung spielte. Dann fixierten sie den schlanken Blonden, als hätten sie nach ihm gesucht. Von Zeit zu Zeit beobachtete ihn einer wie der andere für einen Augenblick und wandte sich dann wieder ab. Selbst der Blonde sah auf den ersten Blick, daß das Bullen waren. Ackerman musterte das Gesicht des Mannes. Der Revolvermann war nicht weniger verblüfft als Ackerman. Was immer er bei sich hatte, es mußte wohl auf dem Röntgengerät zu sehen gewesen sein, oder, wahrscheinlicher noch, es hatte ihn jemand zu seinem Versteck hier am Flughafen gehen und es in die Tasche stecken sehen. Jetzt würde man ihn verhaften.

Ackerman zog die Möglichkeit in Betracht, geduldig hier sitzen zu bleiben, bis die Bullen den Revolvermann abgegriffen hatten, und dann hinüberzuspazieren, auf den Flugsteig 28, in die Maschine zu steigen und von hier zu verschwinden. Aber dann ging einer der Bullen in den Raucherbereich, wo der Revolvermann saß, und die anderen rückten, jeder auf seine Weise, auf. Der Revolvermann bemerkte es auch, aber er sah nicht so aus, als hätte er Angst. Er sah wütend aus, und das war ein schlechtes Zeichen. Es bedeutete, daß er wenigstens daran dachte, mit der Waffe in seiner Reisetasche etwas anderes zu tun, als sie sich abnehmen und seinen Anwalt behaupten zu lassen, die Tasche gehöre nicht ihm. Ackerman konnte es nicht riskieren, hier herumzusitzen und darauf zu warten, daß der Lange zu schießen begann. Egal was passierte, so kam er aus Los Angeles nicht heraus. Er stand auf und wandte sich ab, wobei er denselben zielstrebigen Wichtigtuergang annahm wie die Männer und Frauen in der Flugzeughalle. Sie alle schienen so sicher in ihrem Wissen, daß es auf Flughäfen nicht um Raum ging, sondern um Zeit. Wie sie blieb er weder irgendwo stehen, noch drosselte er sein Tempo. Und er sah sich nicht um.

Elizabeth wählte ihre eigene Nummer und wartete, bis es viermal geklingelt hatte, dann schaltete sich ihr Anrufbeantworter ein. »Maria«, sagte sie, »ich bin es. Geh bitte ran, ja.« Einige Sekunden später hörte sie die Stimme der Babysitterin.

»Hier bei Warings«, sagte Maria. Warum sagte sie das, wenn sie wußte, wer dran war? Widerstrebend fand Elizabeth sich damit ab, ihr das alles noch mal erklären zu müssen, einschließlich der Geschichte mit den Nummern. Die Leitung in ihrem Büro zu Hause lief unter Waring; die im Schlafzimmer unter Hart. Daß Jim Hart geheißen hatte, das hatte Maria noch problemlos verstanden. Dann freilich war Elizabeth übermütig geworden und hatte ihr gesagt, sie benutze den Namen Waring bei der Arbeit. Zuerst war Maria argwöhnisch gewesen. Hieß das, daß Elizabeth ihren Lebensunterhalt mit etwas Illegalem verdiente? Nein, sie sei Staatsanwältin und Waring ihr Mädchenname. Was ihr Mädchenname denn damit zu tun hätte, Anwältin zu sein? Nichts. War es also gefährlich, Staatsanwältin zu sein – so wie in Kolumbien? Nein, für gewöhnlich nicht.

Dann sah sich Elizabeth einem langwierigen Kreuzverhör über die exakten Abstufungen dieses Risikos unterzogen. Als Maria sich schließlich vergewissert hatte, daß bei ihr weder etwas vor sich ging, was zu einer Ausweisung führen, noch etwas, was ihre Kinder in Gefahr bringen konnte, war sie zu dem Schluß gekommen, daß es sich definitiv um etwas Anrüchiges handeln mußte. Ihre Fragen deuteten darauf hin, daß sie Elizabeth in Verdacht hatte, gar nie verheiratet gewesen zu sein, und daß Hart ein Ammenmärchen zum Schutz ihrer unehelichen Kinder sei. Aber da sie die Kinder gern hatte, konnte sie damit leben. Wieso also das »Hier bei Warings«?

»Maria«, sagte Elizabeth, »wie geht's den Kindern?«

»Nix gut.«

»Nicht gut? Was ist denn?« Ihr Herz stockte und fing zu zittern an.

»Jimmy hat schmutzige alte Turnschuhe in Schule getragen.«

»Das ist schon in Ordnung. Ich habe ihm gesagt, daß er das darf.« Was zwar gelogen war, aber die einzige Möglichkeit, das Thema abzuschließen. Maria war von Nonnen erzogen worden, die geglaubt haben mußten, daß Reinlichkeit gleich hinter der Gottesfurcht käme. Und sie war davon überzeugt, daß jeden Tag in die Schule gehen zu dürfen ein Privileg war, das man mit geputzten Schuhen, makellosen Hemden und gebügelten Hosen zu honorieren hatte. »Was ist mit Amanda?«

»Sie hat gespuckt.«

»Wieviel denn – ein bißchen, beim Bäuerchen, oder richtig? Soll ich nach Hause kommen?«

»Nicht zuviel. Ein bißchen, aber dann sie zufrieden und einschlafen.«

»Haben Sie Temperatur gemessen?«

»Ja, normal.«

»Na schön, danke, Maria. Ich rufe später wieder an. Sie haben die Nummer von hier, ja?«

»Ich habe sie.«

»Brauchen Sie noch was?«

»Nein. Wiedersehen.«

»Wiedersehen.«

Elizabeth starrte auf den Apparat. Das hier war ein kleiner Vorgeschmack von der Hölle, den sich jemand speziell für sie ausgedacht hatte. Sie hatte immer Kinder gewollt, und von dem Augenblick an, in dem Jimmy gezeugt worden war, hatte sie verstanden, daß die Wendung »Kindersegen« keineswegs ironisch gemeint war, denn genau das war es für sie. Aber jetzt waren sie zu Hause, und sie war hier. Sie lebte genau so, wie sie nie hatte leben wollen. Ihre Kinder wuchsen auf und sahen sie elf, zwölf Stunden lang nicht, während sie einer Karriere nachjagte, die sie noch nicht einmal wollte. Eine andere Frau spielte mit ihnen, zog sie an, fuhr Amanda spazieren und sagte ihr das erste Mal Worte wie *Baum* oder *Eichhörnchen*.

Sie hörte das Telefon in Richardsons Büro klingeln und sah zu, wie er den Hörer von der Gabel riß. Zuerst sah er begeistert aus, was nur bedeuten konnte, daß das FBI aus Los Angeles dran war und nicht etwa einer aus der Registratur, der ihm nur sagen wollte, daß er zu spät kommen würde. Dann jedoch sah er besorgt aus und schließlich frustriert. Er stützte den Kopf auf die Faust und ließ die Schultern hängen, die er die letzten fünf Minuten über angespannt hochgezogen hatte. Sie wußte, es war vorbei. Sie schlenderte an die Tür, sah ihn an und hob dabei eine Braue. »Sie haben ihn verloren«, sagte er.

»Wieso?« Ihre Kehle war trocken, aber es ging sowieso nur darum, einen Ton von sich zu geben. Es spielte keine Rolle.

»Das wissen sie auch nicht. Er bezahlte bar für ein Ticket nach Hongkong, kreuzte dann aber nicht auf. Unser Beobachter auf dem Flughafen meint, das käme daher, daß man vier Typen hingeschickt hätte, denen man das FBI schon auf zwei Meilen angesehen hätte. Und nicht nur daß die Leute alle gleich aussahen, nein, sie kamen auch noch auf ihn zu, damit er ihnen den Verdächtigen zeigt! Der sich zufälligerweise noch immer Charles F. Ackerman nannte.«

»Heute.«

Er nickte. »Heute.«

»Hat der Beobachter sonst noch was gesagt?«

»Er war leicht gereizt. Er meinte, wieso man dem FBI nicht gesagt hat, das erste Team zu schicken, wenn der Knabe so wichtig ist.«

»Gute Frage.«

»Ich dachte, das wäre klar, nach allem, was ich denen gesagt habe, aber er meinte, wir hätten getan, als wären wir hinter einem Acht-Null-Neuner her.«

»Was ist das denn?«

»Ich hatte schon Angst, ich wäre der einzige, der das nicht weiß. Er nannte es eine ›Person, die Geld zu illegalen Zwecken außer Landes schafft‹. Und solche Leute sind für gewöhnlich nicht gefährlich.«

»Was ist acht-null-neun? Ein Steuerparagraph?«

»Nein. Eine Vorwahl. Der Kayman-Inseln. In den Antillen…«

»Muß ich mir merken. Da ist wahrscheinlich auch das Geld aus dem Amt für Wohnungsbau und Stadterneuerung abgeblieben.« Sie wandte sich ab und ging an ihren alten Schreibtisch zurück, um ihre Handtasche zu holen. Als sie sie an sich nahm, überlegte sie, ob sie nicht etwas im Konferenzraum hatte liegen lassen. Nein. Durch das weiche Handschuhleder spürte sie Füller und Börse, und auch Schlüssel und Brille waren da. Für sie war der Fall klar. Sie konnte noch rechtzeitig zu Arbeitsbeginn in ihrem Büro im anderen Gebäude sein, und nichts von alledem hier brauchte sie weiter zu beschäftigen. Dann merkte sie, daß Richardson ihr aus dem Büro gefolgt war. In gewissem Sinn eine angemessene Geste. Sie hatte einige Stunden Freizeit einer Abteilung geopfert, in der sie noch nicht einmal arbeitete, und dann hatten sie irgendwie die Fiktion entstehen lassen, früher mal Freunde gewesen zu sein. Es wäre also für den Augenblick besser, so lange so zu tun, als ob, bis sie sich einen würdevollen Abgang verschafft hatte. Die Wahrheit war freilich, daß sie damals, vor zehn Jahren, als sie die Sektion verlassen hatte, offiziell nur in Urlaub gegangen und dann einfach nicht wiedergekommen war. Sie hatte damals keine Lust verspürt, sich von irgend jemandem hier zu verabschieden, und als ihr der Gedanke kam, daß sie das hätte tun sollen, war es bereits zu spät. Es hatte sie auch keiner aus dem Büro angerufen.

»Elizabeth«, sagte Richardson. Er wollte sich also für den Gefallen bedanken. Na schön, dachte sie. Nichts zu danken, würde sie sagen, und dann wäre sie draußen.

Aber er sagte: »Ich möchte dich um einen Gefallen bitten.«

9

Carlo Balacontano spielte seit seinem zwölften Lebensjahr Gin Rommé, und das ausgezeichnet. Im Oktober würde er sechsundsechzig, und es war eines der Dinge, die er nach wie vor so gut beherrschte wie eh und je; mochten seine Arme nicht mehr so muskulös sein wie einst und seine Knie manchmal etwas steif, sein Verstand war, wenn es darauf ankam, nach wie vor in der Lage, jede der zweiundfünfzig Karten auszumachen und sich ihre Position zu merken. Für gewöhnlich brauchte er sich allerdings nur um die dreißig zu merken, und das konnte er selbst mit den Gedanken bei einem Plausch übers Geschäft. Heute jedoch tat er nichts dergleichen, weil er am Gewichtetisch Jose-Luc Ospina gegenübersaß.

Jeden Tag kam Carl Bala, um sich unter das überstehende Dach des Kraftraums zu setzen. Wann immer er gemächlich angeschlendert kam, traten vier junge Männer herbei und begannen die Hanteln von dem lederbezogenen Tisch zu räumen, damit er Platz nehmen konnte. Dort nahm er dann das Kartenspiel aus der Brusttasche seines blauen Jeanshemds und riß die Packung auf. Dieses Ritual spielte sich nun seit acht Jahren so ab. Seit seinem zweiten Monat in der Bundesjustizvollzugsanstalt Lompoc.

Er hätte am ersten Tag angefangen, aber die ersten vier Wochen war er völlig aus dem Häuschen gewesen. Seine Anwälte hatten ihm bis zum letzten Tag versichert, daß es zu einer erneuten Verhandlung vor dem Berufungsgericht kommen würde. Aber der Richter war an einem einzigen Nachmittag das Protokoll der ersten Verhandlung durchgegangen und hatte entschieden, daß es für eine Berufung keine Gründe gab. Das wollte ihm während der nächsten paar Wochen einfach nicht aus dem Kopf; es quälte ihn Tag und Nacht. Carl Bala war kein unterbelichteter Heuochse, dessen Lesegeschwindigkeit von der Schnelligkeit seiner Lippen bestimmt wurde, aber er konnte einfach nicht glauben, daß jemand zwölfhundert Seiten Zeugenaussagen an einem einzigen Nachmittag las. Er wurde den Verdacht nicht los, der aufgeblasene kleine Scheißkerl habe einen dieser Kurse gemacht, in denen sie einem beibrachten, schneller zu lesen, indem man mit dem Zeigefinger die Mitte der Seite herunterfährt. Daß man ihn nach all den Jahren aufgrund einer fingierten Anklage verurteilt hatte, empörte ihn dagegen nicht im geringsten. Mit einigen wenigen Ausnahmen war noch jeder seiner Bekannten, der hinter Gitter gewandert war, schuldig gewesen – wenn auch nicht notwendigerweise im Sinne der Anklage. Das System kannte seine Feinde. Hätte er die Wahl gehabt, sich des popeligen Mordes an Arthur Fieldston für schuldig zu bekennen oder all der Dinge, die er tatsächlich auf dem Kerbholz hatte, er hätte sich für Fieldston entschieden.

Dieser Tage irritierte Carlo vor allem Jose Ospina. An einem Sommernachmittag vor vier Jahren hatte Balacontano am Gewichtetisch die übliche Schar Häftlinge angetroffen: Männer, die sich mit breiten Ledergürteln – damit ihnen der Wanst nicht platzte – abmühten, schwere Gewichte über den Kopf zu heben, während andere kleine Hanteln bewegten, um aus ihren ohnehin schon bauchigen Unterarmen Schweineschinken zu machen. Er hatte sich an den Tisch gesetzt, an dem roten Faden gezogen, um sein nagelneues Spiel aufzureißen, hatte die Joker entfernt und sich ans Mischen gemacht. Dann blickte er auf und sah, daß ihm gegenüber ein hochgewachsener dunkler junger Mann mit schwarzen Locken und Katzenaugen Platz nahm. Er hatte die Hemdsärmel abgeschnitten, so daß man seine knochigen, mit grünlichen Tätowierungen dekorierten Arme sah. Es handelte sich um Bilder von irgendwelchen Pflanzen. Nur daß sie nicht wie natürliche Pflanzen aussahen; sie schienen fast etwas Architektonisches zu haben. Am ärgerlichsten war, daß sie Balacontano bekannt vorkamen. Er erkannte die Tätowierungen jedoch erst, nachdem Jose Ospina seine Karten über den Tisch gebreitet und »Gin« geflüstert hatte. Dann nämlich hatte er das Hemd ausgezogen, und Bala sah sich vor einem Benjamin-Franklin-Porträt. Bei den Tätowierungen handelte es sich um die Schnörkel und Schnecken einer Hundertdollarnote.

Von diesem Tag an machte sich Jose Ospina daran, Carl Bala zu ruinieren. Carl Bala war reich. Selbst jetzt fuhren in New York Tag und Nacht große stille Männer mit großen, schweren Autos vor diversen Geschäften vor, um seine Anteile, Prozente und Abgaben abzuholen. Außerdem war er berühmt, und zwar auf die Art, die zählte. Selbst hier, dreitausend Meilen und acht Jahre von den Schauplätzen seiner Triumphe, hätte er in jedem Hotel an der Pazifikküste die beste Suite bekommen – und das nur aufgrund seines Namens. Aber das war draußen, und Carl Bala lebte nicht in der Welt. Er saß in einem kleinen sonnengebleichten Bundesgefängnis zwanzig Meilen landeinwärts in der vertrockneten gelben Landschaft Zentralkaliforniens zwischen einem unpassierbaren Felsmassiv, dessen Zacken jäh aus der Sohle des Tales ragten, und der weiten offenen Küstenebene im Westen: zwanzig Meilen nichts weiter als knöchelhohes dünnes Gras, und als einzigen Schatten vielleicht eine krakelige verkrüppelte Eiche pro Meile, von denen keine höher als zweieinhalb Meter war.

Hier auf Jose Ospina zu stoßen war, als sehe man beim Abendessen eine Schabe von seinem Teller huschen. Zuerst war es ein Schock gewesen, aber Carl Bala hatte sich damit abzufinden versucht. Dann jedoch saß er Tag für Tag da und spürte den Stachel in seinem Fleisch, als der junge Mann mit leicht gelangweilter Miene seine Karten auf den Gewichtetisch legte, um dann mit seiner leisen Stimme »Gin« zu sagen. Schlimmer noch, es kam vor, daß Jose Ospina Balacontano die erste Karte ablegen sah und dann seine Karten aufnahm, sie auffächerte, den Fächer wieder zusammenschob und sagte: »Ich mache Schluß. Bleiben zehn.« Oder acht. Oder drei. Und Carlo saß da, riffelte verzweifelt sein frisches Blatt und starrte die Bildkarten an, die Asse, die Zehnen – er hatte sie noch nicht einmal zählen, geschweige denn eine loswerden können.

Gepackte Karten, das hätte Carl Bala noch einsehen können, aber diese Geschichten passierten, kaum daß Jose Ospina abgehoben hatte. Eine Karte zu palmieren oder ein ganzes Blatt auszutauschen, war alles schon mal dagewesen, aber Jose Ospina spielte immer in seinem ärmellosen Hemd, so daß man die von der amerikanischen Währung abgekupferten Schnörkel und Schnecken die bloßen Arme hinaufklettern sah. Er hätte die Extrakarten einfach nirgendwo verstecken können; er konnte unmöglich betrügen. Jose Ospina hatte schlicht und ergreifend Glück. Zugegeben, er war ein gnadenlos ehrgeiziger und übernatürlich flinker Rommésspieler, aber darüber hinaus küßten ihn Tag für Tag die unwandelbaren Kräfte von Wahrscheinlichkeit und Zufall auf die Stirn, bevor sie weiterhuschten, um sich mit gewohntem Ingrimm auf Carl Bala zu stürzen. Balas einzige Freude in dieser kleinen Strafkolonie war der Sieg beim Gin Rommé gewesen, etwas, was ihm dieser Tage so selten gelang, daß es ihm fast schon wie Hohn vorkam, wenn es einmal passierte.

Carlo hatte seinen Status im Gefängnisuntergrund dazu benutzt, alles herauszufinden, was es über Jose Ospina zu wissen gab; sogar eine Kopie seiner Akte hatte er sich beschafft. So hatte er erfahren, daß Ospina nach zwei Jahren guter Führung in Marion, Illinois, nach Lompoc verlegt worden war. Er saß fünf bis zehn Jahre, weil man Falschgeld und ein ganzes Arsenal automatischer Waffen bei ihm gefunden hatte – inklusive eines Maschinengewehrs. Unter »Besondere Kennzeichen und Narben« folgte eine Beschreibung der grünlichen Tätowierungen, die er sich, wie Balacontano später über die Gefängnisgerüchteküche erfuhr, in Marion von seinem Partner, einem begabten Graveur namens Cardero, hatte machen lassen. Unter »Geburtsort« hieß es »Lexington, Kentucky«, was bei Ospinas zum Schneiden dicken Akzent ziemlich verdächtig schien. Als er jedoch noch einmal unter »Augenfarbe« nachsah, hieß es dort »nußfarben«, die Kategorie, unter die für amerikanische Behörden alles fiel, was nicht braun oder blau war. Und Ospinas Augen waren alles andere als braun oder blau; sie erstrahlten in einem goldenen Gelb, mit anderen Worten, sie waren »nußfarben«. Es gab keinerlei Anzeichen dafür, daß er ein Kartenkünstler oder ein Spieler oder jemals mit einem solchen befreundet war. Woraus Carlo schloß, daß Ospina einfach eine Glückssträhne hatte – wie die Goldader unter Sutters Mühle: lang und tief, aber nichtsdestoweniger irgendwann einmal erschöpft. Er beschloß also abzuwarten.

Er wartete nun seit dreieinhalb Jahren, frustriert und kochend vor Zorn, und hatte es dabei auf Schulden in Höhe von 344 000 Dollar gebracht. Er hatte während dieser Zeit mehr Kartenspiele gekauft denn je; an manchen Tagen brachte er gleich zwei frische Packen mit. Darüber hinaus hatte der Gefängnisarzt die Anfangsstadien eines Magengeschwürs behandelt und ihm einen Gummischutz für die Zähne gegeben, da er sie im Schlaf aufeinanderbiß. 1958, als sich die gesamte Ostküste um Macht und Territorien bekriegte, als alle paar Tage einer verstümmelt im Kofferraum gefunden oder aus dem Fluß gefischt wurde, hatte Carl Bala riesige Portionen scharfer Würstchen mit Chili verdrückt und dann geschlafen wie ein Stein. Damit war es jetzt vorbei: Die Mühe, die es ihn kostete, seinen Zorn zu mäßigen, drohte langsam, aber sicher seine robuste Konstitution anzugreifen. Das einzige Ventil für seinen

Haß bestand in Mitteilungen an seine Angestellten, Untergebenen, Verwandten und Kollegen in der Außenwelt, die er aufforderte, endlich den Mann zu finden, der ihn hereingelegt hatte, damit er hier rauskam. Diese Forderungen waren in jüngster Zeit immer dringlicher geworden, die versprochenen Belohnungen immer größer und die verschleierten Drohungen schrecklicher. Schon meinten die ersten, er wäre im Gefängnis, wie schon so mancher vor ihm, wahnsinnig geworden. Aber ein Wahnsinniger mit unzähligen Millionen war durchaus imstande, sich in Unkosten zu stürzen, um die zu belohnen, die ihm zu Gefallen waren. Und nicht einer zweifelte daran, daß Balacontano jederzeit ein Paar Hände fand, das kräftig genug war, um diejenigen seiner Rachegelüste in die Tat umzusetzen, die ihm lange genug durch die überhitzte Phantasie spukten, um sie in Worte zu fassen.

Besonders beunruhigend waren diese Drohungen für einige seiner Unterführer geworden, die im Augenblick sein Imperium zu treuen Händen verwalteten: Giovanni »Johannes der Täufer« Bautista, Antonio »Tony T« Talarese, Salvatore Callistro und Peter Mantino. Dieser Männer hatten sich schon im voraus abgesichert, indem sie Carl Balas wahnsinnige Wünsche im Lauf der Jahre mit übertriebener Ernsthaftigkeit an ihre Soldaten weitergegeben hatten, und das in immer kürzeren Intervallen, je näher die Möglichkeit rückte, daß man Bala zur Bewährung entlassen könnte. Bautista und Mantino hatten außerdem insgeheim darüber gesprochen, daß es womöglich unbequem, ja selbstmörderisch sein könnte, ihn lebend aus dem Gefängnis kommen zu lassen, falls der Schurke bis zur ersten Anhörung vor dem Bewährungsausschuß nicht aufgetaucht war. Talarese war unabhängig davon zum selben Schluß gekommen, nur daß hinter seiner Entscheidung die Möglichkeit stand, der Alte könnte herausfinden, daß Talarese die Finger in der Kasse gehabt hatte.

Carlo Balacontano hatte einen Gutteil davon erahnt, über den Rest hatten ihn seine Spitzel auf dem laufenden gehalten. Mit Leichtigkeit hätte er sich vom Gefängnishof aus rächen können, aber im Augenblick brauchte er diese Männer noch. Er dachte sich, je mehr sie in die eigene Tasche wirtschafteten, desto größer das Vermögen, das er bei seiner Rückkehr einfordern könnte. Mehr noch als ihre Gier freilich brauchte er ihr Gedächtnis. Sie waren alle alt genug, um den Mann gesehen zu haben, auf den er es abgesehen hatte. Die jungen Burschen, diese kleinen Heimtücker, die ihre Bosse mit solchem Eifer an den einsitzenden Capo verkauften, um ihre Lehnsgüter übernehmen zu können, waren zu jung. Seit zehn Jahren war der Fleischerjunge nicht mehr gesehen worden.

Carlo Balacontano wußte, wie das System funktionierte. Um rauszukommen, mußte er dem System jemanden liefern, der seinen Platz einnahm. Der Ersatz konnte längst tot sein, Hauptsache, man fand bei ihm etwas, was ihn mit dem Mord an Arthur Fieldston verband: einen gefälschten Abschiedsbrief mit einem Geständnis, das Feuerzeug, das Bala in Fieldstons Büro eingesteckt hatte, als er einmal dort gewesen war, um ein Geschäft zu besprechen – irgend etwas. Womöglich war jemandem schon ein begründeter Zweifel Alibi genug, um ihm eine Begnadigung zu verkaufen. Und wenn nicht, für eine Entlassung zur Bewährung würde es nach acht Jahren fast sicher reichen. Dann käme er hier heraus und weg von Jose Ospina, der ihn in den Wahnsinn trieb.

Elizabeth Waring saß in dem kleinen Schlackensteingebäude gleich neben dem Gefängnistor und sah zu, wie die anderen Besucher die Formalitäten mit dem Wachpersonal hinter sich brachten. Zwei waren Anwälte, die einander zu kennen schienen, der eine groß, schlank und bebrillt, der andere ein untersetzter kleiner Blonder in einem braunen Anzug, der aussah, als hätte er ihn billig in einem Laden mit einer Abteilung für übergewichtige Jungs gekauft. Sie nannten einander »Herr Anwalt« und »verehrter Kollege«, als handle es sich um einen alten Scherz.

Auf einer Bank ihr gegenüber rutschten nervös drei Frauen herum, die nichts gemeinsam hatten außer dem benommenen Ausdruck auf ihren kränklichen Gesichtern. Die eine war ein junges kaffeebraunes Mädchen, das kaum älter als neunzehn sein konnte. Sie trug unförmiges schwarz-braunes Zeug: eine Art Sweatshirt, wie es schien, und darunter etwas, was man für die Hose einer israelischen Fallschirmjägeruniform hätte halten können, beides groß genug, um sich schüchtern darin verkriechen zu können. Neben ihr saß eine große Magere, die vielleicht fünfzig sein mochte, deren Backen und Stirn jedoch so straff und glatt waren, daß sie leicht für fünfunddreißig durchgehen konnte. Auch die Nase war unters Skalpell gekommen; sie gehörte im Grunde zu der Sorte halbwüchsiger Mädchen, die man zuweilen in kurzen Röcken und leuchtenden Strumpfhosen im Schnellimbiß kellnern sah. Sie trug keinen Schmuck, aber einen goldenen Ehering und einen Verlobungsring mit einem Diamanten von gut zwei Karat. Die dritte war um die dreißig, und Elizabeth hatte sie zuerst für eine Anwältin gehalten, bis sie sich zu den anderen setzte und ihr Gesicht denselben starren, gedemütigten Ausdruck annahm. Sie trug das Kostüm einer Geschäftsfrau, eine weiße Seidenbluse mit einer Schleife am Kragen, die keine sonderlich gute Idee war. Sogar einen Aktenkoffer hatte sie dabei. Als der Wachmann »Henley« rief, stand sie auf, trat an den Schalter und reichte den Koffer dem Wachmann, der ihn öffnete und ein schwarzes Spitzennegligé herausholte. Der Wachmann ließ das Kleidungsstück auf dem Tisch liegen, während er den Aktenkoffer nach Schmuggelware durchsuchte, und Elizabeth sah, daß das aschfahle Gesicht der Frau nach unten gerichtet war, ihr Blick nicht etwa auf dem Wachmann, sondern auf dem Negligé, als versuche sie, es verschwinden zu lassen. Die beiden Anwälte verstummten und beobachteten die Szene unverhohlen; dann hörten sie zu, als der Wachmann einen kurzen Vortrag über die Regeln für Gattenbesuche wiederholte. Die junge Schwarze schien noch tiefer in ihre Kleidung zu schrumpfen, während die ältere Frau zu Holz wurde und geradeaus vor sich hin starrte wie die Galionsfigur am Bug eines Segelschiffs.

»Miss Waring.« Die Stimme kam von hinten. Sie stand auf, drehte sich um und sah sich einem Mann im Anzug gegenüber. Er sah aus wie ein Zahnarzt, heiter und sauber geschrubbt, sein Kopf war kahl und glänzte. Er hielt die Tür auf, und Elizabeth trat auf die Betontreppe hinaus, wo sie dem Mann die Hand schüttelte. »Bateson, Stellvertreter des Direktors«, sagte der Mann. »Man hat Sie mir avisiert. Sind Sie auf etwas Spezielles aus?«

Elizabeth wäre es lieber gewesen, er hätte sie auf die Standardmaßnahmen für diese Art von Treffen hingewiesen. »Ich würde ihn gern allein sprechen, und ich nehme an, es wäre wohl besser, die anderen Häftlinge wüßten nichts davon.«

Bateson lächelte. »Kein Problem. Wir haben nur drei Gattenbesuche, so daß zwei der Bungalows leerstehen. Er hat den Auftrag, in einem davon zu putzen.«

Sie sah Batesons gestrecktem Finger entlang auf einen flachen kleinen Schlackensteinbau gleich an der Mauer. Er sah aus wie die Gemeinschaftstoilette einer Wohnwagenanlage. »Kann ich Ihnen irgendwie behilflich sein?« fragte Bateson.

»Nein«, sagte Elizabeth.

An der Tür des kleinen Gebäudes blieb Elizabeth stehen und horchte. Sie hörte ein langsames rhythmisches Schaben, dann ein Platschen, ein Klappern, dann war es still. Langsam öffnete sie die Tür, was zu einem weiteren Klappern führte. Sie erfaßte die Sachlage auf einen Blick. Der Schrubber stand im Eimer gegen die Tür gelehnt, er sollte Balacontano warnen, damit er rechtzeitig aus dem Bett springen konnte.

Als er sie sah, schwang der Alte die Füße auf den Boden. Er blickte noch nicht einmal zur Tür, sondern griff nach einem Schuh und tat, als würde er eine Schleife binden. Sie hatte zehn Jahre lang kein Foto von ihm gesehen, aber er sah in etwa so aus, wie sie ihn in Erinnerung hatte. Er war klein und stämmig und trug das Haar im Nacken kurz, so daß es den Kragen seines blauen Arbeitshemds nicht berührte. Die Gefängnisjeans wirkten an ihm merkwürdig weit, wie das Jeans an alten Männern so an sich hatten; ihre ungewohnte Zwanglosigkeit ließ sie an einen Geschäftsmann denken, der sie sich eigens für den Urlaub gekauft und keine Zeit gehabt hatte, sie richtig »einzulaufen«. Balacontanos Gesicht war schmal, er hatte eine Habichtnase, und seine kleinen Augen funkelten Elizabeth durch eine leicht bräunlich getönte Brille an. Er zog die Schleife an seinem Schuh fest und hob dann den anderen Fuß ans Knie, um auch hier den Knoten nachzuziehen; er zeigte ihr, daß sie ihn bei nichts ertappt hatte.

»Behalten Sie Ihre Kleider mal an«, sagte er. »Ihr Angetrauter kommt erst, wenn ich hier fertig bin.«

»Mr. Balacontano?« begann Elizabeth.

»Derselbe.«

»Ich heiße Elizabeth Waring.«

»Schön für Sie.« Der Alte stand auf, trat an seinen Eimer, nahm den Schrubber und machte Anstalten, sich wieder dem Boden zu widmen.

Elizabeth griff in das Innenfach ihrer Handtasche und holte eine kleines Ledermäppchen heraus, das sie Balacontano entgegenhielt. »Justizministerium.« Er warf einen Blick darauf, zeigte jedoch kein Interesse. »Ich hätte da einige Fragen, wenn Sie Zeit haben.«

Balacontano stützte sich auf seinen Schrubber und richtete die kalten Augen auf Elizabeth, als käme ihm ihre Anwesenheit, die er eben erst bemerkte, merkwürdig vor. »Soll das geistreich sein?«

»Nein«, sagte Elizabeth. »Nicht im geringsten.«

»Sparen Sie sich Ihre Fragen«, sagte der alte Mann. Es klang weder bitter noch zornig. »Ich beantworte keine.«

Elizabeth hatte sich vorbereitet. »Sie sind nicht problematisch. Es geht um einen Feind von Ihnen.«

»Nur so aus Neugierde: Was bieten Sie mir?«

Elizabeth seufzte. »Normalerweise habe ich mit den Leuten, die in diesen Anstalten verkehren, nicht viel zu tun.« Mit leichtem Mißfallen warf sie einen Blick durch den spärlich möblierten Raum. Er sah aus wie die Motels vor fünfzig, sechzig Jahren, als sie noch aus sechs kleinen Hütten an einem Kiesweg bestanden hatten. »Ich gedenke, Direktor Bateson zu sagen, daß Sie mir entgegengekommen sind. Keine Ahnung, ob Ihnen das einige Wochen wegen guter Führung einbringt oder nur doppelten Nachtisch.«

Er sah sie durchtrieben an. »Kommen Sie wieder, wenn Sie's mir genau sagen können.«

Elizabeth begegnete seinem Blick. »Gestern nacht wurde Antonio Talarese ermordet. Von jemandem mit dem Spitznamen ›der Fleischerjunge‹. Sagt Ihnen das etwas?«

Balacontano wägte seine Optionen unter neuen Aspekten ab. »Und Sie sind vom Justizministerium?«

Sie nickte.

»Was machen Sie da?«

Sie kam zu dem Schluß, den richtigen Eindruck zu erwecken, wenn sie teilweise die Wahrheit sagte. »Ich bin vorübergehend zur Organisierten Kriminalität abgestellt. Ich bin hier, weil ich glaube, daß da etwas Ungewöhnliches vor sich geht. Meinen Lebenslauf habe ich zu Hause gelassen.«

»Wie kommen Sie darauf, ich könnte etwas über diesen Tony Talarese oder den anderen wissen?«

Elizabeth atmete tief durch. Der Mann mußte eine bessere Nase für Lügen haben als jeder Staatsanwalt. Die Tatsache, daß er mit sechzig noch lebte, war der beste Beweis dafür. Sie mußte sich langsam vortasten. »Die Diagramme der Abteilung zeigen einen Pfeil, der von Antonio Talarese direkt zu Ihnen geht. Das heißt, Sie sind sein Boß. Wenn das nicht stimmt, sagen Sie's mir, und wir ändern das. Kein Problem. Da er tot ist, müssen wir es sowieso ändern.«

»Sie wissen, daß das so nicht geht. Ich sollte meine Anwälte dabeihaben, dann könnten wir uns zusammensetzen und Ihren Vorschlag durchsprechen. Wenn wir zu einer vernünftigen Einigung kommen, sage ich Ihnen was. Ich lasse mir doch nicht einfach einen Agenten vorbeischicken, der mir seine Marke zeigt und Fragen stellt.«

»Na schön«, sagte sie. »Ich verstehe. Ich versichere Ihnen, es wird Sie für den Rest Ihrer Strafe niemand mehr behelligen.«

Bala sah ihr in die Augen. Ihm kam der Gedanke, daß sie womöglich nicht log. Es war immerhin das erste Mal in acht Jahren, daß sich jemand die Mühe machte, zu ihm zu kommen. Hart zu verhandeln war eine Sache, den einzigen Käufer zur Tür hinausgehen zu sehen eine andere. »Augenblick. Unterhalten wir uns doch wenigstens einen Augenblick drüber.«

»Na schön.« Sie setzte sich auf den Stuhl, der dem Bett gegenüberstand.

»Von meinem Standpunkt aus läuft es auf folgendes hinaus: Sie verlangen von mir, ein Risiko einzugehen. Ich habe ein Recht auf eine Gegenleistung.«

»Von meinem Standpunkt aus läuft es auf folgendes hinaus«, sagte sie. »Im Augenblick interessiert sich das Justizministerium für den Mann, der Tony Talarese umgebracht hat. Ich glaube, Sie auch. Der Unterschied besteht darin, daß Sie im

Gefängnis sitzen und ich nicht. Ach, und dann gibt es da noch einen Unterschied. Sie wissen, wer er ist, und ich nicht.«

»Aber bieten Sie mir nicht eine Begnadigung oder einen Haftnachlaß oder sonst was?«

Elizabeth schüttelte den Kopf. »Für solche Angebote reicht mein Rang nicht aus. Und kein Mensch würde seine Zustimmung geben. Es ist schon vorgekommen, sicher, aber weit seltener, als man das der Publicity nach meinen möchte. Außerdem vergißt man dabei zu erwähnen, daß dabei immer besondere Umstände im Spiel sind.«

»Was für besondere Umstände?«

Es war Zeit für die Lüge, und sie brachte sie kleinlaut, so daß sie den Blick senken konnte, um ihm nicht in die scharfen kleinen Augen sehen zu müssen. »Hören Sie, ich kenne Ihren Fall nicht sonderlich gut.« Sie kannte seinen Fall in- und auswendig. »Aber ich möchte Sie nicht belügen. So wie ich das sehe, kommen Sie kaum in Frage. Mit der Zusammenarbeit allein ist es nicht getan, der Betreffende muß einen Beweis dafür erbringen, daß seine Tat unerheblich war oder mildernde Umstände bestanden.«

»Ich war unschuldig. Ist das mildernd genug?«

Sie ignorierte seinen Protest. »Ich dachte nur, da der Mann gestern nacht einen Freund von Ihnen umgebracht hat, wüßten Sie vielleicht wenigstens, wer er ist.«

Carl Bala überlegte. Wenn er nichts sagte, war es mit seiner Begnadigung aus. Und sagte er etwas, was würde diese Frau mit ihm machen? Er konnte die Geschichte natürlich so erzählen, daß er niemanden mit den Geschehnissen von früher belastete außer sich selbst. Aber was würde dann die Polizei mit ihm machen? Ihn für mehr als ein Leben ins Gefängnis werfen? Dann war da das Problem der *omertà.* Aber wenn er keine Namen erwähnte, dann konnten die Bullen auch niemandem was anhaben. Wer sollte also wissen, daß er geplaudert hatte?

Und außerdem, nach allem, was er so gehört hatte, scherte sich heute sowieso kein Aas mehr um die *omertà*. Das hier war wie alles in seinem Leben: eine einfache Frage der Konsequenzen. Wenn er ihr sagte, was er wußte, vielleicht könnte sie einen Prozeß in Gang setzen, der ihn eines Tages hier rausbrachte. Aber selbst wenn er einen Fehler machte, sie konnte ihm nichts tun. Das einzige, was er mit Sicherheit wußte: Das hier war seine letzte Chance. »Ja, da können Sie Gift drauf nehmen, daß ich den kenne«, rief er. Er wußte, er war zu laut, aber es hatte ihn eine derartige Mühe gekostet, die Worte herauszubringen, daß er vergessen hatte, seine Stimme zu modulieren.

Elizabeth ließ sich ihre Überraschung nicht anmerken. »Wer ist er?«

»Er ist der verrückte kleine Saukerl, der mir den Mord angehängt hat.« Balacontano ließ den Schrubber fallen und setzte sich auf das Bett. Elizabeth sah, wie die zuvor abgelegte Brille auf der straff gezogenen Decke sogleich hochsprang; auch Balacontano bemerkte sie und vollzog ein Ritual, sie wieder aufzusetzen. »Sie wollen seine Akte schließen. Ich will auch seine Akte schließen. Aber nicht gleich. Erst muß er mir mein Leben wiedergeben.

Vor zehn Jahren habe ich einen Fehler gemacht. Ich war ein wichtiger Mann, *capo di tutti capi*. Ich hatte eine Menge um die Ohren in jenen Tagen. Sie denken wahrscheinlich, so was ist wie im Film: irgendein alter Knabe, Gesicht wie eine Pflaume, glänzender Anzug, sitzt hinter seinem Tisch in einem Zimmer so finster, daß er kaum zu sehen ist, und schickt von da seine schwergewichtigen Totschläger los, um irgendeinen Tante-Emma-Laden in Klump zu ballern, nur weil diese Woche das Schutzgeld ausgeblieben ist.«

Als sie sich Balacontano so ansah, kam sie zu dem Schluß, daß es wahrscheinlich genau so war. Alles, was dem Alten fehlte, war der Anzug.

»Tja«, sagte Bala, »ist es aber nicht. Es ist wie jedes andere Geschäft. Es geht darum, Kapital dorthin zu bewegen, wo es am meisten bringt. Zu der Zeit, als ich hierherkam, waren wenigstens fünfundneunzig Prozent meiner Geschäfte absolut legal. Ich hatte Konzernanteile, Schatzwechsel, Ölpachten, Konzessionen, Pfandbriefe, Immobilien, Aktien. Das hat das Geld gebracht. Warum, glauben Sie, stecken die Leute, denen dieses Land wirklich gehört, ihr Geld in so etwas? Weil Sie keinen Mumm in den Knochen haben? Lassen Sie mich Ihnen mal was sagen: Wenn die Citibank oder die Salomon Brothers der Ansicht wären, sie könnten mit geklauten Autos mehr verdienen, müßten Sie den Rest Ihrer Tage zu Fuß gehen. Nur wenn's mal weniger rosig war, habe ich die ein oder andre Abkürzung genommen.«

»War das Ihr Fehler?« fragte Elizabeth. Sie konnte es kaum glauben. Carlo Balacontano redete mit dem Justizministerium. »Daß Sie Abkürzungen genommen haben?«

Balas linke Braue beschrieb einen Bogen. »Bitte, ich möchte Sie nicht für dumm halten müssen.«

Elizabeth konnte vor lauter Aufregung nicht mehr klar denken. Sie mußte sich darauf konzentrieren, was er sagte, und dafür sorgen, daß er nicht aufhörte.

»Wie paßt dieser Mann ins Bild? Hat er für Sie gearbeitet?«

Balacontano überlegte und schüttelte dann den Kopf. »Noch nicht mal die Leute, die für mich arbeiteten, waren in der Art Angestellte mit einem Henkelmann. Aber er war was Besonderes. Er war ein Spezialist. Eines schönen Tages hatte ich aus heiterem Himmel ein Steuerproblem, und ich kann Ihnen sagen, ich war nicht der einzige. Einige der größten Konzerne in diesem Land hatten plötzlich dasselbe Problem, am selben Tag.«

Als Bala daran zurückdachte, war er immer noch so entsetzt und empört darüber, daß man hätte meinen können, er hätte es eben erst erfahren. Ein Senator in Washington, der sich bereits zwanzig Jahre wie ein Besessener gegen die Ungerechtigkeit der Steuergesetzgebung einsetzte, hatte sich darangemacht, eine Liste profitabler Unternehmen zusammenzustellen. Nicht eines davon hatte sich auch nur das geringste zuschulden kommen lassen, und gerade das machte sie zu so eindrucksvollen Beispielen. Sie machten nichts anderes, als ihre Gewinne wieder ins Geschäft zu stecken: Sie erhöhten ihr Kapital, übernahmen andere Firmen, suchten neue Märkte, schafften neue Materialien an. Bei der Computersuche jedoch war der Stab des Senators neben den Riesenkonzernen auch auf eine Firma namens FGE gestoßen. Sie hatten sie nur deshalb auf der Liste stehen gelassen, weil sie sich nach etwas Großem anhörte. Immerhin war es möglich, daß G und E für »Gas und Elektrizität« standen.

In Wirklichkeit jedoch handelte es sich bei FGE um einen flachen, schmutzigbeigen Bau neben einem Einkaufszentrum am Rande von Las Vegas. Die eine Hälfte des Gebäudes war voller Postfächer, die andere beherbergte ein kleines Büro mit Möbeln aus zweiter Hand und einer Täfelung, die nur auf den ersten Blick nach Holz aussah. In diesem Büro betrieb ein Mann namens Arthur Fieldston die Fieldston Growth Enterprises. Sein ganzes Geschäft bestand darin, die riesigen Summen, die Carl Bala ihm über schweigsame Männer in bar zukommen ließ, auf bestimmte Konten zu verteilen. Als Bezahlung für Scheininvestitionen und nie erhaltene Dienstleistungen.

Der Tag, an dem Carl Bala erfuhr, daß FGE berühmt werden sollte, hatte ihm einen mächtigen Schock beschert – so als hätte ihn völlig unvermutet ein schwächlicher kleiner Gegner auf die Bretter geschickt. Er ließ Harry Orloff kommen, den Fettsack von einem zwielichtigen Anwalt, der sich FGE ausgedacht hatte, und befahl ihm, die Erfindung wieder aufzulösen. Jammernd meinte Orloff, daß das Wochen dauern würde, Wochen, in denen Arthur Fieldston, dem letzten Sproß einer bekannten Grundbesitzersfamilie aus dem Westen, eine Ladung vor den Finanzausschuß des Senats ins Haus flattern würde. In diesem Augenblick hatte Carlo Balacontano einen Anfall »irrsinniger Vorsicht«, wie er es später insgeheim nannte. Er hatte die Bedeutung des Problems völlig unnötig aufgeblasen. Dann hatte er Harry Orloff gesagt, er hafte ihm mit seinem Leben dafür, daß Fieldston nicht aussagte.

Zu Elizabeth sagte er: »Mein Anwalt, Harry Orloff, kommt zu dem Schluß, daß er erst mal Zeit braucht, um die Papiere in Ordnung zu bringen. Und das, so sagt er sich, läßt sich nur über den Mann bewerkstelligen, der für das Problem verantwortlich ist: Senator Claremont aus Colorado.«

Elizabeth bekam hier etwas zu hören, worauf sie zehn Jahre gewartet hatte. Genau das hatte sie damals in den Fall mit hineingezogen. Zuerst hatten alle angenommen, der Senator hätte Selbstmord begangen, dann jedoch hatten die Leute aus dem Labor festgestellt, daß das Gift aus dem Glas stammte, in dem der Senator seine falschen Zähne aufbewahrte.

Aber Carlo Balacontano war noch nicht fertig. »Ich wußte nicht, wie Orloff die Sachen in Ordnung brachte, bis es bereits zu spät war. Ich sitze eines Abends in einem New Yorker Restaurant, in einem netten Familienlokal, das dem Sohn eines Freundes gehörte, und erfahre, daß der Senator nicht zu Hause in Colorado im Schlaf gestorben ist. Das heißt, eigentlich schon, aber nur deshalb, weil Harry Orloff irgendwo einen Spezialisten herbekommen hatte, um ihn zu erledigen. Ich bin schockiert. Ich bin wie geplättet. Ich bin wütend. Auf der einen Seite schiebt das natürlich die Anhörungen hinaus, und Arthur Fieldston hat sich inzwischen verkrochen, so daß man ihn nicht vor den Ausschuß schleppen kann. Auf der anderen Seite ist mein kleines Steuerproblem mit Arthur Fieldston nichts im Vergleich zu der Ermordung eines Senators, verdammt noch mal! Ich denke mir, meine einzige Hoffnung ist, daß sich der Rest der Welt die Liste der vorgeladenen Unternehmen ansieht und zu der Ansicht kommt, da hätte sich ein Ölkonzern oder Autohersteller gedacht, ein paar Milliarden sparen zu können, wenn man nicht allzu viele Fragen beantworten muß. Das Problem ist, immer wenn einer aus dem öffentlichen Leben stirbt, dann meint jeder, der in diesem Land eine Dienstmarke, einen Revolver, ein Jurastudium oder auch nur eine Schreibmaschine hat, auf den Busch klopfen zu müssen.

Und da habe ich meinen zweiten Fehler gemacht. Ich sitze also in diesem Restaurant, und auf dem Tisch brennt eine Kerze. Mein Mann sagt mir, Harry Orloff brauchte zweihunderttausend Dollar, um den Spezialisten zu bezahlen. Er hätte seine Arbeit getan und wäre eben in Las Vegas aufgekreuzt, um zu kassieren. Da habe ich schon so eine Stinkwut, daß ich kaum noch sehen kann. Ich sehe meinen Mann an. Es kommt mir vor, als käme sein Gesicht vom Ende eines roten Tunnels. Mein Herz klopft wie wild, und ich sehe, daß ich derart ins Schnaufen gekommen bin, daß die Flamme der Kerze auf dem Tisch flattert wie eine Fahne im Wind. Als ich das mit den zweihunderttausend Dollar höre und daß der Spezialist im Caesars abgestiegen ist, drehe ich völlig durch. Ich sage den Leuten am Tisch, daß ich da raus will. Ich will alles wieder so haben, als wäre nie was passiert. Und das war's dann.«

»Wie meinen Sie das?« fragte Elizabeth. »Was war's dann?«

Balacontano zuckte die Achseln. »Na weswegen ich hier bin. Ich habe ein zu niedriges Einkommen angegeben. Ich denke, zwei Jahre wären dafür genug. Ich hätte also schon vor sechs Jahren wieder draußen sein sollen.«

Elizabeths Gesicht blieb ausdruckslos. »Nach dem, was man mir gesagt hat, wurden sie aber nicht wegen Steuerhinterziehung verurteilt.«

Balacontano winkte frustriert ab. »Sie müssen verstehen,

worum es hier geht. Ich weiß nicht, wie ich es Ihnen erklären soll. Es wird so viel über professionelle Killer und all so'n Zeug geredet, man könnte meinen, man geht zum Kammerjäger, oder was weiß ich. Was die Leute nicht in Betracht ziehen, ist, daß es gar nicht so schwer ist, jemanden umbringen zu lassen. Erst vor ein paar Tagen habe ich in der Zeitung gelesen, daß eine Frau in Phoenix für hundert Dollar pro Nase zwei Teenager angeheuert hat, ihren Mann zu erwürgen. Wie kann man bei einer solchen Konkurrenz noch von so etwas leben? Ich sage Ihnen, wie. Echte Spezialisten kenne ich vielleicht fünf oder sechs, das heißt, es kann insgesamt nicht mehr als ein Dutzend geben, höchstens. Und die sind ein merkwürdiges Häuflein. Man hört so einiges über Filmstars und berühmte Herzchirurgen oder diese Schwachsinnigen mit den Gitarren, und dann heißt es immer, die hätten Starallüren. Die haben zum Teufel noch mal keine Ahnung, was Starallüren sind.

Mit diesen Spezialisten, von denen ich hier rede, ist sehr schwer auszukommen. Ein Filmstar tut es wegen des Geldes, sicher, aber auch für den Applaus, den Glamour, die Bewunderung. Nicht so diese Leute. Diesen Leuten ist es offen und ehrlich scheißegal, was man von ihnen hält, ob man sie nun mag oder haßt wie die Pest. Ob die Leute sie umschwärmen oder meiden, denen ist das Jacke wie Hose. Ein Freund von mir hat mir mal erzählt, das käme daher, daß ihre Egos so groß sind, daß sie andere Menschen noch nicht mal für echt halten. Ich weiß nicht, ob das wahr ist, aber ausgeschlossen ist es jedenfalls nicht. Wenn sie von irgend so einer Matratze hören, die sich für eine große Schauspielerin hält und den Regisseuren eine Szene nach der anderen macht, sagen die Leute, das ist ja unmöglich. Wollen Sie wissen, was unmöglich ist? Setzen Sie sich mal mit einem Kerl an den Tisch, den es noch nicht mal tangieren würde, wenn er Ihnen auf dem Weg nach draußen noch rasch das Herz aus dem Leib reißen müßte, weil er's nämlich schon hundertmal vorher gemacht hat und er so gut dabei ist, daß er sich hinterher noch nicht mal die Hände zu waschen braucht. Tja, das war die Art von Mann, die Harry Orloff angeheuert hat, um die Anhörungen vor dem Senat zu verzögern: einer von fünfzehn, zwanzig ernstzunehmenden Spezialisten. Als ich sagte, ich wollte alles wieder so haben, als wäre das ganze Fiasko mit Fieldston nie passiert, war das ganz allgemein gemeint. Aber man hat mich mißverstanden.«

»Was haben sie denn gemacht?«

Balacontano seufzte. »Sie arrangierten ein Treffen mit ihm, als wollten sie ihn bezahlen, aber in Wirklichkeit war es eine Falle: Man wollte ihn auf den Las Vegas Strip locken, um ihm dort eine Kugel in den Kopf zu jagen.«

»Ohne Ihr Wissen, wie ich annehme.«

»Worauf Sie Gift nehmen können. Das Ganze war nicht richtig durchdacht. Sie wußten natürlich, daß er zu einem Riesenproblem werden könnte und so bald wie möglich aus dem Weg zu räumen war. Außerdem wußten sie, daß kein Mensch zu einem professionellen Killer hingeht und sagt: ›Tut mir leid, Kamerad, war alles ein Versehen. Der Mann, der Sie angeheuert hat, hatte keine Vollmacht, also werden wir Sie auch nicht bezahlen.‹ Was sie dabei nicht bedacht haben, ist, daß es schon seinen Grund hat, warum diese Typen mit ihren Leuten immer und immer wieder in finsteren Ecken verschwinden und man genau weiß, daß nur einer wieder herauskommt – und zwar immer derselbe. Ich sage nicht, daß meine Leute den Grund dafür hätten kennen sollen, weil ich nämlich selbst keine Ahnung habe. Ich sage nur, sie hätten wissen sollen, daß es diesen Grund gibt. Das hätten sie akzeptieren und dem Hurensohn seine lausigen zweihunderttausend Dollar geben sollen. Und dann zu Gott beten, ihn nie wiederzusehen. Es ist, als würde man einen Hund hundertmal in Karnickelbauten verschwinden und jedesmal mit einem Bauch voll Karnickel wieder rauskommen sehen. Würden Sie da beim hundertundersten Bau auf das Karnickel setzen?«

Elizabeth sah die Frustration und den Zorn in dem alten Mann um so größer werden, je näher er seiner eigenen Niederlage kam. Er wußte jedoch nicht, daß es auch die ihre gewesen war, nur von der anderen Seite aus gesehen, wie durch einen venezianischen Spiegel. »Was ist passiert?«

Carl Bala lächelte, ein trauriges unentschlossenes kleines Lächeln, dann schnaubte er, als er darüber nachdachte. »Sie fragen sich wahrscheinlich, warum ich Ihnen das alles erzählen kann, nicht wahr?«

»Die Frage ist mir gekommen«, gab Elizabeth zu.

»Weil sie alle tot sind. Harry Orloff, alle, von denen hier die Rede ist. Er hat in jener Nacht sieben, acht Leute umgebracht. Orloff, glaube ich, hat er erst am nächsten Morgen erwischt.« Bei Orloff verspürte Carlo einen kleinen Stich, da er dessen Tod selbst in Auftrag gegeben hatte, aber es lief auf dasselbe hinaus. Ohne den Fleischerjungen, der zu diesem Zeitpunkt bereits Amok lief, wäre es nicht nötig gewesen. Der Mann hatte gezeigt, daß er alles konnte und alles tun würde. Ein Mann ohne Bindungen und, wie es schien, ohne Ängste; ein Mann, der nichts zu schützen hatte. Balacontano hatte sich einfach gedacht, wenn Orloff nicht mehr wäre, käme der Mietkiller vielleicht nicht dahinter, für wen er gearbeitet hatte. Das hatte sich als sein dritter Fehler erwiesen. »Aber er hat nicht aufgehört. Er ging auch noch zu Castiglione auf der anderen Seite der Stadt.«

»Ich dachte, die Castigliones wären eine Chicagoer Familie?«

Balacontano sah sie besorgt an, schien sich aber dann zu beruhigen. Er nahm einen geduldigen Tonfall an. »Ich spreche hier vom alten Paolo. Er hatte sich schon zur Ruhe gesetzt. Aber verstehen Sie mich nicht falsch: Castiglione war noch immer ein wichtiger Mann. In den alten Tagen hatte er Chicago unter sich. Ich weiß nicht, wie alt er vor zehn Jahren war, aber er mußte schon Ende Achtzig gewesen sein. Er wohnte in einem großen Haus am Rand von Las Vegas, weil die Gegend angeblich gut für sein Lungenemphysem war. In Vegas herrschte Waffenruhe. Alle Familien hatten dort Geschäfte, jeder konnte hin. Castiglione war einer vom alten Schlag – stark, so was wie Mitleid gab es bei dem nicht. Als er in Rente ging, hatte er sich Generationen von Feinden gemacht. Sie hätten sein Haus dort sehen sollen. Außer einer großen Mauer war von der Straße aus nichts zu sehen. Wenn man durchs Tor kam, kam man sich vor wie an der Maginot-Linie. Er hatte Flutlicht und statt Fenster Schießscharten wie ein Bunker. Ich würde nicht darauf wetten, daß er nicht auch noch Minen gelegt hatte. Vor einigen Jahren hat es den Besitzer gewechselt, und es würde mich nicht wundern, wenn eines Tages im Arbeitszimmer ein Schalter betätigt und damit der halbe Rasen in die Luft gejagt wird.

Na, wie auch immer, es ist schon spät in der Nacht, und dieser Typ hatte eben aus dem kleinen Hinterhalt meiner Freunde ein Schlachtfeld gemacht. Die reinste Ostfront. Aber er läßt es nicht gut sein. Vielmehr fährt er rüber zu Castiglione. Was dann passiert ist, weiß keiner so recht, weil alle, die dabei waren, tot sind – wie gewöhnlich. Das heißt der alte Castiglione, seine vier Leibwächter und – jetzt passen Sie auf – ein Sonderagent vom FBI, der zufällig dort war, weil er den Auftrag hatte, ein Stück die Straße hinauf in einem Wagen zu sitzen und jeden zu fotografieren, der den Alten besuchte.

Als ich also am nächsten Morgen aufwache, ist nicht nur Senator Claremont tot, sondern obendrein auch noch fünf oder sechs meiner Leute und der Anwalt, der einige meiner Firmen aufgebaut und Arthur Fieldston versteckt hat, damit man ihm keine Vorladung zustellen kann. Ich habe also Millionen auf Konten, für die nur Arthur Fieldston zeichnen kann, und keine Menschenseele mehr vor Ort, um ihn zu finden. Aus meinem kleinen Steuerproblem ist ein Massenmordfall mit einem toten FBI-Mann geworden. So gegen Mittag wurde es wirklich schlimm. Ich habe keinen Anruf bekommen, sondern Besuch. Den ganzen Tag und fast die ganze Nacht hielten wichtige Männer vor meinem Haus, kamen in meinen Salon, setzten sich in meine Sessel und fragten mich, was zum Teufel ich mir dabei gedacht hätte, den Waffenstillstand zu brechen, der Las Vegas vierzig Jahre lang offen gehalten hätte. Einige von ihnen dachten, ich hätte Castiglione umgebracht, andere wußten nicht, was sie denken sollten. Sie alle wußten nur eines: Als in Vegas die Sonne aufgegangen war, lagen dort zirka ein Dutzend Tote herum, von denen vielleicht die Hälfte mir gehörte, die andere Castiglione.« Balacontano schien die Luft ausgegangen zu sein, aber er fügte hinzu: »Außer dem FBI-Mann. Und der würde uns eine solche Armee von Undercover-Leuten einbringen, daß selbst die Münztelefone noch auf hundert Jahre angezapft wären.«

»Warum ist er zu Castiglione? Dachte er, Orloff arbeitete für Castiglione?«

»Ach was, verdammt«, sagte Balacontano. »Das tat er nur, weil er wußte, daß es Verwirrung stiften würde. Was ja auch funktioniert hat. Um die Wahrheit zu sagen, ich glaube nicht, daß er eine Ahnung hatte, für wen die Burschen arbeiteten. Aber er konnte sicher sein, in dem Augenblick, in dem die Zeitungen die Namen brachten, wüßten Leute Bescheid, die weit gefährlicher waren als er. Was mir angst machte, war nicht, wer bei mir aufkreuzte, sondern *wer nicht*. Ich habe die nächsten Tage damit zugebracht, einigen mächtigen Leuten in den Arsch zu kriechen, die ich auf meiner Seite haben mußte, wenn mir die Geschichte um die Ohren flog. Und trotzdem wurde es noch ziemlich knapp.«

Elizabeth ermunterte ihn weiterzusprechen. »Was haben Sie wegen des Killers unternommen?«

Balacontano musterte die kleine Frau, die ihm gegenübersaß. Ihm kam ein Gedanke, den er jedoch gleich wieder verwarf. Sie war eine Bürokratin. »Ich habe alles auf ihn angesetzt, was ich hatte.«

Er starrte sie an, um zu sehen, wie sie reagierte, aber sie wartete schweigend ab. Balacontano zuckte die Achseln. »Er fand Arthur Fieldston vor mir. Ich weiß nicht, wie weit er vorausdachte. Vielleicht hat er gewußt, daß ich mein Geld vergessen könnte, wenn Fieldston tot wäre. Und nachdem er ihn umgebracht hatte, kam er auf den Rest. Er begrub Fieldstons Kopf und Hände hinter dem Stall meiner Farm und rief beim Justizministerium an. Seither hat ihn keiner mehr gesehen – bis jetzt.« Er sah Elizabeth an. »Sie müssen mir helfen.«

»Ich werde mein Bestes tun, ihn zu finden.«

»Ich meine nicht wegen ihm, ich spreche von mir. Er ist nur meine Fahrkarte hier raus.«

»Ich bin zwar nicht Ihre Anwältin, aber falls es zu einer Berufungsverhandlung kommen sollte, würde ich dem Richter nicht all das sagen«, sagte Elizabeth.

»Ich sollte dem Bastard überhaupt nichts sagen müssen«, sagte Balacontano. »Ich bin doch kein … ich war schließlich kein Laufbursche. Die können doch nicht allen Ernstes glauben, ich gehe her, erschieße Arthur Fieldston, säge ihm in Arizona Kopf und Hände ab und schleppe sie durch halb Amerika, um sie in meinem Garten zu vergraben? Die einzigen Körperteile, mit denen er zu identifizieren ist? Für wen halten Sie mich, Edgar Allan Poe? Ja?«

»Ich frage mich, für wen Sie Edgar Allan Poe halten«, sagte Elizabeth.

»Sie wissen, was ich meine. Ich war ein wichtiger Mann. Wenn einer in einem dieser Autos umkommt, die plötzlich von selbst Gas geben, geht man dann her und gräbt den Hinterhof des Vorstandsvorsitzenden um, ob er nicht einen verdächtigen

Vergaser verbuddelt hat? Nein. Hat sich eigentlich nie einer überlegt, von wem der anonyme Anruf beim Justizministerium kam?«

Elizabeth hatte vor zehn Jahren genau dieselbe Frage gestellt, aber ihre Vorgesetzten waren viel zu erpicht darauf gewesen, Balacontano hinter Gittern zu sehen, um ihr zuzuhören. Sie hatte die Frage so oft gestellt, daß man sie schließlich beurlaubt und ihren Namen aus den Ermittlungsberichten gestrichen hatte, damit die Verteidigung sie nicht als Zeugin aufrufen konnte. »Können Sie mir sagen, wo ich ihn finden kann?«

Der Alte konnte sich kaum noch beherrschen vor Zorn und Frustration. »Glauben Sie, wenn ich das wüßte, würde ich hier sitzen und mich mit Ihnen unterhalten? Den müssen Sie schon selbst zur Strecke bringen.«

Elizabeth stand auf und sah auf die Uhr. »Nur der Ordnung halber, sagen Sie mir seinen Namen?«

»Nein«, sagte Balacontano. »Ich weiß ihn nicht. Wozu zum Teufel braucht er einen Namen?«

10

Er warf den Namen Charles Ackerman nur ungern weg. Er war das einzige, woran er sich hatte halten können, seit Eddie Mastrewski ihn ihm als Kind gegeben hatte; er war das älteste, was er besaß. Eddie der Fleischer war zeitlebens davon ausgegangen, daß er eines Tages einem Mangel an Professionalität zum Opfer fallen würde; der Junge, den er bei sich aufgenommen hatte, wäre damit allein und auf der Flucht. Das erste, was er dann brauchte, war Geld, das zweite eine glaubwürdige Identität, und Eddie wußte ihm beides zu besorgen. Das Geld steckte er in ein Paket, das genauso aussah wie die Pakete, die er für die Katze in der Gefriertruhe hatte. Wie auf diesen stand darauf »Hühnerklein und Mägen für die Katze«.

Das mit der Identität war in jenen Tagen kaum schwerer gewesen. Eines sonnigen Feiertags spazierte Eddie mit dem Jungen durch den riesigen katholischen Friedhof am Rand der Stadt. Hunderte von Familien wanderten über den Rasen auf der Suche nach Großvaters Grab. In kluger Voraussicht hatte er unterwegs einen kleinen Strauß Vergißmeinnicht gekauft, den er mit genau dem richtigen Quantum Unbehagen über den Friedhof trug. Sie hatten einen angenehmen Spaziergang daraus gemacht, im Schein der Sonne nach einem Kind zu suchen, das zwischen 1950 und 52 geboren und im Alter zwischen fünf und zwölf Jahren gestorben war. Sie hatten sechs gefunden, und Eddie hatte sich pflichtbewußt Namen, Daten und seinen Schätzwert der Steine notiert.

Dann hatten sie sich einige Gräber von Männern angesehen, mit denen sie beruflich zu tun gehabt hatten, und Eddie hatte ihm seine Theorie einer vernünftigen Preisgestaltung erklärt. Seiner Ansicht nach sollten die Kosten für einen Grabstein im richtigen Verhältnis zu dem Preis stehen, den Eddie für den Mord kassiert hatte. Wichtige Männer hinterließen viel Geld, sie hatten viele Bewunderer – oder wenigstens Geschäftspartner – und Erben, die sich diese letzte Chance nicht entgehen lassen wollten, die Welt daran zu erinnern, daß sie Verwandte eines mächtigen Mannes gewesen waren. Solche Männer umzubringen war schwieriger und gefährlicher als Leute mit kleinen Platten aus Granit mit nichts weiter als einem Namen und zwei Daten darauf. Eddie schien zufrieden, obwohl zwei der Männer Steine aus italienischem Marmor hatten, riesige Gebilde von der Größe eines Werkzeugschuppens mit gemeißelten Vögeln, Blumen, Posaune blasenden Engeln und Gedichten, die von Muttertagskarten zu stammen schienen.

Tags darauf war Eddie mit ihm zum Bezirksstandesamt gegangen, wo Eddie drei Dollar für die Kopie der Geburtsurkunde seines Neffen Charles F. Ackerman hingelegt hatte. Die anderen fünf Kandidaten hatte er verworfen; zwei hatten Namen, die nicht so recht zu passen schienen – er erinnerte sich noch, daß einer der beiden Wung Cho Fo geheißen hatte; zwei waren in großen Familiengräbern bestattet, was eine Menge lebender Verwandter vermuten ließ, denen der Junge womöglich eines Tages über den Weg laufen könnte; und einer hatte einen Grabstein von solchen Ausmaßen und einer Opulenz, die entweder auf großen Reichtum oder einen denkwürdigen Tod schließen ließ. Mit der Geburtsurkunde bekam Charles F. Ackerman einen Sozialversicherungsausweis; in einer hundert Meilen weiter gelegenen Stadt richtete er sich ein Bankkonto ein, besorgte sich einen Bibliotheksausweis und mietete ein Postfach. Dann sah er zu, daß er auf einige Adressenlisten kam, und schon war Charles F. Ackerman zu einer Art Leben erwacht: mit Kreditkarten, Clubmitgliedschaften und schließlich sogar einem Waffenschein.

Im Lauf der Jahre hatte er sich dann noch ein Dutzend weiterer Identitäten zugelegt, die er benutzt und wieder abgelegt hatte, aber als Charles F. Ackerman hatte er nie viel gemacht. Nachdem Eddie gestorben war, schien ihm der Name irgendwie ans Herz gewachsen zu sein; er konnte unmöglich an ihn denken, ohne daß ihm der sonnige Memorial Day eingefallen wäre, an dem er und Eddie zusammen über das unnatürlich saftige Gras geschlendert waren, um ein Spiel zu spielen: tote Kinder mit annähernd passendem Geburtstag finden.

Charles Ackermans Existenz war nicht so gut dokumentiert wie die von Michael Schaeffer, aber dafür älter und tiefer; sie stammte noch aus der Zeit, bevor es Computer gab, und war bereits etabliert gewesen, bevor ein Polizist auch nur auf den Gedanken gekommen wäre, daß er einen gebraucht oder sich einen hätte besorgen können. Die Methoden, mit denen er sich die Identität geschaffen hatte, waren längst veraltet und nicht mehr zu gebrauchen; der Trick war so oft und aus so vielen Gründen benutzt worden, daß die Polizei ihm schon vor Jahren einen Riegel vorgeschoben hatte. Von Charlie Ackerman verabschiedete er sich wirklich nur ungern, aber es mußte sein. Er hatte in Albuquerque noch den Wagen gemietet, und damit mußte Schluß sein.

Mit der Waffe war das einfacher gegangen. Er hatte in der Lokalzeitung von Albuquerque die Anzeige für eine Waffenbörse gelesen, hatte sie ausgeschnitten, war in eine Waffenhandlung gegangen und hatte sich nach etwas umgesehen, bei dem einem Waffennarren gerade das richtige Quentchen Wasser im Mund zusammenlaufen würde. Er entschied sich für eine alte italienische Flinte mit kunstvoll geschnitztem Schaft. Es gab sogar einen Koffer dazu, der wie ein Aktenkoffer aussah. Er war damit zu der annoncierten Börse gegangen, hatte die Stände der Händler ignoriert und sich an den Kartentischen der privaten Sammler herumgedrückt, bis er den richtigen gefunden hatte. Der Mann war über fünfzig und hatte einen Bierbauch, dem er mit einem breiten Gürtel Herr zu werden versuchte, dessen silberne Schnalle ein Vorstehhund mit türkisen Augen zierte. Er bot fünf Faustfeuerwaffen zum Verkauf, drei davon moderne vernickelte Repliken alter Single-Action-Colts im Kaliber .45 mit weißen Plastikgriffschalen, wie sie früher starke Typen im Western hatten, und dann noch zwei Flinten, eine davon eine doppelläufige im Kaliber .10, mit der sein Großvater Enten gejagt haben könnte. Der Mann hatte seinen Waffenkoffer beäugt und gesagt: »Was haben Sie denn gekauft?« Er hatte ihn geöffnet, und der Mann hatte große Augen gemacht, die sich dann rasch zusammenzogen. »Ich habe sie mitgebracht«, sagte Ackerman. »Ich versuche jemanden zu finden, der tauschen möchte.« Der Mann fragte: »Was würden

Sie denn nehmen?« Ackerman ließ durchblicken, daß der Ruger .38 Police Special auf dem Tisch vor ihm ziemlich gut aussah, daß er jedoch keine Lust hätte, den ganzen Tag hier herumzuhängen und Papiere für einen Revolver auszufüllen. Der Mann überlegte eine ganze Weile, dann legte er seine Jacke über die Waffe und sagte: »Kommen Sie auf den Parkplatz.«

Die Transaktion verlief rasch und unkompliziert, aber als er in den Wagen stieg, sah Ackerman sich von einem mageren jungen Mann angesprochen, der ihm nach einem arbeitslosen Automechaniker aussah. »Na, nichts gefunden, was Ihnen gefallen hat?« Sein Verstand wägte die beiden Möglichkeiten ab, Bulle oder Dieb, aber keine gewann. »Nichts. Ist immer dasselbe«, sagte er und schickte sich an, den Wagen anzulassen. Der Mann sagte: »Suchen Sie denn was Spezielles?« Er entschied sich für den Dieb. »Wieso? Haben Sie was?«

»Das ein oder andre. Ich bin Büchsenmacher. Ich nehme Änderungen vor, Sonderanfertigungen, das ein oder andere Zubehör.« *Zubehör* hörte sich interessant genug an, um wieder auszusteigen. Im Kofferraum seines alten Chevy hatte der Mann ein öliges Badetuch und darauf ausgebreitet einige selbstgemachte Spannstücke, mit denen sich ein M-16 auf Schnellfeuer umrüsten ließ, daneben einige Vierzig-Schuß-Bananenmagazine, für die er zwei normale Zwanziger aneinandergeschweißt hatte, und diverse Vorrichtungen, mit denen man seine Waffe unter Armaturenbrettern und Autositzen anbringen konnte. Er ging das Risiko ein. »Kein Wunder, daß Sie drin keinen Tisch haben.« Der Mann grinste dumm und sah sich dann wie aus einem Zwang heraus um, ob sie nicht jemand beobachtete. »Gefällt Ihnen was davon?« Er schüttelte den Kopf. »Tut mir leid.« Der Mann machte ein enttäuschtes Gesicht. »Ich hab' noch mehr. Wenn Sie mir sagen, was es sein soll.« Er fragte: »Schon mal einen Schalldämpfer gemacht?« Der Mann hatte.

Kurz vor Tagesanbruch beobachtete William Wolf die Wirkung der aufgehenden Sonne, die eben auf die niedrig gelegene Tafelebene zu seiner Linken traf und ihr zu einem rosigen Glanz unter dem satten Lila des Himmels verhalf. Er hatte das Gefühl, noch nie Auto gefahren zu sein. Es war angenehm, in dieser kleinen Kiste eingeschlossen mit hundert Sachen den glatten Highway entlangzufahren, während es rundum ständig Neues zu sehen gab. Für ihn war das weit mehr als das Aufeinanderfolgen ähnlicher Dinge, es war eine ständige Veränderung der Möglichkeiten. Er war schon öfter in New Mexico gewesen, hatte aber das Gefühl, es noch nie gesehen zu haben. Es war voller sanfter, niedriger Hügel, die immer wieder zu Ebenen ausliefen, die sich dann völlig unerwartet durch einen jähen Steilhang als Plateaus entpuppten. Das ganze Land war kniehoch mit trockenem, fast grauem Beifuß überzogen, aus dem dunkle Pinien ragten wie Pflanzen auf dem Grund eines unermeßlichen Meeres. Hin und wieder tauchte am unglaublich fernen Horizont ein Berg auf, kein Massiv, sondern ein einzelner Gipfel oder eine Dreierkette, deren Zacken sich etwas zur Seite neigten, als wäre etwas Großes darüber hinweggefegt.

In einem Motel in Albuquerque hatte er einige Stunden damit zugebracht, William Wolf zu werden, und mittlerweile hatte dieser Name die anderen in seinen Gedanken ersetzt. Er hatte ihn sich tausendmal vorgesagt, hatte geübt, sich imaginären Fremden vorzustellen, und sogar eine Unterschrift ausgearbeitet: zwei große flinke W, beide gefolgt von gedrungenen kleinen Krakeln, die so flüchtig aussahen, daß man gut hätte meinen können, es fehlten einige Buchstaben.

Der Name William Wolf war kein Problem gewesen. Namen waren die erste Notmaßnahme, die Eddie ihn als Kind hatte trainieren lassen. Eddie hatte sich nie die Mühe gemacht, ihn rechtskräftig zu adoptieren, dazu hatte er zuviel Angst gehabt, es könnte ihm eine Behörde ins Haus kommen und eine Akte anlegen. Statt dessen hatte er den Jungen manchmal als Sohn, manchmal als Neffen, hin und wieder gar als das Kind eines Freundes ausgegeben, ganz so, wie es ihm gerade zu passen schien; bei jeder dieser Gelegenheiten hatte er einen Namen erfunden. Aber sobald er alt genug war, ein Handwerk zu lernen, brachte er dem Jungen bei, sich seine eigenen Decknamen auszusuchen. Die Umstände hatten es nie zugelassen, irgendeinem dieser Namen eine besondere Bedeutung beizumessen. Er mochte in einem Augenblick Bob oder Ronald sein, der »Fleischerjunge« im nächsten oder auch nur »der dritte von hinten«. Ihm war es egal; einen Herzschlag später war er vielleicht schon der vorletzte, ohne daß er sich deshalb verändert hätte. Namen dienten der Bequemlichkeit anderer, und deren Bequemlichkeit interessierte ihn herzlich selten. Zehn Jahre lang war es ganz nützlich gewesen, Michael Schaeffer zu sein; für einen Tag hatte er Charles Ackerman wieder zum Leben erweckt; jetzt war es am einfachsten, William Wolf zu sein.

Wolf dachte an Santa Fe. Es war zu klein für einen ordentlichen Flughafen, aber dafür wimmelte es nur so von Touristen. Das einzig Vernünftige war, in der gestaltlosen, sich ständig ändernden Masse aufzugehen, die Tag für Tag kam und ging. Er würde ankommen wie sie und sich wie sie kleiden – womit er so gut wie unsichtbar war. In einer Touristenstadt achteten die Leute in bezug auf andere lediglich darauf, niemanden anzurempeln. Es gab keinen Grund, sich Gesichter zu merken, weil sie einem ohnehin nie wieder begegneten.

Als er in dem Parkhaus hinter dem La Fonda aus dem Wagen stieg, überfiel Wolf die Kälte des frühen Morgens. Es war eine merkwürdig stille und stickige Kälte, die schon seit geraumer Zeit in diesen finsteren Mauern zu lagern schien. Das La Fonda war das einzige Hotel, an das er sich aus den alten Tagen erinnerte; es war siebzig Jahre alt, ein weitläufiger, fünfstöckiger

Adobebau an einer Ecke des alten Stadtplatzes gleich neben dem Palast, den die Konquistadoren 1610 ihrem Gouverneur gebaut hatten. Auf dem Weg zu den Schwingtüren, die in den Flur zur Lobby führten, bemerkte er, daß bereits drei Autos dastanden, die sich von seinem Auto in nichts unterschieden. Als er um die erste Ecke kam, sah er in den großen Speisesaal mit seinen buckligen Fliesen und dem fast zwanzig Meter langen Buntglasvordach, durch das gerade noch genug Licht für die Topfbäume kam. Unter diesen saßen einige wenige Leute beim Frühstück; er wußte, das waren vermutlich welche aus dem Osten, wo der Morgen bereits fortgeschritten war. Da waren zwei junge Paare in Skipullovern, Jeans und Wanderschuhen, ein anderer Tisch war mit fünf älteren Leuten besetzt: drei Frauen und zwei Männern, die wie ein Ausschuß auf Dienstreise wirkten. Jeder von ihnen sprach an die ganze Gruppe gewandt und stupste dann augenzwinkernd einen speziellen Verbündeten an, während es den anderen angenehmer war, das Geplauder einfach zu ignorieren.

Dann sah Wolf noch einen Tisch mit vier Geschäftsleuten in dunklen Anzügen bei einer ernsten Diskussion. Sie sahen aus, als hätte man ihre Maschine aus New York entführt und sie, unversehrt und unverändert, hier rausgelassen, mitten in dieser kleinen Stadt im Westen. Und jetzt warteten sie auf Antwort auf ihre Anfrage, von wem sie sie kaufen könnten. Er warf einen Blick durch die Halle. Zuerst auf die Rezeption, wo eine dunkelhaarige Frau Mitte Vierzig Anmeldeformulare und Schlüssel für die morgendlichen Neuzugänge zurechtrückte; ihre flinken Bewegungen wiesen sie als Chefin aus. Er mied diese Seite des Raums und kam an zwei alten Pueblo-Indianern vorbei, einem faltigen kleinen Mann mit einer Haut wie Leder und einer Frau, die zweifelsohne seine Gattin war. Sie öffneten eben einige moderne Musterkoffer voller Silber- und Türkisschmuck, den sie auf der Bank an der Wand zur Schau stellten.

Er ging unauffällig an einem hölzernen Ständer mit Gratisbroschüren für Touristen vorbei, wählte einen Stadtplan und trat dann durch den Hauptausgang auf die Straße hinaus. Hier und da lagen, frisch und hart, noch einige kleine Flecken des ersten Herbstschnees auf dem Platz, und die Luft war klar und dünn. Er wäre versucht gewesen, im Hotel nach einem Zimmer zu fragen, aber er wußte, Santa Fe war zu klein. Er blickte die Straßen hinauf, die auf den Platz mündeten. Er sah die Läden, an die er sich noch erinnerte, in den Fenstern indianische Töpfe mit komplizierten Mustern, handgewebte Decken, die Wolle in leuchtenden Gemüsefarben gefärbt, und altes gehämmertes und poliertes Silber, das man den einst so gutgläubigen Indianern – aus Tradition – so billig abgekauft hatte, daß man es heute noch »Pfand« nannte. Aber zwischen den Läden befand sich ein Straßencafé, dessen Tische als Zugeständnis an den kleinen Vorgeschmack auf den Winter schon mal auf dem Kopf standen. Er stieß darauf, als er einem Paar in den Dreißigern folgte, die zwar ebenfalls Touristen waren, aber genau zu wissen schienen, wo sie hingingen, vermutlich weil sonst um diese Zeit noch nichts offen haben konnte.

Im Café herrschte eine dampfige Wärme, das Gewicht der dunklen Holztische wirkte beruhigend, und von der Decke kam der Glanz antiker Kupfergerätschaften, von denen er bezweifelte, daß die Angestellten sie identifizieren, geschweige denn damit umgehen konnten. Wolf setzte sich an einen Tisch und studierte den Stadtplan, während die Kellnerin, ein molliges Mädchen – der Typ, von dem er sich vorstellen konnte, daß er das College hinwarf, um sich der Astrologie zu widmen – ihm eine Tasse Kaffee eingoß und die Speisekarte neben ihm liegen ließ.

Die Andalusia Street war eine der schmalen, ja engen Straßen parallel zur Canyon Road, in der, auch das wußte er noch, die Galerien lagen. Er hatte nie das Bedürfnis verspürt, ein Bild zu besitzen, und als er noch in den Staaten gelebt hatte, wäre es ohnehin dumm gewesen. Aber er war vor Jahren einmal die Canyon Road entlanggelaufen, um die Zeit totzuschlagen, und hatte die Gegend noch gut im Kopf. Der Karte nach würde er den Wagen einige Blocks entfernt parken und zu Fuß zu Peter Mantino müssen.

Als die Bedienung sich neben ihn stellte und »Alles klar?« sagte, antwortete er: »Huevos rancheros«, da er keine Zeit gehabt hatte, die Speisekarte zu studieren, und Eierspeisen in solchen Lokalen immer zu haben waren. Soviel wußte er noch. Als sie ging, wandte er sich wieder dem Stadtplan zu, um sich mit dessen Hilfe seinen Plan zurechtzulegen. Wenn alles so war, wie es sein sollte, hatte ein Mann wie Peter Mantino für einige Hürden zwischen sich und der Welt gesorgt. Aber man hatte Mantino vor sechs, sieben Jahren einer ganzen Reihe Verbrechen wegen verurteilt, die Wolf im einzelnen jetzt nicht einfallen wollten, aber sie hatten alle mit Bestechung und Zeugenbeeinflussung zu tun. Jetzt war er zur Bewährung raus und lebte angeblich freiwillig weitab von den Zentren der Macht in Los Angeles und Las Vegas. Wolf hatte das vor Jahren in der Zeitung gelesen, und selbst die Journalisten hatten ganz offensichtlich nicht ein Wort davon geglaubt. Aber das Wesentliche stimmte: Falls er auf Bewährung war, konnte er unmöglich die Art von Schutz haben, die er gleich brauchen würde.

Wolf saß noch immer der Schrecken in den Gliedern, den ihm der Killer auf dem Flughafen eingejagt hatte, aber er hatte nicht einen Augenblick daran gezweifelt, was da passiert war. Tatsache war, daß noch nicht einmal Carl Bala einen Spezialisten auf den Flughafen von Los Angeles geschickt haben konnte, um jemanden abzuservieren. Der Flughafen lag völlig eindeutig im Zentrum von Peter Mantinos Imperium; mit anderen Worten, dieser hätte jegliche Konsequenzen zu tragen. In den Leserbriefen an die Zeitungen des ganzen Landes würde sein Name stehen; Folge wäre ein hartes Durchgreifen der Polizei, das auf Kosten seiner Profite ging, und die Verhaftungen, die notwendig wären, um die Öffentlichkeit zufriedenzustellen, würden seine Leute vorsichtig und unproduktiv machen. Er mußte diese Entscheidung also selbst getroffen haben; und damit mußte es auch sein Mann gewesen sein.

Mantino hatte in den sechziger Jahren in New York angefangen, als Unterführer für Balacontano, und durfte schließlich die Interessen der Familie im Westen vertreten, angeblich als Lohn für treue Dienste. Damals freilich hatte man sich etwas anderes erzählt. Es hieß, Mantino hätte innerhalb der Familie langsam, aber sicher zu viele Anhänger gewonnen, und Balacontano hätte ihn lieber im Westen gesehen, weit weg von seinen Soldaten. Die Welt war voller kleiner Leute, die wußten, was wirklich in den Köpfen der Großen vor sich ging.

Es spielte jetzt keine Rolle, weshalb Mantino so rasch reagiert hatte. Vielleicht war er Balacontano gegenüber noch immer loyal und hatte eine sichere, problemlose Möglichkeit gesehen, sich etwas Respekt zu verschaffen, während der Alte saß und Talarese ja nun aus dem Weg geschafft war. Sicher war nur eines: Mantino hatte genügend Interesse an der Geschichte, um einen Killer an einen so exponierten Ort zu schicken. Wolfs Problem hatte sich damit geändert: jetzt ging es ums Überleben.

Er mußte aus dem Land, aber kein Mensch würde ihn ohne Paß in eine Maschine nach London steigen lassen. Er kannte nur einen einzigen Mann, bei dem er nach all den Jahren vielleicht noch einen bekam, und der saß in Buffalo, über fünfzehnhundert Meilen von hier. Es brauchte seine Zeit, dorthin zu kommen, Kontakt aufzunehmen, nicht zu vergessen, daß der Paß erst gemacht werden mußte. Und Wolf wurde von Sekunde zu Sekunde heißer. Was er brauchte, war eine Galgenfrist.

Das einzige, was ihm Hoffnung machte, war, daß die Nachricht seiner Rückkehr nicht schneller gewesen sein konnte als ein Flugzeug, es sei denn, Mantino hatte es telefonisch aus New York erfahren. Und Mantino würde sich hüten, jedem auf die Nase zu binden, daß er jemanden abzuservieren gedachte. Über so etwas sprach man erst, wenn es getan war. Und das war es nicht. Der Killer hatte sich am Flughafen schnappen lassen. Diesen Schnitzer mußte Wolf sich zunutze machen. Das einzig Richtige war, das zu tun, was keiner erwartete: Mantino schlägt nach einer Fliege, und die Fliege krabbelt ihm die Nase hoch.

Er hatte zweimal in seinem Leben gesehen, was passierte, wenn unerwartet ein Capo starb. Die Leute reagierten nicht alle gleich. Da gab es welche, die mieteten sich in Motels auf dem Land ein und hängten sich an die Strippe. Und dann gab es die, die zu Hause blieben und warteten, bis sich jemand mit ihnen in Verbindung setzte. In der Regel ein Bekannter, jemand, der ihnen mal auf dem Rennplatz vorgestellt worden war, vielleicht aber auch ein Cousin, den man mal auf einer Hochzeit kennengelernt hatte. Der Betreffende sagte dann: »Peter ist tot. Hast du ein Problem damit?« Oder einfach: »Was willst du jetzt tun? Wenn du bei uns einsteigen willst, ich könnte da mit einigen Leuten reden.« Aber bis sie von jemandem hörten, sahen sie eine Menge fern, und das bei geschlossenen Jalousien. Manchmal meldete sich auch keiner, und der Ärger wurde nur noch schlimmer. Bei einer großen Sache waren neben dem Boß auch schon mal vierzig seiner Freunde kreuz und quer im Land umgekommen. Und das am selben Tag. Das war es, wovor sie Angst hatten, und nicht daß einer, den Carlo Balacontano vor zehn Jahren zum Abschuß freigegeben hatte, jetzt hinter Peter Mantino her war.

Die flache braune Mauer rund um den Hof bot kein Problem, es sei denn, es gab eine elektronische Anlage, die für Wolf von der Straße aus nicht zu sehen war. Ein Hund war weder zu sehen noch zu hören, und das Schild am Tor »NORTH AMERICAN WACH- UND SCHUTZDIENST – BEWAFFNETE STREIFE« wirkte eher beruhigend. Damit war es ziemlich unwahrscheinlich, daß Mantino etwas Raffinierteres hatte als eine konventionelle Alarmanlage, die einige schlecht ausgebildete Nachtwächter auf den Plan rufen würde. Es handelte sich um ein eingeschossiges adobefarbenes Haus. Wie alle Gebäude in diesem Stadtteil hatte laut Bauordnung auch dieses so auszusehen, als wären die Spanier niemals abgezogen, obwohl er sich, was die Spanier anbelangte, des Gefühls nicht erwehren konnte, daß es ein ziemlich trostloser Sauhaufen gewesen sein mußte, wenn er sich derart weit in den Nordosten verirrt hatte.

Er behielt seinen gemächlichen Touristengang bei und widmete allen Häusern die gleiche Aufmerksamkeit. An der Ecke bog er ab und ging in die Straße hinter der Andalusia und sah sich die dortigen Häuser an. Bei keinem schien man besondere Sicherheitsvorkehrungen getroffen zu haben; trotzdem blieb die Situation bedenklich. So parkten in der schmalen Einbahnstraße keine Autos, und er war während seines Spaziergangs nur wenigen Fußgängern begegnet, nicht einem davon auch nur in der Nähe der Andalusia. Selbst wenn er hineinkam, wieder herauszukommen würde gar nicht so einfach sein.

Es war dunkel geworden, und die reglose kalte Luft hatte richtig Biß. Die Flecken schmutzigen Schnees waren unter der Sonne geschmolzen und zu stahlharten Furchen und Hügeln gefroren, auf die Wolf achtete, um ihnen noch rechtzeitig ausweichen zu können. In seiner Linken hatte er eine Papiertüte aus dem Laden, wo er sich vor einigen Stunden Handschuhe und eine Rohrzange gekauft hatte; jetzt enthielt sie auch noch den Ruger .38 nebst Schalldämpfer. Falls nötig, konnte er sich der Tüte unauffällig entledigen, aber für jeden, der ihn so sah, war sie ein Zeichen dafür, daß er nur mal rasch aus dem Haus gegangen war, um etwas zu holen.

Er ging die Läden in der Galisteo Street entlang, suchte dabei den Schutz der Überdachung und hielt sich von den dicken Säulen entfernt, um nur noch ein Schatten zu sein. Santa Fe wurde fast das ganze Jahr über von der Sonne verwöhnt, selbst zu dieser Jahreszeit. Die Einheimischen waren unterwegs und ließen sich sehen, solange die strahlende Sonne den Boden erwärmte, den sie hier ungehindert erreichte, da sowohl die kilometerdicke Schicht aus Wolken, Smog und Staub fehlte, die über anderen Städten hing, als auch die hohen Gebäude, die sie andernorts blockierten. Aber kaum war die Sonne verschwunden, verschwanden auch die Leute hinter Wänden aus Steinen und Lehm, von denen die ältesten fast einen Meter dick waren. Selbst die Restaurants, die für das eher flaue Abendgeschäft offen hatten, waren in Labyrinthen aus Innenhöfen und Gäßchen versteckt.

Noch schwieriger war es, das Büro des Wach- und Schutzdienstes zu finden. Es hatte zwar einen Eingang zur Straße, aber der war schon seit Stunden zu. Durch die staubigen Jalousien kam ein schmaler Lichtstreifen vom Tisch des Einsatzleiters. Er ging um das Haus herum, um nach Fahrzeugen zu sehen. Diese Leute setzten sich für den Seelenfrieden ein. Sie schickten einem alle vier Stunden ein paar Hornochsen mit Taschenlampen vorbei, und da man sich in einem Staat befand, in der jeder einen Revolver am Gürtel tragen konnte, solange er ihm nicht die Hose über den Arsch zog, waren es eben bewaffnete Hornochsen. Er wußte nicht, wie diese Leute im Augenblick arbeiteten, aber wenn sie sich nicht radikal geändert hatten, dann sparte man sich in einer kalten Nacht, in der kaum jemand auf der Straße war, ein paar Dollar, indem man einige

Wagen auf dem Parkplatz ließ. Wenn ein Anruf kam oder an der Konsole der Alarm aufleuchtete, rief man die Polizei und schickte einen Wachposten los, der gemächlich zu einem der Wagen spazierte und eintraf, wenn die Polizei bereits über der Liste der gestohlenen Gegenstände saß.

Die Lage war günstiger, als er es sich vorgestellt hatte. Hinter dem Haus parkten drei auf Funkstreifen getrimmte blauweiße Wagen, ein vierter stand am Randstein. Wolf ging hin und legte die Hand auf die Haube. Sie war noch nicht einmal warm. Er ging in die Hocke, öffnete die Tür und rutschte auf den Fahrersitz. Er fühlte am Zündschloß nach dem Schlüssel, hatte aber kein Glück. Für die Schlüssel hatte man wohl einen Haken im Büro. Er nahm die schwere Zange aus der Tüte, stemmte die Verkleidung von der Lenksäule, riß den Schließzylinder aus seinem Gehäuse und zog hinten die Kabel heraus. Er trat das Gaspedal voll durch, hielt zwei der Kabel aneinander, und der Wagen sprang an. Die Hintertür des Wachdienstes im Auge behaltend, ließ er den Wagen einen Augenblick leerlaufen. Als nichts darauf hindeutete, daß ihn jemand gehört hätte, fuhr er los. Gerade als er am Haus vorbeifuhr, kamen hinter ihm zwei Scheinwerfer die Straße herauf. Als er um die Ecke bog, sah er, daß der Wagen sich auf genau den Platz stellte, den er eben frei gemacht hatte. Nicht schlecht. Falls einer der Hornochsen zufällig einen Blick aus dem Fenster warf, würde er den Wagen genau dort sehen, wo er ihn erwartete.

Im Schleichgang rollte Wolf die stille, leere Straße auf die Andalusia zu. Er wußte, er hatte in dem Augenblick, in dem er den Wagen kurzgeschlossen hatte, einen Zeitzünder in Gang gesetzt, aber wenn er von der Geschwindigkeit abwich, die die Leute von diesem Wagen erwarteten, würde die Gefahr nur noch größer. Als er in die Andalusia einbog, gestattete er sich etwas mehr Tempo. Vor der Nummer 1500 trat er auf die Bremse und ließ das Heck des Wagen etwas ausbrechen, so daß er in einem Winkel zur Wand zum Stehen kam, der ihm etwas Dringliches gab. Er warf einen Blick auf das Haus, um sicherzugehen, daß der Wagen durch das Gittertor auch zu sehen war, ließ den Motor laufen und rannte, den Revolver in der Hand, Richtung Tür.

Er klopfte an die massive Holztür und klingelte dann. Von innen hörte er schwere Schritte den Flur entlangkommen. Er trat zur Seite, damit man durch die Fischaugenlinse des Spions den Wagen sah. Als er sich zwang, einen Blick über den Garten schweifen zu lassen, um auszusehen wie einer, der etwas sucht, spürte er sein Herz schneller werden. Die nächsten Sekunden würden alles entscheiden. Schließlich hörte er, wie der Riegel zurückgeschoben wurde, dann öffnete sich die große Tür einen Spalt.

Eine Stimme sagte: »Was ist denn?«, und Wolf wandte sich dem Mann zu, um ihm in die Augen zu sehen. Er war über dreißig, und die welligen langen Haare schienen Wolf aus der Mode, bevor ihm einfiel, daß sie ja längst wieder modern sein konnten.

Er zwang einen Ton in die Stimme, mit dem sich das hier durchziehen ließ: auf der einen Seite so dringlich, daß der Mann sein natürliches Mißtrauen vergaß und neugierig wurde, auf der anderen Seite zuversichtlich genug, um durchblicken zu lassen, daß er Herr der Lage war. »North American Wach und Schutz«, sagte er. »Sind Sie Mr. Mantino?«

Der Mann trat zur Seite, und Wolf trat neben ihm in das warme Helldunkel eines spärlich beleuchteten Raums. In einem großen gekalkten Adobekamin am anderen Ende des Raums brannte ein Feuer. Verblüfft sah er einen Mann in den Fünfzigern an einen großen Schrank an der hinteren Wand treten. Er war schlank und geschmeidig wie Leute, die viel Zeit mit Tennis verbrachten. »Was gibt's denn? Ich bin Mr. Mantino.«

»Sie haben einen Eindringling«, sagte Wolf und bedauerte es fast auf der Stelle. Er hatte erwartet, Zeit genug zu haben, um den Schalldämpfer aufzusetzen, bevor der feuerte. Aber nun hatte er es mit zwei Gegnern zu tun, die sich mit überraschender Entschlossenheit in entgegengesetzte Richtungen bewegten. Mantino drehte einen Schlüssel im Schloß des Schranks und griff hinein. Als die Hand wieder zum Vorschein kam, hielt sie eine kurzläufige Flinte, die er keineswegs herumriß wie einer in Panik, der Lauf zeigte vielmehr nach oben. Er lud durch und trat in den Flur. »Wo ist er? Haben Sie ihn gesehen?«

Wolf hatte keine Zeit zu antworten, da in diesem Augenblick der jüngere Mann neben ihn trat, ein Jagdgewehr im Kaliber .306 mit einem großen Stabmagazin in der Armbeuge. »Heiliges Kanonenrohr!« sagte Wolf und versuchte sich anzuhören, als könne er es kaum glauben. »Wahrscheinlich versucht er nur Ihre Radkappen zu klauen.«

»Dann hat er einen großen Fehler gemacht«, meinte der junge Mann bissig und ging in den hinteren Teil des Hauses.

Wolf besann sich darauf, daß Geschwindigkeit eine Frage von überlegten, sparsamen Bewegungen war. Er schloß sich dem jungen Mann an und zog Mantino damit hinter sich her. Er tat zwei Schritte, hob den Revolver, schoß den jüngeren Mann in den Hinterkopf und stieß dann mit dem Ellbogen nach Mantinos Gesicht. Der zu Wolfs Erstaunen weit flinker war, als er gedacht hatte – er wich bereits aus und versuchte die Flinte noch rechtzeitig herumzureißen. Der Ellbogen erwischte Mantino an der Schulter, und Wolf hatte gerade noch Zeit, dem Mann die Waffe gegen die Brust zu stoßen und abzudrücken.

Mantino kippte nach hinten, und Wolf feuerte noch drei weitere Male, während er fiel. Bei jedem Schuß dachte er einen Augenblick, die Flinte würde doch noch herumkommen. Bei jedem Treffer zuckte der Körper nach hinten, und Wolf hatte das Gefühl, einen Mann mit dem Finger auf einen Abgrund zu-

zustoßen. Als Mantino schließlich auf dem Boden landete, trat Wolf die Flinte beiseite und schoß ihm die letzte Kugel in die Stirn.

Wolf stand einen Augenblick lang reglos da und lauschte. Er hatte Mist gebaut und war noch lange nicht wieder draußen. Mit dem Wagen des Wachdienstes dürfte sich die meiste Zeit herausschinden lassen, wenn er ihn mit laufendem Motor vor dem Haus stehenließ. Die Nachbarn würden annehmen, es sei jemand gekommen, dessen Aufgabe es war, sich um die Schüsse zu kümmern, und die Polizei war nicht so dumm, ein Haus ohne Warnung an den bewaffneten Wachmann zu stürmen, den sie darin vermuten mußte. Er machte sich daran, seine Fingerabdrücke von der Waffe zu wischen.

Er trat an den Waffenschrank und öffnete ihn. Er fand fünf Büchsen verschiedener Hersteller und verschiedenen Kalibers und ein ganzes Abteil speziell für Faustfeuerwaffen, die an den Klammern eines mit blauem Samt bezogenen Brettes hingen. Er entdeckte einen Ruger .38 Police Special, nahm ihn ab und ersetzte ihn durch den, mit dem er eben die beiden Männer erschossen hatte. Dann eilte er Richtung Hintertür.

Er trat auf die Straße hinaus, kletterte über den Zaun in den Nachbargarten, um auf die nächste Straße zu kommen. Während er an dem Haus entlangging, hörte er die erste Sirene.

Es ging alles zu schnell. Er kam sich vor wie unter den Schlägen eines Gegners, den er unterschätzt hatte. Er horchte, um zu hören, welchen Weg die Polizeifahrzeuge nahmen. Die elektronischen Impulse hielten lange genug an, um zu hören, daß sie von beiden Seiten kamen. Er trat hinter die Mauer neben dem Haus und kniete sich zwischen die Mülltonnen. Er klappte die Trommel des gestohlenen Revolvers heraus und schob sechs Patronen hinein. Erst dann fiel ihm der Schalldämpfer ein. Er war für eine Waffe desselben Typs gemacht. Und selbst wenn er den Knall des neuen Revolvers nicht dämpfen sollte, er würde immerhin für weniger Mündungsfeuer sorgen. In der Dunkelheit konnte einem so ein kleiner Vorteil das Leben retten.

Vorsichtig erhob er sich über den Rand der Mülltonnen und spähte zwischen die Häuser. Er sah den Streifenwagen neben dem Fahrzeug des Wach- und Schutzdienstes halten und zwei uniformierte Polizisten aussteigen. Einen Augenblick später kam einer von ihnen zurück, um die Flinte aus der Halterung im Wagen zu nehmen. Wolf drehte sich um und sah in der Straße hinter ihm zwei weitere Streifenwagen in aller Stille zum Stehen kommen. Sie schienen das eingeübt zu haben, um jedem Eindringling in diesen ruhigen Straßen den Weg abzuschneiden.

Er duckte sich wieder und konzentrierte sich auf das, was er von dem Viertel gesehen hatte, während er den Schalldämpfer aufsetzte. Es gab keine Fußgängermassen, in denen er hätte untertauchen können, noch nicht einmal einen vorbeifahrenden Wagen, der die Beamten hätte ablenken können. Ihm blieb nichts anderes übrig, als ihre Choreographie zu stören, und die einzige Art und Weise, das zu bewerkstelligen, war, ein Element einzubringen, mit dem sie nie und nimmer gerechnet hätten. Er dachte daran, ein Feuer zu legen, aber er könnte ja nicht weg, bevor die ersten Flammen zum Leben erwachten, so daß man ihn im Licht würde sehen können. Dann kam ein weiterer Streifenwagen die Andalusia entlang. Ein Suchscheinwerfer am Fensterholm schickte seinen Strahl über die dünnen Zweige des sauber getrimmten Gesträuchs, fuhr in die Lücken zwischen den Häusern und schoß dann zu den Dächern hinauf. Kurz bevor er auf seine Höhe kam, duckte sich Wolf, um ihn vorbeizulassen, aber noch bevor er wieder in der Dunkelheit verschwand, krallte sich ein Bild in ihm fest: Der Scheinwerfer glitt über die Fassaden der Häuser und beleuchtete, eines nach dem anderen, weitere blendendweiße Schilder mit der

Aufschrift »NORDAMERIKANISCHER WACH- UND SCHUTZDIENST – BEWAFFNETE STREIFEN«.

Kaum war der Wagen vorbei, tauchte Wolf auf. Er zielte auf das Fenster des Hauses auf der anderen Straßenseite und drückte ab. Der Revolver machte ein leises spuckendes Geräusch, und schon war auf der Scheibe ein Spinnennetz aus Sprüngen zu sehen. Während er sich um die eigene Achse drehte, schoß er auf die rückwärtigen Fenster der nächsten vier Häuser. Dann duckte er sich wieder, um nachzuladen. Für den Augenblick war er zufrieden. Egal, wie primitiv eine Alarmanlage war, ob sie nun durch Geräusche, Bewegungen oder einfach durch das Lösen eines Leiterbands ausgelöst wurde – wenn ein Fenster zu Bruch ging, schlug sie an.

Er widerstand dem Impuls, sich in der Dunkelheit die Uhr vor die Augen zu halten, um das Tempo der »bewaffneten Reaktion« zu stoppen. Für ihn war das der Augenblick der größten Gefahr – solange die Polizei noch ungehindert nach ihrer eingeübten Taktik handeln konnte. Er hoffte, sie würde einige Minuten brauchen, um den Tatort zu analysieren, bevor sie das Viertel zu Fuß durchkämmte. Er lauschte auf Schritte oder Stimmen aus Funkgeräten, und dann hörte er weitere Motoren. Vom anderen Ende der Straße kam das Quietschen der Reifen, als die Fahrzeuge des Wachdienstes einzutrudeln begannen.

Über ein Polizeimegaphon war zu hören: »Verlassen Sie die Straße. Die Gegend ist polizeilich gesperrt.« Aber weder nahm der Lärm der Motoren ab, noch verschwand das blendende Licht der Scheinwerfer. »Ja, Sie, verschwinden Sie von hier!«

Wolf kam zu dem Schluß, daß es wichtig war, zu sehen, wie der Wettkampf draußen lief, und so schlich er an das Tor, das auf den vorderen Rasen hinausführte und spähte durch den Spalt zwischen den Angeln. Er sah zwei Autos, die Ähnlichkeit mit dem Auto hatten, das er gestohlen hatte. Sie standen auf den Zufahrten von zweien der Häuser, deren Fenster er herausgeschossen hatte. Männer in Jeans, Flanellhemden und Sweatshirts standen vor den Wagen; sie hatten eine kuriose Sammlung von Schußwaffen und Taschenlampen dabei.

Zwei von ihnen standen auf dem Rasen gegenüber der Straße, den Blick skeptisch auf den Polizisten gerichtet, der auf sie zukam; ein dritter stand bereits neben dem Haus und sah über den Zaun, wobei er den Strahl der Taschenlampe in den Hinterhof richtete.

Während Wolf wartete, bis die Mischung da draußen so explosiv wurde, wie er sie brauchte, warf er einen Blick hinter sich auf Mantinos Haus. Eben hielt ein weiterer Wagen vom nordamerikanischen Schutzdienst, und das mitten auf der Straße. Ein großer Mann stieg aus und ließ die Tür offenstehen. Er hatte bereits einen schweren langläufigen Revolver in der Hand, als hätte er während der Fahrt auf dem Beifahrersitz gelegen.

Wolf atmete dreimal tief durch, um sicherzugehen, so viel Kohlendioxid wie nur möglich losgeworden zu sein. Es war das Kohlendioxid im Blut, das einem die Hände zittern ließ. Er bewegte sich vorsichtig nach oben, stützte den Arm auf dem Zaun auf und gab einen Schuß ab.

Der Polizist auf dem Rasen zuckte vor Schmerz und atmete stöhnend aus; dann brach er zusammen und hielt sich die Wade. Die drei Wachleute sahen erst hin, dann einander fassungslos an. Schließlich schien es ihnen zu dämmern, daß der Schuß ganz woanders hergekommen war. Sie gingen in die Hocke und suchten über Kimme und Korn den Horizont nach einem Ziel ab. Aber der Partner des Polizisten saß noch immer vor dem Mikrofon in seinem Wagen. In seiner Panik vergaß er, den Lautsprecher abzustellen, so daß seine Durchsage durch die leeren Straßen hallte. »Kollege verwundet! Hier Eins-X-zwo-zwo. Kollege verwundet! Brauche Unterstützung. Kollege verletzt!«

Wolf konnte die drei Wachleute sehen, nicht jedoch den Polizisten im Wagen. Er beschloß, es zu riskieren. Er kam hinter dem Zaun hoch und rief die beiden verängstigten Wachleute an: »Polizei! Legen Sie die Waffen weg!« Dann duckte er sich und lief die Adobemauer vor dem Haus entlang. Er wußte, er mußte jetzt auf gleicher Höhe mit dem Streifenwagen sein, blieb aber dennoch stehen, ging in der Ecke des Gartens in die Hocke und hörte zu: »Sie haben es gehört!« sagte der einzelne Polizist. »Weg mit den Waffen!«

Wolf entschloß sich, ihrem Gefühl für die Gefährlichkeit der Situation etwas nachzuhelfen, sonst gehorchten sie womöglich noch, und der Polizist hätte alles im Griff. Er blickte am Haus entlang zurück zur Andalusia Street. Er sah, daß die Polizisten drüben entweder den Lautsprecher oder die Funkdurchsage gehört hatten; jedenfalls kamen sie durch die Hinterhöfe auf ihn zu.

Er rollte sich über die Mauer in den nächsten Garten, ließ ihnen eine Kugel über die Köpfe pfeifen und duckte sich dann. Sie hatten das Mündungsfeuer gesehen, das auf sie gerichtet war, hörten den Knall des Projektils, das über ihnen die Schallmauer durchbrach, und reagierten genau so, wie er gehofft hatte. Erst kam der Knall einer Flinte, dann das Krachen von acht Revolverschüssen, deren Kugeln in die Ecke der Mauer fuhren. Dann kamen in rascher Folge drei Schüsse von dem Haus auf der anderen Straßenseite. Seiner Ansicht nach war es jetzt Zeit.

Er sprintete auf die Vorderfront des nächsten Hauses zu, lief die Fassade entlang, rollte sich dann über den nächsten Zaun und lief weiter. Aus der Ferne waren jetzt weitere Sirenen zu hören, die sich alle auf das stille Viertel zu bewegten.

Wolf wagte weder, sein Tempo zu drosseln, noch nach hinten zu sehen. Mit untrüglichem Instinkt trabte er von Zaun zu Zaun und zog sich über die stets gleichen Einfriedungen aus

Adobeziegeln, dankbar dafür, daß es wegen des plötzlichen und frühzeitigen Herbstbeginns zu kalt geworden war, um den Hund über Nacht draußen zu lassen. Am Ende der Straße wartete er und lauschte, ob noch Sirenen nachkamen, aber sie schienen mittlerweile alle eingetroffen zu sein. Sie waren auf der anderen Seite der Mauer vorbeigeheult, während er sich von ihrem Ziel entfernte. Er zog sich über die letzte Mauer und überquerte dann die Galisteo Street.

Als er in nördliche Richtung auf den alten Stadtplatz zuging, überquerte Wolf eine kleine Brücke über den Fluß, der, durch einen Wall geschützt, die Stadt durchzog. Auf der Brücke bemerkte er, daß der Fluß die merkwürdige Eigenschaft hatte, Geräusche zu tragen. So hörte er aus weiter Ferne eine Stimme in einen elektronischen Lautsprecher schreien. Die Stimme warf ein Echo und verstummte dann, aber er wußte, es handelte sich um ein Polizeimegaphon. Außerdem hörte er an den rasch aufeinanderfolgenden Schüssen, daß die nicht ausgebildeten Leute vom nordamerikanischen Schutzdienst viel zu verängstigt waren, um ihre Waffen herauszugeben. Das schwere Feuer kam von der Polizei, die nach anfänglichem Zögern zu dem Schluß gekommen war, daß die Wachleute entweder ihrer Waffen wegen oder weil sie Mantino erschossen oder den Kollegen verletzt hatten, eine Gefahr für die Allgemeinheit darstellten.

Wolf eilte auf das La Fonda zu. In diesem Augenblick dürften in sämtlichen Kaminen duftende Mesquite- oder Pinienfeuer knacken und ihre Wärme an die leuchtenden, kompliziert gemusterten spanischen Kacheln auf dem Sims weitergeben. Eine Menge Einheimischer gingen an einem Abend wie diesem vermutlich noch etwas trinken, während andere wohl gehört hatten, daß die Polizei ihre Kräfte in der Andalusia Street zusammenzog. Er würde, ohne es noch einmal zu betreten, an den erleuchteten Fenstern des Hotels vorbei in das unterirdische

Parkhaus gehen. Hatte er erst einmal einige Blocks zum Highway 25 hinter sich, hätte die Heizung des kleinen Ford ihm die Hände nicht weniger gründlich gewärmt als ein Feuer.

»Meiner Ansicht nach ist das der zweite«, meinte Elizabeth. »Wenn er Peter Mantino an den Kragen wollte, genau so hätte er's gemacht. Meiner Ansicht nach ist das noch nicht vorbei.«

»Eine verdammt kühne Annahme«, sagte Richardson. »Grade in so einem Fall muß man seine Phantasie etwas zügeln.«

»Das weiß ich doch«, antwortete sie, ihre Stimme monoton genug, um ihrem Zweck zu genügen.

»Du bist frustriert und enttäuscht, weil wir ihn in Los Angeles nicht gekriegt haben, hab' ich recht?«

»Geb' ich ja zu«, sagte Elizabeth. »Freiwillig, und verzichte auf meine Rechte auf ein Schwurgericht, aber ...«

»Ich bitte dich doch nur«, fiel Richardson ihr ins Wort, »daß du noch mal drüber nachdenkst. Es ist doch möglich – es muß nicht sein, aber möglich ist es –, daß du dir bei einem zweiten Mord an einem wichtigen Mann, auch der mit einer Schußwaffe begangen, sagst, das ist derselbe, weil's dir in den Kram passen würde. Du willst eine zweite Chance, ihn zu kriegen.«

Elizabeth biß die Zähne zusammen. »Du hast mich geholt, um die Fakten zu analysieren. Meine erste Hypothese, wenn innerhalb von zwei Tagen zwei hochrangige Mitglieder einer Familie umgebracht werden, ist, daß ein Zufall unwahrscheinlich ist. Also. Ich habe meine Arbeit getan. Deine Aufgabe als Abteilungsleiter ist es, zu entscheiden – und zwar auf der Stelle –, ob du einen Ermittlungsbeamten nach Santa Fe schicken willst, um festzustellen, was genau Peter Mantino passiert ist.«

»Ist das ein Angebot?«

Elizabeths Augen wurden schmal. »Du hast mich nicht

durchschaut, falls du das denkst. Ich meine, ich würde liebend gern, aber ich komme gerade aus Kalifornien und habe zwei Kinder, die heute abend ein Essen auf dem Tisch haben wollen und von mir erwarten, daß ich noch da bin, wenn sie morgen früh aufwachen. Ist es denn so schlimm geworden, seit ich weg bin, daß du für so einen Fall keine richtigen Außendienstler mehr hast?«

Richardson schüttelte den Kopf. »Nein. Mir ist eben eingefallen, wen ich schicke. Warte einen Augenblick, ich rufe ihn an und stelle ihn dir dann durch.«

»Wer ist es denn?«

»Er heißt Jack Hamp.«

Elizabeth drehte sich um und verließ Richardsons Büro. Der Name kam ihr bekannt vor. Womöglich hatte sie ihn bei einem Fall kennengelernt. Nein, nicht doch, sie hatte ihn erst jüngst am Ende irgendeines Berichts gelesen. Aber dann blinkte bereits der Knopf auf ihrem Apparat, und sie drückte ihn.

»Hallo«, sagte Elizabeth. »Elizabeth Waring. Sind Sie das, Mr. Hamp?«

»Was kann ich für Sie tun, Ma'am?«

Ihre Erwartungen schwankten zwischen zwei Extremen. Er hatte die phantasielose Stimme des Westküstenbeamten, mit der einem kalifornische Highwaypolizisten einen Strafzettel ausstellten. Aber immerhin würde sie ihn ja im Westen brauchen, und Richardson hatte ihn für eine schwierige Situation ausgesucht. Wenn Richardson den Namen des Mannes kannte, dann mußte er wenigstens kompetent sein – und womöglich sogar noch viel besser.

»Ja, Ma'am.« Es war das »Ma'am«. Sie hatte es zum letzten Mal von einem der Wärter in Lompoc gehört.

»Wann können Sie nach Santa Fe abreisen?«

Es entstand eine bedeutsame Pause; dann sagte die Stimme: »Ich rufe von einem Flughafen aus an.« Plötzlich fiel Elizabeth ein, woher sie den Namen kannte: am Ende des Berichts über das Schlamassel am Flughafen in Los Angeles. Jack Hamp war der Beobachter.

Hamp ging die Andalusia Street hinauf und dann die Galisteo ein Stück hinab, um auf die Straße dahinter zu kommen. Es war angenehm zu spüren, wie die Sonne die Gehsteige aufheizte, ohne sich auf die dünne kalte Luft auszuwirken. Er mußte an Elizabeth Waring denken. Während ihres Gesprächs hatte er zu sehr darauf achten müssen, was sie sagte, um ihre Stimme der Analyse zu unterziehen, die er für nötig hielt. Das einzige, dessen er sich sicher sein konnte, war, daß sie die Dreißig bereits hinter sich hatte. Sie hatte zwar etwas von kleinen Kindern gesagt, aber sie war alt genug, ihren Namen nicht um ein paar Silben auf Liz, Betty, Bess oder was auch immer kürzen zu müssen. Sie war nicht groß, dazu fehlte ihr der nachhaltige Ton, der aus grobknochigen Frauen kam, deren rosige Hände immer nur aus Knöcheln zu bestehen schienen. Was weniger eine Frage von hoch oder tief war, da Frauen ohnehin nur zwischen Alt und Sopran rangierten, als vielmehr, wieviel wirkliche Kraft, wieviel Stehvermögen hinter der Stimme steckten. Er schätzte sie auf eins fünfundsechzig bis fünfundsiebzig, wahrscheinlich rothaarig oder rotblond.

Es war eine gewagte Vermutung, selbst für einen Kenner wie Hamp, da nicht allzu viele Rothaarige Jura studierten. Eine Menge von den Gescheiten unter den Rothaarigen wie etwa Hamps zweite Frau, Donna, machten ihre Haare fast schon zum Lebensinhalt. Donna war Malerin, hatte ihre Collegejahre jedoch offensichtlich einzig und allein mit dem Studium von Grün, Blau und Lila verbracht, um herauszufinden, welche Nuancen sie tragen sollte, um ihr Haar am besten zur Geltung zu bringen. Falls ihre Ehe im Himmel geschlossen wurde, dann während eines himmlischen Feiertags, als die Belegschaft sturzbesoffen und zu Scherzen aufgelegt war. Donna hatte geheult, als sie feststellte, daß er Bulle war, aber da war es bereits zu spät, da er ihre Referenzen als waschechte Rothaarige bereits in Augenschein hatte nehmen können; und was Donna einmal angefangen hatte, brachte sie auch zu Ende. Seine Hose hatte über der Messingstange ihres Bettes gehangen und der Griff seines Revolvers aus der Tasche geschaut, aber das hatte sie nicht gestört. Später kam er zu dem Schluß, daß er ihre Reaktion nicht gründlich genug analysiert hatte. Nicht daß sie, innerhalb gewisser Grenzen, keine gesetzestreue Bürgerin gewesen wäre, es fehlte ihr einfach an der nötigen Vorsicht. Vielleicht auch an Einsicht. Fünf aufregende Jahre waren sie zusammengewesen, aber es hatte damit geendet, daß sie mit dem Splitthammer auf ihn losing, den sie zum Aufziehen ihrer Leinwände benutzte. Seiner Ansicht nach symbolisch für ihr Problem war sie nicht mit dem stumpfen Ende, sondern mit der Klaue auf ihn losgegangen, was nicht nur unschöner, sondern auch gehässiger war. Die Opfer von Hammermorden, mit denen er beruflich zu tun hatte, kriegten ihr Fett stets mit dem stumpfen Ende – schon allein deshalb, weil es praktischer war.

Vielleicht war Elizabeth Waring ja eine Brünette von der Sorte mit festen kleinen Löckchen, die das Haar abstehen ließen. Auch diese Frauen hatten eine gewisse Intensität, auch eine ganze Menge von ihnen studierten Jura.

Hamp erspähte den Aufkleber der Polizei an der Tür von Mantinos Haus und sah sich um. Der Killer hatte alles genauso gesehen, wie er es jetzt sah. Die Häuser standen zu dicht beisammen, und die Straßen waren zu schmal und ruhig für einen problemlosen Schuß und einen raschen Abgang. Da die Polizei einen Wagen vom nordamerikanischen Wach- und Schutzdienst auf der Straße gefunden hatte, war es ihm wohl sinnvoll erschienen, einen Wachmann zu spielen. Aber dann war irgendwas schiefgelaufen. Ein normaler Mensch hätte sich in so einem Augenblick sein Grab geschaufelt. Er hätte seine Haut zu retten versucht – sich in einem leeren Haus versteckt oder nach einem Fluchtweg gesucht, den die Polizei weitaus besser kannte als er. Aber der hier hatte das anders gemacht. Polizisten wurden darauf gedrillt zu zögern, Warnschüsse abzugeben, unschuldige Passanten aus dem Weg zu schaffen. Falls sie einen Plan gehabt hatten, dann den, seine Bewegungsfreiheit einzuschränken, immer in der Annahme, daß ihn der Wunsch zu überleben rational und damit berechenbar handeln ließ. Aber der hier war von der aggressiven Sorte. Dem war ein Opfer so recht wie das andere. Was immer Verwirrung stiftete oder zur Eskalation der Gewalt beitrug, war für ihn ein Vorteil, den es zu nutzen galt. Seine beste Taktik wäre, den Eindruck zu vermitteln, er habe nicht die Absicht zu fliehen, sondern sie in den Tod mitzunehmen.

Hamp sah sich um. Es gab eine Menge langer, gerader Schußfelder; die Adobemauern um die Häuser würden seine Bewegungen decken, die hohen Bäume und dichten Hecken nahmen ihnen die Sicht, aber nicht ihm. Im Dunkeln mußte die Polizei unterscheiden, welche der zwanzig, dreißig auszumachenden Silhouetten Kollegen gehörten und welche Silhouette einem Mann, von dem sie noch nicht einmal eine Beschreibung hatte. Es hatten sich fünfzig Polizisten und bewaffnete Zivilisten auf dem Schauplatz aufgehalten. Die Chance, dabei einen Mörder zu treffen, lag bei zwei Prozent, die Chance, zum Mörder zu werden, bei achtundneunzig.

Genau das hatte der alte Gangster in dem kalifornischen Gefängnis Elizabeth Waring zu beschreiben versucht. Das Lauschteam in New York war ganz zufällig auf einen Mann gestoßen, der seine Brötchen nie mit etwas anderem verdient hatte als mit Mord. Er hatte das, über den Daumen gepeilt, zwanzig Jahre gemacht und war dabei ziemlich gut geworden.

Hamps Reise hatte nur noch eine Station, aber die würde

noch ein paar Stunden warten müssen. Die richtige Zeit für einen Besuch bei Polizisten war der Abend, wenn man zu Hause mit ihnen sprechen konnte.

Hamp trat an die Tür des frischgestrichenen, eingeschössigen grauen Hauses und klingelte. Irgendwo hinten hörte er einen Hund bellen, dann das laute Kratzen der Krallen, als er über den blanken Boden gelaufen kam, um unter der Tür durchzuschnuppern. Er spürte, daß es ein großer war, wahrscheinlich ein Schäferhund oder ein Dobermann, und es ging ihm gleich besser, als er eine tiefe Männerstimme hörte, die ihn schmeichelnd von der Tür wegzugehen hieß. »Mach schon«, sagte die Stimme. »Ab in die Küche.« Und dann: »Küche. Sitz.« Das Geräusch der Krallen verlief sich.

Ein Riegel klickte metallisch, als der Mann ihn zurückschob. Hamp gab zu, daß die Vorsichtsmaßnahmen verständlich waren. Lorenz war ein ganz gewöhnlicher Polizist. Er dürfte in seiner Laufbahn oft genug das Werk von Einbrechern gesehen haben, so daß er immer mehr nach häuslicher Sicherheit verlangte und er ein Talent dafür entwickelte. Nicht daß sein Haus einbruchssicher gewesen wäre, aber auf einen Einbrecher wirkte es entmutigend genug, um zum nächsten zu gehen. Die Tür öffnete sich, und Hamp streckte dem Mann mit einem festen Blick in die Augen die Hand entgegen. »Jack Hamp«, sagte er. »FBI.« Er war bereits dabei, seine Erwartungen zu revidieren. Lorenz war Anfang Dreißig, eins dreiundachtzig und sportlich, er hatte schwarzes Haar und einen guten Friseur.

Seine Stimme war leise, seine Augen intelligent. »Fernando Lorenz. Freut mich, Sie kennenzulernen.«

Hamp bedauerte die Lüge, aber Elizabeth Waring hatte ihm eine Stunde lang erklärt, was sie wußte und was sie wollte, und das war am schnellsten mit einer Lüge zu kriegen. Nicht daß sie ihm das gesagt hätte; darauf war er schon selbst gekommen. Er war schon lange Polizist und wußte genau, wie es war, die Uniform zu tragen. Wenn ein Polizist »FBI« hörte, dann hatte er sofort eine ziemlich klare Vorstellung davon, was er zu erwarten und wen er vor sich hatte. Es mochte ihm passen oder nicht, aber er beantwortete Fragen schon deshalb, weil er nicht zu überlegen brauchte, ob sie auch nötig waren. Wenn man ihm sagte, man sei Sonderbeauftragter des Justizministeriums, dann sah er sich erst einmal gründlich den Ausweis an, fragte einen, womit man seine Brötchen verdiente, und hängte sich womöglich ans Telefon, kaum daß man wieder gegangen war, um über Kontakte herauszufinden, daß man die letzten zwei Jahre auf einem Flughafen verbrachte oder möglicherweise sogar den Laufburschen für eine Anwältin spielte, die man noch nie im Leben gesehen hatte. In diesem Fall brauchte sie der Mann nicht im geringsten zu interessieren. Er hätte sofort das Bild einer jungen Staatsanwältin vor Augen, und die Tatsache, daß das Büro, in dem sie sich die Nägel machte, in Washington war anstatt im Bezirksgericht, spielte dann auch keine Rolle mehr. Sie war schließlich nicht diejenige, der die Hände zitterten, wenn sie sich die kugelsichere Weste umlegte, um ein Haus zu stürmen, in dem sich einer verbarrikadiert hatte; sie war diejenige, die den Mann tags darauf wieder laufenließ, weil ihr der Papierkram nicht danach aussah, als könne er ihre Bilanz verbessern, oder sonst nach zwei Tagen, da nicht rechtzeitig Strafanzeige erstattet wurde, weil ihr der Lunch mit dem Stadtrat vom 75. Bezirk wichtiger war. Es war einfacher, das zu umgehen.

Er folgte Lorenz in ein kleines Wohnzimmer mit einigen großen Ledersesseln und einer langen Couch, auf der eine auf die Hälfte gefaltete Armeedecke lag. An der Wand hing ein dunkelroter indianischer Wandteppich, dessen Muster Hamp wenigstens auf das 19. Jahrhundert schätzte.

»Tut mir leid, Sie zu Hause zu stören, Leutnant«, sagte Hamp, »aber Sie werden sicher verstehen, daß wir das so schnell wie möglich erledigt haben wollen. Die Presse scheint nun mal eine besondere Freude dran zu haben, die Öffentlichkeit wissen zu lassen, daß wir an einem Fall dran sind, und diesmal führt das womöglich zu dem ein oder andren falschen Schluß.« Er hatte den heiklen Punkt berührt, ohne darin herumzustochern. Die Polizei hier dürfte ihr Päckchen zu tragen haben und war entsprechend empfindlich; schließlich mußte sie spüren, wie die Leute sich fragten, wie fünfzig Beamte einen Schußwechsel mit einem einzigen Mann verlieren konnten. Und obendrein war man verwirrt, da man die Antwort darauf selbst nicht kannte. Die Presse würde durchblicken lassen, daß das auch für das FBI nicht einzusehen war.

Lorenz sagte nur: »Sicher. Haben Sie was gegen Hunde?«

Nur zögernd trennte sich Hamp von der Erleichterung darüber, das hinter sich gehabt zu haben. »Nein«, sagte er. »Ich hatte selber mal einen.« Falls es ein Polizeihund war, das wußte er aus Erfahrung, würde Lorenz ihm auf deutsch sagen müssen, Hamp in Ruhe zu lassen. Die amerikanische Polizei war geschlossen der Meinung, der durchschnittliche Flüchtige habe noch nicht einmal genug von seiner High-School-Bildung behalten, um einen Job zu bekommen, geschweige denn einen Hund zurückzurufen.

Mit ganz normaler Stimme sagte Lorenz: »Martha«, und schon hörte Hamp wieder die Krallen aus dem hinteren Teil des Hauses in seine Richtung tappen. Er drehte sich um und sah eine graubraune Deutsche Schäferhündin auftauchen, die wenigstens einen Meter groß war, einen Brustkasten wie ein Faß hatte und ein riesiges klaffendes Maul. Das Weibchen lief an Hamp vorbei, sah ihn an und setzte sich dann vor Lorenz' Sessel. Als dieser auf die Couch wies, sprang die Hündin hinauf und legte sich auf die Barrasdecke. »Sie fühlt sich sonst einsam«, sagte Lorenz. »Wir waren bei der Luftwaffe, wir zwei.«

Hamp nickte. »Wie alt ist sie denn?«

»Neun.«

»Sie haben es schnell zum Leutnant gebracht.« Hamp gab es auf, sich an sein Deutsch erinnern zu wollen. Es hätte sowieso nichts genützt. Lorenz war einer von den Männern, wie Hamp sie noch von seiner Zeit bei der Marineinfanterie kannte; sie hatten sicherheitsempfindliche Einrichtungen bewacht: Stützpunkte des Strategischen Luftwaffenkommandos, Kommunikationszentralen der Luftwaffe, Horchposten. Und immer hatten sie auf ihren Runden um die Anlagen Wachhunde dabei. Ihr Anblick hatte für Hamp immer etwas Ergreifendes gehabt. Man übergab die Hunde den Männern gleich nach der Entwöhnung; sie übten zusammen, teilten die Unterkunft und waren mindestens für die Dauer einer Dienstzeit, meist sogar für ein ganzes Hundeleben nie mehr als hundert Meter voneinander getrennt. War der Mann verheiratet und wohnte mit seiner Frau außerhalb der Kaserne, lebte der Hund bei ihnen; Mann und Hund meldeten sich dann zusammen zum Dienst. Das Band zwischen den beiden wurde so stark, daß sie wie zwei Menschen, zuweilen auch wie zwei Hunde wurden, von denen der mit dem aufrechten Gang für den anderen Mutter, Vater und Rudelführer in einem war. Die Loyalität war so bedingungslos und unzerstörbar, daß man bei der Entlassung des Mannes aus der Luftwaffenpolizei auch den Hund mit entlassen mußte, weil der nicht ohne seinen Herrn leben konnte. Hamp hatte sie unter anderem in Thailand und Vietnam gesehen, diese merkwürdigen einsamen Pärchen – Verkörperung eines Alptraums aus der Urzeit der Menschheit: die große Wolfskreatur, die absolut in der Lage, ja sogar ganz erpicht darauf war, einem Menschen mit vierzig Kilo Muskeln und Fängen an die Gurgel zu gehen, wenn es ihr ein Flüstern und einen zärtlichen Klaps ihres Herrn einbrachte, der sie abgerichtet hatte, noch effizienter anzugreifen, als sie das aufgrund ihrer wilden Instinkte getan hätte.

Hamp starrte Martha an. Die Hündin lag still auf der alten Militärdecke, den Kopf auf den Pfoten, und starrte ihn ungerührt an. Er wandte sich wieder Lorenz zu, der ihn mit demselben Ausdruck anzusehen schien. »Bei Ihrer Untersuchung des Einbruchs in Mr. Mantinos Haus ...«

Der Ausdruck *Einbruch* rüttelte ihn irgendwie auf. Was immer passiert war, der Einbruch war das geringste daran.

Aber Lorenz' Blick richtete sich auf die Hündin, und Hamp folgte ihm. Die Hündin hatte die Ohren gespitzt und ihm aufmerksam den Kopf zugewandt. Hamp war plötzlich beunruhigt. Sie hatte gespürt, daß ihm nicht wohl war in seiner Haut, vielleicht am Geruch, vielleicht an etwas in seiner Stimme, jedenfalls begann sie selbst kleine Anzeichen der Unruhe zu zeigen. Hamp mußte etwas tun, bevor das Tier zu argwöhnen begann, er wolle Lorenz ans Leder. Er mußte auf solidem, neutralem Boden bleiben und das Herrchen zum Reden bewegen. »Sagen Sie mir einfach alles, was das FBI Ihrer Meinung nach wissen sollte.« Er wußte, daß es keinen Sinn hatte, mit der Hündin zu sprechen oder sich mit ihr anfreunden zu wollen. Man hatte sie dazu erzogen, sich für nichts und niemanden zu interessieren als für ihren Herrn. Hamp versuchte, sich etwas für ihn auszudenken, etwas, was absolut wahr und aufrichtig war. »Ich weiß, das ist viel verlangt. Ich bitte Sie da um Informationen, ohne Ihnen etwas dafür bieten zu können. Jedesmal wenn einer wie Mantino eines gewaltsamen Todes stirbt, besteht die Möglichkeit von Folgen, Auswirkungen, und ich habe noch keine Ahnung, wie die aussehen könnten. In dem Bericht heißt es, daß es nach einem simplen Einbruch mit Raubabsicht aussieht.« Die Hündin schien befriedigt, und so lehnte sich Hamp in den Sessel zurück.

Lorenz zögerte: »Sie müssen verstehen, daß das für die Polizei hier die größte Katastrophe seit hundert Jahren ist.«

Hamp antwortete: »Das verstehe ich. Wir können…« Er spürte, daß er wieder in Gefahr geriet. »Ich kann Ihnen versichern, ich habe nicht die geringste Absicht, irgendwas von dem, was Sie mir hier sagen, unter die Leute zu tragen. Auch was da im einzelnen schiefgelaufen ist, interessiert mich nicht. Mich interessiert nur der Mord.« Die Hündin schien sich zu entspannen. Sie sah ihn noch einen Augenblick an und wandte sich dann, ohne den Kopf zu heben, wieder ihrem Herrn zu.

»Er hat einen Wagen vom nordamerikanischen Wach- und Schutzdienst kurzgeschlossen und ist damit vor das Haus gefahren, und zwar so, daß die Bewohner ihn sehen mußten, wenn sie ihm aufmachten. Die genaue Reihenfolge der Ereignisse danach ist uns nicht bekannt – keine Zeugen, keine Fingerabdrücke, nichts –, aber ich denke, es war so: Er hat ihnen eingeredet, sie wären in Gefahr, worauf Mantino und Sobell sich aus dem Waffenschrank im Wohnzimmer bedienten. Als Sobell sich mit seiner .306 auf den Weg nach hinten machte, schoß er ihm in den Hinterkopf. Sobell mußte als erstes dran gewesen sein – es ist ziemlich schwierig, einem bewaffneten Mann, der weiß, daß man es auf ihn abgesehen hat, so zu treffen. Dann hat er Mantino, noch bevor der abdrücken konnte, fünfmal in Brust und Stirn geschossen.«

»Und dann?«

»Hat er einen kühlen Kopf bewahrt, ordentlich Verwirrung gestiftet und ist entkommen. Wie ein richtiger Soldat.«

Hamp beobachtete Martha aus den Augenwinkeln. »Der Mann interessiert mich.« Martha spitzte ein Ohr, zeigte jedoch keine Unruhe. Er kam sich vor, als versuche er, einem Lügendetektor ein Schnippchen zu schlagen. Er fuhr fort: »Gibt es irgendwelche Anzeichen dafür, woher er kam oder wohin er als nächstes will?«

»Nichts«, sagte Lorenz. »Im Frühherbst gibt es hier zirka tausend Hotelzimmer, und so um die vierzig Prozent sind belegt. Wir haben sie schon so gut wie durch. Außerdem klappern wir Flugzeuge, Busse und Bahn ab. Ich würde sagen, er kam mit dem Wagen, erledigte seinen Job und fuhr dann, ohne Aufmerksamkeit zu erregen, wieder ab. Von uns hier hat er jedenfalls nicht das geringste zu befürchten.«

»Wer war dieser Sobell?«

»Männlich, weiß, einsfünfundachtzig, vierundachtzig Kilo, muskulös, gebrochene Nase, seine Fingerabdrücke sind auf allen Waffen im Schrank. Er hatte eine Lizenz als Privatdetektiv, aber ich finde keine Hinweise darauf, daß er in dieser Richtung viel gearbeitet hat. Ich würde ihn für einen Leibwächter halten.« Lorenz und seine Hündin ließen Hamp nicht aus den Augen.

Hamp beugte sich vor. »Haben Sie eine Idee, wieso Mantino einen Leibwächter angestellt haben sollte, anstatt einen aus seiner eigenen Organisation zu nehmen? Hatte er vor was Angst?«

»Ich hoffte, das könnten Sie mir sagen. Jedenfalls hat's ihn trotzdem erwischt, oder nicht?«

Hamp ließ sich das durch den Kopf gehen. Falls Mantino Angst vor einem bezahlten Mörder gehabt hatte, der früher mal für die Mafia gearbeitet hatte, dann lag der Fall auf der Hand. Der, der am meisten zu gewinnen hat, steht am nächsten, wenn die Leiche fällt. Er konnte es jedoch nicht zulassen, daß Lorenz ihm Fragen zu stellen begann. Selbst wenn ihm etwas darauf einfallen sollte, die Hündin würde seine Anspannung und Absichten wittern und ihn verraten. »Was fehlte denn aus dem Haus?«

Lorenz bedachte Hamp mit einem gequälten Blick. »Nichts. Irgendwie merkwürdig, nicht? Unserer Theorie nach fehlte ihm die Zeit, oder er hatte mehr Lärm gemacht, als er erwartet hatte.«

Hamp wurde klar, daß Lorenz besser war, als es aussah – nicht aufgrund seiner Schlüsse, denn schließlich sah ein Blinder, daß das kein vermasselter Raubversuch war, sondern aufgrund seiner Instinkte als Polizist. Er hatte sich den Mord durch den Kopf gehen lassen, zwei Tage lange darüber gebrütet und die Zeit genutzt, um sich umzusehen, umzuhören und alles auszuwerten. Er hatte die Diskrepanzen gesehen zwischen der offiziellen Version, an der er – dafür bezahlte man ihn schließlich – mitgestrickt hatte, um die Publicity nicht überhand nehmen zu lassen, und dem, was der gesunde Menschenverstand ihm sagte. Jetzt arbeitete er an einer eigenen Theorie. Falls er allein daran arbeitete, konnte er ihnen höchstens in die Quere kommen. Aber wenn er gut war, dann bestand immerhin eine kleine Chance, daß ihn das wenn schon nicht zu dem Raubtier, das dieser kleinen Gemeinde einen kurzen und relativ harmlosen Besuch abgestattet hatte, so doch zu Mantinos Partnern führte. Und dieser gute Mann hatte nicht mehr Ahnung als seine Hündin, was es bedeuten würde, diesen Leuten im Augenblick unangenehm aufzufallen. Hamp musterte die Hündin und beschloß, ihm das auszureden.

»Es war kein versuchter Raub«, sagte Hamp. »In diesem Punkt ist Washington sich sicher.« Oder wenigstens Elizabeth Waring. Die Hündin spürte Hamps Unbehagen und wandte sich ihm wieder zu. Noch einen Augenblick, das wußte er, und Martha würde langsam Kopf und Körper auf ihn ausrichten. »Es war das Werk eines Profikillers.«

Lorenz nickte. »Na schön. Und das heißt?«

»Das heißt, sein Tod paßt nicht ins Standardschema, was das Motiv für Mord anbelangt. Ich weiß nicht, warum man ihn umgebracht hat, und es kann Jahre dauern, bis wir es erfahren, aber es war nichts Lokales. Verstehen Sie?«

Lorenz behielt sich ein Urteil vor. »Erklären Sie's mir.«

»Ich bitte Sie nur, nicht auf eigene Faust loszuziehen und

selbst Spuren nachzugehen. Falls sich irgend etwas ergibt, übergeben Sie es dem FBI.« Hamp war versucht, ihm Angst einzujagen, aber er sah, daß dieser Mann sich nicht einschüchtern ließ. Ihm zu drohen würde nur dazu führen, daß er die Sache auf keinen Fall zu den Akten legte.

Lorenz seufzte frustriert, und die Hündin machte ein verwirrtes Gesicht. War Herrchen zornig auf diesen Fremden? Sie beschloß, auf Nummer Sicher zu gehen. Hamp sah zu, wie sich ihr großer, muskulöser Körper in eine Linie mit dem Kopf bewegte. So kauerte sie auf der Couch, bereit loszuspringen, falls ihr Herr und Meister den Impuls auslösen sollte. »Das ist nur fair«, sagte Lorenz.

»Habe ich ihr Wort darauf?« fragte Hamp. Die Hündin witterte die Spannung und die Unentschlossenheit ihres Herrchens. Sie kauerte sich noch tiefer, und die obere Lefze zuckte, als stellte sie sich bereits vor, wie er schmeckte.

»Ja«, sagte Lorenz schließlich.

Hamp lächelte. »Gut«, sagte er und meinte es ernst. Er spürte die Spannung weichen. »Ich weiß das zu schätzen.« Er stand auf und trat einen Schritt Richtung Tür, dann blieb er stehen und tätschelte Martha fest auf die Schulter. Er spürte ihre Muskeln und Knochen unter dem Fell; sie faßte sich an wie der Oberarm eines Mannes. Wie ein feuchter Schinken rutschte ihr die Zunge über den Unterkiefer, dann peitschte der buschige Schwanz hin und her. Als Hamp zur Tür ging, schüttelte Lorenz ihm die Hand. »Also, das ist ja'n Ding«, sagte er. »Sie mag Leute sonst nicht besonders, aber in Sie hat sie sich ja richtig verknallt.«

Hamp saß auf dem Bett und musterte den großen primitiven Sturz der Badtür über ihm. Das La Fonda hatte eine Menge spanischer Einschläge, kleine farbige Muster zum Beispiel, die man an den unmöglichsten Stellen an die weißen Wände gemalt hatte, und dann natürlich die Wände selbst, die nach außen hin fast einen halben Meter dick waren. Das Gebäude gab einem ein Gefühl der Sicherheit.

Hamp hatte die Neugierde schon die merkwürdigsten Formen annehmen sehen, und wenn ein Mann wie Peter Mantino starb, dann konnte man sich schon vorstellen, daß so einige in der Stadt waren, die sich ihm nahe fühlten. Und falls dem so war, so würden sie sich nicht scheuen, einem Außendienstler aus dem Justizministerium eine Wanze ins Zimmer zu setzen, nur um zu sehen, ob er bessere Spuren hätte als sie. Er kam zu dem Schluß, daß ihm nichts anderes übrigblieb, als den Fernseher einzuschalten, um wenigstens einiges von dem zu kaschieren, was er zu sagen hatte.

Als Elizabeth Waring antwortete, flüsterte sie fast. »Hallo«, sagte Hamp. »Ich hoffe, ich habe Sie nicht aufgeweckt.«

»Jack?«

»Ja. Ich bin eben mit der Polizei hier fertig geworden. Viel haben sie nicht, aber die beste Vermutung ist ein einzelner Mann, der nur mit der Absicht kam, Mantino umzubringen. Die zweitbeste kommt in die Zeitungen.«

»Und die wäre?«

»Ein Räuber hat sich als Wachmann ausgegeben, stellte fest, daß die Opfer bewaffnet waren, und mußte sie erschießen, um fliehen zu können.«

»Glauben Sie, es ist unser Mann?«

»Ich weiß nicht, ob zwei Verbrechen genügen, um daraus ein verläßliches Schema abzuleiten.«

Sie stieß einen so tiefen Seufzer aus, daß er ihn hörte. »Jack, ich habe gestern einen Gefallen in der Personalabteilung eingefordert, um zu sehen, wer Sie sind. Ich weiß, Sie erwarten sich wahrscheinlich nicht viel von mir, aber lassen Sie sich bitte dadurch nicht davon abhalten, mir zu sagen, was Sie denken – nicht, was Sie *wissen,* schließlich wissen wir alle noch nicht sonderlich viel. Ich habe nämlich herausgefunden, daß ich von Ihnen eine ganze Menge erwarten kann, und das werde ich auch brauchen.«

Hamp ließ sich das durch den Kopf gehen und war überrascht. Sie manipulierte ihn mit Schmeicheleien. Genau das, was er selbst auch gemacht hätte, wenn er in Washington festgesessen hätte. Gut möglich, daß sie eine Blondine war, eine von denen mit langen, glänzenden glatten Haaren und leuchtenden leeren Augen, die einem ohne mit der Wimper zu zucken in die Augen sahen, während sie einen einseiften. »Neunundneunzig zu eins, daß er's ist.«

»Warum?«

»Gibt nicht allzu viele, die das auf diese Weise durchziehen würden. Dazu braucht es schon einen gewissen Typ, trotz Heimvorteil des anderen bei ihm aufzukreuzen, ihm in die Augen zu sehen, ihn abzuknipsen und wieder davonzuspazieren. Sehen Sie, Talarese und Mantino waren wohl beide kaum allein anzutreffen, das wußte er, und jeder, der Zeitung lesen kann, weiß, daß sie genauso leicht an eine Waffe kommen wie er. Er ist kein Psychopath, der zusehen will, wie das wehrlose Opfer es mit der Angst zu tun bekommt und leidet, damit er sich stark fühlen kann. Ganz im Gegenteil. Er weiß, daß die in der Überzahl sind, daß man wahrscheinlich Jagd auf ihn macht, er muß sich seiner Sache schon sicher sein, weil er nicht bleiben und es noch mal versuchen kann. Er macht es so und nicht anders, weil er weiß, der andere stutzt erst mal, bevor er seine Waffe herauszufummeln versucht, und er weiß, daß ihm das nicht passiert. Sie wissen, was ich meine, ja? Er *weiß* es.«

Es entstand eine Pause an Elizabeths Ende der Leitung, die sich anhörte, als überlege sie angestrengt. »Was macht er im Augenblick?«

»Ich glaube, daß er alles erledigt hat. Er hätte keinen Flug nach Hongkong gebucht, würde er nicht aus dem Land zu kommen versuchen. Ich glaube, daß er auch noch Mantino erledigt hat, hat irgendwie damit zu tun. Vielleicht war es eine Gegenleistung an jemanden, der ihm außer Landes hilft. Mantino hatte einen Außenseiter als Leibwächter, was in meinen Augen bedeutet, daß er irgend jemandem in seiner Organisation nicht über den Weg getraut hat. Aber genausogut besteht die Möglichkeit, daß unser Mann schlicht und ergreifend für eine Mordsaufregung sorgen wollte. Dann wären die viel zu beschäftigt, sich kugelsichere Scheiben einsetzen zu lassen, um loszugehen und ihn zu suchen.«

»Willkommen im Team, Jack.«

»Was?«

»Was Sie da eben über seine Denkweise ausgeknobelt haben, dazu haben andere zehn Jahre gebraucht.«

»Heben Sie sich die Glückwünsche lieber mal auf.«

»Wieso?«

»Wieso? Wenn ich zu gut dabei werde, kriege ich ihn womöglich noch persönlich zu sehen.«

»Was wäre denn daran so schlimm?«

»Womöglich stutze ich auch erst mal, bevor ich meine Waffe herauszufummeln versuche.«

11

Die Episode in New Mexico war eine Katastrophe gewesen. Sich in eine Situation zu bringen, in der er im Finstern eine Zielscheibe für einen verängstigten Bullen bot!

Wo Eddie Mastrewski geradezu ein Apostel der Vorsicht gewesen war. Wolf sah ihn noch vor sich: feist, verschwitzt mit hervortretenden Augen; und auch die Adern traten deutlich an seinen Schläfen hervor, als er den Wagen hinter St. Louis auf den Highway zog. »Das war gar nicht gut, Kleiner«, hatte er ihm mit einem Blick in den Rückspiegel gesagt, bevor er ihn auf den Jungen richtete; dann sah er wieder in den Spiegel, und das ging so oft hin und her, daß die Straße vor ihnen zweitrangig schien. Der Junge begann sich zu ängstigen. Eddie sah aus, als würde er jeden Augenblick explodieren. In der Fleischerei hatte der Junge haufenweise Innereien gesehen, ohne mehr als eine vage Vorstellung davon zu haben, wie sie funktionierten. Jetzt dachte er, Eddies Pumpe sorge für viel zuviel Druck, und wenn sie nicht aufhörte, bekäme er einen Herzanfall, unter dem der Junge sich die Explosion einer Pumpe vorstellte.

»Wir leben von unserer Arbeit«, sagte Eddie. »Sie ist kein Sport. Schießereien können wir uns nicht leisten.« Der Junge hatte weise genickt, um Eddie zu beschwichtigen; dann sah er zu, wie er sich langsam wieder beruhigte.

Die Rolle des Jungen war genau nach Plan verlaufen. Er hatte hinten im Kino bei einigen Jungs in seinem Alter gesessen, und Mancuso hatte ihn noch nicht einmal bemerkt. Für die Erwachsenen gehörte er zu einer Gruppe von Kindern aus dem Viertel, die sich zusammen einen Film ansahen. Als Mancuso mitten im Film aufstand, um nach oben auf die Toilette zu gehen, war der Junge ihm gefolgt.

Er hatte eigentlich gar keine Lust gehabt, weil ihn die Bilder auf der riesigen Leinwand zu interessieren begannen. Der Film war *La Dolce Vita*, und er konnte sich noch genau an die Szene erinnern, bei der er rausgemußt hatte: eine Morgendämmerung irgendwo vor den Toren Roms nach einer Nacht unfaßbarer Ausschweifungen – Marcello Mastroianni hatte sich auf den Rücken einer Frau gesetzt und sie wie ein Pferd geritten. Der Junge hatte keine Ahnung gehabt, was genau da vor sich ging, ja ob es das überhaupt gab oder ob einem die Ausländer nur ihre Verdorbenheit vorführen wollten. Jedenfalls war es das einzige Bild, an das er sich nach dreißig Jahren noch erinnerte; er hatte es mit dem letzten Blick über die Schulter gesehen. Er wäre zu gern geblieben, wenigstens bis zur nächsten Szene, in der schwachen Hoffnung auf einen Geschlechtsverkehr, obwohl er nie einen Film gesehen hatte, in dem es so etwas gab; oder was, wenn die Frau durch ein glückliches Versehen plötzlich nackt dagestanden hätte? Selbst er konnte sehen, daß für ausländische Filme andere Regeln galten – jedenfalls hatte er Doris Day und Rock Hudson nie so gesehen –, und er ging nur ungern, ohne es zu erfahren.

Er war entsprechend sauer auf Mancuso, als er ihm auf die Toilette in der Loge folgte. Aber als er die Tür öffnete, war der Film vergessen. Mancuso war nicht hier, um seine Notdurft zu verrichten, sondern um sich mit zwei Männern zu treffen. Als der Junge hereinkam, hatten sich alle drei nach ihm umgedreht; ihre Köpfe schnellten dabei herum ähnlich einem Schwarm von Vögeln. Der Junge hatte den Blick abgewandt und war direkt an die Rinne getreten, da er nicht wußte, wie er seine Anwesenheit sonst hätte rechtfertigen können. Dann hatte er dagestanden und seine Blase zu überreden versucht. Sahen Sie, daß er nicht pißte? Die drei waren ans andere Ende des Raums gegangen. Er hörte ihre Ledersohlen auf den harten weißen Fliesen. Mancuso gab den Männern verknitterte Umschläge, dann gingen sie; als sie die Tür aufzogen, quietschte die Feder, die sie geschlossen hielt.

Als Mancuso ans Waschbecken trat, um sich die Hände zu waschen, hatte der Junge sich darüber gewundert. Aber es diente ihm nur als Vorwand, um im Spiegel sein dickes braunes Haar zu bewundern. Dann war er sich mit nassen Händen über den Kopf gefahren und hatte einen Plastikkamm zum Vorschein gebracht. Der Junge hatte versucht, die Zcit anzuhalten, damit sich nichts änderte, während er zu einem Entschluß zu kommen versuchte, aber es wollte nicht gelingen.

Mancuso steckte den Kamm in die Brusttasche und wandte sich dem schmuddeligen Rollhandtuch zu. Der Junge drehte sich mit ihm um, holte den Revolver aus der Jacke und zielte auf die Schädelbasis. Der Krach war schrecklich in dem kleinen Raum, metallisch und hohl. Dann stürzte er hinaus, nicht nur auf der Flucht vor der Leiche, sondern auch vor dem Dröhnen in seinen Ohren. Im schwachen orangen Licht der tropfenförmigen kleinen Lampen an den Wänden des Zwischenstocks hatte er dann seinen Fehler gesehen.

Die beiden Männer waren gar nicht gegangen. Sie hatten vor der Tür auf Mancuso gewartet; sie zogen eben ihre Waffen aus dem Jackett und legten auf den Jungen an. Er erinnerte sich noch an das verdutzte Gesicht des einen großen schlanken Kerls mit einer langen Nase. Er blickte den Jungen an und dann an ihm vorbei, als erwarte er noch jemand anderen. Der Junge lief los.

Jahre danach begriff er, daß ihm das vermutlich das Leben gerettet hatte. Hätte er noch einmal den Revolver gezogen, ja wäre er auch nur lange genug stehengeblieben, um die beiden einen klaren Gedanken fassen zu lassen, es wäre ihm zum Verhängnis geworden. Aber er rannte die Treppe hinab ins Foyer, wo Eddie eben mit einigen verängstigten Platzanweisern und drei Männern mittleren Alters in Hüten und langen Mänteln durch eine Schwingtür kam. Zuerst dachte der Junge schon, sie hätten Eddie geschnappt, weil sie ihm nach Zivilfahndern aussahen. Aber als hinter ihm die beiden Männer mit ihren Waffen auftauchten, rannten alle außer Eddie zurück in den Saal. Nur der Junge und Eddie schossen. Und das beide auf denselben Mann. Sie trafen ihn, und der andere brachte zwei, drei Schüsse übers Geländer an. Er war jedoch gerissener, als gut für ihn war, weil er auf die große Glastür zur Straße hinaus feuerte, an der sich Eddie und der Junge mittlerweile hätten befinden müssen, anstatt ins Foyer, wo sie tatsächlich waren. Der

Junge legte eben noch einmal an, als das Geländer vor seinen Augen verschwamm – er sah sich von den Füßen gerissen und über die Scherben der Tür hinaus auf die Straße geschubst.

Eddie hatte genau das Richtige getan. An vorderster Stelle stand bei ihm immer die Gewißheit, daß jeder, der einen guten Grund zu haben glaubte, den Kopf aus der Schlinge zu ziehen, wenn die Luft bleihaltig war, nur ein Schwachkopf sein konnte. Für Wolf war es Zeit, den Kopf einzuziehen.

Er war zwei Tage durchgefahren, um nach Buffalo zu kommen. Er verfiel in eine alberne Euphorie, als er endlich aussteigen und ein Stückchen laufen konnte. Sein rechtes Bein war steif und verkrampft; die Sehne hinter dem Knie war überdehnt und fühlte sich an wie aus Gummi. Er ging die Grant Street entlang und sah sich die Häuser an. Sie hatten sich nicht verändert in den zehn Jahren, nur die Geschäfte, so daß durchaus Hoffnung bestand. Beim ersten Blick auf Buffalo nach so vielen Jahren schien ihm die Stadt des Wahnsinns Beute geworden zu sein: Das Geschäftszentrum war planiert oder mit dem Sandstrahler bearbeitet und machte den merkwürdig mumifizierten Eindruck einer dekorativen Kulisse; die Main Street liefen zwei Schienenstränge entlang, und die vielen Lichter gaben ihm Gelegenheit, seinen ersten Eindruck bestätigt zu sehen: Kein Mensch war zu Fuß unterwegs. Die schmutzigen und gefährlichen Bewohner der Chipewa Street hatte man mit dem Schlauch fortgespritzt und die Gebäude zum Kern eines nicht vorhandenen Theaterviertels gemacht.

Das alles erschreckte ihn. Was mochte aus dem alten Mann geworden sein, wenn hier der Sanierungswahn grassierte? Aber offensichtlich war dem Moloch kurz vor der Grant Street die Luft ausgegangen. Anscheinend waren die respektablen Arbeiterviertel dem Stadtrat nicht wichtig genug und hatten sich somit die alte kernige Integrität bewahrt.

Sechzehn Jahre war er alt gewesen, als er mit Eddie geschäftlich hier war; langsam und ohne anzuhalten, waren sie an dem Haus vorübergerollt. »Was ist denn?« hatte er ihn gefragt. Und Eddie hatte geantwortet: »Hier drinnen gibt's einen, der Leute verschwinden läßt. Ein schwarzbrauner Kerl, zäh wie meine Schuhe und um die tausend Jahre alt. Merk dir, wo das ist. Nicht aufschreiben, nur merken.«

Jahre später war er nach Buffalo gekommen, mit einer Prämie auf seinem Kopf, die in Zahlen gar nicht mehr auszudrücken war. Es hieß damals, der Mann, der ihn erwischte, dürfte für den Rest seiner Tage ausgesorgt haben. Und so hatte er sich eines Winterabends in einem finsteren, muffigen Wohnzimmer mit einem stillen alten Mann unterhalten; auf dem Kaminsims tickte eine große Uhr, während der alte Heizkessel im Keller warme Luft durch die Schlitze zu ihren Füßen pumpte.

»Ich weiß, wer Sie sind«, hatte der Alte gesagt. »Das wird teuer.«

Zehn Jahre später saß er wieder in diesem Wohnzimmer. Diesmal sagte der Alte: »Ich erinnere mich noch an Sie. Das wird teuer.«

»Ich weiß«, sagte Wolf. Seiner Ansicht nach konnte der Alte von Glück reden, noch nicht unter der Erde zu sein, wo er doch seinem ohnehin schon biblischen Alter weitere zehn Jahre angehängt hatte.

Auch der Alte schien zu überlegen, wie lange zehn Jahre so waren. »Wie intensiv sucht man Sie denn nach all den Jahren noch? Und lügen Sie mich ja nicht an.«

»Sie haben mich gefunden«, sagte er. »Also sind sie wohl schwer dahinter her.«

»Wieso?«

»Das wissen Sie doch.«

»Nein. Wieso grade *jetzt*?«

»Ich habe die ganze Zeit über weit weg von hier gelebt. Ich

war nicht dumm genug, auch nur an eine Rückkehr zu denken, aber Tony Talarese hat mich gefunden.«

»Und da haben Sie ihn umgebracht, das macht vier. Peter Mantino macht sechs, weil Sie einen Mann umlegen mußten, um an ihn ranzukommen.«

»Es weiß also jeder.«

»Die Leute reden nun mal. Und diesmal habe ich zugehört.«

»Warum?

»Ich wußte doch, daß Sie fort waren. Das heißt, Sie haben keinen, den Sie nicht schon vor zehn Jahren gekannt haben.«

»Sie haben mich also erwartet.«

»Ich habe gewartet.«

»Werden Sie mir helfen?«

»Als Sie das letzte Mal Ärger hatten, wollten Sie nicht weglaufen, bevor Sie denen nicht richtig zugesetzt hätten. Sie haben zwanzig Leute umgebracht, bevor Sie es gut sein ließen.«

»Zwanzig waren es nicht.«

Der Alte zuckte die Achseln. »Spielt auch keine Rolle. Ich will nur wissen, ob Sie das diesmal auch vorhaben.«

»Nein«, sagte Wolf. »Es war den Versuch wert, Talarese zu kriegen, bevor er jemandem sagt, wo ich bin. Ich dachte, er wäre zu gierig gewesen, die Prämie jemanden anders kassieren zu lassen. Aber dann erwartete mich ein Revolvermann auf dem Flughafen in L.A. Wenn sich nicht alles von Grund auf geändert hat, dann hätte das außer Mantino keiner arrangieren können.«

»Wen wollen Sie sonst noch? Sind Sie in der Stadt, um Angelo Fratelli zu kriegen?«

»Nein. Ich will nur einen Paß und eine Fluchtroute. Ich will wieder untertauchen.«

»Dann werde ich mal mit einem Mann reden.« Der Alte stemmte sich mit beiden Armen aus dem Sessel und blieb einen Augenblick vornübergebeugt stehen, bevor er sich aufrichtete. Während er sich für seinen Gang anzog, sah er uralt und gebrechlich aus. Er schlüpfte in eine Wollweste, wickelte sich einen Schal um den Hals und zog einen dunkelbraunen Mantel darüber; schließlich zog er noch ein Paar Überschuhe über die soliden Lederschuhe, um sich keine nassen Füße zu holen. Als wären sie mitten im Winter. Vorsichtig ging er zur Tür. »Schließen Sie hinter mir ab. Sollte einer kommen, der keinen Schlüssel hat, schießen Sie ihn ab.«

»Ich habe keine Waffe dabei.«

Der Alte mußte den ganzen Oberkörper wenden, um ihn anzusehen. »Im Schrank ist eine Schrotflinte.« Er schloß die Tür, und Wolf hörte ihn langsam und vorsichtig über die elastischen Dielen des Flurs auf die Treppe zugehen. Dann trat wieder Stille ein.

Im Haus herrschte noch immer eine geradezu manische Ordnung. In der Küche hingen Messer, die so oft geschliffen waren, daß sie Filetierklingen hatten, aber die Reihenfolge richtete sich streng nach der Länge. Vor dem Schrank standen in Reih und Glied die Stiefel des Alten. Die Flinte war eine Remington, die er irgendwann nach der Jahrhundertwende erstanden haben dürfte. Sie stand in einem Ständer, den der Alte selbst gemacht hatte; der Untersatz war mit einer Stichsäge genau auf die Wölbung des Kolbenbodens zugeschnitten, ein paar Klammern um den Lauf hinderten sie am Umfallen. Über die Mündung hatte er die Plastikkappe eines Aspirinfläschchens gestülpt, um den Staub fernzuhalten. Wolf nahm sie aus dem Ständer und roch daran: Leinöl auf dem Schaft, Waffenöl auf dem Lauf. Er schob den Vorderschaft vor und zurück und vernahm das satte, butterweiche Klicken, als er eine Patrone auf den Teppich pumpte. Er warf einen Blick darauf, bevor er sie wieder ins Magazin zurückschob: Postenschrot. Der Alte wollte nicht zweimal abdrücken müssen.

Er hatte seit zweiundsiebzig Stunden kaum ein Auge zugetan, und sein Verstand zeigte langsam, aber sicher Verschleißerscheinungen. Er mußte sich noch einige Minuten zwingen, wach zu bleiben. Er fand eine Schachtel Schrotpatronen auf dem Boden hinter den Stiefeln, füllte sich die Taschen und nahm die Flinte mit.

Die Erschöpfung überkam ihn fast wie ein Schwindelanfall; als er den Kopf wandte, brauchte er eine ganze Weile, um wieder ein scharfes Bild zu bekommen. Er wußte, daß ihm das vermutlich mehr zu schaffen machte als die Gefahr, im Haus des Alten zu schlafen, aber er spürte eine nervöse Unruhe, die ihm angst davor machte, die Augen zu schließen.

Eddie hatte auch dafür einen Rat gehabt: »Bevor du einschläfst, sorg verdammt noch mal gründlich dafür, daß du beim Aufwachen noch lebst.« Für gewöhnlich ließ er während der Fahrt den Jungen nicht schlafen, sondern die Autos hinter ihnen beobachten; manchmal mußte er auch nur nach einem günstigen Platz Ausschau halten, an dem man eine Waffe verschwinden lassen oder die Nummernschilder wechseln konnte. Einmal hatte er ihn Geländepunkte checken lassen, um sicherzugehen, daß die Straßenkarte auch wirklich stimmte. Irgendwann während der letzten Jahre hatte Wolf sich schließlich eingestanden, daß er immer gewußt hatte, woran das lag: Eddie war nur ungern allein gewesen, wenn er Angst hatte. Eddie freilich hätte gesagt: »Ich hab' keine Angst, ich bin nur auf dem Posten.« Er wurde heute noch traurig bei dem Gedanken, daß Eddie allein gewesen war, als er starb.

Er ging durchs Haus in die Speisekammer und machte Licht. Die Dosen und Flaschen auf den Regalen reichten auf Jahre hinaus. Alles war sorgfältig ausgerichtet, wie in einem winzigen Supermarkt. Er fand einen Zehnkilosack Reis, der auf dem Boden lag und als Kissen fungierte; er legte die Flinte daneben und machte das Licht wieder aus. Einen Moment lang lag er im Dunkeln, öffnete und schloß die Augen, konnte aber keinen

Unterschied feststellen. Er überlegte, ob er nicht irgend etwas anderes ausprobieren sollte. Er hatte seit zehn Jahren nicht mehr auf dem Boden geschlafen, und die Fliesen waren härter und kälter, als sie aussahen. Aber allein die Vorstellung, jetzt noch einmal aufzustehen, erschien ihm im Augenblick zu anstrengend, und dann versuchte er sich krampfhaft daran zu erinnern, was er sich vorher überlegt hatte. Er kam zu dem Schluß, daß er besser woanders hin sollte, aber erst später, wenn es noch unbequemer wurde. Und dann war er auch schon eingeschlafen.

Wolf träumte nicht. Statt dessen wanderte er in Gedanken durchs Haus, strich mit den Händen die Wände entlang und vernahm das leichte Vibrieren des alten Ölbrenners; es hörte sich an wie ein Motor, der mit schwerfälliger Langsamkeit vor sich hin tuckerte. Tief im Gebälk das fast schon nicht mehr zu hörende Ächzen, mit dem sich das Haus gegen den Wind vom Fluß herauf stemmte, der draußen feinsten Sand gegen die undurchlässige Schale glasharten Lacks auf den Brettern blies. Man hätte meinen können, tief im Stauraum eines vor Anker liegenden Schiffes zu sein. In Gedanken patrouillierte er die Oberflächen, vergewisserte sich, daß der Kokon dicht und nicht rissig war und sein schlafender Körper genau in der Mitte lag, wo er ihn versteckt hatte.

Als er aufwachte, war sein erster Eindruck der, daß er auf seinen Runden etwas vergessen hatte, daß ihm ein Fehler unterlaufen war. Aber dann stolperte er über den Widerspruch: Er konnte schlecht zugleich geschlafen haben und wach gewesen sein. Er wußte nur eins, es waren Leute im Haus. Der Boden verstärkte die Wucht ihrer Schritte so stark, daß er sie spürte. Hätte der Alte jemanden mitgebracht, er wäre zuerst allein gekommen, um ihm Bescheid zu sagen.

Er nahm die Flinte und kroch in Richtung Tür. Er schob sie einige Millimeter auf und spähte in die Küche hinaus. Es war nach wie vor dunkel. Er lauschte auf eine Bewegung, bis er sicher sein konnte, daß sie nicht mehr im Raum waren. Er hörte das Ächzen einer ruckartig aufgerisseen Tür auf dem Flur, dann herrschte Stille. Wenn hier im Dunkeln Leute durchs Haus schlichen, dann war der Alte jedenfalls nicht dabei. Der wußte, die Chancen, sich dabei eine Ladung Blei einzufangen, standen zu gut. War es möglich, daß der Alte ihn verkauft hatte? Nicht nachdem er ihm eine geladene Flinte gegeben hatte. Da suchte irgend jemand nach Wolf.

Die erste Durchsuchung würde rasch und oberflächlich sein. Sie würden an Türen vorbeilaufen und zur Seite springen, wenn sie sie aufstießen. Wenn sie das Haus durchkämmt hätten, ohne auf Widerstand gestoßen zu sein, würden sie noch einmal von vorn anfangen und nach Verstecken suchen. Er mußte noch vor dieser Phase hier raus. Er hielt die Flinte parallel zum Boden, als er aus der Speisekammer in die offene Küche schlüpfte. Lautlos setzte er einen Fuß vor den anderen und bewegte sich zur Küchentür. Jetzt hörte er Stimmen im Wohnzimmer, rasch, dringlich und leise.

Langsam drehte er den Türknauf und zog die Tür auf, bevor er die Feder wieder zurückschnellen ließ. Er tat erst einen Schritt über die Schwelle, dann noch einen, um einen festen Stand zu haben; in der Art ging es die ganzen Treppenstufen hinab. Er nahm einen tiefen Zug von der kühlen, feuchten Luft und stieß sie dann in den Wind. Als er einen klaren Kopf bekam, sagte er sich, daß der Alte tot sein mußte.

Er ging ums Haus herum auf die Rückseite, spähte durchs Fenster und sah sie. Es waren zwei, beide mit einer Waffe in der rechten Hand. Der eine war groß und dick und trug das graue Haar wie Stachelschweinborsten nach hinten gekämmt. Er hielt die Mündung seiner Waffe auf den Boden gerichtet, während der andere – fünfundzwanzig, das kantige und scharfgeschnittene Gesicht voller Pockennarben – herumtänzelte,

Schranktüren aufriß und dann aus dem Weg sprang, als könnte er sich nicht sicher sein, wann sein Partner sich zum Schießen entschloß.

Während er sie beobachtete, studierte er den eifrigen, raubtierhaften Ausdruck auf dem Gesicht des Jüngeren. Er sah aus, als hätte er eben dem alten Schwarzen beim Sterben zugesehen und es genossen. Er war völlig aufgedreht und konnte es kaum erwarten, es noch einmal zu tun. Es dauerte nur einen Augenblick, und der Impuls, den sein Anblick in Wolf auslöste, ging seinen Weg. Er wußte, Eddie Mastrewski hätte gesagt: »Was schaut dabei raus?« Aber der Impuls war zu schnell; er wurde zu einer heißen Lawine, die ihn die Flinte heben und fest an die Schulter drücken ließ. Er schoß durchs Fenster, lud durch und schoß gleich noch mal. Nach dem zweiten Schuß, als der Lauf sich nach dem Rückstoß wieder ausrichtete und er noch einmal durchlud, kam ein Augenblick, in dem er wie durch die Bewegung eines Kameraverschlusses die glitzernden Scherben der Scheibe über die beiden Leichen hinwegspritzten sah.

Er senkte die Flinte, drückte den Einklinkhebel nach unten und pumpte rasch die restlichen drei Patronen heraus. Dann löste er das Magazin, nahm den Lauf eine Vierteldrehung herum und nahm ihn aus der Basküle. Mit den beiden Hälften des Gewehrs unter dem Mantel ging er über die Zufahrt auf die Straße. Er hatte dem Alten gesagt, er sei nicht wegen Angelo Fratelli gekommen; aber seither hatte sich eine Menge geändert.

Angelo Fratelli hatte eine Aversion gegen Weißwein. Er war der festen Überzeugung, daß es sich um eine saure, verwässerte Version des kräftigen blutroten Landweins handelte, den er seit seiner Kindheit trank. Die Schwestern in der Schule hatten behauptet, die Römer hätten Jesus am Kreuz einen mit Wasser und Essig getränkten Schwamm gegeben, und Fratelli hatte immer gedacht, sie meinten etwas, was nur wie Essig schmeckte, vielleicht billigen spanischen Sauternes. Und genau den trank Angelo jetzt. Jedes Jahr, zwischen Aschermittwoch und Ostern, trank er nur Weißwein. Es war ein Erbe aus der Zeit, als die Leute am Freitag noch Fisch aßen, und obwohl die Kirche einem nicht sagte, was man dazu trank, waren die Fratellis immer davon ausgegangen, daß in der Heiligen Schrift von Weißwein die Rede war. Das Gläschen Cognac oder Grappa, das er sich nach dem Essen gern gönnte, kam ebenfalls nicht in Frage, da derlei Gebräu eindeutig unter Luxus fiel. Daß er um diese Jahreszeit noch immer Weißwein trank, kam daher, daß er es dem heiligen Johannes als Gegenleistung für einen Gefallen versprochen hatte; hin und wieder fragte er sich freilich schon, ob der Gefallen das Opfer auch wirklich wert war.

Andererseits nahm er während der Fastenzeit immer ab, und so war er im großen und ganzen recht zufrieden mit dem Ergebnis, dem letzten Rest seiner Vorstellung von Religion. Am Morgen des Ostersonntags wog er seit Jahren hundertvier Kilo. Zog der nächste Aschermittwoch ins Land, hatte er wieder seine einhundertelf; im Lauf der letzten zwanzig Jahre hatte er also hundertvierzig Kilo abgespeckt. Würde er sich nicht jede Fastenzeit den Appetit mit Weißwein verderben, hätte er es seiner Rechnung nach mittlerweile auf zirka zweihundertfünfzig Kilo gebracht. Bei dreiundfünfzig Jahren wäre das ein echtes Problem; er wäre im Vesuvio noch nicht mal mehr hinter den stets für ihn reservierten Tisch gekommen.

Was weit mehr gewesen wäre als nur eine Demütigung, da er von diesem Tisch aus auch seine Geschäfte betrieb. Er stand unter einem Buntglasfenster mit einem Bild des Vesuvs, der eben eine mächtige Wolke weißen Rauchs in den blauen Himmel stieß. Hier konnte er mit dem Rücken zur Wand sitzen, ohne daß man das auf den ersten Blick sah, da sich hinter dem

Fenster eine fünfzehn Zentimeter dicke Mauer aus weißgekalkten Ziegeln befand, vor der einige raffiniert plazierte Glühbirnen das Licht der italienischen Sonne und das Glühen des Vulkans simulierten. Die Reservierung erfolgte nicht etwa durch so etwas Plumpes wie ein Schild, es war nur einfach so, daß die Kellner dort nie jemand anderen Platz nehmen ließen. Wenn irgendein Gast darum bat, nickten sie nur lächelnd und führten ihn in einen anderen Winkel des Restaurants.

Angelo Fratelli war ein wichtiger Mann. In gewisser Hinsicht war er die große Attraktion des Restaurants. Jeden Abend um sechs parkte er hinter dem Haus, ging um die Ecke nach vorn, kam herein, lächelte den älteren Kellnern zu und spazierte durch den Speisesaal an seinen Tisch. Kaum hatte er sich gesetzt, brachte ihm Lorraine, eine blonde Kellnerin um die Fünfzig, die er besonders zu mögen schien, seinen Wein. Sie knallte die Karaffe dabei derart auf den Tisch, daß sie fast überschwappte, und auch das Glas landete nicht weniger hart. Wenn er sagte: »Schöner Tag heute«, fauchte sie: »Kann ich nicht sagen. Schließlich steh' ich den ganzen Tag in diesem finsteren Loch hier herum.« Sagte er, daß sie gut aussehe, meinte sie: »Daran sollten Sie noch nicht mal denken.« Aus Gründen, die keinem hier aufgehen wollten, fand Mr. Fratelli Lorraine amüsant, und jedesmal wenn er ging, steckte er ihr ein reichliches Trinkgeld zu. Da die Angestellten des Vesuvio ihre Trinkgelder untereinander aufteilten, sah man in Lorraines Unhöflichkeit gegenüber Mr. Fratelli eine Art Heldentum: In gewisser Hinsicht riskierte sie ihr Leben für das Wohl aller. Angelo Fratelli war der Alleinherrscher einer Organisation, die in Buffalo »Der Arm« genannte wurde.

Es maßte sich zwar keiner eine Vermutung darüber an, wieso Angelo Lorraine tolerierte, aber es gab mehrere Gründe dafür. Zum einen dachte er, daß er dadurch einen liebenswürdigen, zugänglichen Eindruck machte. In Wirklichkeit war er alles andere als umgänglich. In den Kriegen der fünfziger Jahre hatte er seinen Anteil an Kofferräumen gefüllt und kultivierte seither seinen Ruf als Barbar, indem er dafür sorgte, daß die Opfer, die er mit seinem Zorn in Verbindung gebracht sehen wollte, nackt und verstümmelt auf den Feldern südlich der Stadt auftauchten. Alles, was er tat, war berechnet. Obwohl er keinerlei Interesse daran hatte, seine Zeit mit anderen zu verbringen, hatte er festgestellt, daß ihm ein Gutteil seiner Geschäfte von Leuten zugetragen wurde, die ohne seine angebliche Zugänglichkeit viel zu viel Angst gehabt hätten, sich an ihn zu wenden. Er übte dieses Auftreten schon seit den vierziger Jahren, als ihm Francisco Del Pecchio, der Potentat jener Ära, einen Stall reizloser Strichruinen verpachtet hatte. Da Angelo von Haus aus zu Schwermut und Verdrießlichkeit neigte, tat er sich im Gunstgewerbe zunächst ziemlich schwer. Potentielle Kunden bekamen es bei seinem Anblick instinktiv mit der Angst zu tun und wollten seine Ware oft gar nicht mehr sehen; zu sehr hatten sie den Eindruck, der schwergewichtige junge Unternehmer könnte sie in seinen Bau im Albemarle locken, um sie ihrer Brieftaschen und Uhren wegen zu garrottieren. Er war sogar schon soweit, sein Geschäft tatsächlich auf so etwas umzustellen, als eines Tages ein potentieller Kunde, ein Gipskäufer aus Ohio, ihn aufklärte: »Glauben Sie wirklich, ich bin so bescheuert, in einer fremden Stadt nachts mit einem wie Ihnen zu gehen?«

Daraufhin hatte Angelo seine beträchtliche Willenskraft ganz darauf ausgerichtet, sein Image zu ändern. Er hatte etwas Geld ausgegeben und die obere Etage des Albemarle neu einrichten lassen, etwas mehr für einige respektable Anzüge und noch mehr für Geschenke und Klamotten für seine mürrischen und so gut wie brachliegenden Tüllen. Er machte es sich zum Prinzip, nie einen Raum zu betreten, ohne jeden anzulächeln, den er sah, und, wenn möglich, sogar beim Namen zu nennen.

Er entwickelte eine spaßige Art, mit seinen Mädchen zu sprechen, die er sich vom Umgang mit seinen Kollegen im »Arm« abguckte – verschwörerisch und spöttisch zugleich. Er gab ihnen sogar Spitznamen wie echten Gangstern. So taufte er etwa eine blonde und etwas träge Schönheit aus dem ländlichen Alabama, die ihre Reize offensichtlich nicht gebührend zu schätzen wußte, »Slowly-butt Shirley«. Eine andere, eine große Knochige, die mit etwas mehr Gesicht Mannequin hätte werden können, nannte er »Olive Oyl«, und eine jüngere mit ähnlichen Reizen und Handikaps »Extra-Virgin Olive Oyl«. Sein Zugpferd war Gloria Monday, eine leidenschaftliche junge Frau, die so viel Findigkeit mit ihren Freiern zeigte, daß sie sogar Stammkundschaft hatte – mit anderen Worten, Männer, die nicht nur kamen, weil sie sturzbesoffen oder rein zufällig in die Gegend geraten waren, sondern den Weg zum Albemarle tatsächlich kannten. Angelo hatte außerhalb der Kirche nie ein Wort Latein gehört, aber eine Inschrift konnte er durchaus lesen, und als er auf einem Grabstein »Sic Transit Gloria Mundis« las, begann er, sie »Sick Transit Gloria« zu nennen.

Das war freilich schon eine Ewigkeit her. Die Mädchen waren alt oder tot, und Angelos aufgeschlossen herzliche Art war ihm derart zur zweiten Natur geworden, daß sie in den ungeeignetsten Augenblicken zum Vorschein kam – so etwa in der Nacht, als er den jungen Kanadier Boromier exekutierte, weil man ihn in unmittelbarer Nähe einer Ladung Zigaretten gefunden hatte, die inoffiziell Angelo gehörte, und dann noch einmal bei der Beerdigung eines engen Freundes. Da diese falsche Jovialität mit seinen wahren Gefühlen nicht das geringste zu tun hatte, konnte sie, wenn er nicht aufpaßte, jederzeit zum Vorschein kommen. Und weil es einem dabei unweigerlich kalt über den Rücken lief, hatte sie im Lauf der Jahre in nicht geringem Maße zu Angelos Status und Ruf beigetragen.

An diesem Abend saß Angelo allein an seinem Tisch, was für

ihn wie ein kurzer Urlaub war. Für gewöhnlich hingen ihm Capella und Salvatore am Bein, zwei junge Gefolgsleute, die geschworen hatten, ihn mit ihrem Leben zu schützen. Das Problem mit solchen jungen Leuten war, daß sie mitnichten sterben wollten und so einen Großteil ihrer geistigen Kapazitäten auf eine argwöhnische Wachsamkeit verwendeten. Da dann für normale zwischenmenschliche Kontakte nicht mehr viel übrigblieb, waren sie herzlich langweilige Gesellschafter, die mit ihren Gedanken ständig woanders waren. An diesem Abend jedoch traf sich Angelo mit einem Mann, der in Gegenwart dritter nicht sprechen wollte und nicht genug Erfahrung hatte, um zu wissen, daß Capella und Salvatore nur halb bei der Sache waren; abgesehen davon, daß sie das ohnehin nicht interessierte.

Angelo nippte an dem schrecklichen Weißwein und spülte ihn durch die Zähne, um sich noch besser ekeln zu können. Dann setzte er das Glas wieder ab, schenkte nach, stand auf und ging zur Toilette. Auf seinem Weg durch den Speisesaal spürte er ein Dutzend Augenpaare auf sich, von denen jedes einzelne ihm auch vor hundert Anklagejurys ein zufriedenstellendes Alibi geben würde. Er hatte selten getan, was er heute vorhatte. Das Vesuvio war ein Refugium; es als Alibi für etwas Illegales zu benutzen kam einem Vertrauensbruch gleich. Aber der Mann, mit dem er sich heute treffen wollte, war Bankier, ein solider Bürger, der, soweit Angelo wußte, noch nie in seinem Leben etwas getan hatte, was für eine Anklagejury nicht zum Einschlafen gewesen wäre.

Angelo ging an der Tür zur Herrentoilette vorbei, trat durch den Notausgang in den Flur neben dem Lager und stand schließlich neben dem Müllcontainer hinter dem Restaurant. Der ekelhaft süße Geruch des gärenden Gemüses war so überwältigend, daß er über den Rand des Containers spähte, um zu sehen, was es wohl war. Es war nahezu bedrückend zu sehen, daß der Gestank von einer Reihe großer leerer Tomatenmarkdosen kam, alle geöffnet und weggeworfen, ohne daß man sie ordentlich ausgekratzt hatte. Alle hatten es dieser Tage eilig; früher hatte man die Soße aus frischen Zuckertomaten gemacht.

Er sah sich nach dem Wagen um, den Salvatore ihm dagelassen hatte, und fand ihn auch sofort. Es war ein kleiner grauer Toyota. Er war auf einen gewissen O'Reilly zugelassen, der ihn an Stammkunden seiner Tankstelle verlieh. O'Reilly wußte weder, daß Fratelli den Wagen fuhr, noch daß er mit seinen Geschäften zu tun hatte. Für O'Reilly war es ein unbedeutender Gefallen, aber die Tatsache, daß er ihn Fratelli tat, würde wie aus heiterem Himmel irgendwann Dividenden abwerfen. Wahrscheinlich würde er feststellen, daß im Lauf der Zeit einige Kunden kamen, die »Salvatore empfohlen« hatte. Konnte aber auch durchaus sein, daß er seine Grundsteuer bezahlt sah, um die er sich eben noch Sorgen gemacht hatte, oder daß er seine Tochter wie durch ein Wunder die Warteliste einer besonders begehrten Mädchenschule hochklettern sah. Im Extremfall stellte er womöglich fest, daß Feinde, die eben über ihn zu triumphieren drohten, ebenso plötzlich wie gründlich von Kräften zerstört wurden, auf die er nicht den geringsten Einfluß hatte. Wohlwollen und gegenseitige Gefälligkeiten sorgten dafür, daß die Welt sich drehte, aber das System war zu plump, um diesen Austausch in den richtigen Proportionen zu halten.

Angelo fuhr vom Parkplatz, ohne auch nur einen Blick auf seinen eigenen Cadillac zu werfen. In zehn, zwanzig Minuten säße er wieder an seinem Tisch. Er fuhr vorsichtig. Der Wagen mußte zwar mittlerweile die reinste Fingerabdrucksammlung sein, da man ihn an die halbe Stadt verlieh, ohne ihn je sauber zu machen, aber falls er einen Unfall baute, bestünde wohl kaum ein Zweifel daran, wer ihn gefahren hatte.

Wolf hörte den Toyota vom Parkplatz fahren. Sobald seine Lichter vorbei waren, wußte er, die Augen des Fahrers würden sich der Straße zuwenden, und so setzte er sich auf den Rücksitz von Fratellis Cadillac. Was er sah, schien ihm schlicht nicht möglich zu sein. Der Fahrer des kleinen Wagens, der an Angelo Fratellis neuem Cadillac vorbeirollte, war Angelo Fratelli. Er duckte sich wieder, öffnete die Tür einen Spalt und hielt dann mit seinen Schlüsseln den Lichtschalter im Türrahmen gedrückt, während er sie weit genug öffnete, um in die Dunkelheit hinausschlüpfen zu können. Er griff noch einmal hinein und nahm die Flinte vom Boden; dann lief er zu seinem eigenen Wagen.

Angelo hatte keine Ahnung, warum er sich die Mühe machte, sich mit McCarron allein und heimlich zu treffen, aber die Bitte hatte ihn nun mal neugierig gemacht. McCarron war der Direktor einer kleinen Bank, die es nur im Erie County gab. Banken hatten Angelo schon immer gereizt, und sie reizten ihn um so mehr, seit er all die Artikel über die Bausparkassen gelesen hatte, die die Regierung geschlossen hatte. Er konnte nur staunen über die ebenso üblen wie primitiven Diebstähle, die hinter den würdigen Säulen dieser Institute begangen wurden. Diese Clowns hatten sich doch tatsächlich gedacht, sie könnten sich die Taschen mit dem Geld ihrer Sparer vollstopfen und am Tag ihres Bankrotts frei und unbehelligt davonspazieren. Und das Schärfste war, daß es ganz den Anschein hatte, als hätten sie damit recht gehabt. Der Staat übernahm die Rechnung, und die ehemaligen Vorstandsmitglieder dieser Bausparkassen saßen auf ihren Jachten und tranken Champagner. Offensichtlich hatte nicht nur Angelo diese Zeitungen gelesen. Es sah ganz so aus, als hätte sich Mr. McCarron gedacht, daß die Armee verschwitzter kleiner Bundesbuchprüfer, die sich nun im zweiten Jahr in Doppelschichten Köpfe und Bleistifte darüber zerbrach, wo das Geld der Sparkassen abgeblieben war, im Augenblick viel zu beschäftigt wäre, um sich auch noch um die Banken zu kümmern.

Offensichtlich hatte McCarron einen Plan. Diese Leute mußten sich untereinander ebenso kennen wie Angelo und seine Kollegen. Sie waren keine Konkurrenten im eigentlichen Sinn, denn schließlich war mehr als genug für alle da. Trotzdem behielten sie einander im Auge, weil man eben nicht in die Zukunft sah, und falls einer zu groß wurde, war er damit automatisch eine Gefahr. Da saß McCarron also in seinem riesigen alten Herrensitz an der Delaware Park Lane und las, daß das dümmste Schwein, das er vom Studium in Harvard her in Erinnerung hatte, eben Bruch gebaut hatte. Er sagte sich: »Wenn wollte das wundern?« Dann las er weiter und erfuhr, daß irgendwie zweihundert Millionen in faule Kredite verschwunden waren, und wußte Bescheid. Eine Stunde, vielleicht auch einen Tag tat er so, als wäre dem nicht so. Aber er wußte Bescheid: Das dumme Schwein hatte das Geld irgendwie beiseite geschafft. Die Konkursverwalter des Bundes kämen nie im Leben dahinter, aber McCarron – er war schließlich vom Fach.

Und so hatte McCarron etwas getan, was noch nicht einmal der zynischste und argwöhnischste aller Bankprüfer geahnt hätte: Er hatte sich mit Angelo Fratelli verabredet. Der Bankpräsident, über dessen gesellschaftliche Aktivitäten die Buffalo News berichtete – sie schienen immer mit Smokings und merkwürdigen Orten wie Krankenhäusern und Museen zu tun zu haben –, brauchte Angelo. Und Angelo brauchte sich nur noch anzuhören, welche Rolle er dabei spielen und was dabei für ihn herausspringen sollte. Vielleicht sollte eine von Angelos Firmen eine große Anleihe nicht zurückzahlen können. Womöglich hatte aber McCarron das Geld schon in bar und brauchte nur noch jemanden mit Verbindungen, um es auf eine Bank auf den Bahamas zu schaffen. Angelo verschwendete keine Zeit damit, über Details zu spekulieren, schließlich hatte er es nicht mit einem drogensüchtigen kleinen Kassierer zu tun. Der Mann war Bankdirektor, und falls er einen Plan hatte, dann war er wahrscheinlich so kompliziert, daß ihm sonst keiner folgen konnte.

Fratelli fuhr in den Park und die gewundene Straße am See entlang. Auf der anderen Seite des Wassers sah er, im Mondlicht leuchtend weiß, die Fassaden der Kunsthalle und des Historischen Museums, die beide auf einer kleinen Anhöhe standen. Dann versperrten ihm wieder Bäume die Sicht, und er passierte die erste der Mauern vom Zoo. Jetzt sah er McCarron. Er stand auf dem ersten der asphaltierten Basketballplätze des Parks und hatte einen großen braunen Hund an der Leine. Angelo war etwas irritiert. Als McCarron gesagt hatte, er führe abends den Hund aus, hatte sich Fratelli einen haarigen kleinen Kläffer vorgestellt und nicht ein großes geiferndes Untier. Trotzdem hielt er an, schleppte seinen massigen Körper mühsam aus dem kleinen Toyota und trat auf den Rasen.

»Was ist denn das für eine Rasse?« fragte er. Er lehnte sich gegen den Zaun, anstatt durch das Tor auf den Platz zu gehen.

»Golden Retriever«, sagte McCarron. Er streckte die Hand nach dem Hund und klopfte ihn. Für Fratelli schien er ziemlich zuzuhauen, aber der Hund schien es zu mögen, also wagte er sich näher heran. »Keine Bange«, sagte McCarron. »Der beißt nicht.«

»Wozu ist er dann gut?«

McCarron schien darüber eine ganze Weile nachzudenken. »Meine Frau hat ihn gekauft«, sagte er schließlich.

»Kommen Sie«, sagte Angelo. »Steigen Sie ein, wir fahren ein Stück. Wenn wir hier rumstehen, ist es nur eine Frage der Zeit, bevor uns ein paar Kinder eins überziehen oder die Schmiere uns retten kommt.«

McCarron und der Hund kamen vom Basketballplatz an die

Seite des Wagens. Als der Bankier die Tür öffnete, fiel Fratelli ihm in den Arm. »Hat er in letzter Zeit gepinkelt?«

McCarron lächelte. »Er verschmutzt Ihren Wagen schon nicht.«

Als Angelo zur Fahrerseite herumging, wollte ihm die Wendung »den Wagen verschmutzen« nicht aus dem Kopf. Was immer dieser McCarron auf dem Kasten haben mochte, er war eins von diesen piekfeinen Arschlöchern mit Gäulen, Hunden und Reitstiefeln, die zum Autofahren Handschuhe trugen.

Als Angelo den Wagen anließ, spürte er, wie er einmal schwankte, als der Hund auf den Rücksitz sprang, und ein zweites Mal, als McCarron sich auf den Beifahrersitz sinken ließ. Er fuhr auf den Weg. Es überraschte ihn nicht weiter, in dem engen Raum des kleinen Wagens den Hund zu riechen, aber er roch noch etwas Dezenteres: McCarron benutzte ein parfümiertes Aftershave oder ein Duftwasser. Angelo hatte immer gehört, daß es billig war, sich derart einzudieseln. Er hatte ganz den Eindruck, daß die Regeln sich umkehrten, je höher man auf der sozialen Leiter stieg. Das war wie mit Klamotten: Auf einer gewissen Ebene bedeutete die Tatsache, nicht ordentlich angezogen zu sein, daß man arbeitslos war. Zwei Ebenen darüber bedeutete es, daß man keinen Job brauchte.

Wolf fuhr eben an dem Park gleich neben dem Zoo vorbei, als er einen Mann mit Hund von einem der Basketballplätze kommen sah. Zuerst konnte er nicht so recht sagen, was da vor sich ging, aber im Rückspiegel sah er, daß der Mann zu jemandem hinüberging, der gut und gern Angelo Fratelli sein konnte. Als er Hund und Mann in den kleinen grauen Toyota steigen sah, war ihm alles klar. An der ersten Biegung fuhr er rechts ran, hielt an und legte sich auf den Vordersitz. Als er die Scheinwerfer über den Wagenhimmel aufleuchten und wieder verschwinden sah, setzte er sich auf und machte sich an die Verfolgung.

Angelo fuhr in die Delaware Avenue und bog dort links auf eine Ausfallstraße. Er hatte langsam, aber sicher das Gefühl, den Mann ins Licht bekommen zu müssen, um ihn sich genauer ansehen zu können. Solange er im Dunkeln herumgondelte, würde er kaum erfahren, mit wem er es da zu tun hatte. An der nächsten Kreuzung bog er wieder ab und dann gleich noch mal an der Elmwood, die zur Universität führte. Der Verkehr war dicht bis stark, kam aber jetzt, zur Abendessenszeit, größtenteils aus der anderen Richtung. Er folgte einem Impuls und nahm eine kurze Zufahrt auf einen Parkplatz am Rande des Campus. Vor ihm befand sich ein ganzer Wagen voll junger Männer. Sie nahmen ihr Ticket aus dem Automaten, dann hob sich ein hölzerner Balken und ließ sie durch.

»Was machen Sie denn?« fragte McCarron. »Warum halten wir hier?«

»Die Universität. Hier sind immer eine Menge Leute. Hier läßt es sich gut reden.«

»Sind wir hier auch sicher?«

»Wen, meinen Sie, erkennen diese Kinder wohl – Sie oder mich?« Angelo wartete auf eine Antwort, aber die blieb aus, und so fuhr er auf den Parkplatz, stellte den Wagen in die Mitte einer Reihe. »Na schön, Mr. McCarron. Was wollen Sie?«

Der Bankier holte tief Luft und sagte dann mit Bedacht: »Ich habe da ein Problem. Ich wollte schon sagen, ›Ich habe Grund zur Annahme‹, aber das ist nicht stark genug. Ich *weiß,* ich habe ein Problem. Ich habe mir Geld von einigen Konten geborgt. Geheimkonten unter falschen Namen. Ich wußte, die Inhaber würden nicht zur Polizei gehen, wenn Sie feststellen, daß es ein Problem gibt, aber jetzt wissen sie Bescheid, und ich denke, daß sie mich irgendwann holen kommen.«

Angelo hielt mit seiner Enttäuschung nicht hinterm Berg. »Scheiße«, sagte er. »Was wollen Sie? Schutz?«

McCarron sagte: »Ich glaube nicht, daß mir Leibwächter viel nützen würden, falls die es tatsächlich auf mich abgesehen haben. Ich würde gern das Land verlassen. Vielleicht könnten Sie etwas in der Art arrangieren, wie Sie das in solchen Situationen für Ihre eigenen Leute tun – eine Gesichtsoperation, falsche Papiere und so.«

Angelo schüttelte den Kopf und stieß ein kleines Schnauben aus, in das sich ein Lachen mischte. Die Situation war absurd, aber vielleicht würde er es nicht bedauern, dem Mann da einen Gefallen zu tun. Immerhin war McCarron nach wie vor Direktor einer tadellosen Bank. »So etwas passiert hauptsächlich im Kino. Aber wenn Sie mir sagen, wer sauer auf Sie ist, dann kann ich Ihnen den Mann ja vielleicht vom Hals schaffen.« Er begann sich bereits einen Plan zurechtzulegen. Er könnte McCarron sagen, sein Feind verlange eine Million. Einen Schmalspurmafioso könnte Angelo mit hunderttausend und etwas Wirbel jederzeit davon überzeugen, daß seine Ehre gerettet und der Streit geschlichtet war.

»So einfach ist das nicht«, sagte McCarron. »Viel kann ich Ihnen nicht sagen. Ich dachte, es handelt sich um Drogenhändler, aber jetzt glaube ich, es ist die ... äh, CIA.«

Angelos Hände legten sich so fest um das Steuer, daß er die Knöchel weiß werden sah. Er spürte in Hals und Brust, wie ihn der Zorn überkam. All seine Visionen vom Zugang zu einer Bank waren ein Witz; der Mann hatte nicht mehr alle Tassen im Schrank. Er hatte schon von solchen Leuten gehört. Manchmal hatten sie religiöse Visionen, oder sie hörten Stimmen, die ihnen befahlen, irgendwo mitten auf der Straße die Hosen herunterzulassen. Und manche kamen zu dem Schluß, die CIA bombardiere ihr bißchen Hirn mit Strahlenkanonen und höre ihre Gedanken ab. Er würde keinen Fuß in diese Bank setzen, und McCarron bald auch nicht mehr. Er hielt seinen Zorn in Zaum. »Mein Lieber«, sagte er. »Also ich weiß nicht, was ich Ihnen da sagen soll.«

McCarron erschrak. »Sie helfen mir nicht?«

»Die CIA, also ich weiß nicht, verdammt noch mal.« Angelo mied McCarrons weit aufgerissene Augen, mit denen er ihn anglotzte; er ließ seine Augen über das nächste beleuchtete Haus schweifen. Es hatte an der einen Ecke doppelte Glastüren, so daß die ganze Ecke aus Glas war. Hinter der Tür, im Flur, sah er einige Studenten, aber auch einen Mann Ende Dreißig, Anfang Vierzig mit sandfarbenem Haar. Der Mann las einen Aushang am Schwarzen Brett; nein, er schien alles am Schwarzen Brett zu lesen. Er kam Angelo komisch vor. Was war mit ihm? Irgend etwas an der Haltung des Mannes: die leicht gebeugten Schultern, als laste das Hauptgewicht auf einem Bein. Sein Mantel war offen, beide Arme hingen schlaff. Dann wurde Angelo klar, daß ihn der Mann im Spiegelbild der getönten Glastür beobachtete.

Angelo studierte das Gesicht in der Scheibe und begann zu schwitzen.

»Mein Gott«, sagte er, und erst dann wurde ihm klar, daß er das laut gesagt hatte, vor dem Schwachsinnigen neben ihm, aber das spielte jetzt keine Rolle mehr.

»Was haben Sie denn?« fragte McCarron. »Was ist los? Ihr Herz?« Er packte Angelos Arm.

»Nein! Nehmen Sie die Hände weg!« Angelo ließ den Wagen an, setzte rückwärts aus dem Parkplatz und steuerte den kleinen Wagen auf die Ausfahrt zu. Nach kaum zwanzig Metern auf der schmalen Fahrbahn mußte er wieder anhalten und warten, bis die anderen vor ihm den Mann im Häuschen bezahlt hatten und weiterfuhren.

Der große Kombi am Anfang der Schlange wickelte sein Geschäft mit dem Mann ab und rollte dann unter der gehobenen

Schranke hindurch. Dann jedoch folgte ein lauter Krach, und schon war es passiert. Zuerst hatte Angelo den Bus ebensowenig kommen sehen wie der Mann am Steuer des Kombis, aber kaum hatte der die Nase ein Stück auf der Straße, kam der Bus und wollte den Platz für sich. Er hatte eben eine Haltestelle angesteuert und war somit nur wenige Zentimeter von der Bordsteinkante entfernt, als er den Kombi erwischte. Er riß ihm die vordere Stoßstange ab, nahm den Kühlergrill mit und schabte an der Nase des Kombis entlang, bis er direkt vor der Ausfahrt zum Stehen kam.

Angelo sah sich nach einem Schlupfloch um. Der Randstein zu beiden Seiten des Wagens maß mindestens dreißig Zentimeter; falls er darüber hinwegzukommen versuchte, säße er vermutlich auf halbem Weg fest. Mit dem Caddy wäre es vielleicht zu schaffen gewesen, aber mit den Spielzeugreifen des kleinen Toyota hatte er keine Chance. Er steckte fest wie auf der Go-Kart-Rennbahn eines Vergnügungsparks. Vor ihm hatte er zwei weitere Wagen und etwas, was ihm ganz nach dem Ende der Welt aussah; hinter ihm standen wenigstens vier, fünf weitere. Mittlerweile begannen aus den Universitätsgebäuden rundum die Gaffer zu kommen; einige schienen amüsiert, die anderen besorgt. Der Mann, den er gesehen hatte, würde auf den Höhepunkt der Verwirrung warten, dann wäre er hier. Angelo konnte sich nicht verteidigen; er hatte noch nicht einmal eine Waffe dabei. Im Cadillac hätte er wenigstens nach Hilfe telefonieren können. Er sah sich um. Ein gutes Stück die Straße hinauf sah er das gelbe Neonschild einer Bar – The Canal.

Er wandte sich an McCarron. »Wir haben ein kleines Problem und machen jetzt folgendes.«

»Ein Problem?« sagte McCarron. »Das haben die doch in einigen Minuten weggeräumt.«

Angelo hatte Angst, das Steuer mit bloßen Händen zu zerbrechen, also legte er sie sicherheitshalber mal in den Schoß.

»Ich steige jetzt aus und gehe auf die Bar mit dem gelben Schild zu. Sie rutschen rüber, setzen sich ans Steuer ...«

»Ich kann in diesem Wagen nicht rüberrutschen.«

»Dann kommen Sie eben rüber, warten, bis die Ausfahrt geräumt ist, und holen mich an der Bar ab.«

Angelos Stimme war so deutlich, so langsam und ruhig, daß McCarron es mit der Angst zu tun bekam, mehr noch, als hätte er ihn hysterisch angeschrien. Er packte Angelos Arm mit einem Griff, der wie eine Aderpresse wirkte. »Nein. Nichts da. Erst sagen Sie mir, was los ist.«

Angelo funkelte ihn an. Hätte er nicht hier festgesessen, mit all den Leuten um sich herum, er hätte ihn dafür umgebracht. Der Mann da würde, ganz auf sich gestellt, über kurz oder lang seine Hüte mit Alufolie auslegen, um sein Gehirn vor den Mikrowellen der CIA zu schützen. Trotzdem versuchte er es mit einer Erklärung. »In dem Haus da vorn ist ein Mann. Nicht hinsehen. *Nicht hinsehen, hab' ich gesagt!* Der Mann ist ein Profikiller. Er sollte nicht hier sein. Ich habe ihn seit Jahren nicht mehr gesehen, und jetzt ist er mit einemmal hier.«

»Sehen Sie?« sagte McCarron. »Er hat es auf mich abgesehen.«

Angelo stieß einen Seufzer aus. »Der hat es nicht auf Sie abgesehen, um Himmels willen, sondern auf mich.«

So leicht war McCarron nicht davon abzubringen. »Ich habe mich doch eigens mit Ihnen getroffen, um Ihnen zu sagen, daß man mich beseitigen will. Und jetzt, wo ein Killer auftaucht, wollen Sie mir einreden, daß er es nicht auf mich abgesehen hat?«

»Bitte«, sagte Angelo. »Tun Sie's einfach. Kommen Sie rüber und setzen sich ans Steuer.«

»Nein«, sagte McCarron. »Kommt nicht in Frage.«

Jetzt packte Angelo McCarrons Handgelenk und befreite sich aus dem Griff des Spinners. Was weit schwieriger war, als er gedacht hatte; McCarron war nicht weniger massig als er. »Das ist kein Typ für die CIA – kein Mensch würde dem eine Mitgliedskarte und eine Unbedenklichkeitsbescheinigung und was weiß ich noch geben. Der Mann ist Tier, verflucht noch mal!«

»Das ist ja sehr beruhigend. Hören Sie, mein Leben liegt in Ihrer Hand. Bringen Sie uns hier raus.«

Fast hätte Angelo gesagt: »Nein, *mein* Leben liegt in der *deinen*«, aber der Gedanke schmeckte ihm nicht. »Der Typ hat nicht die geringste Ahnung, wer Sie sind. Sie zählen doch gar nicht. Die Leute, für die der arbeitet, könnten jeden Tag sechs von Ihrer Sorte umlegen, und er hätte noch nicht mal das Benzingeld verdient. Das hier ist meine Stadt. Wenn er in meiner Stadt ist, ohne daß man mir das gesagt hat, dann sucht er nach mir. Und jetzt muß ich telefonieren.« Mit einer kleinen Drehung warf er McCarrons Hand in den Schoß zurück und stieg aus.

Er schlug ein forsches Tempo an, trat auf den hohen Bordstein und setzte über die Hecke auf den Gehsteig. Dann jedoch hörte er das Knallen einer Wagentür. Er horchte auf die andere Tür, die ihm gesagt hätte, daß McCarron sich hinters Steuer gesetzt hatte. Statt dessen hörte er ein lautes Hupen. Dann rasche Schritte und eine ihm unbekannte Stimme. »He! Steigen Sie gefälligst wieder ein! Tragt das daheim aus, ihr alten Schwuchteln!« Seit seiner Kindheit war er nicht mehr derart gedemütigt worden. Er spürte, daß es ihm kalt über den Rücken lief; jeder einzelne Knochen schien ihm zu gefrieren. Aber als er sich ans Gesicht faßte, war es heiß.

Als McCarron ihn einholte, war Angelo so wütend, daß ihm Farbflecken vor die Augen traten.

»Sie können wohl nicht hören, was?« Der Mann war tot. Er mochte noch herumlaufen, aber im Augenblick konnte sich Angelo nur versprechen, daß McCarron schon erfahren würde, warum er starb.

»Sie erwarten doch nicht, daß ich sitzen bleibe und mich von dem umbringen lasse? Meine einzige Chance ist, bei Ihnen zu bleiben.«

McCarron wußte offensichtlich nicht, daß er keine Chance mehr hatte. Seine Chance war gewesen, zu tun, was Angelo ihm sagte. »Halten Sie den Mund«, sagte Angelo. Völlig unmöglich, daß ihn der Fleischerjunge nicht angesehen hatte. Aber wieso auf dem Parkplatz einer Universität? Wenn er es auf ihn abgesehen hätte, würde er doch nach dem Cadillac auf dem Parkplatz des Vesuvio suchen. Aber natürlich! Genau das hatte er getan, aber dann hatte er Angelo aus dem Haus kommen und in den kleinen Toyota steigen sehen. Er war ihm gefolgt. Und ausgerechnet heute, wo er einmal ohne seine Soldaten war, unbewaffnet und allein.

»Wo gehen wir hin? Sollten wir nicht zusehen, von der Straße wegzukommen?« fragte McCarron.

Jetzt fiel es Angelo wie Schuppen von den Augen, daß er nur wegen dem Anruf dieses Wahnsinnigen in dieser Lage war, der ihm auf den Fersen blieb und ihm buchstäblich schon auf die Fersen trat. Er warf einen Blick auf McCarron, aber der Verdacht löste sich in schlichten Zorn auf. McCarron war viel zu verrückt, um einen wissentlich zu verraten. Der Mann hatte wirklich Angst.

»Nein«, sagte Angelo. »Wir gehen in die Bar und rufen Hilfe. Wenn uns der in einer finsteren Ecke erwischt, kommen wir nie wieder raus.«

Hinter ihnen wurde wieder gehupt. Diesmal war es ein langes, lautes Blöken; dann hörte es sich an, als schlage jemand sechsmal mit der Faust auf die Hupe ein.

Wolf ließ sich in einer Gruppe neugieriger Studenten aus dem Gebäude treiben. Der Busfahrer und der Besitzer des Kombis waren ausgestiegen und standen auf der Straße, so daß die Gaffer bereits das Interesse zu verlieren begannen. Es gab keine Tragödie, noch nicht einmal ein Blutbad. Aus dem großen Ereignis war bereits ein langweiliges Gefeilsche geworden, bei dem die beiden Fahrer nur vorübergehend als Funktionäre der eigentlichen Duellanten einsprangen, der Versicherungen und Anwälte. Es wurde wieder gehupt; die beiden Unfallfahrer stiegen wieder in ihre Fahrzeuge, der Busfahrer ließ das Wrack des Kombis stehen und hielt an der Haltestelle; dann schoben ein paar junge Männer den Kombi von der Ausfahrt und an den Straßenrand.

Jetzt ging das Hupkonzert erst richtig los, und Wolf sah sich die Ursache des Aufruhrs an. Der kleine Toyota blockierte die schmale Spur vor der Ausfahrt, und dahinter standen jetzt neun oder zehn Wagen, die auf Teufel komm raus hupten. Zwei der jungen Männer, die den Kombi aus dem Weg geschoben hatten, blickten in das graue Auto und sahen den Insassen kopfschüttelnd an. Als der Insasse über die Lehne des Rücksitzes sprang und auf das Gehupe einzubellen begann, verstand er ihr Problem; sie wären gern eingestiegen, um das Auto aus dem Weg zu fahren, aber sie hatten Angst vor dem großen Hund.

Als Wolf auf die Straße trat, sah er die beiden Männer in Richtung eines gelben Neonschilds eilen. Der Große neben Fratelli, dessen Gesicht er nicht sehen konnte, war vermutlich ein Leibwächter. Er hatte ganz offensichtlich das Talent dazu. Unmöglich, daß der Mann gespürt haben konnte, daß Fratelli in Gefahr war – was er ja auch nicht war, jedenfalls nicht für den Augenblick. Wolf hatte sich bereits dagegen entschieden, es noch diesen Abend zu tun. Es gab zu viele Zeugen. Als er das graue Auto auf den Besucherparkplatz der Universität hatte fahren sehen, war er ihm nur aus einer Laune heraus gefolgt. Er bedauerte es bereits, als er unter dem Lärm der Hupen auf sein Auto zuging. Aus irgendeinem Grund hatte er den

Leibwächter verschreckt und damit eine ganze Reihe von Reaktionen ausgelöst, von denen jede einzelne ihm zusätzliche Hindernisse in den Weg legte.

Jetzt würde Fratelli sich verschanzen, der Leibwächter würde Verstärkung aufziehen lassen, und in einer Stunde wäre Fratelli kaum noch zu kriegen.

Wolf stieg in seinen Wagen und ließ ihn an. Er setzte rückwärts aus der Parkbucht und reihte sich in die Schlange ein, die darauf wartete, an der Kasse vorbei auf die Straße zu kommen. Ein Stück die Straße hinauf sah er die beiden Männer eben das gelbe Neonschild erreichen. Dann passierte etwas. Die beiden versuchten gleichzeitig durch die Tür zu kommen und blieben einen Augenblick lang stecken. Dann blieb Fratelli stehen und ließ den anderen durch. Ein merkwürdiges Verhalten für einen Leibwächter.

Angelo sah auf den ersten Blick, daß der Laden zum Kotzen war. Er war gerammelt voll mit Leuten, die er im Fernsehen Autos wie das kaufen sah, das er eben verlassen hatte; Leute, die sich über steuerfreie Tilgungsraten unterhielten. Und alle tranken sie Weißwein. Der Laden war duster, aber voll echter Pflanzen, auf die man kleine Spots gerichtet hatte, und der Barmann mit dem hohen weißen Kragen und der schwarzen Schleife wirkte wie ein kastrierter Pudel.

Er sah das Telefon in einer kleinen Nische gleich neben den Toiletten und fischte schon mal nach Kleingeld, als er durch den Raum stürzte. Er hatte den Apparat fast erreicht, als er sich eingestehen mußte, daß er gar kein Kleingeld hatte. Also kehrte er wieder um und schnappte sich McCarron. Den hatte eben eine Frau in einem kleinen blauen Herrenanzug abgefangen. »Ich fürchte, wir sind vollauf besetzt«, sagte sie.

Angelo wandte sich an McCarron: »Geben Sie mir Ihr Kleingeld.« Die Frau sah ihn an. »Ich habe Ihrem Freund eben ...«

»Ist ja gut«, sagte Angelo. »Ich will nur mal rasch telefonieren.« McCarron drückte ihm einen Stapel Münzen in die Hand. Dann fügte Angelo noch hinzu: »Wir hätten gern was zu trinken. Weißwein.«

Angelo kehrte zum Telefon zurück, als eine junge Frau eben eine Münze in den Schlitz steckte. Er beugte sich vor und fragte sie: »Wird's lange dauern?«

Als sie sich zu ihm umwandte, sah er, daß sie um die Fünfundzwanzig war und genau die Sorte Frau, die er nun überhaupt nicht ausstehen konnte. Sie grinste ihn blöde an. »Wahrscheinlich, aber das geht Sie wohl nichts an.« Sie hatte hellbraunes, fast blondes Haar, eine riesige Brille mit rotem Gestell, deren Gläser im Licht des Spots funkelten, der den nächsten Philodendron bestrahlte. Die ganze Ungeheuerlichkeit der Situation traf Angelo in dem Augenblick, als die junge Frau einen Ohrring abnahm, um den Hörer unterzubringen. Sie hatte tatsächlich vor, diese Geschichte aus reinem Trotz in die Länge zu ziehen. Sie hatte nicht die geringste Ahnung, was wirklich lief auf der Welt. Vermutlich verkaufte sie Klamotten im Kaufhaus, das heißt, bei der Arroganz war sie vermutlich Abteilungsleiterin und entschied, was die Abteilung einkaufte. Sie erinnerte ihn stark an die junge Frau, die vor zwei Jahren hinter ihm hergefahren war, als die elektronische Zündung seines neuesten Cadillacs ausgesetzt hatte. Im Schneckentempo war er dahingestottert, auf vier falsch getimten Zylindern, einen Schwanz aus schwarzem Rauch hinter sich, in der Hoffnung, bis zur nächsten Tankstelle zu kommen. Sie war dicht aufgefahren, hatte sich eine geschlagene Minute auf die Hupe gelehnt und ihn dann überholt. Als sie an ihm vorbeizog, wandte sie sich nach ihm um, das gleiche Grinsen auf dem Gesicht; dann hob sie die Faust und zeigte ihm einen sorgfältig manikürten Mittelfinger.

Angelo war die Sicherung durchgebrannt. Er ließ den Cadillac stehen, rannte los, stoppte ein Taxi und folgte ihr. Sie fuhr auf den Parkplatz eines Immobilienfritzen, stieg aus und ging ins Haus. Er wartete, bis sie sich an einen Schreibtisch gesetzt und ihre Handtasche im Schub verstaut hatte. Sie war derart von sich überzeugt, daß es ihr noch nicht einmal eingefallen wäre, sich umzudrehen, um zu sehen, wer ihr da auf den Fersen saß. Noch am selben Abend, als sie sich in ihrem leuchtendroten Ford Tempo auf den Heimweg machte, erlebte sie eine Überraschung. Diese kam in Form von zwei Männern, die eigens aus Fort Erie in Kanada angereist waren, um der jungen Dame zu zeigen, daß die Welt um einiges finsterer und gefährlicher war, als sie oder einer ihrer Bekannten sich das je hätte träumen lassen.

Angelo konnte es nicht glauben. Dieser Abend war auch ohne das Mädel schon das Schlimmste, was er die letzten fünf Jahre erlebt hatte. Und jetzt saß er hier in dieser Kräuterbar fest. Und das mit einem Kerl, der so verrückt war, daß er womöglich jeden Augenblick losplärrte, die Leute, die hinter ihm her waren, kämen nicht aus Langley, sondern vom Mars. Aber das war noch gar nichts. Angelo hatte den Fleischerjungen gesehen. Und im Vergleich zu ihm war alles andere hier nur ein Ringelpietz. Er mußte telefonieren. Er wartete, während die junge Frau wählte, beobachtete sie, während sie mitzählte, wie oft es klingelte. Als niemand ranging und sie wieder einhängte, spürte er, daß ihm eine Last von der Schulter fiel. Als sie jedoch die Münze aus der Rückgabe fischte, um sie ein weiteres Mal in den Schlitz zu stecken, begann er sich mit dem Atmen schwerzutun. In diesem Augenblick kam der Freund der Frau dazu. Er trat neben sie, warf einen Blick auf Angelo und fragte sie: »Alles in Ordnung?«

Die junge Frau legte die Stirn in Falten und sagte: »Sally geht nicht ran. Nicht daß ich hier ungestört mit ihr reden könnte.«

Der junge Mann wandte sich Angelo zu und schien sich aufzuplustern wie ein Birkhahn. »Kann ich Ihnen helfen?«

Angelos Augen brannten mit einer Hitze, daß er das Gefühl hatte, sie schwitzten ihm in die Höhlen. Sein rechter Unterarm schnellte an den Schritt des Mannes, und seine Hand schloß sich um seine Hoden. Was dem Man die Augen hervortreten ließ, war mehr als nur pure Überraschtheit. Was da passierte, war so unerhört, daß es unmöglich wahr sein konnte. Der Schmerz sagte ihm, daß es wahr sein mußte. Und daß er besser nichts dagegen tat. Hätte er diesen irrsinnigen Dämon weggeschubst, die Hand hätte sich mitsamt seinen Hoden von ihm gelöst.

Angelo sagte: »Ich muß mal telefonieren. Sag ihr das.«

Der Mann sagte: »Er muß mal telefonieren.« Er stand mit dem Rücken zu seiner Freundin, so daß sie nicht sehen konnte, daß die beiden Männer im Clinch lagen.

»Das weiß ich«, sagte sie. »Sein Pech.«

Angelo griff etwas fester zu. Die Stimme des Mannes änderte sich. »Laß den Mann telefonieren, Tracy, verfluchte Scheiße. Sofort. Er hat mich bei den Eiern.«

»Was?« sagte die junge Frau.

»Ich meine buchstäblich. Wenn du ihn nicht telefonieren läßt, bring' ich dich selber um.«

Sie knallte den Hörer auf den Haken, stapfte in den Speisesaal, schnappte sich ihren Mantel und war zur Tür hinaus, noch bevor Angelo den Griff lockerte.

»Ich laß dich jetzt los«, sagte Angelo, »aber vorher solltest du noch wissen, daß ich Angelo Fratelli bin. Das sagt dir nichts, aber wahrscheinlich kriegst du leicht raus, wer ich bin. Du kannst deiner Freundin sagen, wenn sie mir noch einmal über den Weg läuft – scheißegal wo: auf der Straße, in einem Laden, sonstwo –, dann ist sie tot.«

Er ließ den Mann los, und der Mann ging steifbeinig an seinen Tisch, holte einige Scheine aus der Brieftasche, legte sie auf den leeren Teller und ging dann weiter zur Tür. Angelo warf seine Münze ein und wählte die Nummer des Vesuvio.

12

Als er die Delaware Avenue hinauffuhr, konzentrierte sich Wolf auf seine Handlungsweise der letzten beiden Tage. Er hatte die Scheißkerle nun seit zehn Jahren nicht mehr behelligt, und trotzdem hatten sie ihn aufgespürt und ihm drei Killer der zweiten Garnitur an den Hals gehetzt. Er war nach wie vor davon überzeugt, das einzig Vernünftige getan zu haben. So schnell er konnte, war er dem Ärger an die Wurzel gegangen: Tony Talarese. Dann hatte er ihnen, mit dem Flug aus Los Angeles, auf dem direktesten Weg zu entkommen versucht. Und dennoch hatte ihn auf dem Flughafen ein Killer erwartet. Sie hätten wissen sollen, daß er damit hinter dem einzigen Mann her sein würde, der einen solchen Spezialisten hatte schicken können: Peter Mantino. Danach mußte er immer noch aus dem Land, also hatte er sich an den Alten wenden müssen, um einen frischen Paß zu bekommen. Den Alten hatten Soldaten umgebracht, die nur zu Angelo Fratelli gehören konnten. Es war doch klar, daß er damit hinter Fratelli her sein würde? Wieso kapierten die das nicht? Sollten die vergangenen zehn Jahre diese Leute so fett, mächtig und übertrieben selbstbewußt gemacht haben, sich einzubilden, er würde sich einfach hinlegen und sterben?

Angelo saß McCarron gegenüber und nickte ihm lächelnd zu. Der Tisch war der des jungen Paares vom Telefon. Während er mit Salvatore telefoniert hatte, war die Oberkellnerin auf McCarron zugekommen und hatte ihm gesagt, es sei eben unerwartet ein Tisch frei geworden. Angelo war in Gedanken, und so stellte sich völlig unvermutet seine eingeübte Jovialität wieder ein – wie ein zuckendes Auge. Er kannte jetzt den Grund seines Problems, und das sorgte für einen verspannten Magen. Irgendein Fälscher hatte gedacht, er könnte sich etwas dazuverdienen, wenn er einigen von Angelos freien Mitarbeitern steckte, daß da einer einen Paß haben wollte, der nicht ein-, sondern ausreisen wollte. Aber Angelos Leute hatten versagt. Sie hätten dem Fälscher sagen können, der Alte solle dem Kunden ausrichten, er möchte persönlich vorbeikommen wegen des Fotos. Wäre er dann gekommen und tatsächlich der Gesuchte gewesen, sie hätten ihn bequem mit Blei vollpumpen können; statt dessen hatten diese Vollidioten den Mittelsmann umgebracht. Angelo war nun wirklich nicht als herausragender Stratege bekannt, aber soviel wußte er: Wenn einem eine Hornisse ins Haus fliegt, dann knallt man nicht einfach die Tür zu und hält das Problem für gelöst.

»Sicher können wir den Deal noch immer durchziehen«, sagte Angelo. »Wenn Sie das Geld unbedingt ausgeben wollen, ich kann das schon übernehmen.«

McCarron sagte: »Danke. Sie wissen ja nicht, wie mich das erleichtert.«

Angelo sah, wie die Tür aufging und Salvatore eintrat. Hinter ihm auf dem Gehsteig sah er noch zwei weitere Männer stehen, die ein Auge auf die vorbeifahrenden Autos hatten. Allein schon Salvatores hünenhafte Gestalt wirkte beruhigend, weil er wußte, daß unter dem bauchigen grauen Mantel an einem Tragriemen die kleine Uzi hing. Angelo stand auf. »Unser Taxi ist hier. Ich hoffe, Sie hatten keinen Hunger.«

»Nein«, sagte McCarron. Auch er stand auf, und wie der junge Mann vor ihm legte auch er Geld auf den Teller.

Wolf wurde langsam, aber sicher müde. Er wußte, daß sein Plan nicht unbedingt funktionieren mußte. Aber da Fratelli den Mann im Delaware Park aufgelesen hatte, bestand durchaus die Möglichkeit, daß er ihn auf dem Weg zu seinem Versteck auch dort wieder absetzen würde. Wolf war bereits zu dem Schluß gekommen, daß er erst gar nicht darauf zu hoffen brauchte, in das Haus zu kommen, das Fratelli sich in den Hügeln mit Blick auf die Niagarafälle gebaut hatte. Vor fünfzehn, zwanzig Jahren hatten Geschichten kursiert über Leute, die es versucht hatten, und jetzt wußte Fratelli sogar noch, daß ihm Gefahr drohte. Wolfs einzige Hoffnung war, ihn an einem Ort wie dem Park zu erwischen, wo er Dunkelheit und Raum auf seiner Seite hatte.

Der Mann ließ sich ganz schön Zeit. Aber Wolf blieb nichts anderes übrig, als zu warten, nur diesmal sah er sich die Gegend an, ob außer ihm nicht noch jemand wartete. Er beobachtete die Autos, die ein Stück weiter auf der Straße um den Park herumfuhren. Sie sahen aus, wie Autos vom Flugzeug aus gesehen, nicht unwirklich wie Spielzeug, aber sie waren aufgrund der unvertrauten Entfernung und des fehlenden Motorengeräusches wie von ihm abgeschnitten und hatten nicht das geringste mit ihm zu tun – als gehörten sie zu einer anderen Welt. Solange keines von ihnen anhielt, war er sicher. Dann sah er den grauen Toyota. Als er vor einem großen Backsteinbau hielt, öffnete sich eine Tür.

Er beobachtete den Wagen, konnte jedoch nicht sagen, wie viele Leute drin waren. Niemand stieg aus, aber dann fuhr er langsam los. Es war etwas passiert, worauf er sich keinen Reim machen konnte. Ein großer Hund stand auf dem Rasen vor dem Haus; dann hörte er auf, dem Wagen nachzustarren, und trottete selig zur Rückseite des Hauses.

Wolf entschied, es war Zeit für einen Ortswechsel. Er konnte nicht mit Sicherheit sagen, wieso sie den Hund hatten aussteigen lassen, wußte jedoch, daß er das außer acht lassen mußte. Er durfte den Wagen nicht aus den Augen verlieren. Rasch verließ er den Wald, warf hin und wieder einen Blick nach rechts, um sicherzugehen, daß er die Stämme der großen Bäume im Rücken hatte. Er sah den kleinen Toyota die Straße entlang auf den Zoo zufahren, an den Basketballplätzen vorbei, dann an Wolfs Wagen. Er blieb stehen und sah ihm nach. Er konnte einige Köpfe im Wagen unterscheiden, aber es war zu dunkel, um ihre Gesichter zu sehen.

Als der Toyota am Straßenrand hielt, lief er auf eine Stelle zu, von der aus er einen unverstellten Blick auf den Wagen zu haben hoffte. Aber da ihm bei dieser Entfernung ständig die Bäume ins Blickfeld zu springen schienen, lief er weiter, bis er schließlich aus dem Gehölz schlüpfte und sich hinter eine große Öltonne voll Abfall duckte. Er war eben auf dem Boden gelandet, als er die Tür des Wagens aufgehen hörte. Er riskierte einen Blick um die Tonne.

Zwei große Männer stiegen aus und gingen nach hinten zum Kofferraum. Einer von ihnen war Fratelli, aber er hätte nicht mit Sicherheit sagen können, ob der andere der Mann war, den er vorhin bei ihm gesehen hatte. Dieser Mann trug einen bauchigen Mantel, den Wolf vorher nicht gesehen hatte. Jetzt beugte Fratelli sich vor und öffnete den Kofferraum. Beide Männer beugten sich hinein und schienen an etwas zu zerren. Schließlich gingen sie beide in die Knie und zogen etwas heraus.

Wolf ging näher ran. Gemeinsam hoben sie den Mann hoch, der mit Fratelli im Toyota gesessen hatte. Sein Kopf hing fast im rechten Winkel zur Schulter und baumelte leicht, als die beiden Männer mit ihm in den Park schwankten. Wolf hatte schon zu viele Leichen gesehen, um groß dran zu zweifeln, daß er auch hier eine vor sich hatte. Was zum Teufel ging hier vor sich? Von Baum zu Baum arbeitete er sich näher an die beiden heran, während sie die Leiche in den Park trugen. Den Mann im Mantel hatte er noch nie gesehen, aber es gab keinen Zweifel daran, wer der andere war: Fratelli.

Angelo keuchte bei jedem Schritt rückwärts in den Park. Seine Ledersohlen rutschten etwas auf dem nassen Laub. McCarrons Beine waren schwer, aber Angelo ging es bereits wieder besser. Den ganzen Abend über hatte er auf eine Chance gewartet, dieses Arschloch in eine finstere Ecke zu kriegen. Jede Sekunde mit diesem Mann war sein Zorn größer und schärfer geworden. Als er ihn schließlich aus dem Restaurant hatte, ließ er sie beide von Salvatore in das Haus an der Allen Street fahren. Angelo gehörte dort eine ganze Zeile uralter Backsteinbauten, alle eingezäunt und mit Brettern vernagelt. Er hatte vor, sie zu renovieren und an Restaurants und Läden zu vermieten, aber im Augenblick standen sie leer. Er hatte McCarron weisgemacht, es handelte sich um das Versteck der Verstecke; aber kaum hatte er den Mann über der Schwelle, schwang er den rechten Unterarm um McCarrons Hals und umfaßte mit der Linken sein eigenes Handgelenk. Es hatte nur einige Sekunden gedauert, also nicht so lange, wie er gehofft hatte; aber da er das Knacken im Hals und das krampfhafte Zucken der Muskeln gespürt hatte, bevor der Mann schlaff wurde, nahm er an, die Geschichte voll ausgekostet zu haben.

Außerdem hatte er dem Mann noch sagen können, was für ein aufgeblasenes und verrücktes Arschloch er gewesen war, nicht das zu tun, was man ihm gesagt hatte. Er hatte es McCarron ins Ohr gezischt, während er ihm den Hals brach. Er hatte wahrscheinlich nicht alles mitbekommen, aber doch genug. Angelo hatte dabei Salvatores Gesicht gesehen: eine Maske sprachlosen Staunens und Entsetzens. Es war irgendwie komisch, wenn er so daran dachte, und er konnte ein kleines Lachen nicht unterdrücken, aber als er seinen Atem ausgepustet hatte, schaffte er es nicht mehr einzuatmen, weil in diesem Augenblick der Schuß aus der Flinte kam.

So etwas hatte Salvatore noch nie gesehen: Mr. Fratellis Kopf schien auseinanderzufliegen, als wäre ihm das Hirn explodiert. Als Salvatore zu laufen begann, wußte er noch gar nicht mal, vor was er eigentlich floh. Es spielte auch keine Rolle, weil er nur einen Schritt weit kam, bevor die nächste Ladung ihn fand.

Während Wolf auf den Wald zutrabte, wischte er die Flinte mit dem Taschentuch ab. Er ging dabei systematisch vor, vom Lauf zum Schaft und wieder zurück, dann folgte ein weiterer Durchgang; schließlich griff er sie mit dem Taschentuch in der Nähe der Mündung und warf sie ins Gebüsch. Dann wandte er sich ab und lief durch den Wald zu seinem Wagen zurück. Er hatte bei dem Alten eine Schuld gehabt, die nicht mit Geld zu begleichen war, aber das war jetzt vorbei. Sie konnten nie quitt werden, aber er hatte getan, was noch zu tun war, jetzt mußte er endlich verschwinden.

Er war noch immer benommen vom Krachen der Flinte und dem ungeheuren Rückstoß; er hatte seit Jahren mit nichts dergleichen geschossen. Die Schüsse vor dem Haus des Alten hatte er vor Zorn und Empörung kaum gehört, so daß er nicht darauf vorbereitet gewesen war, wie das Krachen die stille, kühle Luft des Parks zerriß.

Als er durch den Wald lief, glaubte er etwas gehört zu haben. Es war ein leichtes, beständiges Rascheln, als blase der Wind durch das nasse Laub auf dem Boden, nur daß er im Gesicht keinen Wind spürte. Er blieb stehen, stellte sich neben einen Baum und wartete, bis sich das Geräusch in etwas Vertrautes auflöste. Er starrte durch die Bäume in die Richtung, aus der das Geräusch kam. Hinter den Bäumen sah er das silbrige Glitzern des winzigen Sees, die weiße Fassade des Museums am anderen Ufer und dann die Scheinwerfer eines Wagens auf der fernen Straße. Er fuhr vielleicht fünfzig, und als er in eine Kurve fuhr, huschten die Scheinwerfer über das kleine Gehölz. Dann sah er die Männer. Es waren drei, alle knapp zehn Meter voneinander entfernt; langsam schlurften sie durch die Bäume. Der Wagen wandte sich wieder ab, und das Licht verschwand in dem Augenblick, als der Mann in der Mitte schoß. Die Kugel schlug über seinem Kopf in den Baum, so daß ihm ein Sprühregen aus Borke und Dreck gegen die Backe fuhr.

Er wußte, weder Ducken noch Flachlegen würde ihm etwas nutzen.

Er mußte laufen. Und konnte nur hoffen, daß ihm die Bäume und die Dunkelheit, die Entfernung und die Schwierigkeit, beide Beine für einen sicheren Schuß auf den Boden zu bringen, eine Chance gaben. Natürlich war ein Mann wie Fratelli nicht nur mit einem Mann und einer Leiche hier draußen. Es war lächerlich.

Er dachte schon daran, zu den Büschen zurückzugehen, um die Flinte zu holen, aber er wußte, das würde er niemals schaffen. Sie war zwar nur schlecht versteckt, die Polizei würde sie am nächsten Morgen problemlos finden, aber auf die würde auch keiner schießen, und außerdem war jetzt nicht morgen. Er konzentrierte sich auf sein unmittelbares Problem, und das war, daß ihm in einigen Augenblicken die Bäume ausgehen würden. Wie es aussah, mußte er über eine Picknickanlage unter einigen stattlichen Ahornbäumen – und dann wäre er kaum noch zu verfehlen.

Er lief weiter. Er hörte an den Geräuschen, daß er etwas Abstand zu zwei seiner Verfolger gewann, aber der eine direkt hinter ihm tat sich leichter, weil er denselben Weg nehmen konnte wie seine Beute, ohne in ein Loch zu treten oder gegen einen Baum zu laufen. Wolf legte einen Sprint ein, um dem Mann Gelegenheit zu geben, den Abstand zwischen sich und den anderen zu vergrößern. Am Rand des Wäldchens sah er etwas, was ihm Hoffnung machte. Zu seiner Rechten befand sich die alte, efeubewachsene Mauer des Zoos, die von ungeschnittenen Büschen gesäumt war. Die Kuppe der Mauer wurde von altmodischen, zirka dreißig Zentimeter langen und nach innen gebogenen Stahlklauen geschützt. Sie sahen aus, als sollten sie einen Löwen am Herausspringen hindern, waren aber vermutlich dazu da, irgendwelchen Schwachköpfen das Einsteigen zu verleiden.

Wolf hielt an, wandte sich auf dem Absatz nach rechts und griff in die Tasche. Das einzig Schwere, was er bei sich hatte, waren die überzähligen Schrotpatronen. Er lauschte auf den herankommenden Verfolger und warf dann vier der Patronen so hoch er nur konnte. Die Flugbahn trug sie hoch hinauf über die Mauer, bevor sie wieder herunterfielen.

Sie landeten rechterhand des ersten Mannes auf der anderen Seite der Mauer.

Wolf wartete hinter einem Baum auf den Aufprall. Als er ihn hörte, war er zufrieden. Die erste Patrone landete mit einem schweren Plumps auf einer Oberfläche, die sich nach Beton anhörte. Die anderen landeten als Gruppe, und es kam zu einem dumpfen Kratzen, als sie irgendeine Art Gefälle hinunterrollten. Es hörte sich an, als hätte er irgendein unheimliches Perpetuum mobile in Bewegung gesetzt.

Als der erste Mann auftauchte, sah Wolf sofort, daß er die Geräusche gehört hatte. Er war klein und drahtig, und aus der Silhouette und dem Tempo schloß Wolf, daß er jung war. Er steckte die Waffe weg, sprang hoch und bekam die gebogenen Eisenstäbe auf der Kuppe der Mauer zu fassen. Aber genau in dem Augenblick, in dem er sich hochzog, um über die Mauer zu spähen, faßte auf der anderen Seite etwas Großes einen Entschluß. Das große Etwas war ein Eisbär namens Cäsar. Er war hier im Zoo geboren und hatte somit keine Ahnung, daß er nur deshalb halb wahnsinnig war, weil Eisbären nun mal nicht dafür gebaut waren, in kleinen Betonställen mit blaugepinselten Becken voll fauligem Wasser zu hausen. Erst hatte er zwei laute Explosionen gehört, dann eine leisere. Und als dann die Dinger aus Metall und Plastik aus dem Himmel in seiner Einfriedung landeten, hielt er es in dem kleinen Betonbunker, der ihm als Höhle diente, nicht länger aus und kam heraus, um zu sehen, ob es nicht etwas zu zerfleischen gab. Als er den Rand des Beckens erreichte, sah er, daß es sich bei dem Eindringling nur um eine Reihe glänzender runder Dinge handelte, die von seiner Terrasse in den tiefen Graben rollten, der ihn zu Hause hielt.

Der lächerliche Anblick des Mannes, der sich an den Stäben über der Mauer hochzuziehen versuchte, ärgerte ihn. Er stellte sich auf die Hinterbeine, spreizte die Pranken und trottete wankend, aber nichtsdestoweniger flink auf ihn zu; als er die Reißzähne bleckte, ließ er ein lautes Brummen hören, das aus den Tiefen seines mächtigen Körpers kam. Das Brummen hatte seinen Grund: zum einen die Freude darüber, endlich jemanden zu haben, der nah genug war, um mit den mächtigen Tatzen nach ihm zu schlagen, zum anderen aus Ärger darüber, daß man für gewöhnlich, wann immer er aufstand, eine einäugige kleine schwarze Schachtel hob und ihn zu blenden begann; zuletzt kam es freilich aus der Frustration, daß man ihn das Ding, selbst wenn er es erlegte, nicht essen ließ. Es war mehr als eine Pflichtübung für ihn; was freilich nichts daran änderte, daß der riesige Körper, der da im Mondlicht weiß glänzend aus der Dunkelheit wankte, fast drei Meter maß und zum größten Teil aus Zähnen und Klauen zu bestehen schien.

Auch der Mann auf der Mauer bleckte die Zähne, aber nur weil er den Mund öffnen mußte, um einen Schrei auszustoßen. Anstatt einfach die gebogenen Stahlstäbe loszulassen, stießen ihn seine Arme aus einem Reflex heraus so weit wie nur möglich von der angreifenden Erscheinung weg, und auch die Beine stemmten sich von der Wand. So landete er mit der ganzen Wucht des Falls auf den Schultern und lag einen Augenblick da, außer Atem und unfähig, auch nur einen Muckser zu tun. Er hatte Wolf einen Moment lang vergessen, und als er ihm wieder einfiel und er kapierte, daß die Rückenlage auf der freiliegenden Wurzel eines Ahornbaums einem Selbstmord gleichkam, tauchte Wolf bereits am Rand seines Sichtfelds auf. Der Tritt an den Kopf brachte ihn zwar nicht um, bescherte ihm jedoch dieselbe schmerzhafte Explosion und annähernd die gleiche Dunkelheit, als ihm das Licht ausging.

Wolf griff dem Mann in die Tasche, holte den Revolver heraus, trat hinter den Baum und suchte das Gehölz nach dem nächsten Verfolger ab. Der Bär auf der anderen Seite seiner Schutzmauer stieß in seiner Enttäuschung einen gequälten Schrei aus. Wolf hatte keine Ahnung, welches Tier derartige Laute von sich geben könnte; er wußte nur, daß es riesengroß und unglücklich sein mußte. Der Schrei zog die beiden anderen Männer an. Er sah sie von Baum zu Baum huschen; sie winkten einander abwechselnd zu und nickten, um jeden ihrer Schritte zu decken.

Wolf wartete auf einen freien Blick. Er befühlte den Revolver des gestürzten Mannes, konnte aber nur so viel sagen, daß es vermutlich ein Achtunddreißiger war. Er versuchte sich daran zu erinnern, wie viele Schüsse sein Besitzer auf ihn abgegeben hatte, konnte es aber nicht mit Sicherheit sagen. Dann kam wieder Leben in den Mann am Boden. Zuerst schnappte er nach Luft und stöhnte, dann vibrierte sein Körper förmlich vor Freude, daß es noch Luft für ihn gab. Langsam, aber sicher rappelte sich aber auch sein Verstand wieder auf. »Ouuu«, stöhnte er laut, und dann: »Junge, Junge.« Wolf sah den Mann an. Er hatte sich noch immer nicht bewegt, würde aber kaum still sein, weil er seine Sinne noch nicht wieder so weit beisammen hatte, um sich zu erinnern, wo er war. »Oh, verdammt noch mal«, murmelte er.

Cäsar, der enttäuscht hinter der Mauer lauerte, hörte die Stimme. Als die hilflosen Laute seines gestürzten Feindes an seine scharfen Ohren drangen, begann er zu geifern und schwankte ein weiteres Mal auf die Mauer zu. Da er nicht über die nach innen gebogenen Stahlstäbe kam, legte er die Pranken auf die Mauer und hüpfte auf den Hinterbeinen, um etwas zu sehen. Als auch das nichts fruchtete, stieß er ein zorniges Brüllen aus. Dieser Laut zeitigte eine Reaktion im halbwachen Hirn des Mannes. Ein winziger Stoß elektromagnetischer Energie knisterte über eine bereits veränderte Synapse und sagte dem Hirn: Jetzt oder nie! Wolf sah den Kopf des Mannes am Boden zucken und höherkommen. So wie die Bewegung des Kopfes begonnen hatte, als ungewollter Reflex, kam auch der Rest des Körpers in Gang. Als die Impulse die Beine des Mannes erreichten, stand er derart schnell auf, daß seine Füße tatsächlich den Boden verließen, und als sie wieder aufkamen, lief der Mann bereits. Er sprintete den Weg zurück, den er gekommen war, mitten hinein in die Bäume, wo seine Partner lauerten.

Wolf lauschte in der Hoffung auf einen Schuß, aber statt dessen hörte er die Geräusche eines Kampfes. Einer seiner Gefährten hatte die Geistesgegenwart, nach ihm zu greifen, aber der zu Tode erschreckte Mann war noch nicht wieder soweit, nach sich greifen zu lassen. »Ich bin's«, sagte eine gedämpfte, eindringliche Stimme. »He, ich bin's doch bloß.«

Wolfs Urteil nach war sein Augenblick gekommen. Er stieß sich mit dem Fuß vom Baum ab wie von einem Startblock, und schon befand er sich auf dem offenen Gelände des Parks und rannte, was das Zeug hielt. Als er freilich sofort darauf Schritte hinter sich hörte, wurde ihm klar, daß die Not ihres Kameraden die beiden anderen Männer nicht im erhofften Maße beschäftigt hatte. Er wußte, er würde vermutlich nicht schnell genug über den offenen Rasen des Picknickgeländes kommen, was ihn mehr als wütend machte. Eine tiefe Empörung erfüllte ihn. Wer zum Teufel waren die drei – die Schützenriege von Groß-Buffalo? Es waren drei Versager, die nichts weiter draufhatten, als steifbeinig in kleine Pinten zu stiefeln und den Leuten dort mit ihren Boxernasen und Narben eine Scheißangst einzujagen. Wahrscheinlich hatte nicht einer von ihnen schon mal auf einen Menschen geschossen, und wenn ja, dann hatte er ihm den Lauf zwischen die Zähne geschoben und abgedrückt. Nur noch zwei von ihnen waren bewaffnet, aber wenn solche Leute was trafen, dann den Rücken eines fliehenden Mannes. Wolf blieb nicht stehen. Er sah nur zu, wie seine Füße dem Oberkörper davonzulaufen versuchten, und warf sich dann in eine Art Baseballgrätsche. Als er seitlich auf dem Boden aufschlug, rollte er sich sofort auf den Bauch und richtete den Revolver auf den Waldweg, den er eben verlassen hatte.

Der erste, der aus dem Wäldchen kam, sah Wolf nicht gleich. Er tat drei Schritte auf den Rasen, blieb dann stehen, hob die Waffe und starrte den vor ihm auf dem Bauch liegenden Mann an, als versuchte er zu entscheiden, ob es überhaupt ein Mensch war. Wolf drückte zweimal ab und wußte innerhalb weniger Sekunden, daß beide Kugeln den Mann an der Brust erwischt hatten. Sein Verfolger ging in die Knie und kippte dann mit einem lauten Ächzen vornüber. Aber da rannte Wolf bereits wieder los, sein Atem ging schwer, als er den zweiten Mann idiotischerweise fragen hörte: »Bist du in Ordnung?«

Wolf lief weiter. Eine Kugel hatte er wahrscheinlich noch in der Trommel, aber er wußte, seine beste Chance lag darin, was der Übriggebliebene im Augenblick dachte. Er dürfte inzwischen kapiert haben, daß er jetzt praktisch allein war. Außerdem mußte ihm klar sein, daß er eine akzeptable Entschuldigung hatte, einem Bewaffneten nicht in eine Reihe finsterer Winkel zu folgen: Er hatte einen Kameraden, der ernsthaft verwundet und dabei war, zu verbluten. Es gab nur noch eines, was er tun mußte, bevor er die Verfolgung offiziell aufgeben konnte.

Wolf schaffte es hinter den ersten Baum auf der anderen Seite des offenen Geländes und duckte sich, während der Überlebende seiner Pflicht nachkam und sechs-, siebenmal in Wolfs Richtung schoß. Jetzt konnte er dem Unterführer, dem die Bestrafung von Versagern oblag, zeigen, daß auch er seinen Anteil an der Schlacht gehabt hatte.

Richardson nahm den Telefonhörer in die Hand und überlegte, wieviel Zeit seines Lebens er wohl damit zubrachte, sich so ein verdammtes Ding gegen das Ohr zu halten. »Wo zum Teufel steckt denn Jack Hamp?« fragte er.

»Jack ist noch in Santa Fe«, sagte Elizabeth. »Er versucht festzustellen, wie an unseren Freund ranzukommen ist. Santa Fe ist klein, da besteht die Hoffnung, eine Kreditkartennummer aufzutreiben, eine Quittung für einen Mietwagen, vielleicht gar den jüngsten Decknamen des Fleischerjungen. Er ist außerdem mindestens acht Stunden von Buffalo entfernt, da er mindestens einmal den Flieger wechseln muß.«

»Wie willst du das mit den Kindern machen?«

»Mach es mir bitte nicht noch schwerer. Ich zahle Maria mehr, als ich mir leisten kann, damit sie die ganze Nacht bei ihnen bleibt. Wahrscheinlich läßt sie sie alte Horrorfilme auf spanisch sehen und sorgt dafür, daß sie mir nur noch Kartoffelchips essen. Aber ich kann Jack nicht aus der einzigen Stadt abziehen, in der dieser Mann womöglich nicht in der Menge untergetaucht ist, weil es dort schlicht keine gibt. Ich muß selber hin, und meine Maschine wird eben klargemacht.«

Richardson zuckte die Achseln und starrte auf den Apparat. Sie hatte sich in den zehn Jahren nicht groß verändert; und damals hatte es genauso angefangen.

Leutnant Delamo von der Stadtpolizei Buffalo stand neben seinem zivilen Dodge und beobachtete die lange Reihe uniformierter Beamter beim Durchkämmen des Parks. Er sah die Lichter ihrer Taschenlampen, die sich in kleinen Kreisen über das Gras bewegten. Es war genau die Art von Fall, bei der man über eine Menge Risse und Schlaglöcher stolpern konnte. Sie hatten drei Leichen in der Mitte des Parks, eine neben der anderen, und sie waren noch nicht einmal auf dieselbe Weise gestorben. Einer sah aus, als hätte man ihn erhängt, die beiden anderen waren erschossen worden, vermutlich mit einer Ladung Postenschrot, der Sauerei nach zu urteilen auf kürzeste Distanz. Dem einen waren noch etwa zwei Drittel seines Schädels geblieben, und er war damit derjenige, der Delamos Gedanken beschäftigte. So ekelhaft, wie sein Anblick gewesen war, brauchte er nur die Augen zu schließen, schon hatte er ihn wieder vor sich. Für Delamo war das ein Test; es bedeutete, daß er irgendwann, vielleicht nicht in dieser Nacht, aber bald, in seinen Träumen erschien. Freilich würden diesmal das Mitgefühl und die Traurigkeit fehlen, die er für gewöhnlich verspürte, wenn er sich einen Menschen ansehen mußte, der in ein Stück Metall gelaufen war. Diesmal verspürte er etwas anderes, und er würde den Preis dafür vermutlich in Schuldgefühlen bezahlen. Der Rest des Schädels gehörte eindeutig Angelo Fratelli.

Es hatte Zeiten in Delamos Laufbahn gegeben, da hatte er sich bei dem Wunsch ertappt, es möchte Fratelli doch endlich einer über den Haufen schießen, aber er hatte den Gedanken immer wieder in ein Kämmerchen seines Gedächtnisses geschoben, das er niemals betrat. Jetzt hatte es jemand getan, und nach allem, was Delamo bisher erfahren hatte, war das kein Grund zum Feiern. Ihm war bereits der Gedanke gekommen, daß sein mitternächtlicher Ausflug in den Delaware Park womöglich der erste einer ganzen Reihe ähnlicher war, die ihn zu Leichen in weit entlegeneren Winkeln des Bezirks führen würden. Nicht von einer der Behörden, die ein Auge auf diese Leute hatten, war eine Warnung gekommen. Was ihn andererseits kaum überraschte. Es zeigte nur, daß die Zeiten sich nicht so sehr geändert hatten, wie viele Leute gedacht hatten.

Delamo bildete sich weder auf sein Wissen noch auf seine Erfahrung was ein. Das einzige, was er für sich beanspruchte, war, kein Trottel zu sein. Ganz im Einklang mit dieser Bescheidenheit hatte er auch auf die alten Hasen gehört, die dabeigewesen waren, als so etwas das letzte Mal passiert war, in den fünfziger Jahren. Er brauchte nur richtig hinzuhören, um die Frustration und den Zorn mitzubekommen, der nach wie vor aus ihrem Tonfall sprach. Damals war das Wissen der Polizei über das organisierte Verbrechen noch so spärlich und unzuverlässig gewesen, daß man nicht die geringste Ahnung hatte, wer da Krieg gegen wen führte und worum. Sie wußten anfangs nur, daß Kinder auf leeren Grundstücken plötzlich verstümmelte Leichen fanden.

Jahrelang war das so gegangen, und die Polizei hatte kaum mehr tun können, als die Leichen wegzukarren und ihre Namen zu notieren. Wie sich schließlich herausstellte, lag die Ursache dafür gar nicht hier in der Stadt, sondern in einem verpfuschten Mordversuch in einem Restaurant in New York. Geendet hatte alles mit einem intimen Treff zirka ein Jahr nach der berühmten unterbrochenen Konferenz im zweihundert Meilen entfernten Apalachin. Aber das hatte man erst zehn Jahre später, in den späten Sechzigern, erfahren.

»Leutnant«, sagte eine Stimme hinter ihm. Delamo drehte sich um und sah McElroy, einen jungen Streifenbeamten, mit einer Frau auf ihn zukommen. Er hatte McElroy losgeschickt, um die Gegend abzuklappern und den Anwohnern die üblichen Fragen zu stellen: »Haben Sie zwei Schüsse gehört oder zehn?« Damit wollte er dem Jungen Gelegenheit geben, wieder zu Atem zu kommen. McElroy machte längst Überstunden, und das nach einer Zwölf-Stunden-Schicht, in der es laut Aussage seines Sergeanten zu einem Ringkampf mit einem besonders üblen Pärchen Besoffener und einem grausigen Unfall auf der Father Baker Bridge gekommen war, bei dem eine vierköpfige Familie in ihrem Kombi verbrannt war. McElroy bekam langsam, aber sicher diesen speziellen Blick, bei dem die Augen das regelmäßige Blinzeln vergaßen.

»Leutnant? Ich habe hier jemanden für Sie«, sagte McElroy. »Miss Elizabeth Waring vom Justizministerium.«

»Danke, McElroy«, sagte Delamo. Er sah die Frau an. Zuerst dachte er sich, wie jung sie noch sei, revidierte seine Schätzung dann jedoch und tippte auf Mitte Dreißig. »Wir kennen uns noch gar nicht, oder?«

Die Frage überraschte Elizabeth zuerst. Dann wurde ihr klar, daß sie davon ausgehen mußten, daß sie aus der Dienststelle in Buffalo kam. »Nein«, sagte sie. »Ich glaube nicht. Ich bin eben aus Washington eingeflogen.«

Jetzt war Delamo überrascht. »Wie sind Sie denn auf uns gekommen? Wie konnten Sie das wissen?«

»Ich war auf etwas in der Art gefaßt, also habe ich die richtige Meldung im Fernschreiber abgewartet.« Sie konnte es nicht mehr erwarten. Sie versuchte sich nicht allzu eifrig anzuhören, aber sie mußte es einfach wissen. »Haben Sie die Bestätigung, daß es sich um Angelo Fratelli handelt?«

»Die brauche ich nicht. Ich habe ihn nicht zum erstenmal gesehen.«

Sie sah ihm den Ärger an, aber darauf konnte sie jetzt nicht achten. »Dann ist es der dritte.«

»Der dritte?« fragte Delamo. Sein Gesicht nahm einen Ausdruck so übertriebenen Staunens an, daß sie ihn unmöglich mißdeuten konnte.

Natürlich, dachte sie. Woher sollte er es auch wissen? »Vor

einer Woche wurde in New York ein gewisser Antonio Talarese umgebracht. Er war ein Unterboß, der Carlo Balacontano die Geschäfte führte, während der in Kalifornien saß. Zwei Abende später wurde in Santa Fe Peter Mantino erschossen. Er war der Regionalchef der Familie im Westen. Was er in Santa Fe machte, das festzustellen hatte ich noch keine Zeit. Und jetzt Fratelli.«

»Miss ah ... Waring. Ich bin durch und durch der einfache Polizist. Um ehrlich zu sein, ich habe keine Ahnung, von was zum Teufel Sie reden. Aber Sie werden's ja wohl wissen. Ich weiß, wer Carl Bala war – oder ist –, aber das ist auch schon alles. Wenn ihr Leute gewußt habt, daß da ein Krieg im Gang ist, warum zum Teufel habt ihr dann nichts gesagt?«

Elizabeth kam sich langsam, aber sicher vor wie bei einem Verhör, in dem der Bulle den Verdächtigen dazu bringt, Dinge zu gestehen, von denen er noch nicht einmal wußte, daß man sie ihm vorwarf. »Von einem Krieg weiß ich noch nichts. Ich denke, daß hier jemand am Werk ist, von dem wir vor zehn Jahren von einem Informanten erfahren haben, und ich denke, er ist allein. Er ist ein bezahlter Killer. Die Leute nennen ihn den Fleischerjungen, kein richtiger Name, keine Akte, noch nicht mal eine Beschreibung. Ein Zeuge behauptet, er hätte in New York Tony Talarese erschossen. Wir wissen, daß er irgendwo im Westen war, während Mantino umgebracht wurde.«

»Und wer hat ihn engagiert?«

»Ich weiß nicht, ob ihn überhaupt jemand engagiert hat, und ich habe keine Ahnung, worum es geht. Die anderen gehörten zu Balacontanos Familie, Fratelli nicht.«

»Auf was soll ich mich denn gefaßt machen – daß sich hier ein paar hundert neue Gesichter aus Chicago oder New York breitmachen und Fratellis Nachlaß tranchieren?«

»Ich weiß es nicht. Ich glaube nicht, daß es darum geht.« Delamo holte tief Luft und atmete langsam aus, sagte es aber dann doch: »Viel Nützliches habt ihr Leute ja nicht gerade, wissen Sie das?«

Elizabeth fragte sich, ob er das auch zu Jack Hamp gesagt hätte. Nicht daß ihm ein Mann dafür eins auf die Nase gegeben hätte, aber bei einer Frau taten sich diese Kerle einfach viel leichter damit. Wenn sie zurückschoß, war sie ein Miststück. Sie erklärte es ihm geduldig. »Es passiert einfach zu viel auf einmal. Widersprüchliches, Sinnloses, und vermutlich ist auch eine Menge getürkt. Aber wie auch immer, solche Leute planen nicht auf lange Sicht und handeln danach. Wenn Sie sich bedroht fühlen, schlagen Sie zu, und wenn Sie eine Gelegenheit sehen, ergreifen sie sie.«

Delamo seufzte. »Kommen Sie. Sie können sich ruhig mal anschauen, was wir hier haben.«

Er führte sie in das kleine Wäldchen; vor dem gelben Band mit der Aufschrift »Polizeiabsperrung«, das von Baum zu Baum gespannt war, blieben sie stehen. Er wies auf die drei Leichensäcke. »Der hier, das ist Fratelli. Schrotladung in den Kopf. Hat ihm die Schädeldecke weggerissen. Dem hier ging's genauso. Salvatore Gamuchio, Leibwächter, achtunddreißig. Seine Vorstrafen gehen auf zwanzig Jahre zurück: Raubüberfall, Erpressung, Körperverletzung und so weiter und so fort. Er hatte eine Maschinenpistole unter dem Mantel und einen Revolver in einem Wadenholster. Aus beiden ist nicht geschossen worden. Der da ist uns ein Rätsel. Scheint ein gebrochenes Genick zu haben. Keine Papiere. Einer der Leute hier meint, er käme ihm bekannt vor, aber bisher können wir ihn nicht unterbringen.«

»Und das ist alles hier passiert? Im Park?«

»Ja. Jede Menge Anrufe von den Anwohnern – Schüsse, Geschrei, alles, was dazugehört. Die Streifenwagen in der Gegend haben sofort reagiert, aber der Park ist groß, und bis die den Park mit Suchscheinwerfern ableuchten konnten, stand von denen da keiner mehr. Die Streifenbeamten haben die Leichen also erst gefunden, als sie die Gegend zu Fuß absuchten.«

»Sind Sie schon dahintergekommen … wie?

»Ich nehme an, daß einige Leute von da drüben sie mit Flinten erschossen haben. Mit Ausnahme von dem hier. Wie der gestorben ist, ist mir ein Rätsel.«

Aus der Dunkelheit hinter ihnen kam eine Stimme. »Leutnant …«

Er drehte sich gemächlich danach um. »Ja?«

»Wir haben hier drüben im Gebüsch eine Flinte gefunden.«

»Irgendwas Interessantes daran?«

»Nein, Sir. Eine Remington Pump-gun, Kaliber zwölf. Nicht abgesägt, nichts.«

»Ich weiß, ich brauch' das nicht eigens zu sagen, aber geht mir vorsichtig damit um. Wäre zu schön, wenn ein Abdruck dran wäre.« Als der Streifenpolizist sich entfernte, wandte Delamo sich wieder Elizabeth zu. »Ich denke, nach einem Mann mit einer Flinte brauchen wir nun nicht mehr zu suchen.«

»Leutnant?«

Als Delamo sich in die andere Richtung wandte, bekam Elizabeth ein Gefühl dafür, wie es wohl sein mußte, Leutnant bei der Mordkommission zu sein. Sie brachten ihm die Details, und er würde sie auswerten und einordnen.

»Eben hat man die Identitäten der anderen durchgegeben.«

»Und?«

»Die zwei in der Grant Street gehörten auch zu Fratelli. Das Haus gehörte einem alten Mann, den man im Fluß gefunden hat.«

»Danke«, sagte Delamo und wandte sich wieder Elizabeth zu. »Ich fürchte, Ihre Theorie beginnt damit zu wackeln.«

»Warum?«

»Tja, wir haben da am frühen Abend einen alten Schwarzen mit einer achtunddreißiger Kugel im Kopf aus dem Fluß gefischt. Sieht ganz so aus, als habe man in seinem Haus zwei Leute umgebracht. Mit einer oder mehreren Flinten. Dazu kommen Fratelli, Salvatore Gamuchio und der Knabe mit dem gebrochenen Genick. Und das alles innerhalb von drei, vier Stunden. Eine hübsches Stück Arbeit.«

»Leutnant«, meldete sich eine weitere Stimme. »Hier drüben haben wir noch mehr Blut.«

»Seht zu, daß ihr soviel wie möglich davon auf Objektträger bringt«, sagte Delamo. »Und sucht nach weiteren Leichen. Ich fürchte, wir werden den verdammten See abfischen müssen, sobald die Sonne rauskommt.«

»Ich denke, da gibt's 'ne Möglichkeit, das Wasser ablaufen zu lassen«, sagte die Stimme.

»Stellen Sie das fest. Rufen Sie bei der Parkverwaltung an.«

»Geht in Ordnung.«

Delamo wandte sich wieder an Elizabeth: »Ich denke, damit fällt wieder mal die Theorie vom ›Einzelschützen‹.«

»Wieso sind Sie da so sicher?«

»Weil es mir wurscht ist, wer der Typ ohne Namen und Beschreibung ist. Es ist ziemlich unwahrscheinlich, daß einer ganz allein in die Stadt kommt, sechs und mehr Leute umlegt, und das nicht nur an mindestens drei verschiedenen Orten, sondern auch auf drei verschiedene Arten. Und falls er kam, weil er was gegen Angelo Fratelli hatte, dann hätte er eben Angelo Fratelli umgebracht. Er hätte nicht erst drei Leute umgebracht, die für Fratelli gearbeitet haben. Sehen Sie das anders?«

»Um das zu beantworten, müßte ich seine Gedanken kennen.« O Gott, dachte sie. Er hat nur ein paar Stunden Vorsprung, und der Mann hier schickt die Polizei auf die Suche nach einer ganzen Bande und verschwendet seine Zeit damit, mich überzeugen zu wollen.

»Wie, meinen Sie, soll einer das schaffen?«

»Das weiß ich auch nicht«, sagte Elizabeth, »aber ich weiß, daß vor zehn Jahren in Las Vegas ein Mann, der ihn noch nicht mal gesehen hatte, bei mir Schutz suchte, weil er Angst hatte, sich schlafen zu legen. Ich konnte es ihm nicht verdenken, wir hatten an dem Morgen über die Stadt verteilt neun Leichen gefunden. Der Mann, der die umgebracht hat, ist der, den ich jetzt suche.«

Ms. Waring war noch nicht lange fort, als McElroy wieder neben Delamos Ellbogen auftauchte. »Eben ist eine Meldung aus der Innenstadt durchgekommen, Leutnant. Demnach kommt in ein paar Minuten noch einer vom Bund. Wir sollen ihm jeden Gefallen tun.«

Delamo wandte sich ihm zu. »Was zum Teufel soll denn das heißen? Als täten wir das nicht immer.«

»Ich wiederhole nur, was durchkam. Der Knabe will sich die Leiche ansehen. Fingerabdrücke, Fotos, die ganze Pastete.«

»Haben Sie denen nicht gesagt, daß wir das alles schon erledigt haben? Der Mann ist einwandfrei identifiziert. Es ist Fratelli.«

»Nicht die Leiche. Die andere – die mit dem gebrochenen Genick.«

13

Eddie Mastrewski hatte ihm gezeigt, wie man sich in einer ganzen Reihe von Situationen verhielt, die sich in ihrem Geschäft so ergaben. Er erinnerte sich noch daran, wie Eddie ihn mitten in der Nacht in einem Hotel in Milwaukee aufgeweckt hatte. Zuerst hatte sich der Junge zu Tode geängstigt, weil er dachte, mitten in der Nacht aufzustehen könnte nur eines bedeuten: Die Polizei hatte irgendwie erfahren, daß Eddie den Mann am See umgebracht hatte. Sein Name war »Good Eye« Fraser. Eddie hatte ihm erzählt, der Name käme daher, daß Fraser vor Jahren bei einer Keilerei ein Auge verloren und durch eine unheimlich teure und sauber gearbeitete Glaskugel ersetzt hatte. Und das war das gute Auge. Das andere war klein, rot und stechend, und Fraser bewegte seinen Kopf wie ein wütender Truthahn, um es auf seine Feinde zu richten, eine Kategorie, unter die jeder zu fallen schien, auf den sein Blick fiel. Der Junge hatte sich schon vorgestellt, daß die Polizei in den zweiten Stock geschlichen kam. Es war erst wenige Stunden her, seit die zufriedene Kundschaft Eddie im Hinterzimmer einer alten Billardhalle nur eine Meile vom Hotel ausgezahlt hatte. Sie hatten ihre Freude über Good Eye's Ableben kaum bändigen können. Daß Good Eye's Freunde auf Rache sannen, kam nicht in Frage – sie hatten den Auftrag vergeben. Sie hatten buchstäblich eine Partie auf dem Tisch im Hinterzimmer unterbrochen und den Hut herumgehen lassen.

Der Junge war aus dem Bett gesprungen, hatte sich den Revolver aus der Schublade des Nachttischchens geschnappt und nach seiner Hose getastet. Erst dann hatte er Eddies Grinsen gesehen. »Nur keine Aufregung. Alles in Butter«, hatte er gesagt. »Ist nur Zeit, sich auf den Heimweg zu machen.« Der Junge war völlig verwirrt gewesen, aber Eddie packte bereits die Koffer. »Die Arbeit ist getan, wir haben unser Geld. Wenn wir tags darauf noch hier sind, werden sich die Leute aus der Billardhalle fragen, warum. Wir sind jetzt gefährlich. Die Polizei könnte uns kriegen, und das an sich wär' schon schlimm genug, aber wir haben denen gezeigt, daß wir einen Mann ausschalten können, vor dem sie Angst gehabt hatten, und das ist viel schlimmer. Womöglich fürchten sie, wir könnten hier die Sache übernehmen und ihnen so zusetzen wie Good Eye. Dann wären sie schlimmer dran als zuvor. Oder sie genieren sich mit einmal dafür, uns angeheuert zu haben, weil das für uns nur ein Klacks gewesen ist. Dann denken sie sich: Wenn das so einfach war, hätten wir's auch selber tun können. Wir haben unser Geld zum Fenster hinausgeworfen. Ganz gleich, was die denken, es ist schlecht für uns, also geben wir ihnen erst gar keine Zeit zum Denken. Abgesehen davon gehört es sowieso zum Vertrag. Wenn du nach einer Arbeit noch rumhängst und die Kundschaft aufregst, dann verweigerst du ihr den Frieden, für den sie schließlich bezahlt hat, und dann hast du's nicht besser verdient, als selber zu sterben. Das ist nur fair.«

»Fair?« Der Junge war noch immer ganz tranig vom Schlaf, und Eddies Logik war schon am hellichten Tag schwer zu folgen. »Uns dafür umzubringen?«

»Sicher«, hatte Eddie geantwortet. »In diesem Leben kriegst du immer ein bißchen weniger, als du verdient hast, das mußt du mit in Betracht ziehen.«

Er war damals noch ein Kind gewesen, und manches war nur eine vage Erinnerung, aber als er jetzt darüber nachdachte, stellte sich langsam, aber sicher auch der Rest wieder ein. Es war ein Klacks gewesen, wie Eddie gesagt hatte, und ihm wurde klar, daß Eddie vermutlich nichts weiter hatte tun müssen, als Fraser von der Seite mit dem Glasauge anzugehen. Was ihm jetzt aber anders erschien, war die Bezahlung in der Poolhalle. Sie hatte nicht wirklich im Hinterzimmer stattgefunden. Dort hatten sie den Jungen warten lassen, während Eddie das Geld abholte. Er erinnerte sich noch an das Gelächter und das Gejohle von den Männern am Tisch im vorderen Raum. Zum ersten Mal erinnerte er sich so daran, als hätte er es tatsächlich gesehen: Eddie schickt den Jungen ins Hinterzimmer und schließt die Tür, geht dann an den Pooltisch und greift in die Tasche. Als die Hand wieder zum Vorschein kommt, rollt das Glasauge über den Tisch; es sieht aus, als blinzle es die Männer der Reihe nach an. Was für einen Beweis hätten sie wohl sonst verlangen sollen?

Er wußte, was Eddie zu seiner jetzigen Situation gesagt hätte: Es war seine eigene Schuld, also hatte er's nicht besser verdient. Das alles war Folge eines Mangels an Professionalität, wie Eddie gesagt hätte, und angefangen hatte das Ganze mit der Ehrenwerten Meg. Eddie war ganz der Pragmatiker gewesen, ein Mann mit wenig Zeit für Gefühle. Er hatte nie geheiratet, weil allein schon die Vorstellung albern war, seinen Nebenberuf vor einem Lebenspartner verheimlichen zu können. Er hatte eine Reihe von Affären mit verheirateten Frauen im Viertel, die er als seine »Lieferkundschaft« bezeichnete. Er besuchte sie an Nachmittagen, an denen im Laden nichts los war, und nahm ihnen Lammkoteletts oder Rostbraten für das Abendessen ihrer Männer mit; nach einigen Stunden kam er zurück und stellte sich wieder hinter den Ladentisch. Nein, die Ehrenwerte Meg hätte er nicht gutheißen können.

Aber als Wolf seine Erinnerungen an Eddie durchforstete, wollte ihm nichts einfallen, was ihm aus dem Schlamassel geholfen hätte. Eddie hatte nie in einer Liga gearbeitet, in der die Kundschaft gefährlicher war als die Jobs; er hatte seine Grenzen gekannt.

Wolf wurde klar, daß alles, was er jetzt tat, riesige Auswirkungen auf die Zukunft hätte. Er konnte sich keine Fehler mehr leisten. Es war Zeit, den Mietwagen loszuwerden. Wenn er ihn zurückgab, riskierte er, daß ihm jemand über die Kreditkarte auf die Schliche kam.

Direkt vor Cleveland, an den Randbezirken, wo Autohandlungen, Teppichgeschäfte und Möbellager die äußere Stadtgrenze markierten, fand er einen riesigen neuen Apartmentkomplex. Er parkte den Wagen auf der Straße davor, ging zwei Meilen zu Fuß zu einem großen Motel und rief sich ein Taxi zum Flugplatz. Irgendwann würden die Leute aus dem Komplex feststellen, daß der Wagen keinem Besucher gehörte, oder er würde den Bullen auffallen, die ihn abschleppen ließen. Aber das würde vermutlich eine Woche dauern. Wenn er dann immer noch im Land war, dann war er vermutlich tot. Es war Zeit für einen Besuch bei Little Norman.

In ganz Las Vegas gab es keinen Lounge-Akt mit einer längeren Laufzeit als bei Little Norman. Seit achtzehn Jahren frühstückte er jeden Tag um vier Uhr nachmittags in der hinteren Bar des Sands, legte zweihundert Prozent Trinkgeld auf den Tisch, wuchs zu seiner vollen Größe von einsachtundneunzig auf und schlenderte in Cowboystiefeln hinaus. Letztere fügten seiner Größe noch mal fünf Zentimeter hinzu. Die von heute waren aus Leguanleder, handgenäht mit gravierten Silberspitzen und kleinen silbernen Sporenimitationen an den Hacken, und er trug sie, weil das Leguanleder zum Anzug paßte, der von Armani war.

Little Norman trat aus der Bar und durchquerte das Kasino in Richtung Ausgang. Die Massen der Spieler hatten nur Augen für die klappernden, klingelnden und summenden Automaten oder das bunte Spielzeug auf den filzbezogenen grünen Tischen. Die einzigen, die auf Little Norman achteten, waren einige Männer auf den Laufstegen über den Spiegeln an der Decke, weil sie dafür bezahlt wurden, alles zu sehen, und zwei gelangweilte Frauen hinter den Fenstern der Kasse. Ihre Augen ruhten nur einen Moment auf ihm, dann wanderten sie weiter. Little Norman war ein Stammgast, Teil des grellen Einerleis, das sie hier Tag für Tag sahen.

Es gibt Orte auf der Welt, wo ein Zweimetermann von hundertdreißig Kilo, der obendrein schwärzer war als der König der Zulus, das Auge durchaus zum Verweilen einladen könnte, aber nicht in Las Vegas. Little Norman war ein vertrauter Anblick und hatte zeitlebens nie Ärger gemacht. Und wenn, er wäre ebenso still wie rasch wieder vorbei gewesen, da es nicht viele gab, die ihm mehr als einen unbedeutenden Widerstand hätten leisten können.

Little Norman hatte Las Vegas 1958 entdeckt, als er es als Leibwächter des Boxers Walt »The Animal« Homer besucht hatte. Ein überzeugender Leibwächter eines Prominenten, der sich seine Brötchen damit verdiente, andere Prominente ins Land der Träume zu befördern, konnte gar nicht anders, als groß, häßlich und böse zu sein. Daß Little Norman groß und häßlich war, konnte man auf den ersten Blick sehen, der Rest seiner Referenzen erreichte die Polizei von Las Vegas über seinen Bewährungshelfer in Kansas City. Walt Homer erwies sich als das falsche Pferd. Als man ihm in einem Fight in Florida ein Jahr später die Nase einen Fingerbreit nach rechts versetzte, entschloß sich der Promoter, nicht länger in seine zweifelhafte Zukunft zu investieren, die damit plötzlich ziemlich eindeutig war.

Aber damals hatte Little Normans Präsenz für Leute gewisser Branchen etwas Beruhigendes. Er lernte einige Freunde des Promoters kennen, fiel angenehm auf, tat den einen oder anderen Gefallen und schuf sich seinen Platz in der Welt. Als er fünfzehn Jahre später nach Las Vegas zurückkehrte, nahm er die verantwortungsvolle Vertrauensstellung ein, die er heute noch innehatte.

Nach dem Frühstück promenierte Little Norman den Strip entlang und schaute im Vorbeigehen auf einen Sprung in den Lounges der Kasinos vorbei. In jeder der Bars konferierte er einige Minuten mit diversen Beratern, die er sich auf Honorarbasis hielt: Bedienungen und Croupiers aus den Kasinos, Zimmermädchen, die darüber in den Hotels arbeiteten, und Leute, die es sich zur Aufgabe gemacht hatten, dort zu sein, weil Little Norman es wollte. Hatte er genug gehört, griff er in die Tasche seines maßgeschneiderten Anzugs, holte ein Bündel Zwanzigdollarscheine heraus und blätterte den einen oder anderen hin, je nach Frische und Gewicht dessen, was man ihm anvertraut hatte.

Little Norman stellte daraus eine Art Wetterbericht für Las Vegas zusammen. Seit einer ganzen Reihe von Jahren – zehn, um genau zu sein – war es nun schön. Das Geld, das er für die Vorträge bezahlte, die er Tag für Tag hörte, bekam er indirekt von vierzehn alten Männern, von denen nicht einer näher als fünfhundert Meilen in Stadtnähe lebte. Sie alle hatten es sich zur Gewohnheit gemacht, auf ihn zu bauen. Seine Aufgabe bestand darin, sicherzustellen, daß nichts, aber auch rein gar nichts passierte, was die Ruhe stören könnte, die – mit einigen Unterbrechungen – herrschte, seit sich ihre Vorgänger vor vierzig Jahren vertraglich darauf geeinigt hatten.

Als Little Norman heute die Wetterlage prüfte, starrte er seine Beobachter besonders aufmerksam an; er lauschte auf Fehler. Nicht daß einer von ihnen so dumm gewesen wäre, ihn zu belügen, aber nach so vielen glasklaren Tagen hätte es durchaus sein können, daß ihnen etwas entgangen war. Wie gewöhnlich fragte er sie danach, ob jemand angekommen sei, den sie kannten, oder ob einer mit mehr Geld gespielt hätte, als er seiner Kleidung nach haben dürfte. Heute jedoch erkundigte er sich zusätzlich nach einem Mann von mittlerer Statur und sandfarbenem Haar, der nach jemandem zu suchen schien. Er dürfte an einem abgelegenen Tisch in der Bar gesessen haben oder durch das Kasino geschlendert sein, ohne daß er gespielt oder auch nur mit jemandem gesprochen hätte. Da keiner von Little Normans Leuten einen solchen Mann gesehen hatte, war er am Ende seiner Runde davon überzeugt, daß das Wetter noch immer schön war.

Um neun Uhr abends trugen Little Normans große Schritte ihn in Caesars Palace zu einem leichten Abendessen mit einer jungen Frau namens Yolanda. Sie behauptete, neunzehn zu sein, lieferte ihm aber Hinweise darauf, daß diese Angabe nicht eindeutig war. Als er auf die Toilette ging, versuchte sie etwas von dem Geld zu klauen, das er dem Kellner unter die Rechnung gelegt hatte. Das bedeutete, daß sie alt genug war, um etwas auf die hohe Kante legen zu wollen; mit anderen Worten, sie hatte bereits das eine oder andere Fältchen, die eine oder andere schlaffe Stelle entdeckt, was für fünfundzwanzig sprach. Es bedeutete aber auch, daß sie jung genug war, um nicht zu kapieren, wie schlecht ein solches Benehmen für ihre Zukunft war, denn solange der Kellner das Geld nicht an sich nahm, gehörte es nach wie vor Little Norman. Geduldig und mit einem aufmunternden Lächeln erklärte er ihr den feinen Unterschied, und sie hörte mit der Aufmerksamkeit eines Kaninchens zu. Um ihretwillen fügte er noch hinzu, Las Vegas sei ein verdammt hartes und kaltes Pflaster für denjenigen, der das Wohlwollen von Leuten wie Kellnern und Portiers nicht zu würdigen wüßte. Sie bewies ihre angeborene Intelligenz, indem sie das Geld ganz offen aus dem Ärmel nahm und zurück auf den Tisch legte – nicht unter die Rechnung. Was Little Norman sympathisch war.

Gegen elf machte Little Norman seine zweite Runde durch die Kasinos. Er konnte nicht überall sein, aber es hatte durchaus den Anschein. Er suchte den Blickkontakt mit jedem, den er kannte, so daß keiner lange zu überlegen brauchte, wo er ihn zu suchen hätte, sollte er etwas haben.

Um sechs Uhr morgens war Little Norman wieder bei seinem Wagen auf dem Parkplatz des Sands. Er fuhr eine leuchtendrote Corvette mit einer Maschine, die spielend ihre zweihundertvierzig Sachen machte, nur daß er nicht verwegen genug war, sie auch mal auszufahren. Seit er sich 1960 seine erste Corvette hatte leisten können, hatte er sie immer gegen das neueste Modell eingetauscht; nur leuchtend rot mußte sie sein, weil das die Farbe der allerersten gewesen war, die er damals in Kansas City gesehen hatte; Corvettes waren nun einmal rot. Er fand es seit jeher beruhigend, mehr PS unter der Haube zu haben als derjenige, hinter dem er vielleicht mal herjagen mußte.

Als Little Norman in die Stadt gekommen war, um für gutes Wetter zu sorgen, hatte er zunächst in einigen der großen Hotels im Zentrum gewohnt. Die Tatsache, daß er sich einen solchen Luxus leisten konnte, hatte ihm damals gefallen.

Jetzt wohnte er in einem Vierzimmerhaus am Stadtrand, gleich in der Nähe einer Auffahrt einer Bundesstraße. Die vierzehn alten Männer waren konservativ bis ins Mark; sie trauten keinem, der lebte, als hätte er nicht die Absicht zu bleiben.

Der Verkehr war dünn, und Little Norman brauchte die ganze Strecke nur zweimal abzubremsen, weil er sich in der grünen Welle verschätzte. Er schloß die Haustür auf, trat ein und drückte einige Knöpfe auf der Codetastatur neben der Tür, um die Alarmanlage wissen zu lassen, daß Herrchen es war. Dann schloß er wieder ab und ging ins Schlafzimmer.

Vor dem hinteren Fenster des Wohnzimmers, das auf einen leeren Pool und Kakteen hinausführte, kauerte sich Wolf in die Dunkelheit. »Eins-fünf-zwo-vier: fünfzehn-vierundzwanzig.« Er wartete und schlich sich dann ans Schlafzimmerfenster, wo er sich duckte, um sich durch einen Spalt in der Jalousie Little Normans Bettritual anzusehen. Mit Bedacht entledigte sich der große Mann seiner Stiefel und Kleidung und verstaute beides im Schrank; dann öffnete er die Schublade des Nachttischchens und holte eine Pistole vom Kaliber .45 ACP – Wolfs Ansicht nach eine Beretta – heraus, die er unter das Kissen neben sich schob. Er verschwand für einige Minuten im Bad, und als er wiederkam, stieg er ins Bett und löschte das Licht mit einer Fernbedienung auf dem Nachttischchen.

Eine halbe Stunde lag Wolf im nach wie vor warmen Unkraut

hinter dem Haus und wartete, dann stand er auf und machte sich auf den Weg zu seinem Motel. Er hatte gut zwei Meilen vor sich, und er war hundemüde.

Tags darauf erfuhr Little Norman zu seiner Freude, daß in Las Vegas noch immer die Sonne schien. Er machte seine Runden in Stiefeln aus Krokodil- und Straußenleder und feierte das Wetter bei einem abendlichen Treff mit Yolanda, der er ein Zimmer im Frontier gemietet hatte. Es war schon nach fünf Uhr morgens, als er sich in seine Corvette zwängte und wieder nach Hause fuhr. Daß das Wetter sich verändert hatte, merkte er erst, als er ins Schlafzimmer trat. »Hallo, Norman.« Er mußte sich nicht erst umdrehen, um zu wissen, wer es war, tat es aber trotzdem. Er war Manns genug, seinem Tod ins Auge zu sehen.

»Hallo, Kleiner.«

»Du scheinst nicht überrascht, mich zu sehen.«

»Ich bin überrascht, daß du dich sehen läßt.« Little Norman starrte ihn an. Er sah fast noch genauso aus. Er war gar nicht so sehr gealtert – kein Bierbauch, kein schütteres Haar, vielleicht ein paar Falten. In Little Norman überschlugen sich völlig belanglose Eindrücke, von denen jeder eine Reihe von Gedanken auslöste, die recht unterhaltsam gewesen wären, hätten sie auch nur die geringste Rolle gespielt. Der Fleischerjunge würde ihn umbringen, und sie wußten beide, daß er dafür nicht stillhalten würde. Er würde schon allein deshalb an eine Waffe zu kommen versuchen, weil er Little Norman war. Aber er würde es nicht schaffen, weil auch der Mann mit der 45er in seinem Sessel war, wer er war. Darüber hinaus wußte Little Norman, daß die Waffe weder klemmen noch versagen würde – schließlich war es die, die er sich nachts unters Kissen legte.

Der Fleischerjunge hatte die Alarmanlage überlistet und hier im Dunkeln auf ihn gewartet. Auch das überraschte ihn nicht.

Alarmanlagen waren nicht für Leute wie ihn gedacht; sie waren dazu da, Junkies abzuhalten, die deine Stereoanlage brauchten. Er warf einen raschen Blick auf die Fernbedienung auf dem Nachtschränkchen, aber sie war nicht mehr da. Er hätte das Licht ausmachen und sein Glück im Dunkeln versuchen können, was der Mann da natürlich wußte. Es mußte also die Lampe sein – flink, geduckt und mit allem, was er hatte.

»Ich möchte mich nur einen Augenblick mit dir unterhalten«, sagte der Fleischerjunge.

»Über was vor zehn Jahren war? Ich weiß, warum du hier bist. Wäre ich an deiner Stelle auch.«

»Na schön, fangen wir mit vor zehn Jahren an.«

»Ich hatte keine Ahnung, daß es eine Falle war. Ich dachte wirklich, die würden dich bezahlen. Wenn ich gewußt hätte, daß die dich nur auf dem Strip haben wollten, um dich zu erledigen ...« Er verstummte achselzuckend. »Du kennst mich.«

Der Fleischerjunge nickte. »Dann hättest du dafür gesorgt, daß die das nicht verbocken.«

»Ich war der Beste. Vielleicht nicht vor zehn Jahren, aber davor.«

»Du warst mal der Beste. Was nicht viele von sich sagen können, vor allem nicht die, die's mal waren.«

Little Norman nickte. »Womöglich hätte ich es ihnen auch ausreden können. Ich konnte dich immer gut leiden. Du warst der einzige im Geschäft, der wirklich zu leben schien. Außer mir.« Little Norman behielt die Lampe im Visier. Er war zu weit weg, um sie zu fassen; er würde sie nach dem Jungen werfen müssen. »Ich bin neugierig, Kleiner. Aber du wirst mir wohl kaum sagen, wo du gesteckt hast.«

»Nein.«

»Aber eines kannst du mir sagen: Hattest du Spaß?«

Was den Fleischerjungen zu überraschen schien. »Spaß?«

»Ja. Ich meine, war's die Sache wert? Zehn Jahre sind verdammt lang, wenn man sich in irgendeinem Loch verkriechen muß. Konntest du dir wenigstens so eine Art Leben schaffen?«

»Mir hat's gefallen. Es war eine ganze Ecke besser, als ich es mir vorgestellt hatte. Ich für meinen Teil wäre ewig geblieben. Ich bin nicht grade begeistert, wieder hier zu sein, aber wenigstens habe ich meine Zeit nicht verschwendet.«

»Freut mich. Hat dir der alte Eddie wenigstens auch was Nützliches beigebracht. Sag mir nicht erst Bescheid. Eine Kugel in den Kopf genügt.«

»Deshalb bin ich nicht hier. Nicht diesmal. Es sei denn, du hältst so viel Glück nicht aus und versuchst was mit der Lampe oder was weiß ich. Ich will mit den alten Männern reden.«

Keine Frage, wen er damit meinte. »Wozu? Was willst du denen schon sagen?«

»Sie dran erinnern, was vor zehn Jahren war. Ich habe mich absolut professionell verhalten. Ich hatte meine Arbeit erledigt, ich kam her, um zu kassieren, und der Kunde wollte mich durch den Wolf drehen.«

»Das ist denen doch scheißegal. Jetzt genauso wie damals. Aber nicht das, was du danach getan hast. Du hast eine Menge Leute unter die Erde gebracht. Die haben Jahre gebraucht, um hinter dir herzuräumen.«

»Auch daran möchte ich sie erinnern. Du verstehst, was ich meine.«

»Du willst den alten Männern angst machen? Warst du so lang weg? Hast du vergessen, wer die sind?

»Sie haben nichts davon, mich zu erledigen. Wenn sie mich zufrieden lassen, dann können sie mich vergessen. Ich arbeite nicht mehr.«

»Du hast Talarese, Mantino und Fratelli erledigt. Drei mittelgroße Fische in einer Woche.«

»Talarese hat mich gefunden. Als ich wieder verschwinden wollte, wartete Mantinos Spezialist vor der Maschine. Und Fratelli hatte seine Leute nach mir suchen geschickt. Ich nehme an, um Balacontano einen Gefallen zu tun.«

»Da sagen die aber was ganz anderes.«

Little Norman sah, daß der Fleischerjunge das nicht erwartet hatte. »Was sagen sie denn?«

»Daß Talarese ein Polizeimikro trug, als du ihn erwischt hast.«

»Talarese? Blödsinn?«

»Du wolltest wissen, was sie sagen. Das ist es. Eine ganze Menge Leute sind der Ansicht, daß dich jemand engagiert hat, der Probleme mit dem hatte, was auf dem Band war. Andere meinen, du wärst in deinem Loch durchgedreht. Daß es dir plötzlich nicht mehr genügte, Carl Bala hinter Gitter gebracht zu haben. Also mußtest du die abservieren, die ihm die Geschäfte führten, damit seine Familie auseinanderfiel.«

»Ich habe sie erledigt, weil es für mich die einzige Möglichkeit war, am Leben zu bleiben.«

Little Norman beobachtete ihn, um zu sehen, wie er reagierte. »Dann hast du einen Fehler gemacht. Falls Talarese tatsächlich ein Mikro trug, dann war Mantino auf dem Band. Talareses Tod konnte ihm also nur recht sein.«

»Ich habe mir den Knaben am Flughafen doch nicht eingebildet. Als ich ging, kreisten ihn eben die Bullen ein.«

»Hast du ihn gekannt?«

»Nein. Ein großer blonder Kerl mit Schnurrbart.«

»Hast du dich jemals von jemandem fotografieren lassen?«

»Nein.«

»Konnte Mantino nicht jemanden aufgetrieben haben, der dich noch von den alten Tagen her kennt? Denk nach! Bist du sicher, daß es kein Bulle war?«

Wolf brauchte nicht zu überlegen. »Von welchem Verein war denn das Mikro?«

»Kann ich erst sagen, wenn sie jemanden hoppnehmen. Was

vielleicht nicht mehr nötig ist. Vielleicht hast du alle umgebracht, die den Platz im Knast wert gewesen wären.«

»Ich gehe jetzt«, sagte der Fleischerjunge. Er stand auf, die Waffe nach wie vor auf Little Norman gerichtet. »Richte den alten Männern das aus. Sieh zu, daß denen klar ist, was sie tun, falls sie sich entscheiden, mir an den Kragen zu gehen.«

»Du glaubst wirklich, Carl Bala läßt dich in Ruhe?«

»Carl Bala kann nichts machen, wenn die ihn nicht lassen.«

»Was ist mit der Polizei?«

»Mir machen die alten Männer Sorgen.«

»Wie gebe ich dir ihre Antwort.«

Wolf schüttelte den Kopf. »Das hier ist die letzte Unterhaltung mit mir. Falls jemand nach mir sucht, mich beobachtet, auf mich wartet, ich weiß, woher er kommt.«

»Und du bietest dafür nichts weiter, als sie in Frieden zu lassen?«

Der Fleischerjunge zuckte kaum merklich die Achseln. »Ist kein schlechter Deal.« Er trat rückwärts aus der Tür und schloß sie hinter sich. So sehr Little Norman sich anstrengte, Schritte zu hören, das Knarren der Haustür, den Anlasser eines Wagens, es war nichts zu hören.

»Nein«, sagte er laut. »Ist wirklich kein schlechter Deal.«

Elizabeth wiegte ihr Baby im Arm. Amanda schlief, aber immer wenn sie ihr das Fläschchen aus dem Mund zu nehmen versuchte, saugte sie ein paarmal kräftig daran, um sich zu vergewissern, daß es noch da war. Elizabeth starrte gegen die Wand des Babyzimmers. Ihr war eben ein Gedanke gekommen: Wäre sie der Fleischerjunge, sie wäre im Augenblick unterwegs nach Boston, um Giovanni Bautista zu erledigen. Freilich wäre das richtig anzustellen; unter einer Meisterleistung war da nichts zu machen, da Bautista ihn schließlich erwartete. Er war der letzte von Balacontanos alten Getreuen, und wenn der Fleischerjunge ihn jetzt umbrachte, erreichte er damit zweierlei: Erstens würde er Carl Bala, wenigstens für den Augenblick, des wichtigsten Werkzeugs berauben, das er hatte, um ihn zu finden, und zweitens würde er jedem außerhalb der Familie, der mit dem Gedanken gespielt haben mochte, sich auf die Suche nach ihm zu machen, eine Scheißangst einjagen. Das war etwas, was vor zehn Jahren keiner verstanden hatte: Um zu überleben, hatte der Fleischerjunge die Leute an ihre eigene Sterblichkeit erinnern müssen. Genau das mußte ihm jetzt durch den Kopf gehen – zu überleben, indem er die Leute daran erinnerte, daß sie sterben würden, wenn sie ihn nicht in Frieden ließen.

Jetzt nahm sie das Fläschchen zwischen Amandas Lippen hervor und klemmte es senkrecht zwischen die Polster des Sessels; dann beugte sie sich vorsichtig vor und streckte die Beine, um aufzustehen. So weit, so gut, Amanda schlief noch immer entspannt; aus ihrem Rachen kam in regelmäßigen Intervallen ein leises Gurgeln, fast als schnarche sie. Vorsichtig trat Elizabeth auf jene Dielen des Hartholzbodens, von denen sie wußte, daß sie nicht allzusehr knarrten; in Strümpfen schaffte sie es so bis zum Kinderbett. Sie hielt Amanda in den Armen, beugte sich über das Gitter, legte erst die kleinen Fersen, dann den Po und erst dann, und auch das nur ganz sachte, den Kopf auf die Matratze. Sie zog dem Baby die weiche Decke unter die Achseln und wandte sich ab, um sich aus dem Zimmer zu schleichen, als sie das Telefon unten im Flur klingeln hörte. Sie erstarrte, sah nach Amanda und versuchte dann schneller zur Tür zu kommen, landete aber mit jedem Schritt unfehlbar auf den lautesten Dielen, während das Klingeln des Telefons unerklärlicherweise anschwoll.

Sie schlüpfte hinaus, schloß rasch die Tür und rutschte dann auf Strümpfen zum Telefon ins Büro. »Ja?« meldete sie sich. Sie wußte, sie klang verärgert; wieso trafen sie es aber auch immer gar so genau?

Richardsons Ton war von einer geradezu blöden Munterkeit. »Hallo, Elizabeth. Hoffentlich habe ich dich nicht geweckt?«

»Nein«, sagte sie. »Übrigens, ich habe dich noch gar nicht gefragt. Hast du eigentlich Kinder?«

»Sicher.« Sie hörte ihn nahezu strahlen; wahrscheinlich sah er sich ein Foto an, das er irgendwo versteckt hatte. »Dan ist zweiundzwanzig und Brenda neunzehn. Sie hat sich eben an der Northwestern immatrikuliert.« Selbstverständlich war die Frage ein Fehler gewesen. Sie hatte nur wissen wollen, ob er auch nur die geringste Ahnung hätte, wann Einjährige so aufwachen, oder ob er es einfach vergessen hatte. Noch im selben Augenblick, in dem sie ihn fragte, wurde ihr freilich klar, daß Richardson nicht derjenige war, der mit dem Baby rausgemußt hatte.

»Nun, ich wollte dich sowieso noch vor Arbeitsbeginn anrufen. Ich hätte gern, daß die Bostoner Außenstelle Giovanni Bautista nicht aus den Augen läßt, und zwar ab sofort – ich weiß, daß das teuer ist –, und außerdem sollen unsere Beobachter die Sicherheitsmaßnahmen auf den wichtigsten Routen von Boston nach Kanada verstärken.«

»Wieso gerade Kanada?«

»Für den Fall, daß man bei Bautistas Observation einen Fehler macht. Der Fleischerjunge ist reisebereit. Ich spüre es. Er wird irgendwas tun, um sie abzuschütteln, damit er verschwinden kann. Bautista umzubringen wäre eine Möglichkeit. Es gibt natürlich noch andere, aber die ist mir eben gekommen. Kannst du das veranlassen?«

»Ich weiß nicht, was wir machen können. Wir haben eine Konferenz. Der Ressortleiter will über den Fall reden.«

»Wer ist das denn?«

»Für uns ist Hillman zuständig. Wie schnell kannst du hier sein?«

»Ich weiß noch nicht. Ich muß Jimmy Frühstück machen und

dann die Babysitterin bitten, früher zu kommen. Ich bin da, sobald ich kann.«

Kaum hatte sie das Gewicht des Hörers auf den Knopf sinken lassen, als es wieder klingelte. Man hätte meinen können, es lebe. Sie riß ihn hoch. »Ja?«

Es war Hamp. »Hallo, Elizabeth. Tut mir leid, Sie noch vor der Arbeit anzurufen, wo vermutlich das Baby grade am Wegnicken ist.«

»Woher wissen Sie das? Haben Sie Kinder?«

»Ich habe ein Talent dafür, Leute aufzuwecken. Können Sie reden?«

»Ja. Wo sind Sie denn?«

»Cleveland. Sie haben seinen Wagen gefunden. Ich kann ihn von hier aus sehen. Er hat ihn auf dem Parkplatz einer großen Wohnanlage abgestellt. Ist aber absolut sauber.«

»Ich hoffe, Sie erwarten nicht, daß ich vor Überraschung umfalle.Haben Sie irgendwas herausbekommen?«

»Eine Sackgasse«, sagte Hamp. »Gemietet hat er ihn auf die Ackerman-Karte. Soweit ich das sagen kann, hat er die Karte seither nicht mehr benutzt.«

Elizabeth seufzte. »Großartig. Jack, ich glaube, er geht nach Boston. Könnte sein, daß er es auf Giovanni Bautista abgesehen hat.«

Am anderen Ende der Leitung herrschte eine ganze Weile Stille; sie konnte den Verkehrslärm hören. Schließlich sagte er: »Das glaube ich nicht.«

»Wieso nicht? Maximaler Ärger, maximale Verwirrung. Bautista ist das logische Ziel.«

»Das stimmt schon. Ist praktisch eine Gerade. L.A., Santa Fe, in Cleveland den Wagen loswerden, dann Buffalo. Außer Boston bleibt ihm in dieser Richtung nicht viel.«

»Ich verstehe, Sie halten das für zu offensichtlich. Wie sieht Ihre Theorie aus?«

»Ich glaube, daß er irgendwo im Mittelwesten ist. Ich denke, er hat den Kopf eingezogen und sucht nach einem Schlupfloch.«

»Was wollen Sie tun?«

»Chicago ist die günstigste Stadt, um darauf zu warten, daß er irgendwo den Kopf raussteckt. Von dort aus kann ich in ein, zwei Stunden überall sein.«

»Jack, ich habe da eben was erfahren, was ich Ihnen sagen sollte. Mein Chef hat eine Konferenz einberufen. Der Ressortleiter wird dabeisein, es muß also um Geld oder Mittel – oder wie immer Sie's nennen wollen – gehen, ich ...«

»Keine Bange, ich bin finanziell unabhängig. Ich habe schließlich meine Pension von der Stadtpolizei Los Angeles. Ich lasse Sie meine neue Nummer wissen, wenn ich in Chicago bin.«

Der Konferenzraum sah anders aus, obwohl es ein weiterer finsterer, verregneter Morgen war. Das lag daran, daß sie das letzte Mal allein hiergewesen war. Sie hatte die Computerausdrucke auf dem großen Tisch ausgebreitet und sich dann von Stuhl zu Stuhl gearbeitet und dabei in die Winkel des Raumes geblickt; nur hatte sie das nicht gemerkt, weil sie viel zu sehr damit beschäftigt war, sich über seine Reiseroute klarzuwerden. Die Leute veränderten den Raum, und auch wenn es der ihre war, er wurde durch sie nicht schöner.

Hillman, der Ressortleiter, saß bereits am Kopf des Tisches. Es war typisch Richardson, seinen Platz einem zu Besuch weilenden Potentaten zu überlassen. Es mochte eine Spitzfindigkeit sein, aber die Konferenz wurde dadurch zur Konferenz des Ressortleiters, was der offensichtlich gemerkt hatte. Er lehnte sich zurück, als sie mit einem Blick in die Runde eintrat und sich dann auf einen Platz am anderen Ende des Tisches setzte. Falls es die Art von Konferenz werden sollte, dann war es ihr lieber, ihn gegenüber zu haben. Elizabeth musterte ihn, ohne ihren Blick auf ihm verweilen zu lassen. Er hatte dichtes braunes Haar mit zurückgehendem Ansatz und hatte sich von seinem Friseur überreden lassen, es in die Stirn zu kämmen, so daß es auf den ersten Blick wie ein Toupet aussah. Als sie hereingekommen war, hatte sie angenommen, er sei groß, weil er breite Schultern hatte. Als er jedoch die Arme auf den Tisch legte, waren sie so kurz, daß Elizabeth vermutlich größer war als er; wahrscheinlich war er so zeitig gekommen, um sich setzen zu können, bevor man ihn sah. Er würde sie behindern, so wie seine Vorgänger zehn Jahre zuvor sie behindert hatten. Allein daß er hier war und ein, zwei Stunden lang dumme Fragen stellte, kostete sie einen halben Tag. In einem halben Tag konnte der Fleischerjunge weitere zehn Jahre zwischen ihm und sie bringen.

Der Ressortleiter warf einen Blick auf seine Uhr und sah sie dann an.

»Miss Waring?«

»Tag, Mr. Hillman«, sagte sie. Es waren noch drei andere Frauen im Raum, alle zwischen Zwanzig und Dreißig; ihre Designerbrillen waren sorgfältig gewählte Accessoires zu Kostümen, die man zu ihrer Zeit nur zu Gerichtsterminen getragen hatte. Ihren Frisuren nach hatte man sie um drei Stunden früher angerufen als Elizabeth.

»Schön, Sie wiederzusehen.« Sie hörte ihm an, daß er sich nicht sicher war, ihr schon mal begegnet zu sein, aber wenn sie seit über zehn Jahren beim Justizministerium war, durfte sie zurecht erwarten, daß man sie oben wenigstens dem Namen nach kannte. »Wie ich höre, hat man Sie aus der Abteilung Betrug versetzt. Wie ist Ihr erster Eindruck?«

»Ich bin nicht gerade ein Neuling hier«, sagte sie. »Ich habe hier angefangen. Und ich bin nicht versetzt, sondern nur für diesen Fall abgestellt.«

Hillman nickte weise. »Stimmt.« Man hätte meinen können, es gehe ihm nur darum, sie auf ihre geistige Gesundheit zu prüfen. »Der Grund für unsere kleine Zusammenkunft hier ist, daß dieser Fall für oben ziemlich überraschend kam. Ich würde mich sozusagen gern auf den Stand der Dinge bringen lassen. Wie ich höre, hat dieser Fleischerbursche einen unserer Informanten in New York umgebracht und dabei unsere Abhöranlage auffliegen lassen. Laut Theorie ist er daraufhin nach Santa Fe geflogen und hatte einen Boß namens Peter Mantino erschossen, um dann nach Buffalo zu fliegen, wo er einen weiteren Boß umgebracht hat.«

Elizabeth nickte. »Das ist eine der Möglichkeiten.«

Richardson tat bestürzt. »Gestern warst du dir da noch sicher.« Er warf dem Ressortleiter einen Blick zu, als wolle er bestätigt sehen, daß dieser Feuer und Flamme sei. »Hat sich etwas geändert?«

Elizabeth antwortete ihm, sah aber dabei den Ressortleiter an. »Die Polizei in Buffalo hat darauf hingewiesen, daß das eine Menge Arbeit für einen einzelnen ist, ganz egal, um wen es sich handelt. Es hätte bedeutet, daß er in Buffalo noch einige andere Leute hätte umbringen müssen – wenigstens drei, und das auf verschiedene Methoden und innerhalb weniger Stunden. Nicht daß er das nicht könnte, aber es stellt sich doch die Frage, warum.«

»Warum?« Diesmal war es der Ressortleiter. »Wie ich höre, ist das sein Beruf.«

»Man kann sich leicht vorstellen, warum ein Boß umgebracht wird. Jemand engagiert den Killer, oder der Mann hat eine persönliche Rechnung zu begleichen. Ich kann mir dagegen kaum vorstellen, warum ein einzelner Mann in die Stadt kommen und zwei, drei Soldaten erschießen sollte, um dann an einer ganz anderen Ecke den Boß und drei weitere Soldaten zu erschießen. Niemand würde für so etwas einen einzelnen Mann engagieren, und der einzige Grund, aus dem jemandem an einem derartigen Massaker gelegen wäre, ist eine Übernahme. Aber für die Vorstandsetage kommt der Fleischerjunge nicht in Frage.«

Richardson lächelte süffisant. »Ich glaube nicht, daß wir in einer solchen Angelegenheit den Rat von Provinzpolizisten brauchen, oder?«

»Ich habe nicht darum gebeten, aber es ist was dran.«

»Aber du glaubst das doch nicht, oder?« drängte sie Richardson.

»Einiges schon.«

Die anderen warteten, aber sie fuhr nicht fort. Schließlich mußte Richardson nachhelfen. »Und das wäre?«

»Das letzte Mal, daß wir vom Fleischerjungen gehört haben, also vor zehn Jahren, hat er etwas Ähnliches getan, nur daß wir erst später erfuhren, was da passierte. Meiner Meinung nach muß da irgend etwas schiefgelaufen sein, seine Kundschaft wandte sich gegen ihn, und er war auf der Flucht. Er tat es, um im Schutz des Staubs, den er damit aufwirbelte, verschwinden zu können. Ich könnte nicht sagen, warum er es diesmal macht, aber für Geld glaube ich nicht.«

»Na schön, Elizabeth«, sagte der Ressortleiter. Sie bemerkte den Wechsel zum Vornamen. »Sie kommen eben vom Betrug, Sie kennen sich vermutlich mit einnahmenabhängiger Budgetierung aus. Deshalb bin ich hier. Uns stehen nur begrenzte Mittel zur Verfügung. Wir haben es hier mit einem Fall zu tun, mit einem Mann. Was haben wir davon, wenn wir den kriegen, und was kostet es uns?«

Elizabeth überlegte einen Augenblick, bevor sie sich entschied. Sie mußte Hillman schlagen; dazu galt es, sich unter der Position, die er einnehmen würde, durchzugraben, um vor ihm am Ziel zu sein. »Beim Betrug war das nicht schwer zu beantworten. Wir haben Geld wiederbeschafft, das man dem Amt für Wohnungsbau und Stadtentwicklung gestohlen hatte. Wir haben einfach ausgeknobelt, bei wem von denen, die das meiste gestohlen hatten, die größte Wahrscheinlichkeit bestand, daß noch was da war, und den haben wir dann gejagt. Hier ist das anders. Ich habe nicht die geringste Ahnung, was es kosten würde, den Mann zu kriegen, und was es uns bringt, weiß ich auch nicht.«

Der Ressortleiter nickte wieder, und diesmal lächelte er beim Gedanken an den nahenden Triumph. »Sie müssen das vom malthusischen Standpunkt aus sehen. Ich muß nach oben gehen und *unseren* Chefs sagen, wie wir unsere beschränkten Mittel meiner Ansicht nach so einsetzen, daß wir den größten Nutzen erzielen. Wie wir dem Bösen, wenn Sie so wollen, damit den größtmöglichen Schlag versetzen. Die Palette der Möglichkeiten ist schwindelerregend, und wir würden am liebsten alles tun. Aber wir müssen da eisern sein. Sollten wir das auf Bundesebene verfolgen?« Er lächelte, als wüßte er die Antwort, dann fügte er hinzu: »Natürlich könnten Sie mir sagen, daß das die Art Entscheidung ist, für die ich mein Riesengehalt einstecke.« Er sah in die Runde, und die Leute am Tisch lachten auf Stichwort. Er schien zufrieden. »Ich habe aber nichts, wonach ich mich richten soll, es sei denn, Sie helfen mir.«

»Na schön«, sagte Elizabeth. Was für eine ekelhafte kleine Kröte. Sie würde seinen Standpunkt vertreten müssen, damit er sehen konnte, was daran faul war. »Wie schon gesagt, ich glaube, der Fleischerjunge ist vor zehn Jahren mit seinen Auftraggebern über Kreuz gekommen und hat als Folge davon eine Reihe von mehr oder weniger wichtigen Leuten aus dem organisierten Verbrechen umgebracht, um im allgemeinen Chaos Zeit zum Untertauchen zu haben. Ich halte ihn für einen bösen Menschen, der in einer vollkommenen Gesellschaft seiner gerechten Strafe entgegensähe. Wenn Sie mich jedoch fragen, ob

Sie, sagen wir mal, zwei Millionen, die für die Durchsetzung der Bürgerrechte zur Verfügung stehen, hernehmen sollen, um diesen Mann zu erwischen, also, dann weiß ich das auch nicht. Ich bezweifle es.« Die gegenwärtige Regierung hatte praktisch nicht einen Cent für die Durchsetzung der Bürgerrechte ausgegeben, und jeder am Tisch wußte das.

Richardson schien einer Ohnmacht nahe, aber der Ressortleiter schien die Unterhaltung zu genießen. »Lassen Sie mich Ihre Argumente hören, Elizabeth.«

»Vor zehn Jahren wollten wir ihn, weil er unserer Ansicht nach eine Menge über die Hintermänner des organisierten Verbrechens und deren Aktivitäten wußte. Mußte er ja. Schließlich war er eine Art Kammerjäger für Leute auf höchster Ebene. Aber meiner Ansicht nach hat er sich die letzten zehn Jahre über versteckt. Falls dem so ist, dann ist sein Wissen ein alter Hut. Wir würden uns schwertun, damit jemanden hinter Gitter zu bringen. Und dann wäre da noch das Problem, daß sein Wissen sich so ziemlich auf Kapitalverbrechen beschränkt. Falls wir ihn finden, bekommen wir ihn womöglich nicht lebend. Und wenn doch, dann wird er uns wahrscheinlich nichts sagen. Ich kann mir nicht vorstellen, daß ihm viele Richter Immunität zugestehen würden oder daß ihm diese ohne Schutz vor der Mafia viel nützen würde. Was uns auf das Zeugenschutzprogramm bringt. Wenn er zehn Jahre überlebt, in denen die nach ihm suchten, dann kommt er ohne uns vermutlich besser zurecht. Nicht zu vergessen, daß das Justizministerium in die peinliche Lage käme, einen Mann laufen zu lassen, der vermutlich Dutzende von Leute umgebracht hat.«

»Dutzende? Buchstäblich?« Hillman zog die Brauen hoch.

»Wenn die Geschichten über ihn stimmen. Schwer zu sagen.«

»Und wir werden es auch nie erfahren, es sei denn, wir schnappen ihn uns?«

Elizabeth biß nicht an. »Ich kann nicht garantieren, daß wir jemals mehr erfahren, als wir jetzt wissen. Ich bin in keiner Position, Ihnen zu sagen, ob es für das Ministerium politisch etwas abwirft, den Mann auf Nummer Sicher zu bringen. Ich weiß nur, daß es wahrscheinlich nicht viel zur Sicherheit des kleinen Mannes beitragen wird. Genaugenommen hat er die ganze Woche über genau die Leute umgebracht, die wir längst gern selbst aus dem Verkehr gezogen hätten. Einschließlich des von Ihnen erwähnten Informanten. Tony T war ein übles Subjekt.«

»Ich bin beeindruckt«, sagte der Ressortleiter. »Ich habe um eine eiserne Haltung gebeten, ich habe sie bekommen. Wie sieht Ihr Schluß aus?«

»Ich denke, daß ihn eher die Opposition kriegt als wir.«

»Tatsächlich?«

»Sicher. Die stufen ihn als weit ernsteres Problem ein als wir. Sein Gedächtnis könnte eine Menge von denen für den Rest ihres Lebens hinter Gitter bringen. Sie wissen mehr über ihn als wir, und sie haben ein uneingeschränktes Budget.« Sie zögerte einen Augenblick, nicht weil sie überlegte, ob sie es aussprechen sollte, sondern um sicherzugehen, daß er es auch verstand. »Und sie operieren ebenfalls nach dem Nützlichkeitsprinzip.«

Richardson kam aus dem Aufzug und stakte schnurstracks auf Elizabeths Schreibtisch zu. »Er mag dich.«

»Ach ja?«

»Er ist der Meinung, was Besseres als du hätte ihm nicht passieren können.«

Sie schüttelte den Kopf. »Das habe ich von dem Augenblick an gesehen, als ich reinkam. Wir sind wie füreinander geschaffen. Dieses Knistern in der Luft ...«

»Herrgott, Elizabeth, du hast den Mann um den Finger gewickelt. Du hast gewonnen. Also sei gnädig in deinem Sieg und grab das Kriegsbeil wieder ein. Er will, daß wir in die vollen gehen.«

14

Wolf stand unter der Dusche und ließ den schweren Wasserfall über sich hinwegströmen. Er hatte etwas Beruhigung nötig. Wenn er sich bewegte, spürte er ein leichtes Ziehen im Rükken, der die Stöße der Busfahrt durch Arizona abgekriegt hatte. Er war die Nacht über mehrere Male aufgewacht, und das nicht etwa vom Lärm der Autos, des Eisautomaten oder der Stimmen in den anderen Zimmern, sondern weil sein Verstand das angesammelte Wirrwarr zu ordnen versuchte. Jedesmal, wenn sich das Bewußtsein einschaltete, fand er sich mitten in einem Gedanken, manchmal mitten im Satz, und war sich der trügerischen Logik, der er im Schlaf gefolgt war, völlig bewußt.

Das letzte Mal hatte er an Meg gedacht. Jetzt, wo er wach war, dachte er nur ungern an sie, weil sie für immer passé war. Er hatte nicht die geringsten Schwierigkeiten, sich ihr Bild vor die Augen zu rufen, den Geruch ihres Parfüms. Er hatte sich einen Traum um sie aufgebaut, in dem er überlebte und zurückging, um sie zu sehen. Was gar nicht so einfach war, weil Frauen ihrer Klasse sich mit zunehmendem Alter immer seltener über die von Mauern geschützten Parks ihrer Ehemänner hinauswagten. Sie waren mit ihren Kindern beschäftigt, bis sie sie in irgendein grauenhaftes Internat schickten; danach sahen sie nur noch eine ausgewählte Gruppe von Freundinnen, mit denen sie nach all den Generationen so eng verwandt waren, daß sie eher wie Schwestern wirkten. Als er diesen Teil seines Traums erreicht hatte, weckte ihn die Enttäuschung über seinen Verlust; dann hatte er in der Dunkelheit gesessen und einen Plan zu machen versucht, wie er wieder nach Hause könnte. Irgendwann hatte er es aufgegeben, und schließlich wurde er sich des Fakts bewußt, den Dunkelheit und Isolation ihn hatten vergessen lassen: All sein Tun und Fühlen hatte auf der Prämisse basiert, ein festes, unveränderliches Wesen zu sein, daß die Kontinuität seiner Erinnerungen, seines Bewußtseins ihm irgendwie garantierten, noch immer der alte zu sein. Aber jetzt, da er sich der physischen Welt, die ihm auf die Gelenke drückte, die ihn frösteln ließ und seinen Körper in Spiegeln darstellte, wieder bewußter wurde, erinnerte er sich. Wenn er schlief oder ihn nichts daran erinnerte, fühlte er sich genauso wie der kleine Junge, der zum ersten Mal in den Dreß der Little League gestiegen war. Er erinnerte sich sogar noch an das unglaubliche Weiß des Flanells und spürte den weichen Stoff an den Beinen. Das war das Lächerliche an seiner Erinnerung, unter anderem. Nur daß sein Körper nicht mehr zehn war.

Wolf trocknete sich mit zwei der großen rauhen Tücher ab und ging zurück ins Schlafzimmer. Im Grunde hatte er jetzt zwei Probleme, und um da durchzukommen, mußte er sie getrennt angehen. Das große Problem waren die alten Männer. Es war schon richtig gewesen, nach Las Vegas zu gehen. Little Norman könnte sie vielleicht davon überzeugen, daß sie Carl Bala besser in seinem Käfig ließen und das mit der Unterstützung seiner Rache vergaßen.

Das andere Problem war ihm neu. Er wußte, daß Little Norman ihm die Wahrheit gesagt haben mußte. Tony Talarese hatte ein Mikro getragen. Es war die einzige Erklärung für die Aufregung in der Küche, nachdem er den Bastard abgeknipst hatte. Es war so offensichtlich gewesen, wieso war er nicht selbst darauf gekommen? Weil es ein so himmelschreiender Gedanke war, daß er ihn irgendwie ausgesperrt hatte. Aber jetzt wußte die New Yorker Polizei etwas über ihn. Verdammt, sie mußten eine ganze Menge über ihn wissen, wenn sie ihn schon ein paar Stunden später mit fünf Bullen in Los Angeles am Flughafen abpassen konnten! Genau das war es gewesen – er hatte die ganze Geschichte völlig falsch gesehen. Das waren nicht vier Bullen auf der Suche nach einem Killer, es waren fünf Bullen auf der Suche nach ihm.

Er setzte sich aufs Bett und ließ sich das durch den Kopf gehen; es wollte immer noch nicht so recht passen. Die New Yorker Polizei hätte unmöglich in die nächste Maschine springen und ihn einholen können. Dazu hätten sie ja praktisch den nächsten Flug nehmen müssen. Und was wollten sie in Los Angeles schon groß tun? Sie hatte dort keine Amtsgewalt. Damit fügte sich alles zusammen. Das war nicht die New Yorker Polizei; diese Leute waren vom Bund – das war das FBI. Jedenfalls paßte das schon weit besser. Das waren die, die Telefone anzapften und Leuten Mikros auf den Bauch klebten; und die brauchten auch nicht erst jemanden in eine Maschine zu setzen – die riefen einfach ihr Büro in Los Angeles an und ließen ihren dortigen Agenten mit seinen vier Komikern antraben, um ihn zu kassieren.

Rasch zog Wolf sich an und ging zum Münzfernsprecher vor dem kleinen Imbiß auf der anderen Seite der Straße. Er hatte zwanzig Dollar in Vierteldollars dabei, zwei Rollen zu je zehn Dollar, die er bei dem verschlafenen Wechselgirl neben dem einarmigen Banditen in der Halle seines Motels in Las Vegas eingetauscht hatte. Er hatte sich das in den alten Tagen bei Little Norman abgeguckt, und jetzt war es ihm wieder eingefallen. Little Norman hatte ihm immer gesagt, seine Hände seien zu klein, um viel ausrichten zu können. Eine Faust mit einer Rolle Vierteldollars dagegen mochte zwar um ein paar Hundertstelsekunden langsamer ans Ziel kommen, aber wenn sie ankam, dann machte sie Eindruck.

Er steckte einen Vierteldollar ein und wählte die Nummer. Das Fräulein vom Amt meldete sich und sagte: »Werfen Sie bitte dreifünfundvierzig ein.« Mühsam verstaute er vierzehn Münzen im Schlitz, und nach der vierzehnten wollte das Fräulein nicht verschwinden, ohne ihm zu sagen: »Sie haben fünfzehn Cents Kredit.« Dann, so hätte man den Geräuschen nach meinen können, kletterte sie in ein Marmeladenglas und schraubte den Deckel zu. Schließlich und endlich hörte er es klingeln. Es hörte sich anders an als die Apparate hier, quirlig und flink; er fühlte sich sofort wie zu Hause. Es war zum Verrücktwerden. Er hörte das Klingeln ihres Telefons und sah dabei ihr Zimmer vor sich.

»Hallo?«

»Hi«, sagte er. »Ich muß schnell machen.«

»Nachdem du mich so lang allein gelassen hast, möchte ich dir das auch raten.« Er versuchte sich daran zu erinnern, wann er das letzte Mal jemanden mit einem Lächeln in der Stimme gehört hatte.

»Das ist keine Ausrede. Es ist die Verbindung. Probleme mit den Leitungen, nehme ich an.« Das würde sie verstehen.

Es stammte aus einem der albernen Bücher, die sie ihm mitbrachte. Der britische Spion hatte einige Extraohm Widerstand im Kabel seiner Leselampe entdeckt und daraus auf eine Wanze geschlossen. Ein Amerikaner hätte die Bude mit einem Wanzendetektor abgeleuchtet. Für fünfundzwanzig Mücken kriegte man so was an jeder Ecke.

»Oh«, sagte sie. Und dann: »Ohh.«

Das FBI machte ihm Sorgen. Aus einem anderen der Bücher, die sie ihm aufgedrängt hatte, wußte er, daß das Amt für Nationale Sicherheit sämtliche transatlantischen Gespräche aufzeichnen konnte. Es hatte nichts davon dringestanden, ob man das auch tatsächlich machte oder was man mit all den Bändern anfing, aber es wäre wohl ziemlich dumm, das FBI nicht daran teilhaben zu lassen. Er hatte eine Menge über amerikanische Nachrichtendienste gehört, aber kein einziges Mal, daß sie dazu nicht verschlagen genug wären.

»Ich muß etwas länger bleiben, als ich dachte«, sagte er.

»Warum? Kannst du …«

»Ich habe einen Fehler gemacht. Ich würde gern sagen, es wäre was anderes gewesen, aber es ist nun mal so.«

»Kann ich irgendwas tun?«

Das war der schwierige Teil. Wenn jemand zuhörte, dann mußte er ihr mit irgendeinem glaubwürdigen Unsinn kommen. »Ja. Komisch, daß mir das grade jetzt einfällt, aber es will mir einfach nicht aus dem Kopf. Am besten, du stellst die Sachen noch heute um. Wenn du vielleicht deine Kleider und so umräumen könntest. Auf der Nordseite sind sie wahrscheinlich besser aufgehoben, dort, wo früher das Bett stand.« Er hoffte einen Augenblick lang, daß sie verstanden hatte, wußte aber, es konnte nicht sein. Er dachte an Yorkshire-Pudding, und dann hätte es da noch den Erzbischof gegeben, aber wenn er derart plump wurde, dann hätten sie das noch vor ihr spitzbekommen.

Aber sie sagte: »Oh. So wie's jetzt steht, magst du's wohl nicht?« Ihre Stimme hatte genau den besorgten Ton, auf den er gewartet hatte, aber er mußte auf Nummer Sicher gehen. »Ich habe selbst schon so oft umgestellt«, sagte er. »Also falls du einen Rat haben willst, es wirkt gleich alles viel heller dadurch.«

»Ist es … denn jetzt gar so finster?«

Er war zufrieden. Sie wußte Bescheid. »Ich dachte nur, es wäre eine gute Idee. Ich würd's mir ja gern selbst ansehen, aber ich kann im Augenblick unmöglich weg. Ich hoffe aber, daß es bald klappt.«

»Sonst wäre ich auch sehr traurig.«

»Ich auch.«

Es folgte ein langes Schweigen am anderen Ende, und er glaubte sie atmen zu hören. Wodurch sie sofort bei ihm war: der kaum merkliche Duft ihres Haars, die unglaublich weiche Haut direkt vor ihrem Ohr, und dann: »Ich wollte dir noch sagen«, sagte Margaret, »nur für den Fall, daß wir uns so bald nicht wieder sprechen, daß ich ...« Sie verstummte und sagte die nächsten drei Worte ganz leise: »... dich sehr lieb habe.« Er atmete tief ein, um zu antworten, aber sie fuhr rasch fort: »Sag jetzt bitte nichts, weil es im Augenblick nichts bedeuten würde. Ich hätte es auch nicht ausgerechnet heute gesagt, aber ich dachte mir, unter diesen Umständen ist es vielleicht besser. So was bleibt so oft ungesagt, und dann bedauert man es und ... na ja. Ich weiß, es ist unfair, für den Fall, daß du's aus denselben Gründen sagen wolltest, aber so ist es nun mal.«

»Ich liebe dich.«

»Nach allem, was ich gesagt habe? Jetzt geht es mir noch schlechter, als ich gedacht hätte. Es ist gar so typisch für dich.«

»Ich muß jetzt Schluß machen. Vergiß nicht, was ich gesagt habe.«

»Michael, warte!«

»Was?«

»Das war dumm von mir, tut mir leid. Ich wollte nur ... na, du weißt ja; Ich hoffe, es wird nicht zu lang. Aber falls, dann ...«

»Nicht.«

Er legte auf und hörte das laute Geklapper, mit dem die Maschine die Ladung Münzen in das Rückgabefach spuckte. Als er auf eine Lücke im Verkehr wartete, um wieder über die Straße zu kommen, fühlte er sich elender denn je. Sie hatte ihn nicht verstanden. Er hätte etwas näher an der Wahrheit bleiben sollen: Er wurde nicht aufgehalten – er war schon so gut wie tot. Die Dons mochten sich ja zurücklehnen und warten, bis er untergetaucht war, um dann Carl Bala in seiner Zelle zu sagen, so sei das nun mal; aber wenn er nicht von der Bildfläche verschwand, dann saß er mächtig in der Tinte. Sie würden ihm eine anständige Spanne lassen, aber dann würden sie es sich anders überlegen. Und Carl Balas eigene Leute wären ohnehin schon zuhauf unterwegs und brannten darauf, ihn in jedem Laden, in dem man ihn jemals gesehen hatte aufzustöbern. Eine Zeitlang könnte er ihnen vielleicht aus dem Weg gehen, aber nicht ewig.

Über die Behörden hatte er sich nie große Gedanken gemacht. Er war noch heute der Ansicht, daß die ihm nichts anhaben konnten, es sei denn, ein ganz unglaublicher Glücksfall ließ sie über ihn stolpern. Aber was, wenn sie ihn tatsächlich daran hindern konnten, das Land zu verlassen? Er hatte eben den einzigen Paß verbraucht, der ihn an den Scannern vorbeigebracht hätte, die man während seiner Abwesenheit auf den Flughäfen installiert hatte. Und einen neuen zu kaufen war schlicht nicht mehr drin. Was in Buffalo passiert war, hatte ihm das auf immer unmöglich gemacht.

Er mußte aus dem Land, bevor Bala Zeit hatte, Talarese, Mantino und Fratelli zu ersetzen, und die neuen die Lage genügend im Griff hatten, um nach ihm zu suchen. Wie lange könnte das dauern – zwei, drei Tage? Maximal eine Woche. Der alte Hurensohn hatte schließlich nichts andres zu tun!

Wolf kam sich langsam, aber sicher eingesperrt vor. Irgendwie war das Land geschrumpft. Vor zehn Jahren war es voll unbegrenzter Möglichkeiten gewesen. Um zu verschwinden, hatte er nur in der Menge unterzutauchen brauchen. Ein rascher Sprung von fünfhundert Meilen hatte genügt, um sie mit der Suche von vorn anfangen zu lassen. Jetzt schien alles viel näher beieinanderzustehen. Er mußte mehr über diese Geschichte mit dem FBI erfahren.

Sergeant Bob Lempert hatte den größten Teil seiner Dienstzeit unter Verdacht gelebt. 1965 hatte man ihn und einen älteren

Kollegen namens Mulroy in ein Hotel gesetzt, um dafür zu sorgen, daß dem Buchmacher Ricky Hinks nichts passierte, bevor er im Prozeß gegen Paul Cambria aussagen konnte. Ricky Hinks jedoch schlüpfte ins Bad, schnitt mit dem Rasierer den Duschvorhang in Streifen und knüpfte sich ein Seil, an dem er sich aus dem Fenster in die Gasse darunter ließ, wo er von Unbekannten erschossen wurde. Man hielt das damals für pures Pech – vor allem für Ricky Hinks, der ausgerechnet Leuten vor Kimme und Korn klettern mußte, denen so gar nichts am Lauf der Gerechtigkeit lag; aber auch für die Beamten Mulroy und Lempert, weil Ricky nicht mehr sagen konnte, wie er den Vorhang mit dem Elektrorasierer zerschnitten hatte und an sieben Metern Seil zwanzig Meter geklettert war. Die interne Untersuchung wurde nie im Detail publik; der Polizeichef von Gary sagte laut Presse, dazu sei der Fall zu unentwirrbar mit einem laufenden Ermittlungsverfahren verknüpft. Die beiden betreffenden Beamten hätten ihre Pflicht getan.

Bob Lemperts Laufbahn landete jedoch noch im selben Augenblick auf dem Abstellgleis. Er galt als kompetenter Polizist, und das zu einer Zeit, in der Leute hoch im Kurs standen, die nichts lieber taten, als um zwei Uhr nachts auf Durchsagen über Familienstreitigkeiten in einem Glasscherbenviertel zu reagieren, Leute, die sich mitten in den Arsch der Stadt wagten, weil man Schüsse gemeldet hatte. Jobs gab es für ehemalige Polizisten genügend in Gary, Indiana, solange man weiß war, gesund und lesen und schreiben konnte, und schlechter als ein Polizist verdiente man dabei kaum; wozu also seinen wertvollen Kragen riskieren? Lempert jedoch blieb bei der Polizei und war die Sorte verläßlicher Kollege, die man gern hinter sich wußte, wenn man irgendwo eine Tür eintrat. Aber dieses Vertrauen ging nur bis zu einem gewissen Punkt. Man sah ihn keineswegs gern hinter sich, wenn man gewisse teure Türen eintrat, und vor allem wollte man ihn nicht bei der Kripo haben, wo er sich zu rasch dran gewöhnen hätte können, daß man dort nur die Hand aufzuhalten brauchte. Aber bei Einbrüchen, schwerer Körperverletzung oder in Situationen, in denen ein »Sie halten jetzt den Mund und gehen wieder ins Haus, weil ich es Ihnen sage!« angebracht war, konnte man kaum besser fahren als mit Bob Lempert.

Als man Lempert zum Sergeanten beförderte, ging er bereits stracks auf die Fünfzig zu. Darüber hinaus handelte es sich in seinem Fall mehr um einen Ehrentitel, da keiner ihn mit Verantwortung betraut sehen wollte. Was nicht etwa daran lag, daß die Gewaltigen noch immer den Geruch der Geschichte von 65 in der Nase hatten, sondern weil dieser Geruch von Zeit zu Zeit wiederkam. Nachdem man Mitte der Siebziger Eddie Parnell, den Herausforderer für den Präsidentenposten der Wäschereigewerkschaft, über den Haufen geschossen hatte mitsamt seinen beiden Brüdern, und das am Vorabend der Wahl, hatte so mancher darauf hingewiesen, daß Eddie und seine Familie durchaus auf so etwas gefaßt gewesen waren. Alle drei trugen ihre Schulterhalfter rund um die Uhr; sie hätten die Tür nicht jedem geöffnet, nur weil er sich die Mühe machte zu klopfen. Da mußte schon jemand kommen, den zu verdächtigen sie keinen Grund hatten, jemand, der bewaffnet hereinkommen konnte, ohne gefilzt zu werden – und jemand, dem sie nicht sagen konnten, er solle nach der Wahl wiederkommen.

Mit anderen Worten – ein Polizist.

In den Achtzigern war es zu einer Reihe rätselhafter Zwischenfälle gekommen, herausragend der merkwürdige Tod von Milo »Mucho Mas« Figueroa, einem bekannten Kokaindealer. Er war in seiner Festung von einem Haus niedergeschossen worden, nachdem er zwei Polizeibeamte mit seiner Kalaschnikow beschossen hatte; seine Schüsse gingen wirkungslos in die Bäume. Bei der Untersuchung stellte sich heraus, daß die beiden Polizisten keine Durchsuchungsgenehmigung hatten, da sie nicht die Absicht gehabt hatten, das Haus zu betreten; ja, sie waren noch nicht mal im Dienst gewesen, man hatte sie unter Feuer genommen, als sie vorbeifuhren. Noch merkwürdiger war Mr. Figueroas Aufzug: T-Shirt und seidene Boxershorts. Die Stunde, die er sich für seinen Amoklauf ausgesucht hatte: morgens um vier. Nicht zu vergessen, daß er seine Festung außerhalb der Mauern zu verteidigen versuchte. Nichts davon wäre auch nur eine Seite in den Annalen der Kokainhistorie wert gewesen, hätte man bei der Durchsuchung seines Besitzes auch nur ein tausendstel Gramm der Droge oder Bargeld gefunden. Einer der beiden dienstfreien Beamten, die Mr. Figueroa bei seinem Selbstmord assistiert hatten, war Bob Lempert. Trotz dieser unglücklichen Zufälle und so viel Pech konnte man Bob Lempert keinesfalls als verbittert bezeichnen. Er war im Gegenteil geradezu eine Frohnatur. Er hatte die zwanzig Jahre, die er für die Rente gebraucht hätte, längst hinter sich, und erschien Tag für Tag entweder mit einem Witz oder mit einem Lacher für den eines Kollegen zum Dienst. Heute allerdings war seine Laune schlimmer als damals, als ihn der Disziplinarausschuß im Todesfall der Juwelierin Miriam Purnaski vorgeladen hatte. Damals war er nun wirklich kaum vorbereitet gewesen, da alles so schnell hatte gehen müssen. Miriam Purnaski war eine moderne Praktikantin eines altehrwürdigen Tauschvorgangs gewesen: Sie wechselte Geld gegen Gold und kehrte diesen Prozeß dann im Ausland wieder um. Irgendwann in ihrer Laufbahn hatte sie ihren Sinn fürs Unkomplizierte verloren und ihr alchimistisches Wunder von da an für eine ganze Reihe von Kunden gewirkt, die allesamt in Partychemikalien machten. Dann hatte sie einen Fehler gemacht, der zuweilen Anwälten und Buchhaltern unterläuft, das heißt, sie hatte die Konten mehrerer Kunden zusammengelegt. Nachdem dieser erste Schritt in eine unsolide Buchhaltung erst mal getan war, hatte sie ihre treuhänderische Verantwortung für die Mittel der Cambrias vollends verraten, indem sie in das breite Ende des Trichters schaufelte, was sie bekam, und am schmalen Ende auszahlte, was unbedingt nötig war; dazwischen genehmigte sie sich an Profiten, soviel sich nur abzweigen ließ. Wenn Investmentmanager das machten, lief das unter Verwaltungsgebühren, wenn Geldwäscher das machten, nannte man es Abschöpfen. Als Lempert davon erfahren hatte, war sie bereits auf dem Weg zum Flughafen gewesen; er hatte noch eine Stunde gehabt, um sie zu stoppen.

Zwar hatte ihn hinterher der Ausschuß, dem die Untersuchung aller im Dienst abgegebenen Schüsse oblag, in die Mangel genommen, aber Lempert hatte den unseligen Unfall der Frau zufriedenstellend erklärt. Sie hatte in ihrer Eile, in ein Krankenhaus zu kommen, einen Streifenwagen angefahren, nachdem ihr Unbekannte, vermutlich bei einem versuchten Raub, in den Bauch geschossen hatten. Seine miese Laune freilich kam daher, daß er erst nach dem Eintreffen des Krankenwagens erfahren hatte, was sich in ihren Koffern befand: Über eine Million in bar und Sparbücher mit Zahlen, die so groß waren, daß sie die Vorstellungskraft überstiegen.

In derselben Laune war Lempert heute. Paul Cambria hatte Puccio, seiner rechten Hand, aufgetragen, es unter die Leute zu bringen: Der Fleischerjunge war wieder da. Wäre Lempert ein Glückspilz gewesen, er hätte den Mistkerl womöglich selbst abknipsen können; schließlich war er einer der wenigen Auserwählten, die den Fleischerjungen in den alten Tagen aus der Nähe gesehen hatten und heute noch lebten. Es war jetzt fünfzehn Jahre her, daß Lempert mit ihm gearbeitet hatte. So jedenfalls hätte er es Paul Cambria erzählt, wäre er wichtig genug gewesen, sich mit Paul Cambria persönlich unterhalten zu dürfen. Eigentlich war er nur der Fahrer gewesen– oder besser, er wäre gefahren, wenn es nötig gewesen wäre. Es war die Nacht, in der der Fleischerjunge durch die Hintertür in den Garibaldi Club kommen und die Stadt in aller Stille von einer Gefahr namens Andy Ugolino befreien sollte. Laut Plan sollte Lempert, falls es doch nicht so still abgehen sollte, im Streifenwagen vorfahren; während alle in die andere Richtung rannten, sollte der Fleischerjunge auf den Rücksitz schlüpfen, und Lempert würde ihn auf die andere Seite der Stadt fahren. Wie sich herausstellte, war alles still und leise gelaufen, und die Polizeieskorte war nicht mehr nötig gewesen. Trotzdem hatte Lempert ihn zweimal gesehen: einmal vorher und das andere Mal, als er aus dem Club kam.

Das Problem war, daß auch der Fleischerjunge Lempert gesehen hatte. Damals hatte Lempert noch geglaubt, es könne ihm wahrscheinlich irgendwann nützlich sein, sämtliche wichtigen Leute kennenzulernen. Wichtige Leute kannten andere wichtige Leute, und da tat sich immer mal etwas auf. Er war sogar auf die merkwürdige Idee gekommen, sich mit ihm anfreunden zu können. Immerhin war Lempert ein Durchschnittstyp, und er hatte nie etwas über den Mann gehört, wonach er nicht auch einer war. Als er sich das sagte, hatte er ein bestimmtes Bild im Kopf. Er analysierte es nicht, aber im wesentlichen stellte er sich einen vor, mit dem sich in der Bar an der Ecke ein Bier trinken ließ; und er sollte sich gerade mal genug für Sport interessieren, um hin und wieder eine kleine Wette zu plazieren. Für ihn bestand ein zartes Band zwischen Männern, die ihr Leben aufs Spiel setzten und nur so lange lebten, wie sie gewannen. Das traf zwar nicht genau auf Lempert zu, aber er hatte durchaus in einigen brenzligen Situationen gesteckt.

Er hatte sich also etwas ausgedacht, wie er sich mit dem Mistkerl treffen könnte. Puccio hatte Lempert gesagt, er wolle sich tags zuvor mit dem Mann treffen und ihm das Geld geben. Es sollte im Golden Cock, einem Restaurant, über die Bühne gehen, und Puccio hatte sichergehen wollen, daß an diesem Tag nicht vielleicht eine Razzia auf den Laden angesetzt war, weil die Bullen wußten, daß man oben ein paar einarmige Banditen aufgestellt hatte. Puccio hatte keine Lust, mit Hunderttausend in bar in dem Laden zu sitzen, wenn irgendein Grünschnabel mit einer Feuerwehraxt durch die Hintertür kam, um ein paar Spieler zu verhaften. Aber noch viel weniger wollte er diesem speziellen Mann gegenübersitzen, wenn die Bullen hereinplatzten. Lempert versicherte ihm, daß der Laden nicht vor August an der Reihe war, und womöglich noch nicht einmal dann. Aber es gab Lempert einen Vorwand an die Hand, dort aufzukreuzen und den Fleischerjungen zu treffen.

Es war ein Fehler. Der Mann war kein Durchschnittstyp. Als Lempert an den Tisch in der Ecke kam, sagte Puccio eben leise etwas davon, Ugolino umzulegen. Auf den ersten Blick war der Mann eine Enttäuschung. Er machte nicht viel her – er hatte weder Mordsschultern noch einen Stiernacken, und dann trug er ein Tweedsakko mit Fischgrätmuster und noch nicht einmal einen Schlips. Er hatte dünnes sandbraunes Haar, braune Augen und lange, dünne Finger wie ein Musiker. Mit der einen Hand tändelte er mit der Serviette herum, als wäre er in Gedanken versunken, und seine Augen schienen fast stumpf, als sein Blick über Lempert huschte. Dann hob er den Kopf. »Setzen Sie sich.«

Lempert hatte gegrinst und sich einen Stuhl zurechtgezogen, dann aber gemerkt, daß Puccio die Hosen gestrichen voll hatte. »Was soll das?« flüsterte er. »Verschwinden Sie.«

Lemperts Grinsen blieb noch ein bißchen, weil er nicht wußte, wohin damit. Der Mann wiederholte: »Setzen Sie sich.« Diesmal ließ er die Serviette etwas beiseite rutschen, und Lemperts Grinsen verschwand. Unter dem Saum der Serviette sah er die schwarze Mündung eines Schalldämpfers auf seinen Bauch gerichtet, und die Hand schickte sich an, durch die Serviette hindurch abzudrücken. Er setzte sich.

Der Mann richtete sein ausdrucksloses Gesicht auf Puccio. »Behalten Sie Ihr Geld.«

»Aber er ist ...«

»Ich weiß, wer er ist. Ein Bulle.«

»Hören Sie«, sagte Puccio. »Er hat nur einen Fehler gemacht. Bitte. Lassen Sie ihn leben.«

Lempert hatte diese Worte noch niemals in bezug auf sich selbst gehört. Noch nicht einmal nachdem er die Waffe gesehen hatte, war er auf den Gedanken gekommen, daß er etwas getan haben könnte, was den Einsatz gleich derart hätte erhöhen können. Als er später darüber nachdachte, wurde ihm klar, daß er es noch vor der Waffe hätten wissen sollen, sobald er die Augen gesehen hatte. Es waren nicht die Augen eines Mannes, der Angst hatte oder wütend war. Sie hatten noch nicht einmal jenen eifrigen Ausdruck, den Hund oder Katze zeigen, bevor sie etwas zerfleischen; in diesen Augen spiegelten sich Erregtheit und Vorfreude. Das war kein Durchschnittstyp. Lempert war schon lange Polizist gewesen, und er sah so etwas nicht zum ersten Mal. Er wußte nicht so recht, womit er es zu tun hatte, er wußte nur, wenn dieser Mann lächelte, würde er sich zu Boden werfen und seine Waffe noch rechtzeitig herauszubekommen versuchen.

Der Fleischerjunge sagte: »Ich tue ihm nichts. In einer Minute stehe ich auf. Sie beide bleiben sitzen, bis ich draußen bin. Und schicken Sie nicht noch mal nach mir.«

Puccio sah Lempert an, ein rascher Blick, der vieles auf einmal ausdrücken sollte. So sagte er ihm: »Siehst du, was du gemacht hast?« Aber auch: »Wenn du den Mund aufmachst oder auch nur den Ausdruck änderst, sind wir beide tot. Und falls ich hier sterben muß, ich hetze dich auf alle Ewigkeit durch die Hölle.« Puccio war eben so. Er vergaß und vergab nichts, noch ließ er einem was durchgehen. Er war ein brillanter Kopf, und es war seine Tragödie, daß Cambrias Geschäfte so umfangreich geworden waren, daß er sich nicht mehr um alles selbst kümmern konnte. Lempert stellte sich tot und saß, kaum atmend, da.

»Hör mal, mein Junge…«, sagte Puccio. »Ich entschuldige mich. Das hier ist mir wirklich peinlich. Die Summe hat sich eben verdoppelt. Ich lege noch mal hunderttausend aus meiner eigenen Tasche drauf.«

»Das ist der Auftrag nicht wert.« Merkwürdig, daß einer so etwas sagte. »Es geht hier nicht um den Preis.«

Puccio nickte, wenn auch langsam, und er verzichtete auf seine sonst übliche Gestik. »Ich weiß. Ich meine es ernst. Ich versuche das hier wiedergutzumachen. Damit Sie sehen, daß ich seriös bin.«

Der Fleischerjunge blickte Puccio einen Augenblick an, dann sagte er: »Na schön.«

Lempert war sich zuerst nicht sicher, ob er auch richtig gehört hatte, weil er zu sehr damit beschäftigt war, sich den Anblick der Brüder Goschia vor Augen zu halten. Puccio hatte sie doch tatsächlich bei Ritzmars Fleischgroßhandel ins Gefrierhaus gehängt. An Fleischerhaken. Wie ein Don aus dem Kino. Nur daß er einen Klebstreifen über den Schalter der Transportschiene geklebt hatte, so daß sie noch Karussell fuhren, als der Rest der Belegschaft am Montag morgen zur Arbeit erschien. Lempert war gleich nach den Leuten von der Mordkommission angekommen; da hatten die beiden immer noch dagehangen. Es hieß damals, daß sie in der Firma ihre eigenen Footballwetten entgegengenommen hätten, was Puccio zirka zehntausend Dollar gekostet hatte.

Puccio sagte bereits: »Ich weiß, Sie kommen wieder raus, aber nur für den Fall…«

Der Fleischerjunge ließ seinen Blick auf Lempert fallen und sagte: »Ich will ihn. Braucht mich ja nicht gleich die ganze Stadt zu sehen.«

Hinterher hatte Puccio Lempert zwar nicht umgebracht, tat aber, was er konnte, um ihn denken zu lassen, er hätte es vor. Kaum war der Fleischerjunge gegangen, zuckte er mit den Achseln, lachte und klopfte Lempert auf die Schulter. »Diesmal sind wir ihm noch mal von der Schippe gesprungen«, sagte er. Der einzige Grund, der Lempert für Puccios Verhalten einfallen wollte, war der, daß er erwartete, Lempert nie wiederzusehen.

Als Lempert sich mit einem gestammelten »Tut mir leid, ich hatte keine Ahnung« entschuldigen wollte, hatte Puccio gesagt: »Schon vergessen. Nur tu das nie wieder.«

Erst nachdem Ugolino tot war und er noch lebte, begann Lempert wieder so tief zu atmen, daß sein Gehirn auch genug Sauerstoff abbekam. Zu diesem Zeitpunkt hatte er bereits verstanden, was da passiert war. Als er in seinem Streifenwagen vorgefahren war, um den Fleischerjungen aus dem Club kommen zu sehen, war Ugolino fast schon eine Stunde lang tot gewesen. Jedenfalls laut dem Bericht des Leichenbeschauers. Lempert las ihn dreimal, um sicherzugehen. Was ihn jedoch so frösteln ließ, daß sich die Haut um sein Kinn spannte und ihm buchstäblich die Barthaare zu Berge standen, war, daß es unter Todesursache »natürlich« hieß. Er konnte sich nichts anderes denken, als daß der Mistkerl Ugolino irgendwie in der Menge erwischt und ihm ein Mittel gespritzt hatte, das sein Herz aussetzen ließ; dann ließ er ihn unter den Tisch in der Ecke rutschen, noch bevor ihn einer sah. Was mußte das für ein Typ sein, Ugolino auf diese Weise umzubringen? Aber wie immer er es angestellt hatte, er war noch eine geschlagene Stunde geblieben, bevor er ging.

Paul Cambria war auf Ugolinos Beerdigung gegangen, und auch sein Vormann, Puccio, war dabei. Auf den Observationsfotos hatten die beiden den Eindruck würdevoller Trauer gemacht, während sie die Reverenzen von Ugolinos Familie und

Freunden entgegennahmen. Zweihunderttausend waren ein gutes Geschäft. Dafür durften sie Ugolino nicht nur tot sehen, sondern hinterher auch noch auffressen – wie die Kannibalen.

Jetzt war der Fleischerjunge angeblich wieder da. Lempert tat der Kiefer weh beim Gedanken daran. Er könnte im Bruchteil einer Sekunde reich werden, nämlich in der Zeit, die es brauchte, hundertdreizehn Gramm Gewicht hinter den rechten Zeigefinger zu legen. Aber es war nicht nur das Geld; die unsichtbaren Männer, denen dieser Planet gehörte, wären so dankbar, daß sie sein Leben mit dem Zauberstab berühren würden. Nichts und niemand würde ihm je wieder was anhaben können. Die geheimen Qualen, mit denen er lebte, seit man vor zirka zwanzig Jahren seine erste Beförderung vergessen hatte, würden mit einemmal zu einem gewaltigen Witz. Sergeant? Verdammt, noch nicht mal Gouverneure lebten das Leben, das ihm gehörte, wenn er nur Massel genug hätte, auf dem richtigen Fleck zu stehen, wenn der Mistkerl sich zeigte. Es wäre wie ein Lotteriegewinn.

Aber es gab Probleme. Puccio hatte ihn angerufen, um ihm die Nachricht zu übermitteln, und der sah das ganz und gar nicht wie einen vorgezogenen Zahltag. Das bedeutete, daß es auch Paul Cambria nicht anders ging. Paul Cambria war einer der Männer, die die Geschäfte dieser Welt leiteten, und das stellte ihn direkt unter die dreizehn alten Männer, die man nur auf verschwommenen Fotos sah. Wenn Paul Cambria Grund zur Sorge hatte, dann saß der Rest der Menschheit in der Tinte.

Aber zwei Tage später, im Dienst, erfuhr er, warum ein gescheiter Mann wie Puccio in dieser Entwicklung keine Gelegenheit sah, sondern bestenfalls die Möglichkeit, im kommenden Telefonbuch zu fehlen. Das FBI war in Aufruhr: Antonio Talarese, Angelo Fratelli und Peter Mantino waren plötzlich und ohne ersichtlichen Grund keine verdächtigen Größen des organisierten Verbrechens mehr, sondern Mordopfer. Das FBI schickte nicht nur Rundschreiben raus, man richtete auch dringende Anfragen an die Polizeidienststellen der Großstädte, ob man je von einem Mann mit dem Spitznamen »Fleischerjunge« gehört hätte. Lempert spürte fast schon die samtige Struktur des ersten kissenweichen Stapels Hunderter in seiner Hand. Der Mistkerl war nicht unterwegs, um die zivilisierte Welt zu dezimieren. Er hatte eine bestimmte Gruppe im Auge: Er säbelte einige der Köpfe ab, die aus der Menge ragten. Lempert brauchte sich nicht zu fragen, wer der nächste Kopf wäre; Puccio hatte es ihm gesagt. Lempert würde sich eine goldene Nase verdienen.

Lempert saß im Fond eines Vans aus der Verwahrstelle und beobachtete die Schlange, die sich langsam auf den Eingang des Cinema Marakesh zubewegte. Sogar die gigantische Anzeigetafel über dem Eingang hatte man gewaschen und ein paar tausend ausgebrannte Glühbirnen ersetzt. Und auf einige der Stuckfiguren über dem Sturz hatte man doch tatsächlich etwas Goldfarbe geklatscht. »BELLADONNA« hieß es in ellenlangen grünen Lettern auf der Anzeigetafel, weiter nichts. Die vielen Stars des Films hätten nicht alle Platz gehabt, und vielleicht war es ja auch egal, da ohnehin jeder wußte, wer mitspielte und worum es ging; und der eigentliche Star war angeblich sowieso der Regisseur.

In gewisser Hinsicht war es lächerlich, daß sich Paul Cambria mit seiner Frau einen solchen Film ansah, und wenn es zehnmal eine Premiere war. Es mußte ihm einfach komisch vorkommen. Angeblich ging es darum, daß ein hübsches Mädchen, Tochter eines Mafioso – keiner von hier, sondern ein alter Sizilianer mit Schnurre –, nach dem frühzeitigen Tod ihres Vaters die Geschäfte übernimmt und reich wird. Für einen echten Mafioso wie Paul Cambria mußte das ziemlich merkwürdig aussehen. Verdammt noch mal, diese Kerle sagten ihren Frauen noch nicht mal, womit sie ihre Brötchen verdienten. Außerdem war es komisch, daß Cambria zwei Stunden lang mit tausend anderen im Dunkeln saß. Vielleicht dachte er, er müßte seinen Leuten zeigen, daß er nicht den Schwanz einzog, nur weil einer nach ihm suchte.

Wie auch immer, die Gelegenheit würde so schnell nicht wiederkommen. Die Premiere fand nur deshalb in Gary statt, weil der Autor oder der Regisseur oder wer auch immer von hier war; außerdem hatte man in der Stadt gedreht. Eines Tages hatten sie ein paar Lkws hier gehabt, einige Leute mit Scheinwerfern – am hellichten Tag! – und einen Riesenwirbel, und das alles nur, weil sie in den dreißiger Jahren hier irgendwo Punch Mayall über den Haufen geschossen hatten; und das war es auch schon gewesen. Stars hatten sich hier nicht sehen lassen. Die eigentliche Premiere wäre morgen in Hollywood. Dort wären dann auch die Stars zu sehen und nicht bloß diese Pfeifenköpfe in Cordsamtsakkos und dicken Brillen.

Lempert rechnete sich gute Chancen aus für diesen Abend. Wenn Cambria im Kino war, dann hatte er auch seine Leute dabei. Sie wären überall und dürften an ihm kleben wie Scheiße am Absatz. Und der Fleischerjunge wüßte das auch. Trotzdem, der Mann war ja vielleicht verrückt genug, dennoch reinzugehen und Cambria die Gurgel durchzuschneiden, während die andren den Finger im Arsch hatten; nur daß man auf die Verrücktheit eines anderen nicht seine Zukunft setzen konnte. Man mußte davon ausgehen, daß er wußte, was er tat. Er würde sich Cambria hinterher schnappen. Lempert brauchte nur auf dem Drehstuhl des geheizten Vans zu sitzen, abzuwarten und auf das Mündungsfeuer zu achten. Es war wie bei der Entenjagd. Als er den Wagen am Nachmittag hier geparkt hatte, hatte er sich vorsichtshalber einen Strafzettel ausgestellt und unter den Wischer gesteckt, damit kein anderer auf den Gedanken kam.

Er hatte sich alles gründlich überlegt und war auf alles gefaßt. Er hatte eine Ruger Mini-14 neben sich, deren vierfaches Nachtglas bereits auf die Fassade des Kinos eingestellt war. Er brauchte eine halbe Sekunde, das Fenster aufzuwerfen und auf den Bastard anzulegen, sobald er ihn sah. Ein Anfänger wäre nie auf die Ruger gekommen, aber der Lauf war kurz genug, um damit im Wagen zu manövrieren, ohne anzustoßen. Lempert war gut im Scheibenschießen. Er wußte, ein klares Schußfeld für den ersten Schuß genügte, um dafür zu sorgen, daß das Ziel lange genug stehenblieb, um noch vier, fünf weitere Löcher hineinzustanzen.

Als die Platzanweiser in ihren nagelneuen, altmodischen Pagenuniformen die Türen schlossen, musterte Lempert, was übriggeblieben war. Er zählte acht uniformierte Streifenbeamte, die Überstunden sammelten, indem sie so taten, als hätten sie noch eine Menge unter Kontrolle zu halten, die längst im Kino saß. Durch das Zielfernrohr sah er sich ihre Gesichter an, eines nach dem anderen. Da hatte er Jimmy Clinton und seinen Partner Bucklin – mit dem Fett, das er sich in den letzten Monaten angefressen hatte, sah er aus wie das Teigmännchen aus der Pillsbury-Werbung. Und – ach du grüne Scheiße – Olney und Winks. Auf die mußte er aufpassen. Wer weiß, wie sie diesen Job wieder gedeichselt hatten. War vermutlich einfacher, als sich zum Dienst zu melden und sich dann in der Sackgasse an der Breckenridge aufs Ohr zu hauen. Er sah nicht gern alte Hasen hier draußen. Womöglich bewahrte einer kühlen Kopf und kapierte fix genug, was hier vor sich ging, um die eine oder andere Kugel in den Van zu jagen. Die anderen vier kannte er nicht. Sie waren jung; auch eine Frau war dabei; es war also wenigstens nicht der Fleischerjunge in Uniform. Er war durchaus imstande, auf so was zu kommen.

Lempert wandte sich auf dem Drehstuhl um und musterte die Fenster der oberen Stockwerke auf der anderen Seite.

Wenn man davon ausging, daß der Mistkerl nicht völlig durchgedreht war, dann mußte man damit rechnen, daß er sich mit einer Büchse in eines der Häuser schlich. Lempert sah keine Veränderungen, seit er das letzte Mal nachgesehen hatte. Kein schwaches Glimmen von Deckenlichtern, keine leicht angehobenen Jalousien, keine sichtbaren Gegenstände. Er duckte sich, kroch auf allen vieren nach vorn und spähte durch die Windschutzscheibe. Auch auf der Straße vor ihm gab es nichts, was man als Problem deuten könnte. Der Verkehr bewegte sich im üblichen Tempo. Er kroch wieder ans Heckfenster und bewegte den Vorhang einen Fingerbreit zur Seite. Keine Fahrzeuge am Straßenrand, keine Grüppchen, unter die der Fleischerjunge sich hätte mischen können, um das Kino genauer unter die Lupe zu nehmen.

Jetzt mußte Lempert nur noch eines nachsehen. Er öffnete die Hintertür des Vans, schwang die Füße auf die Straße und schloß lautlos die Tür. Abzusperren bei acht Uniformen auf der anderen Straßenseite schien ihm überflüssig, und da die Tür beim Aufsperren ohnehin zuviel Lärm machte, ließ er es sein. Er ließ das Kino hinter sich und wartete, bis er um die Ecke der Vierten Straße war, bevor er einen Blick über die Schulter riskierte. Seine Kollegen standen herum und unterhielten sich, anstatt das Kino im Auge zu behalten. Wahrscheinlich hatte nicht einer von denen eine Ahnung davon, daß Paul Cambria sich den Film ansah. Er überlegte, ob das eine Rolle gespielt hätte. Wahrscheinlich nicht; man mußte schon die Hintergründe kennen, bevor einem das etwas sagte.

Lempert bog in die Gasse hinter der Chautauqua Avenue. Er zog den Kopf ein, schlug den Kragen hoch, steckte die rechte Hand in die Sakkotasche und schloß die Finger um seine Dienstwaffe, bevor er den ersten Schritt in die Gasse tat. Falls der Fleischerjunge in einem der Häuser hier war, dann hätte er einen Wagen dahinter, höchstens jedoch eine Straße weiter.

Was immer Paul Cambria passierte, er brauchte was Verläßliches, aber Unauffälliges für Anfahrt und Abgang. Wenn Lempert aus seiner Erfahrung vor zehn Jahren etwas gelernt hatte, dann das, daß der Mistkerl alles durchdachte. Er hätte wahrscheinlich mehrere Wege hier raus.

Lempert ging die Gasse hinauf und versuchte dabei wie irgendein Loser auszusehen, der die Augen auf der Straße hatte, um nicht in eine Pfütze zu treten, aber alle paar Schritte ließ er seinen Blick über die alten Backsteingebäude, die Feuerleitern und Müllcontainer schweifen, um nach einer Veränderung zu sehen. Er hatte weniger Angst, einen geparkten Wagen zu übersehen, als etwas anderes – ein gebrochenes Fenster, eine Mülltonne, die man um eine paar Meter verrückt hatte, um als Leiter in einen Lüftungsschacht herzuhalten. Nicht daß er die Absicht gehabt hätte, ihm in ein leerstehendes Gebäude zu folgen, nicht dem Fleischerjungen. Aber wenn er wüßte, wo der Mistkerl steckte, dann gehörte er so gut wie ihm. Er brauchte also nur noch zu warten. Während er so wartete, fiel ihm ein, daß er mal eine Stange abstellen könnte. Er warf einen Blick nach links und nach rechts und trat dann in den Schatten eines Schuhgeschäfts, um gegen die Mauer zu strullen. Ein herrliches Gefühl inmitten von Dunkelheit und Gefahr.

Lempert ging noch einen ganzen Block weiter, bevor er in die Sechste abbog, wo er auf die andere Seite ging. Die Kollegen auf dem Gehsteig dürften ihren Artigkeiten langsam, aber sicher ein Ende machen, um sich in ihre Funkstreifen zu setzen; sie hatten ja zwei Stunden nichts weiter zu tun, als die Straße entlangzustarren und sich die Ampeln anzusehen. Er überquerte die Straße, als sie noch immer in einem Grüppchen vor dem Kino standen, und ging die Atlantic Avenue hinter dem Kino hinauf zurück bis zur Vierten. Falls der Mistkerl es heute auf Cambria abgesehen hätte, so hatte er jedenfalls noch keine großen Vorbereitungen getroffen.

Den Kopf noch immer gesenkt, den Kragen hochgeschlagen, ging Lempert zurück zu seinem Van auf der Chautauqua Avenue. Nachdem er den letzten geparkten Wagen passiert hatte, trat er in den Rinnstein und folgte ihm bis ans Heck des Van. Er hatte die Tür aufgemacht und war beinahe schon ganz drin, als er es auch schon spürte. Er erstarrte, aber nur um sicherzugehen, drückte ihm der Hurensohn hinter ihm auch noch die kalte Mündung ins Genick. Typisch für Puccios Leute – der Mann hatte ihnen diese sadistische Tour regelrecht eingebleut. Er war wütend, aber er würde wohl das ganze idiotische Kreuzverhör über sich ergehen lassen müssen, bevor er den Mann daran erinnerte, daß Puccio selbst ihn gerufen hatte; er tat hier nichts weiter als das, was Puccio von seinen Leuten verlangte.

»Was wollen Sie?« fragte Lempert.

»Dich.«

Ach du grüne Scheiße! Das war keiner von denen; das war *er*. Lempert begann zu zittern. Er war auf allen vieren, und seine Ellbogen wollten gar nicht mehr aufhören zu beben; sie würden ihn jeden Augenblick im Stich lassen. Was, wenn der Mistkerl seine Zuckungen für einen lahmen Versuch sich zu wehren hielt? Er sah seine Dummheit, und der plötzliche Durchblick führte zu einer Art Reue. Was zum Teufel hatte er sich nur gedacht, einem Mann wie dem hier einen Hinterhalt legen zu wollen? Das Geld existierte noch nicht mal mehr.

»Ich denke, du erinnerst dich noch an mich.«

Lempert kam ein Trick in den Sinn, mit dem ihn mal ein mutmaßlicher Einbrecher aufs Kreuz zu legen versuchte. Er hatte dem Mann gesagt, sich auf den Bauch zu legen und das Pflaster zu küssen, aber kaum war der Typ auf allen vieren, zischte er los wie eine Gazelle, so daß Lempert ihm nur noch ein Bein stellen konnte; dann hatte er ihn mit den Stiefeln bearbeitet. Der Fleischerjunge könnte abdrücken und ihm die Wirbelsäule zerschießen. Aber dann, verdammt noch mal, als wäre der

Mann ein Gedankenleser, sagte die Stimme: »Keine Dummheiten. Ich nehme mal besser deinen Revolver, ich will nur mit dir reden.«

Als ihm die unsichtbare Hand in die Sakkotasche griff und die Dienstwaffe abnahm, freute Lempert sich schon insgeheim, aber dann wanderte die Hand direkt an seinen rechten Knöchel und nahm ihm auch die 32er ab. »Worüber wollen Sie denn reden?«

»Erst mal krabbelst du hinters Steuer und fährst hier weg.«

»Wieso sollte ich?«

»Weil ich dich nicht umzubringen brauche, wenn du's tust.«

Die Antwort faszinierte Lempert geradezu. Brauche? Aber natürlich würde der Mann alles sagen, um Lempert zum Fahren zu kriegen. Wenn er ihm hier das Licht ausblies, dann spazierte er nicht mehr so einfach davon. Acht Polizisten – sogar *diese* acht – würden ihn hier nicht mehr weglassen. Trotzdem: *brauchen*? Es gab ihm doch einen kleinen Hoffnungsschimmer, da mit heiler Haut rauszukommen. Wenn der Fleischerjunge ihn nicht umbringen wollte, hatte er womöglich noch eine Chance. Und selbst wenn Lempert den Spieß umdrehen und er den Mistkerl umbringen könnte, anstatt sich von ihm abknallen zu lassen, was sollte er seinen acht Kollegen sagen?

Was hatte der tote Verdächtige in seinem Wagen zu suchen? Er krabbelte auf den Sitz, ließ den Motor an und versuchte in den Spiegel zu sehen, um zurückzusetzen.

»Mach das Licht an«, sagte der Fleischerjunge.

»Ach so, ja«, sagte Lempert. Er konnte seine Hand kaum so weit beruhigen, den Zündschlüssel zu drehen. O Gott. Er hatte das Licht wirklich vergessen, und jetzt dachte der Mistkerl, er versuche ihn irgendwie reinzulegen.

Als er auf die Spur hinauszog, sagte der Fleischerjunge: »Immer gradeaus, solange wir uns unterhalten.«

Lempert gehorchte und kam zu dem Schluß, daß der Mistkerl schließlich irgendwann einen Fehler machen mußte. Am Steuer zu sitzen, brachte seine Lebensgeister zurück; immerhin war er zwanzig Jahre lang acht Stunden am Tag gefahren. Er hatte die Kontrolle über all die PS und konnte demnach nicht ganz wehrlos sein. »Wieso haben Sie Paul Cambria nicht erledigt?«

»Weil ich nichts gegen Paul Cambria habe. Ich bin wegen dir hier.« Lemperts Tapferkeit verschwand. Er mußte mit dem Mann reden, ihm irgendwas sagen, was nicht in den Lauf seiner Gedanken paßte. »Wieso erinnern Sie sich überhaupt noch an mich?«

»Mir fällt so manches wieder ein. Ich habe mir gedacht, daß du noch immer an Cambrias Hacken klebst, also habe ich ihn gesucht. Du bist doch noch bei der Polizei, stimmt's?«

»Ja.« Ach, du grüne Neune! Was wollte der nur? Dann machte der Mistkerl auf drei ganze Blocks nicht mal mehr piep. Schließlich hatte er es. Carlo Balacontano! Die Sache von vor zehn Jahren. Der Mistkerl war auf die Schnapsidee gekommen, daß Lempert als Bulle eine Möglichkeit hätte, Carl Bala in einem Bundesgefängnis an den Kragen zu gehen. Was, wenn er feststellte, daß Lempert das nicht konnte?

Schließlich: »Du wirst mir was besorgen. Ich bezahle dafür.«

Jetzt kam es. Vielleicht konnte er dem Mistkerl irgendein Ammenmärchen auftischen: Komm mit zum Gefängnis, ich brauche dort nur meine Marke zu zeigen, und die lassen uns bewaffnet hinein. Peng! »Was wollen Sie?«

»Fahr hier ran.«

Lempert wurde langsamer und sah sich um. Er schätzte, daß ihn der Mann kaum vor einer geöffneten Kopierstube umbringen würde, gleich nebenan eine Bar, bei der eben die Hauptgeschäftszeit begann, und auf der anderen Straßenseite ein Pizzaschuppen. Er hielt am Straßenrand, stellte den Motor jedoch erst ab, als der Mann sagte: »Komm, wir gehen hier rein.«

In die Bar? Er mußte die Bar meinen. Lempert stellte den Motor ab. »Laß die Schlüssel auf den Boden fallen und steig hinter mir aus.« Er ließ die Schlüssel fallen und wartete, bis der Mistkerl draußen war. Er sah sich nach einer Gelegenheit um, aber es gab keine. Schließlich standen sie beide auf der Straße, und er sah den Mistkerl im Licht. Er hatte sich kaum verändert. Es war schon fast unheimlich. Er stand zwei Meter vor ihm, seine Dienstwaffe in der Hand, die Hand in der Tasche seines Jacketts, und Lempert zweifelte nicht eine Sekunde daran, daß er nur eine falsche Bewegung zu machen, zu stolpern oder zu straucheln brauchte, und er hätte ein Loch, noch bevor er zu Boden ging.

Sie gingen in den Kopierladen. Es gab Schreibmaschinen und Computer zu mieten und jede Menge Kuverts und farbiges Papier zu kaufen; die Kopierer, etwa ein Dutzend, bildeten zwei Reihen. Als Lempert den Jungen hinter dem Ladentisch sah – langer Pferdeschwanz und buschige Brauen über dem Rand seiner dunklen Brille –, kam er zu dem Schluß, daß es doch einen Gott gab. Er erinnerte sich noch daran, den Jungen mal aus einem 280Z gezogen zu haben, nachdem er ihm über zehn Blocks gefolgt war. Kurz vor Ultimo war das gewesen, und Lempert hatten noch ein paar Strafzettel gefehlt, also hatte er entschieden, daß der Junge zu schnell gefahren war. Der Junge hatte ihn angegrinst, da hatte er ihn herumgerissen, gegen den Wagen geknallt und gefilzt; schließlich hatte er ihm Handschellen angelegt und gesagt, er solle sich auf die Straße legen, während er den Wagen nach Drogen durchsuchte. Hätte er nur welche gefunden – oder ihm wenigstens welche untergeschoben. Dann würde jetzt ein anderer hinter dem Tisch stehen und blöde grinsen, während man ihm eine Kugel in den Kopf jagte.

»Also, ich will folgendes«, sagte der Fleischerjunge. »Eine Kopie von allem, was das FBI über mich zum Dienstcomputer schickt.«

»Ihre ZAD-Akte? Wie soll ich da rankommen?«

»Vielleicht faxt sie dir einer vom Revier. Oder aus Washington. Ist mir egal. Vielleicht kriegst du einen von den Computern hier an ein Telefon und rufst sie ab. Hauptsache, du machst es.«

»Lassen Sie mich einen Augenblick überlegen.«

»Ich bezahle dafür. Falls du was versuchen solltest, dann« – die Pause schien ein Ewigkeit zu dauern – »dann nicht.«

Lempert ging zu dem Jungen an der Theke. »Ich muß mal telefonieren.« Der Junge erkannte ihn wieder. Er zögerte, und Lempert hatte den Eindruck, daß er Angst hatte, aber es machte ihm keine Freude. »Das Telefon ist da.«

Lempert dachte nur kurz daran, etwas zu sagen, was keinen Sinn ergab. Wer wollte sagen, was der Mann wußte? Er wählte die Nummer des Büros und hörte McNultys Stimme: »Stadtpolizei. Metro Division.« Ausgerechnet McNulty! Ein Mann, der ihn nicht nur nicht leiden konnte, sondern obendrein noch so dämlich war, daß keiner mit ihm fuhr, ohne sich nicht persönlich davon überzeugt zu haben, daß die Flinte keine Patrone im Lager hatte, wenn McNulty sie in den Halter schob.

»Ich bin's, McNulty«, sagte er. »Ich könnt 'n Gefallen gebrauchen.«

»Könnten wir das nicht alle?«

Lempert überlegte einen Augenblick. Was hatte er in seinem Schreibtisch? Nichts, was ihn in größere Schwierigkeiten brachte, als er ohnehin schon hatte. »Kannst du mal in das linke untere Schubfach von meinem Schreibtisch langen und mir das Zeug aus dem obersten Akt faxen?«

»Wo steckst du denn, in Paris?«

»Es ist wichtig.«

»Wo bist du?«

Lempert wandte sich an den Jungen, der so tat, als würde er ein Regal abstauben. »Wie ist denn die Faxnummer von hier?«

Als die Blätter sich aus dem Apparat wälzten, sah der Fleischerjunge sie sich noch nicht einmal richtig an. Er nahm sie aus der Ablage, warf einen Blick darauf, faltete sie mit einer Hand und steckte sie in die Sakkotasche. Fast die ganze Zeit über behielt er Lempert im Auge. Was Lempert rasend machte, war, daß der Junge hinter dem Ladentisch ihn kannte. Er beobachtete die Vorgänge aus dem Augenwinkel, und wenn er nicht völlig verblödet war, dann mußte ihm diese Geschichte ziemlich merkwürdig vorkommen. Wahrscheinlich sah er sogar die Beule im Sakko des Fleischerjungen, dort, wo er Lemperts Dienstwaffe hielt. Aber andererseits wußte er, daß Lempert ein Bulle war, also ging er vermutlich davon aus, daß auch der Fleischerjunge einer war; und da Bullen nun mal Waffen trugen, ging hier auch nichts Merkwürdiges vor. Jeder andere wäre längst durch die Hintertür verschwunden und hätte 911 gerufen. Sogar der Junge, wenn es sich nicht um Lempert gehandelt hätte. Jetzt brachte der Mistkerl sie wahrscheinlich beide um, spazierte hier raus und fuhr mit dem Van davon. Die Schlüssel lagen ja auf dem Boden.

Schließlich hörte die Maschine auf, Seiten auszuspucken, und der Fleischerjunge sagte: »Das reicht mir. Wie kriegst du für gewöhnlich dein Geld?«

Lempert wußte, daß damit nicht sein Gehalt als Polizist gemeint war. »Über ein Postfach.«

»Schreib's auf und gib mir den Zettel.«

Lempert konnte es nicht glauben. »Sie wollen mich wirklich bezahlen?«

Als der Fleischerjunge ihn ansah, konnte Lempert sehen, daß er ihn einer Musterung unterzog, die zu seinen Ungunsten ausfiel. »Hab' ich doch gesagt.«

Lempert grinste. »Ja. Ich hab's gehört.«

»Lügen dich die Leute denn so oft an?«

»Wenn's um Geld geht? So gut wie immer.«

Der Fleischerjunge sah ihn mit einer Mischung aus Mitleid und Mißfallen an. »Dann ist das deine eigene Schuld. Du hättest den ersten umbringen sollen.«

Der Mann meinte das völlig ernst: *Er* hatte den ersten umgebracht. Lempert sah es ihm an, und es hatte eine merkwürdige Wirkung auf ihn. Während der letzten Minuten hatte er sich wieder stärker gefühlt. Er hatte einen Blick auf die Hand geworfen, die den Revolver hielt, und war sich sicher, daß die seine größer und stärker war; und eben noch war er auf den Gedanken gekommen, ob sie nicht vielleicht auch ein klein wenig schneller war. Er hatte sich vorgestellt, wie er sie packte, solange sie noch in der Tasche war, und hatte ihm schon den Arm gebrochen; sein Blut hatte sich schon für den Augenblick aufgewärmt. Jetzt hatte sich jedoch wieder das andere Gefühl eingestellt, das von vor zehn Jahren. Nicht diesmal, nicht mit dem hier. Mit dem konnte man das schlicht nicht machen, nicht in der Hoffnung, damit tatsächlich durchzukommen. Er war nämlich nicht zu überraschen. Ein Dutzend Leute mußten schon versucht haben, woran er eben gedacht hatte, und alle waren sie heute tot.

Lempert schrieb die Nummer seines Postfachs auf ein Blatt, das für die Faxmaschine bestimmt war, und sah zu, wie die freie Hand es nahm und zu den anderen in die Tasche steckte. Dann jedoch wurde Lempert abgelenkt. Die Hintertür der Kopierstube, und zwar die, die auf den Parkplatz des Einkaufszentrums hinausführte, schickte einen Blitz in seine Richtung. Sie hatte sich bewegt, und auch das Spiegelbild der Neonröhren an der Decke hatte kurz aufgeblitzt. Während er hinsah, konnte er das Spiegelbild schaukeln sehen, hin und her. Jemand, den er nicht sehen konnte, hatte sie berührt. Ihm wurde ganz schlecht; da wollte einer sehen, ob die Hintertür offen war.

Offensichtlich hatte der Fleischeriunge es nicht gesehen. Er sagte: »In einigen Wochen hast du etwas Geld in der Post. Gehen wir.« Er warf einen Zwanziger auf die Theke, so daß der Junge ihn sehen konnte, und ging auf die Vordertür zu. Dann blieb er stehen. »Was ist?« Lempert begann wieder zu schwitzen. Was immer im nächsten Augenblick passierte, er stünde mittendrin – unbewaffnet und ohne Deckung. Wenn es Kollegen waren, dann könnte er schreien und sich zu Boden werfen; damit wüßten sie, daß sie freies Schußfeld hatten. Er hoffte, es waren Kollegen. Aber wer zum Teufel konnte es sein? Entweder der Wind oder Puccios Leute. Selbst wenn es genaugenommen sie waren, die den Mann erwischten, Lempert bekäme seinen Anteil am Lohn. Das war nur fair.

Albert Salcone stand vor der Hintertür und sah Ficcio auf der anderen Seite die Hand danach strecken. Salcone hielt den Atem an, erkannte aber, daß er den Jungen nicht davon abhalten könnte, die Tür zu berühren. Er drückte sich gegen die Rückwand des Hauses, ließ etwas Luft aus der Lunge und wartete ab. Als er die Tür etwas schwingen sah, verdrängte er seinen Haß auf Ficcio. Nach heutigen Maßstäben war Ficcio ein Kind. Zu Salcones Zeit lag man mit neunzehn entweder irgendwo im Tarnanzug im Dschungel herum oder man saß. Heute konnte es vorkommen, daß man mit neunzehn noch nicht einmal eine richtige Keilerei hinter sich hatte.

Salcone wandte sich Ficcio zu und schüttelte mißbilligend den Kopf. Vielleicht verstand er ihn ja. Wenigstens sah er geknickt aus. Salcone hoffte, er wäre am Boden zerstört, konnte ihm jetzt aber unmöglich erklären, warum. Entweder die Tür war offen, dann bot sie keinen Widerstand, wenn sie reingingen, oder sie war es nicht. War sie verschlossen, würde sie sich nicht rühren, wenn sie ernst machten, dann müßten sie eben durch die Scheibe feuern. So oder so, es wäre nichts verloren. Nur eines war nicht drin, und das war, sie vorher zu testen und die Leute drin wissen zu lassen, daß man kam.

Salcone hatte sich schon überlegt, Ficcio allein reingehen zu lassen, während er am Vorderausgang auf der Straße wartete. Aber damit war es jetzt Essig. So viel zu all der Gerissenheit, die sie – ihn und Puccio – so weit gebracht hatte.

Puccio war im Kino auf ihn zugekommen: Er sollte den Van auf der anderen Straßenseite unter die Lupe nehmen. Er meinte, an dem sei was komisch, und Salcone kannte Puccio lange genug, um sich ohne weitere Fragen an die Arbeit zu machen. Als er sich vor einer Weile an die hintere Ecke des Vans geschlichen und reingespäht hatte, sah er etwas, was in jeder Hinsicht so komisch war, wie Puccio vermutet hatte, nur bei weitem nicht so bedenklich: Es war Bob Lempert, sitzend auf einem Stuhl, wie ihn Barschfischer auf ihren Booten anbrachten, um sich keinen wunden Hintern zu holen.

Er war wieder reingegangen und hatte Puccio gesagt, daß es nur Lempert sei, aber Puccio war alles andere als beruhigt gewesen; die Sache war ihm ein Rätsel. Er hatte auf italienisch gesagt: »Der kann unmöglich im Dienst da sitzen. Der einzige Grund, den der dafür haben kann, ist, daß er sich ziemlich sicher ist, daß der Fleischerjunge es auf Paul abgesehen hat. Ich habe ihm wie auch euch gesagt, er soll die Augen offenhalten, aber der ist viel zu faul, um sich den ganzen Abend da draußen hinzuhocken, wenn nichts rausschaut dabei.« Er überlegte einen Augenblick. »Paß auf, der ist gerade dumm genug, um in den Polizeiberichten was gesehen zu haben, was er für sich behält, nur um die Prämie zu kassieren. Tu mir einen Gefallen. Geh raus und such dir einen Platz, von dem aus du ein Auge auf ihn haben kannst. Und nimm Ficcio mit.«

Salcone hatte mit einer gehobenen Braue reagiert, die Puccio sofort richtig gedeutet hatte. »Ich weiß. Aber womöglich brauchst du jemanden, der mir Bescheid gibt. Und er fällt nicht auf.« Dann hörten sie, daß der Film anfing, und damit war es Zeit, sich an die Arbeit zu machen.

Salcone hatte Ficcio durch den Hinterausgang aus dem Kino und die Gasse hinauf zu seinem Wagen geführt. Er hatte sich die Situation einen Augenblick durch den Kopf gehen lassen und dann den Kofferraum aufgemacht, um die beiden MAC-10 herauszuholen. Er hatte dem Kleinen gezeigt, wie er den Sicherungsflügel umlegen und auf Feuerstoß zu stellen hatte; dann hatte er ihm die Maschinenpistole gegeben. Nicht ohne ihm zu sagen, sie neben sich auf den Boden zu legen, damit er nicht aus Versehen das Dach des Wagens wegschoß.

Dann waren sie um den Block gefahren und hatten sich einen Beobachtungspunkt gesucht, von dem aus sie sehen konnten, worauf immer Lempert da warten mochte. Noch im selben Augenblick jedoch war der Van aus der Lücke gekommen und die Straße hinaufgefahren. Salcone war ihm fast eine Meile gefolgt, bis zu dem Laden hier. Erst als die Türen des Vans aufgingen, hatte er gesehen, daß Lempert nicht allein im Wagen gewesen war. Die Wahrheit war weit erschreckender als alles, was Puccio sich vorgestellt hatte. Lempert hatte sich an den Fleischerjungen vermietet! Er fuhr den Fluchtwagen.

Salcone hatte einen Augenblick überlegt, was er da gesehen hatte. Es hatte durchaus Hand und Fuß, daß der Fleischerjunge Lempert engagiert haben sollte. Lempert wußte genug über Paul Cambria, um zu wissen, wo er diesen Abend war und wie er nahe genug an ihn herankommen könnte für einen Schuß. Wahrscheinlich sogar, wie er hinterher an der Polizei vorbeikommen könnte. Salcone hatte keine Zeit, den Jungen im Wagen zurück zum Kino zu schicken, um Hilfe zu holen; und überhaupt, falls Lempert und der Fleischerjunge wieder losfahren sollten, stünde er ohne Fahrzeug da. Er würde die beiden noch an Ort und Stelle ausschalten müssen.

Er hatte sich mit Ficcio an der Hintertür des Kopierladens postiert und ihm seinen Plan erklärt. Was er dem Jungen verschwiegen hatte, war, daß es keine Rolle spielte, was Ficcio traf, wenn er durch die Hintertür trat und mit der MAC-10 draufhielt. Salcone würde vor dem Haus warten. Wenn er dazukäme, wäre der Fleischerjunge entweder tot oder noch mit Ficcio beschäftigt. Aber dann hatte Ficcio ohne Vorwarnung die Tür bewegt. Falls die drinnen es gesehen hatten, so hatten sie jedenfalls nicht gleich geschossen. Was bedeutete, sie hatten es entweder nicht gesehen, oder sie waren bereits auf dem Weg zur Vordertür. So oder so konnte es sich Salcone nicht mehr leisten, ums Haus zu laufen. Er mußte etwas tun.

»Also, meine Junge«, sagte Salcone. »Du gehst jetzt rein, so schnell du kannst, und fängst an zu schießen.«

»Du meinst jetzt?«

»Jetzt.«

Für Lempert schien alles auf einmal zu passieren. Zuerst war er überrascht, daß der Fleischerjunge nicht gewartet und ihn hatte vorgehen lassen. Der Mann stieß die Vordertür auf und schien dann für einen Augenblick zu verschwinden. Lempert wirbelte in dem Augenblick herum, als die Hintertür aufsprang, und das mit einem solchen Schwung, daß sie gegen die Wand knallte. Er erkannte die beiden. Der eine war Salcone, der Typ, mit dem Puccio sich immer auf italienisch unterhielt, bloß weil sie zusammen in irgendeinem Dreckloch in Pittsburgh aufgewachsen waren, das sich noch nicht einmal nach Amerika anhörte; der andere war ein Junge, den sie »Fisch« oder so ähnlich nannten und der nicht älter sein konnte als der, der hinter dem Ladentisch verschwunden sein mußte. Beide hatten sie kleine Sturmgewehre in der Hand, die nach Ingrams aussahen, obwohl er noch nie eine Ingram aus diesem Winkel gesehen hatte. Überhaupt kam ihm der Winkel von seinem Standpunkt aus etwas komisch vor.

Lemperts Körper zuckte; zum einen vor Überraschung, da der Körper den Krach im Zwerchfell hört, wenn in einem geschlossenen Raum zwei automatische Waffen vom Kaliber .45

zu lärmen beginnen, zum anderen, weil ihm die 45er Kugeln in Brust, Arme, Hals und Kopf schlugen.

Wolf kauerte neben der Tür, den Rücken zur Mauer, und hielt sich den Arm vors Gesicht, als die beiden Maschinenpistolen das Schaufenster neben seinem Kopf aus dem Rahmen schossen. Er wußte, sie würden so rasch wie möglich nach vorn kommen, um ihn vors Visier zu kriegen, wenn er die Straße hinauflief.

Der erste war der ältere, der direkt auf das Fenster zukam und den Kopf hinaussteckte, um zu sehen, wohin die Beute gelaufen war. Wolf hob den Kopf, sah die Unterseite seines Kinns und schoß mitten durch. Als der Mann vornüberkippte, hatte er noch immer die kleine MAC-10 in der Hand. Als Wolf sie aus seinem Griff befreite, wurde ihm klar, daß er den Mann schon mal irgendwo gesehen hatte. Er beugte sich in das Fenster und eröffnete das Feuer auf den zweiten Mann, der sich so ziemlich genau dort befand, wo auch jeder andere sich befinden würde – auf den Knien vor der Tür, die zu öffnen er sich nicht traute. Wolf warf die MAC-10 auf die Leiche und sah sich noch einmal das Gesicht an. Dann fiel ihm wieder ein, woher er den Mann kannte; er war derjenige, der die Wachleute abgelenkt hatte, während Puccio Anzüge von den Laderampen der Pittsburgher Konfektionshäuser stahl. Früher war er fleischiger gewesen und hatte eher wie ein Schauermann oder Lastwagenfahrer ausgesehen. Jetzt war er grau meliert und trug eine grau getönte Brille; richtig distinguiert sah er aus, wie ein Professor. Ihn hier so vor sich liegen zu sehen war nicht eben eine Freude für ihn. Little Norman hatte wohl keinen Erfolg gehabt.

Den Weg zum Van nahm er fast gemächlich. Er setzte sich hinters Steuer, hob die Schlüssel auf, ließ den Motor an und fuhr los. Mit einem letzten Blick zurück in die Kopierstube sah er, da er etwas erhöht saß, den Jungen hinter der Kasse kauern; er war noch lange nicht soweit, einen Blick über die Theke zu wagen. Und wer wollte es ihm schon verübeln.

Wolf spürte sein Herz schneller schlagen, als ihm lieb war. Was zum Teufel hatten die Leute nur? Sie mußten Lempert bemerkt haben und dem Van gefolgt sein; und dann hatte der Ältere Wolf gesehen. Durch die Hintertür zu kommen wie sie war eine Taktik für Schwachköpfe; so raubten Drogensüchtige Lebensmittelgeschäfte aus. Dann war einer der beiden in Panik geraten oder hatte aus Versehen auf Lempert gehalten. Oder war es vielleicht gar kein Fehler? Man hätte meinen können, die ganze Welt habe vergessen, wie man auch nur irgend etwas richtig machte; man konnte noch nicht mal mehr sagen, worauf sie eigentlich aus waren.

Die Worte »Kindermord zu Bethlehem« kamen Wolf in den Sinn. So hatte Eddie so etwas genannt. Vermutlich bezog sich das auf irgendwas in der Bibel, aber Wolf hatte nie nachgeschlagen. Er mußte an Eddie und seinen Streit mit einem Mann denken, der dieselbe Kopfprämie zu kassieren versuchte. Es war eine der ganz seltenen Gelegenheiten, in denen Eddie den Jungen mit Kollegen hatte arbeiten lassen, die für Eddie nur Konkurrenten waren; Bekannte waren sie nur aufgrund einer geographischen Laune. Eddie und der Junge hatten damals einen wirklich fetten Fisch aufgespürt. Frank Basset hatte einen kleinen Einbrecherring geleitet, der nach Restaurantreservierungen arbeitete. Er hatte seine Informanten als Kellner oder Hilfskellner in den besten Etablissements untergebracht; man brauchte nur Abend für Abend die Listen durchzugehen, um zu sehen, wer auswärts aß und das Haus leerstehen ließ. Wann immer ihm ein Objekt besonders verlockend schien, räumte Basset es aus. Kam zum Beispiel eine Frau mit Diamanten herein, wußte man, daß es sich lohnte. Eddie hatte schon die Nase gerümpft, als er nur davon hörte. »Um Himmels willen, wenn sie die Klunker um hat, dann sind sie doch wohl nicht im Haus, oder?« Das war jedoch nicht der einzige Makel gewesen. Wolf erinnerte sich nicht mehr so genau, aber einmal waren ein Kind und eine Babysitterin im Haus und der Besitzer ein Anwalt mit Beziehungen gewesen. Eddie hatte von der beträchtlichen Kopfprämie zu einer Zeit gehört, als sein Selbstbewußtsein in einer Krise war.

Er hatte Basset in einer kleinen Stadt nördlich von Syracuse am Lake Ontario aufgespürt. Es war Winter, und die meisten der Ferienhäuser am See standen leer. Offensichtlich hatte sich Basset mit der Absicht getragen, sich nach Kanada abzusetzen, jedenfalls erinnerte sich Wolf noch an ein großes Boot, das in Ufernähe eingefroren war. Als Eddie und der Junge das Haus zu beobachten begannen, erlebten sie eine böse Überraschung; Eddie stellte fest, daß er und der Junge nicht die einzigen waren, die Basset gefunden hatten.

Eddie hatte eben in seinem Feldstecher das Ziel im Auge, als Cathead Maloney vorbeifuhr, in einem zweifarbigen Pontiac. Eddie zog den Jungen in den Wagen und folgte ihm. Eddie war so wütend gewesen, als er den Pontiac auf der Straße am See entlang einholte, daß er einfach darauf zurannte und die Tür aufriß. Dann hatte er sich freilich rasch beruhigt; Cathead Maloney hatte noch drei Leute bei sich.

Eddie hatte vorgeschlagen, die Gefahr und den Lohn zu teilen, und Cathead hatte seinem Vorschlag theoretisch zugestimmt. Gestritten hatten sie sich erst über die Ausführung. Cathead war zu dem Schluß gekommen, sie bekämen Basset am einfachsten, wenn sie warteten, bis es dunkel wurde, und sich dem Haus dann von der Seeseite näherten; wenn sie übers Eis kämen, könnten sie ihn überraschen. Eddie wies darauf hin, daß bloß ein Licht anzugehen bräuchte, und schon stünden sie alle sechs vor einer unstrukturierten weißen Wüste, die an die vierzig Meilen in die Tiefe ging: zu leer, um sich zu verstecken, zu glatt, um zu laufen, und wahrscheinlich zu dünn, um sie überhaupt zu tragen, da der Lake Ontario viel zu tief war, um richtig zuzufrieren.

Cathead widersprach: Wenn das Eis dick genug wäre, eine Achtmeteryacht mit einem Diesel lahmzulegen, dann würde es wohl auch fünf Männer und einen Jungen halten; dabei ließ er durchblicken, daß einer wohl keine große Lust zum Arbeiten hätte, wenn er eine Chance von eins zu sechs gegen einen lausigen Einsteigdieb nicht ergriff, von der Dunkelheit und dem Überraschungsmoment ganz zu schweigen.

Eddie beherrschte sich, obwohl ihn gerade letzteres wurmte. Er entgegnete, daß Frank Basset nie allein arbeite; er hatte drei Leute in den Restaurants, und vier weitere nahmen die Häuser aus; wenn er allein wäre, bräuchte er schließlich keine Achtmeteryacht. Von diesem Augenblick an artete die Diskussion aus, und Eddie gab schließlich seinen Segen dazu. »Ich geb's auf. Kannst ihn haben, Cathead. Ich hoffe, du hast deine Freude dran. Das wird der Kindermord zu Bethlehem.«

Und er hatte recht gehabt. Es waren wenigstens sechs ausgesprochen nervöse, wachsame und bis an die Zähne bewaffnete Männer in der Hütte gewesen, und Cathead Maloney und seine Partner hatten den vollen Lohn für ihre Leistung kassiert – die darin bestand, im Dunkeln einen Lichtschalter zu finden und dann mit einer Büchse draufzuhalten.

Wolf nahm die Route 90 über die Staatsgrenze nach Chicago und ließ die Bundesstraße links liegen. Er kam an einer Tankstelle vorbei und sah neben der Herrentoilette einen Satz Münzfernsprecher. Er warf einen Blick auf die Uhr, fuhr geduldig einmal um den Block und hielt dann davor. Er ging ins Büro, bat den müden jungen Mann auf dem Hocker um die Schlüssel zur Herrentoilette und öffnete die zweite Rolle Vierteldollars, die er in Las Vegas erstanden hatte. In Las Vegas war es jetzt halb fünf, und wenn sich innerhalb von zwei Tagen nicht plötzlich etwas geändert hatte, säße Little Norman beim Frühstück im Sands. Die nüchterne Roboterstimme bat ihn, mehr Geld einzuwerfen, und er tat es. Er bat den Mann am Schaltpult des Hotels, Norman ausrufen zu lassen.

Fünfundsiebzig Cents später hörte er seine Stimme. »Ja?«

»Norman.«

»Ich dachte, ich würd' nicht mehr von dir hören.«

»Ich hatte Ärger. Hast du gemacht, worum ich dich gebeten habe?«

»Du weißt, worum du mich da gebeten hast, Kleiner. So was braucht Zeit. Ich habe angefangen.«

»Wie sieht es aus?«

»Wie soll es schon aussehen? Carl Bala möchte deine Augäpfel zum Frühstück serviert. Die Castigliones wissen, wenn sie vergessen, daß du vor zehn Jahren den alten Herrn umgelegt hast, verlieren sie ihr Gesicht. Die New Yorker Familien wissen nicht so recht, ob sie einfach so tun können, als hättest du Tony T nicht mitten in ihrem Hinterhof besucht.«

»Gibst du auf?«

»Nein, aber du träumst. So sind die Alten nun mal nicht. Du hast dir dieses Leben ausgesucht. Du wußtest, was dich erwartet.«

»Norman?«

»Was?«

»Heute hatten es drei Leute auf mich abgesehen. Ich gehe mal davon aus, daß der Mann, für den sie gearbeitet haben, die Nachricht nicht gekriegt hat. Als Geste meines guten Glaubens.«

»Oh, Scheiße, Kleiner. Dein guter Glaube ist denen doch schnuppe. Hau einfach ab.«

»Ich bin eben dabei, Norman. Sag ihnen das.«

»Alles klar. Nur vergiß eines nicht: Ich arbeite nicht für dich, ich arbeite für die.« Wolf legte auf und ging zurück zum Van.

Höchste Zeit, aus der Gegend hier zu verschwinden. Das einfachste wäre, noch zwanzig Meilen weiter zum Flughafen zu fahren und sich ein Zimmer in einem kleinen Motel in der Nähe zu suchen; die gab es da ja zuhauf. Er hatte das Gefühl, ihm stünde wieder mal eine lange Nacht bevor.

Little Norman an der Kasse im Café des Sands schien in Gedanken. Er wartete einen Augenblick, bevor er den Hörer zurück auf die Gabel legte. Er beobachtete die Flüssigkristalle des kleinen Displays über dem Apparat. Sie bildeten nach wie vor eine Nummer: (312) 555-8521. Kreis Chicago. Illinois.

15

Wolf erwachte in seinem großen harten Bett und starrte zum Fenster hinüber. Er überlegte, was ihn aufgeweckt hatte. Der lichtdichte dicke Vorhang war noch vor die Scheibe gezogen, aber auf der Seite warf der weiße Stoff auf der Rückseite einen gedämpften Strahl an die Wand. Es war also Tag. Er griff nach seiner Uhr auf dem Nachttischchen und hielt sie sich vor die Augen. Halb acht erst. Es konnte kein Zimmermädchen gewesen sein, das das NICHT-STÖREN-Schild übersehen hatte. Er lauschte, schluckte dann, um ein klares Gehör zu bekommen, und lauschte weiter. Nicht das geringste Geräusch. Es war fast schon unheimlich. Er fand sich mit dem Gedanken ab, daß er nicht wieder einschlafen würde. Er warf die schweren Decken ab und spürte eine gewisse Erleichterung, als er das Rascheln der gestärkten Laken hörte. Taub war er wenigstens nicht.

Er ging auf dem dicken Teppich hinüber zum Fenster, schob den Zeigefinger gegen den Rand des Vorhangs und spähte hinaus, um zu sehen, wie sich Rosemont, Illinois, bei Tageslicht machte. Er begann tief durchzuatmen, um wach zu werden und den Schock zu verdrängen, bevor er ihn langsam und dumm werden ließ. Er ging auf die andere Seite des Fensters und bewegte auch hier den Vorhang einen halben Zentimeter zur Seite. Aber der Parkplatz sah aus diesem Winkel nicht anders aus als zuvor. Es waren keine Autos zu sehen. Am Abend zuvor hatten dort mindestens zwanzig gestanden, alle in einer Reihe vor seinem Fenster; jetzt sah er nur noch den schwarzen Asphalt und die verblaßten weißen Markierungen. Irgendwie hatten sie es geschafft, das kleine Motel zu räumen, ohne ihn aufzuwecken, und jetzt machten sie sich daran, es zu stürmen.

Wolf zog sich rasch an und warf alles, was er mitgebracht hatte, in den kleinen Koffer. Es mußte das FBI sein. Sie waren entweder mit Nachschlüsseln reingekommen oder hatten den Leuten telefonisch gesagt, leise rauszugehen; im nächsten Augenblick würden sie mit Flinten durch die Tür kommen. Das einzige Fenster hätte ein Sondereinsatzkommando oder was auch immer im Visier. Er hatte Glück gehabt, daß keiner gesehen hatte, wie sich der Vorhang bewegte, sonst wären jetzt bereits Löcher drin.

Er sah sich um. Da hatte er die Schranktür, aber auch eine Schiebetür, die wohl ins nächste Zimmer gehen mußte; für den Fall, daß einer eine Suite haben wollte. Er legte ein Ohr an die Tür und lauschte. Nicht die geringste Bewegung war zu hören. Falls sie hier reinwollten, müßten sie sie bereits aufgesperrt haben. Er übte einen leichten Druck gegen die Tür aus, um zu sehen, ob sie sich bewegte, aber sie rührte sich nicht.

Wolf konzentrierte sich darauf, die Stehlampe zu zerlegen: Er schnitt den Stecker ab und zog das Kabel durch das lange Stahlrohr, steckte es ein und schraubte Birne und Fassung heraus. Dann klemmte er den bereitliegenden Flaschenöffner zwischen Tür und Schwelle und schob das Stahlrohr über den Öffner, so daß dessen Griff mit einemmal über eins achtzig maß. Als er mit diesem langen Hebel Druck auf die Tür ausübte, sprang das Schloß mit einem leisen Ächzen auf. Er schob die Tür auf und sah genau die gleiche auf der gegenüberliegenden Wand. Er schloß die, durch die er gekommen war, und ging darauf zu.

Im dritten Zimmer schien es ihm Zeit für eine neue Methode. Er nahm einen Stuhl, band das Kabel der Lampe um die Lehne und trug ihn ins Bad. In der Mitte des Bads setzte er ihn ab, stieg hinauf und stemmte die Sperrholzklappe von der Luke, die auf den Dachboden führte. Nachdem er seinen kleinen Koffer in den niederen Giebelraum geschoben hatte, griff er nach oben, packte an beiden Seiten der Luke zu und zog sich hinauf. Es war staubig und finster hier oben, und das Schrägdach war kaum einen Meter über dem Boden, der aus nackten Bundbalken bestand, zwischen denen in mehreren Schichten Isoliermaterial lag. Hier und da sah er die Kabel für die Deckenbeleuchtung darunter. Kaum hatte er sich auf Händen und Knien mit dem Gesicht zur Luke manövriert, zog er am Lampenkabel den Stuhl nach oben, stellte ihn beiseite und machte den Deckel der Luke zu.

Vorsichtig krabbelte Wolf von einem Balken zum anderen, wobei er jedesmal erst seinen Koffer abstellte; lautlos schaffte er es über die ganze Länge des leeren Raums. Er sah den kleinen mit einer Jalousie versehenen Wanddurchlaß am anderen Ende des Hauses, und auf den hielt er zu.

Auf dem Flur meinte Cabell flüsternd zu Sota: »Denk dran, egal, was drin ist, solang 's lebt, ist es gefährlich.«

Sota warf einen grinsenden Blick auf die Tür und spannte seine neue MAC-10. »Geladen und gesichert«, flüsterte er. Sotas dußlige Munterkeit ging Cabell langsam, aber sicher auf den Geist. Daß er das letzte Mal, als er eine Waffe in der Hand gehabt hatte, aus wenigen Zentimetern Entfernung auf die kugelsichere Scheibe eines Losverkäufers geschossen hatte, flößte auch nicht eben Vertrauen ein.

Cabell und Sota waren Diebe. Der einzige Unterschied zwischen ihnen war, daß Cabell das wußte und sich von vornherein nur ungern auf so etwas einlassen wollte. Aber Sota schien sich nun mal für einen ganz harten Brocken zu halten. Puccio war auf die Idee gekommen, es wäre eine besonders irre Art von Mafiagerechtigkeit, den Kerl mit der Waffe abzuschießen, die Salcone bei seinem Tod mitgehabt hatte. Für Cabell hieß das einfach, dem Ärger nachzulaufen, und so hatte er die Waffe Sota gegeben, der nicht kapierte, daß Blut auf einer Waffe wohl kaum von dem stammen konnte, auf den damit geschossen worden war.

Puccio forderte an diesem Tag eine Menge Gefallen ein. Auch Landsberg war nur ein Dieb wie Cabell, nur daß er seine eigenen Leute hatte und von einem Reisebüro aus operierte, das Puccio gehörte. Hin und wieder, wenn eine Familie komplett auf die Fidschis dampfte, kamen Landsbergs Leute mit dem Möbelwagen und räumten das Haus aus bis auf die Klos. Zwar bestimmte Paul Cambria, wer in dieser Stadt arbeitete und wer nicht, aber Puccio war der Mann, der konkret wußte, was lief. Im Augenblick standen zwischen zehn und fünfzehn Leute vor dem Motel, die man allesamt aus dem Bett geholt hatte.

Cabell trat die Tür ein und ließ sich von dem Schwung in den Raum tragen, während Sota geduckt und links von ihm hinterdreinwischte. Im ersten Augenblick wollte Sotas Verstand nicht wahrhaben, daß das Zimmer leer war. Er gab einen kurzen Feuerstoß auf das Sofa ab, da es ihm das einzige schien, was nicht dort stand, wo es sein sollte. Er stürzte ins Bad, wo es sich nur auf ein paar nasse Handtücher über dem Duschvorhang anlegen ließ. Cabell sagte: »Du warst nicht zufällig kurz eine rauchen, als du auf den Flur aufpassen solltest?«

»Ach was«, protestierte Sota, aber Cabell hatte es gar nicht ernst gemeint. Er sah bereits nach, ob man das Fenster geöffnet hatte. Dabei achtete er darauf, den Vorhang nicht zu bewegen, damit Landsberg draußen ihm nicht eine Kugel verpaßte. Er warf einen Blick durch den Raum und sah es. »Du hast gesagt, es gäbe nur eine Tür!« Er trat an die Schiebetür, die ins Zimmer nebenan führte, und musterte sie. Neben dem Schloß war eine tief Delle, und das Holz rund herum war gesprungen. Schweigend wies er darauf, trat zur Seite und stieß die Tür dann ruckartig auf, um Sota ein klares Schußfeld zu geben. Aber Sota stand nur da und starrte hinein.

Cabell machte einen langen Hals, um in das Zimmer zu spähen. Es glich dem hier aufs Haar, und er sah auf den ersten Blick, daß auch das Schloß der Schiebetür ins dritte Zimmer gesprengt worden war. Er wandte sich an Sota. »Geh du auf den Flur. Wenn ich ihn aufscheuche, taucht er da auf.«

Als Wolf am Ende des Dachbodens angelangt war, hob er das dortige Sperrholzquadrat weit genug, um die Mündung von Normans Pistole in den Spalt zu bekommen. Das Krachen der automatischen Waffe eine Minute zuvor war ein sicheres Zeichen dafür, daß da unten jemand nervös zu werden begann. Außerdem schien es ihm ein verläßlicher Hinweis darauf, daß die Leute nicht vom FBI waren. Als er durch den Spalt blickte, sah er etwas, was er nicht erwartet hatte: einen Mann und eine Frau, beide um die Fünfzig, auf dem Boden des Motelbüros. Da sie auf dem Rücken lagen, erkannte er in ihnen die Inhaber – man hatte beiden die Kehle durchschnitten. Er sah, daß man die Schubladen durchsucht und die Kasse geplündert hatte.

Wolf hob die Klappe noch etwas an. Es war zu blöd. Sie hätten denen doch bloß eine Dienstmarke aus dem Spielwarenladen zu zeigen brauchen mit der Behauptung, die Gasleitung sei irgendwo leck. Einen Augenblick überlegte er, ob er nicht auf dem Dachboden warten sollte, bis seine Verfolger gegangen wären, aber irgendwas an der Szene da unten sagte ihm, daß das nicht sehr gescheit wäre. Die würden nicht wieder gehen. In Gedanken nahm er eine Inventur seines kleinen Koffers vor und kam zu dem Schluß, daß nichts drin war, was auch nur das geringste über ihn sagte; also ließ er ihn auf dem Dachboden zurück, stieg hinab auf den Aktenschrank, trat an den Ladentisch und begann die Schübe durchzugehen.

Es gab keine Anzeichen dafür, daß das Paar hier wohnte, also mußte es auch einen Wagen geben. Schließlich fand er die Handtasche der Frau, ein großes Ding mit Holzgriffen, das aussah, als wäre es aus einem Teppich gemacht. An ihrem Schlüsselbund fand er eine kleine Taschenlampe und eine Pfeife. Ein trauriger Gedanke, daß sie sich eingebildet haben sollte, sie könnte sie vor jemandem schützen.

Er trat an die Hintertür des Büros. Der Wagen mußte nach hinten raus stehen, schließlich war der Parkplatz vorn leer. Im Augenblick hatte er nur zwei Vorteile auf seiner Seite: Erstens, daß die einzigen Männer, von denen er mit Sicherheit wußte, noch immer hinter ihm in leere Zimmer schossen, so daß also keiner darauf gefaßt wäre, ihn aus dem Büro kommen zu sehen; zweitens, daß es nicht mehr allzu viele Leute geben konnte, die ihn nach all den Jahren noch vom Sehen kannten. Er warf einen Blick zurück auf die beiden Leichen, die inzwischen fast ausgeblutet waren. Natürlich machten sich die da draußen nicht allzuviel Gedanken darüber, einen Passanten über den Haufen zu schießen. Wenn auch nur einer von denen ein Quentchen Grips hatte, warteten wenigstens einige Soldaten rund ums Motel darauf, daß Wolf aus der Deckung kam. Er mußte sie dazu kriegen, sich zu verraten.

Er durchwühlte die Fächer unter dem Ladentisch. Was er suchte, war unschwer zu finden: ein großer Karton voll Streichholzbriefchen mit einer idealisierten Zeichnung des Motels und der Aufschrift »Hanniver House« über den imaginären Bäumen. Er hatte die Briefchen in den Aschenbechern in seinem Zimmer gesehen; es mußte also irgendwo Nachschub geben. Er nahm eine Handvoll aus dem Karton, warf dann die eine Hälfte der übriggebliebenen durch die Bodenluke und kippte den Rest gegen die Wand des Büros, die an die Zimmer angrenzte. Er setzte zuerst das Häufchen auf dem Dachboden in Brand, kletterte dann wieder herab und wartete, bis ihm das Knacken sagte, daß die trockenen alten Kanthölzer Feuer fingen. Erst dann warf er ein Streichholz auf den Haufen an der Wand. Es dauerte nur einige Sekunden, bis zischende Schwefelblitze die ersten Briefchen auflodern ließen. Dann ging der Haufen in einer Stichflamme auf, die aus den Düsen eines Jets zu kommen schien; sie züngelte an der Wand hoch, leckte die Farbe ab und sorgte für giftigen schwarzen Rauch unter der Decke. Er trat zurück und hielt sich dabei in der Nähe der Tür, weil er nicht mit Sicherheit sagen konnte, wie schnell der Laden hier in Flammen aufgehen würde.

Cabell schickte sich eben an, die Tür zum fünften Zimmer einzutreten, als ihn aus der Ferne ein vertrauter Lärm erreichte: Es hörte sich ganz nach einem Rauchalarm an. Zuerst überkam ihn jene ganz besondere Sorte Wut, die er für Leute wie Sota empfand. Es hätte Sota durchaus ähnlich gesehen, irgendwo eine brennende Zigarette hinzuwerfen, nur weil keiner da war, der ihn den Teppich bezahlen ließ. Im Augenblick konnte er nur hoffen, daß Sota sich beherrschen konnte, aber dann kam ihm ein zweiter Gedanke: Was, wenn das Dutzend ungeduldiger Genies, das er rund um das Motel postiert hatte, die Schüsse von vorhin gehört und dann auf Sota und Cabell gewartet hatte? Und jetzt, nachdem sie nicht rausgekommen waren, dachten sie womöglich, der Fleischerjunge hätte sie beide erschossen! Er überlegte, wen von ihnen er schon vor diesem

Ausflug gekannt hatte. Einige von ihnen waren Diebe wie er, andere hatten irgendwas mit Glücksspiel zu tun, und dann waren noch drei offensichtliche Loddel dabei. Die einzigen, bei denen er sich sicher sein konnte, daß sie Erfahrung in solchen Dingen hatten, waren Puccios eigene Leute, aber Gott allein wußte, wo die im Augenblick steckten. Die anderen würden auf Schüsse aus einer Maschinenpistole genauso reagieren wie er – mit dem festen Entschluß, das Haus nicht überstürzt zu betreten. Aber wer war auf die Idee gekommen, den Knaben auszuräuchern? Na gut, wenn das der Plan war, dann wurde es Zeit, sich danach zu richten. Er ging an die Tür, öffnete sie und spähte hinaus auf den Flur. Sota fuhr auf dem Absatz herum und richtete die kleine Maschinenpistole auf ihn, schoß aber nicht.

»Herrgott«, sagte Sota. »Hast du mich erschreckt.«

»Es wird langsam Zeit«, sagte Cabell. »Sehen wir zu, daß wir hier rauskommen.« Er warf einen Blick den Flur hinauf, um sich nach dem günstigsten Ausgang umzusehen, und sah zwei Dinge, die ihm gar nicht gefielen: Erstens quoll unter der Tür zu einem der Zimmer weiter oben bereits schwarzer Rauch hervor. Und das nicht etwa langsam; es sah eher so aus, als würde er von einem Ventilator durch die Ritze geblasen. Das zweite, was er sah, nahm sich auf den ersten Blick gar nicht so unheilvoll aus. An der Decke des Flurs, vielleicht zehn Meter vor Cabell, platzte eine kleine rote Scheibe heraus und landete auf dem Teppich. Dann begann sich das kleine Rädchen zu drehen, das die Scheibe unter Putz gehalten hatte. Es folgte ein Zischen und Gurgeln, und schon spie es einen dichten Schauer rostbraunen Schlamms auf den Teppich des Flurs. Es dauerte nur einen Augenblick, und der nächste Sprinkler tat es ihm nach. Cabell begann zu laufen, aber es war zu spät. Die ganze Leitung entlang platzten die Sprinkler heraus und kotzten ihre eiskalte rotbraune Brühe über den Flur. Die erste Dusche war so kalt, daß

Cabell das Herz aussetzte; der Atem stockte ihm, und im nächsten Augenblick waren er und Sota patschnaß. Während er auf den Ausgang zupatschte, hatte er den metallischen Geschmack der griesigen Brühe im Mund, und er hoffte zuletzt darauf, daß das Rohr sich noch säuberte, um ihm den Schlamm von Kopf und Augen zu spülen. Aber als er am Ausgang ankam, hätte er nicht sagen könnte, ob es klarer geworden war.

Als sie aus der Vordertür sprangen und über den Asphalt patschten, sah Cabell zwei, drei Männer in Deckung gehen. Er sah sofort nach, ob sie rannten, aber sie bewegten sich alle mit denselben zornigen Schritten wie er. Der Hurensohn, den sie da erledigen sollten, mußte längst über alle Berge sein. Wäre er noch dagewesen, sie hätten ihn lachen gehört.

Wolf hatte das Kleid von der blutüberströmten Leiche gezerrt. Er zog sich den nassen Fetzen über die eigene Kleidung und schnürte ihn mit dem Gürtel ihres toten Lebensgefährten zusammen. Schließlich rollte er die Hosenbeine über die Knie und nahm eine kleine Tischdecke mit der Aufschrift »Chicago« von der Ladentheke, faltete sie, warf sie sich über den Kopf und verknotete sie wie ein Kopftuch unter dem Kinn. Das zerrissene, blutverschmierte Kleid versteckte seine eigene Kleidung, und falls ihm niemand zu nahe kam, schaffte er vielleicht die fünf Meter zum Wagen.

Der einzige da draußen, der genau wußte, daß die Frau sich unmöglich aus dem brennenden Haus schleppen konnte, um zur Notaufnahme zu fahren, war derjenige, der ihr das Messer über die Kehle gezogen hatte. Falls einer der anderen noch vor dem Motel war, er würde bei all dem Lärm und dem Rauch, der Polizei, Feuerwehr und Gaffer anlockte, wohl kaum auf etwas in einem blutigen Kleid schießen. Er mußte einfach darauf hoffen, daß der mit dem Messer verschwunden war.

Als er den Riegel an der Hintertür des Büros beiseite schob, zögerte er aus einem völlig irrationalen Grund: Der Gedanke an die Möglichkeit, in dieser grotesken Aufmachung sterben zu müssen, hatte etwas Schreckliches. Dann freilich sagte er sich, daß Sterben immer etwas Schreckliches hatte, und falls sie ihn erwischten, spielte sein Aufzug auch keine Rolle mehr. Er zog die Tür auf und beugte sich vor, um so rasch wie nur möglich über den offenen Raum zu kommen.

Wolf schlüpfte in den alten Fordkombi, startete ihn und ließ die Rückseite des Motels langsam hinter sich. Quer über der Zufahrt stand ein Wagen, aber da niemand drin zu sein schien, wich er ihm aus und holperte über den Rasen auf den Highway. Als er die Feuerwehrfahrzeuge auf sich zukommen sah, fuhr er rechts ran und ließ sie vorbei; danach hatte er das Gefühl, beruhigt auf die linke Spur fahren zu können und den Wagen zum letzten Mal in seinem Leben richtig zu scheuchen. Für mehr als eine halbe Stunde dürfte er ohnehin nicht mehr taugen, und nachdem er ihn stehengelassen hatte, würden ihn die Erben zweifelsohne verschrotten.

»Ich mag dich«, sagte Elizabeth.

»Ich weiß«, sagte Jimmy. Er nahm es freudig zur Kenntnis, und es schien ihm durchaus ernst damit, aber sie hätte doch gern ein »Ich dich auch« gehört. Aber eine solche Antwort schien unter der Würde eines Vierjährigen auf dem Weg zu seiner Mitfahrgelegenheit.

»Sei brav.«

»Alles klar«, sagte er, und schon war er draußen und lief die Treppe hinab auf den Minibus zu. Sie sah ihn die hohe Stufe erklettern, bevor er sich herumwarf und sich auf die hintere Sitzbank plumpsen ließ. Sie wurden so schnell groß. Nein, das war nicht das Problem, sondern daß sie sich von einem entfernten – sie wurden zu selbständigen Menschen.

Elizabeth erspähte Amanda, die eben auf die Stehlampe zukrabbelte. Als sie sie fast erreicht hatte, wirkte sie wie ein Soldat, der unter Beschuß die letzten Meter eines Strandes hochhastete. Ihre kleinen Beinchen bewegten sich so schnell, daß ihr die Knie wegrutschten und sie zu früh nach dem Stab griff. Elizabeth schloß die Haustür und kam gerade noch rechtzeitig, um die Lampe vor dem Umkippen zu bewahren, als Amanda sich, Hand über Hand, daran hochzuhangeln begann, bis sie stand. Sie schien zufrieden mit sich und guckte stolz zur Glühbirne hinauf; ihr Gesichtchen hatte etwas von einem Forscher, der seine Flagge auf einen Gipfel pflanzte, aber auch etwas von einem entflohenen Sträfling. Sie hatte es noch geschafft, bevor ihre Mutter sie daran hindern konnte. »Hoch, hoch, hoch, so was von groß ist sie schon«, sagte Elizabeth hilflos.

Es war kein Problem, den Stab festzuhalten, während Amanda in die Knie ging und zu hüpfen begann, um ihn zum Kippen zu bringen. »Vorsicht, Kleines, Vorsicht. Das ist kein gutes Spiel.« Elizabeth sah ein, daß sie die Lampe schon vor Monaten zusammen mit dem Glastischchen in der Garage hätte verstauen sollen. Vielleicht konnte sie sie heute abend, wenn sie Jeans und Pulli anhatte, in diese Ecke der Garage stellen. Jim hatte das immer gemacht. Eine Menge von dem Krempel in der Garage stand noch immer genau dort, wo er es vor einem Jahr hingestellt hatte, und vermutlich würde es dort bis in alle Ewigkeit bleiben. Wenn es ans Wegwerfen ging, war sie nicht sonderlich gut.

Elizabeth hörte Maria die Tür hinter sich öffnen und ihre Handtasche an den Türgriff hängen. »Hallo, Maria«, sagte sie. »Sag hallo zu Maria, Amanda. Sag ›Hi, Maria! Wie geht's denn so?‹«

Maria kam ins Wohnzimmer. »Ich bin da, kleine Amanda«, sagte sie. »Du hast mir ja sooo gefehlt. Da wollte ich gleich wiederkommen, wenn die Sonne aufgeht. Ich habe mir gesagt: ›Wo ist denn meine kleine Amanda? Ich zieh' mich mal besser schnell an und laufe zum Auto.‹« Letzteres sollte Elizabeth sagen, da sie wußte, daß sie zwar spät dran, aber alles in Ordnung war. »Jetzt sagen wir aber lieber mal Winke-winke zu Mami.« Was Elizabeth sagen sollte, daß sie entlassen war.

Maria schnappte sich Amanda vom Boden und kam mit ihr zur Abschiedszeremonie an die Tür. Elizabeth küßte das Baby auf die unglaublich weiche kleine Backe, worauf Amandas dikkes kleines Kinn zu zittern begann, ihre Augen füllten sich mit Tränen und sie hob das Wehgeschrei der Verlassenen an. Elizabeth sagte: »Bevor du's merkst, bin ich wieder da. Hab' dich lieb.« Worauf das verständnislose winzige Opfer in einer letzten flehentlichen Bitte die Ärmchen streckte, als ihre Mutter zur Tür hinausschlüpfte. Aus irgendeinem dummen Grund traten ihr an diesem Morgen selbst Tränen in die Augen, als sie die Treppe hinab Richtung Garage eilte. Sie wußte, der dumme Grund war ihre Periode; die vielen unnötigen Hormone machten sie sentimental. Gleichzeitig wußte sie es jedoch auch wieder nicht, denn obwohl es ihr immer wieder passierte – genau gesagt, seit ihrem dreizehnten Lebensjahr –, war ihr jedesmal, als wäre die Reaktion völlig neu. Da ihre Gefühle aber nicht weniger real waren als sonst, war es ja vielleicht auch ihre eigentliche Reaktion. Vielleicht hatte sie an anderen Tagen einfach nur Kraft genug, sich die Dinge nicht deutlich genug bewußtzumachen.

Als sie den Wagen anließ, dachte sie wieder einmal, er würde ihr wahrscheinlich Probleme machen, wenn sie sich nicht noch diese Woche die Zeit nahm, ihn zur Wartung zu bringen. Vielleicht am Donnerstag, damit er am Freitag wieder in Ordnung wäre; außerdem hätten sie dann keine Ausrede, ihn übers Wochenende dazubehalten. Diesen Morgen schien aber auch alles überfällig und kurz davor, aus dem Leim zu gehen.

Elizabeth fuhr in die Stadt und sah sich dabei ganz bewußt die Bäume an. Sie hatte in der Arztkolumne einer Zeitschrift gelesen, Bäume seien eine gutes Mittel gegen Streß. Was zum einen damit zu tun hatte, daß man sich auf etwas konzentrierte, was weit weg war, zum anderen mit der Farbe der Blätter. Allerdings hatte sie in derselben Kolumne gelesen, daß ein Blick in das Licht des Himmels kurz vor Sonnenaufgang ein gutes Mittel gegen Depressionen sei. Sie hatte besagtes Licht nun schon seit einem Jahr und zwei Wochen auch nicht einmal versäumt.

Elizabeth kam früher als erwartet im Büro der Abteilung Organisierte Kriminalität an. Vielleicht war der Anblick von Bäumen auch ein Mittel gegen langsames Fahren. Sie setzte sich an ihren Schreibtisch und sah betrübt, daß sich jemand die Zeit genommen hatte, ihr ein Körbchen für »Eingänge« hinzustellen. Sie wollte kein Körbchen für »Eingänge«; jetzt mußte sie sich die Zeit nehmen, herauszufinden, wer da so aufmerksam gewesen war, und ihm dann Bescheid sagen, ohne ihn zu verletzen.

Elizabeth hatte vor vielen Jahren gelernt, daß man als Analytiker vor allem eines machen mußte: den Informationsfluß in einer Behörde so umleiten, daß er nicht durch die üblichen Kanäle strömt. Manchmal sammelte sie Kleinigkeiten und ließ sie wochenlang liegen, bis sie einen Sinn ergaben, und dann wieder brauchte sie die Computerausdrucke nur zu überfliegen, um zu sehen, daß sie sie nur ablenken würden. Hatte man Körbchen für »Eingänge« und »Ausgänge«, behandelte man Informationen so, wie sie in einer Bürokratie zu behandeln waren, und das war falsch. Das System setzte einen an seinen Platz, um Papier zu bewegen, aber wollte man, daß das System tatsächlich funktionierte, mußte man ihm widerstehen.

Sie legte ihre Handtasche in das Körbchen für die »Eingänge«, damit ihr auch ja keiner was reintat, und ging dann in den Kommunikationsraum, um sich die in der Nacht eingegangenen Berichte anzusehen. Gleich als sie eintrat, sah sie das Exemplar einer Nachricht aus der Zentralen Auskunftsdatei auf dem Tisch. Am Fuß des Blattes hatte man etwas hinzugefügt: »Information über Verdächtigen; zur Kenntnis E. V. Waring, Justizministerium, Washington, D. C., sachbearbeitender Agent.«

Wolf setzte sich in den hinteren Teil des Bahnhofsrestaurants und sah sich den Stapel gefalteter Blätter an. Hätten sie nicht ausgerechnet mit ihm zu tun gehabt, er hätte nicht die geringste Ahnung gehabt, was da stand. Wie er schon gedacht hatte, war Charles Ackerman für alle Zeiten verbrannt: die Akte sprach von ihm als »ALIAS Charles Ackerman, ALIAS der Fleischerjunge, Name UNB«. Tony Talarese ging ihrer Meinung nach hundertprozentig auf sein Konto, aber dann hieß es da noch, daß man ihn im Zusammenhang mit den Mordfällen Peter Mantino und Angelo Fratelli vernehmen wollte. Little Norman hatte also recht gehabt: Sie hatten Talarese abgehört. Man hatte auf der Stelle das FBI hinzugezogen, und von denen hatte ihnen einer gesagt, wer er war.

Trotzdem, der Teil mit der Personenbeschreibung wollte nicht so recht in diese Theorie passen. Haarfarbe, Augenfarbe, Gewicht, Größe: alles UNB. Wie zum Teufel hatte man ihn nur erkannt – am Geruch? Hörte sich ganz so an, als hätten sie seine Identität von jemandem, der gar nicht wußte, daß er sie ihnen verriet. Sie mußten sie über eine Wanze im Telefon erfahren haben. Wenn sie Talarese ein Mikro verpaßt hatten, dann hatten sie auch sein Telefon angezapft.

In einer Hinsicht war das beruhigend; sie schienen nicht das geringste über ihn zu wissen – weder wo er war, noch, wie er aussah oder was er machte. In anderer Hinsicht jagte ihm diese Geschichte langsam, aber sicher eine Heidenangst ein. Der Grund, weshalb er überhaupt hier in den Staaten festsaß, war folgender: Jemand war dahintergekommen, daß er mit einem Paß auf den Namen Charles Ackerman reiste, und hatte dann rechtzeitig dreitausend Meilen weiter einen Flughafen dichtgemacht, um ihn daran zu hindern, diesen Paß noch einmal zu benutzen. Vielleicht hatten sie sämtliche Flughäfen des Landes mit einem einzigen Anruf dichtgemacht. Er konnte weder sagen, wie sie das machten, noch, ob ihrem Einflußbereich Grenzen gesetzt waren.

Früher hatte er sich kaum Gedanken über die Polizei gemacht. Er hatte sie einkalkuliert, solange er konkret an einem Job arbeitete. Wenn er ihn erledigt hatte, ohne zuviel Lärm zu machen, Fingerabdrücke zu hinterlassen oder sich zu verletzen, vergaß er sie völlig. Es gehörte nicht viel dazu, ihr aus dem Weg zu gehen; war man erst einmal aus dem Wasser, brauchte man sich wohl auch keine Sorgen mehr zu machen, von einem Fisch gebissen zu werden.

Er wollte sich keine Sorgen mehr über das FBI machen müssen. Er überlegte, ob er nach Mexiko gehen sollte. Über die Grenze kam er allemal, aber was dann? Er kannte niemanden dort, und die Mafia mußte jede Menge Leute dort haben, die sich um ihre Drogengeschäfte kümmerten. Es war ein ziemlich offensichtliches Versteck, sie würden ihn also dort suchen und konnten ihn kaum verfehlen. Selbst wenn er sich einen Paß kaufen konnte, der ihn nach England zurückbrachte, es würde ihm nicht viel nützen. Der Mann vom britischen Zoll brauchte ihm nur eine einzige Frage auf spanisch zu stellen, und er würde sie nicht verstehen.

Noch problemloser wäre es, nach Kanada zu kommen. Ein kanadischer Paß wäre perfekt, aber Kanada war schon immer problematischer gewesen als Mexiko: Die Mafia hatte schon während des Alkoholverbots die ganze Grenze entlang ihre Stützpunkte errichtet, um Spirituosen ins Land zu schmuggeln. Und selbst davor waren noch eine Menge Mafiosi der ersten Generation in die Staaten gekommen, indem sie sich zum Beispiel für die Weizenernte in Manitoba verdingten und dann irgendwo über die »grüne Grenze« gingen. Es war schwer zu sagen, wo der Mob dort die Hand darauf hatte, aber mit Sicherheit hatte er das Monopol für gefälschte Papiere. Immer wieder mußte er an den Scanner denken, mit dem der Mann von der Einwanderungsbehörde am Kennedy Airport seinen Paß überprüft hatte. Er brauchte einen echten Paß, oder sie würden ihn aufhalten. Und wenn er nicht bald aus dem Land verschwand, bestand kein Zweifel daran, daß er sterben würde. In der Vergangenheit hatte er durch rasche Vergeltungsschläge überlebt. Bewegte sich eine Hand in seine Richtung, stach er zu, und sie zögerte lange genug, um ihm Zeit zum Verschwinden zu geben. Es funktionierte noch immer, nur der Teil mit dem Verschwinden klappte nicht mehr.

Aber es war nicht die Mafia, die ihn nicht aus dem Feuer ließ; es war das verdammte FBI. Allerdings übersah er dabei etwas: Organisationen machten gar nichts, es war eine Person, die das Sagen hatte, eine menschliche Intelligenz, die ihm zusetzte. Er sah sich noch einmal die Seiten an. Auf der letzten hieß es: »Information über Verdächtigen; zur Kenntnis E. V. Waring, Justizministerium, Washington, D.C., sachbearbeitender Agent.«

Wolf trank seinen Kaffee aus und trat hinaus unter die riesige Kuppel der Bahnhofshalle. Sie war nicht nur von der Fläche her groß, sondern auch immens hoch; heutzutage baute man so etwas gar nicht mehr, es sei denn, um irgendeinen Sport vor den Unbilden des Wetters zu schützen. Die Decke mußte zwanzig, fünfundzwanzig Meter über ihm sein; man hätte den Wartesaal für einen Viehauftrieb nehmen können, ohne mehr als ein Drittel des Marmorbodens in Anspruch zu nehmen. Solche Bauten schienen ihm schon als Kind uralt, Überreste einer alten, reicheren Zeit, als es noch mehr Steine, Holz und Leder gab auf der Welt – und mehr Zeit, um darüber nachzudenken, wie Dinge aussehen sollten. Früher waren diese Gebäude immer voller Echos gewesen – Schritte, Gepäckwägen, Geschrei und Lautsprecherdurchsagen –, aber aus irgendeinem Grund konnte er sich nicht daran erinnern, je einen Zug gehört zu haben. Die Halle hatte ihr Echo zwar nicht verloren, aber alles, was er hörte, war das Hallen seiner Schritte auf dem Marmorboden, als er zu dem einzigen Kartenschalter hinüberging, der nicht mit Brettern vernagelt war. Dort löste er eine Karte nach Washington, D.C.

Elizabeth sah sich die Liste an, die sie vor dem Einschlafen am Abend zuvor aufgestellt hatte. Eine Möglichkeit, die Kosten niedrig zu halten, wäre, sich mit den Leuten in Verbindung zu setzen, die ohnehin bereits fürs Aufpassen bezahlt wurden; man brauchte ihnen nur zu sagen, wonach genau sie die Augen offenzuhalten hätten. Wenn sie die Ereignisse richtig deutete, dann war der Mann auf der Flucht; das bedeutete kleine Motels, unter falschen Angaben gemietete oder gestohlene Autos, falsche Papiere und Kreditkarten, und er würde für Waren in bar zahlen, für die jeder andere einen Scheck ausstellen würde. Hier lauerten eine Menge Fallstricke auf ihn. Und machte er erst mal einen Fehler, dann bestand auch die Möglichkeit, daß er irgendwo der Polizei auffiel. Sie konnte nichts weiter tun, als Rundschreiben rauszuschicken, um auf die Möglichkeit aufmerksam zu machen, daß es das nächste Mal er sein könnte.

Es war von entscheidender Bedeutung, den Fleischerjungen so lange wie möglich an der Ausreise zu hindern. Wenn er zehn Jahre lang überlebt hatte, obwohl Carlo Balacontano nach seinem Kopf schrie, dann mußte er irgendwo gewesen sein, wo Balacontanos Stimme nicht allzulaut zu hören war. Sie hatte einen offiziellen Antrag ans Außenministerium gestellt, sämtliche Paßanträge für männliche Weiße zwischen fünfunddreißig und fünfundvierzig mit besonderer Sorgfalt zu prüfen; man sollte, unabhängig voneinander, wenigstens zwei der mitgereichten Angaben oder Dokumente überprüfen. Das brachte ihn vielleicht nicht zum Vorschein, aber es würde die Prozedur verzögern, so daß er gezwungen war, etwas länger zu bleiben. Ihr Antrag hatte eine merkwürdige Anfrage von der CIA zur Folge gehabt, aber sie hatten sich nur für McCarron interessiert, die Leiche, die man mit Fratelli in Buffalo gefunden hatte. Womöglich ein ehemaliger Agent. Egal, wieso sie sich dafür interessierten, schaden könnte es nicht.

Das wichtigste war, nicht aufzugeben. Wenn jeder Polizist in sämtlichen Dienststellen seine Informanten nach dem Fleischerjungen fragte und jeder, der Flughäfen und Dampfer beobachtete, Pässe ausstellte oder Autos vermietete, die Augen offenhielt, fiel er ja vielleicht einem auf. Das Deprimierendste an der Geschichte war, daß Elizabeth ihn nur dann erkennen könnte, wenn er etwas tat, und das einzige, was ihn für sie identifizierte, war ein weiterer Mord.

Elizabeth ging die Liste noch einmal durch, aber dann stand Richardson vor ihrem Tisch. »Weißt du, was da meiner Ansicht nach läuft?« fragte er. »Ich glaube, es handelt sich um eine Säuberungsaktion.«

»Und was heißt das?«

»Wer war denn Tony Talarese? Er war um die Fünfundvierzig, ein Capo in einem Alter, in dem er sich eigentlich noch abstrampeln sollte. Aber was hat er gemacht? Lief in teuren Klamotten rum, warf mit Geld um sich und hatte ein Haus, das sogar Al Capone zu protzig gewesen wäre. Aber das wichtigste war, er war korrupt. Er hat die Kellnerinnen im Restaurant seines Bruders gemaust, die Frauen von wenigstens zwei seiner Soldaten und die Nichte von seiner Schwägerin, was bei diesen alten Familien unter Inzucht fällt. Und was am schlimmsten ist, er hat seinen Boß bestohlen, während der saß, und trug ein Mikro fürs FBI. Denk mal drüber nach.«

Elizabeth stützte den Kopf auf die Faust. »Na schön, ich denk' drüber nach. Und was soll dabei rauskommen?«

Richardson runzelte die Stirn und fuchtelte mit der Hand durch die Luft, um das nächste Beispiel zu beschwören. »Peter Mantino. Etwa im gleichen Alter. Hatte eine Weile die Geschäfte im Westen unter sich. War er etwa in Las Vegas, um die Trottel dort auszunehmen? Nein. War er in Los Angeles, um sich einen Anteil am Drogenhandel zu sichern? Nein. War er in Portland oder Seattle, um die Häfen unter seine Fuchtel zu bringen? Nein. Er lebte in Santa Fe wie ein schwuler Kunsthändler im Ruhestand. Nicht einen Finger hat er krumm gemacht, um die Anteile der Familie an der reichsten Gegend im ganzen Land zu vergrößern. Er war faul und korrupt.«

Elizabeth kniff die Augen zusammen, neigte den Kopf und sah Richardson an. »Es ist schon eine Weile her, daß du in einem Fall die Anklage zu vertreten hattest, nicht wahr? Ich meine vor einer Jury.«

»Angelo Fratelli.« Richardson verstummte vorübergehend. »Du hältst nichts davon, oder?«

»Mach weiter, Angelo Fratelli«, und sie gab ihm das Stichwort. »Korrupt.«

»Worauf ich hinauswill, ist folgendes. Wir haben mit einemmal drei Morde, wenigstens zwei davon gehen auf das Konto eines ganz speziellen Profikillers. Vergiß mal alles, was wir über ihn zu wissen glauben. Ja, vergiß ihn mal ganz. Ein Zusammenhang, den wir vergessen zu haben scheinen, ist, daß die drei armselige Exemplare ihrer Zunft waren, das legt doch die Möglichkeit nahe, daß ihr Tod von Reformern gekauft wurde.«

»An welche Art Reformer denkst du?«

»Da fallen mir gleich zwei ein. Die einen sind die alten Männer an der Spitze – die letzte Generation, die noch vor dem Zweiten Weltkrieg an die Macht gekommen ist. Sie sehen, daß aus der Folgegeneration ein Haufen Schweine geworden ist, und das schmeckt ihnen nicht. Also beschließen sie, das gesamte mittlere Management auszuwechseln.«

»Na schön«, sagte Elizabeth. »Möglich wäre es. Aber du sagtest was von zwei Sorten.«

»Die anderen sind die Konservativen.«

»Du meinst, es gibt Leute, die noch älter sind als die alten Männer?«

»In gewisser Hinsicht. Eine ultraneokonservative Bewegung.«

»Weißt du das sicher, oder denkst du dir das nur aus?«

»Ein bißchen von beidem. Du hast die Generation, die im Augenblick hochkommt, Leute zwischen zwanzig und vierzig. Auf der ganzen Welt – im Nahen Osten, Europa, bei uns –, es herrscht geradezu ein Run auf die Vergangenheit. Leute ohne die geringste Ahnung von irgendwas und konservativer als ihre Urgroßmütter. Wieso sollte die Mafia dagegen immun sein?«

»Ich könnte mir nicht denken, wieso. Und worauf sollen es diese Leute abgesehen haben?«

»Auf die Macht. Sie sind nun alt genug, um ein bißchen Action erlebt, die ein oder andere Drecksarbeit geleistet zu haben. Wenn so jemand sieht, welche degenerierten Trottel da am Ruder sind, dann ist er schnell ein Reformer.«

»Okay, und dann?«

»Dann suchen sie sich einen Killer.«

Elizabeth überlegte einen Augenblick. »Nein, das glaube ich nicht. So funktioniert das nicht.«

»Wie meinst du das?«

»Reformer müssen immer selbst abdrücken. Wenn sie der Ansicht sind, daß die Generation am Drücker faul und fett geworden ist, dann müssen sie beweisen, daß sie das nicht sind, und zwar dadurch, daß sie sie selbst beseitigen. Ich kann mir vorstellen, daß die alten Dons einen anheuern, um ein Exempel zu statuieren und das Haus in Ordnung zu bringen. Aber eine Revolution auf Bestellung, das sehe ich nicht.«

Richardson schwieg einen Augenblick. »Nein«, sagte er. »Ich glaube, ich auch nicht. Wie sehen denn die Alternativen aus?«

»Keine Ahnung«, sagte Elizabeth. »Ich kann dem Leutnant aus Buffalo nicht das Gegenteil beweisen. Es ist nicht ganz von der Hand zu weisen, daß jemand Carl Balas Verwalter umbringen könnte, solange er sitzt, um seinen Besitz zu übernehmen. Und was du da über die drei Opfer gesagt hast, macht es um so wahrscheinlicher. Bei einem Geschäft mit Wahnsinnsmöglichkeiten, aber unfähigem Management kommt es nun mal zu ungewollten Übernahmen, oder etwa nicht?«

»Okay, dann fangen wir mal mit dem an, was wir haben. Der Fleischerjunge erledigt Tony T. Er spaziert rein, mutterseelenallein, und nimmt die nächste Maschine. Ist das die Methode einer unfreundlichen Übernahme?«

Elizabeth zuckte die Achseln. »Ein schlechter Anfang wäre es nicht. Man heuert jemanden an, der als der Beste und Verläßlichste in der Branche gilt, mit dem einen aber nicht das geringste verbindet. Er schlägt der Hierarchie den Kopf ab und verschwindet dann wieder. Dann hat man freie Bahn: Carlo Balacontano sitzt, seine Unterbosse sind tot und seine Soldaten vermutlich völlig desorganisiert.«

»Ist es dazu gekommen?«

»Ich glaube nicht, aber wenn die Informationen, die wir bisher als Fakten behandelt haben, tatsächlich zutreffen, ist es durchaus drin.«

»Du meinst, wir haben immer noch nicht bei Null angefangen? Daß wir weiter zurück müssen?«

»Ich sage nur, daß wir uns nicht zu sehr an unsere Fakten klammern sollten. Wir haben doch beide das Band von Tony Ts Mord gehört. Er sagt: ›Sie?‹ Großer Knall, großes Geschrei und Gerenne. Dann sagt Mrs. T: ›Er trägt ein Mikrofon!‹ Keiner sagt: ›He, war das nicht der Fleischerjunge?‹ oder was Ähnliches. Nicht auf dem Band, sondern als sie wieder allein waren. Mrs. T sagt es erst später, und auch dann nur, daß sie es von ihrem Schwager hätte. Und daß sie selbst den Mann zuvor nie gesehen hätte.«

»Wieso sollte einer von ihnen lügen?«

»Ich glaube nicht, daß die lügen. Aber erinnerst du dich noch an vor zehn Jahren? Als Dominic Palermo mitten in der Nacht zu mir kam und Schutz wollte. Von ihm habe ich die Geschichte vom Mietkiller. Gesehen hatte er ihn nie, nur von ihm gehört. Die Leute hätten ihn immer nur den Fleischerjungen genannt. Was, wenn es so jemanden gar nicht gibt? Was, wenn es nur ein Name für eine ganze Reihe von Leuten ist, die für Geld morden? Kein Mensch kennt ihn, also schreibt man alles jemandem zu, dessen Taten damals größtenteils bloß Phantasie waren, wie die von Buffalo Bill. Oder vielleicht hat man sie sogar einer großen Phantasiegestalt zugeschrieben, wie Paul Bunyan.«

»Dabei läßt du allerdings unseren besten Hinweis außer acht – Carlo Balacontano. Er hat dir von ihm erzählt.«

»Er hat mir gesagt, der Fleischerjunge wäre der Mann, der das Verbrechen begangen hat, für das er sitzt. Ich habe ihn zuerst erwähnt.«

»Aber du hast ihm geglaubt.«

»Ich glaube ihm immer noch. Ich denke, daß man Carlo Balacontano den Mord an Arthur Fieldston angehängt hat. Und daß wir hier so erpicht darauf waren, ihn einzusperren, daß eine Menge Fragen unter den Tisch fielen, die zu stellen man uns eigentlich bezahlt.«

»Hast du damals was gesagt?«

»Willst du damit sagen, du hast das nicht mitgekriegt? Ich habe es gesagt, bis es keiner mehr hören konnte, und schließlich bis man zu dem Schluß kam, daß es mir an Korpsgeist fehlt. Das hat mir schließlich meinen Urlaub in Europa eingebracht.«

»Nein ...« Richardson schien aufrichtig schockiert. Elizabeth hätte nicht sagen können, ob er nur log, aber wie sollte es anders sein? Er war doch damals genauso dabeigewesen. »Ich dachte ... Man hat uns damals gesagt, du wärst ausgepowert ... wegen der Morde ...«

Sie überlegte, ob er nun auch auf den Rest kommen würde; sie hoffte es nicht. Er hatte wenigstens das Recht anzunehmen, er hätte seinen Posten auf Grund seiner Verdienste bekommen, und nicht weil die Konkurrenz ihn abgelehnt hatte. »Es ist nicht so schlimm, wie es sich anhört«, sagte sie. »War nicht das Schlechteste für mich. Jim kam rüber, und so habe ich ihn schließlich dazu gekriegt, mich zu heiraten.«

Richardson nahm das Schlupfloch dankbar an. »Tatsächlich? Hört sich romantisch an.«

»Ja, romantisch war er, mein Jim.« Sie lächelte.

Sie sah Richardsons jüngste Analytikerin mit der morgendlichen Liste von Katastrophen in ihre Richtung eilen. Er folgte ihrem Blick und sah sie ebenfalls. »Lana«, sagte er. »Was haben wir denn?«

»Ich bin mir nicht sicher«, sagte sie. Sie warf einen Blick auf Elizabeth, als überlege sie, ob sie sich anmerken lassen sollte, daß ihr klar war, daß die ältere Frau rangmäßig über ihr stand. Schließlich sagte sie: »Ich habe mich gefragt, ob wohl jemand von Ihnen Zeit hat, sich das anzusehen.« Sie legte den Ausdruck auf Elizabeths Schreibtisch und wartete, während die beiden ihn lasen.

Elizabeth sah die Ungereimtheiten fast auf Anhieb. »Salcone, Albert, 42. Ficcio, Daniel, 18. Lempert, Robert, 53.« Sergeant Lempert, Robert. Ein Polizeibeamter. Lempert und Ficcio wiesen beide zahlreiche Einschüsse aus einer Ingram MAC-10 auf. Salcone wurde mit Sergeant Lemperts Dienstrevolver erschossen. Laut Aussage eines Zeugen hätten Salcone und Ficcio beide eine MAC-10 gehabt, sie seien zusammen hereingekommen und hätten Lempert und einen weiteren Mann erschossen.

»Was soll das?« fragte Richardson. »Wo war das denn?«

»Gary, Indiana«, sagte Lana.

»Wir haben einen Toten zuviel«, sagte Elizabeth. »Oder einen zuwenig.«

Jack Hamp trat an das gelbe Band der Polizeiabsperrung und wartete darauf, daß einer der uniformierten Beamten seinen Blick auffing. Sich unter dem Band hindurch in den abgesperrten Bereich zu schmuggeln und seine Marke erst herzuzeigen, wenn man ihn stoppte, wäre bei diesem speziellen Tatort keine sonderlich gute Idee. Und man würde ihn stoppen, ein Erlebnis, das sich lebhafter gestalten könnte, als er es sich in seiner augenblicklichen Stimmung wünschte. Polizisten hatten es nicht gern, wenn man ihnen nach dem Tod eines Kollegen über die Schulter sah. Sie schützten einander vor Fotografen, die ein Bild von der Leiche in die Zeitung zu bringen versuchten. Wurde ein Polizist erschossen, sorgte man dafür, daß die Zeitungen ein förmliches Porträt brachten, in Uniform und für gewöhnlich aus der Zeit seines Polizeischulabschlusses.

Der Mann, den Hamp anstarrte, schien die Hitze des Blicks im Nacken zu spüren, jedenfalls drehte er sich um und kam auf Hamp zu, der ihm das Mäppchen mit seiner Legitimation so entgegenhielt, daß der Mann es in die Hand nehmen konnte. »Jack Hamp, Justizministerium«, sagte er. »Ich würde gern reinkommen und mich umsehen.«

Der Polizist gab es ihm zurück und sagte: »Bedienen Sie sich.« Hamp ließ die Worte in seinem Kopf nachhallen, während er unter dem Band durchschlüpfte und an den Laden trat. Irgendwas stimmte da nicht. Er sagte ihm nicht, was hier vor sich ging, aber es war etwas faul. Wenn sie scharf auf Hilfe vom Bund wären, hätte der Polizist ihn dem ranghöchsten Beamten am Platz vorgestellt. Hätten sie den ersten Schock über den Tod eines Kollegen noch nicht verwunden, hätte ihr Herdeninstinkt dazu geführt, daß sie den Chef zu Hamp an die Absperrung holten.

Noch bevor Hamp die kaputte Scheibe erreichte, sah er die Verwüstung im Laden. Automatische Waffen brachten auf kurze Distanz mehr Treffer als Fahrkarten und ließen das Blut nur so spritzen. Der erste Eindruck von Wänden und Boden war grauenhaft.

Hamp hatte keine Schwierigkeiten, den Captain auszumachen; er war der einzige, der aussah, als sei er von den Fitneßregeln befreit. Vorsichtig sprach er den Mann an.

»Jack Hamp, Justizministerium.« Der Captain sah seine Hand, schüttelte sie aber nicht, also fügte er hinzu: »Tut mir leid, das mit Sergeant Lempert.«

Der Captain sah ihn an und wandte den Blick dann ab. Er sagte weder: »Ja, war ein guter Mann« noch: »Wir kriegen den Mistkerl, der das gewesen ist.« Alles, was er sagte, war: »Was kann ich für Sie tun?«

Was Hamp sagte, daß er hier nicht mehr zu sehen bekäme, als was er jetzt sah. Aber ihm sollte es recht sein; sich Tote anzusehen sagte einem ohnehin weniger als ein Blick auf die Lebenden.

16

Wolf war kaum überrascht, in sämtlichen Washingtoner Telefonbüchern der Stadtbibliothek nicht einen einzigen E. V. Waring zu finden. Warings gab es jede Menge, aber keinen E. V. Er nahm an, daß es wohl nicht ungewöhnlich war, wenn jemand vom Justizministerium, der an Fällen wie diesem arbeitete, seine Adresse nicht an die große Glocke hängen wollte. Eine wirkliche Überraschung erlebte er dann auf der Kraftfahrzeugzulassungsstelle. Er bezahlte seine zehn Dollar, füllte an einem der Endlospulte ein Formular aus, wartete drei Stunden und bekam schließlich zu hören, daß auf E. V. Waring kein Wagen gemeldet war. Das war schon merkwürdiger, aber Waring stand doch auf dem Ausdruck der Zentralen Auskunftsdatei als »sachbearbeitender Agent«. Vielleicht hatte er einen Dienstwagen. Trotzdem hatte Wolf langsam, aber sicher das Gefühl, als gebe sich da jemand beträchtliche Mühe, nach Büroschluß unterzutauchen.

Wolfs Unruhe nahm langsam zu. Waring mußte derjenige sein, der es ihm so schwer machte, das Land zu verlassen; Waring war ihm hinter die Fluchtroute gekommen und hatte sie innerhalb weniger Stunden blockiert. Außerdem war er vorsichtig genug, sich nicht allzu leicht finden zu lassen, und das war der Teil, der ihm Sorgen machte. Zu finden war jeder. Wenn er wollte, konnte Wolf auf dem Katasteramt Listen durchgehen, um das Haus ausfindig zu machen, das Waring zweifellos besaß. Er konnte bei der Kreditauskunft das Geld für einen Kreditbericht hinlegen. Es gab hundert Listen, auf denen zu landen sich für einen soliden Bürger gar nicht vermeiden ließ. Aber so was brauchte nun mal seine Zeit.

An seinem zweiten Tag in Washington nahm er den Bus zur

Universität in Georgetown. Er spazierte am Rand des Campus herum, bis er einen Schreibwarenladen fand, dessen Inhaber schon lange genug in der Gegend war, um vertrauenswürdig zu sein, und wohlhabend genug, um zu bleiben. Er suchte sich eine lederne Wechselmappe für Notizblöcke aus, wie er sie bei Leuten aus Anwaltskanzleien gesehen hatte. Er bestellte eine Prägung auf dem Leder, suchte sich passendes Papier dafür aus und wählte schließlich eine seriöse, geschäftsmäßige Schrift.

Im Lauf das Nachmittags kam Elizabeth zu dem Schluß, daß ihr Lana nicht unsympathisch war. Wenn es auch ein merkwürdiger Name war für eine so junge Frau, ein Relikt aus den Fünfzigern, wo Lana doch offensichtlich erst Ende der Sechziger geboren sein konnte. Aber Lana hatte einen weiteren außergewöhnlichen Zwischenfall entdeckt, und so zwang sich Elizabeth, sich darauf zu konzentrieren.

Diesmal war es direkt innerhalb der Bezirksgrenze des Cook County passiert. Es handelte sich um ein kleines Motel; das Paar, dem es gehörte, war ermordet worden. Aber entweder vorher oder danach – jedenfalls kurz vor Sonnenaufgang – waren einige schwerbewaffnete Männer von Zimmer zu Zimmer gegangen, hatten sich als Polizeibeamte ausgegeben und die Gäste aufgefordert, das Motel zu verlassen, weil sie in einem der Zimmer einen flüchtigen Verbrecher gestellt hätten. Dann hatten sie das Motel durchsucht, sämtliche Türen aufgebrochen und es schließlich niedergebrannt. Oder sie hatten die Türen geöffnet, damit das Feuer sich schneller ausbreiten konnte. Die Polizei jedenfalls hatte das Feuer bereits für Brandstiftung erklärt, die den Mord an den Inhabern vertuschen sollte, als sich einer der evakuierten Gäste aus einer Telefonzelle in Springfield meldete, weil er wissen wollte, ob man den Flüchtigen gefaßt hätte. Ein zweiter Anruf kam aus Carbondale, und dieser Gast wollte wissen, ob die Polizei daran denke, einen Teil des Preises zurückzuerstatten; schließlich hätte man ihn volle acht Stunden vor der eigentlichen Räumungszeit auf die Straße gesetzt.

Elizabeth nahm den Hörer vom Telefon und wählte zum dritten Mal die Nummer von Jack Hamps Motelzimmer in Chicago, ließ es sechsmal klingeln und legte dann wieder auf. Es machte sie rasend, ihn praktisch am Tatort zu wissen, ohne ihm Bescheid geben zu können. Schließlich nahm sie den Bericht und machte sich auf den Weg zu Richardsons Büro, bis sie merkte, daß sie allein war. Sie blieb stehen und drehte sich um. »Kommen Sie, Lana.«

Lana zögerte. »Ich platze normalerweise nicht einfach so rein«, sagte sie mit einem nervösen kleinlauten Lachen.

»Was Wichtigeres als das hier hat er sowieso nicht zu tun«, sagte Elizabeth.

»Was habt ihr denn?« fragte Richardson, als sie reinkamen.

»Wissen wir noch nicht so recht«, sagte Elizabeth. »Ich denke, daß ihn in der Nähe vom O'Hare einige Leute aus einem Motel auszuräuchern versuchten. Ich könnte nur nicht sagen, wer. Es ist Castigliones Territorium.«

»Vielleicht Paul Cambrias Leute«, sagte Richardson. »Ich habe die Sache von gestern auf die Reihe zu kriegen versucht. An dem Abend, an dem der Polizist und die beiden Leute mit den Maschinenpistolen dran glauben mußten, war Paul Cambria auf einer öffentlichen Veranstaltung in Gary, zirka eine Meile davon entfernt. Die Polizei vor Ort glaubt, er könnte versucht haben, sich damit ein Alibi zu verschaffen.«

»Eine Meile von dem Geschäft, in dem seine Leute jemanden abschießen sollten? Für ein Alibi brauchte es schon etwas mehr Distanz.«

»Wahrscheinlich ist, daß unser Freund es auf Paul Cambria abgesehen hatte. Wie der Polizist da reinpaßt, weiß ich auch nicht so recht.«

Aber Elizabeths Gedanken rasten voraus. »Und er hat danebengeschossen. Oder es hat ihn jemand gesehen. Egal, irgendwas ist da schiefgelaufen, und sie sind ihm nach Chicago gefolgt, oder sie wußten, wo er absteigt, und …« Sie verstummte.

»Was ist denn?« fragte Richardson.

»Der Polizist. Du hast recht. Sergeant Lempert. Er paßt da nicht rein, oder? Vielleicht ist er es, was schiefgelaufen ist.«

Richardson kam langsam, aber sicher in Fahrt. »Vielleicht ist er der Grund dafür, daß der Fleischerjunge nicht an Cambria rankam. Lempert sah ihn in Cambrias Nähe, bei was Verdächtigem, und jagte ihn.«

»Eine ganze Meile? Allein?« fragte Elizabeth.

»Dann ist er ihm eben gefolgt. Hat ihn überwacht. Nur daß er nicht der einzige war. Aber wart mal. Der einzige Grund, aus dem die beiden Soldaten mit den Maschinenpistolen Lempert umgebracht haben könnten, wäre der, daß er mit dem Fleischerjungen zusammen war und sie nicht warten konnten, bis er wieder ging. Was bedeuten würde, daß er den Fleischerjungen verhaftet hat.«

Lana sagte: »Da komm' ich nicht …«

»Ich schon«, sagte Elizabeth, »aber ich glaube es nicht.«

Richardson sprach schneller, je klarer und offensichtlicher das Szenario für ihn wurde. »Der Polizist und der Fleischerjunge befinden sich im selben Laden. Einem Kopiergeschäft, in das der Fleischerjunge vermutlich gesprungen ist, um der Verhaftung zu entgehen, ich meine, was sollte er sonst in so einem Laden wollen? Die anderen hätten nie einen Polizisten erschossen, wenn's nicht unbedingt nötig gewesen wäre. Der einzige Grund dafür ist, daß er den Fleischerjungen irgendwo hinbringen wollte, wo er für sie nicht mehr zu erreichen war. Und was sollte das anderes sein als eine Wache?«

»Aber andererseits, wie …« Lana verstummte.

»Wie was?«

»Na ja«, sagte Elizabeth leise, »normalerweise legt man so jemandem doch Handschellen an, mit den Händen auf dem Rücken. Du behauptest hier, der Fleischerjunge hätte sich von den Handschellen befreit, nahm dem Beamten die Waffe ab und erschoß jemanden, der ihn mit einer Maschinenpistole verfehlt hat.«

»Du hast recht«, sagte Richardson. »Mir ist die Phantasie durchgegangen.«

Elizabeth nickte. »Das ist bei dem Mann verzeihlich.«

»Und wir können noch nicht mal mit Sicherheit sagen, daß er das war«, sagte Lana.

»Aber wenn«, sagte Richardson, »dann müßt ihr meine Hypothese ernst nehmen. Es gibt keine Vendetta gegen Balacontano, bei der Fratelli in Buffalo und Cambria in Gary unter einen Hut zu bringen sind.«

»Ich nehme sie bereits ernst«, sagte Elizabeth.

»Tatsächlich?«

»Sicher. Mir ist ein Fehler unterlaufen. Ich habe mich in seine Lage versetzt und mich gefragt: ›Was würde ich tun, wenn?‹ Und das ist falsch. Wir haben ja nicht mal genug Information, auf die wir uns wirklich verlassen können, also können wir auch keine Theorie darauf aufbauen. Und dann würde er schlicht und ergreifend nicht dasselbe tun wie ich. Oder besser: Ich würde nicht tun, was er tut. So rum ist es besser, weil es eine Prämisse ist, die ich beweisen kann, und letztlich kommt es aufs selbe raus. Wir wissen nicht, was er fühlt oder ob er überhaupt Empfindungen hat, die wir als Gefühle bezeichnen würden, also können wir darauf auch keine Theorien aufbauen. Wir können nur auszuknobeln versuchen, was für ihn das Gescheiteste wäre, weil es sich dann um pure Logik handelt. Und dann versuchen wir ihn bei der Ausführung zu schnappen.«

Elizabeth sah, daß Lana sich verdrückt hatte, und drehte sich um, um zu sehen, wo sie wohl hin war. Sie war auf dem Flur und sprach mit einem Boten.

»Taugt sie was?« fragte Richardson.

»Hast du sie denn nicht eingestellt?«

»Nicht wirklich. Das System hat sie eingestellt. Sie hatte von allen Bewerberinnen die besten Schulzeugnisse. Als sie sich vorstellen kam, trug sie saubere Klamotten und wies keinerlei Anzeichen von Geisteskrankheiten auf, ich hätte also schriftlich begründen müssen, wieso ich jemand anderen will.«

»Schön gesagt«, sagte Elizabeth. »Ich denke, sie ist clever. Irgendwann kommt sie wahrscheinlich dahinter, daß sie hier nur ihre Zeit verschwendet, und reicht eine Versetzung ein.«

Lana unterschrieb auf dem Klemmbrett des Mannes und kam mit einem eingeschlagenen Päckchen zurück. »Ist für Sie, Elizabeth.«

»Danke.« Sie klemmte sich das Päckchen unter den Arm.

»Willst du's denn nicht aufmachen?« fragte Richardson.

»Waren wir nicht grade bei was Wichtigem?«

»Mach's schon auf.«

Die anderen beiden sahen zu, während Elizabeth nach einem Absender suchte, das braune Packpapier aufriß und schließlich eine schmucklose weiße Schachtel öffnete. Drinnen befand sich eine Ledermappe mit Blattgoldprägung: »E. V. Waring«. Als sie sie aufschlug, fand sie Briefpapier mit »E. V. Waring« darauf. »Ich habe das nicht bestellt«, sagte sie.

»Vielleicht ein Geschenk«, sagte Lana.

»Ist denn keine Karte dabei?« fragte Richardson.

»Hier ist ein Kuvert, aber es ist nichts drin. Siehst du.«

»Wie schade«, sagte Lana. »Ist wirklich hübsch.«

Richardson sagte dasselbe auf seine Art: »Hat eine Stange Geld gekostet. Englisches Handschuhleder, bedrucktes Vellinpapier. Da kommt schnell was zusammen.«

»Was soll ich machen?« fragte Elizabeth.

»Was meinst du?«

»Na, jemand schickt dir völlig grundlos ein teures Geschenk, und du hast noch nicht mal eine Ahnung, wer ...«

Sie bemerkte, daß Lana an ihrem Schreibtisch telefonierte. Natürlich. Der Bote. Er wüßte, wer für die Lieferung bezahlt hat oder wenigstens den Namen des Ladens. Es mußte doch Unterlagen geben, schließlich hatte Lana dafür quittiert. Wenigstens funktionierte Lanas Verstand, wenn er schon bei ihr ausgesetzt hatte.

Das Telefon auf ihrem Schreibtisch klingelte, und sie schnappte nach dem Hörer. »Waring.«

»Hi, Elizabeth.«

»Jack, ich habe Sie schon zu erreichen versucht. Es gab da einen ...«

»Einen Brand in diesem Motel. Ich habe es eben über den Polizeifunk gehört.«

»Polizeifunk? Wo sind Sie denn?«

»Gary. Ich habe mit den Polizisten in dem Kopierladen gesprochen. Ich dachte mir nur, Sie sind bestimmt schon auf der Suche nach mir, da rufe ich lieber mal an.«

Elizabeths Gedanken drängten in zwei Richtungen gleichzeitig. Immer der Reihe nach. Erst mal sehen, was Jack weiß. »Gut. Wir haben uns das hier zurechtzulegen versucht. Irgendwas fehlt noch, es ergibt noch keinen so rechten Sinn. Dieser Sergeant Lempert ...«

»Genau wegen dem rufe ich an«, sagte Hamp. »Was ich Ihnen jetzt sage, werden Sie nirgendwo schwarz auf weiß finden. Es ist nur so ein Eindruck, mein Instinkt sagt es mir. Ich würde aber deswegen nicht nach Washington wollen, um es zu beweisen, alles klar?« »Wenn Sie meinen.«

»Lempert hatte Dreck am Stecken. Als ich vorhin die Polizisten hier bei der Arbeit am Tatort sah, hatte ich das Gefühl, er war nicht grade geschätzt. Ist nur so ein Gefühl, und ich habe keine Zeit, das jetzt zu vertiefen, aber er hatte Dreck am Stecken.« Elizabeth stöhnte. »Was ist?«

»Nichts. Es paßt nur so offensichtlich, und es ist das einzige, was mir nie in den Sinn gekommen ist. Das heißt, ich habe daran gedacht, aber ich habe es immer wieder verdrängt, weil es zu nichts führte. Jedenfalls nicht zum nächsten Schritt. Aber ich bin natürlich immer davon ausgegangen, daß ich diejenige wäre, die den nächsten Schritt bestimmt. Das ist dumm.« Es entstand eine Pause, dann konnte man ihren Unwillen heraushören. »Wenn die Polizei das wußte, wieso hat man es keinem gesagt?«

»Schwer zu sagen, was die hier wußten und was nicht oder was sie festgestellt haben. Aber sie genieren sich, was wiederum heißt, daß sie sich sicher sind. Man kann es drehen und wenden, wie man will, sie haben nichts davon, einem wie mir so was auf die Nase zu binden.«

Elizabeth erforschte bereits das neue Terrain. »Wenn der Sergeant von jemandem Geld genommen hat, dann sicher nicht von unserem Freund. Wir wissen nichts über ihn, was uns den Schluß erlaubt, er hätte einen korrupten Polizisten auf der Lohnliste gehabt. Wer käme also dafür in Frage? Die dortige Mafia. Und das erklärt auch die drei Leichen in dem Kopierladen: Sie standen auf derselben Seite. Der einzige, der abgeht, ist der Sieger. Obwohl ich gern wüßte, was er davon hat.«

»Einen weiteren Morgen, was auch schon ziemlich alles sein dürfte. Am Morgen darauf ist er in einem Motel vor den Toren Chicagos, und da haben sie es wieder versucht.«

»Aber was hatte er überhaupt in Gary verloren?«

»Ich weiß, was ich an seiner Stelle dort verloren hätte. Ich würde hier verschwinden wollen. Vielleicht hat er sich gedacht, Lempert könnte das arrangieren. Leute, die man einmal kaufen kann, kann man immer wieder kaufen, und Polizisten kennen eine Menge Leute, die eine Menge arrangieren können.«

»Und Lempert hat den Hinterhalt arrangiert?«

»Hört sich ganz danach an.«

»Wo wollen Sie als nächstes hin, zurück nach Chicago?«

»Ja. Er ist zwar längst über alle Berge, aber ich dachte, ich geh' mal die Asche durch wie die anderen auch. Wenn wir Glück haben, treibe ich sogar jemanden auf, der was weiß.«

»Jack?«

»Was?«

»Das ist mir … na ja, peinlich, aber Sie haben mir nicht was ins Büro schicken lassen?«

»Nein. Was ist Ihnen so peinlich dran?«

»Na ja, es ist ein Geschenk. Es kam einfach so, und die Karte ist irgendwie weggekommen, und … Sie verstehen schon.«

»Sie haben es doch nicht etwa aufgemacht, oder?«

»Sicher, wieso?«

»Schon gut. Ich wollte Ihnen eben raten, das Bombenräumkommando zu rufen, aber wenn's bis jetzt noch nicht hochgegangen ist, wird es wohl von einem geheimen Verehrer sein.«

»So wird's wohl sein.«

»Ich bin's jedenfalls nicht. Ich hab' Sie schließlich noch nicht gesehen. Womöglich sind Sie potthäßlich.«

»Wiederhören, Jack.«

Es war bereits nach sechs, als Elizabeth die laufenden Ermittlungsberichte der Polizei in Gary, des Cook County Sheriffs und der Chicagoer Feuerwehr durchhatte; schließlich hatte sie sich noch die Akten Salcone und Ficcio kommen lassen. Aus Salcones Vorstrafenregister ging eindeutig hervor, daß er fast sein ganzes Leben lang für Cambrias Familie gearbeitet hatte, und falls Ficcio die gleiche Waffe getragen und mit ihm zusammen den Laden betreten hatte, dann galt das auch für ihn. Aber wie sie es auch immer zusammensetzte, es sagte ihr noch immer nicht, was genau nun passiert war. Sie legte die Papiere beiseite und schickte sich an, nach Hause zu gehen.

Jetzt, wo sie allein im Büro war, ohne das irritierende Gefühl, jemand könnte ihre Gedanken mithören, indem er sie ansah, gestand sie sich die Wahrheit ein. Ließ man die Häßlichkeit dessen, was da passiert war, mal außer acht und nahm es als Ereignis im Lebenslauf des Fleischerjungen, dann hörten sich die letzten beiden Berichte sehr vielversprechend an. Was immer er versuchte, er ritt sich nur tiefer hinein. Jetzt jagte ihn auch noch der Mob aus Gary, und, weit bedrohlicher noch, in Chicago das ebenso gewaltige wie mächtige Syndikat Castigliones. Er wüßte noch weit besser als sie, was das bedeutete. Er war noch am Leben, aber die Chancen, das Monatsende zu erleben, waren so gut wie null. Solange er überlebte, wurde es jeden Tag schwieriger für ihn, sich frei zu bewegen, und schließlich und endlich würde ihm klarwerden, daß es nicht mehr ging. Vor Jahren hatte sie Monate damit zugebracht, sich Fenster anzusehen, die er berührt haben könnte, Teppiche, auf denen er gelaufen sein konnte, sie hatte mit Leuten gesprochen, die ihn gesehen haben könnten, und immer war sie angekommen, nachdem er längst wieder fort war; er war ihr immer ein paar Stunden voraus gewesen. Aber bald würde ihm nichts anderes mehr übrigbleiben, als irgendwo in eine Polizeiwache zu gehen. Er würde zu ihr kommen müssen, wenn er nur lange genug am Leben blieb, um das zu kapieren.

Fast vergaß sie die Ledermappe, als sie das Büro verließ. Zu Hause wollte sie das Papier gegen das Licht halten, wegen des Wasserzeichens, vielleicht ließ sich ja der Laden ausfindig machen, der dieses Papier führte. Lanas Anfrage beim Botendienst hatte eine Auftragsnummer erbracht und die wiederum die Kopie einer Quittung, auf der jedoch außer »Barzahlung« nur noch Elizabeths Name und Büroanschrift stand.

Es war nicht gerade so, daß sie viele Freunde gehabt hätte,

die ihr aus heiterem Himmel ein so teures Geschenk gemacht haben könnten. Nein, das stimmte nicht ganz. Sie hatte sich diesen Nachmittag an einige taktvolle Anfragen gemacht und dabei gleich sechs davon abgeklappert. Dann hatte sie sich überwunden, Don Yeter anzurufen. Don war früher einer von Jims besten Freunden gewesen. Einige Wochen nach Jims Tod hatte er angefangen, ein Interesse an ihr an den Tag zu legen, was sie nervös machte, ja unangenehm berührte; sie war ziemlich erleichtert, als ihr klar wurde, daß er keine Ahnung hatte, wovon sie sprach.

Sie hatte das Geschenk in der weißen Schachtel gelassen und sogar das Packpapier aus dem Papierkorb geholt; vielleicht half es ja weiter. Es hatte nur zehn Minuten gedauert, und sie wünschte, das Geschenk hätte sie nie erreicht; jetzt begann sie es dem Absender krummzunehmen. Sie verbrachte schon genug Zeit damit, Rätsel zu lösen, und das Beste, worauf sie bei diesem hier hoffen konnte, war eine Adresse für ein Dankeschön.

Als sie ihren Wagen erreichte, sah ihre Ecke des Parkplatzes bereits ziemlich verlassen aus. Beim Aufsperren fiel ihr ein, daß es Donnerstag war und der Wagen nach wie vor auf seine Verjüngungskur wartete. Sie hatte ein schlechtes Gewissen, und während sie sich hinters Steuer setzte, wurde daraus eine handfeste Reue. Als der Wagen jedoch sofort an sprang, dachte sie nicht mehr daran; jetzt wollte sie nur noch nach Hause zu ihren Kindern.

Wolf sah zu, wie die Frau den kleinen grünen Wagen vom Parkplatz fuhr; als sie nach rechts auf die Straße einbog, setzte sie den Blinker, obwohl weder einer hinter ihr war noch einer von der Seite kam, und jeder, der die Straße langkam, auf den ersten Blick sehen konnte, daß sie nur zwei Möglichkeiten hatte: rechts abzubiegen oder wie ein Zeppelin in die Luft zu gehen.

Kein Zweifel, sie war E. V. Waring. Es gab keinen Grund, den Blinker zu setzen, aber auch keinen, es nicht zu tun, also schien es ihr sinnvoller, ein Zehntausendstel vom Leben eines Vierzig-Cent-Birnchens aufzubrauchen, als einen Fußgänger zu überraschen, den sie übersehen haben könnte. Die Prägung hätte anders lauten sollen: »E. V. Waring, Nicht Von Gestern.«

Als er hinter ihr losfuhr, überlegte er, ob sie auf das Briefpapier hereingefallen war. Womöglich handelte es sich um eine Falle. Womöglich bugsierte sie ihn irgendwo ins ländliche Maryland, wo vierzig FBI-Leute darauf warteten, wie eine Lawine über ihn herzufallen. Er hatte das Geschenk eigens prägen lassen, um E. V. Waring daran zu hindern, es der Sekretärin zu schenken, hatte sich jedoch nicht überlegt, über wieviel logisches Denkvermögen E. V. Waring verfügte; angenommen sie war dahintergekommen, von wem es kam. Aber Waring – Miss oder Mrs. Waring – ging sorgfältig und methodisch vor. Falls es eine Falle war, dann hätte er mindestens einen Wagen hinter sich. Immer wieder sah er in den Rückspiegel, aber niemand blieb lange genug hinter ihm, um ihm Sorgen zu machen. Er konzentrierte sich darauf, immer ein Fahrzeug zwischen ihm und ihr zu haben, damit ihr Blick auf ihn nie lange genug unverstellt war.

Er folgte ihr in eine ruhige Straße in Alexandria. Es gab hier eine Menge Bäume und zweigeschossige Häuser aus den fünfziger Jahren; die Bauherren: besserverdienende Paare mit identischem Geschmack. Ihres wäre für ihn das weiße gewesen, hätte er das nicht auch von fast allen anderen sagen können. Fast alle hatten sie die eine oder andere Art Fliesenverblendung. Als sie in die Zufahrt einbog, dachte er daran, noch zu bleiben, um sie sich genauer anzusehen. Ein Blick die Straße hinauf zeigte ihm jedoch, daß auf so gut wie jeder Auffahrt ein Wagen stand und in den Fenstern zur Straße hin Licht brannte; die Gefahr aufzufallen war viel zu groß. Er rollte vorbei.

An der nächsten Kreuzung bog Wolf ab und gondelte die Straße dahinter in die andere Richtung. Die Häuser waren fast die gleichen. Er versuchte einzuschätzen, was er bisher davon gehabt hatte, E. V. Waring ausfindig gemacht zu haben. Nun, zunächst einmal hatte er sich nicht blicken lassen und damit den alten Männern Zeit gegeben, über den Wert ihres Seelenfriedens nachzudenken. Dann hatte das FBI vermutlich seinetwegen eine Menge Geld für die Überstunden des Fußvolks ausgegeben, das man an den Flughäfen stehen hatte. E. V. Waring dagegen bedürfte einer eingehenderen Beschäftigung. Miss Waring würde es sich nicht leisten, in einer Gegend wie dieser zu wohnen, in einem Fünfzimmerhaus, aber eine Mrs. Soundso durchaus. Außerdem war ihr Wagen ein Japaner und konnte ihr also unmöglich vom Staat gestellt worden sein, ohne in Detroit für einen Aufstand zu sorgen. Was bedeutete, daß er auf einen anderen Namen, vermutlich den ihres Mannes, lief. Mit einemmal kam ihm der Gedanke, kaum noch tiefer sinken zu können. Wahrscheinlich blieb ihm nichts anderes übrig, als eine Hausfrau aus der Vorstadt abzuknipsen – mit einer Jagdbüchse, wenn sie morgens in Bademantel und wuscheligen Schlappen die Haustür aufmachte, um die Zeitung zu holen. Der Sport der Könige.

Zwei Tage später gab Elizabeth die Suche nach dem Briefpapier auf. Es stammte von einem der größten Hersteller im Land, und die Prägung könnte jeder in Branche gemacht haben, im Laden und innerhalb einer Stunde. Die Ledermappe beeindruckte sein fachmännisches Auge, aber da sie den Stempel einer berühmten französischen Firma trug, wäre sie kaum ohne größeren Aufwand zu verfolgen. Elizabeth hatte ein schlechtes Gewissen, sie zu benutzen, aber wo sie sich schon so viel Mühe damit gemacht hatte, kam sie zu dem Schluß, sie sich redlich verdient zu haben.

Noch am selben Tag erfuhr sie, daß sie einen neuen Nachbarn hatte. Es irritierte sie etwas, das von Maria erfahren zu müssen. Sie hatte Elizabeth nämlich erst vor wenigen Monaten erzählt, daß die Bakers sich lautstark stritten. »Die werden sich bald scheiden lassen«, hatte sie mit der Miene einer wahrsagenden Zigeunerin prophezeit. Elizabeth hatte ihr gesagt, sie glaube das nicht. Dann, als die Scheidung noch in dem Stadium war, in dem die Anwälte einander über die Vermögenswerte zu bluffen versuchen, hatte Maria gesagt: »Sie nimmt das Haus.« Diesmal hatte Elizabeth, schon etwas vorsichtiger, nur gefragt: »Woher wissen Sie das?« Worauf Maria geantwortet hatte: »Das Haus ist wichtig für eine Frau.« Als wäre ihre Arbeitgeberin eben vom Jupiter gekommen. Und tatsächlich, einige Wochen später war Brad Bakers Wagen verschwunden, während Ellen im Vorgarten Tulpen setzte. Dann, erst vor wenigen Tagen, hatte Maria angekündigt, daß Ellen Baker bald ausziehen würde. »Sie war schön dumm, das Haus zu nehmen«, sagte sie. »Sie hätte das Geld nehmen sollen. Bei Geld muß man nicht jedesmal heulen, wenn man es sieht.«

Elizabeth sah weder, daß man ein Schild »Zu vermieten« aufgestellt hätte, noch, daß es wieder verschwunden war. Sie sah nur den Mann. Er wäre ihr nicht aufgefallen, hätte er nicht gegenüber gewohnt; da konnte man ihn natürlich nicht ignorieren. Er war durchschnittlich groß, von durchschnittlicher Statur, vielleicht einsachtundsiebzig, einsachtzig, Ende Dreißig, Anfang Vierzig, hatte hellbraunes Haar, das wahrscheinlich in seiner Kindheit blond gewesen sein dürfte. Er trug Sportsakkos, die ihm zu passen schienen, dezent gemusterte Krawatten und hatte weder seine Wagenschlüssel am Gürtel hängen noch seine Börse an einer Kette; und da er auch keine Schuhe mit auffälligen Absätzen trug, war er vermutlich in Ordnung. Insgeheim war sie froh darüber, daß er jeden Morgen um dieselbe Zeit zur Arbeit fuhr wie sie, weil sie sich so nicht auf Marias

Beschreibung zu verlassen brauchte. Sie wartete einige Tage darauf, daß Maria ihr erzählte, er nehme Drogen oder bringe während der Mittagszeit Prostituierte in Ellens Haus, aber da er Marias Interesse nicht geweckt hatte, vergaß auch Elizabeth ihn.

Alexandria war gar nicht so schlecht, um abzuwarten, bis die Lage sich klärte. Auf keinen Fall durfte Wolf sich in jenen Vierteln Washingtons blicken lassen, in denen die Wahrscheinlichkeit bestand, daß sich dort Larry Vicos Leute tummelten. Es müßte sich schon einiges geändert haben, wenn die nicht bereits zuhauf unterwegs wären, um nach einzelnen Männern Ausschau zu halten, nur für den Fall, daß man ihm etwas abnehmen oder verkaufen könnte. Alexandria schien ihm nicht dazuzugehören. Er schlief in einer ruhigen Wohngegend, schlüpfte in respektable Kleidung und fuhr jeden Morgen zur selben Zeit fort wie alle anderen. Er sorgte dafür, daß seine Abfahrt mit der von E. V. Waring zusammenfiel. Es war ein Risiko, aber es schien ihm kleiner als das, sich überhaupt nicht sehen zu lassen und damit ein Rätsel zu sein.

Eddie hatte ihm diese Methode noch als Kind beigebracht. Er hatte es Truthahnjagd genannt. »Die Leute halten Truthähne für blöd, weil sie immer nur die fette Hausrasse sehen. Aber die wilden, das sind magere, zähe Biester, und raffiniert. Sie leben im Wald und kommen zum Fressen nur auf Lichtungen, die sie kennen, dann verschwinden sie wieder im Wald. Wenn die sehen, daß sich da irgendwas geändert hat, kommen sie überhaupt nicht raus. Da macht man folgendes. Man wartet bis zum Hochsommer. Dann nimmt man einen Besenstiel und sägt ihn auf zirka eins zwanzig zurecht. Dann malt man ihn schwarz an und sucht sich im Wald eine gute Lichtung. Da stellst du ihn im Winkel von zirka dreißig, vierzig Grad gegen einen umgefallenen Stamm und läßt ihn zwei Monate liegen. Am ersten

Tag der Saison stehst du mitten in der Nacht auf, gehst auf deine Lichtung und legst die Flinte genau so wie vorher den Besen. Wenn die Sonne hochkommt, spähen die Truthähne auf die Lichtung, sehen deine Flinte, halten sie für den Besenstiel und laufen dir direkt vor den Lauf. Das ist die einzige Art, die zu kriegen.«

Mit dieser Methode hatte Eddie Otto Corrigan zur Strecke gebracht. Er hatte den Fleischerladen einen Monat zugemacht und war mit dem Jungen in ein Haus in Cincinnati gezogen, direkt neben dem von Corrigan. Der Monat war Wolf in Erinnerung geblieben: ein einziger endloser sonniger Nachmittag mit dem Duft des Grases und der Bäume und dem Zirpen der siebzehnjährigen Zikaden in der Luft. Eddie ließ ihn den ganzen Tag Rasen mähen, Büsche stutzen, Blumen, Tomaten und Radieschen pflanzen, während er sich an die weniger mühevollen Arbeiten hielt, an die Wolf sich im einzelnen jetzt nicht mehr erinnerte. Es spielte auch keine Rolle, was sie machten, so lange sie nur im Garten zu sehen waren. Corrigan war angeblich Anwalt, hatte aber nur einen einzigen Klienten und anstatt einer Sekretärin oder Bürokraft vier Riesenkerle im Haus, die wie Footballspieler aussahen. Er ging fast niemals aus, und die vier Burschen sorgten schon dafür, daß ihm keiner zu nahe kam. Gegen Ende des Monats hatten sich die vier Leibwächter so an den Anblick ihrer Nachbarn gewöhnt, daß sie sie am letzten Nachmittag, als Eddie und der Junge sie erledigen kamen, gar nicht zu bemerken schienen.

Um E. V. Waring umzubringen, hätte Wolf freilich nicht gleich das Haus ihr gegenüber zu mieten brauchen. Sie hatte keinen Schutz, und falls sie keine Waffe in ihrem Aktenkoffer hatte, schien sie sich nicht im geringsten wehren zu können. Er war das Risiko eingegangen, weil er nicht mit Sicherheit sagen konnte, ob er E. V. Waring auch tatsächlich umbringen wollte. Jetzt, wo er sie gefunden hatte, wollte er erst mal nahe genug an ihr dranbleiben, um sie beobachten zu können. Nachdem die ersten Augenblicke vorbei waren, in denen sein Selbsterhaltungstrieb ihm sagte, sie so kurz und schmerzlos wie möglich loszuwerden, ließ er seine Phantasie spielen. Im Augenblick wollte er nur eines: an den Barrieren vorbeikommen, die sie errichtet hatte, um ihn am Verschwinden zu hindern; sie umzubringen würde da vermutlich kaum helfen. Dagegen konnte er sich durchaus vorstellen herauszufinden, wie diese Barrieren aussahen: wer wo suchte und wonach. Zur Lösung seines Problems brauchte er sich womöglich nur einige Papiere in ihrem Aktenköfferchen anzusehen, obwohl er daran zweifelte.

Es gab da einige Dinge an E. V. Waring, die Wolf zu denken gaben. Sie hatte Kinder. Das eine war ein kleiner Junge, der jeden Morgen von einem Minibus abgeholt wurde, auf dem der Name einer Privatschule stand. Das andere war ein Baby, das jeden Tag im Sportwagen um den Block geschoben wurde, und zwar von einer Babysitterin, die abends nach Hause ging. Ein Ehemann war nicht zu sehen, obwohl er einmal einen ganzen Tag und eine ganze Nacht aufgeblieben war, um ihn heimkommen zu sehen. Einige Tage später kam, gleich nachdem das Mädchen mit dem Baby ausgegangen war, der Briefträger, und er ging hinüber und tat, als klopfe er, aber es war nur eine Geste, die von seiner anderen Hand ablenken sollte, die die Briefe aus dem Kasten holte. Er überflog die Umschläge und sah, daß etwa ein Drittel an Elizabeth Waring, die anderen an Mrs. E. Hart, Elizabeth Hart oder »An alle Haushalte« adressiert waren. Da es sich bei einigen um Rechnungen handelte, kam er zu dem Schluß, daß er sich um einen Gatten keine Sorgen zu machen brauchte.

Er begann sich zu fragen, ob ihn die Leichtigkeit, mit der hier alles ablief, nicht selbstgefällig machte. Je mehr er sie studierte, je mehr er über sie nachdachte, desto weniger eilig hatte er es, etwas gegen sie zu unternehmen. Er konnte sie jederzeit ausschalten, wenn er wollte, aber so lange er sich nicht zu bewegen brauchte, hatte »E. V. Waring, Justizministerium«, auch nichts zu interpretieren. Sie konnte ihm nichts anhaben, solange er kein Aufsehen erregte. Ihr Todestag wäre der Tag, an dem er reisebereit war.

Carlo Balacontano spielte Gin mit dem mexikanischen Fälscher. Als er die Kreuzneun ablegte, beobachtete er den linken Arm des Mannes und sah, wie die tätowierten Schnörkel auf seinem Bizeps leicht zitterten. Er fragte sich, ob das das Zeichen war. Seit Jahren studierte Bala nun diverse Partien des Hundertdollarscheins, den dieser Wahnsinnige sich hatte auftätowieren lassen, um zu sehen, ob nicht ein nervöses Zucken zu entdecken war. Aber die Kreuzneun zog Ospina nicht an. Er bewegte den linken Arm, um sich im Gesicht zu kratzen, und nahm dann eine Karte vom Stapel.

Für Carl Bala war Verlieren schlimmer als der Tod. Mit sechsundsechzig Jahren war er mittlerweile ein alter Mann, aber das Leben im Gefängnis ließ keine Laster zu. Das Essen war einfach und nahrhaft, die Luft sauber und trocken, und das tägliche Säubern eines der Bungalows verschaffte ihm etwas Bewegung. Er wußte, sein Leben war dem seines Großvaters in den Bergen Siziliens nicht unähnlich, und wahrscheinlich erreichte er auch dessen stolzes Alter von 104 Jahren. Der Tod war damit noch fern, aber mit der Niederlage hatte er täglich zu leben.

Der tätowierte Mexikaner grinste ihn an, legte sein gefächertes Blatt auf den Tisch und sagte: »Gin.« Balacontano warf einen mißbilligenden Blick auf die zehn Karten. Das gerissene Aas hatte noch nicht mal Kreuz gesammelt; er hatte die Acht nur für seine vier Achten gebraucht. Bala rang sich ein Lächeln ab und notierte die sechsunddreißig Punkte in seiner Hand. Das Grauenhafteste war, daß kein Ende abzusehen war.

Sicher, Ospina war wahrscheinlich in ein paar Jahren wieder draußen, aber so verrückt, wie der war, stand der doch nach seiner ersten anständigen Mahlzeit schon wieder in einem Keller in Los Angeles und jagte Hunderter durch die Presse. Und wie schwer mochte es wohl sein, einen Fälscher zu schnappen, der einen grünen Benjamin Franklin auf dem Bauch hatte und auf der Brust die Behauptung, ein amerikanischer Geldschein zu sein?

Eine Zeitlang hatte Bala eine stille Hoffnung genährt. Mit dem Besuch dieser Frau hatte sich eine ganz spezielle Möglichkeit aufgetan. Er wäre nicht der erste gewesen, der sich heimlich auf einen Handel mit den Behörden eingelassen hätte und dafür belohnt worden wäre. Er hatte seine hohe Position im Leben dadurch erreicht, daß er ein hohes Maß an Scharfsinn im Umgang mit anderen entwickelte, und er war sich sicher, daß Elizabeth Waring ihm geglaubt hatte. Nicht abgekauft hatte sie ihm seine obligatorischen Dementis, aber den wahren Teil hatte sie ihm geglaubt. Es gab wirklich einen Fleischerjungen, und er hatte Carlo Balacontano tatsächlich einen seiner eigenen Morde in die Schuhe geschoben. Und das sollte ja zum Teufel noch mal für eine Revision genügen. Vielleicht sogar für eine Begnadigung.

Bala erwartete in Kürze einen weiteren Besucher. Auch dieser ein Überraschungsbesuch. Er kam als Gesandter der alten Männer. Was Bala mit einer enormen Zufriedenheit erfüllte. Für die Welt draußen war er selbst einer der alten Männer, nicht jedoch für die Alten selbst; für die war er immer eine Art kleiner Bruder gewesen. Er war mächtig und hatte eine Menge Leute und Territorium unter sich, aber als sein Ärger begonnen hatte, war er erst Mitte Fünfzig gewesen. Er hatte mit anderen Worten noch keine Gelegenheit gehabt, weißes Haar zu bekommen und dem Ausschuß seine Klugheit unter Beweis zu stellen. Jetzt schickten sie jemanden, um ihn in einer wichtigen

Angelegenheit zu Rate zu ziehen. Vielleicht hatte er so viel Zeit im Gefängnis verbracht, daß man ihn draußen für älter und wichtiger hielt, als er in Wirklichkeit war – wie dieser Knabe drüben in Afrika, Nelson Mandela. Aber er bezweifelte es; wahrscheinlicher war, daß sich draußen irgendwas tat. Sie hatten von seiner Begnadigung gehört und wollten sich gut mit ihm stellen. Vielleicht ließen sie sogar durchblicken, daß sie an seiner Entlassung gedreht hatten, obwohl er es besser wußte.

Schon von weitem sah er den Schließer auf sich zukommen. Sie sahen sich immer nach anderen um, wenn sie über den Hof kamen, aber die Augen des Mannes kehrten immer wieder zu ihm zurück. Bala hörte zu mischen auf und stand auf. Es entging ihm nicht, daß Ospina nicht enttäuscht zu sein schien. Er war zuversichtlich, daß Carl Bala wiederkäme und die endlose Rommépartie weiterging; ganz zu schweigen davon, daß er bei seinem nächsten Urlaub in der Welt eine weitere Million Punkte Vorsprung hätte. Aber womöglich hätte ja Carlo Balacontano da eine Überraschung für ihn.

Bala hob die Arme und ließ sich filzen. Die Schließer waren nie sonderlich gründlich bei ihm, da sie wußten, daß ein Mann wie er sich nicht mit einem selbstgebastelten Messer zu schützen brauchte; und sollte er den spontanen Drang verspüren, jemandem was anzutun, dann würde er das nicht eigenhändig in einem Wartezimmer erledigen. Sie machten nur, was die Gefängnisvorschriften vorschrieben, dann führten sie ihn zur Tür hinaus und ließen ihn in die Wartezelle.

Er blickte den Zaun entlang und sah seinen Besucher sofort. Es war Little Norman. Er war enttäuscht und beleidigt zugleich. Was zum Teufel dachten die sich dabei, ihm diesen riesigen schwarzen Hurensohn von einem Totschläger zu schikken? Das sollte ein Gesandter sein? Dann fiel ihm ein, daß Little Norman zwar kein wichtiger Mann sein mochte, aber nicht die schlechteste Wahl, wenn man jemanden ohne Kampf umgebracht haben wollte. Sein Kopf schnellte zuerst nach rechts, dann nach links. Falls die Schließer sich plötzlich verdrückt haben sollten, würde er an den Zaun zu kommen versuchen. Aber da waren sie, gelangweilt, aber aufmerksam genug, um den Kopf zu heben. Er stand da und ließ Little Norman einige lange Schritte auf ihn zutun.

»Mr. Balacontano«, sagte Little Norman. »Ich weiß nicht, ob Sie sich noch an mich erinnern.«

»Wie zum Teufel sollte man dich vergessen?« sagte Carl Bala. »Hast du etwa fünf Pfund abgenommen?«

Little Norman lachte tief in der Brust. »Liegt wohl an meinem Gesicht.«

»Wieso hat man dich geschickt?«

»Vor einigen Tagen hat mich der Fleischerjunge besucht.«

»Wozu?«

»Er wollte, daß ich für ihn mit den alten Männern rede. Ich habe mit einigen von ihnen geredet, und sie meinten, ich müßte es Ihnen sagen.«

»Was wollte er von dir?«

»Er sagt, der einzige Grund, warum er Tony T erledigt hätte, ist, daß Talarese ihm seine Leute auf den Hals gehetzt hat. Dann hat er Mantino und Fratelli erledigt, weil die ihn danach nicht aus dem Land lassen wollten.«

»Gut. Ich habe sie ja immer für Nichtsnutze gehalten, aber es tut mir leid, daß sie tot sind, jedenfalls was Mantino und Fratelli anbelangt.« Mit seinen harten kleinen Augen blickte er zu Little Norman auf. »Wenigstens sind die nicht gekommen und haben für ihn was herauszuschlagen versucht.«

Little Norman schüttelte den Kopf. »Das können Sie mir natürlich vorwerfen, wenn Sie wollen. Aber bis ich wußte, daß er da war, hätte ich mich bestenfalls von ihm umlegen lassen können. Außerdem habe ich schon deshalb getan, was er verlangt, weil ich es nun wirklich nicht auf mich nehmen wollte, den alten Männern die Nachricht nicht zu überbringen.«

Carl Bala zuckte die Achseln. »Auf die Weise könntest du sehr alt werden. Sie haben dich also zu mir geschickt.«

»Sie wollen wissen, was Sie nach all den Jahren davon halten. Er sagt, daß er für immer verschwindet, wenn Sie ihn zufriedenlassen. Wenn nicht, scheint er der Meinung zu sein, Ärger machen zu können.«

Carlo Balacontano richtete sich zu seiner vollen Größe von einsdreiundsiebzig auf und fing zu gehen an. Sein Gesicht war reglos und kalt. Es war ein Gefühl, das er seit 1951 nicht mehr gehabt hatte, als ihn in einer Bar oberhalb von New York einer mit einer Baseballkeule gestreift hatte. Es war einer seiner eigenen Soldaten gewesen, ein großer Kerl namens Copella, der dabei war, Musikboxen zu zerschlagen; die Keule war auf der Metallhaube abgeprallt und Carl Bala gegen die Stirn geknallt. Der Schlag hatte eine Flut von Entschuldigungen gezeitigt, und Bala hatte die gleiche schreckliche Frustration empfunden wie jetzt. Er konnte Copella nicht wegen seiner Schußligkeit umbringen, sonst hätten seine anderen Leute gemeutert; auf der anderen Seite konnte er nicht zeigen, wie weh es tat oder wie wütend er war, weil er dann wie ein Schwächling dagestanden hätte. Aber er konnte Copella danach nicht mehr ausstehen, und der Mann hatte sich seine Beförderung dort verdienen müssen, wo er mit seiner Keule auch richtig ausholen konnte.

Was Carl Bala gern gesagt hätte, war folgendes: Wenn die alten Männer ihren Soldaten befahlen, diesen Psychopathen in Frieden zu lassen, halfen sie dann nicht seinem Feind? Wenn sich jetzt auch nur einer von ihnen zurückhielt, brauchten sie sich keine Sorgen mehr zu machen, daß ihnen irgendein einsamer Wahnsinniger Arsen in die Magnesiummilch mischte. Er würde ihnen eine Armee schicken, die Mauern ihrer Häuser schleifen und die ganze Bande auf die Straße ziehen und köpfen lassen. Aber das konnte er jetzt nicht äußern. Erstens, weil es keine Befriedigung gebracht hätte, es Little Norman zu sagen; genausogut hätte er dem Briefträger sagen können, daß er jemandem einen geharnischten Brief schreiben würde. Und zweitens hätten sie ihn noch im Gefängnis umbringen lassen. Trotzdem brachte es etwas voran, was er schon lang im Hinterkopf gehabt hatte. Er würde hier rauskommen, und dann würde es einen Krieg geben. Offensichtlich waren die alten Männer so alt geworden, daß ihnen die Eier auf die Größe von Feigen geschrumpft waren. Er würde hier rauskommen und sie, einen nach dem anderen, aufrollen.

Laut sagte Carl Bala folgendes: »Ich versuche vernünftig zu sein. Ich bin wegen diesem Mann nun seit acht Jahren hier. Ich habe schon vor dem Prozeß Freunde und Verbündete gebeten, ihr möglichstes zu tun, mir zu helfen. Ich habe keine Hilfe bekommen. Ich habe sie darum gebeten, diesen Mann dafür bezahlen zu lassen, was er mir angetan hat. Man hat mir gesagt, er wäre nicht zu finden. Jetzt ist er wieder da, und er hat Mantino und Talarese umgebracht, weil sie meine Leute waren, und Fratelli, weil er mir geholfen hat.Was soll ich dazu sagen – daß alles in Ordnung ist?«

Little Norman überragte Balacontano etwas, als er einen halben Schritt links hinter ihm herging.

»Sag ihnen, ich wiederhole meine respektvolle Bitte, diesen Mann zu finden und seine Leiche meinen New Yorker Leuten zu übergeben.«

»Ja, Sir«, sagte Little Norman. »Ich werde es ihnen sagen. Soll ich sonst noch was ausrichten?« Es war allgemein bekannt, daß es irgendwo in New York ein Bankschließfach voll Sachen gab, die Balacontanos Leute aus dem Haus des Mannes hatten mitgehen lassen, für dessen Mord er nun saß. Den Schlüssel dazu würde man an der Leiche des Fleischerjungen deponieren.

Balacontano hörte nicht wirklich zu. Er dachte nur daran, wie weich und schwach die alten Männer geworden sein mußten. Er würde leichtes Spiel haben. Wenn er nur ein bißchen stocherte, würde er für den Anfang schon zwei oder drei finden, die ihn wahrscheinlich schon allein deshalb die Sache in die Hand nehmen ließen, damit er sie am Leben ließ. Dann wäre er schon ein ganzes Stück stärker, wenn er bereit war, denen gegenüberzutreten, die noch einen Rest Blut in den Adern hatten.

Er merkte, daß Little Norman darauf wartete, daß er noch etwas sagte. »Du kannst gehen. Ich bin mitten in einer Partie Rommé.«

17

Wolf sah zu, wie auf der anderen Straßenseite das Heck des kleinen grünen Mazdas aus der Zufahrt kam, und ging zur Haustür hinaus, um sich sehen zu lassen. Er wollte nicht, daß sie sein Gesicht zu oft sah, sondern lediglich irgendwo am Rand ihres Blickfelds in Erscheinung treten, damit er sich ihrem Bewußtsein als Nachbar von gegenüber einprägte.

Er hätte lieber einen Wagen gemietet, aber da er nicht die Art von Papieren hatte, die solche Firmen nachts schlafen ließen, hatte er den seinen gegen Barzahlung bei einem Gebrauchtwagenhändler in Virginia Beach gekauft. Das war gerade noch bequem zu erreichen und hatte bei maximaler Entfernung von Washington noch die Nummernschilder von Virginia. Derartige Transaktionen waren immer etwas heikel. Wenn man in den Verkaufsraum einer Mercedesvertretung trat und Achtzigtausend in bar hinblätterte, dann überzeugte man die Leute mal besser davon, daß man ein liebenswerter Millionär war. Man mußte sich schon nach einer Rostlaube umsehen, für die man nicht so viel hinlegen mußte. Am besten, man suchte sich einen Laden, der klein genug war, so daß man den Inhaber persönlich sprechen konnte. Hatte der Mann gerade etwas in Zahlung genommen, worüber er nicht sonderlich glücklich war, konnte Bargeld ausgesprochen verlockend sein. Er mußte nichts reinholen, und war der Wagen erst mal vom Platz, konnte er einen beliebigen Betrag in die Bücher schreiben. Aber der Wagen mußte genau auf Wolfs Bedürfnisse zugeschnitten sein. Schließlich stand er mit einem 83er Dodge Colt da, den man noch nicht einmal ausgestellt hatte, da weder die Flecken an den Türen ausgetupft noch der Kilometerstand zurückgestellt war. Er war schlicht, bescheiden und unauffällig, lief aber gut genug. Er lag etwas unter dem Niveau seines neuen Viertels, aber nicht so weit, daß er gleich aufgefallen wäre. Er ließ ihn an, stieß rückwärts aus der Zufahrt und hatte bereits den ersten Gang eingelegt, als ihm im Rückspiegel etwas auffiel: Elizabeth Warings Mazda bewegte sich nicht.

Als Wolf den Wagen sachte vorwärts rollen ließ, hielt er ihn so, daß er im Rückspiegel sehen konnte, was vor sich ging. Der Mazda war stehengeblieben, und sie kam um den Wagen herumgelaufen und winkte ihm zu. Es war zu spät und der Hilferuf zu offensichtlich, um so zu tun, als hätte er nichts gesehen. Im Spiegel schien sie ihm direkt in die Augen zu starren, sie mußte also gesehen haben, daß er den Kopf bewegt und sie entdeckt hatte. Jetzt mußte er so tun, als hätte er sie die ganze Zeit über gesehen.

Wolf hielt an und setzte bis vor den Mazda zurück; dann stieg er aus und sprach sie übers Dach seines Colts hinweg an. »Hallo. Wie ich sehe, haben Sie Schwierigkeiten. Kann ich irgendwie helfen?«

Elizabeth Waring warf die Arme hoch und zog verzweifelt

die Brauen zusammen. »Irgendwie. Er hat eben den Geist aufgegeben.«

Wolf stellte den Motor ab und trat an den Wagen. Es war einfach unglaublich, daß er es so weit hatte kommen lassen. Er hatte sie aus dem Haus kommen sehen; sie hatte sich umgedreht, um dem spanischen Hausmädchen mit dem Kind zuzuwinken, und war dann in die Garage gegangen. Er hatte sein Sakko übergezogen und nach den Türen seines gemieteten Hauses gesehen. Falls sie Probleme mit dem Anlassen gehabt hatte, dann in diesem Augenblick, denn als er wieder aus dem Fenster sah, stieß sie bereits aus der Zufahrt. Und dann hatte er nicht weiter hingesehen.

Mit einem Griff unters Armaturenbrett öffnete er die Haube, ging nach vorn, hob sie an und warf einen Blick auf den Motor; vielleicht war das Problem ja offensichtlich. Wenn er das verdammte Ding wieder zum Laufen brächte, bevor ihr Ärger sie zu langweilen und sie sich sein Gesicht anzusehen begann, käme er vielleicht gerade noch damit durch. Unter der Haube war nichts lose, nichts lief aus; es schien nur alles etwas schwarz für einen so neuen Wagen. Er ging zurück zur Fahrerseite, rutschte hinters Steuer und versuchte den Wagen anzulassen. Er hörte das Klicken der Zündung, aber der Anlasser rührte sich nicht; außerdem roch es nach Benzin.

Er stieg wieder aus. »Ihr Vergaser ist abgesoffen, und die Batterie hat den Geist aufgegeben – in welcher Reihenfolge auch immer. Haben Sie Starthilfekabel?«

Elizabeth schien sich etwas anderes zu überlegen. »Hören Sie«, sagte sie, »ich weiß, Sie müssen zur Arbeit. Danke für die Bemühung, aber ich rufe einfach eine Tankstelle an.«

Wolf hielt es für besser, erst einen Blick auf die Uhr zu werfen, bevor er antwortete. »Kein Problem. Um ehrlich zu sein, ich habe noch eine ganze Stunde.«

Aber sie blieb dabei. »Nein, es ist nicht richtig. Ich bin keine von denen, für die es selbstverständlich ist, jeden Mann auszunutzen, der zufällig in Reichweite ist. Na ja, wenigstens will ich es nicht.«

»Es dauert nur einen Augenblick«, sagte er. »Es ist nicht schwer, man wird noch nicht mal schmutzig dabei. Wir sehen einfach, ob wir ihn zum Laufen kriegen. Haben Sie Kabel?«

»Ja«, sagte sie. »Im Kofferraum.«

Er zog die Schlüssel ab, öffnete den Kofferraum und warf einen Blick über die Unordnung: Spielzeug, ein Kindersitz, eine Packung Windeln von der Größe eines Heuballens, zwei Regenschirme und, ganz zuunterst, ein Paar Starthilfekabel, noch in der Plastikpackung. Er wickelte sie auseinander, klemmte die Clips an die Pole der Batterie und wendete dann seinen Wagen. Als die Autos Nase an Nase standen, öffnete er seine eigene Haube, klemmte die Kabel an die Pole seiner Batterie und ließ den Wagen wieder an. »Okay«, sagte er und reichte ihr die Schlüssel. »Versuchen Sie's.«

Er sprang beim ersten Versuch an, aber als er die Kabel abnahm, merkte er sofort, daß der Mazda nicht gleichmäßig lief; es hörte sich fast so an, als laufe er nicht auf allen Zylindern. Er schloß die Haube und sagte: »Haben Sie eine Werkstatt, wo Sie ihn hinbringen können?«

»Ja«, antwortete sie. »Ich nehme an, das bedeutet, daß er noch nicht intakt ist.«

»Allerdings. Ich habe das Herz zum Schlagen gebracht, aber es braucht schon einen Mechaniker, um ihn von der Herz-Lungen-Maschine zu nehmen. Sagen Sie mir, wo sie ist, und ich fahre hinterher für den Fall, daß er noch mal stehenbleibt.«

»Das geht schon«, sagte sie, aber diesmal sah sie besorgt aus. »Das kommt nur daher, daß ich es immer wieder hinausgeschoben habe. Ist alles meine Schuld.«

»Dann spendieren Sie ihm eine Wachswäsche und entschuldigen sich bei ihm. Aber wenn er Ihnen an einer großen Kreuzung stehenbleibt, fährt Ihnen höchstwahrscheinlich noch einer drauf.«

»Da müßte ich aber schon wirklich Pech haben, wenn mir das ausgerechnet an einer Kreuzung passiert.«

Wolf schüttete den Kopf. »Er bleibt Ihnen nur stehen, wenn sie langsamer werden, und das tun Sie nur, wenn Sie auf eine Kreuzung zukommen.«

Sie schien eine Vision zu haben, eine Vorahnung. »An der Millwood. Die Kreuzung Millwood und Fanshawe.«

»Ich seh' Sie dann dort«, sagte er und ging zu seinem Wagen zurück. Das hier warf alles über den Haufen.

Eine Stunde später sah Wolf sie durchs Portal des Justizgebäudes verschwinden. Er fuhr los, die Constitution Avenue hinauf zum Federal Triangle. Heute morgen war er auf der Suche nach Touristen. Es hatte keinen Sinn, sich etwas vorzumachen: Mit jedem Tag, den er blieb, wurden die Vereinigten Staaten gefährlicher für ihn. Er mußte sehen, ob sich nicht ein britischer Staatsbürger finden und von seiner Herde trennen ließ. Wenn er den richtigen erwischte und die Leiche gut genug versteckte, konnte es Wochen dauern, bis die Angehörigen genug Theater machten, daß die Behörden ihn endlich auf eine Liste setzten, und bis dahin säße Michael Schaeffer längst wieder zu Hause.

Merkwürdigerweise widerstrebte es ihm, das Land auf diese Weise verlassen zu müssen, ein Gefühl, das er sorgfältig abwog und unter die Lupe nahm. Hätte er es jemandem erklären müssen, er hätte nichts anderes sagen können, als daß er nicht in Stimmung war. Er war müde. Eddie hatte immer gesagt, wenn man kein gutes Gefühl hatte bei einer Sache, dann sollte man die Finger davon lassen. Eddies Theorie nach bestand die Möglichkeit, daß das Unterbewußtsein in so einem Fall ein Warnsignal entdeckt hatte – vielleicht hatte es was gesehen, war auf einen Fehler gekommen, hatte womöglich sogar was gerochen, was ihm nicht schmeckte –, nur daß es das nicht so formulieren konnte, daß das Bewußtsein es akzeptieren könnte. Eddie hatte immer gesagt, daß neunzig Prozent des Verstandes brachlagen. In seinem Fall waren es vermutlich noch mehr gewesen. Er hatte sich mal von einem Zahnarzt hypnotisieren lassen, weil ihm der Text von »Annie Had a Baby« nicht mehr einfallen wollte – außer einer Zeile: »... his name was sunny Jim. She put him in the bathtub to see if he could swim.«

Aber Wolf war nicht nervös. Er war nur müde. Er hatte zehn Jahre lang gehofft, so was nie wieder tun zu müssen, und jetzt stand er da, bis zum Hals im Blut, und arbeitete noch nicht einmal; er war nur auf der Jagd nach einem harmlosen Fremden, damit er lange genug überleben konnte, um nach Hause zu kommen. Zusammen mit dem Rest der Welt fuhr er in die Innenstadt und sah sich nach einem Parkplatz um, den Vico nicht gekauft hatte, damit seine Leute die Wagen klauen konnten.

Paul Martillo hatte eine Stinklaune, weil man ihn wie Dreck behandelte. Er war nicht irgendein Trottel; er war ein eingetragener Lobbyist. Er trug Maßanzüge und gute Seidenkrawatten und sprach mit Kongreßabgeordneten, ja selbst mit Kabinettsmitgliedern über die Grenzen der Bürgerrechte und den verantwortungsvollen Umgang mit dem Recht auf freie Meinungsäußerung seitens der elektronischen Medien. Er vertrat einen Bund respektabler Organisationen, so zum Beispiel die Italo-amerikanische Antidiffamierungsliga, die Bürger für eine faire Presse und die Dorothea-Gorro-Stiftung, die ihren Namen zwar einer toten Olivenöl-Erbin verdankte, aber auch von vielen tüchtigen Zeitgenossen unterstützt wurde, die noch am Leben waren.

Martillo kam eben aus dem Büro von Ameroy, einem Kongreßabgeordneten aus New Jersey. Ameroys Sekretärin hatte ihm gesagt, er solle im Vorzimmer warten, der Herr Abgeordnete würde ihn empfangen, sobald er einen Anruf erledigt hätte. Er hatte ihn zwei Stunden warten lassen, und dann, kaum daß Martillo in sein Büro gekommen war, auf die Uhr zu schauen begonnen. Ja, um genau zu sein, Ameroy hatte schon auf die Uhr gesehen, noch bevor er ihm die Hand geschüttelt hatte. Martillo hatte das System nicht erfunden. Es war nicht seine Schuld, daß es vier, fünf Millionen kostete, um für den Kongreß zu kandidieren. Diese ehrgeizigen Idioten hatten sich ihr eigenes Grab geschaufelt, indem sie von Wahlkampf zu Wahlkampf mehr in ihre Kampagnen gebuttert hatten, um öfter ins Fernsehen zu kommen. Martillo tat nichts weiter, als sich unter ihnen Freunde zu machen. Dann stellte er eine Liste dieser Freunde auf und gab sie an die Gruppen weiter, die er vertrat. Wenn es an der Zeit für Neuwahlen war, dann wurden diese Freunde nicht vergessen.

Sich Freunde zu machen hatte beileibe nichts Heimliches an sich. Es war eine Wachstumsbranche, in der um die zwanzigtausend Leute beschäftigt waren. Keine größere Firma, keine Stiftung, keine Gewerkschaft, keine Stadt, die nicht ihren Paul Martillo im Kapitol hatte; was also fiel so einem ein, einem miesen kleinen Auftragspolitiker, der nur in die Politik gegangen war, weil er es als Anwalt zu nichts gebracht hatte, ihn zu behandeln, als wäre er noch der kleine Laufbursche, der in Detroit Toscanzios Geldkuverts einsammelte? Die Antwort darauf war, daß jemand Ameroy gesagt hatte, worüber Martillo diese Woche mit seinen Freunden sprach.

Martillo schnitt das Thema nicht weniger ungern an, als der Abgeordnete zuhörte, aber er hatte es nun mal auszurichten, und Ameroy hatte verdammt noch mal zuzuhören, weil sie beide ihr Geld aus denselben Händen bekamen. Da Ameroy es nicht haben wollte, daß jemand in seiner Gegenwart konkret wurde, mußte Martillo auch noch dieses blöde Kinderspiel spielen. Er tat es, weil es bedeutete, daß Ameroy es sich nicht mit der Geldquelle verderben wollte. Martillo hatte gesagt, die Mitglieder der Organisationen, die er vertrat, seien mit Ameroys Führungsrolle im Kampf um Gerechtigkeit für alle sehr zufrieden, und da dürfte ihn ja wohl der merkwürdige Fall eines Mannes interessieren, der nur deshalb aufgrund dürftigster Indizien für einen Mord verurteilt wurde, weil er ein bekannter und wohlhabender Geschäftsmann italienischer Abstammung sei. Der Betreffende sei einer der großen Förderer der Dorothea-Gorro-Stiftung, und das, obwohl er seit acht Jahren in einem Bundesgefängnis saß. So war auch die Stiftung auf seinen Fall aufmerksam geworden, die sich, wie der Abgeordnete sehr wohl wüßte, die Förderung kirchlicher Privatschulen auf die Fahnen geschrieben hatte.

Letztlich lief es darauf hinaus, daß Victor Toscanzio Martillo befohlen hatte, einige Fäden zu ziehen. Auf den ersten Blick sah das merkwürdig aus, aber da Toscanzio kein leichtfertiger Mann war, mußte ihm Balacontano wohl einiges geboten haben. Toscanzio betrieb diese ganze Lobbygeschichte im Auftrag der alten Männer. Es wäre unklug gewesen, das alles aus einer Laune heraus aufs Spiel zu setzen, und das wußte er. Aber er stand auch im Ruf, ein unerhörter Glückspilz zu sein. Und nur ein paar alte Landsleute wie Martillo wußten, welcher Art dieses Glück war. Toscanzio hatte die unheimliche Gabe, nahende Veränderungen zu spüren und auf den Zug aufzuspringen, noch bevor die Glocken geläutet wurden. Carl Bala war offensichtlich wieder aktiv. Außerdem gab es Gerüchte. Von Zeit zu Zeit schon hatte man gehört, Carl Bala habe im Gefängnis den Verstand verloren, und vielleicht hatte Toscanzio sich gedacht, es könnte bald eine Rolle spielen, einer von denen gewesen zu sein, die alles getan hatten, um ihn zu befreien.

Martillo hatte nichts dagegen, sein Schicksal von Toscanzios Spiel abhängig zu machen, egal, wie es aussehen mochte. Er war bisher ganz gut gefahren damit. Jetzt saß er in seinem schwarzen Lincoln Town Car und war auf dem Weg zu einem Arbeitsessen mit einem Senator aus Florida. Das war eine Art von Wegelagerei, die immer mehr einriß, was ihm langsam stank. Diese Mistkerle verschickten Einladungen zum Lunch zu tausend Dollar pro Gedeck, und dann hockten da vierzig, fünfzig Lobbyisten und bezahlten dafür, irgendeinen Schwätzer über die Erhaltung des Kaiserspechts quatschen zu hören. Es war eine Art Erpressungsversuch, die bis zu einem gewissen Grad funktionierte. Die meisten Lobbyisten hatten Interessen, die es vor der plötzlichen Gleichgültigkeit eines amtierenden Senators zu schützen galt. Martillo taten sie beinahe leid. Seine Organisationen hatten keinen Haufen Arbeitsplätze zu schützen, ja noch nicht einmal richtige Mitglieder, nur um die zwanzig anonyme Geldgeber, und so würde der heutige Lunch etwas anders verlaufen, als der Senator sich das vorgestellt hatte. Wenn er für Martillo nicht ein paar Minuten unter vier Augen erübrigen konnte, dann konnte er zusehen, wie zwei Millionen aus seiner Wahlkasse in die des Herausforderers wanderten.

Martillo sah aus dem Fenster, als sein Fahrer sich vom Sam Rayburn Building entfernte. Wie gewöhnlich waren die ersten zwanzig Touristen in der Schlange Japaner. Die Wege des Kapitals auf dieser Welt waren Martillo ein Rätsel, und das, obwohl er sie nun seit zwanzig Jahren in der Art studierte wie ein Bär Bienenschwärme. Alles schien ihm, wie es immer gewesen war; nur daß mehr verfügbare Gelder im Umlauf waren denn je. Und das unterschied sich qualitativ von normalem Geld, das in der Regel blieb, wo man es hinsteckte. Es war in gewissem Sinne wie Spielgeld, weil es keinem zu gehören schien. Tag für Tag floß es in riesigen Mengen von einem Markt, von einem Finanzzentrum der Welt zum anderen. Aber ohne Vorwarnung war dieses Geld wie ganz von selbst ins Ausland gewandert, auf fremde Märkte, vor allem auf die der Araber, der Japaner und der Deutschen. Im Augenblick waren es die Japaner, die ihr Geld unter die Leute brachten, nur daß sie keine verfügbaren Gelder ausgaben. Was sie ausgaben, war eine Art Abfallprodukt der verfügbaren Gelder, die sie eine Zeitlang an einem bestimmten Ort festgelegt hatten. Es war wie die Feuchtigkeit, die sich an heißen Tagen an den Gläsern eisgekühlter Getränke bildete.

Was Martillo daran erinnerte, daß ihm in Wirklichkeit nach etwas zu trinken war. Seine Runden wären ihm leichter gefallen, hätte er Gelegenheit gehabt, sich die Zunge zu lösen. Aber so was kam nicht in Frage; auf einem Botengang für Victor Toscanzio schüttete man sich nicht einfach zu. Hatte man seine Arbeit getan, konnte man sich bis zur Besinnungslosigkeit volllaufen lassen, sich sogar Heroin in die Drosselvene jagen, wenn einem danach war, aber solange man für ihn arbeitete, gehörte man ihm. In alten Tagen hatte er mal gesehen, wie Toscanzio das einem der Laufburschen seiner Lotterie erklärt hatte – mit einem abgesägten Billardqueue.

Im Verkehr steckengeblieben, sah Martillo zu, wie sich eine weitere Busladung Touristen anstellte, um die Hallen des Kapitols zu durchwandern. Diese hier sahen ihm nach Europäern aus. Was zum Teufel hatten diese Leute nur davon, sich ein Verwaltungsgebäude anzusehen? Man hätte sie in einen Versicherungspalast schleppen können, wenn man ihnen gesagt hätte, es sei das Verfassungsgericht. Er sah sich ihre Gesichter an, die Art, wie sie gingen. Ausländer gingen anders, und er studierte sie, um zu sehen, ob er wohl dahinterkam, woher sie waren. Dieser Haufen war größer als die meisten, ausgesprochen blaß und hatte schlechte Zähne, was sie vermutlich zu Engländern machte.

Aber dann sah Martillo etwas, was ihm eine Gänsehaut verursachte; sein Fuß sprang auf eine imaginäre Bremse. »Fahr rechts ran«, sagte er. »Laß mich raus.« Er war es. Er konnte sich zwar ums Verrecken nicht vorstellen, was er unter einem Haufen englischer Touristen zu suchen hatte, aber es war sein Leben wert, es festzustellen.

»Ruf Mr. Vico an. Ich brauche hier fünf, nein, zehn Jungs, auf der Stelle, und vielleicht vier Wagen.«

Wolf ließ sich in der Schlange englischer Paare treiben, die sich zu einer Masseninvasion auf das Kapitol versammelten. Vielversprechend war, daß bei denen hier die üblichen ungezogenen englischen Kinder in kurzen Hosen fehlten, die einander ständig im Kreis herumjagten. Kinder hatten ein übernatürlich scharfes Wahrnehmungsvermögen, und dann lebten sie auf genau der Höhe, in der sie alles vor Augen hatten, was er tat. Er mußte langsam gehen, um die Herde nicht zu verschrecken, aber andererseits schnell genug, um keinem von ihnen das ungute Gefühl zu geben, er werde verfolgt. Er versuchte ein Gespür dafür zu bekommen, was sie im einzelnen bei sich hatten. Wenn sie alle Wertsachen in ihren Koffern in der Obhut des Busfahrers gelassen hatten, dann sollte er das besser gleich erfahren. Als er an einem Paar Ende Vierzig vorbeikam, hörte er die Frau sagen: »Nicht schon wieder.«

Worauf der Mann gereizt meinte: »Ist doch nicht meine Schuld. Es ist das verdammte Wasser. Ich bin sicher, es gibt eines in der U-Bahn-Station da drüben.«

Entschlossen löste sich der Engländer von der Herde und machte sich auf langen, mageren Beinen, die ebenso gerade waren wie steif, auf den Weg zur U-Bahn-Station. Wolf hatte sich geirrt, als er geglaubt hatte, nicht tiefer sinken zu können als mit dem Mord an E. V. Waring; das allerletzte war, einem kranken Touristen auf eine öffentliche Toilette zu folgen, um ihn wegen Paß und Brieftasche kaltzumachen. Er hatte sich bisher in dieselbe Richtung bewegt wie die Herde Touristen, um sich ihnen anschließen zu können; jetzt galt es, die Richtung zu ändern, ohne daß sie es merkten. Er wartete einige Augenblicke, damit sein Tun nicht mit dem Weggehen des Mannes in Verbindung gebracht würde, dann drehte er sich um und überquerte die Straße.

Wolf paßte die Autos ab und sprang dann in eine Lücke, um auf die andere Seite zu kommen. Aber als er wieder auf den Gehsteig trat, beschäftigte ihn längst nicht mehr der britische Tourist, sondern der Mann, der hinter ihm aus einem schwarzen Lincoln gestiegen war und auf dem Absatz mit Wolf die Richtung geändert hatte. Es war ein seltener Vorteil, auf einen Mann zugehen zu können, der einem bisher gefolgt war. Der Mann war groß und schlank, aber nicht jung, und sein dunkler Anzug schien die reguläre Uniform von Anwälten und Politikern in dieser Stadt, wenn sie nicht gerade Golf spielten. Daß sein Haar lang und wellig war, besagte gar nichts; es könnte selbst dem Direktor des FBI gehören. Er hatte die Statur eines Polizisten, aber irgendwie konnte sich Wolf nicht vorstellen, daß ein Polizist solche Anzüge trug. Außerdem paßten die Schuhe nicht: Sie waren aus dünnem genarbtem Leder, Alligator vielleicht, und viel zu spitz für einen Polizisten. Die Sohlen waren dünn und glatt, und die Absätze glänzten beim Gehen, als wären sie aus etwas Härterem als Gummi. Als Wolf die Straße entlangging, ließ er den Mann nicht einen Augenblick aus den Augen. Er wußte, wenn noch andere da waren, würde er sie nur sehen, wenn der Mann sie zur Kenntnis nahm. Aber dann tat der Mann etwas Unerwartetes: Er wurde langsamer, drehte sich um und blickte Wolf über die Schulter direkt ins Gesicht.

Als sich ihre Blicke trafen, sah Wolf die Angst auf dem Gesicht des Mannes. Er tat zwar sofort so, als würde er an ihm vorbeisehen, mußte aber gemerkt haben, daß es zu spät war. Das Gesicht kam ihm bekannt vor. Wolf brauchte nur wenige

Sekunden, um draufzukommen, so tief war es in seinem Gedächtnis vergraben. Chicago oder – nein, Detroit. Es war Pauly die Tasche. Der Hals wurde ihm so eng vor Bedauern und Enttäuschung, daß es fast weh tat. In Detroit war er noch sehr jung gewesen, neunzehn vielleicht; der Fleischerjunge hatte ihnen einige Monate lang sein Gesicht geliehen. Wenn jemand eine Woche mit seinen Zahlungen im Rückstand war, tauchte er eine Woche darauf in seinem Laden auf oder lief ihm auf dem Heimweg vom Büro über den Weg, wenn er eben dabei war, sich seine Geschichte für Pauly die Tasche zurechtzulegen; aber wer aufkreuzte, um nach dem Geld zu fragen, war nicht etwa der allzeit freundliche Pauly, sondern der Fleischerjunge. Er tauchte einfach still und leise auf und bedachte den Betreffenden mit einem fragenden Blick.

Was zum Teufel machte Pauly die Tasche in Washington, noch dazu in einem Maßanzug und Damenschuhen? Sie mußten die Bars geschlossen und alles auf die Straße geschickt haben, was ihn aus den alten Tagen her kannte. Verflucht noch mal, die mußten sogar den See nach Leichen abgefischt haben. Er mußte den Mann abhängen. Er suchte nach einer Möglichkeit zu verschwinden, aber angesichts der schieren Weite der Rasenfläche und Gehsteige, die wie Startbahnen vor die breiten hohen Stufen führten, konnte er sich kaum vorstellen, wie er das machen sollte. Er konnte auf eine Meile in sämtliche Richtungen sehen. Er hatte nicht erwartet, hier etwas Riskantes zu tun; alles, was er vorgehabt hatte, war, einen Touristen zu finden und abzuwarten, bis er allein war. Er hielt weiter auf den Eingang zur U-Bahn zu. Wenn er es bis dorthin schaffte, konnte er wahrscheinlich in den ersten Zug springen, bevor einer wie Pauly die Tasche seine angeborene Vorsicht überwand und ihm folgte.

Pauly ging, auf der anderen Straßenseite, nur wenige Schritt vor ihm her. Es war Wolf ein Rätsel, wie er das tun konnte.

Konnte er sich tatsächlich einbilden, Wolf hätte ihn nicht gesehen? Er widerstand der Versuchung, in die Tasche zu greifen, um nach dem beruhigenden Gewicht des Metalls von Little Normans Pistole zu fühlen. Pauly würde ihn nicht allein auszuschalten versuchen, was bedeutete, daß irgendwo im Strom der Leute auf den Gehsteigen noch andere mitschwimmen mußten. Aber als er sich das durch den Kopf gehen ließ, kam er zu dem Schluß, daß Pauly gar nicht hier wäre, wenn andere hier wären. Der Mann war nur da, um zu sehen, wo er hinging, was bedeutete, daß bald jemand käme, dem er es sagen könnte. Es war jemand unterwegs, und Pauly mußte ihn jeden Augenblick erwarten. In einer Stunde würden seine Anweisungen keinem mehr helfen. Er ging die breite Straße entlang in dem Wissen, daß ihn jeder Schritt einem Hinterhalt näherbrachte. Leute waren unterwegs, und wenn sie eintrafen, würde Pauly sie sehen und er nicht. Wenn genügend von ihnen in Stellung wären, würde Pauly stehenbleiben, sich umdrehen und den Finger auf ihn richten.

Wolf wurde langsam heiß; sein Herz begann zu hämmern beim Gedanken daran. Er hatte sich vor langer Zeit mal geschworen, es nie soweit kommen zu lassen. Er biß die Zähne zusammen und begann dann ins Leere zu kauen. Er hatte nicht die Absicht, sich hier wie der nächstbeste Verlierer auf seine Verteidigung einzurichten. Das hatten die immer noch nicht kapiert, was er seinerseits immer noch erstaunlich fand. Er würde sich nicht hinlegen und warten, bis sie ihren Zug machten, bevor er den seinen machte. Er behielt Pauly im Auge, der auf der anderen Seite den Gehsteig entlangschlenderte, und begann die Distanz zu verringern.

Schon war Wolf an der Straße und tauchte eine Sekunde später in den Verkehr, schlüpfte in den Windschatten eines Wagens und war aus der Spur, noch bevor der nächste kam. Er stand schon auf den weißen Doppelstreifen, bevor irgendwas am Fahrgeräusch der Autos Pauly den Kopf drehen ließ. Und als er es tat, sah Wolf, wie er große Augen bekam. Seine Hände fuhren hoch, ein nervöses Zittern bemächtigte sich seiner. Sein Kopf zuckte so heftig, daß er zu nicken schien. Schon tat er die ersten Schritte nach hinten, und als er sich umdrehte, um loszulaufen, fiel er fast hin.

Pauly die Tasche war über fünfzig, und davongelaufen war er seit einem Abend im Februar 72 nicht mehr. Damals war Fritz Hinckel in Pastorellis Familienrestaurant eine Sicherung durchgebrannt, und es war noch nicht einmal etwas Persönliches gewesen. Pauly war nur einer von fünfzig, sechzig Leuten, die Hinckel mit einem Steakmesser zu erwischen versuchte, und er hatte auch nur fünf, sechs Schritte zu laufen brauchen, als ein anonymer Gast Hinckel mit fünf Kugeln aus einem Colt Cobra niederstreckte, der zufällig zu seiner Abendgarderobe gehörte. Pauly hatte lange Beine, aber seine Muskeln waren schlaff und langsam, da er zuviel mit dem Lincoln fuhr; die Ledersohlen seiner neuen 300-Dollar-Schuhe hatten sich bis vor fünf Minuten an nichts gewetzt als an Teppichen und gebohnerten Böden. Er arbeitete noch immer an einem, wie er hoffte, ausreichenden Tempo, als er die Schritte des Fleischerjungen hinter sich hörte.

Pauly hielt den Kopf hoch und verlängerte seine Schritte; er ruderte mit den Armen und knallte die Fußballen auf den Gehsteig, als ginge es über eine Distanz von 400 Metern. Er konnte sich des schrecklichen Gefühls nicht erwehren, daß ihm der Fleischerjunge jeden Augenblick eine Kugel ins Rückgrat setzte. Und daß er sie vorher noch hören würde. Erst käme ein furchtbarer, markerschütternder Schmerz, dann läge er auch schon am Boden, aber die untere Hälfte seines Körpers wäre bereits schlaff und tot. Oder die obere. Wieso nicht die obere? Nur weil man von so was nie hörte …

Wolf sah Pauly die glaubwürdige Imitation eines Sprints hinlegen, als er vom Gehsteig auf den großen grünen Rasen lief. Es war klar zu sehen, daß Pauly auf nichts und niemanden zuhielt, was nichts anderes bedeutete, als daß noch keiner gekommen war. Er war nichts weiter als ein in Panik geratener Mann, der vor einem Hornissennest floh. Es hatte keinen Zweck, ihm nachzulaufen. Wolf wurde jedoch nicht langsamer, er schlug nur eine andere Richtung ein. Dort wo Pauly nach rechts auf den Rasen gebogen war, wandte er sich nach links, huschte wieder über die Straße und verschwand in der Menge. Einen Augenblick später ging er bereits in die andere Richtung.

Er schloß sich einer Gruppe von Männern und Frauen an, die die Treppe des ersten großen Gebäudes hinaufstieg, an das er kam. Er setzte denselben gelangweilten, resignierten Ausdruck auf wie sie. Auf dem Schild stand »SOZIALAMT«, also blieb er dabei. Er konnte sich leidlich sicher sein, daß er hier nicht in den Strahl eines Metalldetektors laufen würde. Kaum war er drin, sah er durch die Scheibe der Glastür hinaus auf die Independence Avenue und sah einen Wagen in der Nähe der Stelle halten, wo sich die Touristen vor dem Rayburn Building versammelt hatten. Drei Türen öffneten sich, drei Männer stiegen aus, und der Wagen fuhr wieder los. Als die drei auf dem Gehsteig standen, drehte sich jeder einmal langsam um die eigene Achse, suchte sich dann einen Punkt am Horizont aus und starrte darauf.

Wolf wandte sich ab und drang tiefer in das Gebäude vor. Er ging bis zu einem kreuzenden Flur, der auf die Fourth Street hinausführte, und hielt sich an diesen, bis er einen weiteren, kleineren Eingang fand. Er ignorierte die Leute links und rechts von ihm und hielt sich auch nicht damit auf, in eine der offenen Türen zu sehen. Dann jedoch kam völlig unvermutet eine Frau auf ihn zu, nahm den Kopf aus ihrem Aktendeckel und bedachte ihn mit einem mechanischen Lächeln. Erst dann merkte er, daß er selbst die ganze Zeit über gelächelt hatte.

Er blieb einen Augenblick stehen und warf einen Blick auf die Straße, bevor er durch die Tür trat; da niemand draußen zu sein schien, den Pauly die Tasche um Hilfe angehen würde, machte er sich mit gesenktem Kopf auf den Weg die Fourth Street hinab; sein Tempo entsprach genau dem der geschäftigen Beamten rund um ihn. Jetzt mußte er noch zu seinem Wagen. Er hätte nicht sagen könne, was Pauly die Tasche in Washington zu suchen hatte, aber die drei Leute auf der Independence Avenue mußten zu Vico gehören. Wenn Vico Grund genug zu haben glaubte, drei Leute auf die Independence Avenue zu schicken, um in Sichtweite des Kapitols die Passanten nach einem Mann abzusuchen, den er tot sehen wollte, dann würde er auch nicht zögern, zwanzig zu schicken.

Sein Wagen stand in der Garage am Gateway Tour Center an der Kreuzung Fourth und E Street. Es waren nur wenige Blocks, aber sie war nur über den Gehsteig zu erreichen, und die einzige Deckung, die er da hatte, waren Passanten. Die hier ziemlich gemischt waren. Alles, was nach Studenten oder Anwälten aussah, hatte es eilig, bewegte sich in beide Richtungen und vermied selbst dann den Blick auf alles, was nach Penner aussah, wenn sie im Slalom mitten durch mußten. Diejenigen, die diese Mixtur komplizierten, kamen paarweise, meist ältere Leute aus East Jesus, Kentucky, oder Marrowbone, Texas; sie blieben ohne Vorwarnung stehen und blickten voller Besitzerstolz zum Kapitol hinauf oder prüften den Rasen daraufhin, ob ihre Angestellten ihn auch richtig düngten. Jedesmal, wenn das passierte, sah sich einer der Eiligen zu einem kleinen Tänzchen gezwungen, um ihnen nicht auf die Fersen zu treten. Wolf tat sein Bestes, es zu machen wie sie.

Jetzt saß er wirklich in der Tinte. Vico war ein Aasfresser. Er war in den Vierzigern mit den Castigliones nach oben gekommen, die ihn nach Washington geschickt hatten, um zu sehen, wie man von dem profitieren konnte, was der Krieg übrigließ.

Viele von Castigliones Leuten waren beim Militär gewesen und hatten die unvorstellbaren Berge von allen nur erdenklichen Gebrauchsgütern gesehen, die sich in den vier Jahren angehäuft hatten; und schließlich hatte sich jemand Gedanken darüber gemacht, was daraus nach dem Krieg werden sollte. Man hatte sich gedacht, daß einer mit dem nötigen Bargeld vermutlich billig an eine Menge nützlicher Dinge kam. Vico war der Mann mit dem Bargeld gewesen, und er mußte feststellen, daß man damit ziemlich weit kommen konnte. Er hatte gigantische Pakete verschiedensten Inhalts gekauft, von in Öl gepackten Kradbausätzen über Zaumzeug für eine Kavallerie, die es längst nicht mehr gab, bis hin zu Einmannpacks, die so billig waren, daß man schon seinen Schnitt machte, wenn man nur die Zigaretten daraus verkaufte. Von da an, so hieß es, war er der Mann des Syndikats in Washington.

Wolf war damals noch nicht einmal geboren gewesen, und als er Vico schließlich über den Weg lief, hatte man Washington bereits fest in der Hand. Die Hauptstadt war eine riesige Ansammlung von Leuten, die Geld bekamen, ohne auch nur das geringste zu produzieren. Tag und Nacht kamen Lkws, Züge und Flugzeuge, um heranzuschaffen, was diese Leute brauchten, und Vico nahm, was bei diesem Vorgang so abfiel: Gerätschaften aus Güterwagen, Prozente von allen Lebensmitteln, die hier auf die Märkte kamen, ja selbst das Benzin, das in den Tanklastzügen blieb, nachdem sie die belieferten Tankstellen übers Ohr gehauen hatten. Er nahm das Geld und vervielfachte es, indem er die Einwohner mit Drogen, Huren und Glücksspiel versorgte oder Geld an jene verlieh, die sich derlei lebensnotwendige Dinge nicht leisten konnten – zu fünfzig Prozent Zinsen. Vico hatte zu jeder Tages- und Nachtzeit eine Armee von Aasgeiern auf der Straße, die sich nach Verdienstmöglichkeiten umsahen, an die er noch nicht gedacht hatte.

Wolf hatte Vico nur einen Augenblick gesehen, ein Jahr bevor er das Land verlassen mußte. Man hatte ihn engagiert, einen gewissen McPray umzubringen, der kurz zuvor nach Washington gezogen war. McPray war ein texanischer Geschäftsmann gewesen, der tat, als sei er im Ölgeschäft. Es hieß, er kenne jemanden aus der Ölbranche, aber damals kannte in diesem Teil der Welt jeder einen, der in Öl machte. Er hatte irgendwie mit dem Ankauf von Schulbedarf in weiten Landstrichen des Staates zu tun. Man hatte Wolf nie erklärt, wie es dazu kam, daß er dabei mitzureden hatte, aber er hatte. Einige Jahre lang hatte er sämtliche Papierkäufe einer Firma zugeschanzt, die Mike Mascone gehörte, aber dann, aus heiterem Himmel – Mascone hatte bereits einen Riesenposten in einem Lagerhaus in Amarillo warten – hatte McPray einfach den Lieferanten gewechselt: Einige Verwandte waren in das Geschäft eingestiegen. Das brachte Mascone in Schwulitäten, und er hatte bereits mehr oder weniger öffentlich mit eigenen Verwandten gedroht. Tatsache war, daß Mascone ein echter Mafioso, aber völlig bedeutungslos war. Er war noch nicht einmal sonderlich reich. Nachdem er einige Zeit geschmort hatte, kam er zu dem Schluß, daß er nur reich werden konnte, wenn er McPray aus dem Weg räumen ließ. McPray war inzwischen mit neuen Plänen in Washington gelandet, und Mascone wollte ihn auf eine Art und Weise erledigt sehen, die bei gewissen Leuten in Texas den Eindruck erwecken sollte, er sei ein wichtiger Mafioso mit Verbindungen im ganzen Land. Nachdem er einige Erkundigungen eingezogen hatte, fand er heraus, an wen er sich wenden mußte, und der Fleischerjunge hatte sein Geld im voraus kassiert und war nach Washington gereist.

In der Abgeschiedenheit Amarillos war Mascone zu einem etwas idealisierten Weltbild gelangt. Er dachte, er sollte Vico anrufen und ihm sagen, was vor sich ging, schon aus reiner Höflichkeit. Vico handelte ganz seinem Ruf gemäß: Er schickte dem Fleischerjungen drei Leute ins Hotel, um ein Drittel seines Honorars für McPray zu kassieren. Es handle sich, wie sie meinten, um eine Unkostenpauschale dafür, derlei Geschäfte in Vicos Revier abwickeln zu dürfen. Der Fleischerjunge hatte ihnen gesagt, das verstehe er, und begann vor ihren Augen den Koffer zu packen. Als sie ihn fragten, was er da mache, sagte er: »Ich werde derlei Geschäfte nicht in Vicos Revier abwickeln.« Dann hatte er in ihrem Beisein Mascone angerufen und ihm gesagt, daß sein Anruf bei Vico ihn fünfundzwanzigtausend Dollar gekostet hätte.

Das wiederum schuf ein Problem für Vicos Leute, die schließlich mit dem Auftrag gekommen waren, achttausenddreihundert Dollar zu kassieren. Der Fleischerjunge befand sich bereits auf dem Flughafen, als er die drei wiedersah, nur daß sie diesmal Vico dabeihatten. Der war damals ein dicker Kerl um die Sechzig gewesen. Er war im Café des Flughafens sitzen geblieben, während seine Männer dem Fleischerjungen Bescheid gaben. Der wiederum setzte sich daraufhin zu Vico, um sich anzuhören, was er zu sagen hatte. Er sagte ihm, daß es hier nicht um achttausend Dollar ging, sondern einfach darum, daß das schon immer so war: Der Capo vor Ort bekam seinen Anteil an allem, was vor sich ging, damit seien der Ärger, die schlechte Publicity, aber auch Protektion abgegolten, falls diese nötig wäre. Es seien wirklich nichts weiter als Unkosten. Der Fleischerjunge hatte ihm geantwortet, er verstehe das, sagte ihm aber auch, er behalte Mascones Geld, weil auch er Unkosten, Ärger und schlechte Publicity in Rechnung stelle. Dann entschuldigte er sich, stand auf und stieg in seine Maschine. Einen Monat darauf las er, daß man McPray, angemessen verstümmelt, im Potomac gefunden hätte; er brauchte nicht groß zu überlegen, wer das gewesen war. Er wußte außerdem, daß Vico die Gelegenheit wahrgenommen haben dürfte, wenigstens fünfzigtausend dafür zu verlangen.

Wenn Vico der Ansicht wäre, es gäbe eine Möglichkeit, sich das Kopfgeld für den Fleischerjungen selbst zu verdienen, er wäre vermutlich selbst auf der Straße, obwohl er inzwischen über siebzig sein mußte und mehr Geld haben durfte, als in den Tresoren so mancher Bundesstaaten lag. Daß es für einen Mann seiner Position unziemlich wäre, Geld für etwas zu verlangen, was in den Augen der anderen alten Männer lediglich ein Gefallen gewesen wäre, hätte ihn nicht weiter gestört; er hätte es trotzdem verlangt. Wenn Wolf in den nächsten zehn Minuten der Blitz erschlug, würde Vico Carl Bala einen Mann ins Gefängnis schicken, der ihm ausrichten ließ, daß es sein Blitz gewesen sei.

Als Wolf endlich im Parkhaus war, mußte er sich arg zusammennehmen, um nicht einfach auf und davonzulaufen. Beim Gedanken daran, aus der Schußlinie zu kommen, wurde ihm vor Optimismus ganz leicht im Kopf. Rasch ging er auf die Treppe zu, stieg hinauf auf die erste Ebene, dann auf die zweite. Er war sehr vorsichtig. Er konnte nicht sagen, wo Pauly die Tasche ihn zuerst erspäht hatte. Hatte er ihn noch im Wagen gesehen, dann lief er womöglich in etwas hinein. An der Tür aufs zweite Deck blieb er stehen und wartete. Er horchte auf den fernen Motorenlärm der Autos auf den Rampen darüber; dann ging er zurück an die Treppe und hielt den Atem an.

Paul Martillo schnappte nach Luft; ihm war ganz schwindlig. Das Jackett seines Anzugs hatte große Schwitzflecken unter den Achseln, und seine neuen Schuhe hatten einen Kratzer abbekommen, als er sich nach einem Ausrutscher auf dem Gehsteig zu fangen versuchte. Am ärgerlichsten aber war, daß er Stöpsel in den Ohren zu haben schien. Er hegte den vagen Verdacht, daß Druck auf den Ohren auf eine Herzschwäche wies, konnte sich aber nicht daran erinnern, je was davon gehört zu haben. Er konnte es noch immer nicht glauben, daß er nicht mehr lief. Er war bis in die Constitution Avenue gerannt und eben in die Louisiana abgebogen, als er merkte, daß er den Hurensohn abgehängt hatte. Dann waren Vicos Leute mit dem Wagen gekommen, hatten mitten auf der Louisiana Avenue gewendet, um ihn aufzulesen. Als er jetzt so darüber nachdachte, war es vielleicht ein Fehler gewesen, in den Wagen zu steigen. Erstens würden ihm garantiert die Beinmuskeln steif, weil man nach einem derartigen Sprint noch etwas herumgehen sollte, um die Muskeln zu dehnen. Und zweitens, falls es in Washington einen gab, der ihn nicht wie einen Wahnsinnigen über den Rasen des Kapitols hatte rennen sehen – mit einem professionellen Killer auf den Fersen! –, so hatte er ihnen noch mal eine faire Chance gegeben, ihn in einen nagelneuen Cadillac steigen zu sehen – zu den vier offensichtlichsten Ganoven, die er jemals gesehen hatte. Zwei von ihnen hatten sogar ihre Waffen in der Hand, als sie ihn aufgelesen hatten.

Jetzt, wo er wieder bei Atem war, machte er sich so seine Gedanken darüber, daß diese Geschichte in wenigen Minuten vorüber wäre, und er, Paul Martillo, immer noch hier zu leben hätte. Eigentlich war er ja, bis zu diesem Zwischenspiel, auf dem Weg zu einem Senator gewesen. Er hatte es so schon schwer genug hier. Wenigstens hatten die Mistkerle ein Telefon in ihrem Cadillac, so daß er Bart, seinen Fahrer, anrufen konnte, um ihm zu sagen, wo er ihn abholen sollte. Als er auflegte, riß er sogar einen kleinen Witz, um zu kaschieren, wie er sich fühlte. »Ich dachte schon, ich müßte die Bullen rufen, damit sie den Thiefbuster im Lincoln aktivieren.«

Seit er auf dem Rücksitz des Cadillac saß, hatte er die Fragen von Carmine, dem Anführer des Teams, über sich ergehen lassen. »Was hat er denn an?«

Martillo überlegte. »Ich weiß nicht. Sportsakko, Hose. Er sieht im Grunde nach nicht viel aus. Hat Vico denn hier keinen, der ihm mal begegnet ist?«

»Sicher«, sagte Carmine, »aber das ist schon lange her.«

»Nicht lange genug«, sagte Martillo.

Von einem der anderen kam ein kleines Schnauben, das für ein Lachen stand. Sicher, diese Wichser hielten sich für besser als Paul Martillo. So wie sich der Typ, den man bestellte, damit er einem das Klo reparierte, für schlauer hielt, weil man ihn brauchte.

Schließlich hielt der Wagen neben dem Parkhaus. Martillo öffnete die Tür und fiel fast hinaus. Er richtete seine Krawatte aus, zog sich die Manschetten einen Fingerbreit aus den Ärmeln und ging in den finsteren Betonbau. Er war etwas aufgebrachter, als er sich vor Vicos Leuten hatte anmerken lassen. Als er so darüber nachdachte, wurde ihm klar, daß Vincent Toscanzio womöglich nur machte, was die alten Männer ihm sagten. Vielleicht dachten sie sich, wenn sie Balacontano heraushauen konnten, wäre der Fleischerjunge dann wieder sein Problem. Daß ein ekelhafter und arroganter Irrer wie Balacontano diesen einen kleinen Fisch schon kriegen würde. Die alten Männer waren in dieser Hinsicht gerissene Hunde. Die dachten voraus, deshalb waren sie ja auch so alt geworden, während diejenigen, die mit ihnen hochgekommen waren, längst alle unter der Erde lagen. Für Carl Bala dagegen war die Entwicklung ein ausgesprochener Glücksfall. Wenn nicht hier in Washington jemand an ein paar Fäden zog, saß der noch ewig. Es würde ihm gehen wie dem »Birdman« von Alcatraz; wahrscheinlich würde er zu sticken anfangen wie viele von den anderen sauberen alten Knaben.

Als er auf die Treppe zuging, um sich mit Bart zu treffen, der mit dem Lincoln wartete, bemerkte er, daß der Cadillac auf der Suche nach einem Platz die Reihen der geparkten Wagen entlangfuhr. Das war genau der Grund dafür, weshalb man Typen wie die noch immer auf die Straße schickte, mit Schießeisen und nur zu dritt oder viert. Washington um ein Uhr an einem

Tag wie diesem – jeder, der auch nur für einen Cent Grips im Kopf hatte, wußte, daß da die unteren Ebenen voll wären. Es war der einzige öffentliche Parkplatz auf zehn Blocks, Herrgott noch mal, und jeder, der es je zu was bringen würde, fing, schon um Zeit zu sparen, nicht vor der dritten Etage mit der Suche an. Es war dies der eigentliche Unterschied zwischen Trotteln und Siegern: Der Sieger dachte voraus, während der Trottel wie ein Esel der ausgetretenen Spur folgte.

Auf den Handlauf gestützt, machte sich Paul Martillo auf den Weg die Treppe hinauf. Er wußte, seine Schuhe mußten auf den Metallstufen einen unheimlichen Lärm machen, aber das Geklapper klang fern und hohl. Er würde sich mal die Ohren nachsehen lassen.

Wolf hörte die Schritte und ging wieder nach vorn, um einen Blick auf die Parketage zu werfen. Der schwarze Lincoln mit dem Chauffeur, der so tat, als lese er in der Zeitung, stand noch immer kaum zwanzig Meter von Wolfs Dodge entfernt. Er atmete dreimal tief durch, holte dabei Little Normans Pistole aus dem Jackett und hielt sie neben dem Oberschenkel, als er sich wieder der Treppe zuwandte. Es gab keinen anderen Ausweg.

Carmine Fusco arbeitete schon eine Ewigkeit für Vico und wußte genau, was ihm der Fleischerjunge bedeutete. Vico könnte an einem einzigen Vormittag ein paar Millionen einstreichen, und das für einen einzigen Mann. Wenn Vico ein gutes Team in den Hotels arbeiten hatte, dann brachte das pro Tag für ein paar tausend Dollar Kameras und Schmuck zusammen, die er in einer anderen Stadt für tausend losschlagen konnte, was nicht übel war, aber es würde trotzdem drei Jahre dauern, um auf diese Weise zu einer Million zu kommen. Dazu kamen noch drei Jahre, um all die Leute zu zahlen. So dachte Vico nun mal; also dachte auch Fusco so.

Er hatte Martillo im Erdgeschoß aussteigen lassen, und der Schwachkopf hatte es einfach so hingenommen. Das war der Witz daran, jemanden wie ihn aus einem Kaff wie Detroit kommen zu lassen, ohne daß er für Vico zu arbeiten brauchte wie jeder andere hier. Da er nicht hier geboren war, kannte er die Stadt auch nicht gut genug, um zu kapieren, daß einer, der in diesem Teil der Stadt zu Fuß gesichtet wurde, nur wenige Parkmöglichkeiten hatte.

Während Fuscos Schwager Gilbert langsam eine Reihe hinauf- und die nächste wieder hinunterfuhr, hatte Carmine das Fenster offen und lauschte. Wenn der Fleischerjunge hinter Martillo her war, dann hätte Carmine seine Chance, aber wenn er hier einen großen Zauber veranstaltete, würde ihn das teuer zu stehen kommen. Natürlich mußte man Risiken eingehen, um einen wie den zu kriegen, aber Carmine hatte nicht die Absicht, einen von Mr. Vicos Leuten zu riskieren.

Dann hörte er den Knall. Es hörte sich gar nicht nach einem Schuß an, eher als wäre etwas geplatzt. Er stieß Gilbert an. »Drück drauf.«

Der Cadillac machte keinen großen Lärm, als er beschleunigte, so daß nur das Kreischen der Reifen zu hören war, als der Wagen um die Ecke schwebte wie ein Segler bei starkem Wind. Es war schon ein dicker Brocken von einem Gefährt. Wenige Sekunden später fuhr er bereits die Rampe hinauf. Jetzt hörten sie einen zweiten Schuß, der diesmal sogar noch lauter war, so daß Carmine es einen Augenblick mit der Angst zu tun bekam. Soviel zu Martillo. Es mußte der Gnadenschuß gewesen sein, eine Kugel in den Kopf, um sicherzugehen, daß er auch tot war. »Stop«, sagte er. »Laß uns raus, und halt dich bereit, die Rampe zu blockieren.«

Er, Castelli und Petri stiegen aus, und dann hatte Carmine eine Vision in Silber und Schwarz. Mit einem mächtigen Dröhnen rutschte die Haube von Martillos Lincoln um die Kurve, dann kam schleudernd das Heck hinterdrein, und schließlich hatte Carmine Kühlergrill und Scheinwerfer kaum drei Meter vor sich. Als er sah, daß er nicht anhalten würde, trat er drei Schritt zurück und stellte sich auf das Geländer, um ihm aus dem Weg zu gehen. Er schoß derart nah an ihm vorbei, daß er den Luftzug spürte. Irgendwie wußte er, das Fenster auf der Fahrerseite hatte ein Einschußloch mit einem großen Sprung, hätte aber nicht sagen können, warum, da der Wagen so schnell vorüber war. Als er die Rampe hinunterkippte, schien er zu fliegen, und als er auf der ersten Ebene aufsetzte, ging er derart in die Knie, daß die Funken sprühten.

Fusco stieß Castelli Richtung Treppe, warf Petri einen Blick zu und deutete nach links. Er selbst ging die Rampe hinauf. Es war gut für seinen Status, die anderen glauben zu lassen, er hätte den meisten Schneid, aber in Wahrheit hatte er den sichersten Platz von allen. Der Kerl würde nicht zuerst den Mann in der Mitte abschießen. Man schoß auf den rechten oder den links, aber niemals auf den Mann in der Mitte. Es war eine jener merkwürdigen Tatsachen im Leben.

Fusco war etwas überrascht, oben anzukommen, ohne einen weiteren Schuß gehört zu haben. Aber dann sah er Martillos Fahrer, tot wie eine Büchse Thunfisch. Als er den Kopf drehte, sah er Castelli sich über eine zweite Leiche beugen. Es war Martillo, womit er nicht groß zu raten brauchte, wer den Lincoln fuhr.

»Carmine«, sagte Petri.

»Augenblick«, sagte Fusco. »Ich muß überlegen.«

»Hat dieser Martillo nicht gesagt, sein Wagen hätte einen Thiefbuster?«

Fusco lächelte. Das sah Petri ähnlich, daß er das mitgekriegt hatte. Seit diese Dinger auf dem Markt waren, hatte Mr. Vico Petri damit in den Ohren gelegen, sich endlich eine Methode auszudenken, sie auszumachen und auszuschalten. Sie machten das Autoklauen nicht nur zur reinen Nervensache, sondern auch gefährlich.

Wolf fand schließlich den Knopf für den Fensterheber und drückte ihn. Das Fenster senkte sich nur zur Hälfte, dann blieb es dort, wo es die Kugel durchschlagen hatte, stecken, und der kleine Elektromotor summte weiter, ohne es zu bewegen. Erst als er Unterarm und Ellbogen auf das Fenster legte, holte er es ganz ein. Ihm war zwar nicht wohler deswegen, aber es ließ den Wagen von außen normal aussehen. Innen war überhaupt nichts normal. Er war auf den Fahrer zugegangen und hatte ihn durchs Fenster erschossen. Die Kugel war ihm durch die Stirn gedrungen und zum Hinterkopf wieder hinaus, dann war er über den Vordersitz gekippt. Das Problem mit Kopfwunden war, daß sie eine Menge Blut freisetzten. Obwohl er die Leiche nur wenige Sekunden später zur Beifahrertür hinausgeschoben hatte, war innen alles voll Blut; auf dem Lederpolster des Beifahrersitzes hatte sich eine Lache gesammelt, die überschwappte, wann immer er auf die Bremse trat, um dann wieder zurückzusickern, wenn er beschleunigte.

Das einzige, woran er im Augenblick dachte, war, auf die I-395 und zurück nach Alexandria zu kommen, bevor ihn jemand entdeckte. Er mußte unbedingt einen Weg finden, das Tempo dieser Geschichte zu drosseln. Es kam ihm gerade so vor, als wäre während seiner Abwesenheit alles schneller geworden. Die Ereignisse folgten zu schnell aufeinander; man hätte den Eindruck haben können, sie hätten nichts miteinander zu tun. Er brauchte ein, zwei Stunden an einem Ort, an dem er nicht über die Schulter zu sehen brauchte. Er mußte unbedingt wieder untertauchen und irgendwo hochkommen, wo er derjenige war, der den Ton angab. Er wollte, er hätte Little Norman umgebracht, anstatt mit ihm zu reden. Er hatte sich das sorgfältig überlegt und gedacht, daß er nichts zu verlieren hatte. Wenn ohnehin schon jeder, den er jemals gekannt hatte, eifrig nach ihm suchte, um sich eine goldene Nase zu verdienen, dann hatte er die Situation unmöglich verschlimmern können; also hatte er einen vernünftigen, ausgewogenen Handel vorgeschlagen: Er würde praktisch aufhören zu existieren, und alles, was sie zu tun hätten, war, ihn gehen zu lassen. Aber sie hatten ihn nicht gehen lassen, und das war der Grund, weshalb jetzt alles so schnell ging.

Als er in Alexandria ankam, war er etwas überrascht: Er hatte sich allein dadurch beruhigt, sich auf die simple mechanische Aufgabe zu konzentrieren, den Wagen zwischen den weißen Streifen zu halten. Er bog in seine Straße ein, dann in seine Auffahrt, öffnete die Garagentür, fuhr den Wagen hinein und schloß die Tür, und das alles mit den knappsten Bewegungen, zu denen er fähig war. Auf dem Weg zur Haustür warf er einen Blick über die Straße zum Haus von E. V. Waring. Es mußte noch heute abend passieren. Wenn er ihre Leiche im Kofferraum von Paulys Wagen verstaute und den an der richtigen Stelle parkte, könnte er sie vielleicht in Schwulitäten bringen.

Als er die Haustür öffnete, sah er einen Zettel im Briefschlitz stecken. Als er ihn herauszog, sah er die Prägung, die er selbst ausgesucht hatte: »E. V. Waring«. Er las: »Bitte kommen Sie gegen acht auf Kaffee und Dessert vorbei. Ist die einzige Möglichkeit, mich bei Ihnen für Ihre Hilfe von heute morgen zu bedanken, das bin ich schon meinem Stolz schuldig. Das mindeste, was ich tun kann, ist, Sie bei uns willkommen zu heißen. Mit freundlichen Grüßen, E.«

18

»Das war wirklich nicht nötig«, sagte Wolf. »Es ist wunderbar, aber Sie hätten sich keine solchen Umstände zu machen brauchen.« Er machte eine Geste über den langen Eßtisch. Das dunkle polierte Holz reichte noch gut anderthalb Meter über den mit weißem Leinen, Porzellan und den Resten eines Pfirsichkuchens bedeckten Teil hinaus. Sie mußte ihn in einer anderen Zeit gekauft haben, als sie noch gedacht hatte, sie würde fürs ganze Dezernat, oder wie immer sie das beim FBI nannten, kochen.

Elizabeth lächelte. Wenigstens hatte ihm jemand beigebracht, wie man einer Gastgeberin Komplimente machte. Er schien ja recht nett zu sein, aber langweilig – unglaublich und ungeheuerlich langweilig. Er schien keine Interessen zu haben, keine Erfahrungen, nichts, was er ihr gern erzählt hätte. Warum nur fühlte sie sich zu solchen Sachen verpflichtet? »Das war doch nichts. Ich wollte mich nur dafür bedanken, daß Sie mir mit dem Wagen geholfen und mich zur Arbeit gefahren haben. Ich hoffe, Sie hatten keinen Ärger deswegen ...«

»Ärger?«

»Sie sind doch zu spät gekommen, nicht wahr?«

»Überhaupt nicht. Ich hatte nur einige kalte Besuche.«

»Kalte Besuche?«

»Keine Termine, keine Warnung. Man schaut einfach vorbei, ob jemand brauchen kann, was man verkauft.«

»Was verkaufen Sie denn?« fragte sie strahlend.

»Im Augenblick Anzeigenraum. Wollen Sie welchen?«

»Kaum.« Kein Wunder, daß er nicht darüber sprach. Es interessierte ihn noch nicht mal selbst. »Wollen Sie noch etwas Kuchen?«

Wolf warf einen Blick auf den Kuchen und schüttelte den Kopf. »Heben Sie was für Ihre Kinder auf. Ubrigens, wo sind die denn eigentlich?«

»Die haben schon um sechs zu Abend gegessen, wenn Sie das essen nennen wollen. Amanda wirft damit um sich, und Jimmy drückt sich drum rum. Amanda geht um halb acht schlafen, und Jimmy schlief um acht ein – ein großer Tag in der Vorschule, nehme ich an.« Sie wies auf das kleine Ding auf dem Sideboard, das wie ein Transistorradio aussah. »Wenn Sie genau hinhören, können Sie Amanda schnarchen hören. Ich fürchte, Sie werden sie wohl nicht kennenlernen.«

»Oh. Wirklich schade.« Er begann darüber nachzudenken, wie er sie beseitigen könnte, so daß sie es nicht mitkriegen oder morgen hereinkommen und die Leiche finden würden. Er wollte sie nicht auch umbringen; das Hausmädchen sollte die Leiche finden.

»Mögen Sie Kinder?« fragte Elizabeth. Sie bedauerte es auf der Stelle; fast so etwas wie eine Hitzewelle schwappte über sie hinweg. Es war eine Frage, die jemand ausgesprochen Plumpes und Verzweifeltes einem ledigen Mann stellen könnte, um zu sehen, ob er ein geeigneter Kandidat wäre. Jetzt würde er sie für bemitleidenswert halten. Dann kam ihr ein noch viel schlimmerer Gedanke. Was, wenn er die ganze Einladung mißverstanden hätte? Sie hatte ihn hier herübergeschleppt, am Abend, allein – na ja, nicht allein, schließlich waren die Kinder da, aber ohne andere Erwachsene –, da könnte er doch leicht auf den Gedanken kommen, sie wolle ihn verführen. Natürlich würde er, wo es doch in Wirklichkeit genau andersherum war: Sie hatte klarstellen wollen, daß sie eine unabhängige Frau war, die einen Gefallen mit einer angemessenen Geste zurückgab. Aber was, wenn er das alles verstand und sich unter einer angemessenen Geste etwas ganz anderes vorstellte …

Er brauchte einen Augenblick, um zur Unterhaltung zurückzufinden. »Ah… ich nehm's an. Ich meine, ich habe nicht viel Ahnung von Kindern, außer daß ich selbst mal eines war. Aber es wäre wohl irgendwie komisch, sie nicht zu mögen, oder? Es würde mich in eine merkwürdige Position stellen: die Angehörigen meiner eigenen Spezies erst zu mögen, wenn sie voll ausgewachsen sind. Also werde ich sie wohl mögen.«

Sie lächelte wieder. Sie hatte es bereits geahnt. Wieder hatte er ein Thema abgeblockt und sie im gleichen Augenblick beruhigt, aber es war kein großer Verlust; es wäre nicht das erste Mal gewesen, daß sie sich endlos über Kinder verbreitet hätte.

Wolf sagte: »Muß nicht ganz einfach für Sie sein, sich so ganz allein um sie zu kümmern. Ich sehe Sie jeden Tag zur Arbeit gehen.« Endlich hatte er eine Möglichkeit gefunden, den Gatten ins Gespräch zu bringen. War er auf einer Militärbasis auf Guam, oder würde er in zehn Minuten durch die Tür kommen, um die Post abzuholen oder seine Alimente zu zahlen?

»Ich habe eine Babysitterin. Sie ist nett, und die Kinder mögen sie. Aber einfach ist es nicht. Man fühlt sich schuldig, sie allein zu lassen, und man fühlt sich schuldig in der Arbeit, weil man hin und wieder einen Tag nicht kommen kann oder früher nach Hause muß, weil sie krank sind oder was auch immer. Letztlich läuft es darauf hinaus, daß man mit Kindern mehr arbeiten muß als je zuvor, aber selbst bei der Arbeit denkt man nicht immer an die Arbeit, und wenn man sich entscheiden muß, dann kommt die Arbeit immer an zweiter Stelle.«

Wenn bei ihr die Arbeit hinten anstehen mußte, dann mußte sie eine Wahnsinnsmutter sein. Er war mehr als fünfzehn Jahre im Geschäft gewesen, bevor er gegangen war, und er hatte nie auch nur einen Gedanken ans FBI zu verschwenden brauchen. Aber jetzt blieb ihm nicht anderes übrig. »Was machen Sie denn beim Justizministerium?«

»Ich bin wohl eine Art Bürokratin, nehme ich an.«

»Sie meinen, Sie sind Anwältin – oder FBI-Agentin?«

»Anwältin«, sagte sie. »Mein Mann war der FBI-Agent. Er hatte immer die Fälle im Rampenlicht, ich sitze nur im Büro.«

»Hatte. Dann sind Sie geschieden.« Er versuchte es noch mal.

»So viel Glück hatte ich nicht«, sagte sie. »Jim ist vor etwa einem Jahr gestorben. Krebs.«

»Oh. Tut mir leid.« Er sah es an der Art, wie sie es sagte: Es wäre viel besser, wenn er noch am Leben wäre. Sie liebte ihn oder hatte das Stadium erreicht, in dem sie ihn durch die rosa Brille sah. Aber sie hatte Glück: Sie war eine von den Witwen, die ihrem Mann bald ins Grab folgten.

»Das braucht es nicht«, sagte sie. »Jeder liebt jemanden. Wenn es kein Gatte ist, dann sind es eben die Eltern, die Großeltern. Und wir hatten die Kinder. Ich habe also Glück.«

Er nickte. »Eine nette Art, es zu sehen.«

»Das hört sich so an, als wären Sie der Ansicht, ich mache mir etwas vor.«

»Das wollte ich nicht. Es war mir ernst. In gewissen Dingen haben wir keine Wahl, und der Tod ist eines davon. Aber man kann sich aussuchen, wie man darüber denken will.«

»Das stimmt. Aber ich habe auf so viele verschiedene Arten darüber gedacht und bin der Ansicht, es ist die richtige – nicht weil es die nützlichste ist, sondern die treffendste. Meist bin ich noch nicht mal traurig. Er fehlt mir nur.«

Wolf hörte nicht richtig zu. Es spielte sich etwas Merkwürdiges ab. Von seinem Platz am Ende des Tisches aus sah er einen roten Schein durch die Vorhänge. Es waren die Bremslichter eines Wagen, der vor seinem Haus auf der anderen Straßenseite hielt. Ein, zwei Sekunden später gingen die Lichter aus. Er hatte keine Scheinwerfer gesehen. Er horchte auf das Schlagen der Wagentüren, um sie zu zählen, aber es war nicht das geringste zu hören. »Erzählen Sie mir von ihm«, sagte er. »Ich meine, wenn es Ihnen nichts ausmacht.«

Merkwürdig, wie er sich auf irgendeinen Punkt jenseits der Mauer konzentrierte, fast wie ein Blinder. Vielleicht hatte er seine eigenen Erinnerungen. An ihm war mehr dran, als sie gedacht hatte. »Tja, wir hatten viel Spaß zusammen ...«

»Sie meinen, er hatte Humor.«

»Nicht unbedingt. Ich meine, er hatte schon, aber mehr die Sorte Humor, die FBI-Agenten so haben. Ich weiß, es ist unfair, aber die leben meist in einer Männerwelt, das heißt, die meisten Witze haben mit der Arbeit zu tun, und die anderen sind ziemlich einfach gestrickt. Jemand Berühmtes hat mal gesagt, der Unterschied zwischen Männern und Frauen bestehe darin, daß Frauen Falstaff nicht mögen.«

Wovon zum Teufel redete sie eigentlich? Er hatte noch immer keine Türen gehört. Er versuchte sich zu konzentrieren. »Ich dachte, das wären ›The Three Stooges‹.«

Sie grinste. »Das war ein anderer Prominenter.«

Er hatte noch immer keine Türen gehört, aber ein Wagen fuhr vorbei, und er sah, daß vor seinem Haus die Bremslichter einen Augenblick lang angingen. »Vielleicht.«

»Was ich wohl sagen wollte, war, daß Jim spaßig sein konnte. Wir haben uns kennengelernt, als wir vor zehn Jahren am selben Fall gearbeitet haben. Es war ein schlimmer Fall. Hinterher habe ich mir sechs Monate Europa ausgesucht. Eines Morgens, noch ganz früh, ich schlief in meiner Pension, als die Concierge mich weckte. Sie sagte, ich hätte Besuch. Es war Jim. Wir waren noch nicht mal miteinander ausgewesen; er kreuzte einfach so auf.«

Es mußte die Polizei sein. Wie hatten sie ihm vom Parkhaus aus hierher folgen können, ohne daß er sie gesehen hatte? Warum hatten sie ihn sich nicht einfach geschnappt, als er in seine Zufahrt gefahren war? Er merkte, daß sie eine Reaktion erwartete, aber da er kein Wort gehört hatte, lächelte er nur.

»Später dann, so vor zwei Jahren, kam er eines Tages mit drei Tickets nach London.«

»Ein Flug nach London?«

»Genau. Weil es genau acht Jahre waren seit dem ersten Mal.«

»Sehr hübsch«, sagte er. »Das hat sicher Spaß gemacht.«

»Er hat immer so unerwartete Dinge gemacht. Wenn ich sage, daß er beim FBI war, dann stellen Sie sich wahrscheinlich einen stiernackigen Footballspieler vor. Aber er war ganz normal, etwa Ihre Größe, und er hatte intelligente Augen. Er hatte ein ausgezeichnetes Juraexamen, und wir haben immer davon gesprochen, mal zusammen eine Kanzlei aufzumachen.«

Bestand die Möglichkeit, daß sie ihn identifiziert hatte? Vielleicht redete sie derart endlos, weil sie ihren Leuten Zeit geben wollte, das Haus zu umstellen. Sie würde in die Küche gehen, um noch Kaffee zu holen, und dann zur Hintertür hinausschlüpfen, während ein Sondereinsatzkommando durch Türen und Fenster platzte. Nein, sie war wirklich traurig geworden. Er wollte aus dem Fenster schauen, sich die Leute auf der anderen Straßenseite ansehen, aber er konnte es nicht riskieren. »Na dann«, sagte er. »Lassen Sie mich Ihnen mit den Tellern und dem anderen Zeug helfen.« Er nahm den gläsernen Kuchenteller und stand auf. Er dachte sich, wenn sie ihn hereinzulegen versuchte, dann würde er den Kuchenteller an der Kante der Anrichte zerschlagen und ihn ihr über die Kehle ziehen.

Auf dem Weg in die Küche mußte er überlegen, was er sagen konnte. »Zu schade, die Kinder waren so jung. Da haben sie ihn ja kaum gesehen.«

»Ich weiß«, sagte Elizabeth. »Ich nehme an, für Jimmy wird es am schwierigsten. Er wird sich noch ein bißchen an ihn erinnern. Und dann all das Zeug, worüber Psychologen so Bücher schreiben, um Müttern angst zu machen ...«

»Was denn für Zeug?«

»Daß kleine Jungs immer Männer als Identifikationsfiguren brauchen.«

»Ich würde das nicht zu ernst nehmen.«

»Ich weiß nicht. Ich bin irgendwie eine Mischung aus der starken, dominanten Mutter und dem kalten, distanzierten Vater und komme da nicht raus.« Sie sah ihn spitzbübisch an.»Ich habe beruflich des öfteren mit den Produkten solcher Verbindungen zu tun.«

Sie konnte nicht sehen, daß er seitwärts durch die Tür gegangen war, weil sie in die andere Richtung sah. Er musterte die Küche, aber es war nichts zu sehen. Sie sah genauso aus wie die Küchen, die er als Kind im Fernsehen gesehen hatte, mit Vorhängen am Fenster über der Spüle und einer Menge Keksdosen, reihenweise Salz- und Pfefferstreuer, die wie Fische, Früchte oder kleine Leute aussahen. Außerdem herrschte ein heilloses Chaos. Auf der Anrichte standen Töpfe, Pfannen, Messer, irgendwas war verschüttet, selbst auf dem Boden waren einige Spritzer gelandet, während sie den Kindern das Abendessen gemacht hatte.

Eddies Küche hatte wie der Operationssaal eines Krankenhauses ausgesehen, mit einem glänzenden Schneidetisch aus rostfreiem Stahl in der Mitte, den er von demselben Großhändler gekauft hatte, mit dem er auch als Metzger zu tun hatte. Aber Eddie war ein grauenhafter Koch gewesen, also hatten sie im Imbiß gegessen, wann immer einer von ihnen auf eine passende Ausrede kam.

Er folgte ihr ins Eßzimmer für die nächste Ladung Geschirr. Er mußte unbedingt aus dem Fenster sehen. »Haben Sie in England Fotos gemacht?«

»Klar«, sagte sie. »Aber die sollten Sie sich wirklich nicht ansehen.«

»Und ob.«

»Jim hat die meisten gemacht, es ist also kaum mehr als Elizabeth und Jimmy vor diesem und Elizabeth und Jimmy vor jenem.«

»Was ist dran so schlimm?«

Sie zuckte die Achseln. »Sie müssen mir versprechen, es sofort zu sagen, wenn Sie sich langweilen. Sie fallen unter die Kategorie unbezahlbare Familienschätze. Das heißt, wir sind immer scharf eingestellt, die Denkmäler und Kathedralen dafür um so weniger. Ich habe sie in Jimmys Schrank weggeschlossen, weil ich weiß, daß er und Amanda sie sich irgendwann mal ansehen werden wollen.«

»Wenn es zu viele Umstände macht, dann lieber nicht. Ich dachte nur, ich würde selbst mal gern rüber. Ich bin mein Lebtag nicht aus Amerika rausgekommen.«

»Es macht mir nichts aus, sie Ihnen zu zeigen. Es ist nur so, daß es herzlich langweilig ist, sich die Urlaubsfotos anderer Leute anzuschauen.«

»Ich verspreche, nicht zu gähnen.«

Carmine Fusco saß im Dunkeln im Wohnzimmer des Hauses, in dessen Garage der Fleischerjunge Martillos Wagen abgestellt hatte. Bisher hatte er in einem bequemen Sessel zirka drei Meter neben der Tür gesessen, aber jetzt war er unruhig geworden; er stand auf. Man muß sich einmal vorstellen, daß ein Mann wie dieser all die Jahre in solch einem Haus gelebt haben soll. Würde ziemlich peinlich werden für Mr. Vico, wenn jemand herausfand, daß der Fleischerjunge zehn Jahre still und leise in der Washingtoner Vorstadt gewohnt hatte.

Er durchquerte das Zimmer. Irgendwas an der Dunkelheit ließ einen leiser werden. Er hörte das Knarren jeder einzelnen Diele. »Castelli?« flüsterte er.

»Ja?«

»Schon was gesehen?«

»Nein. Vielleicht hat er ’ne Verabredung.«

»Wenn der ihn hochkriegt nach dem, was er heute durchgemacht hat, dann würd’ ich die gern kennenlernen.«

»Herrgott, wenn ich ihn hochkriege nach dem, was ich heute durchgemacht habe, würd' ich sie selber gern kennenlernen.«

Carmine trat ans Fenster und hielt sein Handgelenk gegen den Vorhang, konnte aber seine Uhr trotzdem nicht sehen. Er wußte, daß das im Grunde beruhigend sein sollte, weil dann auch der Rest von ihm nicht so leicht zu sehen wäre, aber es war nur frustrierend. Schlimm genug, auf jemanden warten zu müssen, vor dem man Angst hatte, aber das Zeitgefühl zu verlieren, ließ alles noch viel länger erscheinen.

Wolf wartete, bis sie die Schuhe abgestreift hatte und in den Flur geschlüpft war. Er bemerkte, daß sie nicht auf Zehenspitzen ging, sondern die Füße flach auf die Dielen setzte, damit sie nicht knarrten. Als sie sich umdrehte und linkerhand eine Tür öffnete, trat er rasch ans Fenster und bewegte einen Fingerbreit den Vorhang zur Seite. Er sah, daß die Autos, die vor dem Haus gehalten hatten, sofort wieder weitergefahren waren. Sie mußten erwartet haben, ihn dort anzutreffen, und waren alle auf einmal gekommen, um die Bude zu stürmen. Als sie festgestellt hatten, daß er nicht drin war, hatten sie die Autos verschwinden lassen; jetzt warteten sie auf ihn. Es schien ihm nicht eben die übliche Arbeitsweise der Polizei. Die hätten die Tür eingetreten, sämtliche Lichter angemacht und gestürmt. Hätten die das Haus leer gefunden, sie hätten die nächsten fünf Stunden damit zugebracht, es auseinanderzunehmen, es zu fotografieren und nach Fingerabdrücken zu suchen. Ihm kam der Gedanke, daß er mit jemandem zusammen war, der wußte, wie die Polizei vorgehen würde, aber er sah keine Möglichkeit, sie zu fragen.

Elizabeth kam mit einer beunruhigend großen Schachtel zurück, stellte sie zwischen ihnen auf die Couch, nahm den Deckel ab und reichte ihm einen Stapel. Sie wirkte kleinlaut, zurückhaltend und etwas traurig. »Die hier sind von London.«

Als Wolf einen Blick auf die ersten Fotos warf, bekam er Kopfschmerzen. Er hatte an derselben Stelle des Themseufers gestanden, wo er jetzt eine jüngere Elizabeth Waring sah, nur daß er die Ehrenwerte Meg bei sich gehabt hatte. Er versteckte sich im Wohnzimmer dieser Frau, weil auf der anderen Straßenseite Männer lauerten, die ihn umbringen wollten. Er hatte keine genaue Vorstellung davon, was er tun würde; am liebsten hätte er sich in diese Fotos zaubern lassen, um an ihrer Statt im weichen englischen Licht zu stehen.

Elizabeth sah sich die Bilder beim Durchblättern nur flüchtig an. Er schien sie richtiggehend zu studieren. Was für ein merkwürdiger Mann. Zuerst war er ihr so hohl und langweilig vorgekommen, aber er war auf eine merkwürdige stille Art sehr sensibel. Vielleicht war er so still, weil er sich so sehr für andere interessierte. Plötzlich und ohne Warnung kehrte sich ihr Gedankengang um, und sie spürte, wie es ihr kalt über den Rücken kroch. Was, wenn sein Interesse krankhaft war; womöglich war er eine Art Voyeur. Es war schon so lange her, daß sich jemand auch nur im geringsten für ihr Leben, ihre kleine Welt interessiert hatte; womöglich setzte sie sich hier etwas Schrecklichem aus, von dem sie sich noch gar keinen Begriff machen konnte. Er hatte sie ermutigt, weit länger und offener über Dinge zu reden, die sie bisher immer für sich behalten hatte. Es hatte ganz anders angefangen, und zuerst hatte sie sich gar nichts dabei gedacht; wie hatte es dazu kommen können? Vielleicht war sie im Begriff, eine jener Witwen zu werden – oder war sie längst eine? –, die ihre Lebensversicherung einem Hochstapler überschreiben, nur weil er ihnen ihre Aufmerksamkeit schenkte. Womöglich sogar einem, von dem sie sich nur *einbildete,* daß er ihr seine Aufmerksamkeit schenkte – einem Fernsehprediger mit einer Perücke wie ein Affenpelz. Nein, sagte sie sich, ich war nur höflich. Sie gab vor, den Karton durchzugehen, beobachtete ihn jedoch aus den Augenwinkeln. Er hat nichts Außergewöhnliches. Wenn man sich ihn genauer ansah, merkte man, daß er bereits unruhig wurde.

Als das Telefon klingelte, sprang sie auf. »Ich muß ran, bevor man mir die Kinder aufweckt«, erklärte sie. Noch vor dem zweiten Klingeln hatte sie den Hörer in der Hand. »Hallo?«

Richardsons Stimme kam durch die Leitung. »Elizabeth. Tut mir leid, jetzt noch anzurufen, aber es ist wichtig.«

»Ist was passiert?«

»Ja. Die Polizei hat eben zwei Leichen identifiziert, die man im Parkhaus am Gateway Tour Center aufgelesen hat. Der eine, ein gewisser Jerry Bartolomeo, gehörte zum Mafiafußvolk. Der andere war eine echte Überraschung, ein Kerl namens Paul Martillo. Er war hier Lobbyist für eine Reihe von gemeinnützigen Organisationen, darunter auch die Italo-amerikanische Antidiffamierungsliga. »

»Was ist das? Was Illegales?«

Es kam ein Schnauben über den Hörer, das wohl eine Art Lachen darstellen sollte. »Ich habe vergessen, daß du eine Zeitlang aus dem Verkehr gewesen bist. Sie wurde so vor dreißig Jahren von Peter Cuccione als drohender Finger gegen das Fernsehen gegründet, weil er es nicht haben konnte, daß seine Kinder *Die Unbestechlichen* guckten. Mittlerweile wird sie aus Detroit geleitet, von den Toscanzios.«

»Dann besteht also die Möglichkeit, daß er hier ist.«

»Ich weiß nicht, ob es was mit dem Rest zu tun hat, aber ein Knabe wie Martillo ... Ich dachte mir, du solltest es wissen.«

»Und ob ich das wissen will. Meinst du, er war es?«

Richardson hielt sich bedeckt. »Also, ich weiß nicht. Martillo war keine große Nummer, aber die Leute, für die er gearbeitet hat, sind dafür um so größer. Und den Knaben mitten an einem Werktag in der Nähe des Federal Triangle abzuschießen ist schon irgendwie seltsam.«

»Allerdings. Richardson, wir müssen jemanden hinschicken.

Jack ist noch in Chicago, und ich kann nicht so einfach hier weg. Meine Kinder schlafen.«

»Können sie nicht... ach so, ja, sie sind noch recht klein, nicht wahr?«

»Vier und elf Monate.«

»Wie steht's mit einem Nachbarn?«

Elizabeths Augen bewegten sich reflexartig zu Wolf und wandten sich wieder ab. Noch vor einer Minute hatte sie sich überlegt, ob er ein Hochstapler, ein emotioneller Staubsauger oder ein Sadist war. »Nichts zu machen.«

Richardson seufzte. »Na schön. Ich denke, ich fahre selber mal los. Ich versuche der Stadtpolizei und dem FBI soviel wie möglich aus der Nase zu ziehen und bitte sie, dir Kopien von allem, was zu Papier gebracht wird, zukommen zu lassen.«

»Danke«, sagte sie. »Tut mir leid, daß ich nicht kann, aber...«

»Schon gut«, unterbrach er sie. »Die Kinder hatte ich ganz vergessen.«

Wolf nahm den vierten Packen Fotos zur Hand und erkannte auf einem die Milk Street in Bath. Darunter jedoch, auf dem Boden der Schachtel, befand sich ein Stapel Papiere, Kofferanhänger und anderes Zeug, das von einem Gummi gehalten wurde. Einige längliche Umschläge mit dem Logo der British Airwasy und einige Quittungen, die jemand einfach dazugeworfen hatte. Während er sich die Fotos ansah, tastete er mit der anderen Hand den Packen ab. Er war steif, und eine blaue Ecke spitzte heraus. Er erkannte Textur und Größe. Sie hatte gesagt, sie wären vor zwei Jahren drüben gewesen. Er wäre also noch fünf Jahre gültig. Er sah sie an, während sie sich anschickte, wieder aufzulegen. Im nächsten Augenblick würde sie sich umdrehen und den Hörer auf die Gabel legen. Er klemmte die Ecke fest zwischen Daumen und Zeigefinger. Komm schon, dreh dich um. Mach schon. Jetzt!

Aber sie drehte sich nicht um. Sie nahm den ganzen Apparat, holte ihn nach vorn, ohne ihn anzusehen, legte auf und kam zurück zur Couch. »Tut mir leid. Aber die Arbeit.«

Ihm tat es auch leid. Er nickte. Arbeit war das hier wirklich. Seit Beginn dieser Geschichte hatte man ihm nichts geschenkt. »Hören Sie, ich habe das eben mitbekommen. Wenn Sie wohin müssen ...«

Sie schüttelte den Kopf. »Nein, danke. Ich kann die Kinder nicht allein lassen.«

»Ich kann ja ein Auge auf sie haben. Wenn Sie wollen.«

Sie lächelte. »Das ist nett von Ihnen, aber sie kennen Sie ja nicht. Wenn sie aufwachen, hätten sie furchtbar Angst.«

Jack Hamp saß in seinem Motelzimmer und lauschte auf die großen Düsentriebwerke, die über die Startbahn von O'Hare dröhnten; der Krach nahm zu, je mehr Stoff die Piloten gaben, und schließlich donnerten sie in den Himmel, zogen eine weite Schleife und richteten sich auf dem vorgeschriebenen Kurs ein.

Der Bericht aus Washington war praktisch nicht zu verstehen. Er wünschte sich einmal mehr, die Computer würden die Welt entweder gleich ganz übernehmen, so daß man als Mensch auch wirklich wüßte, was zum Teufel nun los ist, oder sie würden einfach wieder verschwinden. Die Kombination von Mensch und Maschine jedenfalls hatte sich nicht bewährt. Dem Bericht nach waren zwei Leute gestorben, die auf den ersten Blick nicht sonderlich viel miteinander zu tun zu haben schienen, geschweige denn mit dem Fleischerjungen, bis er las, daß man sie beide in einem Washingtoner Parkhaus gefunden hatte. Als Berufe fand er »Fahrer« und »Lobbyist«. Für Hamps geübtes Auge sah es ganz so aus, als hätte man eine der beiden Leichen falsch identifiziert. Alles, was ihm der Bericht sagte, war, daß es heute in Washington zu einem Zwischenfall mit einigen Toten gekommen war. Soviel hätte ihm auch das Blinklicht seines zum Schweigen gebrachten Piepsers gesagt.

Er warf einen Blick auf seine Uhr, nahm seinen Koffer zur Hand und ging noch mal durch den Raum, um sicherzugehen, daß er auch nichts vergessen hatte. Das war auch so eine Sache: Diese verdammten Maschinen produzierten derart viel Papier, daß man es praktisch bündeln mußte wie die Zeitungen von letzter Woche, bevor man sie wegwerfen konnte. Nicht daß man sie wegwerfen konnte, schließlich waren sie voller vertraulicher Informationen, auch wenn sie nicht eine Antwort auf die Fragen eines vernünftigen Polizisten hatten.

Als Hamp den Flughafen betrat, dachte er daran, Elizabeth Waring anzurufen. Nicht weil sie diejenige war, bei der er sich zu melden hatte. Zwanzig Jahre bei der Polizei schufen nicht eben Respekt vor Hierarchien; sie zeigten einem nur, daß sich auch mit ihnen leben ließ – wie mit Kohlenmonoxid und Vogelscheiße. Neunundneunzig Prozent seiner Zeit war man unterwegs, fuhr mit dem Wagen in der Stadt herum und versuchte, die Probleme anderer Leute zu lösen, indem man eine Autorität geltend machte, die auf nichts weiter basierte als auf der Fähigkeit, die Leute davon zu überzeugen, daß das, was immer ihnen durch den Kopf ging, die Mühe nicht wert war. Wenn die nur wüßten. Er wollte Elizabeth deshalb anrufen, weil er in den letzten beiden Wochen nach zwei, drei Telefonaten pro Tag den Eindruck gewonnen hatte, daß sie ihm diesen Bericht auseinandersetzen könnte.

Aber in Washington war es bereits nach Mitternacht, und junge Witwen mit Kindern hatten abends schon genug um die Ohren, auch ohne jemandem erklären zu müssen, wer zum Teufel Paul Martillo war und was er ohne Wagen und Schlüssel auf der Rampe eines Parkhauses wollte. Dafür wäre morgen früh noch Zeit genug, nachdem sie die Konferenz hinter sich hätte. Sie wußte vermutlich noch nicht einmal, daß sie eine hatte, aber derlei Zwischenfälle führten immer zu Konferenzen am Morgen. So funktionierten Bürokratien nun mal.

Wolf legte die Fotos in den Karton zurück. »Ich helfe Ihnen noch beim Abwasch.« Mußte es eben auf die harte Tour gehen. Er konnte noch nicht mal Little Normans Waffe benutzen, weil sie die ganze Nachbarschaft hören würde; und wenn die Männer auf der anderen Straßenseite sie hörten, wüßten sie sofort Bescheid. Er würde das gezahnte Brotmesser auf der Anrichte nehmen, ihr die Klinge über die Gurgel ziehen müssen, während ihre Kinder schliefen. Er würde sie über den Ausguß halten müssen, während sie verblutete, um sich dann den Paß in der Schachtel zu schnappen. Das Schlimmste daran war noch nicht mal die Sauerei, sondern daß er nach all der Mühe, die er sich gemacht hatte, Elizabeth Waring zu finden, mit einemmal das Bedürfnis hatte, sie einfach zufriedenzulassen. Wahrscheinlich war es der Anruf gewesen. Sie war nicht die geringste Bedrohung für ihn; sie war ja noch nicht mal in der Lage, nachts loszuziehen und die Befehle ihres Chefs auszuführen. Sie hatte vermutlich gehofft, längst im Bett zu sein. Sie war nichts weiter als eine nette Frau ohne Mann, die einen Job hatte, in dem sie gut war – und heute hatte sie einen Mann kennengelernt, der höflich war und sie nicht gleich verschreckte. Sie würde nicht losziehen, um einen Mann kennenzulernen, aber wenn ihr zufällig einer über den Weg laufen sollte, dann dürfte das durchaus in Ordnung sein. Frauen wie sie hatten vermutlich nicht allzuviel Sex, und eine Gelegenheit wie die hier, was wäre schon dabei? Sie war gescheit und sensibel genug, um zu wissen, daß sie ihre Anziehungskraft auf Männer noch lange nicht eingebüßt hatte, und wäre alles ganz anders gewesen, er hätte ihr den Gefallen mit Vergnügen getan. Ihr mit einem Küchenmesser die Kehle durchzuschneiden würde das FBI nicht verwirren; es würde zu gar nichts führen.

»Und überhaupt«, sagte Elizabeth eben, »es ging mir nur darum, Ihnen für Ihre Hilfe von heute morgen zu danken. Kommt gar nicht in Frage, daß Sie hier auch noch abspülen.«

Wolf stand auf, und der Augenblick kam und ging. »Na dann«, sagte er. »Aber den Müll nehme ich noch mit raus.«

»Abgemacht«, sagte sie. »Mich graut immer davor, hier nachts rauszugehen.«

Wolf nahm den Müllbeutel mit hinaus neben Elizabeths Garage, wo vier große Tonnen standen. Er versenkte den Beutel geräuschlos und setzte den Deckel wieder auf. Er warf einen Blick zur Küchentür, dann einen zum Fenster. Wenigstens stand sie nicht da, um ihm nachzusehen, die Auffahrt hinab und über die Straße, was auch immer ihn drüben erwarten mochte. So konnte er durch den hinteren Garten auf die nächste Straße und einen Bogen ziehen.

Carmine stand wieder auf und ging durchs Haus zur Hintertür, wo Petri postiert war. »Rührt sich was draußen?«

Petri grunzte.

»Was zum Teufel soll das heißen?«

»Ich habe den Kopf geschüttelt. Es rührt sich nichts.«

»Wie spät ist es?« Es stank ihm, Petri nach der Zeit fragen zu müssen, aber es war so dunkel hier drin, daß auf seiner Uhr nichts zu erkennen war, also mußte er sich immer wieder entschuldigen und sich die Zeit von den anderen sagen lassen. Er sollte vielleicht mehr Karotten essen – oder sich eine Uhr mit Leuchtziffern zulegen.

»So zirka Viertel nach elf.«

Carmine überlegte. »Mir gefällt das hier nicht.«

»Wie meinst du das?«

»Ich meine, was, wenn er nicht kommt? Ich meine, ich habe keine Lust, hier bis morgen früh rumzusitzen mit einem Wagen in der Garage, der ihm nicht gehört und in dem garantiert keine Fingerabdrücke sind, ganz zu schweigen von dem Blut auf den Sitzen. Wenn der weiß, daß wir hier sind, braucht er doch bloß die Bullen zu rufen und zu behaupten, jemand wär' in sein Haus eingebrochen. Und ich würde nicht grade Haus und Hof drauf verwetten, daß er darauf nicht kommt.«

»Der hat keine Ahnung, daß wir hier sind, Carmine.«

»Auch darauf würd' ich nicht wetten. Wo ist das Telefon?«

»Welches Telefon?«

»Na, sein Telefon eben.«

»Es ist keines da.«

»Überhaupt keines?«

»Nein. Wir waren im ganzen Haus. Wenn eins da wäre, hätten wir es gesehen.«

Carmines Herz begann zu hämmern, dann schien ihm der Druck in den Kopf zu steigen. »Verfluchte Scheiße, ihr habt im ganzen Haus kein Telefon gefunden und mir nichts gesagt?«

Petri stellte die Stacheln auf: »Na und?«

»Ich garantier' dir, heute morgen hatte der Mann noch eins. Ohne Telefon kann man nicht leben. Das heißt, er hat es rausgenommen.«

»Nicht unbedingt. Meine Großmutter hatte auch kein Telefon.«

»Der Typ ist nicht deine Großmutter, du dumme Sau! Das ist das erste, was man im Krieg macht: den Feind abschneiden, um ihn zu isolieren. Er hat unsere Kommunikation unterbunden. Er weiß, daß wir hier sind, und er wird irgendwas unternehmen.«

»Dann nimm eben das Autotelefon.«

»Was?«

»Das Autotelefon. Martillo hatte eines im Wagen. So hat er doch Mr. Vico angerufen, als er den Typ gesehen hat.«

Fuscos Gedanken überschlugen sich auf der Suche nach einem Gegenargument, konnten aber nichts finden. Schließlich murmelte er: »Das wollte ich eigentlich nicht. Aber was soll ich machen.« Er holte seine Pistole heraus, trat an die Hintertür und flüsterte: »Halt die Augen offen. Wenn er da draußen ist, schlägt er jetzt zu.«

Wolf durchquerte den Garten des Hauses neben dem seinen; er ging langsam und hielt sich im Schatten, dann blieb er stehen, um zu lauschen. Er suchte die Rückseite seines Hauses ab. Es waren weder Lichter zu sehen noch zerschlagene Scheiben. Er erstarrte. Richtete dann langsam Little Normans Pistole auf den Türknopf. Er konnte nicht so recht erkennen, was die Tür aufgemacht hatte, aber als sie sich wieder schloß, hatte er die Silhouette eines Mannes vor der weißen Stülpverschalung.

Wolf ließ den Blick schweifen; vielleicht wollten sie nur sehen, ob er da war. Er beobachtete die Fenster und die Tür, konnte aber weder eine Gestalt noch eine Bewegung sehen. Der Mann begann sich zu bewegen, und da er nicht auf ihn zukam, beobachtete Wolf ihn. Der Mann ging zur Garage, öffnete sie und tauchte hinein. Was er dann tat, war Wolf ein Rätsel; er zog die Tür hinter sich zu.

Ein Polizist war das nicht. In diesem Stadium war ein einzelner Beamter nicht drin. Es hätten wenigstens fünf Leute am Wagen von Pauly der Tasche gearbeitet, um Fingerabdrücke zu nehmen, Blutproben, Haare und was immer sie dieser Tage so sammelten. Aber wenn es kein Polizist war, dann mußten es Vicos Leute sein, und wenn der Mann hier nicht machte, was Bullen so machten, was machte er dann?

Wolf stand reglos da und beobachtete das Haus. Vicos Teams schienen nach wie vor aus drei Leuten und einem Fahrer zu bestehen. Damals hatte er Wolf drei Leute geschickt, um ihn auszunehmen. Diesen Nachmittag hatte Wolf auf der Independence Avenue drei Leute aussteigen sehen und dann wieder drei auf der Rampe im Parkhaus. Höchstwahrscheinlich waren also noch zwei weitere im Haus, während der Fahrer irgendwo in der Nähe wartete.

Er stand einen weiteren Augenblick da und wartete auf eine Bewegung. Er hatte noch immer die Möglichkeit, sich einfach umzudrehen und wegzugehen. Er hatte selbst im Augenblick genug Geld in der Tasche. Er konnte den Weg zurückgehen, den er gekommen war, eine Meile vielleicht, und sich von irgendeiner Spirituosenhandlung aus ein Taxi rufen. Die Chancen, daß der Taxifahrer nichts mit Vico zu tun hätte, standen nicht schlecht, und selbst wenn, der Mann wüßte schließlich nicht, wer er war. Er hatte keinen Grund, wieder ins Haus zu gehen. Er hatte es nur gemietet, weil er die Frau von gegenüber hatte erledigen wollen; dann wollte er ohnehin wieder verschwinden. Er hatte nichts angerührt, jedenfalls nicht mit bloßen Händen, und auch nichts zurückgelassen, was man zu ihm hätte zurückverfolgen können. Selbst die Etiketten hatte er aus den Kleidern getrennt.

Aber er war wütend. Was Vico hier trieb, war der reine Opportunismus. Wolf hatte dem Mann nichts getan, und auch Michael Schaeffer hatte zehn Jahre lang nichts weiter getan, als in seinem Haus in Bath herumzusitzen und mit seiner Freundin gelegentlich in ein Konzert zu gehen. Diese Leute warteten im Haus, um sich das Kopfgeld für den Fleischerjungen zu verdienen. Er fragte sich, ob sie wirklich darauf vorbereitet waren, ihm gegenüberzustehen.

Wenn zwei im Haus waren, dann beobachtete einer die Straße. Blieb noch einer. Der stünde an der Küchentür, um seinen Kollegen auf dem Weg zur Garage zu decken. Wolf schlich sich ans Haus und blieb dabei auf Tuchfühlung mit den Brettern der Verschalung, als er sich seitwärts neben die Hintertür schlich. Er kroch über die Stufe davor, und ging dann seitwärts weiter zur Garagentür. Geräuschlos schob er den Riegel vor, um den Mann drinnen einzuschließen, dann ging er zurück an die Tür, klopfte leise und flüsterte: »Ich bin's. Laß mich rein.«

Die Tür ging einen Spaltbreit auf, und als er sich mit seinem ganzen Gewicht dagegenwarf, schlug sie dem Mann mit voller Wucht ins Gesicht. Im Zurücktaumeln fuhren die Hände des Mannes nach oben, um sie über seine blutende Nase zu legen. Noch bevor er sie wieder senken konnte, war Wolf auch schon drin und stieß ihm Little Normans Beretta gegen den Kopf. Wolf flüsterte ihm ins Ohr: »Leg dich aufs Gesicht. Wenn ich was höre, bist du tot.«

Der Mann sank zu Boden. Wolf sah sich nach der Waffe des Mannes um und fand sie zu seinen Füßen. Es war eine 9-mm-Browning mit Schalldämpfer. Er kniete nieder und hob sie auf, aber noch im selben Augenblick schien sich die Tür zur Küche mit Dunkelheit zu füllen. Es war die Gestalt eines großen Mannes, der auf sie heruntersah. »Was treibt ihr denn auf dem Boden?« Wolf hob den Arm und drückte, so schnell er nur konnte, dreimal hintereinander ab. Er hörte drei heisere Spucklaute, dann tat der Mann einen Schritt nach hinten und kippte ins Eßzimmer.

Der auf dem Boden stemmte sich hoch und trat nach dem Fleischerjungen. Wolf tänzelte zur Seite, um dem Rundschlag auszuweichen, und schoß dem Mann dann in den Rücken. Für den zweiten Schuß ließ er sich Zeit; er zielte, und die Kugel fuhr dem Mann in den Scheitelknochen. Vorsichtig ging er ins Eßzimmer und schoß dem anderen in die Schläfe.

Wolf stieß einen Seufzer aus. Es war nicht besonders gelaufen; er hätte sie gern lebend gehabt. Er machte das Licht an, ging ins Bad, suchte sämtliche Handtücher zusammen und schob sie unter die beiden Männer, um das Blut aufzufangen. Dann durchsuchte er den Mann auf dem Küchenboden, um zu sehen, ob er noch mehr 9-mm-Munition bei sich hatte. Er fand ein zweites Magazin in der rechten Hosentasche, grub es heraus, klinkte das gebrauchte aus und schob das volle ein.

Er ging zur Küchentür, trat hinaus, ging zur Garage und horchte. Der Mann drinnen zog bereits an der Tür, um herauszukommmen. Wolf wartete, bis er den Mann zurücktreten hörte, dann schob er den Riegel auf und trat um die Ecke der Garage. Der Mann stand auf engstem Raum mit einem Wagen. Es gab keine Fenster, und die einzige Tür war die, die er angehoben hatte, um hineinzukommen. Wolf hatte ein gewisses morbides Interesse daran, was der Mann jetzt wohl tat.

Carmine schwitzte. Er hatte Mr. Vico angerufen, und Mr. Vico hatte ihn angeschrien. Mr. Vico war ein dicker alter Mann mit einem schwachen Herzen, und er hatte wahrscheinlich seit der Präsidentschaft Eisenhowers keinen mehr angeschrien, aber was er gesagt hatte, war schlimmer gewesen als das Geschrei selbst. Wenigstens ließ er durch das Geschrei etwas Dampf ab, bevor er in seinem Zorn etwas tat. Das Geschrei könnte Carmine vielleicht überleben, aber das andere bedeutete Ärger. Mr. Vico hatte ihm erklärt, wie das mit Autotelefonen war: daß einem jeder Anruf einzeln berechnet würde, mit der angerufenen Nummer und der Uhrzeit auf der Rechnung, genau wie bei Ferngesprächen, und daß der Typ, dem das Auto gehörte, seit Stunden tot sei. Die Polizei hätte seine Leiche längst vom Beton des Parkhauses gekratzt und zur Autopsie gebracht.

Und genau deshalb hatte Carmine zu schwitzen begonnen. Dann, als er aus der Garage zu kommen versuchte, um Petri Bescheid zu stoßen, dessen Schuld das hier schließlich war, hatte er die verdammte Tür nicht aufgebracht. Er hatte sich praktisch einen Bruch gehoben, als er an dem Ding zog, und trotzdem ging es nicht hoch. Jetzt bekam er es mit der Angst zu tun. Das erste, woran er dachte, war, Castelli und Petri anzurufen, sie sollten ihm aufmachen, aber er steckte schließlich nur deshalb hier drin, weil es in dem verdammten Haus kein Telefon gab. Dann dachte er daran, noch mal Mr. Vico anzurufen, um ihn zu bitten, er möchte jemanden vorbeischicken, der Castelli und Petri sagte, sie sollten ihn hier rausholen, aber er wußte, das war keine gute Idee. Dann hatte er überlegt, wen er sonst noch anrufen könnte, aber da war ihm wieder eingefallen, was Mr. Vico über die Telefonnummern gesagt hatte. Jeder, den er anrief, wußte womöglich genausoviel über Telefonrechnungen wie Mr. Vico. Irgendwann würden sie davon Wind bekommen, daß er ihre Nummern auf eine kleine, aber feine Liste gebracht hatte – sie alle waren nach seinem Tod über Martillos Apparat angerufen worden. Außerdem hatte er seinem Schwager Gilbert verboten, sich mit dem riesigen Caddy noch mal in dieser Straße blicken zu lassen. Vermutlich hockte der im Augenblick drin, hörte Radio und wartete darauf, daß Carmine hier fertig war und mit den anderen auf den Parkplatz hinter den Schnapsladen kam. Nur daß Carmine nirgendwo hinkonnte.

Langsam, aber sicher gestand Carmine sich ein, daß es nur einen Weg hier heraus gab. Er mußte Martillos Wagen kurzschließen und die Tür damit rammen. Er hatte keine Ahnung, wie lange es dauern würde, um eine so winzige Garage mit genügend Kohlenmonoxid zu füllen, um ihn zu ersticken, für den Fall, daß es nicht ging. Außerdem machte er sich Sorgen über das, was danach kommen würde. Die Tür zu rammen würde einen Mordslärm machen; er hätte also gar keine andere Wahl, als einfach weiterzufahren; Castelli und Petri würden annehmen, daß ein Lärm dieser Größenordnung unmöglich von Carmine kommen konnte, und würden das Feuer eröffnen. Aber wenn er davonfuhr, ließ er Castelli und Petri im Haus des Fleischerjungen im Stich, die Bullen wären bereits unterwegs und kein Wagen in Sicht. Wäre ziemlich schwer zu erklären so was, und den Schutz von Mr. Vico dürfte er schon mal vergessen, soviel stand fest.

Er öffnete die Wagentür, machte die Scheinwerfer an und sah sich um. Es mußte doch irgendwo hier einen Kuhfuß oder irgendwas geben, aber alles, was er sah, war ein Netz von Nagelköpfen auf bloßer Teerpappe. Es war richtig irre; was war das für ein Kerl mit einer Garage mit nichts drin außer dem Wagen? Er schaltete das Licht wieder aus und ging wieder zur Tür; wenn er diese Scheißtür nicht aufbrachte, würde er sein Fett kriegen. Er ging in die Knie und bückte sich, so weit es nur ging. Man mußte nur die Beine zu Hilfe nehmen.

Wolf hörte die Garagentür mit unglaublicher Wucht unters Dach knallen. Es hörte sich an, als würde sie aus der Führung springen. Dann kam der zischende Atem des Mannes. Hörte sich ganz so an, als wäre er mächtig ins Schnaufen gekommen. Er ließ den Mann aus der Garage kommen und Richtung Küchentür schwanken. Der Mann blieb stehen und fragte sich, wieso wohl die Lichter brannten. Wolf hob die Pistole mit dem Schalldämpfer und erlöste Carmine von seinen Problemen.

19

Wolf zog den letzten in die Garage. Es war der aus dem Eßzimmer, und der war wenigstens einsneunzig und schwer. Wolf schloß die Garagentür, hievte die Leiche auf den Rücksitz und stützte sie mit der anderen ab. Dann sah er sich seine kleine Ausstellung an. Die drei Männer saßen in diversen Posen entspannter Bequemlichkeit. Er legte den rechten Arm des Letzten über die Rückenlehne, so daß es aussah, als hätte er ihn hinter dem Kopf des anderen; es half, das Loch und das Blut zu kaschieren.

Wolf öffnete die Garagentür wieder, stieg in den Wagen, ließ ihn an und fuhr auf die Auffahrt hinaus, bevor er die Tür wieder schloß. So leise er nur konnte, stieß er zurück auf die

Straße, indem er den Wagen im Leerlauf die Auffahrt hinabrollen ließ. Dann zog er sachte davon. Während er fuhr, machte er Inventur: Er hatte die Böden gründlich gewischt, die Handtücher dann auf die Wagensitze gelegt, damit sie noch mehr von dem Blut aufsaugten, und dann seine Gefährten reisefertig gemacht. Er hatte noch zwei Pistolen mit vollen Magazinen und Schalldämpfern, eine unter dem Sakko, die andere zu seinen Füßen unter dem Fahrersitz. Little Normans hatte er ins Jackett der Leiche auf dem Beifahrersitz gesteckt. Wenn er nicht plötzlich auf die Bremse trat oder allzu verwegen in die Kurven ging, würden seine Gefährten in relativ natürlichen Haltungen sitzen bleiben. Es war mindestens drei Stunden her, seit der letzte gestorben war, und die langsam eintretende Totenstarre würde das ihre tun. Sie begann an Kiefer und Hals und breitete sich von dort auf Rumpf und Beine aus.

Es hatte lange gedauert, aber er hatte seine Sache wahrscheinlich gut genug gemacht. Wenn die Polizei das Haus wirklich auf den Kopf stellte, würde sie zweifellos Blut finden, auch Haare und Fasern von den dreien hier, vermutlich auch von ihm und der Familie, der das Haus gehörte, von ihren Hunden und Katzen ganz zu schweigen. Aber sie würden nicht nachsehen.

Nach all den Jahren hatte Wolf keine Scheu mehr vor Leichen, aber er wollte nicht, daß ihm die drei umkippten, während er auf dem Highway war. Er hatte vorsichtshalber ihre Brieftaschen durchsucht, um sicherzugehen, daß sie nicht doch von der Polizei waren, aber alles, was er gefunden hatte, waren Kreditkarten und Geld. Sie hießen Castelli, Petri und Fusco, er hatte jedoch bereits wieder vergessen, wer welcher war. Sie hatten alle in Washington gewohnt, und keiner von ihnen hatte eine Karte dabei, die ihn zu ärztlicher oder zahnärztlicher Versorgung berechtigt hätte. Offensichtlich sparte sich Vico den Arbeitgeberanteil.

Bereits als er in die Stadt gekommen war, hatte er sich umgesehen, ob von Vicos Geschäften noch welche unter den alten Namen liefen, und hatte tatsächlich einige gefunden. Sie hießen alle Acme, Apex, AAA oder ABC, damit seine Kontaktleute nicht gleich das ganze Alphabet zu lernen brauchten, um dahinterzukommen, wohin sie was liefern mußten. Wolf hatte sich große Umstände gemacht, um nicht etwa aus Versehen Vicos Leuten über den Weg zu laufen, aber es hatte nichts genützt. Er war sogar an dem großen Haus vorbeigefahren, das Vico bewohnte, nur um zu wissen, wo es war.

Vico hatte eben eine offizielle Beschwerde beim Kundenbüro der Telefonfirma eingereicht. Er hätte diesen Abend den Anruf irgendeines Spinners erhalten und hatte um eine neue Geheimnummer gebeten. Während er sprach, hörte er das Klappern einer Tastatur, auf der die Frau pflichtbewußt seinen Antrag in den Firmencomputer getippt hatte für den Fall, daß sein Anwalt ihn später brauchte. Was er wegen Fusco unternehmen sollte, das hatte er noch nicht entschieden. Carmine war vom Typ treuer Hund und brauchte hin und wieder was mit der Zeitung auf die Nase; man konnte nun mal nicht erwarten, daß ein Hund für einen auf Bäume ging. Was man von ihm erwartete, erledigte er ziemlich gut, und im Augenblick war er dabei, Vico zum Helden zu machen.

Vico lehnte sich in seinen Lieblingssessel zurück und starrte in den Kamin. Er hatte immer schon eine Schwäche für offene Feuer gehabt. Er hatte das vage Gefühl, das ein oder andere erledigen zu sollen, aber er hatte nicht die Absicht, sich von der Stelle zu rühren. Er wartete auf einen Anruf. Er hatte wenigstens zweihundert Leute auf den Beinen, die aktiv nach dem Fleischerjungen suchten, was nicht zuletzt für seine Aufgedrehtheit verantwortlich war. Er hatte schon immer geglaubt, daß er etwas von den Hexeneigenschaften seiner Mutter hatte. In ihrer Jugend war sie eines jener Mädchen gewesen, die von

Zugunglücken und sinkenden Schiffen träumten, und als sie älter war, hatten die Schwangeren des ganzen Viertels sie aufgesucht, um zu erfahren, ob es ein Junge oder ein Mädchen würde. Was er da spürte, war vermutlich der Eifer seiner Leute da draußen, die – etwas ängstlich und etwas aufgeregt – für ihn die Stadt nach einem Tiger durchkämmten.

Das Telefon neben seinem Ellbogen piepste ungeduldig, und er nahm ab.

»Ja?«

Es war Toscanzio, natürlich. »Du weißt, wer das ist?« Natürlich wußte er es; er hatte schließlich gewartet.

»Ja. Tat mir wirklich leid, das zu hören. Geht es der Familie gut?«

»Ich sage ihnen, daß du dich erkundigt hast. Wir haben also ein kleines Problem, was?«

»Du kannst beruhigt sein, ich habe schon Vorbereitungen getroffen, daß Pauls … sterbliche Überreste an seine Familie gehen. Es geht alles auf ihren Namen, als hätten sie den Bestatter aus dem Telefonbuch, nur die Rechnung … wo soll ich die hinschicken?«

Es entstand eine lange Pause am anderen Ende der Leitung.

»Na, dann laß ich sie eben zu dir schicken, dann kannst du entscheiden, wie du das geregelt haben willst.« Diesen Wink sollte er wohl verstehen. Martillo hätte nie in Vicos Stadt operieren sollen, ohne auch unter seinem Kommando zu stehen.

»Die Geschichte wird zu Komplikationen führen.«

»Was meinst du?«

»Unser Freund in Kalifornien. Pauly sprach mit wichtigen Leuten, ob da nicht irgendwo irgend jemand etwas Milde walten lassen könnte. Aber so wie er von uns gegangen ist … Ich sehe nicht, wie wir so einfach jemand andren ins Büro eines Senators schicken und von vorn anfangen sollen. Die werden nervös, wenn der letzte Mann an einer Kugel in den Kopf gestorben ist.«

»Hast du schon mit jemand anderem gesprochen?«

»Einigen Leuten in Chicago.«

»Du weißt, was ich meine. Hast du jemanden in New York angerufen?«

»Das hielt ich für keine so gute Idee. Schau mal, er kommt früher oder später ja doch raus. Und wenn, dann will ich nicht derjenige sein, der vorgeschlagen hat, das Problem fallenzulassen? Du vielleicht?«

Vicos Lächeln war geradezu hörbar. »Hab' ich ja auch nicht. Ich arbeite im Augenblick dran. Spätestens morgen früh dürfte ich ein Geschenk für seine Leute in New York haben.«

»Tatsächlich?«

»Tatsächlich.«

Vico wußte genau, wie Toscanzio bereits überlegte, ob er nicht Balacontanos New Yorker Familie anrufen sollte oder ob es nicht vielleicht eine Möglichkeit gab, direkt mit Carl Bala im Gefängnis zu sprechen. Sollte er ruhig. Wenn Vico die Leiche bekam, dann würde er schon dafür sorgen, daß Bala wußte, von wem sie kam. Und wenn er sie nicht bekam, dann würde Bala es Toscanzio übelnehmen, falsche Hoffnungen geweckt zu haben.

»Das sind ja gute Nachrichten.«

»Ich geb' dir Bescheid, wenn es erledigt ist.«

»Ich danke dir. Beste Grüße an die Familie.«

»Wiedersehen.«

Vico legte auf und starrte wieder ins Feuer. Es war ein gutes Gefühl. Es kam ihm vor, als stünde die ganze Welt – nicht nur die Menschen, sondern auch die Naturgewalten, der Wind und die Sterne – in seinem Dienst.

Wolf stellte die Scheinwerfer ab, bevor er in die Auffahrt einbog, und hielt an, bevor der Wagen das elektrische Auge auslöste, das drinnen den Summer betätigte. Er stellte den Motor ab, öffnete die Haube und ging nach vorn. Während der letzten Tage hatte er feststellen müssen, daß er mit Autos nicht mehr so gut war wie früher. Sie hatten sich in seiner Abwesenheit ganz schön verändert, wenn freilich auch nicht im Prinzip. Jedenfalls dafür, Kabel und Schläuche herauszureißen, reichte es allemal.

Als er zufrieden war, schloß er die Haube leise und wandte seine Aufmerksamkeit dem elektrischen Auge zu. Es bestand aus einem kleinen Licht und einer lichtempfindlichen Zelle auf beiden Seiten der Zufahrt. Wenn er nicht beide Seiten auf einmal außer Gefecht setzte, dann traf das Licht nicht mehr auf die lichtempfindliche Zelle, und der Summer würde ausgelöst. Normalerweise ging man so ein System mit einem Spiegel an, den man im richtigen Winkel vor jedes der Kästchen schob, so daß sie ihr eigenes Licht auffingen, aber für einen derartigen Aufwand war er nicht eingerichtet. Er studierte das System sorgfältig. Die Kabel dürften Stahlmäntel haben und in einem Rohr vergraben sein, das teilweise unter der Zufahrt verlief. Aber die Schwachstelle eines Lichtsystems war, daß es eine Möglichkeit geben mußte, ein ausgebranntes Birnchen zu wechseln, ohne den Alarm auszulösen.

Er trat über den Lichtstrahl und kniete sich neben das Tor. Es gab dort einen Hebel, der dazu da war, den Elektromotor von der Mechanik zu nehmen, für den Fall, daß das Tor klemmte. Diesen Hebel drückte er jetzt und schob das auf Schienen gelagerte Tor auf. Es war nicht schwer, den Schaltkasten zu finden. Er war an der Mauer gleich auf der anderen Seite montiert. Davor hatte man eine Stechpalme gepflanzt. Er öffnete den Kasten und sah, wie das elektrische Auge verlosch, als er den Unterbrecher umlegte.

Er ging zum Wagen zurück, löste die Handbremse, stellte auf Leerlauf und eilte dann ans Heck, um zu schieben. In den alten Tagen hatte so ein Lincoln aus einer ganz schönen Menge Metall bestanden, und er hatte sich schon gefragt, ob er wohl den hier allein die leichte Steigung hinaufbrächte. Zuerst hatte er seine Schwierigkeiten, ihn zu bewegen, aber schließlich rollte er durch das Tor und einige Meter darüber hinaus, bevor die Vorderräder die Spur verloren und der Wagen auf den Rasen geriet. Er ließ ihn neben einem Vogelbad stehen. Er ging wieder nach vorn, griff durch das Fenster, zog die Schlüssel ab und steckte sie in die Sakkotasche zu den Kabeln, die er aus dem Motor gerissen hatte. Er nahm eine der Pistolen mit dem Schalldämpfer zur Hand und wartete. Ein, zwei Minuten später schaltete auf einer nahen Straße die Ampel auf Grün, und der Fahrer eines Lasters scheuchte seinen Diesel durch die Gänge. Es war das einzige, was zu hören war, während Wolf auf die Auffahrt zuging.

Am Tor blieb er stehen. Es war groß, schwer und völlig aus Schmiedeisen, aber es wäre nicht einfach, jemanden daran zu hindern, es genauso aufzuschieben wie er. Er dachte sich, ein so schönes Tor war einige weitere Minuten wert. Er folgte der toten Leitung vom Schaltkasten zum elektrischen Auge und zog ein paar Meter davon aus der Erde, schnitt es ab und entfernte einige Zentimeter der Isolierung. Die beiden bloßen Enden wickelte er um die unterste Sprosse des Tors, ging dann zurück zum Schaltkasten und legte den Unterbrecher wieder um. Als er über die Mauer kletterte, um wieder auf die Straße zu kommen, hätte er zwar nicht mit Sicherheit sagen können, in welcher Reihenfolge es passierte, aber irgend jemand würde schon begreifen, daß man Martillos Wagen nicht in Vicos Garten stehen lassen konnte und der einzige Weg nach draußen durch das Tor führte. Und wenn sich auf Knopfdruck nichts tat, würde eben jemand das Tor berühren.

Wolf war vielleicht eine halbe Meile gelaufen, als er den richtigen Ort fand, um sich ein Taxi zu rufen. An einem anderen Abend wäre er vielleicht in eine der Bars gegangen, an denen er vorüberkam, aber heute dürfte Vico seine Armee von Eintreibern und Parasiten auf der Straße haben, um nach ihm Ausschau zu halten, und womöglich lief er jemandem über den Weg, der ihn noch von früher kannte. Er hatte zwar nie viel mit Vicos Leuten zu tun gehabt, aber er würde sich nicht noch einmal überraschen lassen.

Der sicherste Ort für einen Anruf war eine Telefonzelle neben einer geschlossenen Tankstelle, also wartete er ab, bis er eine gefunden hatte. Neben dem Gebäude standen sechs oder sieben defekte Autos, und er entschied, daß eines von ihnen das seine war. Er nahm den neuen Chevy am Ende der Reihe; er hatte ihn hier reingefahren und stehenlassen – nur für den Fall, daß der Taxifahrer neugierig war. Aber als der kam, war er alles andere als neugierig. Er war jung und hatte etwas Angst, weil Taxifahrer auf genau diese Weise ausgeraubt wurden. Jemand rief sie an eine bekannte Adresse, wo es aber weder Leute gab noch viel Licht. Dann hätte er einen Revolver am Hals, die Tageseinnahmen wanderten in den Arm irgendeines Typen, und der Fahrer kam dabei um. Aber der hier war in Ordnung. Er war alt – mindestens fünfunddreißig – und wollte nach Alexandria. Er schien nur müde zu sein und sah aus, als hätte er etwas Geld.

Die Maschine, mit der Jack Hamp aus Chicago kam, hatte nur noch wenige Zentimeter bis zum Aufsetzen auf dem Washington National, als sie aus dem Nichts ein unberechenbarer Rückenwind erwischte, der den Piloten zwang, noch mal etwas Schub auf die Triebwerke zu geben, damit es ihm die Tragflächen nicht auf die Landebahn drückte. Hamp hatte keinen Zweifel daran, was da vor sich ging, da die Reifen beim Aufsetzen wie Kreissägen kreischten und die Maschine mit der doppelten Geschwindigkeit als normal über die querliegenden Asphaltwülste ratterte. Er hatte kaum Zeit, sich auf das Greifen der Bremsen gefaßt zu machen, als er seinen Kopf auch schon im Bogen nach vorn sausen spürte, bis er seine Knie vor sich hatte. Er war nicht sonderlich besorgt, heiße Reifen bei der Landung waren schließlich keine Seltenheit, er wurde nur ungeduldig, weil die Maschine jetzt irgendwo auf der Landebahn herumstehen würde, bis die Bremsen abgekühlt waren. Um sich die Zeit zu vertreiben, nahm er sich noch mal den Zwischenbericht aus dem Hauptquartier vor und warf gelegentlich einen Blick aus dem Fenster neben ihm auf die Männer in Overalls, die mit Taschenlampen Reifen und Fahrgestell ableuchteten.

Er hatte die Prozedur schon einige Male als Beobachter auf dem Flughafen in Los Angeles gesehen. Das Bodenpersonal stand immer vor und hinter den Reifen, denn in den seltenen Fällen, in denen es einen zerriß, zischten die heißen Trümmer und Metallteile geradewegs die Tragfläche entlang davon. Man konnte nicht viel machen, bevor die Nachtluft die Reifen nicht genügend abgekühlt hatte, so daß man wenigstens eine Universaltreppe heranfahren konnte, um die Passagiere aus der Maschine zu kriegen.

Beim Lesen mußte er an Elizabeth Waring denken. Womöglich wußte sie selbst nicht, wer die Opfer waren. Das war es ja, was ihm an diesem Fall so zu schaffen machte. Man mußte schon selbst ein organisierter Verbrecher sein, um zu wissen, was Leute wie Bartolomeo und Martillo nun wirklich waren – und verdammt gut organisiert obendrein. Als Offensive gab das doch keinen Sinn. Das einzige, was dem Fleischerjungen im Augenblick helfen könnte, war, für so viel Unruhe wie nur möglich zu sorgen; und um Aufsehen zu erregen, mußte das Opfer schon ein großes Tier sein. Wenn er in Washington war, dann müßte es Larry Vico sein oder wenigstens einer, der sich zusammen mit Vico die ersten Sporen verdient hatte.

Der Fleischerjunge steckte im Augenblick in einer ganz speziellen Klemme. Seine Handlungsweise durfte nicht vorauszusehen sein, mußte aber im nachhinein doch einen Sinn ergeben. In dem Augenblick, in dem er berechenbar wurde, würde man auch schon auf ihn warten; ergaben seine Aktionen aber keinen Sinn, dann würden sie ihm nicht aus der Klemme helfen. Die Organisation müßte dann nämlich annehmen, daß er völlig durchgedreht hätte, wie ein tollwütiges Tier. Und kam es erst einmal soweit, war er so gut wie tot – man konnte nicht einfach einem Verrückten zusehen und darauf hoffen, daß er wieder verschwand. Da wußte man schon gern, wo das Vieh jeden Augenblick steckte, bevor man es zur Strecke brachte. Wenn aus dem Bericht hervorging, daß er Chargen umlegte, die ihm nichts getan hatten, dann fehlte da was.

In diesem Punkt konnte ihm Elizabeth wahrscheinlich helfen. Als er so an sie dachte, überkam ihn eine verlegene Reue. Er hätte den Witz nicht machen dürfen, und zwar den, daß sie womöglich häßlich war; was, wenn sie tatsächlich häßlich war? Ach was, schlimmer noch. Er hatte noch keine Frau kennengelernt, die was taugte, die sich nicht für häßlich gehalten hätte. Es war eine Art Massenwahn. Was in aller Welt hatte ihn nur dazu gebracht, eine Reaktion loszutreten, die vorauszusehen gewesen wäre, hätte er nur sein Hirn eingeschaltet? Es hatte was mit dem anonymen Geschenk zu tun, das ihm nicht aus dem Kopf wollte. Er war überrascht gewesen, dann in Panik geraten, weil sie womöglich ein Geschenk erwartet hatte, womöglich hätte sich das gehört, und so hatte er den Gedanken mit der erstbesten dummen Bemerkung beiseite geschoben, die ihm einfallen wollte. Er hatte sogar was von einer Bombe gesagt, als würde kein Mensch auf die Idee kommen, ihr was zu schicken, es sei denn, um …

Hamp spürte, wie sich seine Kopfhaut spannte, als würden sich seine Haare jeden Augenblick aufrichten. Martillo und Bartolomeo waren derart kleine Fische, daß sie bestenfalls ein Krimineller erkennen würde, und genauso war es. Der Fleischerjunge hatte die Kerle in Washington gesehen, und sie hatten ihn gesehen, also mußte er sie zum Schweigen bringen. Es gab sehr wohl einen Sinn, aber erst im nachhinein. Hamp öffnete seinen Sicherheitsgurt, stand auf und trat seitwärts auf den Mittelgang. Die Stewardeß sah ihn und eilte auf ihn zu, um ihn wissen zu lassen, daß er ertappt worden war.

»Sir ...«

Aber er holte das Mäppchen mit der Marke heraus und hielt es ihr vors Gesicht. »Jack Hamp. Ich bin im Sonderauftrag fürs Justizministerium unterwegs. Man erwartet mich, und ich muß sofort los.«

»Tut mir leid, Sir, aber es dauert noch einige Minuten, bis wir von Bord können. Wir können da gar nichts machen. Es ist eine Vorschrift der Flugsicherungsbehörde.«

Hamp tat einen Schritt auf sie zu, und sie spürte, daß sie entweder mitgehen oder ausweichen mußte, also kam sie mit. »Die Reifen sind heiß«, sagte er. »Wenn sie hochgehen würden, dann hätten sie's längst getan, aber wir hocken eine geschlagene Stunde hier rum, nur um auf Nummer Sicher zu gehen. Erklären Sie dem Piloten, daß es sich um einen Notfall handelt.«

»Aber, Sir. Mr. ...«

»Hamp. Machen Sie schon. Sonst mach' ich mir die Luke selber auf.«

Hamp konnte es einfach nicht glauben. Elizabeth hatte es ihm auch noch gesagt, kaum daß sie das Geschenk erhalten hatte, und er war nicht draufgekommen. Er fuhr die Jefferson lang, sprang von einer Spur auf die andere und drückte drauf, soviel er sich nur traute. Er war sozusagen ein professioneller Raser;

genau das mußten Polizisten in Los Angeles nämlich sein, wenn sie irgendwohin kommen wollten, solange die Leichen noch warm waren. Sofort hatte er ein schlechtes Gewissen, so was zu denken. Denn jetzt ergab alles einen Sinn, und er hoffte nur, es war nicht bereits alles vorbei.

Sie hatten den Fehler gemacht, davon auszugehen, der Fleischerjunge laufe herum und schlachte die großen Bosse ab, weil sie groß waren. Aber er war gar nicht in der Lage, sich an ein solches Unternehmen zu machen. Der Mann machte nur, was auch Jack Hamp an seiner Stelle gemacht hätte: Er versuchte am Leben zum bleiben. Für einen solchen Mann bedeutete das, die zu erledigen, die ihm die größten Scherereien machten. Und jetzt war er hier in Washington, aber nicht etwa um zwei Nullen wie Martillo und Bartolomeo zu erledigen. Das war nur ein Unfall gewesen. Er war irgendwie dahintergekommen, wer ihm die allergrößten Scherereien machte, wer ihn daran gehindert hatte, das Land zu verlassen, und ihm weiter auf den Pelz rücken würde, bis er sich nicht mehr rühren konnte – Elizabeth Waring.

Wolf ließ den Taxifahrer an seinem Haus vorbei und den ganzen Block hinauffahren, bevor er ihn am Ende der Straße halten ließ. Er wartete, bis das Taxi verschwunden war, und ging dann den Block wieder herunter. Er hielt noch immer nach dem vierten Mann Ausschau. Irgend jemand hatte die drei am Abend zuvor bei ihm abgesetzt, und er hatte bisher weder den Mann noch den Wagen entdeckt. Er hatte jedoch keine Zeit, ihn zu suchen. Er hatte die Sequenz in Gang gesetzt, jetzt galt es, sie zu beenden und dann zu verschwinden.

Als er an E. V. Warings Küchentür trat, versuchte er sich an den genauen Grundriß des Hauses zu erinnern. Es gab weder eine Alarmanlage noch ein ernstzunehmendes Schloß, das ihn hätte aufhalten können, dazu hatte sie aufgeräumt, bevor er zum Essen gekommen war, es würden also nicht achthundert Spielsachen auf dem Boden herumkugeln, über die er im Dunkeln hätte fallen können.

Er griff in die Tasche, fand die Kreditkarte einer der Männer, die er in Vicos Garten abgeladen hatte, fuhr damit zwischen Türstock und Tür auf und ab, bis er die Falle gefunden hatte. Er drückte sie ein, aber die Tür bewegte sich nicht. Er spürte, daß noch irgendwo neben dem Türknauf ein Riegel vorgeschoben war. Er kniete sich auf die Betonstufe und drückte gegen die Gummiklappe der Katzentür in der unteren Füllung. Er maß seinen Arm gegen den Abstand zwischen Katzentür und Türknauf und schätzte, daß es wohl reichen müßte. Mit dem Rücken auf der Stufe steckte er seinen Arm bis zur Schulter hinein und tastete nach dem Riegel. Seine Fingerspitzen berührten ihn gerade noch, aber er schaffte es, ihn umzulegen und zurückzuziehen. Schließlich machte er auf, kroch hinein und machte die Tür sorgfältig wieder zu.

Wolf stand auf und arbeitete sich langsam in das Zimmer vor, in dem sie gegessen hatten, dann glitt er lautlos durchs Wohnzimmer, wo der dicke Teppich seine Schritte dämpfte. Mit dem rechten Knie streifte er die Couch, auf der sie gesessen hatten, und sie half ihm, sich zu orientieren. Absolut reglos stand er da, damit seine Gedanken durch nichts abgelenkt würden. Er war im Haus, wußte aber immer noch nicht so recht, was er eigentlich vorhatte. Zu jedem anderen Zeitpunkt in seinem Leben wäre er in ihr Schlafzimmer gegangen und hätte ihr eine Kugel in die Schläfe gesetzt, bevor er sich überhaupt an was anderes machte. Womöglich machte er ja in den nächsten paar Minuten irgendein Geräusch, das sie aufweckte. Womöglich hatte er irgendwo in seinem Haus Blut übersehen. Dann würde sie noch leben und könnte dem FBI eine genaue Beschreibung geben. Aber noch während er an den Argumenten für den Mord an ihr arbeitete, wußte er längst, er würde ihr nichts tun.

Er war nicht gekommen, um diese Frau umzubringen. Möglicherweise müßte er es tun, um zu überleben, aber er war entschlossen, es erst anders zu probieren. Wenn er nur in das Zimmer und an das herankäme, was er brauchte, dann hätte sie überhaupt keinen Grund, je auch nur einem Menschen zu erzählen, wie er aussah. Er machte sich wieder auf den Weg, hielt aber an der Tür zum Flur noch mal an. Als sie über die Dielen gegangen war, hatte sie die Schuhe ausgezogen; er machte dasselbe.

Hinter der Tür hörte er den Atem eines Kindes, langsam und tief. Er trat zur Seite und tastete sich an der Wand lang, bis er den Holzrahmen des Wandschranks unter den Fingern hatte. Er fühlte nach dem Knopf und zerdrückte ihn schier mit der Faust, um die Tür geräuschlos zu öffnen. Er streckte sich, um das oberste Regal zu erreichen, und spürte etwas aus Leder. Einen Baseballhandschuh. Dann kam etwas Weiches, Stoff. Dann hatte er die glatte, scharfe Ecke des Kartons in der Hand. Er griff mit beiden Händen hinauf, um sicherzugehen, daß er sie auch herausnehmen konnte, ohne sie übers Holz zu ziehen.

»Wer sind Sie?« kam eine kleine Stimme.

Sie war dünn und piepsig und zitterte wie die eines Vogels. O Gott, dachte er. Dem Kind will ich nun wirklich nichts tun. »Mr. Richardson«, sagte Wolf leise.

»Oh«, sagte der Junge. Wolf wartete, daß noch etwas kam, aber es war nichts mehr zu hören. Er hob die Schachtel herab und drehte sich um. »Was machen Sie denn da? Ich habe geschlafen.«

»Tut mir leid, aber ich mußte kommen. Ich bin gleich wieder weg.«

»Wo ist meine Mutter?«

»Die schläft. Wenn wir leise sind, wacht sie nicht auf. Sie braucht ihren Schlaf.«

Das Licht ging an, und das Klicken hörte sich an wie ein

Hammerschlag auf Metall. Er war klein, knochig, und das Haar stand ihm vom Kopf. Er hatte nach wie vor die Hand an der Lampe neben dem Kopf, und kniff die Augen zusammen. »Was machen Sie denn damit?«

»Ist für die Arbeit. Wir brauchen sofort eins von den Bildern eurer Reise nach England im Büro.«

»Welches denn?«

Wolf nahm den Deckel ab. »London. Das Parlamentsgebäude. Wir werden es vergrößern, um zu sehen, was drinnen vor sich geht.«

»Wie machen Sie das denn?«

Wolf bedauerte seine Antwort schon. Wie alt war der Kleine – vier? »Wir vergrößern den Teil, den wir brauchen, damit wir durchs Fenster sehen können, und geben es dann in den Computer ein. Dann können wir davon ein dreidimensionales Bild machen und es drehen und wenden, wie wir wollen.« Er machte eine langsame Drehbewegung mit beiden Händen.

»Wozu denn?«

»Ich sollte dir das eigentlich nicht sagen«, sagte Wolf. Jimmy sah ihn skeptisch an. »Na ja, wir glauben, daß im Parlament einer nicht derjenige ist, für den er sich ausgibt.«

»Wer ist er denn?«

»Das wissen wir noch nicht. Deswegen brauchen wir ja das Bild.« Jimmy schien sich den Plan durch den Kopf gehen zu lassen, und schließlich akzeptierte er ihn, aber etwas besorgt war er doch noch. »Viel können Sie aber nicht sehen.«

»Wir müssen es versuchen. Kannst du mir zeigen, welches?« Wolf nahm den Stapel Papiere aus der Schachtel, als er sie auf das Bett des Jungen stellte. Während der Kleine die Bilder durchging, nahm Wolf mit einer Hand den Gummi von den Papieren.

»Das hier«, sagte Jimmy und hielt ihm ein Foto von ihm und seiner Mutter vor dem Londoner Parlament hin.

Wolf spürte den Paß, und einen Augenblick später hatte er ihn auch schon neben der Pistole in der Sakkotasche. Er nahm das Foto und musterte es. »Es ist perfekt«, sagte er. »Ich danke dir, Jimmy.« Er stand auf, gab die Fotos und den Packen Papiere wieder in die Schachtel und stellte sie zurück in den Schrank. Dann wandte er sich dem Kleinen zu. »Tut mir leid, daß ich dich wecken mußte. Besser, du machst das Licht wieder aus und schläfst weiter.«

»Okay.« Jimmy knipste das Licht aus und legte sich auf das Kissen zurück. Als Wolf in den Flur trat und die Tür hinter sich schloß, konnte er hören, wie der Junge sich im Bett bewegte. Rasch ging er zurück ins Wohnzimmer, stieg in seine Schuhe und ging zur Haustür. Als er sie öffnete, spürte er, daß er nicht allein war. Er würde ihn umbringen müssen.

Diesmal war die Stimme ein kaum hörbares Flüstern. »Gute Nacht.«

»Gute Nacht, Jimmy.« Er ging nach draußen, schloß die Tür und eilte die Treppe hinab und über den Rasen, um auf den Gehsteig und endlich in die Dunkelheit zu gelangen. In einer Stunde säße er in einer Maschine nach London.

Jack Hamp kauerte in den Sträuchern vor dem Haus gegenüber dem der Warings und sah, wie der Mann auf ihn zukam. Der Mann war vorsichtig, wandte zuerst den Kopf, um sich Elizabeths Haus anzusehen, dann das daneben und schließlich das, vor dem Hamp sich versteckte. Er ging langsam, aber seinem Gang fehlte die Lässigkeit, das Gemächliche. Er hatte gewittert, daß etwas nicht so war, wie er es haben wollte, und jetzt suchte er nach den Anzeichen einer weiteren Person. Es hatte etwas Hypnotisches, ihn so zu beobachten. Er würde sich erst vergewissern, daß der ganze Block sauber war, bevor er bei Elizabeth einzusteigen versuchte. *Einzusteigen versucht*? Verflucht, nach all den Jahren redete er noch immer wie ein Polizist. Wenn dieser Knabe sich dazu entschloß, dann bekäme Elizabeth Besuch.

Langsam und so glatt und geräuschlos wie möglich holte Hamp die 45er aus der Tasche. Sie war gespannt und gesichert. Der Mann bewegte sich bereits in Richtung des Rasens vor Hamp; in ein, zwei Sekunden würde er über ihn stolpern. Hamp verschwendete einen Bruchteil der Sekunde an den Gedanken, daß der Fleischerjunge ihm im Dunkeln wohl überlegen war. Temperament, Ausbildung und Erfahrung ließen Hamp verzweifelt hoffen, nicht auf ihn schießen zu müssen, und genau das würde ihn zaudern lassen.

Mit dem Daumen schob Hamp den Sicherungsflügel nach oben, streckte die Beine gerade genug, um über den Strauch hinweg anlegen zu können, und hoffte, daß der Fleischerjunge sonst nichts von ihm sah. »FBI. Halten Sie die Hände so, daß ich sie sehen kann.«

Es war genauso, wie er sich das ein dutzendmal ausgemalt hatte. Der Mann stutzte weder, noch zauderte er. Noch in derselben Sekunde, in der Hamp seine Rechte unter das Jackett fahren sah, kam sie bereits wieder heraus. Hamp drückte ab. Der Knall der schweren Militärpistole zerriß die Luft, und der Mann bekam die Kugel mitten in die Brust. Während der Mann nach hinten auf den Gehsteig kippte, sah Hamp, daß er den Lauf fast schon aus dem Sakko gehabt hatte. Die Waffe glitt auf den Gehsteig, und Hamp ging hinüber und hob sie auf. Er starrte auf den Mann hinab. Er hatte in etwa die richtige Größe, er war nichtssagend und gewöhnlich genug, um so lange überlebt zu haben, während man nach ihm suchte. Außerdem sah Hamp, daß das Hohlspitzgeschoß eine furchtbare Schweinerei in seiner Brust angerichtet hatte.

Hamp sah den ganzen Block entlang die Lichter angehen, alle im ersten Stock. Er bemerkte, daß sein Mund ganz trocken und wollig war. Das letzte Mal, daß ihm das passiert war, hatte er gedacht, es käme vom Schock darüber, eine Kugel ins Bein bekommen zu haben, aber es mußte wohl eine andere Reaktion gewesen sein. Er begann sich zusammenzunehmen, um sich auf das erste der Gespräche vorzubereiten, die er jetzt über sich ergehen lassen müßte: Sie wissen, der Bursche, den Sie seit Jahren suchen? Ja, der, hinter dem Sie schon seit zehn Jahren her sind. Ich fürchte, er kann Ihnen jetzt nichts mehr sagen. Ich habe ihn eben erschossen. Ich heiße Jack Hamp.

Elizabeth sah sich die beiden Zehnfingerabdrücke an, dann noch mal den Bericht des FBI. Sie war die halbe Nacht über wach geblieben, um darauf zu warten, und fragte sich jetzt, ob Streß, Überraschung und schiere Müdigkeit sie derart auf der Leitung stehen ließen. Aber das war es nicht. Sie ließ den Standardabsatz mit den geforderten dreizehn gleichen anatomischen Merkmalen aus und las noch mal die Folgerung. Sie stimmten überein. Mit einemmal fiel ihr ein, daß Jack noch länger gewartet hatte als sie; es war rücksichtslos, ihn noch länger auf die Folter zu spannen.

»Es handelt sich um einen gewissen Gilbert O'Mally. Vier Verhaftungen: schwerer Diebstahl, tätliche Bedrohung, schwere Körperverletzung und ein Verstoß gegen die Bewährungsauflagen.«

»Das hatte ich mir ganz anders vorgestellt«, sagte Jack. »Ich hätte noch nicht mal gedacht, daß die ihn in der Kartei haben.« Es würde einige Zeit dauern, bis er das gründlich genug durchdacht hätte. Elizabeth Waring sah absolut nicht so aus, wie er sie sich vorgestellt hatte; sie glich vielmehr exakt seinem Wunschbild von ihr. Der Verdächtige dagegen sah ziemlich genauso aus wie erwartet, aber das war auch das einzige, was an ihm stimmte. »Verhaftungen habe ich nicht erwartet, schon gar keine Verurteilung.«

»Und lagen damit ganz richtig«, sagte Elizabeth. »Vor zehn

Jahren saß dieser Mann wegen schwerer Körperverletzung. Er ist ein Krimineller von hier.« Sie wartete, bis er das zur Kenntnis genommen hatte, aber Jack sagte nichts. Was mochte er wohl im Augenblick fühlen – Enttäuschung, Erleichterung? »Er ist es nicht. Es ist nicht der Fleischerjunge. Der ist noch immer auf freiem Fuß.«

20

»Es passiert wieder«, sagte Elizabeth.

Richardson schüttelte den Kopf. »Das glauben wir nicht.« Er warf einen Blick auf Hillman, den Ressortleiter, auf daß der ihm beipflichtete, aber der Ressortleiter starrte auf etwas, was seine Manschette verschmutzte, ohne tatsächlich in Erscheinung zu treten. Elizabeth fragte sich, ob das eine Abfuhr sein sollte, weil Richardson sich ein »wir« angemaßt hatte, das einen Ressortleiter im Justizministerium der Vereinigten Staaten von Amerika mit einschloß. Möglich war es schon; kleine Männer waren immer besonders scharf darauf, für sich selbst zu sprechen – als würden sie verschwinden, wenn man sie nicht hörte. Aber Richardson drängte bereits weiter. »Martillo arbeitete für Detroit. Vico hat ihn hier nur geduldet, und diese Duldung hat sich ganz einfach erschöpft. Ist das so schwer zu glauben?«

»Allerdings.«

Das Lächeln schaffte es nicht ganz auf Richardsons Lippen. »Die Telefonfirma sagt, daß über Martillos Autotelefon nach seinem Tod noch ein Anruf ging. Weißt du, an wen der ging? Vico.«

»Hat Vico ein Autotelefon?«

»Ja.«

»Dann dürfte er gewußt haben, daß die sämtliche getätigten Anrufe registrieren.«

»Aber sie haben ihn in flagranti erwischt. Um Himmels willen, der Wagen wurde voller Blut in seinem Garten gefunden.«

»Mit drei seiner eigenen Leute.«

»Es war eine Vergeltungsmaßnahme. Toscanzios Leute gaben ihm damit zu verstehen, daß er ihren Mann nicht hätte umbringen dürfen.«

»Okay«, sagte Elizabeth. »Laß mich das mal klarstellen. Du glaubst also allen Ernstes, daß Vico Martillo umbringen ließ und seine Soldaten dann über Martillos Autotelefon Bescheid gaben, daß die Sache erledigt ist. Dann kommen Toscanzios Leute aus Detroit und erledigen die drei Killer. Und dann was? Daß sie die Leichen in den Wagen gepackt und in Vicos Hinterhof abgestellt haben? Oder ob das Vico selber war?«

»Ersteres. Außerdem haben sie den Zaun so präpariert, daß jeder gegrillt würde, der ihn berührt.«

»Und, hat einer?«

»Zwei sogar«, sagte Richardson. »Beides Soldaten von Vico, und zufällig beide bis an die Zähne bewaffnet, als wären sie auf Ärger gefaßt gewesen.«

»Und mit diesen Indizien willst du Vico den Prozeß zu machen versuchen?«

Ohne Vorwarnung hatte der Ressortleiter schließlich den Makel an seiner Manschette entdeckt. Er streckte die kurzen Arme, so daß die Manschetten in den Ärmeln seines Jacketts verschwanden, und hob die Augen. Den Blick auf Richardson gestattete er ihnen nicht, statt dessen starrte er einen Augenblick in den leeren Raum, bevor er sie auf Elizabeth richtete. »Was ist Ihrer Meinung nach passiert, Elizabeth?«

»Vor zehn Jahren bekam der Fleischerjunge Ärger mit dem Mob. Insbesondere mit Carlo Balacontano, der ihn engagierte und dann zu beseitigen versuchte, anstatt ihn zu bezahlen.

Seine Vergeltung war unsinnig brutal, immerhin brachte er mehrere Leute um, die mit dem Streit nichts zu tun gehabt hatten. Da die diversen Familien einander ohnehin nicht über den Weg trauten, sorgte das für genügend Verwirrung, um ihm Bewegungsfreiheit zu geben. Die gewonnene Zeit nutzte er dazu, einen Mann namens Arthur Fieldston umzubringen, dessen Kopf und Hände er auf dem Grund und Boden des Mannes vergrub, der ihn verraten hatte.«

»Und der von einem Schwurgericht verurteilt wurde«, versetzte Richardson bissig. »Ein Urteil, an dem auch eine Berufung nichts änderte.«

Der Ressortleiter sorgte für Schweigen, indem er geradewegs vor sich hin starrte, ohne Richardsons Worte zur Kenntnis zu nehmen. Dann sah er wieder Elizabeth an. »Und das, glauben Sie, passiert im Augenblick wieder?«

»Ja. Ich weiß, er hat Talarese umgebracht, und meiner Ansicht nach auch Mantino und Fratelli. Zwei von denen waren Carlo Balacontanos Kreaturen. Ich denke, er hat es auch bei jemandem in Gary, Indiana, versucht – vielleicht Cambria oder Puccio –, jedenfalls kam bei der Auseinandersetzung dieser Polizist, Lempert, um. Ich weiß nicht, was Martillo mit der ganzen Geschichte zu tun hatte, außer daß er für Toscanzio in Detroit gearbeitet haben soll, was das Chaos nur noch vergrößern konnte. Ich glaube nicht, daß hier irgendwas auf Vicos Konto geht. Meiner Ansicht nach hat man ihn genauso reingehängt wie Carl Bala zehn Jahre zuvor.«

»Der springende Punkt ist doch der«, sagte der Ressortleiter, »sich auf das Wesentliche zu beschränken.«

»Ach ja?«

»Sie haben zwei Möglichkeiten. Die erste: Wir sind hier Zeugen einer der periodischen Machtkämpfe innerhalb des Mobs, in denen es wie üblich um Angst und Gier geht, und natürlich setzt man dabei sein zahlreiches Fußvolk ein. Die andere Möglichkeit: Ein Mann taucht, aus uns unbekannten Gründen, nach zehn Jahren aus der Versenkung auf, erledigt an verschiedenen Orten und auf verschiedene Methoden eine Reihe schwerbewaffneter Leute und versucht das dann alles einem ganz anderen anzuhängen. Die eine Theorie ist einfach und basiert auf bekannten Verhaltensweisen; die andere ist kompliziert und basiert auf unbekannten Größen. Die eine ist wahrscheinlich, die andere unwahrscheinlich. Oder etwa nicht?«

»Diesmal nicht.«

»Warum nicht?«

»Weil ein Mann wie Vico nicht blöd ist. Sie werfen ihm vor, Martillo umgebracht zu haben, was unweigerlich zu einem Bandenkrieg führen muß, und dann vergißt er ihn lange genug, um sich den Wagen des Mannes und seine eigenen Gefallenen in den Hinterhof stellen zu lassen. Solche Fehler macht der Mann nicht.«

Das Gesicht des Ressortleiters schien vor väterlicher Sympathie ganz milde zu werden. »Sie müssen das mal logisch betrachten, Elizabeth. Unsere Aufgabe ist es, Leute wie Vico aus dem Verkehr zu ziehen. Um das zu tun, müssen wir warten, bis er einen Fehler macht. Wenn er dann endlich einen macht, können wir dann einfach hergehen und sagen, wir stellen ihn nicht vor Gericht, weil wir nicht glauben, daß der einen gemacht hat?«

»Diesmal schon. Weil das, und zwar alles, schon mal passiert ist – vor zehn Jahren nämlich – und Vico nicht das geringste damit zu tun hat.«

»Und wenn das zutrifft, was Sie da sagen, wird der Fleischerjunge also jetzt die allgemeine Verwirrung, für die er gesorgt hat, benutzen, um zu verschwinden, möglicherweise für immer.«

»Das weiß ich nicht, aber ich halte Vico für unschuldig.«

»Ich nicht«, sagte der Ressortleiter. »Logisch gesehen kann ich das nicht denken und nach wie vor meine Arbeit tun. Ich würde es begrüßen, wenn sich alle hier im Raum an die Arbeit machten, diese Anklage vorzubereiten.«

Es passierte wieder. Zehn Jahre zuvor hatten die Leute in diesem Raum sich zu der Ansicht entschlossen, daß der Mann, der Arthur Fieldston beseitigt hatte, nicht der einzelgängerische Killer, sondern der große und mächtige Gangsterboß war. Ihre Logik hatte ihnen eine Beförderung und Publicity eingebracht und sie schließlich aus dem Justizministerium katapultiert. Jetzt waren ihre Nachfolger dabei, genau dieselbe Entscheidung zu fällen. Der Fleischerjunge würde wieder untertauchen. Sie versuchte nicht, an Jack Hamp zu denken, der unten darauf wartete, daß man ihm sagte, wo er als nächstes hin sollte. Nach Hause würde er fliegen.

Elizabeth räusperte sich. »Ich … Wenn Sie mich entschuldigen würden. Ich bin ja nur leihweise hier, und ich habe selbst genug Fälle vor Gericht zu bringen.«

Der Ressortleiter sah Richardson an, dessen Gesicht ausdruckslos blieb. »Ich hoffe, Sie sind doch nicht eingeschnappt?«

»Ich?« sagte Elizabeth. »Nein. Ich denke nur, daß Sie falschliegen, aber ich mache nun mal meinen Job. Ich dachte nur, daß ich meine eigentliche Arbeit tun sollte. Und daß ich wahrscheinlich zu lange weg war.« Dann fügte sie noch hinzu: »Außerdem hat mein Sohn den Namen Richardson so oft gehört, daß er schon Alpträume davon bekommt.«

21

Der Einwanderungsbeamte in Heathrow musterte James Harts Gesicht und verglich es dann mit dem Foto im Paß. Der Mann vor ihm sah bedeutend älter aus als auf dem Foto, das erst zwei Jahre alt war. Vielleicht lag es daran, daß er die Brille gewechselt hatte oder das Haar etwas länger trug. Der Röntgenapparat hatte seine Reisetasche auf Herz und Nieren durchleuchtet, er hatte die Taschen geleert und brachte ganz offensichtlich nichts weiter ins Land als zweitausend amerikanische Dollar, die er vorschriftsmäßig angegeben hatte. Mr. Hart paßte in keiner Weise auf das Profil unerwünschter Personen. Das Geld reichte für einen kurzen Urlaub, aber nichts darüber hinaus. Der Einwanderungsbeamte drückte seine beiden Stempel in den Paß; der eine bewilligte ihm die Einreise für sechs Monate, was fünf Monate und drei Wochen länger war, als Mr. Hart zu bleiben wünschte; der zweite besagte nur »13. September Heathrow (3)«. Der Beamte gab ihm den Paß zurück und sah zu, wie Mr. Hart zwei Schritte zurücktrat. Er hatte schon daran gedacht, Mr. Hart vorzuschlagen, sich ein neues Foto machen zu lassen, aber das wäre absurd gewesen. Die nächsten drei Leute auf demselben Flug aus New York hatten sich vermutlich die Haare gefärbt, eine neue Frisur zugelegt und trugen Kontaktlinsen, die ihre Augenfarbe veränderten.

Am Ausgang blieb James Hart stehen, blickte in den kühlen, feuchten grauen Morgen hinaus und hörte zu existieren auf. Michael Schaeffer überquerte den asphaltierten Gehsteig, stieg in den roten Doppeldecker-Airbus und gab dem pakistanischen Schaffner auf der Treppe das Fahrgeld. Schaeffer machte es sich auf seinem Platz bequem und ließ die irgendwie vertrauten Bilder der alten Vororte des Westends vorüberziehen. Hammersmith hatte er besonders gern. Es hatte etwas mit der Unmenge nasser Backsteine zu tun, die ihn an die Städte im Nordosten der Vereinigten Staaten erinnerten. Als sie in London einfuhren, begann es zu regnen, dann tauchten die architektonischen Trophäen des Empires auf, alle uralt und auf Fundamente gesetzt, die gar noch älter waren.

Als der Bus vor der mächtigen alten Scheune der Victoria Station hielt, stieg Schaeffer mit den anderen aus, trat rasch durchs Portal und ging hinunter zur U-Bahn; er manövrierte sich mitten in den Strom der Leute und sah nichts und niemanden an. Er nahm die Circle Line zur Paddington Station. Als der Zug hielt, ging er nach oben zum Schalter von BritRail und löste einen Fahrschein nach Bath.

»Schuberts Oktett in F-Dur für Streicher und Bläser, D. 803.« Das Konzert in den Deanery Gardens bot genau das, was Schaeffer erwartet hatte, und verschmolz in seinen Gedanken mit hundert anderen, die er während der letzten zehn Jahre in diversen grünen Oasen um Bath gehört hatte. Seit sie in den Norden gezogen waren, hatte er sich von Meg nur gelegentlich zu einem Einkaufsbummel nach York ziehen lassen. Schließlich konnte man schlecht jemanden einstellen, um die Kleidung für einen anzuprobieren. Jetzt, wo sie sich langsam eingerichtet hatten, machte ihm ein Konzertbesuch nichts mehr aus. Er verlangte nur, daß sie den Wagen am Westufer des Ouse parkten, außerhalb der mittelalterlichen Stadtmauer, damit sie stadtauswärts auf dem Weg zur A59 nicht über eine der kleinen Brücken mußten.

Schaeffer wußte, Eddie Mastrewski hätte ihn einen Verrückten genannt. »Willst du mir sagen, daß du hier auf deinem faulen Arsch in der Sonne hocken willst wie eine pensionierte Schildkröte und einem Schlag Deutscher beim Fiedeln zuhören willst? Schau dich an, um Himmels willen. Du bist ja praktisch schon tot, weil die nämlich, und das laß dir gesagt sein, niemals vergessen. Du versuchst nicht dein Leben zu retten; du wartest nur darauf, es zum Höchstpreis zu verkaufen.«

Es folgte ein rauschender Applaus, und Schaeffer steuerte zum allgemeinen Getöse seine paar Klapse bei. Eddie fehlte ihm. Er stritt nach wie vor gern mit ihm, und Eddies Argumente hatten sich in den Jahren seit seinem Tod entschieden verbessert.

Zwischen den Konzerten vergaß er die Musik, aber wenn er dann wieder zu einem ging, hatte er das Gefühl von Kontinuität, als nehme er ein dickes Buch wieder zur Hand, um dort weiterzulesen, wo er aufgehört hatte. Er lernte mehr über Musik, hatte aber Schwierigkeiten, die trockenen und bedeutungslosen Ziffern, die als Titel dienten, mit den Melodien in Verbindung zu bringen, die ihm in den Sinn kamen. Er saß da und hörte zu und war inzwischen in der Lage, die Themen und Wechsel zu komplexen räumlichen Strukturen zusammenzusetzen. Aber dann hörte er, wie inmitten des verwirrenden Getöses eine kleine Melodie zu entstehen begann, zaghaft zuerst, um dann allmählich in den Vordergrund zu treten, bis sie alles andere verdrängte. Schließlich wurde ihm klar, daß er sie schon gehört hatte, und erkannte sie frustriert als alte Bekannte. Es war, als hätte er das Buch aufgemacht und zwei, drei Seiten gelesen, bevor er merkte, daß er sie schon gelesen hatte. Einmal, als Meg ihn bat, sie in ein Konzert auszuführen, hatte er gefragt, was sie spielten. Sie hatte eine verwirrende Litanei von Molls, Durs und Opus soundso aufgezählt, und als er gefragt hatte: »Was ist das denn?«, hatte sie sie ihm vorgesummt, ein Stück nach dem anderen, wie alte Schlager.

Die Ehrenwerte Margaret Holroyd warf einen Blick auf Schaeffer neben ihr. Er sah aus, als wäre er vorübergehend versteinert, so bequem, wie er in seinem Klappstuhl in der wärmenden Sonne saß. Er war wirklich ein bemerkenswerter Mann. Er hatte offensichtlich weniger Schulbildung als ein durchschnittliches Reitpferd, aber diesen Eindruck vermittelten viele Amerikaner, und seit er in Amerika erledigt hatte, was immer dort zu erledigen war, schien er sich verändert zu haben. Zum einen war er wißbegierig geworden. Er war so schnell bereit, Bücher zu lesen, die sonst praktisch keiner las, daß sie bereits versucht war, ihm die *Biographien der großen Briten* zu geben, um zu sehen, wie weit seine Hingabe ging.

Früher mal hätte sie es gemacht, aber auch sie hatte sich seit der Geschichte mit den Bulgaren verändert. So nannte sie es immer, wenn sie daran dachte, weil es die einzige Lüge war, die er ihr gesagt hatte. Sie hatten seither nie wieder darüber gesprochen. Er war einfach eines Tages wieder vor ihrer Tür gestanden, fünf Kilo leichter und ziemlich erschöpft, und hatte gesagt: »Du hast nicht etwa geheiratet, oder?« Sie hatte sich auf ihn gestürzt und ihn derart fest gedrückt, daß er vermutlich keine Luft mehr bekam, aber natürlich würde er sich so was nie anmerken lassen. So war es denn passiert. Sie hatte eine ebenso ungeheure wie unumstößliche Entscheidung gefällt, ohne wirklich was entschieden zu haben.

Während Michaels Abwesenheit hatte Margaret sich amerikanische Zeitungen gekauft in dem Versuch dahinterzukommen, was er nun eigentlich machte. Sie hatte sogar einige schlimme Tage gehabt, an denen sie sich überlegte, ob sie wohl bereits von seinem Tod gelesen hatte. Immerhin hatte sie keinen Grund anzunehmen, daß sie seinen richtigen Namen kannte. Womöglich war es einer von denen aus den Zeitungen – Fratelli, Talarese, Vico und so weiter. Es waren überraschend viele gewesen in dem Monat, den er weggewesen war. Aber im Grunde war die Verbindung, die sie da zog, nur auf ihren Hang zu albernen Räuberpistolen zurückzuführen, nur daß sie sie sich diesmal mangels Publikum selbst erzählt hatte. Gwendolyns Ekel von einer Tante hätte gesagt, es sei ihre Strafe auf Erden dafür, ständig zu lügen, und wäre ihre Zeit erst mal gekommen, im Leben nach dem Tod kämen noch viel strengere und schlimmere Strafen nach.

Wie auch immer, Margaret konnte sehen, daß es vorbei war. War alles schon dagewesen. All die Männer, die in den Krieg gezogen waren und die schrecklichsten Dinge gesehen, getan hatten, und ein, zwei Jahre darauf waren sie wieder völlig in Ordnung – oder sahen wenigstens danach aus. Sie sah Schaeffer an und war zufrieden mit der Entscheidung, die sie nicht getroffen hatte. Gut möglich, daß er einer jener hartgesottenen Kerle war, die sich zu jedermanns Überraschung als liebevolle Väter entpuppten. Wenn man ihn so ansah, hätte man ihn glatt für einen Professor halten können, vielleicht sogar einen Künstler. Er zappelte nicht herum, er bewegte sich noch nicht mal, und nichts auf seinem Gesicht spiegelte die Veränderungen in der Musik. Nur seine Augen waren in Bewegung; sie glitten über das Publikum, von einem zum anderen, hinauf zur Stadtmauer, auf den Wehrgang, über die Gärten zur Kathedrale, um schließlich wieder zu der aufmerksamen Gruppe zurückzukehren, die auf Klappstühlen auf dem Rasen saß – Touristen und die besseren Leute der Gegend.

Jack Hamp spazierte den dicken Grasteppich entlang und ließ seinen Blick über die Rennbahn schweifen. Ein merkwürdiger kleiner Ort. Angesichts der kurzen Saison hier durften die Pferde längst wieder auf ihren Winterkoppeln sein. An einem Tag wie diesem konnte man sich das hier eher als Schauplatz der Landwirtschaftsausstellung von Santa Maria vorstellen als einen Ort für ernsthafte Wetten.

Der Sergeant vom Dienst hatte ihm gesagt, B. Baldwins Wettbüro hätte sechzig Meter links von der Tribüne gestanden und zehn Meter von der Bande. Das mußte also etwa hier sein.

Hamp drehte sich und sah zur Tribüne hinüber, dann zur Straße dahinter. Von hier aus war der Nußbaum, unter dem man den Bentley mit den beiden Leichen gefunden hatte, noch nicht mal zu sehen. Es kam also nicht in Frage, daß hier ein geschäftstüchtiger Buchmacher beim Anblick zweier reicher junger Männer auf die Idee gekommen war, es wäre nichts dabei, ein paar Leute zusammenzutrommeln und die beiden ihres Taschengelds wegen umzubringen. Die Opfer waren der Rennbahn noch nicht mal nahe genug gekommen, daß Baldwin sie hätte sehen können; sie hatten weder Wettquittungen in der Tasche noch Erde an den Schuhen.

Wenn sie also jemand gesehen hatte, dann entweder Lucchi oder der junge Talarese. Schon merkwürdig, daß dem Neffen eines New Yorker Unterbosses nicht anderes übrigbleiben sollte, als seine Laufbahn als Straßenräuber zu starten, ja selbst als Buchmacher, der zufällig zwei leichte Opfer entdeckt. Was sollte nach Ansicht der Familie die Erfahrung als britischer Buchmacher ihm in New York nützen? Völlig unmöglich, hier brauchbare Kontakte zu knüpfen; noch nicht mal die Währungssysteme glichen sich.

Hamp würde sich bei der Polizei in Brighton nach dem Markt für gestohlene Kraftfahrzeuge hier in England erkundigen. Er konnte sich nicht vorstellen, daß jemand gehofft haben könnte, einen heißen Bentley loszuschlagen – in einem Land, das von einem Ende zum anderen gerade mal vierhundert Meilen maß. Andererseits mußte man sich natürlich erkundigen, bevor man es ausschließen konnte. Hamp konnte sich bestenfalls vorstellen, daß Talarese hier so eine Art Lehre gemacht hatte, vielleicht lernte er einen Rolls-Royce zu klauen und über Mafiakanäle in Asien oder weiß Gott wo zu verhökern.

Aber sein Instinkt sagte ihm etwas anderes. Er war sich ziemlich sicher, nach getaner Lauferei, und wenn er jede Möglichkeit abgeklopft hatte, stand er im Prinzip einmal mehr mit derselben Geschichte da: Die beiden Tommys waren nur unverhoffte Zeugen gewesen. Talarese war eines schönen Tages hier auf der Rennbahn gewesen, um seinem Job nachzugehen, was auch immer man sich darunter vorstellen mochte, und hatte dabei zufällig einen Mann gesehen, den unter all den Leuten, die hier herumwimmelten, nur er hatte kennen können. Und angesichts der Sonne, die die leuchtenden Seiden von Jockeys und Pferden zum Glühen brachte, und dem Gesang der Vögel – sie sangen heute, also vermutlich auch an jenem Tag – hatte er sich schon als Glückspilz gesehen.